国家社会科学基金项目：20世纪西方自传理论的话语模式研究（13BZW018）最终成果

中国传记文学学会学术理论成果

江苏师范大学文学院汉语言文学国家级一流本科专业建设点成果

20世纪中西自传理论的
话语模式研究

王成军　著

九州出版社

JIUZHOUPRESS

图书在版编目（CIP）数据

20 世纪中西自传理论的话语模式研究 / 王成军著
. -- 北京：九州出版社，2022.7
ISBN 978-7-5225-1050-7

Ⅰ．① 2… Ⅱ．①王… Ⅲ．①自传—传记文学—文学语言—研究—世界—20 世纪 Ⅳ．① I055

中国版本图书馆 CIP 数据核字（2022）第 119899 号

20 世纪中西自传理论的话语模式研究

作　　者	王成军　著
责任编辑	王　佶
出版发行	九州出版社
地　　址	北京市西城区阜外大街甲 35 号（100037）
发行电话	（010）68992190/3/5/6
网　　址	www.jiuzhoupress.com
电子信箱	jiuzhou@jiuzhoupress.com
印　　刷	三河市龙大印装有限公司
开　　本	710 毫米 × 1000 毫米　16 开
印　　张	23.5
字　　数	358 千字
版　　次	2023 年 1 月第 1 版
印　　次	2023 年 1 月第 1 次印刷
书　　号	ISBN 978-7-5225-1050-7
定　　价	88.00 元

序一

◇ 王 丽

读罢这部著作，似在 20 世纪中西方自传理论话语模式研究大观园里走了一遭。耳畔是操着汉语、法语、德语、英语等语言的绅士，嘈杂地说着他们自我、傲慢、羞耻、忏悔的人生故事。作者持一把传记语言模式解剖刀对他们进行了无情的破解和研究。这位中国传记文学理论研究者能够以此为题，向中西方传记史挖掘自传语言之"启示录"，是颇有学术勇气的。

这部专著的作者便是与我相识多年的中国传记文学学会理事，传记研究专家，江苏师范大学教授王成军博士。他多年从事中西自传理论教学与研究，主持过多个国家级、省部级课题项目，他善于用诗一般自由的语言对中外传记理论进行评析。本书研究内容便是由他主持的国家社会科学基金项目之理论成果。

当人类开始追问"我是谁"，就很可能已经进入"我从哪里来"的回忆与反思。而自传恰恰来自人类"自我意识"的觉醒和"自我实现"的冲动。自传以记叙人物自己的生平事迹与心得为主。其真伪虚实颇受质疑，所以自传最初显示为文学传记和历史传记，它介于文学与历史之间。将这种语言模式叙事方式纳入自己学术研究领地，正是作者对本文的种种方面研究的冲动。

本书基于 20 世纪西方自传理论话语模式发展的特点，对其理论批评的古典模式、现代模式、后现代模式这三大话语模式进行了系统深入的梳理和剖析，并回顾了 20 世纪中国自传理论学术发展史，阐述了五种具有中国特色的自传理论批评话语模式。作者认为："不同理论派别对自传认识的理论概括，需要我们进行批判、接受、消化与创新。"

王成军教授是改革开放恢复高考以后学有所成的文学博士后。是中国传记文学研究的中青年一代骨干。他一直活跃在中国传记文学研究的几个社团里。中国传记文学学会是国家一级社团，肩负着推动中国传记文学理论研究的使命。王成军教授在学会组织的众多学术论坛和研究项目中都发挥了骨干作用。2018年，他的学术专著《传记诗学》获评第五届中国传记文学（理论研究）优秀作品。他的获奖感言颇有勇士之风：要为传记文学研究再干四十年！

我感动于中国传记文学事业有这样一批甘愿奉献毕生精力投身理论研究的跋涉者。在此，受成军之命，欣然为此序。

祝愿这部凝结着成军教授心血的著作早日面世，为进一步深化中西自传理论研究开启一扇明窗，为中国传记文学事业再添一片新瓦。

2021年11月25日于北京

（王丽：中国传记文学学会会长）

┃序二┃

◇ 陈兰村

　　王成军教授撰写的《20 世纪中西自传理论的话语模式研究》专著即将出版，他来信嘱我写个序。我面前立刻浮现出一位特别英俊小帅哥的形象。那是近三十年前，在中国中外传记文学第二届南京年会上，我们相识在随园。他当时才三十来岁。因我们都是传记文学的爱好者，所以很快熟悉起来，此后一直保持联系，在研究传记文学的漫漫长途上互相鼓励着，结下了深厚的革命友谊，我们共同称之为特殊的传记文学友谊。我在主编《中国传记文学发展史》时，王成军教授大力支持我，承担了清代传记文学的撰写任务。今天获悉他领衔的一本有关中西自传理论研究专著竣工，在为他高兴祝贺的同时，写点我的感想。

　　一、有志传记文学研究者事竟成。我们初次相识时只是对传记文学有共同的兴趣，原来他在江苏师大教外国文学，我在浙江师大教古代文学，但传记文学四字如一根纽带把我们连接起来。从对传记文学的学习爱好发展为把它作为一种事业来坚持研究。他是博士毕业、博士后出站，又到国外访学，始终咬住传记文学不放。他以前所发表的关于传记文学的多种学术论文，已令同行们刮目相看。2011 年 9 月他在北京出版社出版了专著《中西传记诗学研究》，在国内传记文学研究界，更是声名鹊起。这次新著《20 世纪中西自传理论的话语模式研究》则是他的新研究硕果，为中外自传理论的研究带来震撼式的丰富的信息。中国俗语："有志者事竟成。"王成军教授的新书给我们启示：有志传记文学研究者也可以功到事成。

　　二、跨文化研究的成功范例。王成军教授的研究采取走中西结合的路子。这是一条比较艰难的路。因为走这条路的人自己既要有中国古典文学、现代文学的功底，又要有西方文学的深厚修养。而王成军教授对中西传记诗学的研究，对西方自传理论的话语模式的研究正是披荆斩棘开辟出自己的路来。中国俗语："知彼知己，百战不殆。"（《孙子·谋攻》）王成军教授的研究可以说是跨文化研究成功的一个范例。他的新著指出："三种话语模式，代表了西方不同时期，不同理论派别对自传认识的理论概括，需要我们进行批判、接受、消化与创新。"又说："中国是一个有着悠久传记文化传统的国家，但由于儒家耻感文化的影响和西方忏悔文化的缺失，因而自传写作却不甚发达，对自传理论的探究也不够深入。20 世纪以来，在西方自传文本和理论批评影响下，展开了中国自传理论学术发展史。梁启超、胡适、郁达夫、朱东润、王元等学者，发表了诸多理论文章。新时期以前，由于政治因素制约，对西方自传理论的研究几乎停滞。20 世纪 90 年代迄今，国内学术界掀起了西方自传理论研究的小高潮，形成了五种中国特色的自传理论批评话语模式。"在这里，我特别要肯定他标出的"附编"（王成军话语模式）文章之学术价值。

三、传记教学的先进工程。王成军教授的新著还透露一个信息，他说，专著还是他的教学成果之一，是他与江苏师范大学文学院汉语言文学国家级一流本科专业建设点的学生（本科和研究生）科研融合、教学相长的结晶。部分学生参与了他主持的这个国家课题的具体章节的撰写工作，不仅成了他们的本科或硕士论文的一个方向，而且与他们合作形成了论文且发表在了中文核心期刊等刊物上。我认为这本新著是一个传记教学的先进工程。传记文学研究是个巨大的学术事业，需要一代又一代的新生力量继续下去。王成军教授在教学过程中重视对学生的科研指导与写作培养，这是个值得赞扬的传记教学先进工程，对培养传记文学研究接班人意义深远。

2021 年 11 月 2 日于浙江师大丽泽花园寓所

（陈兰村：中国中外传记文学研究会副会长）

| 目录 |

下编：后现代话语模式

续编：中国话语模式

附　编

┃引言┃

　　20 世纪对于西方来说，是个批评的世纪。在自传得以大发展的时期，自传理论研究有了一个逐渐深入的过程。20 世纪初，英国学者波尔发表《自传——批评比较研究》时，自传理论还是个学者很少涉猎的研究话题。三四十年代，自传叙述开始得到文学批评界的重视，格鲁尔格·米施、弗洛伊德、茨威格、莫洛亚等对自传文类发表了诸多真知灼见。五六十年代，自传作为文化文献，能够洞察历史，同时作为想象力的基本形式成了批评热点。七八十年代，伴随着哲学界对"分裂主体"的新认知，自传的文本价值激起了更多研究者的极大兴趣，并由此形成了 20 世纪西方自传理论批评的三大话语模式：一是古典模式。以乔治·古斯多夫的《自传的条件与局限》和菲力浦·勒热讷（Philippe Lejeune, 1938—）的《自传契约》为代表，他们把自传作为基于自我存在的本体论的概念文本、流派进行研究。古斯多夫主张自传是文化的特殊种类，但是与勒热讷不同的是，古斯多夫认为相对于自传的人类学的功用和神学意义，它的文学和艺术的功用是次要的。古斯多夫的局限性在于他反对过多地在自传研究中运用"诗学"的方法。勒热讷的自传研究弥补了这一缺陷，他是西方把自传定义为正式文类的最主要代表人物。他的"自传契约"的提出，表明其强调小说与自传之间的分界线。二是现代模式。以施本格曼的《自传的形式》和埃金的《接触世界》为代表，他们关注自传中虚构与真实之间的张力，认为自传是一种从历史到哲学，最终直至诗学的不断演进的文学形式。三是后现代模式。以利科的《时间与叙述》和保罗·德曼的《失去原貌的自传》为代表，把自传当作虚构的文本概念进行研究。利科把生命本身和人类经验称为"前叙述",他断定没有独立的自我,只有叙述的"自我"。保罗·德曼从西方解构理论出发,指出自传是难以分类、面目混乱的文体。他们都认为不存在真实作者,只有文本的自我。这三种话语模式,代表了西方不同时期的不同理论派别对自传认识的理论概括,需要我们进行批判、接受、消化与创新。

中国是一个有着悠久传记文化传统的国家,但由于儒家耻感文化的影响和西方忏悔文化的缺失,因而自传写作不甚发达,对自传理论的探究也不够深入。20世纪以来,在西方自传文本和理论批评影响下,展开了中国自传理论学术发展史。梁启超、胡适、郁达夫、朱东润、王元等学者发表了诸多理论文章。新时期以前,由于政治因素制约,对西方自传理论的研究几乎停滞。自20世纪90年代迄今,国内学术界掀起了西方自传理论研究的小高潮,形成了五种中国特色的自传理论批评话语模式:一是自传理论建构论模式。以赵白生的《传记文学理论》为代表。二是自传理论融合论模式。以杨正润的《现代传记学》为代表。三是自传理论语言论模式。以李战子的《语言的人际元功能新探——自传话语的人际意义研究》为代表。四是自传理论批评论模式。以梁庆标的《当代西方自传批评辨析》为代表。五是自传理论认同论模式。以李有成的《论自传》为代表。这五种理论派别,理论观念互有交叉、相辅相成,需要我们对此进行消化、扩展、充实与创新。

本书是对20世纪中西方自传理论的话语模式进行理论研究,全面挖掘、总结、创新了20世纪中西方自传理论批评史的学术成果;剖析、阐释、扬弃了20世纪西方自传理论话语模式的缺陷;拓展了中国文学理论研究空间,为中国文学理论批评提供了富有文化参照价值的学术资源。本专著促进了中国自传理论的学术研究;促进了中国自传理论学科的建设;促进了对当下自传文学写作的纠偏。

本书主要内容包括五大部分。第一部分古典话语模式。第一章,斯蒂芬·茨威格:自传真实与自我塑形;第二章,安德烈·莫洛亚:自传话语的六宗罪;第三章,乔治·古斯多夫:自传的条件与局限;第四章,菲力浦·勒热讷:自传契约与小说契约;第五章,菲力浦·勒热讷:自传契约与新自传契约。第二部分现代话语模式。第六章,让-保罗·萨特:自传话语的现代性；第七章，保罗·约翰·埃金：自传指涉契约话语的美学价值；第八章，西多尼·史密斯、朱莉亚·沃森：自传的麻烦；第九章，弗拉基米尔·纳博科夫：自传话语的艺术性；第十章，弗里德里希·尼采、路易·阿尔都塞：两个现代自传话语实验文本。第三部分后现代话语模式。第十一章，保罗·德曼：自传文本的解构与建构；第十二章，保罗·德曼：解构自传话语模式的诗学价值与伦理缺失；第十三章，罗兰·巴特：自传叙事中的假体、主体与母体；第十四章，罗兰·巴特：自我符旨疏离与自传的非解构性因素；第十五章，雅各布·德里达：自我书写与自传话语。第四部分中国话语模式。第十六章，建构论，以赵白生《传记文学理论》为代表；第十七章，融合论，以杨正润《现代传记学》为代表；第十八章，语言论，以李战子《自传话语的人际意义研究》为代表；第十九章，批评论，以梁庆标《当代西方自传批评辨析》为代表；第二十章，认同论，以李有成《论自传》为代表。第五部分王成军话语模式。附录了王成军发表在《外国文学评论》《外国文学研究》《国外文学》《当代外国文学》等权威期刊上论述自传话语模式的理论文章。

本书的重要观点包括九个方面：第一，法国著名学者菲力浦·勒热讷的"自传契约"理论话语模式，是一种建立在以卢梭等为代表的传统自传文本为分析前提下的理论建构。他坚守自传文类不能混同于小说的红色底线，为自传文类正名，为自传文体立法。面对以罗伯-格里耶为代表的法国"新自传"对"自传契约"的挑战，勒热讷初期一度反应强烈，不无忽略了"新自传"在理念及形式上对传统自传的"新的互补"价值。我们认为，菲力浦·勒热讷的"自传契约"是有关传统自传秩序的原理之一，我们必须维护之。我们不能因为新的自传种类的出现，而把小说的秩序原理混同于自传的。事实上，我们应该发展勒热讷"自传契约"的内涵，用"新自传契约"来概括后现代自传的秩序原理，唯有如此，自传这一文学类型才能趋向丰富与成熟。

第二，菲力浦·勒热讷的"自传契约"理论话语模式，并没有在文体学的层面上真正把自传与小说的边界画清楚。从创作实际来看，勒热讷"自传契约"所依据的自传文本，特别是以卢梭为代表的经典自传，已被证明存在着大量的虚构或谎言。这样来看，仅拘囿于勒热讷的"自传契约"话语模式,已经无法涵盖和解释自传文本,尤其是后现代自传文本的相关规约。以罗伯·格里耶为代表的"新自传契约"的提出,规约了自传文类的独特自传空间,也解决了勒热讷"自传契约"概念的僵化问题。"新自传契约"更能展示自传的文类本质属性,它不故步自封其纪实边界,更不惜借助小说的形式来揭示自我的真实,然而其叙事的旨归却是指向那个曾经存在过的"我"。换句话说,勒热讷的"自传契约"更多地是从伦理层面强调了作者的真诚计划和真实表白,充满着浓郁的道德意味,而"新自传契约"则是从文体学的实践层面坦率说出了自传的种种写作事实,是对自传本体的形而上的美学思辨。

第三,被苏珊·桑塔格赞美为"变化多端的自传家"的罗兰·巴特,在《罗兰·巴特自述》中按照他的后现代自传观念对自己的生平进行了有意的文本化叙述和片断化书写,并且宣告文本中的他,只是自己的幻觉假体(文本之我),是语言的产物。可以说,罗兰·巴特成功地让自己的主体退隐并且与他的假体相隔离,由此形成了后现代自传话语的典型范式。但是,当罗兰·巴特的假体遇到自己一生不愿分开的真实母体时,他所谓的后现代自传观念有了新的变化,这不仅体现在他对自己这个血肉之躯的主体复归,更体现在对妈妈母体的非文本化叙事。罗兰·巴特晚年的诸多文本证明了这一特征,在整部《哀悼日记》叙事中,叙述者罗兰·巴特的哀伤主体昭然若揭,尽管还是片断化叙事,但是罗兰·巴特这个自传主体几乎忘记了他的自我文本化宣言,那个虚幻的罗兰·巴特假体消失了;那个他所反对的形成稳定意义的"多格扎"回来了。甚至可以说,在妈妈Henriette的母体面前,罗兰·巴特这个作者主体在自传叙事中不但没死,反而复活了。由此看来,我们在肯定罗兰·巴特在自传新观念和自传新文本的后现代自传文类范式的独特性的同时,还要正视连罗兰·巴特自身都意识到的他在自传叙事中存在的种种问题。

第四,保罗·德曼是解构主义哲学在文学批评中的重要阐释实践者之一。他首选卢梭的《忏悔录》来进行其解构主义手术实验,并断定,卢梭不是在忏悔而是在为自己的种种"罪"在辩解。他就是要透过卢梭的案例来证明他的解构自传话语思想。为此,他在《失去原貌的自传》这一长篇理论文章中,指出了自传就是披在传主身上的毒衣,因为自传的镜像语言与这外衣相似，是传主灵魂的面纱。也就是说，保罗·德曼与罗兰·巴特一样都在扮演死神的角色并且发布了死亡命令，作者死了，自传死了。但是，当解构主义大行其道，仿佛他们制造的诸多"理论"颇有道理且难以辩驳的时候，一场"传记家的报复"事件发生了，而吊诡的是，正是宣布"自传死亡"的保罗·德曼的自传事件与之缠绕在了一起。也就是说，保罗·德曼所代表的解构主义自传话语，尽管指出了自传叙事中存在的种种问题，但其论证逻辑背后不无缺失了叙事伦理的道德思考。进一步来说，我们应该承认卢梭式自我辩解自传话语模式的伦理价值，而反思保罗·德曼式彻底排空自我历史的后现代解构主义自传话语模式的非叙事伦理本质。

第五，茨威格的自传话语模式，既以古典话语模式为基调，却又具有了现代话语模式的某些特征。他强调自传的真实性，肯定自传存在的自我本体论特征，但是他又客观地指出了自传难以达到绝对真实性的两大主因：一是人类根本就不具有可以信赖的真理器官；二是羞耻是每一种真实自传永久的对手。茨威格把自传分为了三个叠垒层次，即以卡萨诺瓦为代表的原始阶段自传、以司汤达为代表的心理自传、以托尔斯泰为代表的灵魂自传。茨威格不但认定了自传所具有的艺术美学价值，而且他大胆地提出了20世纪艺术美学的转向自传的预言。茨威格对隶属非虚构文学的自传给予如此高的评价，是20世纪西方自传话语模式的一次美学革命。总起来看，茨威格自传话语模式的核心思想是：优秀的自传要准确地描绘自己的生活，精确地展示自己的心理，但艺术家在表达自我时，不仅要寻求叙事方式和形式，更重要的是要显现自我在尘世之中的生命意义和伦理价值。

第六，自传是叙述人（现在的"我"）通过记忆和有意无意的遗忘对自我人生镜像（多重的"我"）的不断（混合着叙述时的情感、欲望与身份政治）重新塑型与叙述。这样来看，对自传的话语模式研究，完全可以跳过该文本是否真实这一问题，而是把重点放在叙述者为什么记忆此事实和遗忘彼事实的叙事动因。如果我们一味地强调自传的真实问题，是没有多少理论与实践意义的，因为自传的真实性就存在于其文本中说出了多少真实。换一个角度来看，保罗·德曼指出的自传与小说一样也是一种

"解读或理解人生的修辞格"的论点，对自传文本与小说文本来说，不但不是坏事反而是能够双赢的理论创新。

第七，时间在自传叙述中有着极为重要的作用，应当引起自传作家和有自传倾向的小说家的重视。另外，我们在这里之所以探究时间与自传的关系，还有一个重要原因，那就是构建中国自传诗学。长期以来，特别是20世纪，学界把更多的精力投放到虚构叙述的研究之中，恰恰忽略了富有民族传统的纪实叙述的现代转化。中国的历史叙述曾得到黑格尔的赞美，在一个历史叙述如此发达宏富，曾产生了司马迁《史记》、司马光的《资治通鉴》的中国，研究者时至今日仍在高扬虚构叙事的大旗，对纪实叙事则缺少诗学思考。这是一种屈服于西方文化霸权并且割裂与中国传统文化联系的内在学理缺陷，该到我们清理这一不重视纪实叙述理论和实践的"隐形偏爱"并构建中国民族传统的自传话语模式的时候了。

第八，中外自传发展史告诉我们，自传之"我"，看起来简单，实则复杂多变，特别是进入20世纪后，随着诸多新自传文本的出现。这个"我"字确实是一个"横看成岭侧成峰"的值得探讨的诗学课题。我们认为，自传之"我"至少可从四个方面进行诠释，即"自在之我""叙述之我""他者之我""镜像之我"。我们承认和支持中西文学理论界有关自我的理论分析，但对"自我死亡说"的后现代观念，进行了学术批判。

第九，在自传叙事中，我们主张伦理学的"正义独立于善的康德说"，即不对自传事实作目的论解释，对一个事实也许隐瞒比坦白更有利于传主或其亲属的生活，给他们带来所谓的"善"。但是这是违反自传文本真实性原则的错误观念，因此，我们在这里郑重提出"事实正义"理论，以给步履维艰的自传叙事提供诗学理论支持。当"事实正义"理论由自传中的自我叙述和叙述他者扩展到整个传记文学叙事的时候，其理论的实践意义更是毋庸质疑的。

特别要感谢的是江西师范大学的梁庆标教授，他是本课题组的主要成员，本书收录了他的重要文章（余论），杨光萍馆员负责相关图书资料收集整理工作，是个幕后女勇士。

值得一提的是，本专著还是我的教学成果之一，是我与江苏师范大学文学院汉语言文学国家级一流本科专业建设点的学生（本科和研究生）科研融合、教学相长的结晶。部分学生参与了我主持的这个国家课题的具体章节的撰写工作，不仅成了他们的本科或硕士论文的一个方向，而且与我合作形成了论文且发表在了中文核心期刊等刊物上。他们的名字是施文佳（第三章）、袁权、高郡阳（第六章）、步天松（第七章）、白念文、高远（第八章）、孙英、潘若曈（第九章）、王新茹（第十五章）、陈梦洁（第十六章）、安秋慧（第十七章）、李玉珠（第十八章）、梁嘉钰（第十九章）、张文一、郑金玮（第二十章）等。最后，我按照全书体例对他们的文字进行了修改和通稿，感谢他们为本专著做出的学术贡献。本专著的署名实为王成军等著。

导论 / *Introduction*

20世纪西方自传理论话语模式的流变

20世纪西方自传理论话语模式研究开始盛行并成为学术界显学之一的时间是20世纪70年代。"自传理论研究的增加扩展始自70年代。"① "自传和忏悔写作在现代西方学术界,和以往相比,越来越受到文学批评的重视。"詹姆斯·M·考科斯指出:"这不仅仅是说批评已经在其他文类长期消耗尽了自己的热量,更是因为文学的整个观念在变化。"② 这里的变化是指随着自传写作、出版、阅读与批评的持续升温,自传的文本价值激起了理论研究者的极大兴趣,为什么会在此时出现如此的学术现象呢?台湾学者朱崇仪有一段精辟的阐释:"(1)首先,自1950年后兴起的自传热,是呼应20世纪下半叶(主要是哲学界)对主体性的激辩的回应。对于'分裂的主体'的新认知,可以应用于阅读自传,以提供新观点。(2)批评企业对传统主流文类如戏剧、诗、小说的拓展,到今日已有'枯竭'之势,因此有意另辟疆域,研究原本较不受人重视的文类。如今虽然'传统'自传研究(特指以欧尼为首的)锋芒渐减,但另一波受当前认同政治影响的自传研究潮又继之而起,只是批评焦点业已转向女性或少数族裔等等族群的自传。在强调理论之重要性的今天,这种由于理论典范的转移(paradigm shift),而引发的美学观点及判准的改变,或可以视为将自传书写转化成为文学理论服役的一种方式。换言之,如今新的理论,由于发现

---

① Nalbantian Suzanne, *Aesthetic Autobiography —From Life to Art in Marcel Proust, James Joyce, Virginia Woolf and Anaisnin* (London: The Macmillan Press, 1994), p. 27.

② J. M. Cox, "Autobiography and America", *The Virginia Quarterly Review*, (1971): 252.

了新的问题，往往可让原本被弃之如敝屣的文类咸鱼翻身；这都是因为人们对所谓文学的认知模式已然改变之故。"①

事实上自传作为一种普遍的文化人类学现象，正在吸引着越来越多的哲学家、美学家、人种学家、社会学家、精神分析学家、解构主义者、后殖民主义的目光。法国学者让-伊夫·塔迪埃在《20世纪的文学批评》这一专著的第九章"诗学"里对自传进行了论述。把自传文学与小说一视同仁为散文体诗学。他说："菲力浦·勒热讷的几部著作，如《法国的自传作品》（科兰出版社，1971）、《"我"是他人》（瑟伊出版社，1980）、《自传条约》（瑟伊出版社，1975）等奠定了他在自传诗学领域的地位；他是最好的，然而不是唯一的自传诗学专家之一。"② 甚至连解构主义重镇之一的保罗·德曼和著名现象学哲学家保罗·利科都对自传发表了重要理论论述。

自传话语研究，首先必然面临一个绕不开的关口：自传的真实与虚构问题。歌德从写作实践的体会中把自传定性为"半诗半史的"体裁："此外，特别是关于半诗半史的体裁要说的话，在一路叙述下去时总会有一些适当的机会谈出来吧。"③ 莫洛亚在剑桥演讲时说出了"叙述不准确或产生谬误"的自传的"六宗罪"：第一个因素是我们对于事实的遗忘，"当我们试图撰写自己的生活史，我们多数会发现，其中的绝大部分我们已遗忘殆尽"。使事实改变的第二个因素，是由于审美原因而产生的有意忽略："记忆力是一个伟大的艺术家。对每一个男子和女子来说，记忆力使他或她，在回忆一生时，创造了艺术作品和不可信的记录。"第三个因素是自然的潜意识的压抑，导致自传作者的改变事实。第四个因素则是由羞耻感所引起的，"几乎没有男子有勇气说出他们性生活的事实真相"。第五个因素是记忆不仅疏忽遗忘，它还对事实加以理想化："骤变已过，他回首顾望，将一切合理化，从而自言自语道：'我是一个社会主义者'。"在自传中还

---

① 朱崇仪：《女性自传：透过性别来重读/重塑文类?》，《中外文学》1997年第26卷第4期，第133页。

② ［法］让-伊夫·塔迪埃：《20世纪的文学批评》，史忠义译，天津：百花文艺出版社，1998，第287—288页。

③ ［德］歌德：《歌德自传——诗与真》（上），刘思慕译，北京：人民文学出版社，1983，第4页。

有一个缺少诚实的原因，那就是，当我们描述往事时，希望保护那些已成为我们朋友的人。① 莫洛亚的论述可谓切中肯綮。但是，莫洛亚在指出自传文学的真实性须认真研究的同时，不无存在否定自传文学真实文本价值的倾向。茨威格对自传艺术给予了崇高的评价，宣布自传是文学艺术的新方向：人类进行虚构的塑造力必定要变弱，"内心的无限，灵魂的宇宙向艺术开启了更为取之不尽的领域：对灵魂的发现，对自我的认识将成为我们越来越智慧的人类将来更大胆的设解"。但他对自传文本的真实保持怀疑："事实上，要求一个人在他的自我描述中绝对真实，就像是尘世间的绝对公正、自由和完善那样荒唐。最热切的决心，最坚定的信念，想忠于事实，从一开始就已经是不可能的了，因为无可否认的事实是，我们根本就不具有可以信赖的真理器官，在我们开始描述自己之前就已经被记忆骗取了真实的生活经历的情形。""羞耻，它是每种真实自传永久的对手，因为它要谄媚地引诱我们，不是按我们真实的样子去表现，而是按我们希望自己被看到的样子。它要用所有的诡计和伎俩诱使很愿忠实于自我的艺术家掩藏他的隐私，掩盖他的危险性，隐藏他的秘密；它本能地让创造的手删去或虚假地美化有损形象的小事。(然而却是心理学意义上最本质的!) "②

20 世纪 70 年代以来，西方自传界纯粹探究自传的真实性问题的研究路径已经几乎被封堵，许多批评家认为，对自传文类来说，探讨自传的真实性，没有多少实际意义，而文本、自我、身份的问题开始占优势。古斯多夫的《自传的条件和界限》是西方研究自传的拓荒之作。他主张自传是文化的特殊种类，是"自我本质神义论的一种"。"自传是一种牢固的已确定的文学形式。"③ 但是与菲力浦·勒热讷不同的是，古斯多夫认为相对于自传的人类学的功用和神学意义，它的文学和艺术的功用是次要的。古斯多夫的局限性在于他反对过多地在自传研究中运用"诗学"的方法。

菲力浦·勒热讷的自传研究弥补了这一缺陷。他在西方自传研究界之

---

① ［法］莫洛亚：《论自传》，杨民译，《传记文学》1997 年第 3 期，第 153—156 页。

② ［奥地利］茨威格：《自画像》，袁克秀译，北京：西苑出版社，1998，第 1—13 页。

③ Gusdorf, Georges, Conditions and Limits of Autobiography (original French version 1956), trans. by James Olney, in James Olney, *Autobiography*: *Essays Theoretical and Critical* (Princeton: N. J. Princeton University Press, 1980), p. 28.

所以如此闻名是因为"提出了若干颇有启发意义的定义和概念"。① 其中，尤以"自传"定义和"自传契约"最有影响。勒热讷是西方把自传定义为正式文类的最主要代表人物。他把自传定义为"一个真实的人以其自身的生活为素材用散文体写成的回顾性叙事，他强调的是他的个人生活，尤其是他的个性的历史"。② 他的"自传契约"的提出则表明其在试图维持小说与自传之间的界线。勒热讷研究发现，如果只对文本进行内在分析，那么自传和小说就没有任何区别。因为小说也可以是第一人称叙事，18世纪的小说正是通过模仿私人文学回忆录、书信、日记的各种形式写成的。"但是，只要我们考虑到这种模仿不能发展到最后限度，即作者的名字，上述异议也就站不住脚了。人们总是可以煞有介事地转述、发表某人的自传，并努力让人相信确有其人，但只要这个某人不是作者，即该书的唯一责任者，那就不能妄下断言。"于是他提出了引起西方学术界广泛注意的"自传契约"的概念："自传中存在一方面是作者、另一方面是叙述者和主人公的同一。这就是说'我'代表作者。文本中没有任何东西可证明这一点。自传是一种建立在信任基础上的题材，如果可以这样说的话，是一种'信用'体裁。因此，自传作者在文本伊始便努力用辩白、解释、先决条件、意图声明来建立一种'自传契约'。"③ 当然，"自传契约"概念的提出既引起了学界广泛的重视，也招致了方方面面的攻击。法国著名叙述学家热拉尔·热奈特在《虚构叙事与纪实叙事》一文中多次引用菲力浦·勒热讷的论点，并肯定他"关于萨特《词语》一书的叙事顺序的发现"。"勒热讷正确地指出了下述规律，即经典自传以作者＝叙述者＝人物为特点，而第三人称的特殊的自传形式则适用于作者＝人物≠叙述者的公式。"④ 针对勒热讷的"自传契约"，杜勃罗夫斯基创作了《儿子》，并提出"自我虚构"（autofiction）概念。"最真实的事件和事实的虚构，可以

① ［法］让-伊夫·塔迪埃：《20世纪的文学批评》，史忠义译，天津：百花文艺出版社，1998，第288页。
② ［法］菲力浦·勒热讷：《自传契约》，杨国政译，北京：三联书店，2001，第221页。
③ ［法］菲力浦·勒热讷：《自传契约》，杨国政译，北京：三联书店，2001，第14页。
④ ［法］热拉尔·热奈特：《热奈特论文集》，史忠义译，天津：百花文艺出版社，2001年，第128页。

说是用一种冒险的语言来进行语言的冒险的自撰，他游离于不论是传统还是新式小说的指挥和句法之外。"他在信中对勒热讷说："我十分渴望填补你的分析所留下的那个'空白'，这一真正的渴望突然把你的批评理论和我正在写作的东西联系了起来。"① 为此，埃金有一段论述：然而，对菲力浦·勒热讷来说，自传所资参考的常规模式的自由是有限度的。他对杜勃罗夫斯基"自我虚构"概念的反映，预示了他对这复杂问题的态度。杜勃罗夫斯基要求勒热讷的"自传契约"成为可置换的解剖学，来证实他自己虚构叙事创造的《儿子》中的愿望，主角、叙述者、作者，应该都如此分享同一个名字。杜勃罗夫斯基坚持所有叙述性的事实和行动都是从其生活中不断提炼的，时间地点也得以检验。小说发明的贡献是限制构成结构和虚假时空的环境。像方便袋一样服侍着记忆。从严格意义上讲，既不是自传也不是小说。杜勃罗夫斯基总结说："《儿子》在两者之间。"我想加上说，自传在严格意义上是更大的虚构创造，从文体理论看来，自传像杜勃罗夫斯基提出的，是一个两者间的实体。②

菲力浦·勒热讷还认为弗莱有关自传的理论值得分析。弗莱是希望建立一种严密的"体裁理论"的批评家，但同时也是一位取消自传文体独立性的神话-原型批评者。他认为："自传是另一种形式，它透过诸多不易察觉的过渡向小说位移。更多的自传是得到一种创作冲动，因此也是想象性冲动的激励。作家在他逝去生活中有意选取那些能够塑造自我的模式的事件和经验。这个模式可以是一类超越了作家本身并且作家也有意无意中认同的形象。或者让他的性格与观点趋于一致。我们把这种重要的散文体故事形式称为忏悔。"③ 勒热讷指出：弗莱的方法令人恼火也令人着迷，"在他的后面论述中，我们始终不知道'忏悔'词的使用究竟代表的是该体裁的哪一区别性特征：是自传契约，叙述者的话语，第一人称回顾性叙事，内聚集的使用，某一内容的选择（私生活或内心生活叙事），还是某种态

---

① 杨国政：《从自传到自撰》，《世界文学》2004年第4期，第297页。
② Eakin, Paul John, *Touching the World: Reference in Autobiography* (Princeton: Princeton University Press, 1992), pp. 25-26.
③ Northrop Frye, *Anatomy of Criticism* (Princeton: Princeton University Press, 1957), p. 307.

度（塑造一个个性鲜明的典型）？"①

伊丽莎白·布鲁斯在保留自传批评的传统方面与菲力浦·勒热讷并无轩轾，她特别强调诚实和作者身份是自传的一个必要条件。在文本分析时，布鲁斯把自传体的《洛丽塔》与自传《说吧，记忆》并置，旨在证明自传在20世纪有了大的发展。布鲁斯是那些坚持自传作家掌握了共同的事件、客体和描写出某种关系的自传批评家，也就是说，布鲁斯强调作者身份和诚实是自传的一个必要条件，因为在自传写出之前"事件的客体形象和一个自在自治的自我早已存在"。② 菲力浦·勒热讷对布鲁斯的观点极为欣赏，指出："布鲁斯在许多方面与我关于'自传契约'的论述不谋而合，但是她的论述在理论方面提出了一些更加普遍性的命题，我认为这些命题很有见地。她的独创性在于把俄国形式主义者关于文学演变的原则与语言学关于非直陈行为的现代理论结合在了一起。布鲁斯的分析成功地把对某一体裁的发展的研究置于对文学的整体发展的研究之中。"③ 遗憾的是，乔纳森·劳斯博格指出，布鲁斯的强调"真实价值"的主张，却被诸多自传理论家舍弃，并毫不设防地把自传仅仅等同于虚构这一形式。④

施本格曼的自传观念与强调可资验证的外部世界的勒热讷和布鲁斯相似，但他不仅强调自传对生活的叙事，更强调自传的叙事意图，他认为：在自传叙事时，自我揭示比起简单的自我陈述应该假定其具有"优先权"。在《自传的形式》一书中，施本格曼认为，自传是一种从历史到哲学最终直至诗学的不断演进的文学形式。⑤

值得注意的是，随着罗兰·巴特的理论"作者死了"的提出和其自传文本《罗兰·巴特论罗兰·巴特》的出现，西方关于自传理论的话语模式转向了后现代模式。保罗·杰伊说："《罗兰·巴特论罗兰·巴特》是本按

---

① ［法］菲力浦·勒热讷：《自传契约》，杨国政译，北京：三联书店，2001，第279页。
② Nalbantian Suzanne, *Aesthetic Autobiography —From Life to Art in Marcel Proust, James Joyce, Virginia Woolf and Anaisnin* (London：The Macmillan Press, 1994), p. 30.
③ ［法］菲力浦·勒热讷：《自传契约》，杨国政译，北京：三联书店，2001，第281页。
④ Eakin, Paul John, *Touching the World：Reference in Autobiography* (Princeton：Princeton University Press, 1992), p. 30.
⑤ Nalbantian Suzanne, *Aesthetic Autobiography —From Life to Art in Marcel Proust, James Joyce, Virginia Woolf and Anaisnin* (London：The Macmillan Press, 1994), p. 30.

字母安排的断片书，它是寻求自我参考的反自传。它在探询一个巴特'抵抗'他自己思想的点。巴特说：'这是本小说人物在说话的书。'是最宽泛的自传定义的非小说，巴特的自传（帕斯卡的《思想录》是他的前驱）真正属于反文类。"①在《时间与叙述》中，保罗·利科也认为包含自传在内的一切叙述最终都是当下叙事，在利科看来，一个生命在他没有被解释的时候是没有生物学现象的，尽管不能说这个生命不存在，但利科却把生命本身和人类经验称为"前叙述性质"，是叙述方使这些存在过的生命潜质成形。因而利科断定没有独立的、自我本位的自我，只有叙述的"自我"。②

也就是说，他们形成了一个共同的后现代自传话语理念：不存在真实的作者，只有文本的自我，而且文本的自我是独立于任何历史和参考资料的。谁说自传作者有独立主权，那谁就是古典自传话语模式的后裔或迂腐的人。③ 其中，保罗·德曼是最具典型的代表人物之一。与巴特一样，德曼更是从西方解构理论出发来探讨自传理论的。德曼有两篇直接探讨自传理论的文章，它们的题目分别是《自我毁容的自传》和《自辩——论〈忏悔录〉》。④ 面对自传文类，德曼的观点再鲜明不过了：第一，自传是难以分类、面目混乱的文体。它与小说间有着不断的调情和冲突，"于是，小说和自传之间的区分，似乎就不是非此即彼的两极，而是无法确定的了"。⑤ 第二，自传的本质不是认知而是转义，在自传中包括自我知识在内的一切认知基础是转义结构。"所以，自传的重要性不在于它揭示出可靠的知识——它没有做到这一点，而是以令人瞩目的方式说明，一切以转义替代所构成的文本体系，是不可能结束和整体化的（也即是不可能产生的），因为，正如自传作品借助其在主题上坚持主体、专名、记忆、生死和情欲，以及镜像

① Jay, Paul, *Being in the Text: Self-Representation from Wordsworth to Roland Barthes* (Ithaca: Cornell UP, 1984), p. 20.

② Ricoeur, Paul, *Time and Narrative* (Chicago: University of Chicago Press, 1984), p. 229.

③ Nalbantian Suzanne, *Aesthetic Autobiography —From Life to Art in Marcel Proust, James Joyce, Virginia Woolf and Anaisnin* (London: The Macmillan Press, 1994), p. 33.

④ 保罗·德曼的这两篇文章原文为：《*Autobiography as De-Facement*》、《*Excuses (Confessions)*》。李自修把他们分别译为《失去原貌的自传》《辩解——论〈忏悔录〉》，译文是较正确的，但是从德曼对自传的整体观点来看，我认为把它们分别译成《自我毁容的自传》和《自辩——论〈忏悔录〉》更准确。

⑤ ［法］保罗·德曼：《解构之图》，李自修等译，北京：中国社会科学出版社，1998，第192页。

的双重性，而公开宣扬自己的认知和转移的构成一样，他们同样地企盼着逃避这一体系的压制。撰写自传的作家，以及论述自传的作家都被一种需要困惑着。"① "在墓志铭或自传话语里，占主导地位的修辞是拟人化，是对于坟墓之外的声音的虚构；因为，一块没有铭文的石头，必然会使太阳驻足于虚无之中。"②第三，自传是解读或理解的一种修辞格。"因而自传就不是一种文类或者一种方式。"③ 就像第一篇题目暗示的那样，自传的过程不是在自我塑形，而恰恰是毁灭自我容颜的过程。"自传对死亡的恢复（声音和名称的拟人化），正是精确度缺失的恢复。自传隐藏了心智的自我毁容，自传本身就是造成其结果的原因。"④第四，自传中内含着为自我辩解的欺骗性，卢梭的《忏悔录》就是完美范例之一。"辩解是一种诡计，允许以隐瞒的名义进行暴露。这和海德格尔后期的存在凭借隐瞒来揭示自身的理论不无相同之处。或者换一种方式说，用以辩解的羞耻允许压抑起到揭示的作用，这样就使得愉悦和罪孽可以相互替代。罪孽之所以得到宽恕，是因为它为揭示其压抑的愉悦留下了余地。而结果则是，压抑事实上成了一种辩解，成了其他行动中的一种言语行动。"⑤

德曼拒绝在自传中表现参照物形式的特权概念。相反，他想要的是文本产品的观念，我们总是对抗任何自传体作品，他争辩说，这不是系列历史事件而是叙述某些事件的努力。严格意义上的自传，绝非历史的而是诗学的。德曼指出自传文类具有诗学功能当属洞见，但他显然对自传变成文类又心存疑惑，"因为与悲剧史诗或抒情诗相比，自传总是以一种可能是同审美价值的里程碑庄重不相协调的征兆方式，而显得有些声名狼藉和自我放纵"。⑥

结果在解构主义者反复认定自传是"自我毁容"的文类的大合唱的中，在后现代主义批评的"众声喧哗"里，有一个声音特别嘹亮：自传死亡了！阿哈伯·汉斯作为其代言人宣布了这一可怕的观点：自传是"一个

---

① ［法］保罗·德曼：《解构之图》，李自修等译，北京：中国社会科学出版社，1998，第193页。
② ［法］保罗·德曼：《解构之图》，李自修等译，北京：中国社会科学出版社，1998，第199页。
③ ［法］保罗·德曼：《解构之图》，李自修等译，北京：中国社会科学出版社，1998，第193页。
④ ［法］保罗·德曼：《解构之图》，李自修等译，北京：中国社会科学出版社，1998，第272页。
⑤ ［法］保罗·德曼：《解构之图》，李自修等译，北京：中国社会科学出版社，1998，第191页。
⑥ ［法］保罗·德曼：《解构之图》，李自修等译，北京：中国社会科学出版社，1998，第190页。

不可能的和死亡的形式"。① 我们承认，后现代理论"为文学分析开启了许多新的视界，自传研究也在受惠之列：多元主体并置、真实与想象共存，文类的份际松动，自传、传记、小说，渐渐汲取彼此的菁华，共通共融、合为一家。若非后现代精神瓦解了固有僵化的传统定义，自一九七〇年代便不断冒现的许多自传文本及自传理论研究，也无法风起云涌、叱咤至今"。② 我们也感谢后现代理论给自传理论研究带来的生机与挑战，"如克利福德等一些西方学者常常说，自传和传记理论是文艺学中最保守的一个领域。新理论的介入，极富挑战性地提出了一系列的新课题，打破了传统的传记理论的狭隘、保守和封闭，也吸引普遍的注意，传记理论原始和落后的面貌再也不能维持下去了，传记家不得不去研究和解决他们所面临的挑战"。③ 但是，面对这一观点，在国外诸多理论家盲目认同的现实中，中国著名传记文学理论专家杨正润一针见血地指出："所谓'自传死亡'的说法是把自传中可能存在的虚构成分无限地夸大，以纯粹的理论演绎取代自传家的实践。这里我们想起了解构主义的'作者死亡'的理论，英国学者肖恩·布鲁克称这一理论是巴特、福柯和德里达理论上的盲点，他们竭力把'作者问题'这样一个实际问题变成一种理论问题，'以冗长的、纠缠不休的风格把它变成理论既不能解释，又不能取消，令人困惑不安的存在问题。'对解构主义的这一著名批判是我们在考察'传主死亡'论时可以参考的。"于是，他提出了自己的鲜明观点——"自传死亡"的命题，"失误于脱离实践也脱离文学的历史传统"。④

美国著名自传研究专家埃金是作为自传实在论（勒热讷）与自传文本论（德曼）的居间调和者身份出现的，也是现代自传话语模式的代表之一。为此，苏珊娜·奈尔班根（Suzanne Nalbantian）对埃金的自传话语理

---

① Hassan, Ihab, *The Postmodern Turn: Essays in Postmodern Theory and Culture* (Columbus, Ohio: Ohio State University Press, 1987), p. 147.
② 杨正润：《自传死亡了吗？——关于英美学术界的一场争论》，《当代外国文学》2001 年第 4 期，第 125 页。
③ 杨正润：《自传死亡了吗？——关于英美学术界的一场争论》，《当代外国文学》2001 年第 4 期，第 130 页。
④ 杨正润：《自传死亡了吗？——关于英美学术界的一场争论》，《当代外国文学》2001 年第 4 期，第 131 页。

论进行了深入分析：埃金认为自传是一种自我创造和自我发明的心理行为
进化过程。他认为自传行动像某些身份构成的戏剧扮演者那样，"不仅仅
是对已经存在的完全的自我的被动的透明的记录，更要整合并且经常依据
自我解释的心理戏剧规则来确定自我状态"。① 埃金不像卢梭和其他持传统
观点的人宣布的那样，隐藏虚构来预示着自传的成功，而是关注正式自传
中的虚构与真实之间的张力。埃金假设从一开始自传的真实本身就内含某
种虚构。因此他断言自传自我的出现是语言的习得，那么在叙述中它就是
一种虚构的结构。但埃金以 20 世纪的自传作家为例子进行论证时发现，这
些作家在表述他们的生活时是试图努力达到传记真实的。所以，埃金认
定，自传的成形是通过记忆完成的，我们应该把由当下意识的需求而产生
的叙事也看作事实。谈到叙述与自我身份的关系，埃金认为二者不但是密
不可分地联结在一起，"以至于互相之间始终同时而又恰当地被吸引到对
方的概念领域中去。于是，叙述便既是一种文学形式，也是现象学的、自
我认知的方式，甚至，自传话语的自我不一定先于其在叙述中的构成"。
埃金断言："我一直相信，叙述在自传写作中占有一个中心的、决定性地
位。"他认为亨利·詹姆士就是个典型例子，在《小男孩们》中，詹姆士
有意地复归他的创造能力，重读他少年时代平凡的事情，作为艺术家的他
的早期发展，抹平过去与现在的区别，因此，在回忆的书写行为中创造一
个自我。埃金在他的《接触世界》中重复主张：自传在新的上下文关系中
是一种有参考内容的艺术。②

　　事实上，在西方学术界，"自传如今被理解为一个过程"，"自传作者
透过'它'，替自我建构一个（或数个）'身份'（identity）。换言之，自
传主体并非纯然经由经验所生产：读者必需考虑到前述自我呈现的过程，
才能捕捉主体的复杂度，将主体性（subjectivity）读入世界中。写作自传
之举，因此兼具创造性与诠释性，绝非述'实'。如今自传作者往往自由

---

① Nalbantian Suzanne, *Aesthetic Autobiography —From Life to Art in Marcel Proust*, *James Joyce*, *Virginia Woolf and Anaisnin*（London：The Macmillan Press，1994），p. 38.

② Eakin，Paul John，*Fictions in Autobiography*：*Studies in the Art of Self-Invention*（Princeton：Princeton University Press，1985），p. 226.

地采用任何一种形式或文类来书写自我，从而打破自传具有一特定形式的迷思"。① 事实上，朱崇仪的话只说对了一半，自传是兼具创造性与诠释性，它绝非述"实"，但也绝非述"虚"。显而易见，埃金尝试着在自传文本说与自传实在说之间，寻找一个富有张力的平衡点以深化自传的话语诗学研究。我们认为埃金的自传理论值得肯定。

与此同时，从社会学的视角来进行自传话语研究则颇为盛行。性、少数裔人种、多元文化的研究取代了主题处理和形式分析。边缘的人种与文类被重新阐释，"他者""自我""差异""认同"则在自传批评话语中成为关键词。特别是女性主义自传研究，使得自传的话语模式得以重新定义。洁乐宁主编出版了《女性自传：批评论文集》（Women's Autobiography: Essays in Criticism），在前言中，她突出强调女性自传的独特性：主观化、女人的自觉和意识到与主流文化的差异；在形式上，女性自传往往亦不连贯，或是以断简残篇的形式出现。洁乐宁试图建构女性自传与男性自传的不同原则。在《女性自传的传统：从古代到现代》（The Tradition of Women's Autobiography: From Antiquity to the Present）一书中，她更加强调这一观点。作为一个"人本主义者"，洁乐宁指出自传的主要价值在于作为生平研究（life studies），能够肯定女性生活的价值与正当性。她强调女性自传通常对于公/私生活间的区分泾渭分明，因此呈现出来的自我形象往往偏重于其中一面：如公众人物会强调她也是"正常女人"，私生活与一般人无异；直到近年，这种情况才有所改变，两者有逐渐合而为一的趋势。此书的优点在于：作为一部女性自传史，她对每一时期出版的所有女性自传正文都尽量不予以遗漏，至少会附上简评，而不像下文所提到的史密斯氏，仅挑出最具"代表性"的一本加以评论，却又从未告知读者她的选择标准。但虽然洁乐宁不断表示对男性中心的自传研究之不满，她自己仍在方法论上犯了类似的错误：她也相信可从零星的片段中，拼凑出一个完整的自我，而其中所提供的自我知识亦值得完全信赖，正如同小说作者所创造出的主角一般。这可谓理论上的双重谬误，因为在后结构论述的冲击下，批评家

---

① 朱崇仪：《女性自传：透过性别来重读/重塑文类?》，《中外文学》1997 年第 26 卷第 4 期，第 142 页。

对主体的必然分裂已然有了共识。是故自传中所呈现的自我，与小说主角一样，皆无法获致一统的身份。①

如果说洁乐宁的理论填补了女性自传批评的空白，那么，吉尔摩（Leigh Gilmore）1994年出版的《自传学：女性自我呈现的女性主义理论》，则提出了诸多富有自传话语诗学高度的观点。朱崇仪将其总结为以下几点：一是吉氏与她的前辈大相径庭之处，在于她将自传视为建构身份的"论述网"，不再囿于"大叙述"（master narrative），也就是由一个英雄人物从上帝的高度来总结（他）自我的一生的迷思，而仔细地勾勒了自传的制码过程。二是吉氏认为传统自传批评追求整体性（totality），且认为自传这一文类，为自我提供了同时让主体客体融合的"身份"，因而对之另眼相看。但如今在批评典范移转之后，自传反而是因为它重现了主客之间的分裂，而受到重视。是故，当我们不再接受"自我"的完整性时，也就不应再将女性自传书写者视为千篇一律的女人（大写的Woman），而是兼具多重身份的个体，因而替女性自传提供一个多重的新观点。三是吉氏剔除欧尼与德曼等人对自传书写的（修辞）运作方式——前者强调隐喻（metaphor），而后者则强调换喻（metonomy）——的洞见与不见。虽然吉氏认为女性倾向换喻的方式居多，但不管是隐喻或换喻，都仍未适切地解决女性主义自传理论在"自我"与"历史"的建构上极可能会遇到的瓶颈。她认为男女写作主体最后皆会隐遁（disappear），但两者遁入的空间最大不同，在于此空间的组构方式亦是男女有别（gendered）——女性自传作者缺乏既存的模式，以留下可资存留的身份。②

21世纪以来，关于西方自传理论的话语模式研究正日趋完善，争论的硝烟渐渐远去，当前有关西方自传理论话语模式的著述工作是来填补20世纪自传批评话语的缺口。

---

① Jelinek, Estelle, *The Tradition of Women's Autobiography: From Antiquity to the Present*（Boston: Twayne Publishers, 1986），pp. 10-14.

② 朱崇仪：《女性自传：透过性别来重读/重塑文类?》，《中外文学》1997年第26卷第4期，第140页。

上 编

古典话语模式

第一章 / *Chapter 1*

斯蒂芬·茨威格：自传真实与自我形塑

（一）

　　传记作家斯蒂芬·茨威格有关自传话语的理论，主要集中在他创作的《自画像：卡萨诺瓦、司汤达、托尔斯泰》中，特别是引言部分，写作这篇引言的时间是 1928 年的复活节。而在 20 世纪初期，关于包括自传在内的整个传记是否被看作艺术还存在着重大争议，"直到本世纪初始，很少会有人认为传记有资格被可能作为一种艺术样式"。① 甚至这种不把传记视为艺术的观念，至今犹存。"在传记批评界，传记家以及传记批评家依然在努力让广大文学批评家们相信，生平如何被讲述出来事关重要，传记在最高意义上是一种艺术形式。"遗憾的是，"对传记的文学批评相对稀缺，文学批评家倾向于把传记当作是知识的'透明'容器"，② 而茨威格则不但认定了自传的艺术美学价值，而且他大胆提出了 20 世纪艺术美学的自传转向的预言："艺术从未结束，它只是转变了方向。毫无疑问人类进行虚构的塑造力必定要变弱：幻想总是在童年期最有力量，每个民族只是在它生存的早期为自己编造了神话和象征。"③ 茨威格发现，神话在尘世间再无立

---

① ［英］艾伦·谢尔斯顿：《传记》，李文辉等译，北京：昆仑出版社，1993，第 90 页。
② 梁庆标选编：《传记家的报复：新近西方传记研究译文集》，桂林：广西师范大学出版社，2015，第 63—64 页。
③ ［奥地利］斯蒂芬·茨威格：《自画像：卡萨诺瓦、司汤达、托尔斯泰》引言，袁克秀译，北京：西苑出版社，1998，第 12 页。

足之地，因为文学创作不再描绘虚构的世界而是要描绘我们人的内心世界。"内心的无限，灵魂的宇宙向艺术开启了更为取之不尽的领域：对灵魂的发现，对自我的认识将成为我们越来越智慧的人类将来更大胆地设解却永远解不开的谜题。"① 在这里，茨威格敏锐地发现了20世纪艺术美学的一个重要转向：自传转向。美国哲学家提吉拉在20世纪70年代将现代美学发展概括为三个转向，即转向艺术、转向人的独创性、转向人类境况。周宪认为，这个概括是恰当的。② 其实，提吉拉这个观念，比茨威格至少晚了五十年。我们认为，茨威格对非虚构艺术的自传给予如此高的评价，是一次美学革命。

茨威格指出，当创造型的作家，使他的自我在表达的客观性中消失至无法找寻时（最完善的是莎士比亚），主观感受的内倾型的内省者，则将使所有的世俗的东西在他的自我中结束，并且首先成为他自己生活的描绘者，无论他选择何种形式，戏剧、史诗、抒情诗或是自传，他总要不自觉地使自我成为每种作品的媒质和中心，每一次塑造，他表现的首先是他自己。为此，茨威格列举了三个艺术形象，即卡萨诺瓦、司汤达、托尔斯泰。以此来关注自我的主观主义艺术家类型和他重要的艺术形式——自传。

先看卡萨诺瓦自传，茨威格首先声明，把卡萨诺瓦的名字与司汤达和托尔斯泰放在一起，并不是说放荡、堕落的卡萨诺瓦可以与完美的伦理学家托尔斯泰在精神境界上等量齐观了，而是卡萨诺瓦的自传代表了表现自我创作功能的最低的原始阶段。"即朴素的表现，一个人把自己的生活同外部感官和实际的经历置于同等地位，把他这种存在的过程和经历的事件自然地叙述出来，不加评价，也不透彻地去研究自己。"③ 也就是说，茨威格把自传艺术分为三个垒叠层次：一是朴素自传叙事；二是心理自传叙事；三是灵魂自传叙事。

---

① [奥地利] 斯蒂芬·茨威格：《自画像：卡萨诺瓦、司汤达、托尔斯泰》引言，袁克秀译，北京：西苑出版社，1998，第13页。
② 周宪：《二十世纪西方美学》，南京：南京大学出版社，1997，第2页。
③ [奥地利] 斯蒂芬·茨威格：《自画像：卡萨诺瓦、司汤达、托尔斯泰》引言，袁克秀译，北京：西苑出版社，1998，第2页。

　　茨威格发现，人们有个美学上的错觉，仿佛表现自我是每个艺术家最本能或曰最轻松的任务。因为一个作者对谁的生活能比对自己的生活更了解呢？只有作者本人知道自己最秘密的事儿，清楚自己内心的隐秘。只要作者打开记忆的大门查找并抄下生活中的事件就行了。"就像摄影不需要很大的绘画天赋，因为它只是对已经安排好的现实毫无想象力的纯粹机械的捕捉，表现自我的艺术看似原本就无须以艺术家为条件，只要一个忠实的记录员就行了；原则上讲，随便一个人都能成为他自己的传记作者，将他经历的危险和命运艺术地展示出来。"①

　　可是艺术发展史告诉我们，并没这么简单。《卡萨诺瓦自传》就是最好的例证之一。茨威格认为，在世界文学中，卡萨诺瓦的出现只是个特例，是一种绝无仅有的巧合。换句话说，茨威格指出了卡萨诺瓦与其他艺术家的主要不同之处："他向自己讲述其一生。"② "别人必须虚构的，他亲身经历过；别人用思想塑造的，他用的是温暖的纵欲的肉体。因此，在这里笔和想象力不需要事后做刻画性的修饰：它们作为速写纸，呈现已经完全戏剧化的生活就已经足够了。卡萨诺瓦经历的比他同时代的作家虚构出的变幻和景象都要多。"③ 事实上，在纯粹的事件内容上（不是在精神实质和认识深度上），茨威格认为，歌德的自传《诗与真》、卢梭的自传《忏悔录》，"被创造意志所把握的生活经历，与这个冒险家那种急流般有力的生活相比是多么缺乏变化，在空间上多么狭小，在交际范围上又多么闭塞，而他变换乡村、城市、等级、职业、生活范围和女人"。④

　　茨威格还发现艺术史上的一个悖论：行动的人和享受者本来要比所有的作家有更多的经历去叙述，但他们做不到；另外，创作的人必须虚构，因为他们很少经历足够的事件让他们去叙述。更为关键的是，真正有经历

---

① ［奥地利］斯蒂芬·茨威格：《自画像：卡萨诺瓦、司汤达、托尔斯泰》引言，袁克秀译，北京：西苑出版社，1998，第4页。
② ［奥地利］斯蒂芬·茨威格：《自画像：卡萨诺瓦、司汤达、托尔斯泰》，袁克秀译，北京：西苑出版社，1998，第4页。
③ ［奥地利］斯蒂芬·茨威格：《自画像：卡萨诺瓦、司汤达、托尔斯泰》，袁克秀译，北京：西苑出版社，1998，第5页。
④ ［奥地利］斯蒂芬·茨威格：《自画像：卡萨诺瓦、司汤达、托尔斯泰》，袁克秀译，北京：西苑出版社，1998，第5页。

的人却鲜有将经历写出来的能力。《卡萨诺瓦自传》却是这种结合的产物，茨威格认为，卡萨诺瓦的叙事修辞是不加道德上的美化，没有迎合读者的诗化，更没有掩饰的虚化，"而是完全符合事实，完全如事实本身，热情、危险、堕落、无所顾忌、有趣、卑鄙、不正派、无耻和放荡，却总是扣人心弦出乎意料"。① 此外，卡萨诺瓦不是出于文学上的抱负或教条式的夸耀，愿意改过的懊悔或显示欲所激起的坦白癖去讲述，而是完全无负担、无所谓地和无意图地去叙述自己经历过的生活。结果，《卡萨诺瓦自传》成了绝唱，茨威格定调指出："尽管有那么多作家和思想家，世上自那以后再也没有虚构出比他的生活更浪漫的小说，比他的形象更奇妙的人物。"②

茨威格特别推崇自传叙事过程中自传作家的完全无所谓的心理学价值，茨威格发现，卡萨诺瓦只为自己调好过去那丰富多彩的万花筒，他只想通过彩色的回忆忘记悲催的现在。正是这种对一切事儿和一切人完全无所谓的态度赋予他表述自己的作品独特的心理学上的价值。因为从艺术创作的生态机制史来看，名人在描述自己时从来都不是没有顾虑的："因为他们的生活图景早就被迫面对一种已在无数人的幻想或经历中存在的生活景象，这样他们被迫违背他们的意志，使他们本来应有的描绘向已塑造成型的传奇靠拢。他们必须，这些名人，为了他们的荣誉，顾及他们的国家、孩子，顾及道德、敬畏和名誉。"③ 而卡萨诺瓦却可以享受最极端的无所顾忌的这种奢华，没有家庭、伦理、物质的顾虑使他担心。他的孩子已被他作为布谷鸟蛋放到别人的巢里。同他睡过觉的女人，早已在意大利、西班牙、英国和德国的地底下腐烂，他自己也没有祖国、家乡、宗教来束缚。为此，茨威格给卡萨诺瓦的自传真实定义为无顾忌、肆无忌惮、无耻和非道德上的坦率。

正因为卡萨诺瓦的完全真实，反而对比出歌德、卢梭、托尔斯泰和司

---

① [奥地利] 斯蒂芬·茨威格：《自画像：卡萨诺瓦、司汤达、托尔斯泰》，袁克秀译，北京：西苑出版社，1998，第6页。

② [奥地利] 斯蒂芬·茨威格：《自画像：卡萨诺瓦、司汤达、托尔斯泰》，袁克秀译，北京：西苑出版社，1998，第7页。

③ [奥地利] 斯蒂芬·茨威格：《自画像：卡萨诺瓦、司汤达、托尔斯泰》，袁克秀译，北京：西苑出版社，1998，第64页。

汤达等人的自传中的"半遮半掩和隐瞒造成的不真实"。① 正是这种诚实、坦率和清明的叙事修辞方式，茨威格认为，卡萨诺瓦就将他的生活和时代看作了整体，不仅是使卡萨诺瓦一个人，而是使一个时代鲜活地出现在舞台上。在卡萨诺瓦笔下，"他描述同弗里德里希大帝的谈话将不会比十页前描述同一个小婊子的交谈更详尽或激动一丁点"。② 他不为世上的任何东西强加道德或美学的重量，人们通过任何人也不能比通过卡萨诺瓦更好地了解它的文化、舞会、剧院、咖啡馆、要塞、旅店、游乐厅、妓院、猎场、修道院和监禁的堡垒。总之，由于卡萨诺瓦的自我描述的独特性，他的自传现在属于世界文学了，"这个卡萨诺瓦证明了，人们可以写出世上最有趣的小说而不用是作家，描绘最完美的时代画面而不用是历史学家，因为那个最后的主管机关从不问道路，而只问效果，不问德行，而只问力量。每种充分的情感都可能成为创造性的，无耻正同羞耻一样，无个性同个性、恶和善、道德和不道德一样：对永恒起决定作用的从不是灵魂的样式，而是一个人的丰富"。③ 茨威格强调，在这个世界上，只有强度使人永存，一个人活得越坚强、生气勃勃、一致和不平凡，他就越使自己显得完美。因为不朽不知道什么合乎道德还是不合乎道德，好还是坏；它只测作品和强度，它要求人的一致而不是纯洁、范例和形象。道德对它什么都不是，强度却是一切。

但是，尽管茨威格认同这个强度，可是作为文体学家，他又不得不承认，在强度之上还有个文体的审美标准。也就是说，卡萨诺瓦的这部自传代表的只是第一个，且是最低的原始阶段自传，而司汤达的心理自传则代表了第二阶段自传。

---

① [奥地利] 斯蒂芬·茨威格：《自画像：卡萨诺瓦、司汤达、托尔斯泰》，袁克秀译，北京：西苑出版社，1998，第66页。
② [奥地利] 斯蒂芬·茨威格：《自画像：卡萨诺瓦、司汤达、托尔斯泰》，袁克秀译，北京：西苑出版社，1998，第67页。
③ [奥地利] 斯蒂芬·茨威格：《自画像：卡萨诺瓦、司汤达、托尔斯泰》，袁克秀译，北京：西苑出版社，1998，第69页。

（二）

茨威格发现，很少有人比司汤达更能撒谎，更为热忱地将世界神秘化。司汤达曾说，他最想戴上一张面具并改个名字。"只有用假名，在假消息中他才感到安全。他有一次化装成奥利利的退休人员，还有一次是化装成'骑兵团的旧军官'，最喜欢用对他的国人来说神秘莫测的司汤达这个名字（一座普鲁士小城的名字，它因其狂欢节的气氛而不朽）。"① 例如，在一本自传中司汤达夸张地写他曾有几次与拿破仑进行了长而重要的谈话。但事实却是，司汤达自己会在下一卷写道："拿破仑不同我这种傻瓜聊天。"②

但同时，茨威格又明确地肯定了司汤达自传的真诚性：但尽管如此，却还是很少有人像这位伪装的艺术大师那样向世人坦白如此之多的关于自身的真相。司汤达必要时可以像他的完美谎言一样，也同样完美地做到真实。"因为司汤达具有同样多的勇气，甚至是肆无忌惮地去说出真相或谎言，他处处以出色的毫不迟疑地跳过社会道德的所有障碍，他通过内心检查的所有接线和栏目走私，在生活中羞怯，在女人面前腼腆，一旦他拿起笔，就立刻有了勇气。"茨威格指出，司汤达特别爱探究自己身上最坏、最见不得人的情感。"他有多少次和多么狂热地吹嘘自己对父亲的恨，他曾嘲讽地写道，他有整整一个月的时间徒劳地努力，想在得知他去世的消息时感觉痛苦。"③ 也就是说，茨威格发现了司汤达的自我描述与卡萨诺瓦的自我描述的本质区别，卡萨诺瓦是自然的表述，而司汤达则是个片段作者、印象主义者，"就像他的小说带有某些自我描述的色彩；人们从来都不要指望从他那里有一个如此完整的他的自身世界描述，比如，歌德在

---

① ［奥地利］斯蒂芬·茨威格：《自画像：卡萨诺瓦、司汤达、托尔斯泰》，袁克秀译，北京：西苑出版社，1998，第73页。

② ［奥地利］斯蒂芬·茨威格：《自画像：卡萨诺瓦、司汤达、托尔斯泰》，袁克秀译，北京：西苑出版社，1998，第74页。

③ ［奥地利］斯蒂芬·茨威格：《自画像：卡萨诺瓦、司汤达、托尔斯泰》，袁克秀译，北京：西苑出版社，1998，第76页。

《诗与真》中描绘的那样"。①

也就是说，为了避免不真实，打消羞耻感和顾虑，司汤达在自我的法官和内心的检察官觉醒以前，完全地彻底地坦白。茨威格把这种自传创意写作定性为心理学牺牲艺术："司汤达写他的自我回忆是走笔如飞、一挥而就的，确实，每曾再看一眼这些纸页，对风格、统一性，对有条理的生动性毫不在意，就好像全部只不过是一封给他的朋友的死人信件而已。'我不撒谎，并希望不抱幻想，高高兴兴地像给朋友写一封信'这个句子中每个字都是重要的，司汤达写他的自我描述是，'如他希望的'，真实，'不抱幻想'，'高兴地'，'像一封私人信件'，而这些，'是为了不像让-雅克·卢梭那样艺术地说谎'。他有意识地为坦率牺牲他的回忆录的美，为心理学牺牲艺术。"

以上，茨威格特别提到了歌德自传的完整性和卢梭自传的艺术性，但是茨威格认为，歌德为了完整性不无牺牲了坦白，卢梭为了艺术性进行了说谎，司汤达虽然为了坦率牺牲了艺术美，但是茨威格认为司汤达的做法是颇值得肯定的："那种关键性的坦白，如声名狼藉的关于他对母亲的危险的好感，对父亲野兽般的极端的仇恨，一旦一个监察官有时间监视它们，这些在别人那里怯懦地躲进潜意识的角落的时刻是不敢出来的，这些最隐秘的东西是——人们不能有别的说法——在目的明确地被强制的、在道德上疏忽的时刻偷运过去的。"② 茨威格指出，只有通过这种天才的心理学家的方式，即司汤达从不让他的情感有时间修饰的"美"或"有道德"，他才在它们最敏感的地方，让它们在其他人，更迟钝、更缓慢的人身上大叫着跳过去的时候，真正抓住它们。赤裸裸地，完全灵魂赤裸地并且还是完全不知羞耻地，这些被抓住的罪恶和旁门左道突然出现在光滑的纸上并第一次逼视着人的目光。

在这里，茨威格的分析极为准确和到位，尼采曾经说："我的记忆说

---

① [奥地利] 斯蒂芬·茨威格：《自画像：卡萨诺瓦、司汤达、托尔斯泰》，袁克秀译，北京：西苑出版社，1998，第141页。

② [奥地利] 斯蒂芬·茨威格：《自画像：卡萨诺瓦、司汤达、托尔斯泰》，袁克秀译，北京：西苑出版社，1998，第143页。

'这是我做的';我的自尊坚定地说'我不可能做这件事'."①可见道德约束的力量有多大,连宣布上帝死了的哲人,都被自己的自尊所击败。

茨威格把司汤达自传誉称为灵魂文献,他说,正是这种漫不经心,这种对形式和建筑、后世和文学、道德和批评的漠视,这种尝试奇妙的个人化和自我享受性,使得司汤达的自传《亨利·布吕拉尔》成为一种无可比拟的灵魂文献。当然,这里的"灵魂"二字是赞誉,但"文献"二字则不无反讽,尽管司汤达的自画像具有未完成作品的那种无法描述的魅力和即兴作品那种本能的真实,但是,茨威格不无忧伤地发现,在自传这种自我本身的广博史诗中,显然很少人能够成功。司汤达虽比卡萨诺瓦进了一步,但还属于自传艺术的第二阶段,卡萨诺瓦这位准确的观察者描绘了他的生活;司汤达这位精确的心理学家,描绘了他的感情引起的反应。

茨威格的自传诗学没有满足于此,他发现从托尔斯泰身上可以看到自传的第三境界:在托尔斯泰这个典型身上,这种灵魂的自我审视达到了它的最高阶段,因它同时又是伦理-宗教表现。在茨威格看来,托尔斯泰的自我审视,已经超越好奇的自我洞察而变成了道德的自我检验和自我法庭了。在托尔斯泰那里,表达自我时,艺术家不仅仅是寻求方式和形式,还有他显现在尘世之中的意义和价值。②

茨威格对托尔斯泰充满着热爱和赞颂,他肯定了托尔斯泰作为艺术家的独特性,他认为托尔斯泰具有"叙述时完全简单得无重音,像最初时代的那些叙事文学作家、行吟诗人、诗篇作者和编年史作者讲述他们的神话一样"。"这给予他的艺术任何时候都真实的自然的某些匀称,和他的叙述文学那种大海一样单调然而宏伟的节奏,它总是一再使人想起荷马的名字。"③ 茨威格惊喜地发现,谁像托尔斯泰那样看得如此之多、如此完善,谁就不需要虚构和编造任何东西。而且同陀思妥耶夫斯基这个幻想者相反,托尔斯泰是绝对清醒的艺术家,但是茨威格却敏锐地发现,托尔斯泰

---

① Friedrich Nietzsche, *Jenseits von Gut und Böse* (München: Carl Hanser Verlag, 1960), p. 625.

② [奥地利] 斯蒂芬·茨威格:《自画像:卡萨诺瓦、司汤达、托尔斯泰》引言,袁克秀译,北京:西苑出版社,1998,第3页。

③ [奥地利] 斯蒂芬·茨威格:《自画像:卡萨诺瓦、司汤达、托尔斯泰》,袁克秀译,北京:西苑出版社,1998,第179页。

这个狂热于真实的人却是一个激情的自传作者。通过对比自我描述和世界描述后，茨威格更发现了自传话语的重复叙事特征："但自我描述与世界描述相反，它从不满足于艺术作品中一次成就。自我从不能通过阐明完全地被分析透，因为一次的观察包容不了持续变化的自我。因而伟大的自我描述者都在整整一生中重复他们的自画像。"① 伟大的现实描画者托尔斯泰一生中也在重复他的自画像，聂赫留朵夫也好，萨雷金或彼尔或列文也好，茨威格认为，托尔斯泰这位艺术家，他的自我不知疲倦地继续沿着精神的线路奔跑，这说明了托尔斯泰的广度，他自传的狂热从未一刻止息。托尔斯泰23岁时就开始为自己画像，茨威格指出，这在世界文学史中是独一无二的"一部三卷的自传"，他"试着为自己讲述他的《童年》《少年》和《青年》。他为谁而写，他当时没想过，而且尤其是没想到文学、报纸和公众。他本能地听从一种通过描述达到自我澄清的渴望，这种模糊的冲动不由任何有目的的意图说明，更不像他后来会要求的为道德要求的光所照亮"。② 这种无心的自传使托尔斯泰成名了。这或许是自传诗学需要探讨的一个重大课题，当托尔斯泰无名时，出于好奇与无聊所描绘的自己受到人们欢迎，可是当他成为成熟的艺术家大师后，却再也没有成功地画出一幅如此纯粹形象的自画像。茨威格为此分析的原因是：托尔斯泰把他生活的图像完全转向了全人类，这样他就借助他的灵魂洗涤而洗涤自己，虽然托尔斯泰认为，一个尽可能真实的对自己生活的描写具有每个人的伟大价值，一个这样完全合乎事实的自传，比所有艺术的废话更有用，"这些废话充满了我的十二卷作品，而且今天的人们把一种完全受之有愧的意义归之于它"。③ 由于托尔斯泰认识到了真实的标准随着对自己生活的认识一年年地发展，他认识到了真实的所有含义模糊、高深莫测、可以改变的形式，结果原来23岁的人用滑雪板在镜子一样光滑的表面上无忧无虑地疾驰而过的地方，后来变得有责任心、有意识的真理探索者在那里吓得气馁地

① ［奥地利］斯蒂芬·茨威格：《自画像：卡萨诺瓦、司汤达、托尔斯泰》，袁克秀译，北京：西苑出版社，1998，第187页。
② ［奥地利］斯蒂芬·茨威格：《自画像：卡萨诺瓦、司汤达、托尔斯泰》，袁克秀译，北京：西苑出版社，1998，第190页。
③ ［奥地利］斯蒂芬·茨威格：《自画像：卡萨诺瓦、司汤达、托尔斯泰》，袁克秀译，北京：西苑出版社，1998，第192页。

后退。结果，托尔斯泰有两怕：一怕不可避免地出现在每个自我历史中的欠缺和欺诈；二怕由于有意识地张扬好的和荫蔽坏的，使自传成为谎言。为了把这种赤裸裸的真相展示出来，托尔斯泰公开宣布：我不隐瞒我的生活的任何丑行。但是，茨威格却发现托尔斯泰的这种自我描述恰恰成为一种对真实的歪曲："但我们不要过分抱怨这种损失，因为从那个时期的记录，例如忏悔，我们确切地知道，为了托尔斯泰的真实需要，从他的宗教危机以后，每一描述的意志总是不可避免地成为一种对自我谴责狂热的和鞭笞派式的乐趣，并且每一表白突变成一种不自然的自我辱骂。最后岁月的这个托尔斯泰早就不再描述自己。"① 于是这最终的自我描述以它对他所谓的卑劣和罪孽强行的谴责可能成为对真实的一种歪曲，茨威格在这里想表达的自传思想是，自传叙事话语中过分的谴责，其实也是一种歪曲。

（三）

事实上，茨威格尽管对自传叙事给予极高的评价，甚至预言了 20 世纪文学的自传转向："内心的无限，灵魂的宇宙向艺术开启了更为取之不尽的领域。"② 但是，茨威格清醒地发现，对灵魂的发现、对自我的认识将成为我们越来越智慧的人类将来更大胆地设解，但也是永远解不开的一道谜题和难题。因为，真实是自传的生命，可是茨威格发现，"要求一个人在他的自我描述中绝对真实，就像是尘世间的绝对公正、自由和完善那样荒唐"。③

首先，人类根本就不具有可以信赖的真理器官。茨威格指出，这是因为自传作者在开始描述自己之前就已经被记忆骗取了真实的生活经历。"因为我们的记忆绝不是一个官僚主义式的井然有序的文件柜，有确定的文字，不管经历多长时间仍然是可以信赖并无法更改的，一个文件又一个文件，

① ［奥地利］斯蒂芬·茨威格：《自画像：卡萨诺瓦、司汤达、托尔斯泰》，袁克秀译，北京：西苑出版社，1998，第 192 页。
② ［奥地利］斯蒂芬·茨威格：《自画像：卡萨诺瓦、司汤达、托尔斯泰》引言，袁克秀译，北京：西苑出版社，1998，第 13 页。
③ ［奥地利］斯蒂芬·茨威格：《自画像：卡萨诺瓦、司汤达、托尔斯泰》引言，袁克秀译，北京：西苑出版社，1998，第 9 页。

我们生活中所有的事实都有凭有据地保存着。"与之相反，"我们称之为记忆的，根植于我们血性的轨迹中并为它的波涛所淹没的，是一个活跃的器官，服从于一切变幻和改变，绝不是一种冷柜或稳定的储藏器，会让每一种过去的感受在里面保持它的天然本性、原始气息和历史上曾经存在的形式"。① 尽管茨威格的论证是诗意化的，但却颇为形象地展示了自传记忆的本质特征：在时间的流动与奔涌中，我们匆忙用名称捕捉它们并称之为记忆，事件如同溪底的卵石推移，它们互相磨光直至面目全非，它们相互适应，重新安排，披上了我们的意愿所想要的伪装和保护色。在这种变幻的环境中没有什么或几乎没有什么不受弯曲地保存下来，每种后来的印象都使前面的变得模糊不清，每一种新的回忆都欺骗最初的那些，使其变得面目全非，并常常变得跟原来相反。为此，茨威格列举了普鲁斯特，这位司汤达精神的继承者。普鲁斯特将记忆的改变看法的能力用在一个男孩儿如何经历女演员贝尔玛扮演一个她最有名的角色的例子中。在他还未见她之前，就从想象中营造出一种预期，这种预期完全消融并溶解在直接的感官印象中；这种印象又通过邻座的看法冲淡了，第二天又通过报纸的评论变模糊，被歪曲；当他多年以后看到这同一个艺术家扮演同一个角色时，这时他成了另一个人，她也成了另一个人，最终他的记忆已不能再确定，最初的真实的印象到底如何。因此，茨威格总结道："记忆，这种看似不可动摇的所有真实标尺，本身就已是真理之敌，因为在一个人能开始描述他的生活之前，他身上已经有一个器官进行制作而不是复述的活动了，记忆本身就已经主动练习了所有的创作功能，就是这些：选出基本的，加强和淡化，有组织地编排。借助记忆这种创造性的想象力每个描述者也就不由自主地在事实上成了他生活的创造者。"② 茨威格最后拿出了自传叙事的代表人物歌德来举例说明："我们新世界最明智的人，歌德，清楚这一点，他自传的题目，《诗与真》这个勇敢的标题适用于每一种自我表白。"③

① [奥地利] 斯蒂芬·茨威格：《自画像：卡萨诺瓦、司汤达、托尔斯泰》引言，袁克秀译，北京：西苑出版社，1998，第9页。
② [奥地利] 斯蒂芬·茨威格：《自画像：卡萨诺瓦、司汤达、托尔斯泰》引言，袁克秀译，北京：西苑出版社，1998，第10页。
③ [奥地利] 斯蒂芬·茨威格：《自画像：卡萨诺瓦、司汤达、托尔斯泰》引言，袁克秀译，北京：西苑出版社，1998，第10页。

其次，羞耻是每一种真实自传永久的对手。茨威格发现："人身上存在一种反冲动因素，正如一个女人因天生的意愿肉体上想要献身，而清醒的感觉的反意愿却使她想保护自己一样，在精神上那种想向世人倾诉衷肠的忏悔意愿也在同灵魂上的羞耻感作斗争，它劝我们对自己的隐秘保持缄默。因为最虚荣的人自己感到自己不完美，并不像他想在别人面前表现出的那样完善；因此他渴望让卑劣的隐秘，他的缺陷和鄙陋随他一起死去，而他同时又希望他的形象会在人群中永生。"① 所以茨威格认为，羞耻是真实的又一永久对手。羞耻要用所有的诡计和伎俩诱使很愿忠实于自我的艺术家掩藏他的隐私，掩盖他的危险性，隐藏他的秘密。茨威格高屋建瓴地指出，谁要是软弱地屈服这种诌媚的欲望，肯定会走向自我神化或自我辩护，而不是自我表现。"因此每种真诚的自传都要求一个前提，必须始终留神虚荣的侵入，而不是一种纯粹的漫不经心的叙述，要顽强地抵抗自身尘世天性不可阻挡的趋势，而不是把形象按世人的喜好加以调整。"② 茨威格还细心地发现，就像蛇最爱在岩石和石块儿底下，最危险的谎言也最爱盘踞在伟大庄严、看似勇敢的表白的阴影之下。在我们阅读自传时，当叙述者最大胆、最令人吃惊地袒露自己，最严厉地批评自己的时候，我们需要最谨慎地留心，是不是正是这种激烈的忏悔方式试图在它喧闹的捶胸顿足后面掩盖一种还要更为秘密的坦白：在自我供认中有一种夸大其词，它几乎总是暗示着一种隐秘的缺点。为此，茨威格分析了羞耻的本质秘密："羞耻的本质秘密在于，人们更愿意也更容易暴露自己身上最令人恐惧和反感的地方，也不会表现出可能会使他显得可笑的哪怕是最微不足道的特征：对嘲讽的畏惧总是每种自传中最危险的诱惑。"③ 为此，茨威格举出了托尔斯泰的例子，"托尔斯泰在他的忏悔中宁可谴责自己是滥交者、杀人犯、小偷、通奸者，却没有一行字承认自己的狭隘。他一生都低估了陀思

---

① [奥地利] 斯蒂芬·茨威格：《自画像：卡萨诺瓦、司汤达、托尔斯泰》引言，袁克秀译，北京：西苑出版社，1998，第6—7页。

② [奥地利] 斯蒂芬·茨威格：《自画像：卡萨诺瓦、司汤达、托尔斯泰》引言，袁克秀译，北京：西苑出版社，1998，第7页。

③ [奥地利] 斯蒂芬·茨威格：《自画像：卡萨诺瓦、司汤达、托尔斯泰》引言，袁克秀译，北京：西苑出版社，1998，第8页。

妥耶夫斯基，他伟大的竞争者，并且不能宽容地对待他"。① 这说明，人们不但喜欢隐瞒，而且还会在坦白中隐瞒，如托尔斯泰对自己的过分谴责，看似坦白，实则隐瞒着他对陀思妥耶夫斯基文学天才的不看重与嫉妒之心。

但是在比较了卡萨诺瓦和司汤达后，对托尔斯泰这个被高尔基称为一个人类的人，这个无畏的通过自我描述达到自我完善的雕塑者，茨威格说，是从歌德以来没有一个作家这样表现了自己并同时表现了永恒的人。这说明，在茨威格的自传话语思想中，他与歌德是一脉相通的，歌德曾在阐释自传书名时说："这是我关于我一生的结论。……我记述一个个事件，只是为了证实一种普遍得出的观察，一种更高的真实。……我以为，其中蕴含着一些人类生活的象征。我之所以称之为《诗与真》，是因为该书通过更高的倾向脱离了低俗的现实，……我们生平中的事件并非因为它是真实的，而在于它体现的意义被记述下来。"② 这也就是茨威格自传话语中的核心思想的体现，优秀的自传要准确地描绘自己的生活，精确地展示自己的心理，但艺术家在表达自我时，不仅要寻求叙事方式和形式，更重要的是要显现自我在尘世之中的意义和价值。

换句话说，茨威格认为，自传话语就应该是自传诗学话语，说起来真是天赐良机，因为 20 世纪二三十年代的世界动荡不安，茨威格被迫远离欧洲："我，作为一个奥地利人、犹太人、作家、人道主义者、和平主义者，恰好站在地震最剧烈的地方。那剧烈的地震三次摧毁了我的家园和生活。"③ 这使得茨威格与他的过去生活脱离了任何联系。结果在茨威格自己写作自传《昨日的世界》时，60 岁的他只能凭记忆来叙述他的逝水年华，他的身边没有任何可资参照的史料文件，茨威格清楚地意识到：他是在对他不利但又极具他那个时代特征的环境下来写他自己的自传的。"在我的

① ［奥地利］斯蒂芬·茨威格：《自画像：卡萨诺瓦、司汤达、托尔斯泰》引言，袁克秀译，北京：西苑出版社，1998，第 8 页。
② Johann Peter Eckermann, *Gespräche mit Goethe in den letzten Jahren seines Lebens* (Frankfurt a. M.: Deutscher Klassiker Verlag, 1986), p. 479.
③ ［奥地利］斯蒂芬·茨威格：《昨日的世界：一个欧洲人的回忆》序言，舒昌善等译，北京：三联书店出版社，1991，第 1 页。

旅馆房间里，手头没有一本书，没有任何记载，没有一封友人的书简。我也无处可以问询，因为在全世界国与国之间的邮路已经中断，或者说，由于检查制度而受到阻碍。我们每个人又过着与世隔绝的生活，就像几百年前尚未发明轮船、火车、飞机和邮电时一样。"① 但是，茨威格却对他的自传叙事的诗学价值充满自信，他指出，也许文献和细节的欠缺恰恰是他的这本书的得益之处吧。因为在他看来，记忆力不是把纯粹偶然的这一件事记住和把纯粹偶然的另外一件事忘掉的一种机制，而是知道整理和睿智舍弃的一种能力。茨威格进一步说，从自己一生中忘却的一切，本来就是由一种内在的本能在此之前早已断定认为应该忘却的。唯有自己想要保存下来的事，才要求为他人而保存下来。这也就是茨威格强调的自传叙事更为突显的意义追求，即为自我的生命价值塑形。

---

① ［奥地利］斯蒂芬·茨威格：《昨日的世界：一个欧洲人的回忆》序言，舒昌善等译，北京：三联书店出版社，1991，第6—7页。

第二章 / *Chapter 2*

安德烈·莫洛亚：自传话语的六宗罪

安德烈·莫洛亚从他的诠释学出发，或者说从他的先天设定的自传必须是真实的自我叙事认识论诗学出发，给自传话语定下了六宗罪。

罪一，是我们对于事实的遗忘。莫洛亚指出，当人们试图撰写自己的生活史时会发现，其中的绝大部分已经遗忘殆尽。他以自己的童年记忆为例，"就我本人来说，我所能唤起的七八岁之前的记忆，也仅是极少的突出的事情，他们仿佛是孤立的微小画面，环绕在幽暗的遗忘之河的岸畔"。① 但莫洛亚不无谦虚地指出，这也许是他的个体性不足，因为托尔斯泰能清楚地记得他半岁时，他被放在木盆中洗浴的情景，托尔斯泰记得木盆散发的肥皂味儿，记得脚下滑腻的感觉。歌德清楚地记得小时候沿法兰克福城墙散步之事。不过，莫洛亚认为，人们一般对童年时期的鲜明事件记忆犹新，"因为它是一个鲜明事件，所以，对于成年人来说，孩提时代并非其他，常常似乎是一连串的稀有事件。它产生的映像非常强烈，甚至在岁月流逝之后，那精神上所受的打击也仍有使我们颤动的力量。这样，在战争或者革命时期度过的少年时代，较之于宁静幸福的少年时代，它留下的内容就丰富多了"。② 莫洛亚更指出，有的时候，儿童的记忆是父母或者祖父母告知的我们关于我们小时候的事情，"我们的回忆，其实仅仅是他们所叙述的而已"。为此，莫洛亚下结论说，少年时期的自传即使作者

---

① ［法］莫洛亚：《论自传》，《传记文学》1987 年第 6 期，第 152 页。
② ［法］莫洛亚：《论自传》，《传记文学》1987 年第 6 期，第 152 页。

以诚待之，也几乎是不真实的。"遗忘的机制，在人的一生中均起作用。但是我们忘记其他时期，却不像忘记少年时期那么多。这是因为成年人总是被组合在社会结构之中，他的记忆联系着固定的现实，围绕他，吸引他。当然，如果他能完全脱离国家和种族，他就能真正忘却自己整个的一生，即使他尚有记忆，他的记忆也零碎不全。"① 莫洛亚的逻辑思维很明晰，人的记忆是不可信的，即使在阅读自己的回忆录，莫洛亚发现，"但我们也会意识到，如果我们没有保留书面的证明，那么我们在汇编一个记录材料时，它就不仅会不完整，而且会不准确"。② 在这里，莫洛亚对日记的真实给予了一定的褒扬，"那些在日记中草就而成的回忆录，就反而有了特殊的价值——正如我刚才提及的海登的自传一样。一本单纯的日记，可能由于它的形式毫无变化而显得乏味，但是由零碎的日记编成的叙述材料，却使它有异常的可信感"。③

罪二，改变事实的第二个因素，是由于审美原因而产生的有意的忽略。莫洛亚肯定地说，记忆力是个伟大的艺术家，对任何人来说，记忆力使男人或女人在回忆一生时，创造了艺术作品和不可信的记录。这是因为，如果一个自传作者同时是个极富天资的作家，那么，无论他希望与否，他总有兴趣将自己一生的经历描绘成一部艺术品。为此，莫洛亚引用了斯宾赛的观点：赫伯特·斯宾塞说得好，我们一生既然没有留下什么余地给平日的生活，给简单的事情，给无意外发生的一些宁静日子以及仍然构成人类生存的本质要素的日子，那么，记忆力就将事实真相遗忘、组合和改造了。斯宾赛的原话是"一个传记作者或者自传作者，有责任在他的叙述中省略日常生活的琐事，有责任在他的叙述中将自己完全限定在突出的事件、行动和人物性格上。除了其他需要外，写作和阅读冗赘的卷轶，同样是不可能的。抛开了生活中单调的，亦即构成与他人生活相同的部分，仅叙述突出事件，那么他就给人造成了一种印象，似乎他的自传中的生活与别人的生活差别，比实际生活的差别更大。这个缺点难以避免"。④

---

① ［法］莫洛亚：《论自传》，《传记文学》1987 年第 6 期，第 153—154 页。
② ［法］莫洛亚：《论自传》，《传记文学》1987 年第 6 期，第 153 页。
③ ［法］莫洛亚：《论自传》，《传记文学》1987 年第 6 期，第 154 页。
④ ［法］莫洛亚：《论自传》，《传记文学》1987 年第 6 期，第 154 页。

莫洛亚认为这就是自传叙事中，自传作家所具有的极强的个人主义道德，也是所有传记的结果。

罪三，遗忘并非自传作者借以改变事实真相的唯一因素。莫洛亚认为，另一因素是那完全自然的潜意识的压抑力。莫洛亚又以童年叙事为论证语料，"且让我们暂时转到少年时代的叙述这一点上来。如果一件事情令人不满或者可羞，那么，我们实难诚恳地将它叙述出来。我们记住了我们想要记得的事情，将曾经伤害我们的事情遗忘得无影无踪"。[1] 又由于难以理解的羞耻感，无意识地将少年时代的生活改变。为此，莫洛亚列举了迪斯雷利自传中的潜意识的压抑力。"在迪斯雷利留下的所有自传性零星断片中，迪斯雷利一直坚持他家来自威尼斯，然而事实上他家归属称作弗尔利的小城。但是威尼斯由于它的极好的名字，它的历史，它的优美的宫殿，以及它的在圣马克广场的黄金和白鸽而吸引着狄斯累利。"[2] 莫洛亚说，替代的过程一直不由自主地在他的心中持续不已。

罪四，潜意识的压抑力的另一种形式，则是由羞耻感所引起的。这个观点与茨威格如出一辙。但莫洛亚的话，则不无武断，他说，几乎没有男人有勇气说出他们性生活的事实真相。有人会说，卢梭就在袒露他的性生活方面极度坦白。但莫洛亚从两个方面进行了反驳：一是人们也可以合理地问道，就卢梭的情况，这是不是一种表现主义驱使他夸大对这件事情的回忆？二是，无论如何，他的例子也证明了这样的坦率击中了我们的痛处。莫洛亚进一步指出："自传作者怎么能道出这种事体的真实情况？既然他已选择写作之路，他就是一个艺术家，像每一个艺术家一样，感到需要避忌。如果他的叙述真想隐蔽，那么对作者而言，他肯定有一个借口，说明较之于自己理想的一生。为赋予自己这种生活，他就应如小说家那样写作，从事创造了。"[3] 莫洛亚发现，这时的自传与小说的唯一不同是，小说家只意识到自己的创作行为，而自传家意识到自己。

罪五，由于时间的单一延续也好，由于谨慎的潜意识的压抑力也好，记忆不仅疏忽遗忘，更有甚者，它还对记忆的内容加以理想化。莫洛亚还

---

① ［法］莫洛亚：《论自传》，《传记文学》1987 年第 6 期，第 152 页。
② ［法］莫洛亚：《论自传》，《传记文学》1987 年第 6 期，第 156 页。
③ ［法］莫洛亚：《论自传》，《传记文学》1987 年第 6 期，第 155 页。

是从记忆出发，尽管当时的记忆科学并不发达，可是他有着丰富的传记叙事经验和众多传记典型案例，如卢梭等。莫洛亚说："事件发生后，记忆产生了也许是事件起因的情感和念头，但事实上只是由我们在事件之后奇想出来的。究实言之，事件是偶然性的作用。"① 在许多例子中，崇高的、英雄的动机有时是无心地、无意识地表现出来的。莫洛亚追问道，难道当时恺撒打算渡过卢比孔河，真的从容不迫吗？事实上，普鲁塔克在《希腊罗马名人传》中写到了恺撒内心的恐慌，在渡河前夜恺撒居然做了一个奇怪的梦："最后他在激昂的情绪当中，停止进一步的思考，把一切付予命运的安排，他的口中吐出一个人在开始冒险所惯用的成语：'骰子已经掷下。'然后渡过卢比孔河。过河以后用最大速度继续前进，在天亮之前抵达阿里米隆，立刻占领该城。据说他在渡河前天的夜里，做了一个极其怪诞的梦，竟然梦到与自己的母亲发生乱伦行为。"② 但是莫洛亚发现，在众多将军们的回忆录里，既没有战争前的恐慌，也没有战争中的慌乱，却往往是战争后的从容叙事：我那时走出森林，决定袭击敌人的右翼。

更有甚者，莫洛亚发现，自传作者往往在回首往事时，将一切合理化，组织化，体系化。莫洛亚举卢梭为例："卢梭的例子中，我们既有作者所希望的在羞耻这一点上的真诚的忏悔，也有一束在具有自尊的高水平上写出的信件。如果我们将这束信件与《忏悔录》比较一下，就他的早年生活而论，我们看到，卢梭夸大了他的愚拙和智力上的迟钝这一方面。他的书信的知识水平过高了一些，不可能出自《忏悔录》中他所描写的小土包子的手。"③ 但在《忏悔录》中，卢梭完全略去而不告诉我们。虽说这在他的信件中十分清楚，他没有给大使正确评价这一事实。其实正是作为大使的秘书，才使他开始转而思考自然和自由。加之他有一个明智的长官，那么我们就确然没有卢梭了，莫洛亚说，卢梭骤变一过，他回首往事，将一切合理化，因此莫洛亚总结说，《忏悔录》"较之一本不偏不倚的回忆

---

① ［法］莫洛亚：《论自传》，《传记文学》1987 年第 6 期，第 156 页。
② ［希腊］普鲁塔克：《希腊罗马名人传》，长春：吉林出版集团有限责任公司，2009，第 1296—1297 页。
③ ［法］莫洛亚：《论自传》，《传记文学》1987 年第 6 期，第 156 页。

录，是一本更少公平的传记"。①

罪六，在自传中还有一个缺少诚实的原因，那就是，当我们描写往事时，希望保护已经成为我们同事的人。莫洛亚认为，这既合乎情理，也说明自传作者无权决定是否讲出有关他人的全部事实。莫洛亚此处的自传话语思想不无落后或曰他向现实妥协了。

事实上，总括来看，莫洛亚的自传话语六宗罪，就是自传天生的一宗无法复原自我的原罪："因此，很难去追溯往事，即使追溯往事，也很难不无意地改变它，进一步说，也很难不有意识地改变它。正是这些障碍，使人们担心，不会有可信的自传出现。"②

为了充分展示他的这一自传话语思想，莫洛亚在为 1949 年法国勃达斯版的卢梭《忏悔录》序言中论证得更细致翔实。

莫洛亚认为，卢梭之前的古典作家自传不注重诚实，因为爱诚实以及一心追求诚实并不是人常有的美德，在古典作家身上，体面较真实更为作家所重。莫里哀和拉罗什富科都把他们的自白美化了，伏尔泰也没做自我表白，纪德在他的《要是种子没有死亡》里有着更多的保留。但是，莫洛亚认为，到了卢梭只是在人类思想存在的缺点所允许的限度里说出了真话，而且是卢梭他自己想说出的真话。"事实上一种忏悔只能是一本小说。要是回忆录的作者是诚实的，作品的事实部分就会和历史的真实相符合，同记忆和叙述完全一致，但感情是想象出来的。卢梭的《忏悔录》是骗子无赖冒险小说里最好的一部。"③ 莫洛亚说，所有人身上都有假装的一面，我们不仅为别人演一个角色，而且也为自己演一个角色。为保证能这样继续下去，我们需要这种虚假。换句话说，莫洛亚认为，卢梭也是属于那些假装诚实的人的行列里的人，甚至卢梭的诚实，如他承认自己过早地感到了孤独的快乐，承认郎拜尔西埃小姐打他时他的幸福之感，承认他在女人身边感到的胆怯来自一种过度的敏感，以至于使他变得相当无能，承认他和华伦夫人的那种半乱伦性质的爱情。莫洛亚请大家注意的是，卢梭的叙

---

① ［法］莫洛亚：《论自传》，《传记文学》1987 年第 6 期，第 156 页。
② ［法］莫洛亚：《论自传》，《传记文学》1987 年第 6 期，第 156 页。
③ ［法］卢梭：《忏悔录》（第二部），范希衡译，徐继增校，北京：人民文学出版社，1982，第826 页。

述中有着他的理想读者："但是，要提请大家注意的是这种诚实只是为了
这样一个目的，那只是涉及卢梭在性的方面的态度和表现而已，而在这方
面的诚实恰恰又是一种形式的暴露癖。写自己乐意去做的事，这就是使他
的放纵行为有了成千上万的观众，他也因而感到分外快乐。"① 这样，莫洛
亚说，卢梭就和他的难兄难弟、帮凶和一丘之貉的理想读者建立了亲密关
系。于是乎，卢梭说谎时总是过火而不是不足。"这是真的，卢梭承认自
己偷盗、诬陷别人（如可怜的马丽永和丝带的事），以及对华伦夫人的忘
恩负义。但这些偷窃是小偷小摸；至于诬告，他对我们说他的过错只是因
为他太软弱，而他那样严重地谴责自己遗弃华伦夫人，这件事是发生在他
离开她很久之后，而在这种情况下，别的很多人也会像他那样行事的。"②
莫洛亚一针见血地指出，卢梭这样痛心疾首地低头认罪，是因为他知道读
者会原谅他。为此，莫洛亚引用了古斯多夫在《发现自我》一书中的话来
戳穿卢梭之类忏悔的面具。古斯多夫说："忏悔从来没有把一切都说出来
过，也许是因为现实是如此的复杂和纷繁，如此的没有终结，以至于没有
任何描述能重建一个真实的极其逼真的形象。"③

　　莫洛亚认为，写《忏悔录》的卢梭以为能回想起他的过去，但事实上
卢梭所描述出来的是这个在今天已发生了变化的过去。奇怪的是，卢梭竟
要求他梳理的那些从前的感情场面比事实还真实。卢梭说："我很可能漏
掉一些事实，某些事张冠李戴，某些日期错前倒后；但是，凡是我曾感受
到的，我都不会记错，我的感情驱使我做出来的，我也不会记错；而我所
要写出的，主要也就是这些。我的《忏悔录》的本旨，就是要正确反映我
一生的种种境遇，那时的内心状况。我向读者许诺的正是我心灵的历史，
为了忠实地写这部历史，我不需要其他记录，我只要像我迄今为止所做的

---

① ［法］卢梭：《忏悔录》（第二部），范希衡译，徐继增校，北京：人民文学出版社，1982，第
　　825 页。
② ［法］卢梭：《忏悔录》（第二部），范希衡译，徐继增校，北京：人民文学出版社，1982，第
　　825 页。
③ ［法］卢梭：《忏悔录》（第二部），范希衡译，徐继增校，北京：人民文学出版社，1982，第
　　826 页。

那样，诉诸我的内心就成了。"① 莫洛亚不无讥讽地认为，据上所述，可以做出这样的假定，人是能够认识他的内心的，这一内心活动能和外界的表现区别开来，但莫洛亚说："所有这一切我一点也不信。卢梭的真实并不表现在他的反省方面，而是表现在那些他以极其蔑视的口吻讲述的以事实为根据的事物方面。"②

莫洛亚还以"作为表现方式的传记"为题，较为全面地阐发了自己的独特的自传与传记关系的观点。莫洛亚根据自己的传记创作的实践指出："从某种程度上来说，传记会成为隐蔽的自传。"③ 莫洛亚在这里表达了两层意思：一是传记作家在传记人物的选择方面，往往体现了某种主体性，即选择那些与传记家内心渴求相应的人物；二是借传记主人公的生平遭际来浇传记作家胸中之块垒。莫洛亚所选择的传记主人公，无论是英国的雪莱、拜伦、迪斯雷利，还是法国的夏多布里昂、乔治·桑、雨果，都属于浪漫派人物。莫洛亚为什么"偏爱"这些浪漫派人物呢？他回答道："这倒似乎不无道理。第一点是，我虽非浪漫派，却颇具浪漫情调。这两个词，这两种态度，字源上是近亲。第二点是，不管是浪漫情调抑或浪漫派，在我身上，都是强加克制，比较温和的。浪漫派人物的生活，纷繁喧腾，比起我们来感情更奔放，抒情气息更浓，正像瓦雷里所说，是对我辈平淡人生的一种补偿。"④ 这样，传记作家从选择传主之时起就充盈着主体情思，即在"实录"的笔法中移入了传记作家对传记主人公浪漫丰富人生的向往之情，并因而感动了更多的平凡普通的读者。正像法国文学研究专家罗新璋先生指出的那样："莫洛亚传记的内容，虽是据实而写，信而有据，但基调是浪漫色彩的，甚至可以说，莫洛亚传记的艺术魅力颇得之于作品的浪漫情调。他最好的传记，恰恰是浪漫情调较浓的几部。"⑤ 罗新璋先生的这一段论述，切中肯綮，值得当代传记作家深思。此外，我们认为，莫洛亚

① ［法］卢梭：《忏悔录》（第二部），范希衡译，徐继增校，北京：人民文学出版社，1982，第344—345页。
② ［法］卢梭：《忏悔录》（第二部），范希衡译，徐继增校，北京：人民文学出版社，1982，第828页。
③ Maurois, *Aspects de la biographie* (Paris: Au Sans Pareil, 1928), p. 111.
④ Maurois, *Oeuvres Completes* (Paris: Librairie Arthéme Fayard, 1930), p. 7.
⑤ 罗新璋编：《莫洛亚研究》，桂林：漓江出版社，1988，第6页。

主张传记文学主体性的第二层意思更值得我们批判地继承。莫洛亚尽管在 1938 年即成为法兰西院士，成为"四十名"不朽者之一，但是他内心深处的政治家理想却一直未能展现出来。所以，他在创作《迪斯雷利传》时，于传主身上寄托了自己的政治家欲望。也许，正是莫洛亚在传记创作时，主体情思得以抒发，因而他说："我写书，从没有比写这本书感到更大的乐趣的。"① 而该传出版后也成为他 14 部传记中最受读者欢迎的作品。

"在文学圣殿里，莫洛亚的地位尚不明了。作为小说家，他在跟杰出的同行一争高下。他的历史作品也同样前途未卜。但是，作为一位传记作家，他是无与伦比的。"② 这是莫洛亚的传记作家基廷给他下的断语。对于这一断语，莫洛亚可能不愿接受，他认为自己的小说成就与传记不相上下。③ 但我们认为，莫洛亚针对自传的原罪提出的自传话语观点，对我们反思 20 世纪西方整体自传话语模式颇有帮助。

---

① André Maurois, *Mémoires* (Paris: editions de la Maison Francais, 1942), p. 41.

② L. Clark Keating, *Encyclopedia of World Literature in 20th Century* (St. James Martin, 1999), p. 231.

③ André Maurois, *The Selected Stories of Andre Maurois* (Washington: Washington Square Press, 1967), p. 5.

第三章 / Chapter 3

乔治·古斯多夫：自传的条件与局限

（一）

　　乔治·古斯多夫于20世纪50年代发表了《自传的条件与局限》，可谓自传研究的开荒之作，[①] 他在该篇论文中阐释了一系列他的自传话语思想，如，自传体裁在时间和空间上都是受限的；自传是以人的自我意识为前提；自传的文化意义和自传的动机；自传的文学艺术的功能比历史和客观的功能更重要，以及自传本身存在的，且无法克服的原生问题等。

　　在论文开篇，古斯多夫首先指出亟须提出一些问题来厘清自传的隐含前提，这些问题关乎厘清自传的隐含前提和完成的可能性。古斯多夫认为自传的体裁在时间和空间上都是受限的体裁，他以奥古斯丁的《忏悔录》为例来说明时间限制的问题。奥古斯丁的《忏悔录》是自传文本的里程碑，但和由来已久的基督教文化相比，作为自传文本的《忏悔录》来得太迟了，它并不是与基督教同时产生。在空间问题上，古斯多夫认为，"为了叙述自己的生活而回顾过去"这一断言似是而非，实际上这一说法并不普遍，只发生在最近几个世纪的少部分地区，在时间和空间上均有其局限。古斯多夫认为自传是以人的自我意识为前提的，我们每个人都倾向于认为自己是社会生活的中心：我的存在对这个世界很重要，我的死会让这个世界变

---

① 古斯多夫：《自传的条件与局限》，原文载 Conditions and Limits of Autobiography，Autobiography Essays Theoretical and Critical，Edited by James Olney（Princeton：Princeton University Press，1980），pp. 28-48. 以下所引用乔治·古斯多夫的话皆出自该文，不再注明。

得不完整。在叙述我的一生时，甚至在我死后，也仍要为我自己作证，这样才能使这一不应消失的珍贵资本得以保存。自传作者通过独立存在的环境塑造自己一系列的形象。他看着自己，并以被看为乐——他称自己为自己的见证者，他称见证者也是不可替代的。这种对每个个体生命独特性的关注的自觉意识是特定文明的晚期产物。在人类历史的大部分时间里，个体并不会站在所有其他人的对立面。他不觉得自己存在于他人之外，更不觉得自己与他人对立，而是在很大程度上与他人共同存在于一种相互依存的存在之中。没有人可以合法地拥有自己的生命或死亡；生命是如此彻底地纠缠在一起，它们的中心无处不在，没有边界。因此，重要的单位元素从来不是孤立的存在——或者，更确切地说，在这样一个完全内聚的生命模式中，孤立是不可能的。生活就像一出大戏，它的高潮时刻是由众神安排的，一代又一代地重复着。因此，每个人看起来都是一个角色的拥有者，这个角色已由祖先扮演过，并将被后代再次扮演，因此，构成这个角色的个体也在不断更新。这里，古斯多夫在强调一个重要观点：如果自我意识不存在，自传也不可能存在。

古斯多夫指出，自传只有在某些形而上学的前提下才有可能。首先，以文化的革命为代价，人类必须从传统教义的神话框架中走出来，必须进入一个激进冒险的历史领域。那些不厌其烦地讲述自己的故事的人知道，现在与过去不同，将来也不会重演。相对于相似性，他更了解差异性。考虑到世间的不断变化，考虑到事件和人的不确定性，他认为塑造并完善自己的形象是一件有用而有价值的事情，这样他就能确保自己的形象不会像这个世界上的所有事物一样只留下消失的结局。这么说来，历史时时刻刻都在记录着人类朝着不可预见的目标前进的步伐，它与所有当下在未来终将消失的存在进行着顽强的斗争。每一个生命，每一场死亡，都与这个世界息息相关。每个人对自己的见证都丰富了人类共有的文化遗产。每个人对自己的好奇心，对自己命运的神秘惊奇感，都与哥白尼式的革命有所关联：此刻，它进入了历史。先前认为自己的发展与大宇宙周期相一致的人类，发现自己处于一种自主的冒险之中。不久，人类将科学领域纳入自己的范畴，通过技术专长来组织它们，满足自身的欲望。从此以后，人类知道了人类是人、土地、权力的集合体，是王国或帝国的创造者，是法律或智慧的创造者，唯独人类给自然增加了意识，留下了其存在的痕迹。人类历史事实上总会出现这些伟大的历史人物，传记和碑文、雕像，都是他们想要留在人们记忆中的愿望的一种表现。名人——英雄和王子——在那些为未来几个世纪的启迪而写就的模范"生活"中，获得了某种文学和教育学上的不朽形象。

　　但是，传记作为一种文学体裁，所描述的仅是伟人的外在表现，并在宣传的需要和时代的普遍意义上加以审视和修正。传记作者发现，随着时间的推移，他与其临摹的对象——传主，渐行渐远，而且他与传主之间确实始终存在着社会距离。而自传的出现则意味着一场新的精神革命：艺术家与其参照对象不谋而合，传记作者将自己视为客体。也就是说，自传作者认为自己很伟大，值得被人们记住，即使他实际上只是一个或多或少有点儿默默无闻的知识分子。就这样，自传作为一个新的社会角色，粉墨登场并开始发挥作用。

　　古斯多夫以蒙田和卢梭为例证，来证明其学术观点。蒙田在当时社会有一定的声望，但他出身于一个商人家庭；卢梭是一个文学冒险家，但他也不过是日内瓦的一个普通公民。然而，尽管他们在世界舞台上的地位很低，他们依然认为自己的命运值得被当作典范被世人铭记。

　　基于此，古斯多夫认为，我们的兴趣从公共历史转向了私人历史：除了那些把人类历史公之于世的伟人之外，还有一些默默无闻的人，他们在内心进行着精神生活的斗争，尽管这些斗争是无声的，但他们的方式和手段，以及他们的胜利和失败也都值得被铭记于世。但是这种转变来得较晚，因为它对应于一种艰难的进化——或者更确切地说，对应于意识的退化。事实上，一个人对其他事物的惊奇要远早于对自我的惊讶。人总是会对自己所看到的感到惊奇，但总是看不到自己。如果外部空间是一个明亮、清晰的空间，能使每个人的行为和动机乍一看都十分清楚，那么其内部空间的本质就是阴暗、难以被发现的。如果把自己当作客体的主体，那么注意力的自然方向就转变了，这样做看起来违反了人性的某些秘密禁忌。社会学、深度心理学、精神分析学揭示了一个人与他自己的形象相遇所带来的复杂而痛苦的感受。这是另一个"我自己"，是双倍的自我，但更脆弱、更容易受伤，它被赋予了一种神圣的性格，让它既迷人又可怕。

古斯多夫以纳西塞斯神话为例来说明自传叙事的独特性，阐释了人类特殊的自我意识。众所周知，纳西塞斯在湖边凝视自己的美丽形象，并被自己深深迷住了，大自然并没有预见到人类与他的倒影的相遇，并且它似乎也在试图阻止这种倒影的出现。但镜子的发明似乎扰乱了人类的体验，尤其是从中世纪末期，古代使用的普通金属板被威尼斯工艺制作的银背镜子所取代的那一刻起，镜子里的形象就成了生活场景的一部分。心理分析学家揭示了这一形象在孩子逐渐意识到自己的个性的过程中起到的重要作用。6个月大的婴儿就开始对自己的这种镜像特别感兴趣，而动物看到自己的镜像往往无动于衷。婴儿逐渐发现他的自我身份的一个重要方面，他能够发现别人与自己的不同之处，由此他意识到自己是和他人不一样的存在，他处于社会空间中，在社会空间的中心，他将能够重塑自己的现实。而没有被预先警告的原始人害怕自己在镜子里的映像，就像他害怕摄影或电影影像一样。另外，文明时代下的孩子有足够的时间待在家里，在镜子的诱惑下，更换各种各样的服装打扮自己，这也正是自我意识的体现。然而，即使是一个成年人，无论是男人还是女人，如果他稍微思考一下，就会发现，当他面对自己的时候，会像纳西塞斯，被自己的魅力所迷惑。录音机的第一个声音、电影的图像，唤醒了我们生活深处存在的同样的苦恼。自传作者通过屈服于这种焦虑来达到控制它的效果。面对这些影像，他不断地召唤着真实的自己。

（二）

如果自传确实是反映个人形象的一面镜子，那么人们必须承认，这种文学体裁支撑和加强了基督教禁欲主义的自省传统。奥古斯丁的《忏悔录》回答了这个与古典时代伟大的哲学系统相反的精神取向——满足于个人存在的纪念观念，认为一个人应该遵循普遍的和超然的法则来寻求救赎，而不去考虑内在生命的奥秘。而基督教带来了一种新的人类学意义：每一种命运，无论它多么卑微，都有某种超自然的成分。基督教的命运是灵魂与上帝的对话，其间的每一个行动，每一个思想或行为的主动性，都能让一切回到问题之中。每个人都要对自己的存在负责，意图和行为一样重要——由此产生了一种新的对个人生活隐私的迷恋。认罪原则给予了自省既系统又必要的性质。奥古斯丁的《忏悔录》就是这种理念要求的结果，天才的灵魂在上帝面前以华丽的辞藻和谦卑的态度展示自己。在西方中世纪，跟随奥古斯丁的脚步，忏悔者只能在他的创造者面前认罪。基督教灵魂的神学镜子是一面变形的镜子，它毫无怜悯地照出所谓道德人人格上所存在的瑕疵。谦卑最基本的法则要求信徒能在任何地方都发现罪恶的踪迹，能提出在个人吸引人的外表下，是可怕的肉体腐烂的质疑，每一个人都是死亡之舞中潜在的参与者。在这里，就像原始人类一样，人类无法在看到自己的形象时不感到痛苦。威尼斯的镜子为焦躁不安的伦勃朗提供了一个既不扭曲也不奉承的自我形象。重新崛起的人类出发到海洋中去寻找新的大陆和自然之人。蒙田在他自己身上发现了一个新世界，一个自然的人，一个赤裸裸的天真的人，他在他的随笔中向我们忏悔坦白，但并不后悔。

古斯多夫发现，在日趋世俗化的世界里，自传作者从所有的教义忠诚中解放出来，承担起揭示个人最隐秘生活的任务。自传体裁展示真实的性格是靠真诚的美德完成的，卢梭借用蒙田的名言：在我们同时代的人看来，理解和讲述一切变得越来越有价值，并在精神分析学的教导中得到进一步的强化。复杂性、矛盾和偏差不会引起犹豫或反感，反而让人觉得惊奇。此外，古斯多夫又提出了另一个观点：求助于历史和人类学，我们可以找到自传在其当下时期的文化意义，他关注的，是自传更加确切地呈现出的一个人一生动态的发展状态及其行为的意图。

从历史角度来看，自传作者让自己得以叙述自己的历史，他着手要做的是重新组合他个人生活中零散的元素，并将它们绘成一个全面完整的草图。自传作者努力完整而连贯地展现出自己的整个命运。布列迪厄斯的画册上列出了伦勃朗的 62 幅被认为是真迹的肖像画，这些肖像画是他自己在一生中各个不同的年龄段画的。伦勃朗不断地更新尝试，且清楚地表明他从不满足：他觉得不存在任何哪一张单一的自画像足以刻画他一生的形象。伦勃朗的全貌可以在所有这些不同的画像里找到，从某种意义上说，这一点就是所有这些不同的面貌的共同特征。一幅画是对当下某一时刻的再现，而自传声称要追溯一个时期、一段时间里的发展，这不是通过并列瞬间的图像能够获得的，而更像一种根据预先设定的场景创作的电影。自传的作者能够注意到他对于每天发生的事情的印象，以及每天的精神状态，根据每天的现实来修改自己的画像，但对自己没有任何某段时间的连续性的关注。另外，自传则要求传主对自己保持一定的距离，一边能够跨越时光重新关注自己的作为个人的特殊性，以及作为人类群体的统一性，从而重建自己的形象。

如果人们接受每个人都有一段可以被叙述的历史这一概念，那么从叙述者意识到自己和他人对自己的命运能够产生足够的兴趣的那一刻起，叙述者就不可避免地最终要把自己作为被叙述的对象。每一个作为自己的证人的人都拥有某种特权：如果传记作者写的是一个和他相去甚远的甚至已经去世的人，他无法确定传主的行为动机，他的工作必须像破译密码一样去从传主的行为里破译出意图来，因而他的作品在某些方面似乎总是类似于侦探小说。相反，古斯多夫认为，没有人能比"我"更清楚地知道我的意图，只有"我"一个人能从镜子的另一边发现自己，因为只有"我"不会被隐私之墙阻隔。而其他人，无论他们的初衷是多么美好，结果永远都会出错。他们描述的是传主外在的形象，是他们看到的外表，而不是真实的人，因为人总是会掩盖自己最真实的一面，不会轻易被别人发现。没有人能比利害关系人更公正地对待自己，而自传作者正是为了消除误解，恢复一个不完整或畸形的真相，才开始讲述自己的故事。

乔治·古斯多夫认为，大多数自传都基于以下这些基本动机：国务大臣、政治家、军事领导人，一旦退休或被流放，有了空闲时间就会写自传歌颂他们的行为——尽管这些行为在别人眼里的意义和他们自己理解的并不相同，以此给子孙后代提供一种死后的宣传，以防自己被后代遗忘或得不到后代应有的尊重。因此，专门为一个人、一项事业、一项政治事业或一项巧妙的战略辩护和赞颂的自传是没有问题的，它几乎完全受限于现存的公共部门，它提供了一个有趣的证据，历史学家必须将其收集起来，和其他证据一起进行批判。官方的事实在这里很有分量，意图是通过对他们的表现判断而来的。人们不该轻易相信叙述者的话，而应该把他对事实的描述看作对他自己的自传的一种贡献：个人动机，客观的事件进程。但对公众人物来说，外在因素才是最主要的，他们从自己所处的时代的角度讲述自己的故事，因此他们的自传写作方法与普通的历史写作没有什么区别。历史学家很清楚，回忆录在某种程度上总是对历史的一种报复。

乔治·古斯多夫指出，当个人的私密面变得更加重要时，这个问题就彻底改变了，在这里，就像奥古斯丁的《忏悔录》一样，是灵魂在向我们诉说。外部和客观的批评很可能在这里或那里挑出一个错误的细节或一些欺人之处，但它都没有触及问题的核心。卢梭、歌德不满足于向读者提供一种简历式的自传，而这些步骤对于他们认为的重要意义而言，就显得太平庸了。在这种情况下，这是另一个真理的问题。

（三）

乔治·古斯多夫还敏锐地发现了自传的具体意图及其作为一种文学体裁的人类学特权：自传是自我认识的手段之一，因为自传在整体上重新构成并解释了生命。因而，他提出了自传不是对过去的简单、重复的观点，因为回忆带给我们的不是过去本身，而是一个永远消失的世界的精神存在。对活着的人的重述是很有价值的，但它所揭示的不过是那种生活的一个幽灵般的形象，这种重述的回忆已经很遥远，而且无疑是不完整的，并且由于长久以来记得自己过去的人已不再是生活在过去的那个孩子或青少年，这种重述的记忆进一步被扭曲了。在记忆中从直接经验到意识的这一过程，会影响这种经验的某种重复，也会改变它的意义。通过对夏多布里昂《墓畔回忆录》的分析，古斯多夫指出，叙述自己在历史中寻找自我的人，不是追求客观和公正，而是从事为个人辩护的工作，这是记忆、回忆录或忏悔录中最隐秘又最明显的叙事美学特色。

因此，在这里古斯多夫指出了自传的局限所在，即在自传的公开计划和它最深层的意图之间，存在着相当大的差距。自传的公开计划只是简单地追溯一个生命的历史，而自传的深层意图却指向一个护教之王，或文学流派矛盾心理的神学。开始写回忆录的人诚心诚意地想象，他是作为一位历史学家在写作，他可能发现的任何困难都可以通过运用批判的客观性和公正性来克服。画像将是精确的，事件的顺序将被准确地呈现出来。毫无疑问，我们必须与记忆的失败和捏造事实的诱惑作斗争，但足够严格的道德警觉性和基本的诚信将使事实真相得以重建，就像卢梭在《忏悔录》开头的一些著名篇章中所宣称的那样。在古斯多夫看来，过去就是过去，它不能再停留在现在，除非以彻底的弄虚作假为代价，对历史的回忆假设了过去和现在之间的一种非常复杂的关系。自传作家也陷入了同样的困境：回到他自己的过去，他认为他身份的统一是理所当然的。很明显，对生命的叙述不可能仅仅是对生命形象的简单翻版。每一种命运都是在人、环境和自身的不确定因素中开辟自己的道路的。这种持续的紧张感，对未知的指责，就像时间的利箭，不可能存在于一个知道故事结局的人在事件发生后所写的关于记忆的叙述中。古斯多夫认为，自传的最大的原罪首先是逻辑的连贯性和理性化。他说，对自传的一种柏格森式的批判是必要的。柏格森批判了古典意志理论和自由意志理论，认为其是一种事后的行为模式，在事实发生后重建了一种行为模式，然后想象在决定性的时刻，在各种可能性中有一个明确的选择，而实际上，真正的自由是靠它自己的动力前进的，根本没有选择。

同样地，自传注定要无休止地用完全成形的东西来代替正在成形的东西。活在当下的人背负着不安全感的压力，发现自己陷入一种必要的运动中，这种运动沿着叙事的主线，将过去与未来联系在一起。而且，这困难是无法克服的：即使在天才的帮助下，还是没有一种表达技巧可以阻止叙述者知晓他所讲述的故事的结局——从某种意义上说，当叙述者开始讲述一个问题的时候，这个问题就已经是被解决了的状态。

因此，自传的意义应该超越真理和谬误，因为它们是由简单的常识就能构思出来。毫无疑问，这是一部关于一个人一生的文献，历史学家完全有权查证它的"证词"，核实它的准确性。同时，它也是一件艺术作品，对文学爱好者来说，他将意识到它的风格的和谐和它的形象的美。

乔治·古斯多夫在《自传的条件与局限》一文中，提出了很多关于他对自传的看法，大致可总结为以下六点：一是自传的体裁在时间和空间上都是受限的；二是自传是以人的自我意识为前提；三是自传的文化意义和自传的动机；四是自传无法克服的问题及其原罪；五是自传的文学、艺术的功能比历史和客观的功能更重要；六是每一部作品都是自传式的。尽管有些观点在今天看来似乎不是很准确，但是以历史的眼光看，在自传还在文学边缘徘徊时，在自传的相关问题还处于一片混沌之时，乔治·古斯多夫挑起了自传研究的大梁。所以，我们无法否定《自传的条件与局限》作为自传研究的开荒之作的价值和意义，以及古斯多夫对自传研究做出的巨大贡献。

其实，法国自传研究专家、《自传契约》的译者、北京大学的杨国政教授早已经给予乔治·古斯多夫准确的学术定位了。他指出，谈及自传研究，我们不能不提另外一位拓荒者的名字，那就是乔治·古斯多夫。"如果说勒热讷更多地是从形式的角度，用诗学的方法来解析自传的话，古斯多夫则更多地注重自传的本体论意义。"[1] 乔治·古斯多夫的结论与勒热讷不同，杨国政指出，古斯多夫研究的正是那些具有强烈忏悔色彩的宗教人士的精神历程叙事。在古斯多夫看来，自传不是讲述作者身体经历的叙事，而是反映灵魂的追寻探索历程，是一种救赎的手段。所以精神自传是一种神圣的写作方式，最终都归结于对上帝的发现与皈依。而卢梭的自传《忏悔录》则终结了自传的黄金时代，走向了自传的世俗化道路。古斯多夫强调自传的本质和价值在于它的哲学的、本体论意义，而一切形式的、结构的分析无异于抽去自传的内涵，将破坏自传的神圣色彩。这种分析，可谓切中肯綮。[2]

---

[1]　杨国政：《〈自传契约〉译者序》，［法］菲力浦·勒热讷《自传契约》，杨国政译，北京：生活·读书·新知三联书店，2001，第7—8页。

[2]　杨国政：《〈自传契约〉译者序》，［法］菲力浦·勒热讷《自传契约》，杨国政译，北京：生活·读书·新知三联书店，2001，第8页。

菲力浦·勒热讷：自传契约与小说契约

（一）

　　法国著名学者菲力浦·勒热讷的"自传契约"理论话语模式，是一种建立在以卢梭等为代表的传统自传文本的分析基础上的理论建构。他坚守自传文类不能混同于小说的红色底线，为自传文类正名，为自传文体立法。面对以罗伯-格里耶为代表的法国"新自传"对"自传契约"的挑战，勒热讷初期一度反应强烈，不无忽略了"新自传"在理念及形式上对传统自传的"新的互补"价值。

　　我们认为，勒热讷的"自传契约"是有关古典自传秩序的原理之一，我们必须尽力维护。我们不能因为新的自传种类的出现，而把小说的秩序原理混同于自传的。事实上，我们应该发展勒热讷"自传契约"的内涵，用"新自传契约"来概括后现代自传的秩序原理，唯有如此，自传这一文学类型才能趋向丰富与成熟。

　　在小说美学界，布斯因其"隐含作者"概念的提出而蜚声欧美，同样在西方传记文学界，有一个人也因提出了某些概念声誉鹊起。这个人就是被称为"自传的立法者"的法国著名学者菲力浦·勒热讷：

　　1971 年，勒热讷将其研究成果集结成《法国的自传》一书。他在书中给自传下了一个明确而清晰的定义：当某人主要强调他的个人生活，尤其是他的个性的历史时，我们把此人用散文体写成的回顾性叙事称作自传。勒热讷主要从形式的角度指出了自传的区别性特征，将自传与回忆录、自传体小说、日记、自画像等邻近体裁进行了区分。他特别强调了自传的特点在于讲述作者内心的、个性的历史，而不是外部的重大历史事件。这一定义具有里程碑式的意义，不论后来的研究者认同它或是质疑它，几乎都不能不提及这一定义，它成为自传研究无法绕过的一环，菲力浦·勒热讷的名字几乎成为自传研究的同义语。[①]

可以这样说，菲力浦·勒热讷之所以稳坐自传诗学研究"教皇"的宝座，不仅因他率先给自传下了定义，其实更多地源于他提出了引发广泛热议的"自传契约"的概念。勒热讷在对法国自传进行拓荒研究的同时，迷惑地发现了一个重大问题："如何区分自传和自传体小说呢？必须承认，如果只对文本进行内在分析，那就没有任何区别。为了使我们相信其叙事的真实性，自传所使用的一切方法，小说都可以模仿并且经常模仿。"[②] 面对自传与自传体小说之间这种难解难分的深刻的亲缘关系，勒热讷没有像莫洛亚等前辈那样选择模糊二者文类区分的策略，而是提出了自己独创的"自传契约"理论概念。

众所周知，莫洛亚在给予卢梭的《忏悔录》极高的文类美学价值肯定的同时，特别强调了他认定自传文体不真实的理念：事实上一种忏悔只能是一本小说。卢梭的《忏悔录》是骗子无赖冒险小说里最好的一部。[③] 莫洛亚的这种看法有其学理的正当性一面，然而更有其混淆自传与小说文类特征的值得商榷的一面。勒热讷当然注意到了自传与小说之间"你中有我、我中有你"的相互纠葛之关系，但是他却没有倒向小说一边，而是要为自传文类正名，为自传文体立法。

中国当代著名传记理论家杨正润指出：法国自传理论家菲力浦·勒热讷针对这个难题，提出了一个著名的概念"自传契约"（Autobiography Pact）。所谓"自传契约"意指自传者同读者和出版者之间有着一个无形的"契约"，自传者要向读者和出版者承担义务，诚实、准确地叙述自己的生平；

---

① 杨国政：《〈自传契约〉译者序》，[法] 菲力浦·勒热讷《自传契约》，杨国政译，北京：生活·读书·新知三联书店，第 4 页。

② [法] 菲力浦·勒热讷：《自传契约》，杨国政译，北京：生活·读书·新知三联书店，2001，第 218—219 页。

③ [法] 安德烈·莫洛亚：1949 勃达斯版《忏悔录》序言，远方译，《忏悔录》，北京：人民文学出版社，1982，第 827 页。

出版者出版标明自传类的作品时，也要承担义务，尽可能地对其可信性进行审查；只有作者和出版者承担自己的义务，读者才能把自传视为自传来阅读，相信自传者在真实地叙述自己。①

勒热讷的原话是这样的：因此二者的区别来自文本之外，要确定这种区别，须知晓文本之外的因素。自传中存在一方面是作者、另一方面是叙述者和主人公的同一。这就是说"我"代表作者。文本中没有任何东西可证明这一点。自传是一种建立在信任基础上的体裁，如果可以这样说的话，是一种"信用"体裁。因此，自传作者在文本伊始便努力用辩白、解释、先决条件、意图声明来建立一种"自传契约"，这一套惯例目的就是为了建立一种直接的交流。②

勒热讷在这里想明确表达他对自传文类的本体性把握，即自传是一种作者与读者、出版者，包括与自己，在信用基础上订立契约关系的文体。是在文本外通过辩白、解释、先决条件、意图声明来建立的"自传契约"。舍此，自传与自传体小说两者根本无法区分。

那么，如何发现这些"自传契约"呢？勒热讷指出：自传意图声明可通过各种方式表达：在书名中，在"请予刊登"中，在献词中，最常见的情况是在成为俗套的前言中，但有时也在一个结论性的注解中（纪德），甚至在出版时所接受的采访中（萨特），但这一声明是无论如何不可或缺的。如果作者本人都不声明自己的文本就是自传，我们也没有必要把它当自传来读。我们没有任何理由将自己变为猎犬，通过所有的虚构作品来捕捉关乎作者个人的真实。例如，不论是《阿道尔夫》《享乐》《一个世纪儿的忏悔》《一个疯子的回忆录》，还是《多米尼克》，19世纪大多数自传体小说中所包含的个人真实性的分量对于我们来说是无关紧要的，它们是小说，它们的作者没有明确表示作品完全是他们自己的故事。③

按照勒热讷的这一标准，普鲁斯特的《追忆似水年华》就不是自传而

---

① 杨正润：《现代传记学》，南京：南京大学出版社，2009，第38页。
② ［法］菲力浦·勒热讷：《自传契约》，杨国政译，北京：生活·读书·新知三联书店，2001，第14页。
③ ［法］菲力浦·勒热讷：《自传契约》，杨国政译，北京：生活·读书·新知三联书店，2001，第15页。

是小说，因为他"从未声明《追忆似水年华》是一部自传（而恰恰相反）"。① 这里需要特别说明的是，勒热讷"自传契约"理论概念的形成与提出，是在西方学术话语模式走向后现代的大学术背景下产生的，勒热讷尽管特别强调自传与小说文类的区别，但是他的这个理论更多地受到语言学、叙事学和俄国形式主义的影响。"我从本韦尼斯特、热奈特以及多样化（variabilité）思想使我颇为着迷的俄国形式主义者那里汲取了灵感。"② 因此，勒热讷并没有因为自己研究自传而把自传的真实性吹上天，他认为："自传和小说的区别，不在于一种无法达到的历史精确性，而仅仅在于重新领会和理解自己的生活的真诚的计划。重要的是这样一个计划的存在，而不是一种无法达到的真实性。"③ 这一点特别重要，菲力浦·勒热讷所坚守的自传与小说的区别，不是自传无法达到的"历史真实性"，而是自传文类与小说之间相区别的红色底线：真诚计划的有无。

在这个意义上，保罗·德曼这位解构主义大师可谓是菲力浦·勒热讷的知音，保罗·德曼在他的论文中，几乎把自传式文本摧残得面目全非，无处藏身，他的一篇论述自传的理论文章的题目就是《失去原貌的自传》。尽管如此，保罗·德曼却与莫洛亚等不同，并不认为卢梭的《忏悔录》完全等同于小说：

政治的和自传式的文本具有一个共同的特点，在它们的含义范围中都内含一种实指式的阅读要素，无论它的形式及它的主题性内容多么迷惑人，这一要素就是所谓致命的"公牛之角"……尽管认识与言语行为（performance）之间的关系在许诺这类时间性的语言行为中相对比较容易把握（这在卢梭的作品中以《社会契约论》为典范），但是，这种关系在他那些以忏悔模式出现的自传作品中却更加复杂了。④

---

① ［法］菲力浦·勒热讷：《自传契约》，杨国政译，北京：生活·读书·新知三联书店，2001，第16页。

② ［法］菲力浦·勒热讷：《为自传定义》，孙亭亭译，《国外文学》2000年第1期（总第77期），第3页。

③ ［法］菲力浦·勒热讷：《自传契约》，杨国政译，北京：生活·读书·新知三联书店，2001，第18页。

④ Paul, de Man, "Excuses（Confessions）", in *Allegories of Reading*：*Figural Language in Rousseau*, *Nietzsche*, *Rilke*, *and Prost*（New Haven and London：Yale University Press, 1979), p. 289.

对此，昂智慧有一段精辟阐释：所谓"实指式的阅读要素"就是指在阅读中不可以超越对文本与其所指称的现实之间的一致性的要求（虽然，在某种绝对的意义上，保罗·德曼认为，这种一致性是不存在的）。换言之，假如我们相信自传就是小说，而小说从本质上看是一种语言的虚构，我们就不应该追究自传是否真实地反映了传主的生活和情感，而只要看它是否具有形式和内容上的真实感就可以了；但是，正因为我们假设了自传所应该传达的是传主本人的真实情况，我们才会在阅读自传时，紧扣住"真实"二字，才会从忏悔中解读出托词来。正是在这个意义上，保罗·德曼认为，《忏悔录》不是一部小说，虽然它并不真实。①

也就是说，无论自传怎么"声名狼藉和自我放纵"，德曼认为，自传依赖于潜在地可以证实的确切事件的方式，似乎更少歧义。因为自传属于指涉性、再现性的方式，尽管自传可能包含着许多幻想和梦想，然而，这些与现实的偏离，却根植于一个单一主体，而这一主体身份则是由其可以毫无异议地读出来的专名所界定的。例如，卢梭《忏悔录》的叙述者，就似乎是由卢梭的姓氏和签名所界定的。② 显然在自传不是小说的理念上，解构大师保罗·德曼与自传诗学建构大家菲力浦·勒热讷有着某种统一。

(二)

勒热讷发现，为了确定一部书是不是自传式文本，批评家有时"变成了猎犬"，尤其是文本之外的资料很少时。面对类似的状况，勒热讷不无泄气地说："人们只能完全主观地、随意地接受或拒绝作者的信任了。"③事实的确如此，像中国的自传名作《浮生六记》，外部"自传契约"资料不多，假如这个叙述者沈复是个彻头彻尾的无名之辈呢？

为此，勒热讷重新修改了他的自传定义：自传是一个真实的人以其自

---

① 昂智慧：《文本与世界：保尔·德曼文学批评理论研究》，上海：上海人民出版社，2009，第379页。
② ［美］保罗·德曼：《解构之图》，李自修译，北京：中国社会科学出版社，1998，第191页。
③ ［法］菲力浦·勒热讷：《自传契约》，杨国政译，北京：生活·读书·新知三联书店，2001，第16—17页。

身的生活为素材用散文体写成的回顾性叙事，它强调的是他的个人生活，尤其是他的个性的历史。① 这样，勒热讷从四个层面对自传文类进行了严格的限定：一是语言是散文体叙事；二是主题是探讨个性的发展史；三是作者的名字首先必须是一个真实之人；四是同时作者与叙述者必须同一，也就是必须作者、叙述者和人物同一。按此定义衡量，回忆录因为重点不是探讨个人生活，传记因为叙述者与主人公不同一，自传体小说因为作者名字与叙述者的不同一等而被排除在自传之外。

为了突显自传与自传体小说的区别，勒热讷指出，作者、叙述者和人物名字的同一可以通过两种方式来确立：一是隐含方式，它体现在自传契约中作者/叙述者的合二为一上。同时，自传契约可以有两种形式，第一，利用书名，它使人丝毫不会怀疑第一人称所指代的就是作者的名字（如《我的生平》《自传》等）；第二，在文本的开头部分，叙述者和读者有言在先，好像他就是作者，读者也毫不怀疑"我"指代的就是封面上的名字，即使这个名字在文本中并未再次出现。二是显在方式，它体现在叙述者/人物在叙事中给自己所取的名字上，该名字与封面上作者的名字相同。②

甚至，勒热讷为了让其"自传契约"概念更趋合理和完善，还提出了"小说契约"的概念对二者进行比较分析："相对应于自传契约，我们可以假设也存在小说契约。小说契约也有两种方式，即显在的非同一方式（作者与人物不同名）、虚构性的证明方式（现如今，封面上的副标题小说一般起这种作用）；请注意：在当前的语汇中，小说一词本身即意味着小说契约。"③

面对小说也可能模仿"自传契约"的状况，勒热讷拿出了作者的名字这一杀手锏，得出了"自传契约"三类、"小说契约"三类、不确定一类、空白处二类。为此勒热讷进行了详细的举证，法国自传研究专家杨国政分

---

① [法]菲力浦·勒热讷：《自传契约》，杨国政译，北京：生活·读书·新知三联书店，2001，第201页。

② [法]菲力浦·勒热讷：《自传契约》，杨国政译，北京：生活·读书·新知三联书店，2001，第220页。

③ [法]菲力浦·勒热讷：《自传契约》，杨国政译，北京：生活·读书·新知三联书店，2001，第220页。

析道：菲力浦·勒热讷还从大量的自传文本，或更确切地说是"边际文本"出发，总结出自传之为自传的两条基本的形式标准或标志，这就是自传契约（作者以明确或隐含的方式声明他所写的是自传而非小说）的存在，以及作者和人物在名字上的同一关系（即作者＝叙述者＝人物）。一个文本，如果符合其中的一条标准，就具有了自传的可能；如果同时满足了这两条标准，我们就可以放心地把它当作自传来读了。而且，勒热讷还不厌其烦地又把每条标准区分为三种可能，从中总结出九种可能的组合，从而得出下面的表格：

人物的名字→ 契约 ↓	≠作者的名字	＝0	＝作者的名字
小说的	1a 小说	2a 小说	
＝0	1b 小说	2b 不确定	3a 自传
自传的		2c 自传	3b 自传

如果我们可以把勒热讷判别自传的第一条标准概括为"真事"（即我声明我文中所写都是真的），把第二条标准概括为"真人"（即文中的"我"就是我本人）的话，那么上面的表格就可表述为：对于第一人称文本来说，真人真事（3b）是自传，假人假事（1a）是小说，真人（3a）或真事（2c）可能是自传，假人（1b）或假事（2a）可能是小说。但是真人假事或假人真事呢？可以看出，该表的左下角和右上角两个格子是空的，即这两种组合是不可能的。杨国政的总结归类清晰明晓，概括出了菲力浦·勒热讷"自传契约"的精华，指出了勒热讷论证中的主要观点，但他同时也明确指出勒热讷"自传契约"理论的不足之处："应该说，勒热讷的理论基础有一缺陷，就是他的分析局限于文本之内，最多包括所谓的'副文本'（前言、后记等）和'边际文本'（书名、署名、献词等），他对自传的判断是以作者的所言为基础的。也许是过于迷恋自己所创造的

'自传契约'概念，每当他拿到一部自传，总是翻遍全书寻找'契约'，如果在书中找不到，就到书外去找。"①

　　事实上，勒热讷的"自传契约"理论话语模式，是一种建立在以卢梭等为代表的传统自传文本的分析基础上的理论建构。尽管勒热讷对传统自传的不真诚或隐瞒的特点心知肚明，他从不被卢梭等标榜的自传文类的真实性所迷惑，甚至他都公然承认"自传其实是小说的一个特例，而不是和它不沾边"。②但是，勒热讷却无论如何都要坚守他的自传文类的伦理底线：讲真话的许诺，对真实与谎言的辨别构成一切社会关系的基础。当然，抵达真理，尤其是人生的真谛不太可能，这样的希冀却确定出一方话语领域、一些认知行为，以及某种人际关系，而它们是毫不虚幻的。自传属于历史认知范畴（了解与理解的渴望）、行动范畴（将真相讲述给他人），也划归艺术创作。"这是份契约，有着实在的后果，在一系列实例研究中，我已试过展开这种论点。有人撒谎，该被谴责；有人卑劣或是鲁莽，让人担心，该受惩罚；某些真话会引发恶果。但是当一个自我——写作与生活中都是如此——通过叙事呈现出来，却不能断言它是虚构。"③

　　我们认为，菲力浦·勒热讷的这种坚守有其独特的学术价值和理论意义。遗憾的是，自从"自传契约"理论概念发表以来，勒热讷却遭到了来自理论批评与写作实际两方面的夹击，请看勒热讷的自传性叙述：他们顽固地以为，说真话的承诺毫无意义。以为这在认识上是一种饵诱，艺术上是一种谬误。他们迫不及待地或是倒向心理学（批判记忆力，把内省斥为幻象），或是投靠叙事学（说任何叙事都是虚构）。在这些人眼里，自传一文不值，它没有自知之明，幼稚抑或虚伪，意识不到或者不承认自己属于虚构，而且由于强加给自身的种种荒唐限制，剥夺了自己的创作能力——而唯有这种能力才可在另一层面上通向某种形式的真实。自传契约的构思在他们看来也是异想天开，因为它假设存在一种独立并先于文本、可以被

---

① 杨国政、赵白生主编：《传记文学研究》，北京：人民文学出版社，2005，第75—76页。
② ［法］菲力浦·勒热讷：《自传契约》，杨国政译，北京：生活·读书·新知三联书店，2001，第13页。
③ ［法］菲力浦·勒热讷：《自传契约》，杨国政译，北京：生活·读书·新知三联书店，2001，第3页。

"复写"的真实。①

　　菲力浦·勒热讷的确面临着批评者从语言学、叙事学和神经记忆科学等方面的反对，但是更大的挑战其实是来自自传创作界。众多法国后现代自传的出现几乎无不都在解构着勒热讷的"自传契约"理论的种种规约。

（三）

　　首先对勒热讷发起挑战的是小说家杜勃罗夫斯基，他创作了作品《线索/儿子》，作者和人物都叫杜勃罗夫斯基，符合作者的名字＝人物的名字的"自传契约"，可是作品封面却赫然印着"小说"，这又符合"小说契约"。而且，杜勃罗夫斯基还挑战性地写信给勒热讷说："我十分渴望填补你的分析所留下那个'空格'，这一真正的渴望突然把你的批评理论和我正在写作的东西联系了起来。"所谓勒热讷的空格指前文表格中人物的名字等于作者的名字却又是小说契约的那一栏。那么，这部作品到底是自传还是小说呢？为此，杜勃罗夫斯基颇为沾沾自喜，"我的书的副标题为'小说'"，根据勒热讷的术语，基于一种（作者和人物的）非同一关系和一种"虚构性的证明"（小说），人们得出"小说契约"的结论；可是，由于一开始就确立了作者、叙述者和人物在名字上的同一，文本又自动地属于"自传契约"。那么它就是一部老式的"自传体小说"了？如果按照勒热讷的观点，它也不是。②

　　罗兰·巴特给自己的书定名为《罗兰·巴尔特论罗兰·巴尔特》，"人物＝作者"，书的正文前面附有多幅罗兰·巴特的图片，"自传契约"成立，可是罗兰·巴特又在书中宣称："这一切，均应被看成出自一位小说人物之口。"③ 这样"小说契约"也成立。结果是"自传契约"与"小说契约"混搭，无疑这些都是出给菲力浦·勒热讷"自传契约"的难题。

　　其实，更大的难题在于那些公开标出"autofiction""传奇故事"（Ro-

---

① ［法］菲力浦·勒热讷：《为自传定义》，孙亭亭译，《国外文学》2000 年第 1 期（总第 77 期），第 3 页。

② Philippe Lejeune, *Moi aussi* (Paris: Seui, 1984), p. 63.

③ ［法］罗兰·巴特：《罗兰·巴特自述》，怀宇译，天津：百花文艺出版社，2002，第 1 页。

manesques）和"新自传"的诸多作品。"autofiction"这个词是对勒热讷发起夹击的杜勃罗夫斯基创造的新词。Auto 在英语里是自我的意思，与"autobiography"（自传）同一词根，可是杜勃罗夫斯基却把 fiction（虚构）与之拼贴。这又等于公开宣布"自传契约"与"小说契约"的混搭或等同。

罗伯-格里耶的"新自传"三部曲，即《重现的镜子》《昂热丽克或迷醉》《科兰特的最后日子》，与勒热讷的自传理论唱起了对台戏。罗伯-格里耶不但虚构了一个叫亨利·德·科兰特的人物，而且让这个想象出来的非现实的人物登台，参加这场本应是充分现实的"自传式的表演"，从而引入解构自传的深刻意义。亨利·德·科兰特是虚构的表征、矛盾的表征、不确定的表征，他的存在，使新自传既是自我的故事，又是他人的故事；既是写实的文本，又是虚构的文本。亨利·德·科兰特骑着白马，把"我"的历史世界和现实世界晃得四分五裂。①

罗伯-格里耶公开宣称：自己的读者是不需要勒热讷的"自传契约"的，即不需要在开头就保证作者说的都是真的。最初，他把他的自传定名为传奇故事，后来才改成新自传。

罗伯-格里耶认为，在自己作为小说家和最近成为自传作者的两份工作之间没有多大的差别。他不会赞同勒热讷关于将记忆写成作品的意见，并指出"'意义的需要'，他说，'是收集自传资料有效的和首要的原则'。不，不，肯定不是的！这条公认的原则显然是没有道理的，无论是科兰特花了他一生最后二十年写的手稿，还是我现在亲自写的自传，都不是这样的。"②

面对以上诸如罗伯-格里耶式的"自传性颠覆破坏'自传契约'"活动，勒热讷初期一度反应强烈。针对罗伯-格里耶的写作，勒热讷指出："不可能谈论'新自传'，或者应当把这种表达看成是像以前的'新小说'那样：与其说是一种新的美学表现，不如说是一种对传统的共同拒绝的姿

---

① 张唯嘉：《用虚幻建构真实——解读罗伯-格里耶的"新自传"》，《外国文学评论》2001 年第 1 期，第 144 页。
② 陈侗、杨令飞编：《罗伯-格里耶作品选集》（第三卷）（《重现的镜子》《昂热丽克或迷醉》《科兰特的最后日子》），杜莉、杨令飞、升华、余中先译，长沙：湖南美术出版社，1998，第 286—287 页。

态。"这里，勒热讷则有些过分地强调了"新自传"的反传统性，而忽略了"新自传"在理念及形式上对传统自传的"新的互补"价值。①

尽管"新自传"叙述在自传真实和小说虚构之间游移，但是，这些作家的写作特征就是将一些表面看起来互相矛盾的东西和个人化的经验重叠嵌入到"新的互补形式"中，"我在那里并不是为了说出事实真相，而是在努力塑造我自己"。也就是说，以罗伯-格里耶为代表的"新自传"契约尽管公开挑战菲力浦·勒热讷的"自传契约"，但是他们却并没有把"新自传"的契约完全等同于"小说契约"，而是在实践一种对传统自传的"新的互补形式"。学者兰塞指出："因此，把虚构融入自传，既蕴涵着罗伯-格里耶对自传话语的反省、质疑、挑战，又体现了罗伯-格里耶对自传话语所作的深切治疗。怀着神圣的文学使命感，怀着高度的艺术自觉性，罗伯-格里耶艰难地探寻着自传言说方式的出路。"② 可喜的是，随着论争的深入和时间的验证，菲力浦·勒热讷也坦然反对"自传契约上的僵化的形式主义"，表现了一位真正学者的理性与开放胸怀。

自传契约，如其他契约一样，处于现在时。如果我们更近距离地、现象学地观察这个现在时，就会或多或少地明白，自传作者要讲自己生活的真实这一承诺几乎是无法实现的，以致人们经常这样小心翼翼地声明：这是在我看来的真实，我的真实。新小说派或许正可以从这个角度来帮助开辟新的叙事道路，并由此构建新的文本结构。③

由此看来，"新自传"的契约与菲力浦·勒热讷的"自传契约"并不是水火不相容的，前者明确指出了自传中所必然存在的虚构现象，后者则宣扬了"我要把一个人的真实面目赤裸裸地揭露在世人面前。这个人就是我"的真诚计划。只不过，明确指出了自传中的虚构，未必就是不真实；坚信自己在说真话，尽管有假，但至少有此信念存在。这看似矛盾，其实他们却都在叙写自我真实的登攀路途中艰难地行走着。

我们认为，尽管文学类型会随时而变，但是"文学类型的理论是一个

---

① Raylene L. Ramsay, *The French New Autobiographies*: *Sarraute*, *Duras and Robbe - Grillet* (Gainesville: University Press of Florida, 1996), p. 3.

② 张唯嘉：《罗伯-格里耶新小说研究》，长沙：湖南人民出版社，2002，第188—189页。

③ Michel Contat, L'auteur et le manuscrit (Paris: PUF, 1991), p. 39.

关于秩序的原理"的理论建构，因此，菲力浦·勒热讷的"自传契约"是有关传统自传秩序的原理之一，我们必须维护之；同时"文学的种类问题不仅是个名称的问题，因为一部文学作品的种类特性是由它所参加其内的美学传统所决定的"。① 也就是说，我们不能因为新的自传种类的出现，而否定自传文类的美学传统，甚至把小说的秩序原理混同于自传的。事实上，我们应该发展菲力浦·勒热讷"自传契约"的内涵，用"新自传契约"来概括后现代自传的秩序原理（具体见下一章），唯有如此，自传这一古老而又年轻的文类才能走向丰富与成熟。

---

① ［美］韦勒克、沃伦：《文学理论》，刘象愚等译，北京：生活·读书·新知三联书店，1984，第 256—257 页。

第五章 / *Chapter 5*

菲力浦·勒热讷：
自传契约与新自传契约

（一）

尽管在后现代话语中，虚构与非虚构的概念"现在是众所周知地成问题"，① 文类之间的边界也是在交叉、互通、吞并，甚至是消失中，但是世界著名自传理论家菲力浦·勒热讷的"自传契约"理论则仍然不失其独特的指导自传研究与创作实践之价值。美国自传理论研究学者西多尼·史密斯（Sidonie Smith）和朱莉亚·沃森（Julia Walsen）就是持这一观念的，她们在《自传的麻烦：向叙事理论家提出的告诫》长文中，专设一章，从自传骗局视角出发，肯定了"自传契约"理论的地位。她们举出了几个例子进行了颇有学术价值的剖析：如果一个作家在一个自传骗局中假冒了另外一个人或者挪用了另外一个人的经历，"在读者和一般公众发现一个作为自传来促销与销售的故事完全是'编造出来'的时候，那就会因其明显违反叙述者与读者之间的自传契约而招致很大的麻烦"。又指出："自传契约的思想帮助我们理解为什么自传骗局会那么困扰读者。自传骗局烦扰对自我指涉之道德期待，因为读者期望自传作品指的是一个'真实的'经验

---

① ［美］西多尼·史密斯、朱莉亚·沃森：《自传的麻烦：向叙事理论家提出的告诫》，载［美］James Phelan、Peter J. Rabinowitz主编《当代叙事理论指南》，申丹等译，北京：北京大学出版社，2007，第411页。

世界，不管这个世界是如何被回忆的，他们仍然能够把它想象得直接可信。"①

这个例子说明了"违反自传契约的作品是一种欺骗和机会主义的身份盗用"，同时也说明"自传契约"时时刻刻都在对读者起着引领的作用。② 西多尼·史密斯和朱莉亚·沃森例证的另一部作品更值得推敲。1995 年，记录德国纳粹集中营生活的本杰明·威尔科米尔斯基（Benjamin Wilcomisky）的回忆录《片断：对战争年代童年的回忆》（以下简称《片段》）一出版就引起了轰动，这部以第一人称讲述的目睹纳粹种族灭绝恐怖的令人信服的记录，由于它出现于大屠杀幸存者逐渐减少的"后记忆"这样一个特殊历史时刻，加之其叙事的逼真性，诸多童年曾遭受过虐待的读者认为，该书真实展示了他们所经历过的创伤痛苦，作者因此获得了"犹太人全国图书奖"。"但是当瑞士一名记者访问威尔科米尔斯基的家庭时，他真正的人生开始一点一滴浮上台面：威尔科米尔斯基在瑞士出生，母亲在工厂打工，因为家境困难，不得不把他寄养在别人家里。他在寄养家庭的农舍里受到虐待，后来被好心人收养。他的养父母不愿跟他谈论他的过去，对他而言，过去是一片空白，而他必须去填补那段空白。成人后，他饱尝噩梦侵扰，寻求心理治疗，以回溯记忆的方式，想要释放和缓解过去的痛苦。他书中所述，也许即来自他所'回溯'的记忆，或是他'创造'出的记忆。"③

为此，斯蒂芬·马克勒（Stephen Mackler）专门出了一本书，披露了本杰明·威尔科米尔斯基的《片段》是一部虚构的大杂烩，作者将幸存者的回忆与各种各样文学的与历史的材料编织在一起。结果，这本书最后不得不以"小说"类属再版。史密斯和沃森指出："《片段》强调了一个历史事件是如何作为文化附属物被详述与再现的。像威尔科米尔斯基这样的

①　［美］西多尼·史密斯、朱莉亚·沃森：《自传的麻烦：向叙事理论家提出的告诫》，载［美］James Phelan、Peter J. Rabinowitz 主编《当代叙事理论指南》，申丹等译，北京：北京大学出版社，2007，第 415 页。

②　［美］西多尼·史密斯、朱莉亚·沃森：《自传的麻烦：向叙事理论家提出的告诫》，载［美］James Phelan、Peter J. Rabinowitz 主编《当代叙事理论指南》，申丹等译，北京：北京大学出版社，2007，第 419 页。

③　世界著名大骗局仔细解构，http：//www. southcn. com/news/community/psjm/200301070384. htm。

一个人，他接近令人痛苦而又难忘的事件，但却不是这一事件里的幸存者，渴望有一个受害的共同的过去，于是提出了一种个人方式来理解过去和将自己置于世界记忆之中。正如罗斯·钱伯斯所论述的那样，这种明显的错觉所说明的是，某些痛苦的故事完全变成了跨文化分享的世界记忆中的一部分，以至于个人可以想象自己'真的'身处故事之中。如果《片段》被作为'小说'出版，那么，它就不会引起注意，不会得奖，或者说它最终也不会搞得声名狼藉。"①

这里重点是说，自传叙事与小说叙事的不同在于读者在多种层面上参与了自传叙述："他们把自传当作关于其他人生活的一个信息源，甚至当作历史文献。读者也被允诺的亲密和第一人称表达的直接性所吸引。他们发现自己感情移入地与叙事发生共鸣，因为这些故事释放出情感的内涵，释放出由身体承载的各种张力：害怕、生气、愤怒或者恐惧。当一部满足读者欲望并激起情感上和认识上反应的自传叙事被揭露是一种虚构的东西时，读者会感到被背叛了。他们的阅读、支持以及同情的经验也就被暗中破坏了。"②

同样值得注意的是，本杰明·威尔科米尔斯基的自传骗局事实告诉我们，即使舍弃"自传契约"的理论主张，一部小说也完全可以写得像自传一样真实感人，这也应验了菲力浦·勒热讷的隐忧，"自传所使用的使我们相信叙事真实性的所有手段，小说都可以模仿，而且经常模仿"。③

例如，沈复的《浮生六记》得之冷摊，"《浮生六记》一书，余于郡城冷摊得之，六记已缺其二，犹作者手稿也。就其所记推之，知为沈姓号三白，而名则已逸，遍访城中无知者"。④ 六记遗失其二，可谓无人不晓，然而，20世纪30年代国学整理社却刊行了"足本"《浮生六记》，并作为

---

① ［美］西多尼·史密斯、朱莉亚·沃森：《自传的麻烦：向叙事理论家提出的告诫》，载［美］James Phelan、Peter J. Rabinowitz主编《当代叙事理论指南》，申丹等译，北京：北京大学出版社，2007，第419页。
② ［美］西多尼·史密斯、朱莉亚·沃森：《自传的麻烦：向叙事理论家提出的告诫》，载［美］James Phelan、Peter J. Rabinowitz主编《当代叙事理论指南》，申丹等译，北京：北京大学出版社，2007，第419页。
③ ［法］菲力浦·勒热讷：《自传契约》，杨国政译，北京：北京大学出版社，2013，第14页。
④ 沈复：《美化生活名著丛刊第六种·足本浮生六记》原序，上海：世界书局，1936，第13页。

"美化生活名著丛刊"之一发行，轰动一时，甚至被一些人评价为一个重大的发现。其实这也是一个自传骗局，不仅后二记文笔凝滞粗糙，更被知情者所揭露："世界书局出版的'足本'《浮生六记》，其中后二记是伪托之作，当时世界书局的编辑赵苕狂、朱剑芒对此就心存疑虑，赵苕狂还撰写《〈浮生六记〉考》一文提出质疑。后来经过研究，《中山记历》确实抄自赵介山的《中山聘访日记》，而《养生记道》则是以《曾国藩日记》为蓝本抄来的。伪托的后二记笔墨滞重，难以卒读，远非沈三白轻灵笔墨犹如天成可比，因而乔雨舟撰文讥之为狗尾续貂。尽管早已有人揭穿了王均卿等人的造假贩私，伪托之作还是蒙蔽了很多人，连孙犁这样著名的作家都曾经是被蒙蔽者之一，更何况一般读者。"①

　　事实上，即便《浮生六记》后二记不是造假，把《浮生六记》认定为小说的学者至今仍大有人在。换句话说，也正因为自传与小说之间存在这种轻易越界和彼此难分的分类困惑，如果没有菲力浦·勒热讷"自传契约"理论的存在前提，一部类似《浮生六记》这样的作品，说它是自传和小说似乎都有其学术合理性与文类支持者。

（二）

　　那么，如何对自传与小说进行文类区分呢？菲力浦·勒热讷面对这一棘手问题时，没有知难而退，而是面对现实，从作者与读者两个层面来界定自传与小说各自不同的"契约"关系："第一人称的使用并不足以确定自传，其他诸多叙事也使用它，特别是自传体小说，足以以假乱真。小说不仅经常使用书信体和日记体，自从18世纪以来它也大量使用第一人称。如何区分自传和自传体小说呢？我们不得不承认，如果只限于文本的内部分析，则没有任何区别。"② 这一论点正是勒热讷"自传契约"理论创设的独特学术价值之一，因为他的"自传契约"从一开始就强调自传作者与自传读者之间的交通与互动，"虽说自传契约的某些观点很有意义，也不要

① 《浮生六记》琐谈，http://zwt64.blog.163.com/blog/static/3107205320114685539358/。
② ［法］菲力浦·勒热纳：《自传契约》，杨国政译，北京：北京大学出版社，2013，第14页。

忘记这些观点实为一种自卫机制。我们曾试图画一'模式'草图来说明这一机制，不是把其各种可能情况一一列举出来，而是总结出各种论述的普遍特征。其首要一条就是消除读者的敌意和成见：自传契约的每一条款都是用于回答假设的读者的潜在的发难（或者回答自传家本人对其所读过的自传的发难）"。① 菲力浦·勒热讷明确指出，如果作者本人都不声明其文本是自传，我们更无必要自作多情。我们没有任何理由变为猎犬，循着其所有虚构作品来捕捉某种个人真相。例如，《一个世纪儿的忏悔》《一个疯子的回忆录》，19世纪大多数自传体小说中所包含的个人真实性的分量对于我们来说都无关紧要：它们都是小说。②

这样根据勒热讷的"自传契约"，我们可以大致区分某一作品是自传还是小说，尤其是针对卢梭、司汤达、纪德、萨特、莱里斯等这些发表过"自传契约"的作家自传来讲。但是，若从读者的角度来看，问题依然存在，因为读者最后面对的仍然是具体的文本，假如作者有意利用假冒的"自传契约"来对读者进行欺骗呢？甚至连出版社的专职编辑都曾被骗过，《片段》的作者本杰明·威尔科米尔斯基就是如此，"他继续坚持说他的身份就是犹太人，并且是大屠杀的幸存者"。③ 为此，勒热讷的解决之法是锁定作者和读者这两个因素，从作者角度来说，作家必须讲信用。他说："自传的悖论即在于自传家使用虚构的一切惯常手段来实施这一无法企及的真诚设想。虽然实际上作者为了讲出自己的真相须使用当时的一切小说手段，但他必须相信自传和虚构之间存在着根本的区别。我们前面提到的自传的'信用'价值，'信用'一词首先适用于作者本人，他应当是第一个相信自己是讲信用的人。"④ 从读者角度来说，他特别强调读者参与自传叙事的重要性："如果说自传的特性在于是某种文本之外的东西，那么这种特性并不在自传本身，不在于和某个真人无法核实的相似性，而是在自传之外，在于自传所导致的阅读类型，在于自传所流露的，以及批评文本

---

① ［法］菲力浦·勒热讷：《自传契约》，杨国政译，北京：北京大学出版社，2013，第74页。
② ［法］菲力浦·勒热讷：《自传契约》，杨国政译，北京：北京大学出版社，2013，第15页。
③ G. T. Couser, *Vulnerable Subject: Ethics and Life Writing* (Ithaca, NY: Cornell University Press, 2004), pp. 174-175.
④ ［法］菲力浦·勒热讷：《自传契约》，杨国政译，北京：北京大学出版社，2013，第18—19页。

也做出同样解读的可信感。"①

　　然而，面对如此错综复杂的自传文本世界，勒热讷心知肚明他的"自传契约"理论确实存有其不切实际的空想性，于是勒热讷清醒地说："我关于'自传契约'的构想流行起来，也许是因为它让人联想到一种用血签订的'与魔鬼的契约'。有的时候我觉得，比起一个理论家，自己更像一个做广告的，成功地策划了一个广告概念，就像有人发明了那个微笑的牛的形象。"②

　　由此看来，菲力浦·勒热讷的"自传契约"自传理论话语模式，只是在伦理学层面上预设了自传与小说之间边界存在的合理性，而并没有在文体学的层面上真正地把自传与小说的边界区分开，尽管他曾以大量篇幅试图把二者区别开来。结果，勒热讷面对如此难解难分的自传与小说文类之区分课题，发表了其文体"统战理论"："如果我们过于强调这一对比，就可能掩盖两种文类间深层的亲缘关系（自传其实是小说的一个特例，而不是和小说泾渭分明），而天真地相信真诚性的神话。"③ 菲力浦·勒热讷的这一变通观点颇有学术价值，他既是在遵循学术研究的客观现实性，承认自传与小说之间的亲缘关系，但这也是一种向后现代文化反本体论观念的投降。众所周知，保罗·德曼（Paul Durman）就曾明确指出："小说和自传之间的区分，似乎就不是非此即彼的两极，而是无法确定的了。"④ 当代英国小说家朱利安·米切尔（Julian Mitchell）说得更为直截了当："我们轻易相信自传的真实性的幻象，这是自传有别于小说之处。但这真实性只是幻象而已，我们应该像怀疑小说家那样怀疑自传作家——因为他的记忆和常人一样，也会失误，因为我们能看到所谓的事实在我们眼皮底下如何为了美学的效果而被组织起来，经过选择、渲染和修饰。"⑤

　　为此，布尔迪厄进一步总结出了"自传幻觉"的说辞：自传通常也会

① ［法］菲力浦·勒热纳：《自传契约》，杨国政译，北京：北京大学出版社，2013，第 144 页。
② ［法］菲力浦·勒热纳：《从自传到日记，从大学到协会：一个研究者的踪迹》，载《现代传记研究》2013 年秋季号，第 35 页。
③ ［法］菲力浦·勒热纳：《自传契约》，杨国政译，北京：北京大学出版社，2013，第 13 页。
④ ［美］保罗·德曼：《解构之图》，李自修译，北京：中国社会科学出版社，1998，第 192 页。
⑤ 陆建德：《现代主义之后：写实与实验》，北京：中国社会科学出版社，1997，第 12 页。

从童年开始追溯，至青年，到老死，朝向一个有意义、有目标的直线发展，以一种具有逻辑秩序的方式，自以为是地将生活事件之间可理解的关系加以连接，并赋予特别的意义，以彰显其存在的价值，获得伟大的启示。但若就生活是反历史的、独一无二且自足的连续事件而言，这种依据年代顺序组织成传记，其实是脱离事实的臆测，是一种自传的幻觉。[①]

后现代解构思潮中的这种文类边界消失理论，有利于我们思考自传和小说等文类自有和跨界的特点，但是我们认为，把自传完全看成和小说一样的幻觉，这既是对小说叙事本身的曲解，更是对自传文类的误读。换句话说，以布尔迪厄等为代表的学者之所以会认为自传是一种脱离事实的臆测的幻觉，恰恰因为他们理论的前提是想当然地预设自传是所有文类中最真实的文类，自传中应该没有选择、渲染和虚构。

其实，预设并想象自传文类是对自我的完全真实呈现之前提，才真正是一种对自传文类的幻觉行为。记忆科学告知我们，记忆的实质是一种自我建构的过程且非常不可靠，"我们的自传，亦即我们对自己生命历程的回顾，正产生于时间和记忆之间相互作用的动力过程。如果我们不考察记忆随着时间的流逝会发生什么变化，以及我们如何将往事的经验残余转变成我们关于自己是谁的传记，那么我们就无法理解记忆力之脆弱"。[②]

丹尼尔·夏克特在《找寻逝去的自我：大脑、心灵和往事的记忆》一书中列举了一个"源记忆"歪曲所产生的戏剧性的实例：汤普森本人是一位澳大利亚记忆科学家，却莫名其妙地被一少女指认为强奸犯，虽然汤普森对这一传讯深感蹊跷，但幸好他有充分的证据证明他不在犯罪现场。因为就在强奸案发生之前不久，他正在一家电视台主持一个电视讲座，从时间上讲，案发时他绝无可能在犯罪现场。颇具讽刺意味的是，他的讲座主题正是人们如何才能提高对人的面孔的记忆能力。原来，受害者在遭受强奸前不久正在收看汤普森的电视讲座，她显然是将在电视上看到的汤普森的记忆与遭受强奸时对罪犯的记忆混淆了。这个例子说明："如果我们忘记了它的原始信息，却又保留着它的某些方面，如记得某人的面孔或对某

① 传记的幻觉，http://www.docin.com/p-581671095.html。

② [美]丹尼尔·夏克特：《找寻逝去的自我：大脑、心灵和往事的记忆》，高申春译，长春：吉林人民出版社，1998，第65页。

一人名的熟悉感等，那么我们就会搜肠刮肚地对这种熟悉感或知道感找到一个合理的说明，从而形成错误的或歪曲的记忆。"①

从自传创作实际来看，勒热讷"自传契约"所依据的以卢梭为代表的经典自传文本，已经被证明存在着大量的虚构。当然，承认自传中有虚构，并不意味着自传也就和小说完全等同了。事实上，即使是宣布自传是自我毁容的保罗·德曼，也并没有把自传等同于小说。"保罗·德曼并没有完全割裂自传与真实性的关系，他认为，自传这一体裁本身具有与小说截然不同的性质，它规定了读者对于这类文本的真实性的期待。换言之，我们无法把自传等同于小说，我们在阅读中必须追究自传与生活的距离有多大，它是否真实等问题。"② 这样看来，我们仅仅拘囿于勒热讷的"自传契约"理论，已经无法解释和涵盖自传文本的相关规约了，而以法国"新自传"为代表的后现代自传文本则在宣告"新自传契约"的诞生。

（三）

罗伯-格里耶是法国"新自传"的代表人物，他将其自传三部曲《重现的镜子》《昂热丽克或迷醉》《科兰特的最后日子》统称为"新自传"，并且公开宣扬他的"新自传"是一种"有意识的颠覆性自传"，"人们是否可以像说到新小说那样，把它命名为一种新自传呢？是否可以使用这一已经获得了某种恩宠的术语呢？或者，以更为精确的方式——依照一个学生妥善论证的建议——称之为一种'有意识的自传'，也就是说，意识到它结构上固有的不可能性，虚构成分有必要地穿插其中，空白和疑难暗中埋藏，思辨的段落打破一下叙事的运动节奏，或许简而言之：意识到它的无意识。"③

说得更明白一点儿，罗伯-格里耶在这里其实是在进行一场"自传革

① ［美］丹尼尔·夏克特：《找寻逝去的自我：大脑、心灵和往事的记忆》，高申春译，长春：吉林人民出版社，1998，第17页。
② 昂智慧：《〈忏悔录〉的真实性与语言的物质性——论保尔·德曼对卢梭的修辞阅读》一文，载《外国文学评论》2004年第3期，第32页。
③ ［法］罗伯-格里耶：《罗伯-格里耶作品选集》，杜莉、杨令飞译，长沙：湖南美术出版社，1998，第479页。

命", 他意识到了自己的 "新自传" 在结构上固有的不可能性, 意识到了
虚构成分有必要地穿插在自己的 "新自传" 中, 空白和疑难暗中埋藏, 思
辨的段落打破了叙事的运动节奏, 与卢梭等前辈自传作家不一样, 他要反
其道而行之。他不但不遵循卢梭等的 "自传契约", 反而公开承认其自传
中出现的反 "自传契约" 特征, "我不想冒险去重建一种第三真相 (感谢
上帝, 我不是历史学家)。但是, 关于本人这部无足轻重的自传, 我必须
明确地指出, 我的生活经历并不与其中的一个或另外一个情景雷同。但愿
人们能理解我: 在这里, 我只不过是说说而已, 试着说一说我当时是怎样
看我周围的那些事的, 或者是我现在用比较主观的方式, 去想象当时自己
是怎样看那些事的"。① 他特别反对萨特 (Jean-Paul Sartre) 在自传《词
语》中出现的那种本质化的自我叙述: "萨特开始描写他昔日的童年生活
的时候, 仿佛他懂得一切, 完全知道这意味着什么。那个不太可能的、十
分敏感的小男孩儿, 竟然被非常精确地塑造成一个天生聪慧的人。他把自
传变成了一个死神的世界。至于我, 我所能忆起的我的生活的种种要素,
是和一些更具个人色彩的思辨, 以及我知道是虚构的一些事物混合在一起
的。它们都应当处在不断的变化之中, 就是说没有被僵化为一下子就具有
某种意义的东西。"②

　　这里, 罗伯-格里耶正是在与读者订立一种 "新自传契约", 他告知读
者, 作为自传作家的他, 始终都不自信自己的自传叙述, 他告诉读者他的
虚构之所在。例如: "外祖父很少说话。我记不起他是否曾向我们叙述过
哪怕一点点有关他周游世界的种种经历; 除了我母亲和姨妈们总是提起的
一些鸡毛蒜皮的事儿之外, 我所知无几。那些船只一出发就是三年……人
们在船上饲养绵羊和鸡……在土伦港装货上船的日子里, 布列塔尼的海员
们步行穿过整个法国到达港口……有一天, 盖布拉特海军上校亲自来到我
们家, 为的是把荣誉勋章挂在祖国及殖民帝国的优秀效忠者的胸前。据
说, 那一天对于外祖父可是极美好的一天。但我已弄不清当时自己是否在

---

① [法] 罗伯-格里耶:《罗伯-格里耶作品选集》, 杜莉、杨令飞译, 长沙: 湖南美术出版社,
　　1998, 第49页。
② [法] 罗歇-米歇尔·阿勒芒:《阿兰·罗伯-格里耶》, 苏文平、刘苓译, 上海: 上海人民出
　　版社, 2004, 第165页。

场了，或许这仅仅是别人告诉我的事儿，甚至说不定是我出生前的事。"①
范登·赫费尔（Vanden Herzfeld）对此概括为"新型的自传作品所推荐的，
就是重新看到生活的不稳定性，它的活力的不连贯性，而不是它的因果逻
辑关系。寻觅的目的，不是进行解释或者赋予现在或过去的事物以某种意
义，而是要表明，它们是很难解释的"。②

　　罗兰·巴特在其变化多端的自传《罗兰·巴特自述》中也明确表达了
他的"新自传契约"观："我不会用我现在的表述去服务于以前的实际
（按照经典的做法，人们会以可靠性来庆祝这种努力），我拒绝对我自己以
前的一部分继续进行精疲力竭的努力，我不寻求恢复自己（就像有人对一
个纪念物所说的那样）。我不说'我要描述我自己'，而是说'我写作一个
文本，我称之为罗兰·巴特'。我放弃（对于描述的）仿效，我依靠命名。
难道我不知道在主体范围内没有参照物吗？（传记的和文本的）事实在能
指之中被取消了，因为事实和能指直接地重合了。"③

　　我们认为，"我"在写自传是"新自传契约"的第一条规约，也是
"新自传契约"可以和菲力浦·勒热讷旧"自传契约"相统一的第一原则，
即作者、叙述者和人物相一致。但是与勒热讷旧"自传契约"不同的是，
"新自传契约"中的"我"时刻都清醒地知道这个文字中的"我"处在变
化之中，"我"是碎片化的、不固定的，"作品不是铁板一块的结构，里面
有一个多重声音的空间，混合了多个不同形态的'我'的声音，呈现了身
份的变幻不定。作品就像个回音室，容纳了自我形象诸种可能变化"。④

　　也就是说，强调"我"是碎片化的、多重的自我主体，这是"新自传
契约"的第二条规约。事实上，这第二条规约与卢梭、司汤达、纪德、萨
特、莱里斯等作家自传中所出现的"我"是相统一的。因为尽管"卢梭
们"对天宣誓，可是他们笔下的"我"依然是分裂的、碎片化的和不固

---

① [法] 罗伯-格里耶：《罗伯-格里耶作品选集》，杜莉、杨令飞译，长沙：湖南美术出版社，
　　1998，第 28 页。
② [法] 罗歇-米歇尔·阿勒芒：《阿兰·罗伯-格里耶》，苏文平、刘苓译，上海：上海人民出
　　版社，2004，第 165 页。
③ [法] 罗兰·巴特：《罗兰·巴特自述》，怀宇译，天津：百花文艺出版社，2002，第 22 页。
④ [法] 弗朗索瓦丝·西莫内-特南：《自传：一种法式热情》，载《现代传记研究》2014 年春
　　季号，第 135 页。

定的。

"新自传契约"的第三条规约是:"我"公开宣布自己自传中存有虚构成分且以此为荣,在罗伯-格里耶看来,真实性既不存在于故事与先前就有的图景相一致当中,也不存在于忠实描写的日常时间当中,而是存在于意识到有记忆缺失之中,结果,记忆缺失变成了作品的发生器。这样罗伯-格里耶式的自传作家,不是就真实再现的意义上选材,而是就其生活的写作意义上,自我发现。①

由此看来,以罗伯-格里耶、罗兰·巴特等法国作家为代表的关于"新自传契约"理论的提出,可以解决菲力浦·勒热讷的"自传契约"理论话语模式概念的僵化问题,换句话说,"新自传契约"理论话语模式更能展示自传的文类本质属性:自传,永远是一种自我指涉的文类,但是自传又不固步自封其纪实边界,更不惜借助小说的文体形式来揭示自我的真实,然而其叙事的旨归却是指向那个曾经存在过的"我",即自传作者。

总之,面对如此众多、姿态各异的自传文本,特别是后现代自传文本出现以后,菲力浦·勒热讷的"自传契约"理论话语模式已无法阐释自传的诸多美学问题,换句话说,勒热讷的"自传契约"理论话语模式更多地是从伦理层面强调了作者的真诚计划和真实表白,有着浓郁的道德意味,而"新自传契约"理论话语模式则是从文体学的实践层面坦白承认了自传的种种写作事实,是出于对"我"和自传本体的形而上的思辨。它们二者虽然都对自传文类进行了规约,都有其独特的理论价值,但我们认为,"新自传契约"的文体学规约,对中国当下的自传诗学建构和写作实践,则更有学术引领和实践指导价值,进一步说,该到我们反思勒热讷的"自传契约"理论,而提倡"新自传契约"自传理论话语模式的时候了。勒热讷"自传契约"所依据的自传文本,特别是以卢梭为代表的经典自传,已被证明存在着大量的虚构或谎言。仅仅拘囿于勒热讷的"自传契约"理论话语模式,已经无法涵盖和解释后现代自传文本的相关规约。"新自传契约"理论话语模式更能展示自传的文类本质属性,它不故步自封其纪实边

---

① [法]罗歇-米歇尔·阿勒芒:《阿兰·罗伯-格里耶》,苏文平、刘苓译,上海:上海人民出版社,2004,第10页。

界，更不惜借助小说的虚构来揭示自我的真实。换句话说，勒热讷的"自传契约"理论话语模式更多地是从伦理层面强调了作者的真诚计划和真实表白，而"新自传契约"理论话语模式则是从文体学的实践层面坦率指出了自传的种种写作事实，是对自传本体的形而上的文体思辨话语理论模式的建构。

中　编

现代话语模式

第六章 / *Chapter 6*

让-保罗·萨特：自传话语的现代性

（一）

　　让-保罗·萨特是 20 世纪法国优秀的文学家，创作了大量的文学作品，无论是小说还是剧本创作皆有涉猎。除此之外，萨特还是一位传记文学作家，他曾先后创作了《波德莱尔》《圣·热奈逢场作戏的角色和殉道者》《家庭中的白痴——居斯塔夫·福楼拜》，以及《词语》等传记。其中，《词语》作为萨特对自己文字创作生涯的思考和阐释，使其自身有别于传统自传平铺直叙的叙事型写作特点，转而通过碎片化、跳跃回忆、穿插存在主义哲学的精神分析法等，对自己的人格形成时期——童年——进行透视叙述。因此，其自传具有鲜明的现代性特征。

　　从《词语》作为自传与心理学、哲学等其他学科存在自觉交流、沟通的角度出发，其自身所具有的现代性特色已十分清晰。由于精神分析法的运用，《词语》中有大量的存在主义思想观点，而《词语》作为自传想要承载这些内容，必然要在形式上做出相应的改变，比如，"文学介入""精神分析法的运用""自传契约"等方面。这些方面转变必然导致自传在叙事性、文学性和真实性的方面，相较于传统自传有一定的超越，而这些也正是现代传记必不可少的特色。

　　萨特作为文学家，其创作中始终把"人"作为其研究和关注的重点，尝试在作品中还原自我具有的人的价值尺度，受到弗洛伊德的影响，他十分看重人的自我选择，认为人都应自由地做出基本选择，并为自己的选择担负所有的责任。根据这一思想，萨特认定"我"通过文学创作的形式，完成了发现自我和揭露他人的自由，因此，"我"也必须承担起相应的责任，这个时候的"我"便完成了一次介入。萨特极为重要的"文学介入"理论指的就是这个，文学家以文学作为工具，从而完成对现实中个人或社会进行揭露和干涉的过程。

早在《争取倾向性文学》一文中，萨特就尝试提出"文学介入"的创作观点，彼时的法国创作观聚焦于艺术之上，文学作品皆为艺术服务而形成了一种为艺术而艺术的风气，作品逃避社会现实问题，话题空洞泛化，语言形式的选择沦为替现实遮羞的布料。萨特猛烈抨击了这种置现实社会于不顾的创作方式，他号召作家在作品中发声，讨论政治事件和社会问题，以文学的方式进行对社会的揭露，从而达到影响社会做出改变的效果。萨特认为，语言和行动是不可拆分的，语言的意义是依托于其作为行动的瞬间才得以存在的。将语言单纯视为用以描述某一事物工具的行为，无疑同纯文艺的文学创作一样是本末倒置的。文学创作者不应将文字置于旁观者的位置，仅仅机械地发挥自己的指称作用。文学创作是依靠文字完成的，不是外部力量强制文学介入，而是文字创作本身就注定了文学的介入，从这个层面上来看，文学的介入是自发的且是必然的。"在作品中写下某种东西，会让这个东西失去其'天真'，让它'异化'，让它具有另一种类型的'存在'，具有一种'新的维度'，让它'发生变化'，也就是'介入了它'。"① 这体现了萨特介入文学观的本质是"揭露"和"改变"。作家利用文字进行创作，即完成对事件的揭露，而揭露就意味着改变。揭露的方式可以是多种多样的，形式和风格的美感也不是萨特反对的内容，但对于形式的追求掩盖了对于内容的表达，就是失当的了。因为在萨特看来，风格形式应该是服务于内容的，而内容即是揭露和改变，这种改变是不可以随心所欲的，创作者要为此承担相应的责任。这就如同勃里斯·帕兰说的那样："词是上了子弹的手枪。如果他说话，就等于在射击，既然他选择了射击，就应该像男子汉那样瞄准目标，而不是像孩子一样，闭着

---

① ［法］贝尔纳·亨利·列维：《萨特的世纪——哲学研究》，闫素伟译，北京：商务印书馆，2005，第97页。

眼睛乱打一气，只为听几下枪响。"① 故而，萨特要求作家通过语言介入世界，表达自己的观点，捍卫自己的立场。即使其自身装作哑巴，也可被视为做出了拒绝说话的选择，保持沉默即是他的立场，他同样要为该立场负责。同样作家在创作时，也应该先确定自身立场，再考虑叙述的方式，尽可能用一种柔和的力量引导他人或是社会做出相应的改变，这是"文学介入"的最终目的，同样也是作家之所以能被称为作家的基本原因。

正是秉持着这种文艺观点，萨特创作了自传《词语》，并以此来证明文学可以且必须为现实生活作斗争。《词语》一书记录了萨特选择成为作家的全过程，一开始小普鲁立志进行文学创作只是为了找到自我"存在"的必然性。幼年丧父的小萨特居住在外祖母家，外祖母有着怀疑一切的特性，母亲信奉宗教，但小萨特对于宗教故事抱有的却是逃离和恐惧的态度。在权威和信仰统统缺席的时候，写作的到来抚慰了小萨特。接触到写作的小萨特找到了使命感，这种使命感给予了他存在的证明："我通过写作而存在，并由此摆脱了大人。"② 这是萨特初步选择写作的诱因，而之所以立志以写作为业，则是由于小普鲁看到一幅画，画上表现的是狄更斯到纽约进行访问时，码头上人山人海热烈欢迎的场面。小普鲁感受到作家对于大家来说是不可缺少的，这种必然性进一步吸引了小普鲁。除此以外，《词语》中还通过为小普鲁塑造偶像的方式，记录了伏尔泰、雨果、左拉等一系列作家，不畏强权、为民请命的事迹。至此，我们能够隐约感觉到萨特将作家身份推向了"上帝"的位置，他们同样具有救世的功能。萨特通过《词语》中具有作家身份的人对小普鲁起到的影响，向人们强调着他的文学介入理念，作家是可以通过文学创作的方式影响社会的，作家可以肩负赋予人生意义，治疗精神创伤，走出死亡焦虑等等责任。至此，如果萨特仅仅算是通过《词语》小片段的讲述表达了文学介入的可能性，那么《词语》的整体大框架便能够被视为完成了文学介入的文本实践。自小普鲁做出了成为作家的基本选择后，萨特并没有像一开始推崇作家身份那样

---

① ［法］贝尔纳·亨利·列维：《萨特的世纪——哲学研究》，闫素伟译，北京：商务印书馆，2005，第 98 页。
② ［法］让-保罗·萨特：《词语》，潘培庆译，北京：生活·读书·新知三联书店，1989，第 109 页。

声称："我被圣灵选中了，我成了圣灵指定的人。"① 转而开始对作家身份进行攻击，自己数十年孜孜不倦追求的以拯救为目的的文学创作活动悉数变成了一种逃避行为。萨特利用小普鲁的 10 年经历建造起来的宗教殿堂，又借由小普鲁将其完全推平。文学神话在最后的讲述中被完全打破，"写作对于我无非就是乞求死神与经过改装后的宗教"，② 他撕扯下了写作长久以来披着的"救世"的华服，坦言其不过是改装后的宗教，而对于相信无神论的萨特来说，写作一直以来不过是"通过种种虚假的观念而盘踞在我的脑后……我被彻底地蒙蔽和欺骗了，我在快活地描写我们不幸的生活条件"。③ 如果说《词语》的主体描绘的是小普鲁对于文学救赎"执迷不悟"的模样，那么结尾则是对于这种"执迷不悟"的清醒和反思过程，"回顾性的幻想已经破灭；殉道、得救、不朽，这一切都土崩瓦解了，建筑物也已化作一堆废墟，在地窖里，我拼命地扭住圣灵，并把他驱逐出去"。④ 这一演变过程，在展示自我生活经历，解释了自我存在的意义的同时又将一代知识分子的形象的缩影概括了出来。萨特用《词语》中的迷途知返，对现实世界的作家进行指责，指责他们陷入自己制造的谎言和幻境之中，为了艺术而艺术。

"他的自传同他的三部人物传记一样，都是对人的生存状况的一种研究，这些传记并没有对人物生平的系统的叙述，不过也把他们的命运纳入了更高的哲学层次，这是传记文学同思辨哲学前所未有的结合。让-保罗·萨特从弗洛伊德出发，把人物都看作精神病患者，但接着他就又回到马克思，认为他们的精神病是社会的产物，他们被资本主义社会所异化……他也抓住了一个时代的知识分子共同的性格。他的传记同他的存在主义一

---

① ［法］让-保罗·萨特：《词语》，潘培庆译，北京：生活·读书·新知三联书店，1989，第133页。
② ［法］让-保罗·萨特：《词语》，潘培庆译，北京：生活·读书·新知三联书店，1989，第180页。
③ ［法］让-保罗·萨特：《词语》，潘培庆译，北京：生活·读书·新知三联书店，1989，第181页。
④ ［法］让-保罗·萨特：《词语》，潘培庆译，北京：生活·读书·新知三联书店，1989，第181页。

样，对荒谬的人生处境提出激烈的抗议，赢得了众多的读者。"①

让-保罗·萨特的《词语》以"迷途"为起点，最终到达清醒为终点的探寻过程，将一代人的精神状态描摹了出来，并且通过自我最终的选择揭示了自己的立场，担负了作家应该担负的"对荒谬的人生处境提出激烈抗议"的责任，实现了以文字干预社会现实的目标，利用《词语》身体力行地实现自己一贯坚持的文学介入的思想。

萨特的文学介入思想，不仅包含文学本身，也涉及政治方向。《词语》的大部分内容完成于 1945 年，这个时期处于"二战"的尾声，战争让萨特明白了"介入"的重要意义，因此我们在《词语》中经常能看到对于战争和政治时局的描写，"在共和国选举新总统的时候，他会在比较轻松的气氛中告诉我们，说他正为潘斯成为总统候选人而伤心"。② 又或是对于当时社会环境的记录，"在 7 月 14 日那天，还有一些坏人，可到了 8 月 2 日，德行突然取得了统治权，支配了一切：所有的法国人都成了好人"。③ 以及部分带有个人感情倾向的评论，他称潘斯为"香烟贩子"，因为他希望"同为小资产阶级小知识分子的普安卡雷能成为法国的最高官员"。④ 他将"二战"时期法国的战火看作"整个法国为我表演的滑稽戏……战前的殖民者小说正为战争小说所取代"。⑤ 萨特对此是感到厌恶的，因为他注意到了战争中残酷的屠杀，并在其中认出了"自己"，而其他人却将其视为"成年人独占了英雄主义"。⑥ 基于此类现实，萨特热情地在《词语》中高举马克思主义的大旗，用文字为受压迫者呐喊，以笔当作武器对现实进行反抗。诸如此类的概念在《词语》的字里行间得到了充分的流露，无不彰

---

① 杨正润：《传记文学史纲》，南京：江苏教育出版社，1994，第 498 页。
② ［法］让-保罗·萨特：《词语》，潘培庆译，北京：生活·读书·新知三联书店，1989，第 126 页。
③ ［法］让-保罗·萨特：《词语》，潘培庆译，北京：生活·读书·新知三联书店，1989，第 151 页。
④ ［法］让-保罗·萨特：《词语》，潘培庆译，北京：生活·读书·新知三联书店，1989，第 126 页。
⑤ ［法］让-保罗·萨特：《词语》，潘培庆译，北京：生活·读书·新知三联书店，1989，第 151 页。
⑥ ［法］让-保罗·萨特：《词语》，潘培庆译，北京：生活·读书·新知三联书店，1989，第 152 页。

显着萨特对于作家应该承担责任思想的重视程度，他以自传这一文本形式为文学介入概念做出了强有力的解释说明，甚至此后，萨特自己讲述这本为现实斗争服务的自传都说："我之所以不更早地发表我的自传，我之所以不以其原有的更为激进的形式去发表，这是因为我觉得它有些过分和走极端……此外，我还考虑到，我的行为本身也存在着困难，因此，人们可能会神经质地对待它。"① 这里所说的"行为"，以及存在的相应困难，指的也是自己在现实生活中政治方面存在的问题，由此《词语》的文学介入程度可见一斑。

由此，我们能够清楚地认识到，《词语》一书不仅代表着萨特个人经历书写的自传史，而且萨特通过其对于现实社会生活系统考察，并借由当时的历史环境还原自我身份，实现了文学介入的文本实践，因而《词语》也可以被看作其文学介入思想的探索史、发展史和实践史。这对于自传文学发展同样重要，萨特在自传中解释自我，还进一步说明了为什么"我"要这样写。同时，通过这个自传，萨特完成了自我文学理念的输出，也说明了如何能够在履行某一种美学观点从事写作的同时，投入到社会斗争中去。这让《词语》为自传承载的功能上添加了现代性内容。

（二）

精神分析法本是弗洛伊德针对心理病患给予的治疗方法，通过"让患者讲述梦境、行为或幻觉，展开自由联想；或者采取本能的方式，即取消思维的自主选择，来显示一种无意识的状态"。② 这同自传的书写方式有着一定的相似之处，他们都是通过回忆，向外界还原自我的本来面貌。其不同之处在于，自传传主具有强烈的目的性。他们通过对回忆得到的材料进行有计划、有目的的编织，以期复原一个他们试图传达的自我形象，这一切都是在传主清醒的状态下完成的，而心理分析更加注重于无意识和潜意识层面。并且，传主将这些看似毫无动机的场景复述出来后，他们的任务

---

① 柳鸣九：《严酷无情的自我精神分析》，《外国文学研究》1990 年第 4 期，第 81—89 页。
② ［法］菲力浦·勒热纳：《自传契约》，杨国政译，北京：北京大学出版社，2013，第 86 页。

便到此结束了，但对于心理分析来讲，这仅是一个开始。因此，忠于事实的传统传记创作中鲜有精神分析法的身影。

　　然而，萨特注意到了随着 19 世纪心理学研究的兴起，精神分析法和自传话语在学理上沟通的可能性，同时传统的自传创作只能展示自我，而无法解释自我的特点，无法满足萨特剖析自我的愿望。因此，萨特开始了自传文本创作的新尝试，《词语》便是萨特尝试的产物。萨特曾明确说明其写作《词语》是对自己作家身份来源的一次调查，他说："《文字生涯》这本书，写它的目的是要理解我的童年，过去的自我，从而明白我怎样变成写作时候的这个我。"① 由此，我们明显能够看出萨特自传创作倾向，相较于还原事实，萨特更看重解释事实，他不仅想让读者看到"我"，更想让读者看到"我"为何以及如何成为"我"。就像他在《词语》中自述的那样："我想解释，我为什么想继续按照某种现存的美学形式从事写作，而同时又投身到社会活动中去：我是如何……爆裂的。"② 而精神分析法，"不仅可以解释自传家竭力勾勒的人格的历史，而且它将自传设想和自传行为视为这一历史的内容，也将其纳入它的解释范围"。③ 因此，萨特选择了心理分析作为叙述方法进行自传创作。但萨特的心理分析法相较于弗洛伊德所提的心理分析法又存在着一定的差别。弗洛伊德的心理分析法关注对梦，以及性行为的分析，强调对于个人潜意识领域的挖掘，而《词语》一书对此则极少提及，这是萨特个人倾向所造成的。萨特本人并不相信潜意识，他认为自己的"自我"基本总是有意识的。他推崇的是精神分析中基础选择的部分，他相信童年是人格的塑造期，而人最终做出"基本选择"的也是基于其童年某些创伤性经历和回忆。因此，萨特最终使用的是一种存在主义的精神分析，也就是他所讲的："这是一种在严格客观的形式下，旨在阐明每个个人用以自我造就为个人的主观选择。就是说个人用以向自身显示他所是的东西的主观选择的方法。它探索的东西是对存在的选择同时是一个存在，它应该把个别的行为还原为基本的关系。不是性欲

---

① ［法］让-保罗·萨特：《七十述怀》，施康强译，长沙：湖南人民出版社，1989，第 139—140 页。

② ［法］让-保罗·萨特：《词语》，潘培庆译，北京：生活·读书·新知三联书店，1989，第 310 页。

③ ［法］菲力浦·勒热纳：《自传契约》，杨国政译，北京：北京大学出版社，2013，第 83 页。

或权力意志，而是在这些行为中表现出来的存在。"① 这明显有别于弗洛伊德的精神分析法，萨特将精神分析的落点设置在了"存在"上。在弗洛伊德的视角里，本质的思想是先于存在的，他认为对于人本性的压抑是导致其精神病征的根本原因。而在萨特眼中，恰恰是相反的，他认为人本身精神上是欠缺的，这种欠缺导致了基本选择的产生，而在基本选择产生之后，人以基本选择为轴心而做出的自由选择，最终形成了人的本质。这种精神分析法正如勒热纳所言："其存在主义成分要大于真正的精神分析成分，他不是将精神分析用于治疗，而是将其当作一个阐释系统，从中拣选出一切符合自由经验的内容。"② 由此，我们也基本可以看出，萨特的《词语》并不是以精神分析法为主要方法进行文本创作的，精神分析法仅作为自传分析的底色和滤镜。与其说是使用，不如说是借用。萨特发觉自己在解释自我的时候需要让一位"卓越的精神分析家"为自己撑腰，于是借用了弗洛伊德的精神分析法作为基础，实际创作时，使用的是经过自己修改了的"存在主义的精神模式"。他对此也坦诚承认，自己同时受到精神分析法和马克思主义的影响，同时运用了社会学和心理学的方法。

　　萨特以童年自我的"基本选择"为中心，极度细致地向我们解释其做出选择的原因、过程，以及对自己的成长有着怎样的影响。作为存在主义心理分析者，萨特对于基本选择是极为看重的，因为这种选择在他看来不仅是因人而异，独一无二的，更是作为个人人格形成的起点而存在的。因此，《词语》花费了大量的笔墨描绘小普鲁的基本选择是如何发生的。按照萨特一贯秉承的存在主义观点，人的基本选择应该发生在人突然直面存在的时间节点上，通俗来讲就是存在出现危机的时刻，心理学上同此对应的是童年创伤的产生时刻。而童年丧父后在外祖父家中长大的时间段，自然而然地成了萨特直面存在的时期。"让-巴蒂斯特的死是我生活中的一件大事：它重又给我母亲套上了枷锁，却给了我以自由。"③ 在萨特看来，丧

---

① ［法］让-保罗·萨特：《存在与虚无》，陈宣良译，北京：生活·读书·新知三联书店，1997，第 713—714 页。

② ［法］菲力浦·勒热纳：《自传契约》，杨国政译，北京：北京大学出版社，2013，第 94 页。

③ ［法］让-保罗·萨特：《词语》，潘培庆译，北京：生活·读书·新知三联书店，1989，第 9—10 页。

父后的小萨特最初是享有极度的自由的，没有父亲的压制，家人也都给予他无限的溺爱。祖父把他看作上天赐予的礼物，维系家庭和睦的天使，即便自己右眼失明，长相也绝非称得上好看，挂在家人嘴边的却永远是漂亮的孩子。整个家庭像一个巨大的布景，家庭成员则是一个个演员，甚至萨特自己也是，故意在祖父面前表现出讨其欢心的样子，于是《词语》的家庭生活中充斥着矫揉造作的喜剧氛围。萨特清醒地认识到这一点，他在《词语》中称："我是一个小丑、一个滑稽的角色、一个装腔作势的家伙。"① 他坦诚自己不是一个天真淳朴的孩子，只是在扮演招人喜爱的孩子。这种幻境一直持续到小普鲁意识到存在的存在。在外祖父的一次聚会上，祖父的合作伙伴西蒙先生因故缺席了，祖父向众人宣布此事时，萨特突然意识到了缺席的概念，以及相应的对存在的发现。西蒙先生以自己缺席的事实，让大家意识到了自己的存在，反观自己，现在是存在于这个房间之内的，但对于他者来说自己似乎又不存在，自己只是一个偶然性，把自己换做任何一个别人，这种情况依旧得以成立，换言之，自己是可有可无的，没有存在的价值和意义。这打碎了祖父一家和萨特共同打造的幻象世界，萨特对此感到十分难过："我十分苦恼，因为他们的礼仪使我确信，没有无故存在的事物，事必有因，从最大的到最小的，在宇宙中人人都有他的位置。当我确信这一点时，我自己存在的理由则站不住脚了。我突然发现我无足轻重，为自己如此不合情理地出现在这个有秩序的世界上感到羞耻。"② 自己仅仅作为偶然性存在于这个世界的认知，使得萨特童年的精神世界出现了巨大的危机，自此萨特开始尽力地寻找自己存在的价值和意义，如同"摁"下了他基本选择的开启键。弗洛伊德用于开启自我选择的"性本能"，被萨特用"存在"置换了，因为相较于"性本能"，萨特认为存在的欲望是更为深层、更为本质的欲望，存在的欲望是人做出其他任何行为的基础及动力来源。"既然命中注定我每时每刻处在某些人中间，在地球的某个地方并且知道自己是多余的，我多么想使地球所有其他地方的

① ［法］让-保罗·萨特：《词语》，潘培庆译，北京：生活·读书·新知三联书店，1989，第21页。
② ［法］让-保罗·萨特：《文字生涯》，沈志明译，北京：人民文学出版社，1988，第55—56页。

人都想念我，如同水、面包、空气那样使他们感到不可缺少。"① 这一执念成了萨特进行选择最深层次的心理原因。在自我存在的危机下，萨特踏上了寻找存在意义的道路，而最终在写作的站台前停下了自己的脚步。选择写作这个结果则是外部和自我共同作用下完成的。外部原因来源于家庭环境，家里人对他阅读和写作的能力给予极大的肯定和鼓励，萨特也顺应家里人的喜好，装模作样地进行阅读和写作，并发挥了自己在文学创作上的能力。从自我看来，萨特与周围一切都格格不入，一个面容不算漂亮的小跛子是很难获得童年伙伴的，而他对自我认识的强烈程度又加剧了这种情况的发生。在卢森堡公园遇到年龄相仿的孩子，他因自卑心理作祟，没有勇气要求加入其中一同进行游戏，这群孩子也自然而然地无视了他的存在。而用文字创造一个完全由我主宰的世界让萨特享受到了充分的参与感，并且在这个世界之中小萨特可以是自己所想的任何样子，充满自尊，充满活力，积极主动。就像曹蕾的分析一样："选择阅读和写作本质上是一种对现实的逃避，逃避到词语的世界里。"② 萨特自己则声称："我是一个好想象的孩子，我当然通过想象来自卫。"③ 文字的世界成了萨特同自己格格不入的外部做出反抗的堡垒。尽管一开始的写作活动依旧是小萨特的"装腔作势"，但随着写作活动的继续，他在写作中感受到了真的乐趣，写作可以为自己创作出一个完全不同于真实世界的世界，并且在这个世界中，他的存在具有绝对的意义，他的存在是这个世界存在的前提。"而在此之前，我所知道的仅仅是一条巴儿狗的虚荣，我被迫陷入了骄傲，于是我就变成了一个骄傲自大的人。既然没有一个人正儿八经地需要我，我便自命不凡，声称我是宇宙不可缺少的人。"④ 于是萨特通过写作的方式重复强调自己的不可或缺，在文字的世界里，他是打败强盗的勇者，是扶危济困的侠士，萨特通过文字创作的方式将这类英雄的特质赋予了自己——文

---

① ［法］让-保罗·萨特：《文字生涯》，沈志明译，北京：人民文学出版社，1988，第58页。
② 曹蕾：《存在的精神分析法对自我的解释——评萨特自传〈词语〉》，《荆楚理工学院学报》2011年第8期，第19—24页。
③ ［法］让-保罗·萨特：《词语》，潘培庆译，北京：生活·读书·新知三联书店，1989，第79页。
④ ［法］让-保罗·萨特：《词语》，潘培庆译，北京：生活·读书·新知三联书店，1989，第77页。

字的写作者。这极大地满足了他的存在需求，写作者对他人是有价值的，因为他认为"词语是事物的精髓"。① 那么选择成为写作者，便获得了掌控词语的能力，那么在自己缺席时就能够获得同西蒙一样的"存在"，因为他是写作者，他对世界来说是不可或缺的。同时，做出选择也象征着自由，象征着独立，象征着摆脱了他在众人面前装腔作势的行为，因为他的本质不再是由众人做出界定，而是由自己确立。一如萨特自己所言："我在写作中诞生，在这之前只不过是迷惑人的游戏；从写第一部小说，我已明白一个孩子已经进入玻璃宫殿。对我来说，写作即存在；我摆脱了成年人，我的存在只是为了写作；如果我说'我'，这指的就是写作的我。不管怎么说，反正我领略了喜悦，我是属于大家的孩子，却和自己在私下幽会。"② 自此，萨特的基本选择已经做出，之后十余年的文字生涯已被开启，萨特的写作者身份在自己的童年时期已被确定，剩余的时间便是对这个选择做出不断重复。然而在平静地过了数十年之后，萨特再一次同精神危机不期而遇，和上次对自我存在必然性的怀疑类似，他对自己的写作者身份产生了怀疑。在《词语》的结尾部分我们可以看到："近十年以来，我渐渐清醒过来，并逐渐治愈了我那由来已久的，既苦涩又甜美的疯狂，可我仍惊魂未定，一想到我以前陷于其中的恶习，真叫人忍俊不禁，我再也不知道如何安排我的余生了。"③ 萨特开始认识到自己文学创作中带有的幻想甚至是疯狂的成分，他开始反思自己的写作者身份。童年时期，萨特选择写作以求对抗真实世界，赢得自我存在的必然，通过哲学存在的方式解释自我，最终他意识到这个写作者的自我终究属于文字的世界，于是他满怀痛苦地否认自己的写作者身份，直面真相，从西方文学文化历史出发，对社会、文化、自我进行反思，在这种历史大背景下重新认识自我。

　　除了存在主义的精神分析外，萨特在《词语》中也运用了一些弗洛伊德提出的心理导向的精神分析法进行自我解读。最为显著的表现便是他在

---

① ［法］让-保罗·萨特：《词语》，潘培庆译，北京：生活·读书·新知三联书店，1989，第101页。

② ［法］让-保罗·萨特：《萨特自述》，黄忠晶、田锡富、黄巍编译，郑州：河南人民出版社，2000，第97页。

③ ［法］让-保罗·萨特：《词语》，潘培庆译，北京：生活·读书·新知三联书店，1989，第181页。

书中反复强调自己的"病态身份"，不论是其自述的"但我很赞同一位著名的精神分析学家的诊断：我没有超我"，① 或是"神经症？我不太清楚，我的妄想显然是经过精雕细琢的"，② 从弗洛伊德心理学的角度看待萨特的这些自述，可以将其视为童年经历创伤应激形成的自我神话。但在《词语》中，萨特并不仅是发现了这种神话，他还看破了这种神话，他清醒地意识到这种神话的虚假性和病态性。因此，在书中我们经常看到萨特矛盾的一面，前一句他还将自我描述成英雄、骑士、圣徒，称自己无可替代、独一无二，并且"把词语视作事物的神髓"，③ 下一句就将这些完全颠覆，把这些看作自己"神经官能症"的结果，是幻想、迷狂、病态的产物。他将自己对词语疯狂迷恋的行为解读为一种"自欺"。认为自己是在对抗外部社会无望的情况下，不自知地产生为自己辩解的行为。曹蕾在其论文中对这种情况进行了解释说明："这是 20 世纪初期西方思想文化的一大特点，人的选择有时不受自己控制，受到种种因素的制约，有时是不自知的，但是他们对自我的解释也代表着现代人的自我认识和自我关怀的不断深入。"④ 也就是说，让-保罗·萨特的《词语》从现代性出发，将他的人格特性和存在密切结合在了一起，并且通过对于存在的渴望将基础选择和存在本质相捆绑，开辟了解释自我的现代途径。《词语》多角度解释自我方面的探索，对于现代自传的发展有着重大的意义。

（三）

按照勒热纳"自传契约"的理论话语进行界定，《词语》一书并不具备其提出的真诚设想的要求，纵览全书我们并未从中看到作者旗帜鲜明地提出"我在书写我"，我们无法分辨《词语》究竟是一部自传，或者仅是

---

① ［法］让-保罗·萨特：《词语》，潘培庆译，北京：生活·读书·新知三联书店，1989，第 10 页。

② ［法］让-保罗·萨特：《词语》，潘培庆译，北京：生活·读书·新知三联书店，1989，第 148 页。

③ ［法］让-保罗·萨特：《词语》，潘培庆译，北京：生活·读书·新知三联书店，1989，第 101 页。

④ 曹蕾：《存在的精神分析法对自我的解释——评萨特自传〈词语〉》，《荆楚理工学院学报》2011 年第 8 期，第 19—24 页。

一部披着作者名字，讲述虚构故事的小说。作为自传文本的理论基础难以得到满足，《词语》似乎不能被看作一部自传式文学作品，然而事实真的是这样吗？答案显然是否定的。《词语》由于其自身立于传统传记和"新传记"的交界处，必然具有某种对立统一的存在，这一点通过《词语》对于"自传契约"的设置得以体现。不同于传统自传的直接命名或是某某的忏悔录这类能够让人一眼洞察体裁的字眼，《词语》从名称上就让人对其身份产生困惑，人们无法弄明白作品内容为何，它可能是一部小说，是一部传记甚至单纯是一本工具用书。其次，不同于大部分自传作品出生证明似的篇头，《词语》开篇写道："1850 年左右，在阿尔萨斯这个地方，有一位小学教师为养活众多的子女不得不做了食品杂货商。"① 这种一个人讲述一个家族历史的口吻同样极难让人将其文本与自传联想到一起。然而，让-保罗·萨特最终通过文本内容向读者证明了，他揭示的是个人的真相。萨特通过第一人称的叙事，文本内容与现实世界的相互指涉，一点点透露出作者、叙述者、被叙述者之间具有的同一性，实现了将有形的"自传契约"化为无形，且烙印在了《词语》之中。

作为现代自传的《词语》，在内容上充满了对于传统自传的挑战和反叛，因此读者要想找到其"自传契约"的签名，必须在书中仔细摸索，避开重重陷阱才行。《词语》一书讲述的是名为小普鲁的孩子 10 岁之前的童年经历，但书中无论是所作所为或所思所想都超越了作者设置的年龄标准。经历丧父的童年普鲁非但没有表现出应有的悲伤，反而以一种漠视的态度对待父亲的离世，甚至他还有一丝"欣喜"，他感叹："倘若我的父亲还活着，他会整个儿压在我身上，把我压得喘不过气来。幸亏他年纪不大就死了。"② 读者读到此处，明显会对被叙述者的身份产生怀疑，将父亲的死视为父权压制崩溃的想法真的出于一个 10 岁孩童的脑海中吗？进而《词语》的自传身份会受到读者的质疑。不仅如此，《词语》还充斥着大量关于宗教、哲学的思考："作家是我无法成为基督教的代用品，其唯一的

① ［法］让-保罗·萨特：《词语》，潘培庆译，北京：生活·读书·新知三联书店，1989，第3页。
② ［法］让-保罗·萨特：《词语》，潘培庆译，北京：生活·读书·新知三联书店，1989，第10页。

使命是获得拯救，他在今生今世的短暂逗留期间的唯一目的就是通过经受当之无愧的考验从而使自己毫无愧色地享受死后的幸福。由于过早地失去了宗教信仰，写作，对我来说，一开始就相当于宗教，是文学活动的神学意义。"① 这些思想显然更不可能出自心智未开的孩子头脑中，尽管作者一再强调其"神童"身份，但读者显然不会理会这种苍白的借口，至此读者已经基本认定词语中的孩子绝非童年萨特。正当读者为抓住作者的"马脚"沾沾自喜时，他们会突然意识到《词语》中体现的宗教观和神学观念好像正是萨特所推崇的，读者开始注意到小普鲁只是作者精心制作的提线木偶，看似发声，实则一举一动都由其背后的作者操纵，随着萨特的牵引上下飞舞，传达着萨特自我的诉求。随后，《词语》中存在的精神分析更加印证了读者的猜测。《词语》中小普鲁时常声称自己患有"神经语言官能症"，缺乏超我。这与现实世界中的萨特不谋而合。读者开始清晰地意识到，萨特把哲学家萨特的存在主义概念与思考问题的方式赋予了小普鲁，那么文章中的小普鲁既可以说是把儿童萨特当时朦胧的心理状态放在哲学家萨特的存在主义放大镜下，加以扩张、定性，也可以说是用哲学家萨特的存在主义理论对儿童萨特的某些精神倾向的萌芽、心理活动的原始状态做出理论化的解释，但无论做出何种解释，小普鲁和萨特是同一个人的种子已被埋入读者内心之中了。如果还有读者由于小普鲁的不诚信问题而对作者抱有质疑，那么萨特在《词语》中大方暴露自己叙述者身份的事实则将这份怀疑一扫而空。叙述者将《词语》中出现的萨特所著的小说《苍蝇》《自由之路》和《阿尔托纳的隐藏者》悉数置于自己名下，不仅如此，萨特本人更是直接闯入《词语》的公开叙事之中，"'这里缺少一个人，他就是让-保罗·萨特'，话音未落，我立即跳出屏风，我挥舞着马刀，只见敌人的头颅满地乱滚，血流成河，我诞生了"。② 这正如勒热纳的评价："借助于名字，我们领会了人物、叙述者和作者的同一性。"③ 人物、叙述者和作

---

① ［法］让-保罗·萨特：《词语》，潘培庆译，北京：生活·读书·新知三联书店，1989，第178页。

② ［法］让-保罗·萨特：《词语》，潘培庆译，北京：生活·读书·新知三联书店，1989，第80页。

③ ［法］菲力浦·勒热纳：《自传契约》，杨国政译，北京：北京大学出版社，2013，第122页。

者的同一性通过文本内容得以证明。因此尽管萨特并未像传统传记作者一样，对人物、叙述者和作者的同一性做出明确保证，但三者之间的同一性也从未曾被打破，故而《词语》必然归于自传作品一流。其"无契约"的自传契约，即勒热纳所说："尽管没有任何郑重声明言及同一性，读者仍能发现读者、叙述者、人物的同一性。"① 这里的"无契约"实则指的是不包含传统的书名或是卷首一类的契约，而非不同读者签订自传契约。让-保罗·萨特的《词语》，以其无契约最终恰恰构成其自传契约，在极大程度上拓宽了现代自传写作真实的空间，为自传的现代性书写提供了新的可能。

---

① ［法］菲力浦·勒热纳：《自传契约》，杨国政译，北京：北京大学出版社，2013，第122页。

第七章 / *Chapter 7*

保罗·约翰·埃金:
自传指涉契约话语的美学价值

（一）

保罗·约翰·埃金是美国印第安纳大学的教授，也可以说，这位毕业于哈佛大学的博士，其主要学术领域就是自传理论话语研究。"我研究自传和传记已有 40 年左右的时间，接触传记研究起源于一个非常偶然的机会，我最早的关于传记的研究与 19 世纪的美国小说有关。1976 年，我写了一篇关于马尔克姆·X 的自传的论文，从而引起了詹姆斯·翁妮的关注，他邀请我将该篇论文投稿到一本他主编的关于自传的论文集中。他对我文章的兴趣极大地鼓舞了我，于是我把我在印第安纳大学的第一个假期全部投入到对亨利·詹姆斯的自传研究中去，当我完成这项研究时，我便对传记着迷了，于是我决定写一本关于自传的专著。在《自传中的虚构：自我创造艺术研究》这本书中，我尝试给传记一个明确的分类，确实它到底属于哪一类型的写作。我发现，自传实际上也是小说的一种，但却是其中十分特殊的一类。在我接下来的专著《触摸世界：自传中的指涉》中，我着手研究主导自传话语的美学参照。自传作者声称，并且他们的读者也相信，自传是基于某种自传真实性的。随着我对自传中真实与虚构的关系的深入研究，我对自我的本质的兴趣越来越浓厚。在我完成《触摸世界：自传中的指涉》这本书时，我得出了这样的结论：叙事不仅仅是呈现自我的一种形式，实际上更是一种构成自我的组成部分。"① 也就是说，他出版的几部重要学术著作都是有关自传研究的：1985 年出版了探讨自传中的虚构问题的《自传中的虚构：自我创造艺术研究》；1992 年，出版了《触摸世界：自传中的指涉》；1999 年，出版了探讨自传叙事中自我塑形课题的《我们的人生如何化为故事：塑造自我》；2008 年，出版了从身份视角切入自传研究的《自传式生存：我们如何在叙述中创建身份》。而我们认为，1992 年出版的作品最能代表保罗·约翰·埃金的自传话语思想，换句话说，埃金所提出的自传指涉美学，因其独特且区别于菲力浦·勒热讷的"自传契约"和保罗·德曼等后结构主义的观念而称誉于世界自传研究学界。

在埃金准备探讨自传指涉问题的开始，他不无无奈地说："自传中的指涉问题目前俨然可以说是一个被禁止讨论的问题，因为后结构主义理论声称已经一劳永逸地昭示了它的不可判定性。"② 但是，埃金的学术思考颇为明晰，他知道，他的学术探讨不能走早期自传研究启蒙时期的老路：那时常见的阅读模型受到了一种简单理念的主导，即肯定自传真实这一本质。当时，自传与他传和历史一样都被归为缺乏艺术性、展现事实的一种文献。③ 埃金当然不是传统古典自传本体论的支持者，他发现了自传中的虚构现象，也基本认同"人们在过去 20 年里则普遍将自传确立为一种想象性艺术"的说法，因为这符合他把自传构建为文学形式的文类诗学观念。但是，埃金的重要作用在于他的自传话语模式，既成就了自传文学的诗学价值，又与后结构主义的自传话语模式划清了界限。他明确地指出，后结构主义自传批评的特点在于错误地认为自传者忠于指涉真实，必然意味着对自我、语言、文学形式产生一系列传统看法。埃金通过对娜塔丽·萨洛特的《童年》、威廉·麦克斯韦的《明天见》这两部自传的分析证明了他提出的指涉美学契约，不但没有使自传研究回归到传统看法，而且

① Paul John Eakin：《My Autobiography Study》，文载《现代传记研究》2015 年秋季号，第 9 页。
② 梁庆标选编：《传记家的报复：新近西方传记研究译文集》，桂林：广西师范大学出版社，2015，第 159 页。
③ 梁庆标选编：《传记家的报复：新近西方传记研究译文集》，桂林：广西师范大学出版社，2015，第 159 页。

"对指涉美学的追求不必预先排除虚构在自传文本的突出作用。相反，我将论证，在这样一种明显的模仿美学的核心存在着反模仿的冲动。我已经观察到，自传如果不是一种指涉艺术的话，就根本无法存在；但它同时也一直是一种虚构形式"。埃金认为，"萨洛特和麦克斯韦都表明，事实约束不必构成对艺术自由的限制，恰恰相反，自传中虚构的编造可能正是为了努力追求传记真实"。以至于，埃金让他的指涉美学上升到了伦理的高度，"他们共同指向了这一道德观念：在指涉性文学中，我们既不能将事实也不能将形式认为是理所当然的"。①

埃金研究发现，娜塔丽·萨洛特的自传《童年》初看"带有明显的传统性质"，萨洛特将她对指涉契约的信守作为主导其自传计划的动机；她提出，她对自己所记忆的经历的忠实程度，就是我们衡量《童年》（1983）是否成功的标准。② 但是，事实上，"就其所有基础性指涉前提而言，萨洛特的做法纯粹是反传统的。在《童年》中，构成被记忆的现实经历的既不是人物也不是情节——这恰是许多自传的主体部分，而是格雷琴·R·贝瑟所界定的'大量的下意识、快速转换的针对外部刺激的反应，萨洛特将其称为"向性"，它类比的是原始有机体针对热或光所作出的本能反应'"。③ 埃金高屋建瓴地分析并指出，在这里，萨洛特明确划分了她自己对主体真实的理解和自卢梭以来现代自传史所断言的主体性真实之间的区别。也就是说，埃金对卢梭为代表的主体真实论是不接受的，他不认为主体的过去的内容是给定的、现成的，更不认为"其形式业已隐含其中"。④ 他通过萨洛特的语言发现了自传语言的固化和倍增的特征："自传要保存过去，就只能靠语言，否则便是虚无，但正是这些词语和意象使我们能够尽可能地进行捕捉，以保存这些感受。萨洛特记忆中如此大量的向性，本

---

① 梁庆标选编：《传记家的报复：新近西方传记研究译文集》，桂林：广西师范大学出版社，2015，第161页。

② 梁庆标选编：《传记家的报复：新近西方传记研究译文集》，桂林：广西师范大学出版社，2015，第162页。

③ 梁庆标选编：《传记家的报复：新近西方传记研究译文集》，桂林：广西师范大学出版社，2015，第163页。

④ 梁庆标选编：《传记家的报复：新近西方传记研究译文集》，桂林：广西师范大学出版社，2015，第162页。

身就与她针对词句的性质所做出的尤为敏感的反应相关，这一事实似乎已经证明语言具有的固化作用，它可以记录意识中容易消逝的内容。从这个意义上说，自传的语言就是一种有意识的倍增，处理的是记忆构成过程中语言所代理的大量无意识。"①

埃金举出自传批评家路易斯堡的观点来反证自己的论点，埃金认为，尽管路易斯堡解构了批评者对文本关系、意图、真诚的执着，但此解构绝不会阻止这种阅读行为的实施。事实上，"批评者对指涉对象和作者意图的关注，正属于我们在阅读这些文本时所体验的自传结构的一部分"。② 与路易斯堡的观点相反，埃金发现了自传文本的本质特征，那就是"在自传世界的反射性交互作用中，作为读者的作者和作为作者的读者地位相当，因为读者参与了作者的意识，而这种参与最终是自我指涉的，读者，尤其是批评者本身都是潜在的自传者"。③ 埃金进一步指出："我认为这种原发的自传倾向——即读者对自传者的认同——正构成了读者对自传最初兴趣的基本动机。自传阅读中的这种原发性自传模式通常也是一种隐秘自传模式。"④

埃金之所以列举萨洛特的自传《童年》，是因为萨洛特用她自己的自传实践，验证了自我指涉美学的可能，尽管萨洛特一再地疑惑语言会被证明是一种充满敌意的媒介，不仅因为它表达不准确，而且事实上还致命地改变了指涉对象本身。可是，萨洛特的《童年》中的童年经验事实，用萨洛特自己的话说，就是"依然完好无损，它们依然足够强大到能从被存放的保护壳中冲破出来，从那些柔软、白嫩、朦胧的层面中浮现出来"。⑤

也就是说，埃金发现，萨洛特的自传《童年》虽然公开反对自我指涉

---

① 梁庆标选编：《传记家的报复：新近西方传记研究译文集》，桂林：广西师范大学出版社，2015，第164页。
② 梁庆标选编：《传记家的报复：新近西方传记研究译文集》，桂林：广西师范大学出版社，2015，第167页。
③ 梁庆标选编：《传记家的报复：新近西方传记研究译文集》，桂林：广西师范大学出版社，2015，第167页。
④ 梁庆标选编：《传记家的报复：新近西方传记研究译文集》，桂林：广西师范大学出版社，2015，第167页。
⑤ 梁庆标选编：《传记家的报复：新近西方传记研究译文集》，桂林：广西师范大学出版社，2015，第168页。

契约，可事实却是自我指涉契约的实践证明者。"我选择详细解读这段文字，不仅因为它阐明了萨洛特与其指涉美学进行斗争的实质，而且因为在意识本身的指涉对象问题上我碰巧和她所见略同，即意识正是自传能够计划重现的过去的本质与特征。我在阅读《童年》时就留下深刻印象，我认为这就是萨洛特对过去以及她与过去的关系进行叙述所具有的心理性逼真。她的关注重点是向性，是位于语言深处和语言以外的感受。"①

（二）

威廉·麦克斯韦的作品《明天见》为小说，因为其版权页明显标识为小说，而且简装本在封面和封底都大胆地声明这是"最近十年来最受赞誉的小说"，甚至，作者都公开宣称他的记忆"实际上是一种故事叙述形式，它不断在内心延续，经常随着叙述而变化。为了约翰生平完全得以被接受，就会出现过多的、相互冲突的情感兴趣，可能故事叙述者的工作就是重新组织这些事情以便使它们满足这一目的"。② 但是保罗·约翰·埃金却从菲力浦·勒热讷的"自传契约"出发，非得认定《明天见》为自传，至少是自传小说，"我一直在证明《明天见》是一种自传类型，尽管我将这部著作中的'我'称为叙述者，但我认为叙述者与威廉·麦克斯韦本人相一致"。③ 他们都是生于 1908 年，他们的母亲都是死于流感爆发。之所以如此推断，是有着埃金阐明其自传指涉美学观的意识形态之目的，为此，埃金提出了属于他自己的独特的自传诗学："对于这个问题，我的回答是：《明天见》只是一个极端的例子——并具有指导意义，它典型地表明了自传具有事实和虚构的双重本质。"④ 记住，埃金这里强调的是自传具有两个

① 梁庆标选编：《传记家的报复：新近西方传记研究译文集》，桂林：广西师范大学出版社，2015，第 171 页。
② 梁庆标选编：《传记家的报复：新近西方传记研究译文集》，桂林：广西师范大学出版社，2015，第 173 页。
③ 梁庆标选编：《传记家的报复：新近西方传记研究译文集》，桂林：广西师范大学出版社，2015，第 180 页。
④ 梁庆标选编：《传记家的报复：新近西方传记研究译文集》，桂林：广西师范大学出版社，2015，第 182 页。

看似矛盾实则可以并存的本质，正是将事实与虚构这截然相反的二者扭结，才构成了自传话语的特征性张力。为此，埃金借用了阿伯特的观点进行了阐释。阿波特为了解决自传中事实与虚构这一棘手问题，从经验主义出发，把他的学生在阅读自传时的反应分为三类：一是天真轻信型，这类读者相信关于自传事实的一致性理论，并在阅读中将自传视为对传记事实透明性的、无中介的叙述；二是怀疑清醒型，这类读者敏锐地意识到自传是一种表演，以"去除神话、有意解析"的态度处理自传文本，寻找自传作家操控事实以满足各种形式的自我利益的证据；三是虚构模式型，这类读者抛弃了一切关于自传文本内在于指涉性现实之中的看法，这种阅读方法不再关心传记事实或作者的表演，而将文本视作自主的和艺术性的整体。埃金将阿伯特的分类应用到了对《明天见》的阅读中，由于他不愿意否认文本的事实依据，属于天真轻信型，保持了暂停怀疑的做法。但是，埃金同时关注《明天见》的核心是"它描述了创造，描述了自传行为，描述了新房子屋顶玩耍的一个男孩，而这座房子同时还是第九大街的旧房子，又是自传者'凌晨四点的宫殿'"。① 因此，按照阿伯特的观点，埃金对《明天见》的阅读是既将其视为"虚构"也将其视为事实。"阿伯特对自传诗学的构想侧重于读者，而伊丽莎白·布吕斯、勒热讷、路易斯堡等人的著作也肯定了这种方法的前景。"但埃金指出，阿伯特还是未能将事实与虚构相结合，恰恰是阿伯特的证据证明了埃金的观点："阿伯特的证据似乎证明我的观点，因为他所列举的两类学生读者（天真型和怀疑型）都在其对自传的反应中突出了事实与虚构的作用。怀疑型读者希望成为天真型读者，也就是说，他们希望相信文本，想参照文本外世界展开阅读，但他们做不到，因为他们不相信传主能讲述真相。但如果他们仅仅准备将自传消解为某种虚构作品，为什么他们要指责卢梭——或富兰克林——或其他任何人对传记事实的利己性操控呢？"②

---

① 梁庆标选编：《传记家的报复：新近西方传记研究译文集》，桂林：广西师范大学出版社，2015，第 181 页。

② 梁庆标选编：《传记家的报复：新近西方传记研究译文集》，桂林：广西师范大学出版社，2015，第 183 页。

（三）

我们认为，埃金的自传话语逻辑思维是辩证且富有美学价值的，因为面对自传中的事实与虚构，大多学者是把二者截然分开的，例如，菲力浦·多德在论文《历史还是虚构——平衡当代自传的声明》中把自传分为两种模式，即作为小说的自传和作为历史的自传。一是作为小说的自传，是"自我远离历史玷污的避难所，它由艺术构成，免受心理和历史的决定"。① 二是作为历史的自传，则是责任感强、政治参与度高的一种自我表征，并将个人生平视为范围更大的集体性社会经历必不可少的一部分。埃金一针见血地指出："阿伯特的分类与多德的分类都努力通过对自传中的事实与虚构进行甄别以界定自传，这注定要失败，尽管在自传中找出虚构之处十分容易，但是多德追随着韦勒克与沃伦，将重点放在了虚构性上并以此作为文学性的标志，这忽略了自传中的自我塑造。"② 进一步说，埃金吸收了海登·怀特的新历史主义"形成理论"，即我们应当承认历史写作不可避免地是一种文学实践，以及历史本身是一种文化虚构。因此，类似多德这种非此即彼的理论建构，恰恰未能意识到在任何一部自传中都必然是两者共生共存的，无论它呈现出艺术性或历史性的外表。很久以前的歌德就在其自传中对这两者恰当地实现了平衡，埃金不无诗情地说，该书的标题令人难忘：《诗与真》。③

歌德的这个书名用意，不是在割裂诗和真，而是表明："他生平中的这两极并非截然相反，而是具有辩证关系的临时对立。""针对自传作为一种文学流派所具有的多重可能性，我们有一个广为接受的模型，它具有足够的弹性，因而能够将经验事实与虚构手法艺术性地融合为一体。"埃金对尤金·施特尔齐希所提出的这个"辩证关系"给予很高的评价，遗憾的是，尤金·施特尔齐希没有进一步讨论如何细化和在自传叙事中实施这种

---

① Philip Doldd, "History or Fiction: Balancing Contemporary Autobiography's Claims", *Mosaic*, 20 (1987): 65.
② 梁庆标选编：《传记家的报复：新近西方传记研究译文集》，桂林：广西师范大学出版社，2015，第183页。
③ 梁庆标选编：《传记家的报复：新近西方传记研究译文集》，桂林：广西师范大学出版社，2015，第184页。

"辩证关系"，而是针对文本与生平间关系又提出了"同源性"要求，按照这个规定，卢梭的《忏悔录》被视为非真正性自传，而只是一部"我传"，因为卢梭对自我及生平的误读贯穿于全文，"卢梭在写作自己生平时抹除了真实的自我，而他对自己生平的文本是一种过于修正主义式阅读"。为此，埃金反问道："我想问这里归纳的这种'真实的自我'难道本身不是一种批判性的虚构吗？卢梭作为这部自传的作者（抹除、修改、负罪感，等等），难道不是'真实的'我吗？或至少是我的主要构成吗？"①

埃金之所以列举萨洛特的《童年》和麦克斯韦的《明天见》，旨在展示在指涉美学运作过程中，事实与虚构这对矛盾性要素之间的互动关系。众所周知，目前，自传基本被认同为一种虚构，在 1985 年出版的《自传中的虚构：自我创造艺术研究》中，埃金发现自传是一种特殊的小说形式。那么，他为什么还要坚守他的自我指涉美学呢？他的背后学术逻辑是什么？为此，埃金解释为两个浅层动机和一个深层动机。

第一，追求指涉美学的背后动机之一是探索。埃金认为，这涉及一个理念，"即生平早已包含了潜在的内容，且生平在任何回溯性干预之前业已拥有自己的设计原则，这正是自传者孜孜以求试图发现的目标"。② 另外，埃金又认为，我们的生平具有一定的形式，弗洛伊德、荣格、埃里克森等人都已经论证了塑造人类发展的基本范式的存在，自传似乎以此在文学设计中重复了某些基本的经验模式，以此描写我们从生到死之间人生典型阶段的发展历程。

第二，追求指涉美学的另一个动机是创造。埃金指出在重现生平事实时，绝不能仅仅像镜子一样反映，而是一种镜像。"在自传行为中，人们总是暗存这一理念，即通过自传补充人物所经历的生平，这种想法认为生平本身需要艺术的润色——通过形式的印记使其具有结尾、连贯性、永恒性。人们一方面倾向于虚构，另一方面倾向于将自传理解为一种镜像。"③

---

① 梁庆标选编：《传记家的报复：新近西方传记研究译文集》，桂林：广西师范大学出版社，2015，第 184 页。
② 梁庆标选编：《传记家的报复：新近西方传记研究译文集》，桂林：广西师范大学出版社，2015，第 185 页。
③ 梁庆标选编：《传记家的报复：新近西方传记研究译文集》，桂林：广西师范大学出版社，2015，第 186 页。

埃金指出，在探索和创造这两种动机背后还有一种更深层的第三个动机，它希望突出某个主体的区别性和延续性，无论这是创造还是探索而来。为此，埃金又列举出纳博科夫的自传《说吧，记忆》和罗兰·巴特的理论进行论证。

在纳博科夫的自传《说吧，记忆》的最后一章中，纳博科夫利用自传这一文本来对抗意识的消亡，他充分发挥自传的救赎力量，他得意地思考这部著作时，他发现消逝的时间的断裂碎片都被记忆的铜质铆钉修补起来了。"纳博科夫针对自己利用艺术手法来帮助自己'在一个有限的存在中发展出无限的感情和思想，以此与堕落、荒唐、恐怖进行斗争的行为'表达了强烈的感伤之情。"①

罗兰·巴特一直是后现代的代言人，但是在这个曾经宣布作者死了的后结构主义大师的心中，一直有个自传指涉物。埃金发现他与罗兰·巴特几乎是英雄所见略同："在罗兰·巴特的概念中，照片就如同'存在的证书'，这为自传的指涉美学提供了一个类比。"因为"根据罗兰·巴特的观点，照片式记录提供了不容置疑的证据，证明'某人看到过活生生的指涉对象（即便这是客体的事），或者又再次亲自看到它'；这是可以宣布它的指涉对象'这曾经存在过'的一门艺术"。②

当然，尽管提出了自传的指涉美学，可是埃金对自己的观点也不无困扰，他虽然认为自传是一种复杂的指涉艺术，但考虑到他对虚构在自传实践中所发挥的作用的了解，他仍然无法解释他对指涉的执念。遗憾的是，埃金引用罗兰·巴特的话，对此进行了散文化思考，没有更深入地回答这个问题，更为遗憾的是，埃金虽继续探索自传诗学，却把精力集中到了自传中的自我呈现和叙事身份认同两个方面去了，并没有解决好自传中的自我指涉美学这一难题。

---

① 梁庆标选编：《传记家的报复：新近西方传记研究译文集》，桂林：广西师范大学出版社，2015，第187页。
② 梁庆标选编：《传记家的报复：新近西方传记研究译文集》，桂林：广西师范大学出版社，2015，第187页。

第八章 / *Chapter 8*

西多尼·史密斯、
朱莉亚·沃森：自传的麻烦

西多尼·史密斯与朱莉亚·沃森在自传理论研究方面，用功颇专，成果丰硕。西多尼·史密斯是美国密歇根大学的讲座教授，朱莉亚·沃森是美国俄亥俄州立大学比较文学专家，二人合著了《阅读自传：阐释人类叙事指南》（2001），他们已经花费了几十年的时间来从理论上阐释自传性作品，涉及了自传叙事的各种模式，如"词语的、视觉的、文学的、每天的、女人的、男人的、殖民的、（后）殖民的、西方的"。[①] 他们都是叙事学家，通过对叙事学家提出的三个有关自传方面的问题，他们得出了独特而颇有创建的自传话语理论。

问题 1：自传骗局与自传契约的伦理制约

西多尼·史密斯与朱莉亚·沃森发现，在小说中如果出现一个小说家试图把他写的一部作品假冒为另外一个小说家的作品，那么读者会对作者的道德品质提出疑问，但是，读者不会对文本内描述的真实性提出疑问，"因为在虚构的貌似真实中，只要看上去像是可能世界（possible worlds）就足够了"。[②] 不过，如果骗局出现在自传中，则没那么简单，这些问题不但对认识自传叙事的本质富有启发性，而且"会因其明显违反叙述者与读者之

---

① ［美］James Phelan、Peter J. Rabinowitz：《当代叙事理论指南》，申丹等译，北京：北京大学出版社，2007，第 411 页。

② ［美］James Phelan、Peter J. Rabinowitz：《当代叙事理论指南》，申丹等译，北京：北京大学出版社，2007，第 414 页。

间的自传契约而招致很大的麻烦"。①

史密斯与沃森分析，在读者和一般公众发现一个作为自传来促销与销售的故事完全是"编造出来"的时候，这个自传由于违反了菲力浦·勒热讷所创建的"自传契约"而招到谴责，因为"自传契约的思想帮助我们理解为什么自传骗局会那么困扰读者。自传骗局烦扰对自我指涉之道德的期待，因为读者期望自传作品指的是一个'真实'的经验世界，不管这个世界是如何被回忆的，他们仍然能够把它想象得直接可信"。② 在这里，史密斯与沃森发现，自传叙事要求一种特殊的阅读模式，尽管自传的读者承认也明白自传不可能揭示有血有肉的作者的"真实"，这种"真实"是一种得不到的且不断建构中的"真实"，但无论如何，自传骗局与小说骗局还是有着本质不同。为此他们举了三个自传骗局的例子来说明。

第一个例子，是一个起初被认为是骗局，后来又被否定的 19 世纪奴隶叙事，这部由哈丽特·雅各布斯（Harriet Jacobs）创作的自传，名叫《一个奴隶姑娘生活中发生的事情》，叙述了她自己在奴隶制度中的生活，但是，由于她在文本中虚构了几个人名，包括她自己的名字，而且此书也是一本跟废奴主义者合作的书，结果"导致了 19 世纪 60 年代和整个 20 世纪大部分时间的批评家十分草率地将她的叙事视为虚构"。③ 问题是，这种虚构性判定，严重地削弱了它作为一部痛苦的历史来阅读与注册的要求。值得庆幸的是，档案学家琼·费根·叶林用不同的方式，向不同读者群证明了这个叙述是真的。尤其是，这部作品中关于暴力、预谋强奸、自我禁闭等叙述，其真实性令人信服。史密斯与沃森指出，自传中的这种虚构，特别是奴隶自传叙事中的这种虚构，不但没有违反自传契约的伦理要求，而恰恰是一种值得推广的自传叙事策略："现在读者大众相信历史学家的断言，即获得了自由的奴隶使用了各种修辞策略来保护依然生活在奴隶制中

---

① ［美］James Phelan、Peter J. Rabinowitz：《当代叙事理论指南》，申丹等译，北京：北京大学出版社，2007，第 411 页。

② ［美］James Phelan、Peter J. Rabinowitz：《当代叙事理论指南》，申丹等译，北京：北京大学出版社，2007，第 415 页。

③ ［美］James Phelan、Peter J. Rabinowitz：《当代叙事理论指南》，申丹等译，北京：北京大学出版社，2007，第 416 页。

的亲人。雅各布斯的转向小说因此是策略性的。她的这个案例说明某些虚构化、某些对真实性的掩盖是对时间、地点、环境和目的所做出的必要反应，而非违反自传契约的证据。"①

第二个例子，是《片段》，作者本杰明·威尔科米尔斯基声称自己的身份是犹太人，并且是大屠杀的幸存者，但是，调查员斯蒂芬·马克勒发现《片段》是一本虚构大杂烩，书中将幸存者的回忆与各种各样文学与历史资料混编在一起，事实上，这本书也不属于"后记忆"，按照赫希的定义，"后记忆"是指那些不能提供直接目击者所作的见证，或说它是晚辈对见证人的见证，这些晚辈的生活被对痛苦的过去的恐惧和父辈创伤性的痛苦所缠绕。② 可是作者本杰明·威尔科米尔斯基拒绝做 DNA 测试，结果这本书"被谴责为要么是一种欺骗，要么是机会主义的身份盗贼"，③ 后来这本书标为小说再版了，但影响明显没有被标为自传时大。对此，史密斯与沃森分析指出，《片段》强调了一个历史事件是如何作为文化附属物被详述与再现的。像本杰明·威尔科米尔斯基这样一个人，他接近令人痛苦而又难忘的事件，但却不是这一事件里的幸存者，渴望有一个受害的共同的过去，于是提出了一种个人方式来理解过去和将自己置于世界记忆之中。正如罗斯·钱伯斯所论述的那样，这种明显的错觉所说明的是，某些痛苦的故事会变成跨文化世界记忆中的一部分。以至于个人可以想象自己"真的"身处故事中。④

事实上，如果《片段》开始时就作为小说出版，那么就不会引起注意、不会得奖，或许也不会被搞得如此被动，这说明自传的文体力量不可小觑。

第三个例子，是澳大利亚作家旺达·库尔马特里（Wanda Koolmatrie）的《我自己的甜蜜时间》，该书出版于 1994 年，叙述了混血的一代如何在

① ［美］James Phelan、Peter J. Rabinowitz：《当代叙事理论指南》，申丹等译，北京：北京大学出版社，2007，第 416 页。
② ［美］James Phelan、Peter J. Rabinowitz：《当代叙事理论指南》，申丹等译，北京：北京大学出版社，2007，第 417 页。
③ ［美］James Phelan、Peter J. Rabinowitz：《当代叙事理论指南》，申丹等译，北京：北京大学出版社，2007，第 417 页。
④ ［美］James Phelan、Peter J. Rabinowitz：《当代叙事理论指南》，申丹等译，北京：北京大学出版社，2007，第 419 页。

自己的家乡与澳大利亚墨尔本之间的空间漫游与心理漂移的故事。1995年，此书获得了文学奖，可是出版商见到的作者并不是混血女性，而是个叫里昂·卡门（Leon Carmen）的年轻男性白人。里昂·卡门之所以假扮混血女性的角色，是因为他发现自己找不到出版商来出版自己的作品，而本土跨文化的个人叙事却颇受欢迎。里昂·卡门认为，将会有对他讲述的旺达·库尔马特里故事的文化接受，但不是作为白人男人的小说，而是作为一位土著妇女的生活叙事接受的。史密斯与沃森指出，《我自己的甜蜜时间》的作者显然违反了自传契约，是非常严重的，因为，"里昂·卡门声称具有自己所没有的一种身份，导致产生自传欺骗的说法。在自传叙述者声称叙述的回忆和经历是作者'署名'的回忆和经历时，在出版商将叙事划分为'回忆录'或'自传'时，读者就会认为在那些书页里讲述的事件属于那个与署名一致的实际存在的人"。①

我们认为，这就是自传这个文类的自传契约的伦理诗学价值，尽管读者也知道自传的叙事本质，即那个实际存在的人与文本中的叙述者"我"永远都不会完全一致，但读者还是会在真实人物所做的自我描述与虚构的盗用另外一个人的故事之间做出文体选择，甚至可以说这种选择也是一种伦理选择。

问题2：不合法的"悬置自传"与阅读的政治

史密斯与沃森在这里提出了另一问题："作者的社会文化定位如何影响阅读叙事方式？即一种'悬置'自传的'违法'叙事能对被称为一种不同的阅读政治产生影响吗？"② 当然，像《大卫·科波菲尔》《简·爱》等小说虽有明示读者把它读成自传的倾向，但是它们还是遵守了自传的法律，没有违反自传契约，而是通过作者与主人公名字的不同，来暗示它们不是自传而是教育小说。

但是近年来，有更多的后殖民作家通过号召读者以自传标准来阅读他们的作品，以混淆小说与非小说的叙事边界，即用不合法的生活叙事，"以让

---

① ［美］James Phelan、Peter J. Rabinowitz：《当代叙事理论指南》，申丹等译，北京：北京大学出版社，2007，第419页。

② ［美］James Phelan、Peter J. Rabinowitz：《当代叙事理论指南》，申丹等译，北京：北京大学出版社，2007，第420页。

人难以把握的方式，来戏弄读者对于虚构与非虚构文本的不同期待"。①

　　为此，史密斯与沃森列举了贾麦卡·金凯德（Jamaica Kincaid）的《我母亲的自传》来说明之。贾麦卡·金凯德宣称这本书为自传，可是却在书的背面又把它归类为小说。"尽管作为叙述者的我使用第一人称自传的声音讲话，但是，它却是金凯德母亲的那一代人，回忆她的母亲，类似于金凯德的祖母，叙述者使自己处于一种不知道因生自己而死去的母亲的境地。因此，这个叙事只能是一部'小说'。"②

　　盖亚特里·斯皮瓦克把这种自传命名为"悬置自传"（withheld autobiography），即"后殖民作家有时把自己的叙事看作悬置自传的方法，来处理这种小说非小说的消除"。但是斯皮瓦克指出，这种叙事与自传骗局的不同之处在于，这是将主观的自传话语转化为证词，是把自传作为调节多种因压制而不能直接诉说的叙事的方法，而非自愿假冒了另外一个人经历的自传造假。

　　史密斯与沃森又列举了牙买加作家米歇尔·克利夫的作品《没有通向天堂的电话》，以此来说明"借用自传的叙事模式也可能是质询、竞争以及重构历史、记忆、文化以及权力的机会"。③ 也就是说，米歇尔·克利夫通过用假名克莱尔·萨维奇讲述自己的故事，折磨着西方自传的主要模式，破坏着自传叙事的法律契约。而这些作者心知肚明地一律在书中标明本书是小说而不是自传。史密斯与沃森敏锐地发现，这是一种阅读的政治，在他们看来，叙事理论需要论及诸如贾麦卡·金凯德与米歇尔·克利夫那样的后殖民文本和自传表述传统之间的矛盾关系，这种关系涉及关于人格、经验，以及权威的相互竞争的要求。而把这样的文本只作为自称为的"长篇小说"来阅读，将会省去更多的关于边缘化社群的主体性的利害关系与修辞、生活故事的政治使用，以及命名、构建和做出回应的道德等

---

① ［美］James Phelan、Peter J. Rabinowitz：《当代叙事理论指南》，申丹等译，北京：北京大学出版社，2007，第 420 页。

② ［美］James Phelan、Peter J. Rabinowitz：《当代叙事理论指南》，申丹等译，北京：北京大学出版社，2007，第 421 页。

③ ［美］James Phelan、Peter J. Rabinowitz：《当代叙事理论指南》，申丹等译，北京：北京大学出版社，2007，第 422 页。

方面的争论。①

问题3：见证认可的伦理学

众所周知，"自从第二次世界大战以来，特别是最近20多年来，个人见证的文学已经成为一种被世界所认可，且被广泛传播的个人叙事模式"。② 史密斯与沃森发现，这种种见证的实践渗透到诸如大屠杀叙事、权力身份叙事、家庭乱伦与暴力叙事、残疾者叙事，以及流亡与移位叙事等自传体裁中。因此，这种见证的场景，可从伦理上要求读者做出道德回应。

这里的关键是，见证人叙事往往理解并把自己作为一个集体的成员在叙事，"读者与听众被要求认可见证的风险，证实痛苦与幸存，赋予一直被历史所轻蔑的那些人以不同的地位，扮演保护他人的人性与尊严的角色。因此，见证叙事企图获得读者的紧迫、立即和直接的注意"。③ 史密斯与沃森指出，这种见证叙事需要注意其走向反面，即"有时候，个人见证的行为会带来进一步的暴力和痛苦"。④

为此，史密斯与沃森对比了自传与小说在描写类似故事时的不同。"由见证叙事对读者发出的情感召唤，与那些同情与想象地描绘出类似情景的小说所发出的情感召唤有着显著的不同。"⑤ 也就是，小说有着更大的想象空间与叙述自由，"一方面，在探究作为第二次世界大战奴隶的沉默过去的精神代价方面，小说提供了更多的回旋余地和在沉默过去的束缚下，想象经历与幸存情感结构的更大的美与情感自由，它们可以为那些受苦者和那些与受苦者相关的人，描绘想象中的心灵世界。另外，它们不受极度落魄的幸存者、受凌辱的受害者的想象视域和文化比喻的限制。另一

① ［美］James Phelan、Peter J. Rabinowitz：《当代叙事理论指南》，申丹等译，北京：北京大学出版社，2007，第423页。
② ［美］James Phelan、Peter J. Rabinowitz：《当代叙事理论指南》，申丹等译，北京：北京大学出版社，2007，第423页。
③ ［美］James Phelan、Peter J. Rabinowitz：《当代叙事理论指南》，申丹等译，北京：北京大学出版社，2007，第424页。
④ ［美］James Phelan、Peter J. Rabinowitz：《当代叙事理论指南》，申丹等译，北京：北京大学出版社，2007，第424页。
⑤ ［美］James Phelan、Peter J. Rabinowitz：《当代叙事理论指南》，申丹等译，北京：北京大学出版社，2007，第425页。

方面，小说对幸存者主观认可与痛苦真实性主张的吁请，可能失去即时性和真正性因吁请的原生力量，这些性因已经羞辱地沉默了50多年"。① 在这里，史密斯与沃森还是更看重自传见证的伦理学价值，正是因为有着大量的自传见证人的叙述，见证人以巨大的代价走向了前台，向公众讲述自己性堕落的故事，才使得小说的叙事得到社会的认可。"因此，自传理论提出了关于见证叙事的问题，涉及谁有权讲述故事、为什么、在哪儿，以及为何目的等问题。处理叙述者如何建立权威与真实诉求的合法性和她或他如何坚决保持一种情感召唤，对读者批评实践来说是至关重要的。"②

总之，史密斯与沃森通过以上三个方面问题的探讨，本意是想提出一组关于什么能将自传叙事，与明确的虚构形式如长篇小说相区别的问题，结果是，他们发现了自传的种种麻烦，一是虚构与非虚构形式的边界问题不能完全确定下来；二是，自传对以边界的涉及为写作和阅读生活的政治与见证的伦理都制造了烦人的差异。他们考察了困扰自传理论化或给自传理论化带来困扰的几个案例，考虑了遮蔽"真实"叙述者的帷幔，后殖民小说中隐瞒性自传的阅读政治，见证人叙事对读者的吁请等。

为此，史密斯与沃森还大胆地提出了自传话语文体观，将自传叙事视为一种实践与行为，而非一种体裁，并自信地宣布，这样就瓦解了小说与非小说之间有一个两极边界的观念。③ 当然，他们也清醒地认识到，"尽管自传理论家重新界定体裁、作者、读者、伦理、各种文化故事，以及小说与非小说边界问题，但是，对这每一个问题的争论还在持续之中"。④ 而且，史密斯与沃森乐观地认为，叙事理论家的研究为这些争论提供了越来越多的参考。也就是说，生活叙事不再被认为是记录生活过的往事的独白回顾，而是被重新认为与不同的主题、地点、种类，以及表述经历与构建

① ［美］James Phelan、Peter J. Rabinowitz：《当代叙事理论指南》，申丹等译，北京：北京大学出版社，2007，第425—426页。
② ［美］James Phelan、Peter J. Rabinowitz：《当代叙事理论指南》，申丹等译，北京：北京大学出版社，2007，第426页。
③ ［美］James Phelan、Peter J. Rabinowitz：《当代叙事理论指南》，申丹等译，北京：北京大学出版社，2007，第428页。
④ ［美］James Phelan、Peter J. Rabinowitz：《当代叙事理论指南》，申丹等译，北京：北京大学出版社，2007，第429页。

身份的模式相关。因为现在理论家棘手地将自传同时视为虚构、自指，以及被读者体悟为非小说、有所指的或者"真实世界"。自传文本对粗心的读者来说可能是一个雷区，但也可能是一个游戏的天地和批判地思考变化中的阅读习惯、读者以及伦理问题的机会。[1] 对此，西多尼·史密斯与朱莉亚·沃森感到有必要继续研讨下去，让我们也拭目以待，期待他们有突破性观点发表。

---

① ［美］James Phelan、Peter J. Rabinowitz：《当代叙事理论指南》，申丹等译，北京：北京大学出版社，2007，第 429 页。

弗拉基米尔·纳博科夫：
自传话语的艺术性

（一）

弗拉基米尔·纳博科夫认为："一个作家传记中最好的部分不是他冒险生涯的记录，而是对他的风格的叙述。"[①] 在自传《说吧，记忆》中，纳博科夫的精密构思是为了给艺术化的生平叙述争取到一个合法性的地位，他的自传是个人化的生平故事和非个人化的艺术手段的融合。新西兰传记家布莱恩·博伊德这样评论《说吧，记忆》："没有人像纳博科夫这样对个人光辉过去的感情如此强烈，没有人像他这样在收集过去的事实时如此准确，仅此他的传记就足以置身人类所曾写作的最伟大的传记之列。"[②]《说吧，记忆》是所有自传中最富艺术性的作品，是自传话语艺术性的集中体现。

弗拉基米尔·纳博科夫书写自传的目的不是为了向我们陈述个人生活的细枝末节，也不是为了展示自己的光辉伟业，而是想要借助艺术性的安排来表达自己最深刻的信念和内心的全部感受，他要在个人生平的内容和艺术形式之间取得一种完美的平衡，这也就使得《说吧，记忆》的文本在纪实基础上具有了一种极高的审美价值。纳博科夫担心其他职业传记家会

[①] [美] 纳博科夫：《固执己见》，潘小松译，长春：时代文艺出版社，1998，第154页。

[②] [新西兰] 布莱恩·博伊德：《纳博科夫传：美国时期》，刘佳林译，桂林：广西师范大学出版社，2011，第163页。

生搬硬套地记录下他的外在观点，而忽视他的个人独特风格，所以他赶忙写下个人的思想情感。纳博科夫用赋予生活以艺术秩序的方式来表露自己的独特的个性，他的自传就是他个性发展史。在《说吧，记忆》中，纳博科夫有选择地唤起回忆里的事物，那种准确性与诗性的确吸引着我们，因为选择性的装置关乎艺术，而被选择部分则属于纯粹的生活。

自传首先是建立在几个根本性的词语上，这些词语联系着个人形成的特色和关键性的命运转折。在自传中一个主题就是对读者的一种吁请，而主题设置的成功与否不仅仅是与作者本人有关，还与读者的接受程度密不可分，"主题被看作能够被带给公众的某种东西，能够放进一个被传播的作品中的某种东西。一旦它转变成为真正的主题，它的传播方式将从本质中出现，如果传播方式是完美的，它会与本质相协调"。① 一个主题可以单独展开，也可以与其他主题交叉融合，使文本内容厚重化和精神崇高化。虽然纳博科夫的自传是以时间为线索的单线结构，但却与多种主题的共时性交叉融合不相互矛盾，相反，却出乎意料地保持各个主题的独立性，为以真实性为基础的自传也争取到了形式上的突破。主题的复杂关联使得纳博科夫可以将自身在时间中的存在描述得引人入胜和扣人心弦。《说吧，记忆》中的主题有公园空间、意识觉醒、流亡、色彩和爱，在这些主题上有一个连接性的、统一性的主题，那就是时间之谜，这些主题是在时间主题的流变中得以呈现和发展的。主题与主题之间的关系是平等的，彼此并不相互抑制打压，具有整体的不可分割性。纳博科夫使自传在不违背真实性的前提下具有了更多的诗性而非技巧，从而形成了一种整体的平衡性，给文章内部一种内在的、隐秘的和重要的一致性。《说吧，记忆》中这种主题与主题之间的变奏曲为我们带来了一种异样的感受，也许人类存在就是确定性内容与不稳定的形态的交汇，我们永远也无法预见下一个主题将于何时出现，而出现了又会起到怎样的效果。《说吧，记忆》中多主题的融合就像多种颜色在彩虹条纹的顶端融合一样，仿佛静止不动，仿佛在挑战重力，却总是和谐交融。

---

① [美] W·C·布斯：《小说修辞学》，华明等译，北京：北京大学出版社，1987，第115页。

　　流亡就是那"小玻璃球中彩色的螺旋线"，① 流亡是我们每一个人灵魂中的必然，它本身意味着一种失去。在悲悼往事时，纳博科夫哀伤的不是失去的财富，而是虚幻的记忆之乡。1905 年，旅行结束回俄国后，纳博科夫第一次在内心回响着"母土"之感，他无意之中接触到了成年人有关祖国的谈话，于是年幼的他也感受到了母亲的思乡病和父亲的爱国之心，后来他回忆说："结果是，正是那一次返回祖国，我第一次自觉地返回，在60 年后的今天对我来说好像是一次排练——不是绝不会发生的庄严的返乡，而是在我长年的流亡中它永不中止的梦。"② "乡愁"在纳博科夫的所有作品中都成为一个敏感而特别的事情。纳博科夫幻想重访往日的环境，带着一份假护照，用一个假的名字，但终究没有这么做，而是把这一权利献给了小说中的人物。当纳博科夫还是个小学生时，他便习惯用黑格尔的三段式来对阶段性时间进行划分，他发现"黑格尔的三级序列（在旧时俄国是如此流行）仅仅表现了一切事物在它们与时间关系上本质的螺旋性"。③ 在《说吧，记忆》中纳博科夫按照他那螺旋式的黑格尔三段论将自己从 1889 年出生到 1961 年撰写此书的生活描述为"小玻璃球中的彩色的螺旋线"：他在自己的祖国俄罗斯度过的第一个 20 年构成正题，下一个侨居欧洲的 21 年构成反题，而在接纳他的美国的岁月则是合题，是新的正题。纳博科夫运用多个主题的融合只为了演奏出一首感情的协奏曲，因为他生命中所爱的人，都已化为了记忆，而 60 年时光仿若弹指一挥间。

　　爱是纳博科夫生命中最重要的主题，他说："每当我想起我对一个人的爱，我惯于从我的爱——从我的心脏，从一个私人事件的温柔核心——画出半径，画到宇宙的遥远得难以置信的地点。"④ 在纳博科夫看来，父母和孩子、男人和女人的爱有非凡的力量，因为情感会形成一片坚不可摧的保守的基质，人类的情感一开始就是互相依赖、互相限定的，它是无限复杂的激情与节奏的演绎。情感本身具有一个框架式的累积结构，各种可能性的综合关系在这个结构中变化、发展甚至升华。"只有当我在童年的安

---

① ［美］纳博科夫：《说吧，记忆》，陈东飙译，长春：时代文艺出版社，1998，第 267 页。
② ［美］纳博科夫：《说吧，记忆》，陈东飙译，长春：时代文艺出版社，1998，第 81 页。
③ ［美］纳博科夫：《说吧，记忆》，陈东飙译，长春：时代文艺出版社，1998，第 266 页。
④ ［美］纳博科夫：《说吧，记忆》，陈东飙译，长春：时代文艺出版社，1998，第 288 页。

适中最为热爱的事物与生命化为灰烬或被射穿心脏之后，我才能欣赏到什么东西。"① 纳博科夫从家庭的神圣伦理关系学到了关于爱的知识，这也就成了他自传的主题。和谐的家庭之爱给予了纳博科夫一颗恬适安静的心，虽然历史极其粗暴地侵扰他的生活——革命令他背井离乡，父亲惨遭俄国狂热君主分子的暗杀，弟弟和好友死于德国集中营，但他还是坚信生活本质上是慷慨和善良的。凡尘的爱给予了纳博科夫能够保持个性自我的坚定力量，完美往昔在他的心里永远有着无可取缔的神圣魅力，实际上他并不关心生活中来来去去的改变，而更为关心生活本质上的那种稳固与和谐。这种稳固的生活具有一种持久力，它能够化解嘈杂世俗环境的骚扰，而完善生活本身的美好结构。在《说吧，记忆》的最后一章里，纳博科夫与妻子注视着儿子，期待他能够意识到即将开始的命运旅程就如同浮现的游轮烟筒，"像是出自一幅涂鸦的画——发现水手藏起了什么，发现者一旦看见就再也无法将它漠视"。② 纳博科夫认为这种有关意识的最初记忆将会被永远纪念，因为这是意识对时间暴君的一次完美风暴。"我只有让所有的空间，所有的时间加入我的情感，加入我凡尘的爱，以便除去它凡尘的边界，以此来帮助我反抗一个有限存在中发展起了一个感觉和思想的无限这样一种完全的堕落、荒谬和恐怖。"③

（二）

自传是内心生活外在化的一种文体表现，它总是试图把社会边缘的个人经历转化为一种实际的社会价值，它能够超越特定的历史局限，进而表达出传主的个性特征。纳博科夫无意成为这种大众历史的宣传人，相反，他意在为我们展现自我在社会历史背景下的成长经历和所作所为。相比于纳博科夫的自传《说吧，记忆》，歌德的自传则成了其时代的传声筒，缺少个人化的风格叙事，使得自我在历史与时代的面前变成了一个无能为力者。在自传《诗与真》的序言里歌德说："把人与其时代的关系说明，指

---

① ［美］纳博科夫：《说吧，记忆》，陈东飚译，长春：时代文艺出版社，1998，第104页。
② ［美］纳博科夫：《说吧，记忆》，陈东飚译，长春：时代文艺出版社，1998，第301页。
③ ［美］纳博科夫：《说吧，记忆》，陈东飚译，长春：时代文艺出版社，1998，第288页。

出整个情势阻挠他到什么程度，掖助他又到什么地步，他怎样从其中形成自己的世界观和人生观，以及作为艺术家、诗人或著作家又怎样再把它们反映出来，似乎就是传记的主要任务。"① 与此相反，纳博科夫的自传《说吧，记忆》则在向我们反复地展示一个话题，那就是"我"作为历史主体的话语权是不能被削弱的。纳博科夫认为历史环境并不是一个多样人类的处境的随意铺开，而是只作为一个人存在的处境而存在。他书写自传的真实意图是为了在生活的历史进展中寻找相互关联的人生主题，《说吧，记忆》虽然展示了纳博科夫的成长历程，却不是他岁月的新闻短片和装饰签名照片的化妆室，而是他的真实自我的展现。在《说吧，记忆》中纳博科夫对各种历史事件只是准确地呈示其乍现的微光，他是将所有的历史背景都以最大限度的简约来处理的。纳博科夫对待历史的直接态度就如同一位美工师傅艺术剪切技艺，美工师傅可以用几件必不可少的物件来布置一个具象的舞台，而纳博科夫也是把历史设置在人类生存处境的微光性背景。一部自传想要具体地描述个人的全部生活经历是不可能的，因此需要有选择地组织那些对个人来说最重要的材料。纳博科夫在《说吧，记忆》中所选择的历史事件都只是那些对他来说最特别的事件，用微光性的再现手法来为个性发展做衬托。在《说吧，记忆》的前言中纳博科夫说："在叙述重要历史事件时仅仅作为一个随意选中的模型，而没有事实上的意义的一件物品，每当我在修改各种版本的校样的过程中重读那一段时，则总是带我制造麻烦，直到我最后尽了最大的努力。"② 可以看出，他真正在意的是对个人具有意义性的历史事件。

我们知道，人的一生是一个像画卷一样不断展开的过程，个性是在时间与历史中逐渐形成的果实。自传审视的不仅是历史，更是人在历史中自我存在及自我和他者之间的关系问题。虽然判断历史的价值观会随着时代被推翻和重建，具有很多可能性的版本，历史的真实性和客观性容易被"文本化"，从而永远处在被叙述、被解释之中和种种已经写成的文本的"互文性"之中，使得它只是主导的意识形态从自身利益出发强加于历史的看

① ［德］歌德：《诗与真》，刘思慕译，北京：人民文学出版社，1999，第 3 页。
② ［美］纳博科夫：《说吧，记忆》，陈东飙译，长春：时代文艺出版社，1998，第 4 页。

法，甚至导致其整体性与统一性也是引人怀疑的。传统历史书写的目的是想将单一的事件分解化简为一种理想性的、连续性的过程，而这些单一的事件成了权力关系的争夺史。假使这一事件被消解变得衰弱也就意味着支配关系的丧失，这时候另一个"他者"便会趁机而入。在历史中，人是看不到自我的，看到的只是自我强大的影子，甚至有时候这种影子也处在被颠覆、被解构之中。我们都希望怀有真正的历史感，结果却只是证实了我们存在于无数的、没有标记或缺乏参照点的事件中，然而，毕竟个人的存在依然是独特和唯一的，个人历史是相对于传统历史而存在的另一种更真实的声音，就如纳博科夫所说，"当时间流转，而傻瓜创造的历史的阴影甚至败坏了日晷的精确之际"，① 只有个人的历史才是最可靠、最真实的。自传就是试图在历史巨变中书写叙述者个性自我，以及自我所展现的那一片微弱的闪光，它拒斥历史的无情局面和淹没了主观的客观现象。比起历史的积淀，纳博科夫更加关注现实的主观能动性。纳博科夫在 1951 年出版自传时曾将书命名为《决定性证据》，即是为了表明他存在过的证明，后来因为这一名字缺乏正规性而改名为现在为大家所熟知的《说吧，记忆》。自传并不能穷尽个人与时代之间复杂性的关系，原因在于新的关系永远处于被培养之中。个人的历史不能成为普遍化历史境遇的代表，毕竟个人确实存在于一个相对较小的半封闭世界。纳博科夫的自传不限于描写个人的生活事件，也不受制于历史环境局限，而是把个人与历史结合起来书写。这样，历史环境成为个人生活的背景，而个人生活又折射出历史环境的轮廓。历史并不是纳博科夫命运中的决定性因素，对他来说历史永远处于一个与个体生命相平行的位置。历史曾将纳博科夫两次推到命运的边缘，第一次是被迫逃离俄国，第二次是逃离希特勒侵占下的欧洲。纳博科夫一生中目睹了非同寻常的历史变化，但他始终与其保持着"审美般的距离"，他能如此是他的个性纯粹如此。在生活和写作中纳博科夫都能够拉开了自己与历史之间的距离，以比较超然的态度看待自己的过去，他的一生都保持着独立于历史环境之外的超然个性。在采访录《固执己见》的前言中他说："我像天才一样思考，像受人尊敬的作家一样写作，而说起话来却像

---

① ［美］纳博科夫：《说吧，记忆》，陈东飙译，长春：时代文艺出版社，1998，第 298 页。

个孩子。"① 确实如此，终其一生他从未属于他人和俱乐部或团体，没有任何教条或派别对他有过权威影响，在他那里个人意识永远高于一切，他的自传为我们描述了他的个性发展轨迹。十月革命爆发后纳博科夫被迫流亡，尽管命运如此不公地将他剥离熟悉的生活，可我们在《说吧，记忆》中却见不到仇恨的影子，有的只是无尽的悲叹。纳博科夫认为改变命运罗盘的方式有很多种可能，不仅仅是历史革命，也可能是来自任何东西的影响。虽然命运的轨道需要重新设定，但人却完全有能力保持自身的个性世界不变。在涉及一件事情时，纳博科夫会采取直面历史的态度而彻底地变成一个格斗士，那就是他试图纠正西方人对于革命前的俄国及侨民的歧视，他绝不允许别人轻蔑和诋毁自己的祖国俄国。在英国剑桥学习期间纳博科夫努力成为一个俄语写作的作家，尽管怀抱这种希望，但他仍然被同学们看作白俄而不可避免卷入了政治争论之中，而这也让他发现了别人对祖国俄国的误解是多么深。纳博科夫认为俄国在经历 19 世纪 60 年代的改革后拥有了任何西方民主国家都会为之骄傲的法制，诸多限制暴君再生的公众舆论和各种各样允许言论自由的政治思想期刊相继出现。十月革命终结了这一时期，使得纳博科夫如"迷乱的蝴蝶被释放于异域，在错误的维度上，在陌生的植物之间"飞舞。② 时代的动荡将纳博科夫放逐在他乡，历史的撬棍改变了他既定的走向。尽管剑桥三一巷的生活是孤独且充实的，但仍有令纳博科夫感到困扰的问题，那就是不断有人将美学问题政治化，因为他认为"一个俄国人在政治上越是激进，他在艺术上这一方面就越是保守"。③ 艺术不应该经常地被当作承载观念的一种工具，不管这种观念是政治的或者是道德的都不能堂而皇之地去影响和教诲人们的思想。在纳博科夫眼里艺术应该追求的是自由的本质，不应该被功利主义目的所代替，因为艺术只有以自己独特的方式达到优秀的标准时，才会具有启迪人心的作用。在流亡欧洲期间纳博科夫为了远离社会文化圈的热门争论，便将全部重心转移到文学翻译与创作上去。就如同一位守门者，"他是孤鹰，

---

① ［美］纳博科夫：《〈固执己见〉前言》，《固执己见》，潘小松译，长春：时代文艺出版社，1998，第 14 页。
② ［美］纳博科夫：《说吧，记忆》，陈东飙译，长春：时代文艺出版社，1998，第 243 页。
③ ［美］纳博科夫：《说吧，记忆》，陈东飙译，长春：时代文艺出版社，1998，第 255 页。

神秘的人，最后的防守者",① 就算倒地不起，他的大门也始终紧闭，拒斥历史和政治的入侵。

（三）

纳博科夫通过记忆的组合与并列来艺术化地重构个人历史，为此他非常注重对历史事件进行意象表达，因为记忆中的意象不仅会增添意象的美，而且还会给历史的前后各部分提供有用的联系。为此，他特别运用那些本不起眼的细节，从而将个人与历史进行连接，着重保留记忆中关键性的那一部分。个人历史也是时间中不可分割的一部分，它是现实中的组成部分，它虽然看上去有些松散，可能缺少相互的连贯性，但却是最真实的存在形式。个人历史是一连串意象的不断积累，意象的组合会闪现出一道灼热的亮光，从而划过存在的时间之流。意象是在时间积累下所表现出的智慧和情感的复合体，是抽象哲理与具体事件的综合，它会给人以摆脱时间束缚和超越空间距离的异样感受，从而达到人类意识的真正成熟与解放。1904年，刚刚5岁的纳博科夫被带去向家族的朋友库罗帕特金将军问好，在父亲的书房里将军用火柴指涉大海的形态陪他玩耍。恰巧正是在同一天库罗帕特金被沙皇派遣去与日本作战，库罗帕特金的命运就如瞬间点燃也瞬间熄灭的火柴，这场战争以俄方的惨败而告终。此后，1919年布尔什维克占领彼得堡迫使纳博科夫随父亲逃亡，他于途中碰巧遇见了乔装的老库罗帕特金向他借火柴，从而使得火柴的意象又得到了延续，颠沛流离的流亡生活就如同被点燃的火柴般沧桑悲凉。纳博科夫通过艺术的巧妙安排，将充满着怪诞与恐怖的历史转化成了偶然性交缠的画面。火柴的主题将老库罗帕特金、纳博科夫和历史事件巧妙地联系了起来。纳博科夫通过艺术的力量富有匠心地安排了一个个真实的时刻，只为了来表达这样一种感受，即在看似杂乱无章和荒诞不经的历史背后也许有着看不见的艺术设计，也许有着比历史结局更让人激动人心的偶然性命运安排，而纳博科夫始终想要做一个战胜僵化历史的人。

① ［美］纳博科夫：《说吧，记忆》，陈东飚译，长春：时代文艺出版社，1998，第259页。

　　罗兰·巴特认为，作者已经不再是意义原初的起点，而只是话语链的混合构成物，赋予文本以作者只会使其丧失开放性和能指的意义，作者恰如一个神话中的概念而已，不必在文本的构成中担当重任。纳博科夫则不然，他着重强调作者作为文学主体作家的创造性价值，他认为想要成为一个优秀的作家必须具备将材料进行特定组织的艺术能力，他所关心的话题也应该是更高层次上的人类存在问题，甚至他必须创造出一个虚构的世界，因为艺术从来不是简单的事情，而是多方面的配合与努力。

　　在作者与读者的关系上，纳博科夫着重作者的能动性创作，而将读者放在次一级地位上。我们知道一个有创造力的艺术家首先应该创造出属于自己的艺术天空，而作家本人也就是自己的理想读者，其他的读者属于相对次要的地位，是隐含的读者。这些隐含的读者只有解开作家设置的谜底，将文本具体化之后，才会成为优秀的读者，而整个解谜的探索、发现过程本身就是对阅读的回报。纳博科夫认为，作者应该首先成为一个独特的艺术家，然后才能呼唤优秀读者光临自己精心耕耘的作品园地，在读者和作者双方心灵之间需要形成一种艺术上的和谐关系，其中要有审美趣味的参加和个人的想象力。1947年10月，纳博科夫将自传的一章（《我的英语教育》）投稿给《纽约客》，该杂志要修改稿件的风格以适应出版需要时，被他态度坚决地拒绝了，他回书说："如果你们帮我汰除一些糟糕的语法，我将感激不尽，但我想，我不愿意把那些长句修得太短，或把我费了老大力气才竖起来的吊桥放低。换句话说，我希望能够区别笨拙的构造和某种特别的——该如何说呢——蜿蜒，那正是我的风格，它只是乍看有些笨拙或晦涩。为什么不让读者时不时地重读一个句子呢？那不会伤害他的。"[①]

　　纳博科夫期待优秀的读者来欣赏他的伟大作品，为此建议读者应该反复阅读文本，并且"聪明的读者在欣赏一部天才之作的时候，为了充分领略其中的艺术魅力，不只是用心灵，也不全是脑筋，而是用脊椎骨去读的"。[②] 也只有这样读者才能领悟一部伟大作品所揭示的真谛，并且将这种

① ［美］纳博科夫：《〈固执己见〉前言》，《固执己见》，潘小松译，长春：时代文艺出版社，1998，第132页。
② ［美］纳博科夫：《文学讲稿》，申慧辉译，北京：生活·读书·新知三联书店，1991，第26页。

领悟传达到感官和理智的中枢，而使读者在审美狂喜的境遇里超脱困苦的人生之狱，从而获得极度的审美快感。纳博科夫认为读者的最佳气质是既富有艺术味，又具有科学性，也只有这样的读者才会成为作家的知音，从而令两个陌生的人在文学的审美境遇里深深沉醉。如果说艺术的至高点是一座被云雾笼罩的山峰，那么作家的命运就是去征服这座山峰，只有当作家摆脱了俗世的干扰取得杰出的成果时，他才会遇见同样也是在艺术世界中寻觅自我的读者，到那时候两人便自然而然地拥抱起来了，而"如果这本书永垂不朽，那么他们就永不分离"。① 卓越的自传作家掌握着使艺术取得完美和谐的方法，纳博科夫就是这样的一位杰出者，他能够完美把握自传中的细节真实，坚持自传作品最该具有的准确性。对于作品中主题的设置纳博科夫秉持一种执着、一种格外小心的细致精神，而这种追求精雕细琢的精神也赋予其作品一种真实感和静穆感。纳博科夫在《说吧，记忆》的文本里为读者设置了种种谜题与花样，其目的是吁请读者抓住细节的末梢，从而解开他所设置隐藏的谜底，也许优秀的读者会发现那看似不经意的描写背后却有着最为精巧的艺术安排，进而能够揭开有关时间之谜的奥秘和展望到那神秘彼岸世界的瞬间图景。

在自传中纳博科夫不断地与读者进行隐秘交流，提醒我们关注他所关注的事情，感受他所感受的情感，而作为读者的我们会从这种情感中获取共鸣，正如法国思想家柏格森所说："一出戏使我们感兴趣的并不是它告诉我们有关别人如何，而是在于它使我们隐隐约约地看到了自己——一大堆本来会出现但幸好没有出现的情感、情绪和事件。"② 纳博科夫向读者剖开真诚的胸膛，只为了赢得读者的信任，而这正是自传真实所具有的艺术魅力。我们认为，只有在不对自传的主体性叙述产生怀疑的前提下，才能真正实现作者与读者之间的对话交流，在最好的自传中读者会为自己意识到的真实所震动，他会期待翻开下一页时会出现怎样的事实上的必然，他根本无法抗拒这种吸引力，而被作者所介绍的世界完全吸附。

纳博科夫的自传属于理想的主体性创作模式，他以理性的安排达到了

---

① ［美］纳博科夫：《文学讲稿》，申慧辉译，北京：生活·读书·新知三联书店，1991，第21页。
② ［法］亨利·柏格森：《笑与滑稽》，乐爱国译. 广州：广东人民出版社，2000，第112页。

情感与现实的和谐。纳博科夫在文学评论集《文学讲稿》的开篇"优秀读者与优秀作家"里也为我们描述了这种主体能动性的创作方式，他说："我们这个世界上的材料当然是很真实的（只要现实还存在），但却根本不是一般所公认的整体；而是一摊杂乱无章的东西。作家对这堆杂乱无章的东西大声一喝：'开始！'霎时，只见整个世界在发光、融化，又重新组合，不仅仅是外表，就连每个粒子都经过了重新组合。"①

《说吧，记忆》是纳博科夫的一种自主性创作，是在他的自由意志指引下对生平的素材所进行的加工、整理而使之变成真与美的艺术结合体。自传是一种力图找寻作者主体性自我的文体，作者和叙述者实际上是同一个真实的自我，在文本中作者的意图表现是完全在场的。在《说吧，记忆》中纳博科夫没有运用直白的讲述，也没有将个人的生平事件进行流水账似的罗列，相反，他力求在自传中充分调度事件来供自我的分配。这样的写作方法不仅是自传写作的一种新思路，还体现了立传者对于主体性地位的回归召唤。当纳博科夫在《说吧，记忆》中探索回忆之径时他那种对于生命的和谐与命运的花样的非凡控制，既确认了他作为具有独特主体性的艺术家的身份，又表明了他在艺术领域的独创性。

纳博科夫的一生如一只璀璨多姿的蝴蝶，总是被迫流亡在错误的维度之间，但如蝴蝶的绚丽需要经过多次的蜕变一样，无论境遇如何他总能成为自己想要成为的那样。他的自传《说吧，记忆》被《新共和报》评为20世纪传记体作品的扛鼎之作。他书写自传的目的是要在生活的身体上勾勒出艺术的维度，借助艺术性的安排来表达自己最深刻的信念和内心的全部感受，这也就使得《说吧，记忆》的文本在纪实性的基础上获得了一种审美价值的提升。

---

① ［美］纳博科夫：《文学讲稿》，申慧辉译，北京：生活·读书·新知三联书店，1991，第21页。

第十章 / *Chapter 10*

弗里德里希·尼采、路易·阿尔都塞：
两个现代自传话语实验文本

（一）

尼采这位在西方思想史上如此重要的哲学家，在生命的最辉煌或在其生命走进黑暗之前的回光返照中，①依然沿袭了西方忏悔自传文化的传统，没有忘记写作他的自传。历时一个月（1888 年 10 月 5 日至 11 月 4 日），尼采撰写出《瞧，这个人》，此书于其死后的 1908 年出版。该自传书名取自《圣经》，耶稣在受难前受尽凌辱，行刑官罗马帝国驻巴勒斯坦总督彼拉多指着耶稣对人们说"看哪，这人"（拉丁语：ECCE HOMO），尼采取其书名，用意有二：一是以耶稣自比，把自我神圣化；二是把自我放在他者的目光审判下，揭示其生命的悲剧意义。但是，阅读尼采该自传的读者会困惑地发现，《瞧，这个人》几乎没有正常自传要叙述的生平事实，似乎也难以在西方传统自传叙事模式中找到渊源，可是该自传却被西方学者奉为自传经典。在《现代与现代主义——艺术家的主权 1885—1925》一书中，学者弗雷德里克·R·卡尔把《瞧，这个人》与现代主义进行了联系，并称其为远承卢梭《忏悔录》叙事且为最富有现代性的灵魂自传中的翘楚。②

---

① 尼采于 1889 年 1 月，在都灵患精神分裂症，从此在生命的黑暗中倍受煎熬直至 10 年后死亡。
② ［法］弗雷德里克·R·卡尔：《现代与现代主义——艺术家的主权 1885—1925》，陈永国、傅景川译，北京：中国人民大学出版社，2004，第 244 页。

　　按照法国自传理论家菲力浦·勒热讷的自传定义，自传涉及了三个不同方面的因素：1. 语言形式：A. 叙事；B. 散文体。2. 主题旨归：A. 个人生活；B. 个性历史。3. 作者状况：A. 作者、叙述者和人物的同一；B. 叙事的回顾视角。① 尼采自传《瞧，这个人》的文类可以说是散文体的，但是却不能说它是叙事的，因为尽管尼采在自传序言中说"我将告诉我自己有关这个生命的故事"，可事实上尼采并没有自述生平。全书除自序外共有 15 章，却是以他的个性与著述为叙述中心的："我为什么这样智慧"，"我为什么这样聪明"，"我为什么写出了这样的好书"，"悲剧的诞生"，"不合时宜的思想"，"人情的，太人情的及其两个续篇"，"朝霞——论道德即是偏见"，"快乐的科学"，"查拉图斯特拉如是说——一本给所有人的书，也是无人能读的书"，"超善恶——未来哲学序曲"，"道德谱系——一篇论战文章"，"偶像的黄昏——怎样用锤子进行哲学阐述"，"瓦格纳事件——一个音乐家的问题"，"为什么我是命运"。② 在"为什么我这样聪明"中，他说到了自己不胜酒力、爱好音乐、24 岁做了大学教授，但是尼采的自传主题旨归并不在于叙事，事实上在这里所涉的尼采个人生活的内容没有细节支撑。

　　值得注意的是，在这部自传中尼采对自己独特的定型的个性却不惜笔墨自夸。"不久，我必须面对我同类的人，向他们作前所未有的最大要求，因此，我觉得我必须在这里宣布我是谁以及我是什么人。""我一生的幸福及其独特的性格是命中注定的：用奥妙的方式来说，如果像我的父亲，我是早已死了的，如果像我的母亲，我还继续活着而且渐渐老了。从人生阶梯的最高层和最低层去看它的话，这双重根源同时是一种衰落也是一种新生，这一点说明了使我与众不同的那个中间性和免于对一般人生问题的偏狭性。对于上升和下落的最初象征，我是比任何人都敏感的。"正常自传开始的生平介绍，到了尼采笔下，变成了对自我性格分析与议论。其父亲的早死是因多病，而尼采却从中看到了哲学上的上升与衰落问题。凯斯·安塞尔-皮尔逊说得好："尼采的哲学蕴含着对生命的悲剧理解。确实，在

① ［法］菲力浦·勒热讷：《自传契约》，杨国政译，北京：生活·读书·新知三联书店，2001，第 3 页。
② ［德］尼采：《瞧，这个人：尼采自传》，黄敬甫等译，北京：团结出版社，2006。

《瞧，这个人》中，尼采用他特有的大胆和夸张，把自己描绘为第一个悲剧哲学家。悲剧哲学家就生命的总体接受生命，对生命的纷繁复杂的本性说'是'，对对立与战争、流逝与毁灭、生成与受苦说'是'。"① 乔治·勃兰兑斯指出："那种充溢全书的得意之情，那种使全书生气盎然而又预示着疯狂即将来临的自我尊崇等，都不能荫蔽住《瞧，这个人》一书的无比伟大的特征。"② 我们认为，尼采自传的这一特征事实上揭示了西方自传文类现代性的一个独特因素：在叙述自我中突显灵魂自我。

尼采自传《瞧，这个人》序言说得好："世间各种伟大的思想家大抵如此，有着同样的根源，区分在表现的强弱而已。大概东方的人生观着重返璞归真，虽然经过精神上绝大的苦工，然而寂灭了，犹之浑金璞玉。反之，必将'自我'整个儿发表，更雕琢，更锻炼，是西方人的人生观。"③ 事实上，无论中西人生观有何差异，说出自己的人生故事是自传叙事的旨归之一。卢梭说："我曾经历过如此众多的事件，产生过如此强烈的感情，见过那么多不同类型的人，在那么多境遇中生活过，所以要是我善于利用这些条件的话，五十年的生涯对我来说就像过了几个世纪似的。因此，就事件数量之多及种类之繁而言，我都有条件使我的叙述饶有兴味。"④ 司马迁的《太史公自序》本列在书籍之后，结果仍然把自我生平叙述放在重要位置。沈复则以"六记"的方式叙述自己浮生之乐悲。由此可见叙述自我是自传文类的显征之一。但是到了尼采笔下，自传的叙述特征在式微而灵魂自传的因素在加强。凯斯·安塞尔-皮尔逊就把尼采的自传称为灵魂自传的典范，指出："随着这种记忆或过去感，或绘画的功能，或乔伊斯的显现时刻的运用，随着对人与自我的这种重新限定，随着对无意识和前意识（甚至在弗洛伊德之前）的这种强调，我们进入了新的叙事领域。实际上，叙事小说成了这一切变化的积淀：不是情节，情节已经荡然无存；不是人物，人物只起到讲述的作用；不是景物，景物已经淹没在叙述之中。

① [美] 凯斯·安塞尔-皮尔逊：《尼采反卢梭——尼采的道德-政治思想研究》，宗成河等译，北京：华夏出版社，2005，第42页。
② [丹麦] 乔治·勃兰兑斯：《尼采》，安延明译，北京：中国社会科学出版社，1992，第177页。
③ 郜元宝：《尼采在中国》，上海：上海三联出版社，2001，第223页。
④ [法] 卢梭：《忏悔录》（第二部），范希衡译，北京：人民文学出版社，1980，第814页。

灵魂自传不仅改变了我们对人生的看法，也改变了我们表现生活的方式。当叙事体小说登上人类竞技场之时，一位小说家对小说叙述及其形态做何反应，在很大程度上决定着他是否是个现代作家。"①

我们认为，自传话语的现代性强调的是对自我灵魂的剖析而非一味地叙述故事，现代性的灵魂自我是"认同的自我，不是一种行为方式，而是一种信仰，是自我理解的一个源泉。对'我主义'、本我或弗洛伊德的'我'、自我和个人需要等因素的强调，均显见于这种小说样式的嬗变中"。"揭开伪装或掩饰表面，自我的出现等诸如此类的问题都与现代灵魂自传及其原型即卢梭的《忏悔录》相关。在这里，忏悔是一种形式的灵魂旅行。"② 尼采为自己不被他人认可而伤感，为他们对他的冷漠而愤怒，尽管在自传的结尾他嘲讽了所谓荣誉，但是，他毕竟未能于生前从德国获得真正的荣誉。这一事实深深地刺伤了他的心，并强有力地促成了他对其国人的不可遏制的憎恶感。由此，我们可以得出这样的结论：自传的现代性特征恰恰是它的反自传性。也就是说，从尼采开始，在叙述自我中突显灵魂自我的现代性自传文类开始确立。尽管我们可以在卢梭的《忏悔录》中发现诸多现代自传特征，但是尼采是有意识的而卢梭则在认识论上与现代自传有着本质区别。卡尔·雅斯贝尔斯说得好："尼采发现，我愈是保持诚实，则可能之物愈是无穷无尽，只要我仅仅在作反思，我借可能之物来澄明自身，但任何现实的自我存在都在纷纷解体，自我存在很快就在我意图借以了解它的形态中消失殆尽：上百面镜子虚假地映射出你……自我认识者！自己的刽子手。""只有借助于从可能性中无可理喻地飞跃入现实，借助于意识到思想起源，借助于——并非对某物的认识，并非对某一内容的最终有效的确定性——对自我的明确性，才会形成自我理解，这种自我理解是有所实现，而非有所分解的哲学思想。这种有所实现的哲学思想，只有当它勇于承受对可能之物的无穷无尽、有所分解的澄明时，才会做到诚实可靠，并使得自我反思充满意义。"尼采在认识论上明显与卢梭有别，

① ［美］凯斯·安塞尔-皮尔逊：《尼采反卢梭——尼采的道德-政治思想研究》，宗成河等译，北京：华夏出版社，2005，第263页。
② ［美］凯斯·安塞尔-皮尔逊：《尼采反卢梭——尼采的道德-政治思想研究》，宗成河等译，北京：华夏出版社，2005，第235页。

他说："我每天都在惊讶，我竟不认识我自己。""人们通常不能再将自己当作外物来感受，这一真正的堡垒是人无法通达的，人是含混不清的。""自我反思作为一种自我认识是危险的。如果自我反思将质疑着的生存阐明那上百面镜子影射出的可能性思想分解着实现出来，将生存阐明颠倒为所谓关于自身的心理式知识，则结果就是'自我认识者——自己的刽子手'。对于真正的哲学认识来说——在这种认识上，尼采常常自称为'心理学家'，僵死的自我观察与自我反思是毁灭性的：我们这些未来的心理学家是认识的工具，想具有某种工具的简单性与精确性，结果是，我们不能认识自己。因而尼采证实道：'我总感觉自己不好，并考虑自己……对于相信自己的某些特点，我总有一种反感……在我看来，一俟人对自身的情况发生兴趣，就对自己关闭了认识的大门。'"①

我们必须明晓，尼采的认识论虽不同于卢梭，却恰恰在哲学上为建构20 世纪西方自传理论话语模式提供了坚实的文本基础。如关于自我的难以穷尽，尼采有一个形象的比喻："然而，我们怎样找回自己呢？人怎样才能认识自己？他是一个幽暗的被遮蔽的东西；如果说兔子有七张皮，那么，人即使脱去了七十七乘七张皮，仍然不能说：'这就是真正的你了，这不再是外壳了。'而且，如此挖掘自己，用最直接的方式强行下到他的本质的矿井里去，这是一种折磨人的危险的做法。"②也就是说，尼采的《瞧，这个人》为自传的现代性提供了一个成功的典范。

（二）

哲学家阿尔都塞的大名，可谓天下人皆知，他是法国当代最具原初思想也是最具世界影响力的思想家之一，他是马克思主义的旗手，被誉为"结构主义马克思主义"的权舆者。然而，他的一切盛名却在 1980 年 11 月 16 日的清晨断崖式地崩盘了："他在巴黎尤里姆街高等师范学校的公寓里杀死

---

① 郜元宝：《尼采在中国》，上海：上海三联出版社，2001，第 223 页。
② 尼采：《疯狂的意义：尼采超人哲学集》，周国平译，西安：陕西师范大学出版社，2002，第12 页。

了自己的妻子埃莱娜。"① 阿尔都塞杀妻已经让世界不可思议，更让世界不可思议的是，阿尔都塞居然在其生命的后期完成了他的自传《来日方长》，在这本自传中他把自己杀妻的过程及其前因后果作为自传的叙事重点。请注意阿尔都塞在写作这本自传时，还有一个被他划掉的副标题，即《一个杀人凶手的短暂历史》。

如果说中西文化的最大差异是什么，无疑在对待自传叙事上其差异性最具代表性。"直至 21 世纪初胡适首先摇旗呐喊为止，中国可以说没有出现过真正的近代意义上的自传，中国自传文学的研究也就形同荒原，乏人问津。"② 而西方尤其是法国却截然不同，已经形成了一种独具特色的自传"法式热情"。③ 从卢梭、纪德、萨特、罗兰·巴特到阿尔都塞，这种自传热情长盛不衰，事实上，在阿尔都塞写作《来日方长》的 10 年前的 1976年，他已经写成了一部题名为《事实》的自传，但《事实》只是部生平梗概的"笑剧"叙述，而《来日方长》则是充满了"悲剧"自传话语叙事的自传文学作品。④《来日方长》的自传文本价值更在于，叙述者阿尔都塞既是个世界闻名的哲学家又是个杀妻犯，这可是世界自传史上一个独特而又十分难得的自传话语实验个案。

自传《来日方长》就是从阿尔都塞杀妻的早晨开始叙述的："这件事，我一直保留着完整而准确的记忆，直至其中的细枝末节。在我饱经磨难之后，它已永远刻在了我的心中——那是在两个黑夜之间，一个是我从中醒来的不知哪个黑夜，另一个是我又要进入的黑夜。我将说明它是何时以及如何发生的：这就是那个杀人的场面，像我经历过的那样。……当然，我曾经见过一些死人，但我还从来没有见过被勒死的人的脸。然而我知道这是一个被勒死的女人。这怎么可能呢？我站直身子，大喊起来：'我勒死了埃莱娜！'我猛烈地敲打医生的房门，他也穿着睡衣，终于神情迷茫地

① ［法］阿尔都塞：《来日方长：阿尔都塞自传》，蔡鸿滨译，陈越校，上海：上海人民出版社，2013，第 5 页。
② ［日］川合康三：《中国的自传文学》，蔡毅译，北京：中央编译出版社，1999，第 3 页。
③ ［法］弗朗索瓦丝·西莫内-特南：《自传：一种法式热情》，《现代传记研究》2014 年春季号，第 135 页。
④ 梁庆标选编：《传记家的报复：新近西方传记研究译文集》，桂林：广西师范大学出版社，2015，第 214 页。

给我开了门。我不住地喊着‘我勒死了埃莱娜’。我拽着医生的睡衣领子，叫他火速去看，否则我就放火烧了高师。我们急忙又跑下楼来，这时我们俩都来到了埃莱娜面前。她那双眼睛始终凝视着，在牙齿和嘴唇之间露着一点点舌头。艾蒂安给她做了听诊：‘没办法了，太晚了。’我就说：‘难道救不活了吗？’——‘不行了。’”①

这是一件不容置疑的丈夫亲手勒死妻子的刑事案件，尸检结论简单明了：勒扼致死。尽管案情复杂多因，但阿尔都塞用手勒死了自己的妻子的事实是清晰明白的。根据笔者给自己妻子杨光萍按摩的经验，按摩大多在肩部、背部，或如阿尔都塞所云的脖子后面，哪有在脖子正面按摩的？在自传中阿尔都塞也毫不掩饰这一点，他说："我勒死了埃莱娜。"但是，连事后的阿尔都塞都不满意的结局却是"后来查出他当时是精神病发作时干出来的，所以法院宣布'不予起诉'"。②

这样的法外施恩，曾在法国社会引起轩然大波，但毕竟因为阿尔都塞的名气和法律规定中有空可钻，阿尔都塞被免于起诉了。事后我们知道这是找到了当时的总统希拉克说情，可是阿尔都塞却并不感恩，得了便宜还要乖。他的这部自传写作的动力之一就是要为自己辩白："这就是不予起诉所造成的某些不良结果，这就是为什么我决定要公开对自己经历的悲剧作出解释。我这样做别无他求，只是想掀起那块墓碑，把我所掌握的情况告诉每一个人，而不予起诉的程序却要把我终生埋葬在那块墓碑下。"③

我们认为，阿尔都塞在这里为自己活死人的身份进行呐喊辩白，既是人的本性体现，也是自传话语的属性体现。也就是说，我们透过阿尔都塞杀妻的叙述，可以真正看出20世纪西方自传"忏悔"话语的本质其实也就是自我辩白，而不是一些学者所谓的公论。例如，日本学者川合康三在比较中国自传与西方自传的异同后曾指出："从忏悔、告白出发的西欧自传，其本质是自我省察，即今日之我已非昨日之我，然回顾昨日之我，乃

---

① ［美］阿尔都塞：《来日方长：阿尔都塞自传》，蔡鸿滨译，陈越校，上海：上海人民出版社，2013，第20—21页。

② ［美］阿尔都塞：《来日方长：阿尔都塞自传》，蔡鸿滨译，陈越校，上海：上海人民出版社，2013，第2页。

③ ［美］阿尔都塞：《来日方长：阿尔都塞自传》，蔡鸿滨译，陈越校，上海：上海人民出版社，2013，第33页。

知自己之非。作为'精神的自我形成史'的西欧近代的自传，就是这样发展起来的。而中国的自传中，一般缺少忏悔、告白那样自我批判的性质。"① 在这里，阿尔都塞走得更远，也让我们更有话可说。

阿尔都塞强调他不是卢梭，他并不打算像在《忏悔录》开头那样，跟卢梭一起说"我现在要做一项从无先例的工作"，但他希望能够诚实地赞同卢梭的宣言："我果敢地大声说，请看！这就是我所做过的，这就是我想过的，我当时就是那样的人。"阿尔都塞他只是想补充说："这就是我所理解的，或自认为理解的，这就是我完全不能再主宰的，但我已经变成了那样的人。"② 然而，我们在阅读完整部《来日方长》，尤其是有关埃莱娜被杀的自传性叙事后，在阿尔都塞的自传话语实验里，我们读不出伤心、悲悼和忏悔，却只有自辩、推诿和死亡升华话语。

客观地说，阿尔都塞对妻子埃莱娜的感情十分复杂，"既有爱恋，又有敬畏。二人性格相左，谁也容不得谁，相互折磨。阿尔都塞曾移情别恋，但都不成功；曾一度分居，又彼此想着对方"。③ 埃莱娜比阿尔都塞大八岁，因此从小被母亲养成了"俄狄浦斯情结"的阿尔都塞在埃莱娜身上寄托了他的情感，但他又不能仅仅满足于此，却经常当着埃莱娜的面跟年轻姑娘调情。这是婚姻生活中，男性对女性的最可怕的伤害，以至于，埃莱娜提出了对自己深爱的男人的离婚诉求。

耐人寻味的是，正是阿尔都塞的行为导致了妻子埃莱娜的"身心俱焚"，可是在阿尔都塞的理解中或自传叙事话语里，他却也主观地认为在被他扼杀之前的埃莱娜，确实已经死亡了。而他阿尔都塞只不过是把死了的埃莱娜又杀死了一次而已。这种显然是推诿杀妻罪行、自我狡辩和死亡升华的自传叙事，被自传批评家劳拉马库斯敏锐地讽刺为"特殊的辩护"。④

让我们来具体看一看阿尔都塞是如何进行这场"特殊的辩护"的：

---

① ［日］川合康三：《中国的自传文学》，蔡毅译，中央编译出版社，1999，第219—210页，第3页。

② ［法］阿尔都塞：《来日方长：阿尔都塞自传》，蔡鸿滨译，陈越校，上海：上海人民出版社，2013，第34页。

③ ［法］阿尔都塞：《来日方长：阿尔都塞自传》，蔡鸿滨译，陈越校，上海：上海人民出版社，2013，第2页。

④ 梁庆标选编：《传记家的报复：新近西方传记研究译文集》，桂林：广西师范大学出版社，2015，第215页。

"埃莱娜的面孔！它从最初那一刻就深深打动了我，至今仍死死纠缠着我不放，对此，我不知道该怎么述说。她那奇特的美！虽说她不漂亮，但她的面部轮廓里有那样一种敏锐，那样一种深邃和生命力，还有那样一种能力，能够瞬间从最完全的开放转为最坚固的封闭，使我心醉神迷，同时又张皇失措。对于埃莱娜，应该说，痛苦使她的面孔石化。长期的痛苦生活刻在脸颊窝里的痕迹，长期可怕的'否定物的劳动"，以及在工运史和抵抗运动中为个人和阶级而战斗的痕迹，勾勒出她的面孔的轮廓。她所有的朋友都死了，她曾爱慕的埃纳夫，还有坦博、米歇尔斯，她曾爱恋的拉吕神父，都被纳粹分子枪杀了：他们在她的面孔上留下了这些绝望和死亡的痕迹。她那残酷的过去也石化了：她是自己过去了的存在，本质是过去了的存在。……这时她只是一块无声的白色石头，没有目光，也没有注视，她的面孔在失去轮廓的逃遁中闭合起来。有多少次啊！有多少次那些对她不够了解的人，仅凭一些表面现象，就无情地断定她是一个连自己都怕当的可恶女人。但当她开放时，她是极为风趣的。"①

在这里，阿尔都塞确实是在进行一个特殊的辩护，"阿尔都塞是在声称，他所杀死的妻子其实在本质上已经死了并被埋葬了"。② 也就是说，在阿尔都塞的自传话语里，他认为在他掐死埃莱娜之前，其实埃莱娜已经活得了无生趣了，埃莱娜既被自己的过去埋葬了，也被自己的丈夫的疯狂外遇行为埋葬了。"当阿尔都塞解释他写作自传，或许更确切地说，这一证词的原因时，他采用了这最后一个形象。像薛伯法官一样，阿尔都塞声称他写作的目的是为了重新获得其身份，不再做一个迷失的人，'去移除盖在我身上的沉重的墓碑的压力'。如保罗·德曼所写，自传是自我恢复的话语。这样，阿尔都塞通过其自传既复原了自己，也埋葬了自己。"③ 为了给自己辩护，阿尔都塞甚至推测出，他的妻子埃莱娜不但想自杀，而且想

---

① ［美］阿尔都塞：《来日方长：阿尔都塞自传》，蔡鸿滨译，陈越校，上海：上海人民出版社，2013，第215页。
② 梁庆标选编：《传记家的报复：新近西方传记研究译文集》，桂林：广西师范大学出版社，2015，第215页。
③ 梁庆标选编：《传记家的报复：新近西方传记研究译文集》，桂林：广西师范大学出版社，2015，第215页。

通过"中间人"来自杀。"她向我列举这些方法，仿佛是让我从中选择。"① 这样直至阿尔都塞逝世，他都从来没有感觉到自己犯了罪。

在自传《来日方长》中，阿尔都塞其实是在叙说，埃莱娜既然让他选择，那他就选择了自己的双手："在这方面，我也隐隐约约地想到，她是不可能自杀的。我心里想，我们以前有过太多的例子，而实际上她是太依恋我了，她发自内心地爱着我，所以不可能真的去行动。但在这方面我还是没有绝对把握。甚而至于有一天，她要求我干脆亲自杀掉她算了，她在恐惧中说的这句不可思议、令人难以忍受的话，曾让我长时间浑身发抖。它现在还让我发抖。"②

关于阿尔都塞为何杀死妻子，我们可以从爱恨交织和恐惧扩展两个视角来分析，但这不是本文的论析重点，我们认为，阿尔都塞为何杀死妻子的问题，还是留给犯罪学家、犯罪心理学家去探讨吧，我们应该从自传话语的角度，以阿尔都塞《来日方长》为个案，总结出几点 20 世纪现代自传话语叙事的特征，以有利于我们剖析阐释 20 世纪西方自传理论话语模式。

其一，自传（包括中西方）不是忏悔文类或曰都没有忏悔意识。"法国自传的鼻祖卢梭开启了一种'忏悔式'的自传体模式，但阿尔都塞并不打算循例为自己的罪行忏悔，他要做的是'答辩'。"③ 事实上，从卢梭开始的西方自传传统根本不是为罪行忏悔，关于此论点，可参阅本专著第二十五章《在忏悔中隐瞒？——论西方自传的'坦白'叙事》一文中的论证。李达三在《作为答辩的自传》一文中更是一针见血："然而，这赤裸裸的自传从一开始就埋下了辩解的伏笔：'我就在其中认识自己，而且我想别人也能在其中认识我'，你还能去责怪这么个真诚的他吗？可是，这些对于过往人生的回顾就像闪回的电影片段，画面冷冷的色调隔绝了温馨和甜蜜，既没有对妻子不在的叹息，也没有对伉俪情深的眼泪，有的只是

① ［法］阿尔都塞：《来日方长：阿尔都塞自传》，蔡鸿滨译，陈越校，上海：上海人民出版社，2013，第 267 页。
② ［法］阿尔都塞：《来日方长：阿尔都塞自传》，蔡鸿滨译，陈越校，上海：上海人民出版社，2013，第 267 页。
③ 史忠义等主编：《比较神话学与文明探源诗学研究》，开封：河南大学出版社，2012，第 381 页。

解释，苍白的解释。阿尔都塞似乎忘记了自己最喜欢称引的马克思箴言：'哲学家们只是用不同的方式解释世界，而问题在于改变世界。'也许他深切地明白，埃莱娜一去不复返，一切为时已晚，还是赶紧解释世界吧！"①

其二，自传的客观性更多的是叙述者的主观性的折射，或是叙述者有意的选择性叙事的体现。在这里，阿尔都塞确实没有如他的前辈卢梭般以客观性、真诚性自居。他不断地提醒我们说，《来日方长》中的"文字不是日记，不是回忆录，也不是自传。舍弃其余的一切，我只想记录一些易于激发的情感所造成的冲击，正是这种冲击给我的存在打上了印记，并赋予它特有的形式：我就在其中认识自己，而且我想别人也能在其中认识我"。②

其三，自传不仅在叙事，甚至自传的叙事就是精心准备的某一理论的片段。

舒尔兹说："所有的理论都是隐蔽的自传。像那些后继者一样，弗洛伊德首先希望理解自己……我们创造理论来理解自我，而我们也被那些像是讲述我们自己故事的理论所吸引。"③ 在《来日方长》中我们可以看出阿尔都塞的自传就是某种精心准备的理论片段。"千万别忘了，阿尔都塞是位杰出的理论家，在他的眼中理论就像长矛一样可以挑起敌人跳动的心脏，无论对手是法共喉舌罗杰·加洛蒂（Roger Garaudy），还是英共哲学家约翰·刘易斯（John Lewis），阿尔都塞的论战可谓是所向披靡，更不用提亚眠答辩时的阿尔都塞是多么英姿飒爽地舌战群雄。正是对论战的迷恋，使得阿尔都塞遗忘了爱人的悲剧，他披起好友拉康的理论外衣，为自己做起了精神分析。童年在阿尔都塞的自传中不是对于故乡的追忆，也不是对亲人的追思，它必须被精神分析学家的牙齿咀嚼一番才能留下芬芳。他在自传中吐露出母亲对早殇叔父的迷恋，而这种虚幻的柏拉图式恋爱又给阿尔都塞带来一段不堪回首的童年记忆：他的名字路易（Louis）是为了纪念他的叔父，在他看来，路易就是'他'（lui），'它的发音听起来就像

---

① 李三达：《作为答辩的自传》，《文学报》2013年10月31日，第15版。
② ［法］阿尔都塞：《来日方长：阿尔都塞自传》，蔡鸿滨译，陈越校，上海：上海人民出版社，2013，第34页。
③ 赵山奎：《弗洛伊德与传记写作》，《精神分析与西方现代传记》，北京：中国社会科学出版社，2010，第230页。

在呼唤一个匿名的第三者，剥夺了我的一切固有的人格，并且映射着在我背后的那个人他……是我叔叔，我母亲爱恋的那个叔叔，而不是我'。多么娴熟的拉康派精神分析技巧，能指和所指在他的口中兀自地滑动，拼命地狂欢。文字间流露的是他对母亲隐隐的憎恶，但他也并不可怜那个专制又蛮横的父亲，他讨厌家庭，一个虚伪的中产阶级家庭：富裕、体面但虚伪、冰冷，从他的自传就不难理解其著名论文《意识形态与意识形态国家机器》为何要将'家庭'作为取代'教会'的头号 A. I. E.（意识形态国家机器）来加以批判。"①

其四，自传的语言大多是独白语言，存在着天然的话语霸权。阿尔都塞的这部《来日方长》初创于 1985 年，出版于 1992 年，也就是作者逝世后的两年。还算不错，自传中的人物基本还活着，但是由于自传的特殊性，大多在写作者逝世后的许多年后才出版，结果自传成了独白语言的展示台。这里关于埃莱娜的所有叙述，都被阿尔都塞的独白语言所遮蔽，因为埃莱娜作为死人无法言语。即便是埃莱娜等活着，她们的自传叙事语言依然是各说各话的独白，这是人性的弱点所致。

阿尔都塞的自传《来日方长》是一部 20 世纪西方自传话语模式的具有典型意义的实验文本，也是世界自传发展史上不可多得的独特的自传，既因为自传叙述者具有杀妻犯的特异性，更因为自传叙述者本为闻名世界的结构主义马克思主义者，他的这部自传为我们探讨 20 世纪西方自传话语模式的现代本质特征提供了典型性个案。这虽是个案，却隐含了整体现代自传话语的意识形态特征，值得我们反复研讨与阐释。

---

① 李三达：《作为答辩的自传》，《文学报》2013 年 10 月 31 日，第 15 版。

下　编

后现代话语模式

第十一章 / *Chapter 11*

保罗·德曼：自传的解构和建构话语

卢梭在中国学界可以说是家喻户晓了，特别是他的自传《忏悔录》更是影响巨大。罗曼·罗兰说："他发现了真正的'我'。他永远不厌其烦地观察他自己。直到他那时代，还没有一个人能做到同样的高度，只有蒙田是例外，卢梭甚至指责他在公众面前装腔作势，现在在这么大胆地表现自己时，他把自己剥得精光并把他那时代成千上万人所被迫忍受的一切都暴露了出来。"①

《忏悔录》以真实、坦率之文本特色著称于中国学界。谢冰莹的《女兵自传》深受卢梭影响，她以《忏悔录》为参照，并自信地说："我站在纯客观的地位，来描写《女兵自传》的主人翁所遭遇到的一切不幸的命运。在这里，没有故意的雕琢、粉饰，更没有丝毫的虚伪夸张，只是像卢梭的《忏悔录》一般忠实地把自己的遭遇和反映在各种不同时代、不同环境里的人物和事件叙述出来，任凭读者去欣赏，去批评。"② 从中可以看出，卢梭的《忏悔录》是作为典范的自传文本，而被中国学界接受的。郁达夫的《达夫自传》、郭沫若的《沫若自传》、瞿秋白的《多余的话》都从《忏悔录》中汲取过诸多精华。郁达夫在公开自己的私生活方面直追《忏悔录》，因而被称为"中国的卢梭"。时至今日，卢梭在中国仍然被称

---

① ［法］罗曼·罗兰：《卢梭的生平和著作》，王子野译，北京：生活·读书·新知三联书店，1993，第31页。
② 谢冰莹：《女兵自传》，成都：四川文艺出版社，1985，第9页。

为：法国自传第一人。① 然而一个令中国当代学者迷惑的事实是，国外诸多大师级的学者对卢梭《忏悔录》的理解却极为不同。美国著名文艺理论家保罗·德曼就是其中之一。保罗·德曼有两篇极为重要的论文涉及自传：一是《失去原貌的自传》，二是《辩解——论〈忏悔录〉》，其中第二篇是专论卢梭《忏悔录》文本的。② 毋庸置疑，作为解构主义理论重镇的保罗·德曼，在指出卢梭《忏悔录》的辩解特征的同时，也在解构自传文本。对于保罗·德曼的论点我们是可以存疑的，因为，他最后得出了《忏悔录》文本（自传）与小说没有任何区别的看法。但是，保罗·德曼的论述也不容忽视，他提出的诸多自传诗学问题值得研究和深思。

保罗·德曼之所以把卢梭放在他的解构主义实验室里进行无情的解剖，是因为他要彻底颠覆号称真实且以坦率文风闻名于世的卢梭式《忏悔录》及其自传文本。保罗·德曼在《辩解——论〈忏悔录〉》一文中使出了浑身解数来认定卢梭《忏悔录》的"辩解"特征，而不是人们所公认的"忏悔"特征。他特别指出的是众所周知的《忏悔录》中"卢梭诬赖玛丽永偷丝带事件"。

为了便于分析，我略引几节《忏悔录》原文如下："可是偏偏这条小丝带把我迷住了，我便把它偷了过来。我还没把这件东西藏好，就很快被人发觉了。有人问我是从哪里拿的，我立即慌了神，结结巴巴说不出话来，最后我红着脸说是玛丽永给我的……人们把她叫来了，大家蜂拥而至，聚集在一起，罗克伯爵也在那里。她来以后，有人就拿出丝带来给她看，我厚颜无耻地硬说是她偷的；她愣了，一言不发，向我看了一眼，这一眼，就连魔鬼也得投降，可是我那残酷的心仍在顽抗。最后，她断然否认了，一点没有发火。她责备我，劝我扪心自问一下，不要诬赖一个从来没有坑害过我的纯洁的姑娘。但是我仍然极端无耻地一口咬定是她，并且当着她的面说丝带子是她给我的。可怜的姑娘哭起来了，只是对我说：'唉！卢梭呀，我原以为你是个好人，你害得我好苦啊，我可不会像你这

---

① 杨国政：《卢梭的自传观》，《国外文学》2001年3期。

② 文中所引用的保罗·德曼观点皆出自［美］保罗·德曼：《解构之图》，李自修等译，北京：中国社会科学出版社，1998。不再一一注明。

样.' 两人对质的情况就是如此。她继续以同样的朴实和坚定态度来为自己辩护，但是没有骂我一句。她是这样的冷静温和，我的话却是那样的斩钉截铁，相形之下，她显然处于不利地位。简直不能设想，一方面是这样恶魔般的大胆，一方面是那样天使般的温柔。谁黑谁白，当时似乎无法判明。但是大家的揣测是有利于我的。当时由于纷乱，没有时间进行深入了解，罗克伯爵就把我们两个人都辞退了，辞退时只说：罪人的良心一定会替无罪者复仇的。他的预言没有落空，它没有一天不在我身上应验。"①

卢梭的这段"诬赖玛丽永偷丝带"的叙述，是十分坦率的吗？他是把自己的真实面目赤裸裸地暴露在世人面前了吗？应该承认，在极其缺乏真实自我文化记忆和坦白叙述自我传统的中国自传界，人们被卢梭的坦率惊呆了，柳鸣九在《忏悔录》序言中说："《忏悔录》的坦率和真诚达到了令人想象不到的程度，这使它成了文学史上的一部奇书。"② 但保罗·德曼却在卢梭的忏悔语言张力中发现了卢梭的不诚实和整个《忏悔录》的自辩特征。保罗·德曼说："然而，即使在《忏悔录》第二章的每一次叙述里面，卢梭也没使自己仅仅局限于陈述'真正'发生的事情，虽然他不无骄傲地让人们注意其充分的自我谴责，而且这种谴责的坦荡我们也未怀疑过。'我的忏悔是十分坦率的，谁也不会认为我是在粉饰我的可怕罪行（第86页）'。然而，说出这一切并不能足够应用，忏悔仍然是不够的，还必须进行辩解：'如果我不能同时揭示出我内心的意向，甚至因为怕给自己辩解而不说当时的一些实情，那就达不到我撰写这部书的目的了。'" 保罗·德曼接着指出"值得注意的是，这也是以真理的名义做出的，而且，初看上去，在忏悔和辩解之间不应该存在任何冲突。然而，语言却揭示了害怕为自己辩解这一说法的张力"。由于卢梭的忏悔文本出现如此裂痕，所以保罗·德曼认为，卢梭的忏悔不是实际公正领域的一种补偿，"而仅只是一种言语上的言说"。例如，卢梭往往过分强调他的道德意向，他告诉读者，当他每每想起对玛丽永所犯的罪行，他就痛苦不安。"我可以说，稍微摆脱这种良心上重负的要求，大大促使我决心撰写这部《忏悔

---

① [法] 卢梭：《忏悔录》（第一部），黎星译，北京：人民文学出版社，1980，第 100—101 页。
② [法] 卢梭：《忏悔录》（第一部），黎星译，北京：人民文学出版社，1980，第 14 页。

录》。"① 但同时，卢梭也在把行动和意向区分开来。这种"由真实事件和内心情感之间的区别所生发出来的错误信仰的广泛可能性，大量贯穿于卢梭著述的始终"，并形成了"卢梭模式"。卢梭曾把他的五个孩子遗弃，但他却用写作时的内心情感混淆遗弃孩子的伦理事实。更为严重的是，卢梭看到了他的"坦荡"口吻的话语霸权，并以此霸权记忆为出发点，愈发满足于他的这种"自我暴露"。"并以说出这一切为荣。"② 保罗·德曼说："的确，作为暴露欲望的结构，而不是作为占有欲望的结构，可像该书中那样，能够说明作为辩解的羞耻所起的作用，何以比贪婪、性欲或爱恋远更有效。许诺是预期的叙述，而辩解却姗姗来迟，而且总是出现于犯罪之后。犯罪既然是暴露，那么，辩解就在于以隐瞒的伪装重述这种暴露。辩解是一种诡计，允许以隐瞒的名义进行暴露。这和海德格尔后期的存在凭借隐瞒来揭示自身的理论不无相同之处。或者换一种方式说，用以辩解的羞耻允许压抑起到揭示的作用，这样就使得愉悦和罪孽可以相互替代。罪孽之所以得到宽恕，是因为它为揭示其压抑的愉悦留下了余地。而结果则是，压抑事实上成了一种辩解，成了其他行动中的一种言语行动。"为此，保罗·德曼区分了两种忏悔形式：一是揭示出真理的忏悔形式；二是以辩解为旨归的忏悔形式。而辩解性忏悔的证据变成了言语上的证据。这样卢梭的目的就不在于陈述而在自辩，结果，对于他对玛丽永的伤害，卢梭用以下的话为自己做了总结："我大胆地说，如果这种罪行可以弥补的话，那么，我在晚年所受的那么多的不幸和我四十年来在最困难的情况下始终保持着的诚实和正直，就是对它的弥补。再说，可怜的玛丽永在世间有了这么多替她报仇的人，无论我把她害得多么苦，我对死后的惩罚也不怎么害怕了。关于这件事我要说的话只此而已。请允许我以后永远不谈了。"③卢梭正是借助这种言语上的自责达到了自辩目的。

保罗·德曼还发现，卢梭通过隐喻的方式以达到其自辩的目的，由于替代是隐喻的本质，于是卢梭叙述的"丝带"其实正是卢梭欲望的替代。"卢

---

① ［法］卢梭：《忏悔录》（第一部），黎星译，北京：人民文学出版社，1980，第102页。
② 参见［法］莫洛亚为1949年法国勒达斯版的《忏悔录》写的序言，文见卢梭：《忏悔录》（第二部），范希衡译，北京：人民文学出版社，1980，第822—835页。
③ ［法］卢梭：《忏悔录》（第一部），黎星译，北京：人民文学出版社，1980，第108页。

梭把这种欲望认同为自己对玛丽永的欲望：'我正是想把这条丝带送给她'，也即想'占有'她。在卢梭所提出的解读方式这一点上，这种转义的本来意义是显而易见的，即丝带'代表着'卢梭对玛丽永的欲望，或者毋宁说，它代表着卢梭和玛丽永之间欲望的自由流转。"结果，这就给人的感觉是，卢梭对玛丽永的"忏悔"因为存有了动机、原因和欲望，所以偷窃行为变得可以宽恕和理解了。保罗·德曼认为，卢梭的这种行为，严重地消弭了自传文本的严肃性。这样，保罗·德曼首先解构了卢梭式"忏悔录"的真实性。也就是中国人奉为坦率、真实的卢梭，恰恰在《忏悔录》中掺杂诸多"虚构"。"但在《忏悔录》中，虚构之所以有害，是因为没有按照其本来的面目理解，是因为其虚构性陈述，正如它产生前此描述的羞耻—欲望—压抑体系，也同时跌进并陷入于因果、意指和替代网络。"由卢梭的《忏悔录》所具有的这一自辩特征，保罗·德曼联想到了整个自传文本，于是他在《失去原貌的自传》论文中就公开宣称了他的自传观：由于自传总是淡入邻近的或者无法协调一致的文类，那么，小说和自传之间的区分，似乎就不是非此即彼的两极，而是无法确定的了。因而，自传就不是一种文类或者一种方式，而是解读或理解的一种修辞格。自传掩盖了心灵对于原来面貌的丧失，其本身就是造成这一结果的原因。他还是以卢梭的《忏悔录》为例进行说明："例如卢梭《忏悔录》的叙述者，就似乎是由卢梭的姓氏和签名所界定的。这一界定方式与卢梭自己信誓旦旦地说明的情况相比，更为广泛普遍。然而，是否能言之凿凿地说，自传依赖于意指（reference），正如一幅照片依赖于其主体，或者一幅（现实主义）绘画依赖于其模特一样呢？"

　　法国著名自传诗学家菲力浦·勒热讷曾以自传契约来归属自传文本。"一旦把印有作者名字的书名页也算在文本之内，我们就有了一个一般的文本标准，即（作者/叙事者/人物）名字的同一。自传契约就是在文本内部对这种同一的肯定，它最终代表的是封面上的作者的名字。自传契约的形式不拘一格，但所有的形式都显示出遵守它的签名的意愿。"① 然而，保罗·德曼认为这种"自传契约"是无法保证的。"勒热讷交互使用了'专有名

---

① ［法］菲力浦·勒热讷：《自传契约》，杨国政译，北京：三联书店，2001，第219页。

词'和'签名',既点明了问题的混乱,又点明了问题的复杂。"试想,若自传仅凭作者与读者间的契约关系,那么,谁又能证明卢梭所说皆为真话?特别是当当事人已不在人世的情况下。所以,保罗·德曼最后得出结论:自传话语的主要修辞话语就是虚构。雅克·德里达评论这段话时说:"保罗·德曼提醒我们,拟人化始终是一个虚构的声音,但我认为它事先就萦绕着任何所谓的真实的和在场的声音,此拟人化迁就于虚构,但是这是出于对他的爱,是以他的名义,以他的毫无修饰的名字,为着纪念他而迁就于虚构的。"①

但问题是,自传文本与虚构小说难道真是无任何差别的文本吗?显然,雅克·德里达是赞同保罗·德曼的这一自传观的。有人说,保罗·德曼之所以得出以上论点,这是他解构主义理论思维惯性使然,因为,他就是要颠覆和混淆一切文类。我们认为这样分析过于简单,因为,尽管卢梭自称自己是做了一件"世界上绝无仅有,也许永远也不会再有"的描绘自我全部事实的工作。但其《忏悔录》文本是存有许多裂痕。莫洛亚并不属于什么解构学派,而且他还是传记应为历史与文学相结合的倡导者。但在1949年法国勃达斯版《忏悔录》序言中,莫洛亚也说出了以下的话:"卢梭承认自己偷盗,诬陷别人(如可怜的玛丽永和丝带的事),以及对华伦夫人的忘恩负义。"然而"他这样痛心地低头认罪,是因为他知道读者会原谅他。相反地他对抛弃他所有的孩子却一笔带过,好像那是一件小事似的。大家会想,他自己难道不属于那种'假装诚实的人'的行列?这种人也暴露缺点,但只暴露一些可爱的缺点罢了"。因此,莫洛亚对卢梭的忏悔的真诚性是持怀疑态度的,他甚至断定:"事实上一种忏悔只能是一本小说。"不过莫洛亚并没有解构自传文本,而是认为卢梭"在人类思想存在的缺点所允许的限度里说出了真话——他的真话"。我认为,保罗·德曼对卢梭及其《忏悔录》的解构有利于我们认清自传的内部因素,从而在更合理的层次上建构自传文本。

保罗·德曼的《卢梭〈忏悔录〉论》打破了自传是最富有真实性的文

---

① [法]雅克·德里达:《多义的记忆——为保罗·德曼而作》,蒋梓骅译,北京:中央编译出版社,1999,第37页。

本的神话。卢梭所标榜的只有自传作者最知自己的内心的理论让人产生了怀疑，卢梭曾批评蒙田让人只看到自己的可爱的缺点，也只暴露自己可爱的缺点。现在在保罗·德曼的解剖刀下，卢梭也成为假装诚实的人里面之上榜人物。这一结论对我们中国的自传诗学界的启发是非常大的。人们再也不能笼统地称自传为最真实的文本了。这是因为，自传作者多在晚年撰写自传。这其中，随着时间的流逝，记忆的错误编码会直接导致对事实的误判。卢梭自己也承认这一事实，"本书的第一部是完全凭记忆写成的，其中一定有很多错误。第二部还是不得不凭记忆去写，其中很可能错误更多。"何况卢梭的记忆力"专使我回想过去的乐事，从而对我的想象力起着一种平衡的作用"。① 记忆学专家指出，对过去的记忆，并不总是十分准确的。他人的暗示会导致产生虚假记忆。丹尼尔·夏克特说："当我们向一个年幼儿童提供各种误导性的或虚假性的暗示时，他就无法对真实发生过的事件准确地回忆。"② 另外，卢梭在《忏悔录》中多次强调，尽管有些事实被他漏掉了，但是他的《忏悔录》写的是心灵的历史，不需要其他的记录，"我的感情驱使我做出来的，我也不会记错，而我们要写出的，主要也就是这些"。卢梭的这种记忆，属于情绪记忆，是一种有选择的记忆。丹尼尔·夏克特指出："有选择地对某些记忆进行自我思考或向别人讲述，构成了对这些记忆的回忆活动。这种回忆活动虽然有助于巩固长时记忆影像，但是，如果我们反复回忆的是不准确的信息，那么，即使我们对由这种信息所构成的记忆坚定不移，它也会使我们在不知不觉中形成对过去的错误信念。"③ 因此，客观地说：以卢梭为代表的忏悔式自传，更加强调对某种事件的选择记忆。如卢梭对玛丽永事件就曾反复叙述多次。在《忏悔录》叙述过后，他又在《第四梦想》中重述了整个事件的过程。这样看来，卢梭不但对他生活中的事件进行了回忆，重新编了码，加入了他自己的意指和欲望，而且他的这种意指和欲望又隶属于当下叙述时的时间范

---

① ［法］卢梭：《忏悔录》（第二部），范希衡译，北京：人民文学出版社，1980，第344页。
② ［美］丹尼尔·夏克特：《找寻逝去的自我：大脑、心灵和往事的记忆》，高春申译，长春：吉林人民出版社，1998，第131页。
③ ［美］丹尼尔·夏克特：《找寻逝去的自我：大脑、心灵和往事的记忆》，高春申译，长春：吉林人民出版社，1998，第131页。

畴。换一个角度来看，保罗·德曼指出的自传与小说一样也是一种"解读或理解人生的修辞格"的论点，对自传文本与小说文本来说，不但不是坏事，反而是能够双赢的理论新创。

这主要取决于我们对小说本质属性是什么的解读。因为同作为文学，自传与小说都应追求最高的审美理想。这就是鲁迅先生说《史记》既是"史家之绝唱"，又是"无韵之离骚"的目的之所在。当代英国小说家朱利安·米切尔关于自传的一段议论值得我们思考："我们读自传就和读小说一样都是在想象中进入他人的生活，探索世界和我们。我们轻易相信自传的真实性的幻象，这是自传有别于小说之处。但这真实性只是幻象而已，我们应该像怀疑小说家那样怀疑自传作家——因为他的记忆和常人一样，也会失误，因为我们能看到所谓的事实在我们眼皮底下如何为了美学的效果而被组织起来，经过选择、渲染和修饰。……可靠性无非是一个使我们暂时不加疑问的把戏。自传实际上和小说一样，是一种玩弄幻象与现实的艺术形式。"① 说自传与小说一样都是一种叙述现实的艺术形式，这是朱利安·米切尔的精论之处。但是，他没有弄明白自传与小说的最本质的相同之处，两者都是对事实的"变构"，只不过前者是忠实于某一人（《忏悔录》中的卢梭），后者是忠实于某类人（托尔斯泰笔下的安娜·卡列尼娜）。当然他也无心再进一步分析自传与小说在叙事诗学上的重叠与统一。如果说自传是"以文运事"，小说是"因文生事"。其实在对事实的叙述上，两者都必须据实而构，或者说小说也必须顺着人性去叙述，即使是"削高补低都由我"的叙述，② 也必须忠实于人性。从这个意义上讲，小说家也要像史家一样"每须遥体人情，悬想事势，设身局中，潜心腔内，忖之度之，以揣以摩，庶几人情合理"。③ 这也就是说，同作为文学家族中的一员，自传与小说一样，有着相同的美学追求。指出它们之间在叙事上的无区别，不但没有混淆自传与小说文本的界限，反而提升了自传文本的美学价值。因此，保罗·德曼的《卢梭〈忏悔录〉论》在解构《忏悔录》文本的同时，事实上也在建构自传文本，或者说卢梭的《忏悔录》文本是

① 陆建德：《现代主义之后：写实与实验》，北京：中国社会科学出版社，1997，第12页。
② 金圣叹：《金圣叹全集·读第五才子书法》，南京：江苏古籍出版社，1985，第18页。
③ ［美］汪荣祖：《史传通说》，北京：中华书局，1989，第53页。

对整个自传文本的丰富与变异，关键是论者是否能够承认纪实是小说叙事的本质属性而非虚构。我们中国学者从郁达夫、谢冰莹迄今，一直存在着对卢梭式自传"坦率真实"叙事修辞的过分褒扬，对自传文本特别是卢梭式文本的真实性，存有迷信，这直接导致对整个自传文本真实性的过分强调和神话，从而影响了中国自传文本的建构。从另一方面来讲，以保罗·德曼为代表的西方学者，在发现自传文本与小说相通的文本特征时，又过分强调小说的"幻象"特征，以为小说是纯粹对生活的幻象叙述而非是对人性心理真实的纪实。而且，内心深处也还积淀着自传必须是也只能是"真实家族"的血统论和隐形偏爱，结果是，一方面把自传赶出了家园，另一方面却让其迷失在小说这个"完美叙事文，或任意叙事文的典范"①之中，把自传文本独有的特征统统归入了小说叙事。有人说，这是一种需批判的虚无主义，伯纳德·派里斯说："当我开始讨论文学人物的心理时，我立刻碰到了我的同伴评论家对这一程序的大量阻力。现代理论认为，文学不属于真实的世界，而属于虚构的世界，在真实世界中，人们拥有内在的动机，而在虚构世界中，他们所代表或所做的一切都是一个更大结构的一部分，这种结构的逻辑完全由艺术考虑来决定，这种观点已经成为现代理论中的一个教义。"②但是，我们认为，如果我们辩证看待小说是"虚幻"和"文学不属于真实的世界，而属于虚构的世界"的现代理论，并且承认自传是叙述人（现在的"我"）通过记忆和有意无意的遗忘对自我人生镜像（多重的"我"）的不断（蕴含着叙述时的情感、欲望与身份政治）重新塑型与叙述，那么说自传与小说等同，就不但不是对自传的否定，而是对长期以来多被文学史家忽略的自传文类的诗学肯定。从这个意义上，我们应该感谢保罗·德曼针对卢梭而发起的理论挑战。

---

① ［法］热拉尔·热奈特：《热奈特论文集》，史忠义译，天津：百花文艺出版社，2001，第 127 页。
② ［美］伯纳德·派里斯：《想象的人》，王光林等译，上海：上海文艺出版社，2000，第 8 页。

保罗·德曼：解构自传话语模式的诗学价值与伦理缺失

（一）

保罗·德曼是解构主义哲学在文学批评中的重要阐释实践者之一。他首选卢梭的《忏悔录》来进行其解构主义手术实验，并断定，卢梭不是在忏悔而是在为自己的种种"罪行"辩解。他就是要透过卢梭的案例来证明他的解构自传话语思想。为此，他在《失去原貌的自传》这一长篇理论文章中，指出了自传就是披在传主身上的毒衣，因为自传的镜像语言与这外衣相似，是传主灵魂的面纱。也就是说，保罗·德曼与罗兰·巴特一样都在扮演死神的角色并且发布了死亡命令，作者死了，自传死了。但是，当解构主义大行其道，仿佛他们制造的诸多"理论"颇有道理且难以辩驳的时候，一场"传记家的报复"事件发生了，而吊诡的是，正是宣布"自传死亡"的保罗·德曼的自传事件与之缠绕在了一起。也就是说，保罗·德曼所代表的解构主义自传话语，尽管指出了自传叙事中存在的种种问题，但其论证逻辑背后不无缺失了叙事伦理的道德思考。进一步来说，我们应该承认卢梭式自我辩解自传话语模式的伦理价值，而反思保罗·德曼式彻底排空自我历史的后现代解构主义自传话语模式的非叙事伦理本质。德里达是解构主义阵营中当之无愧的总设计师和理论创建者，"他砍掉了附在文本上的所有额外枝桠，我们应该对文本听之任之，放任自流，我们应该给文本充分的符号自治权，文本不应该置入到任何等级机制中，尤其是长

期以来我们所惯有的能指/所指等级制，文本并非如海德格尔所愿，它敞
开一个世界，相反，文本根本就没敞开过，它只是在内部通过符号的相互
追逐嬉戏而自得其乐"。① 这样，从柏拉图开始的本质哲学被颠覆了，神、
理性与逻各斯被请下了神坛。

换句话说，正是德里达的"解构哲学"刺激或唤醒了大器晚成的保
罗·德曼的生命激情。1966 年 10 月，德里达的美国之行，可以被称赞为
学术史上的"理论旅行事件"，在约翰·霍普金斯大学的演讲《人文科学
话语中的结构、符号和游戏》一文中，德里达以与结构主义决裂的思维提
出了必须与在场的伦理进行分离的新的解构思想。"正在形成中的全部解
构体系就浓缩在这几段强有力的文字之中。"② 德里达在动摇结构主义秩序
的同时，却与保罗·德曼建立了稳固的学术关系。而保罗·德曼由此团结
了美国耶鲁同行希利斯·米勒等，打出了解构主义大旗，并且正是在保
罗·德曼的摇旗呐喊下，解构成为了德里达在美国的品牌形象，而保
罗·德曼自己则成为了解构主义哲学在文学批评中的重要阐释实践者。

耐人寻味的是，保罗·德曼首选了卢梭的自传《忏悔录》来进行其解
构主义手术实验，并得出了惊人的结论。在《辩解——论〈忏悔录〉》文
章中，保罗·德曼仿佛跟卢梭有冤仇似的脱下了穿在卢梭身上的"真实坦
白"的外衣，"保罗·德曼几乎使出了浑身的解数，来阻止卢梭一厢情愿
的虚假忏悔。保罗·德曼在他的解构式阅读中不放过任何一个可疑点，任
何一个细枝末节，正是通过机智地利用它们，保罗·德曼使得词语的明确
指涉性能陷于瘫痪，意义被悬置了，文本陷入没完没了的内讧中"。③ 结果
是，一向以"真实坦白"著称的卢梭《忏悔录》文本，在保罗·德曼的解
剖刀下显现出原型。保罗·德曼宣布，真正的忏悔是以真理的名义来克服
罪孽和羞耻，而《忏悔录》主要倒不是一部忏悔文本，卢梭也从没有使自
己局限于陈述"真正"发生的事情，也就是说，保罗·德曼断定，卢梭不

①　汪民安：《〈解构之图〉前言》，保罗·德曼《解构之图》，李自修等译，北京：中国社会科学
　　出版社，1998，第 1 页。
②　[法] 伯努瓦·皮特斯：《德里达传》，魏柯玲译，北京：中国人民大学出版社，2014，第 145 页。
③　汪民安：《〈解构之图〉前言》，保罗·德曼《解构之图》，李自修等译，北京：中国社会科学
　　出版社，1998，第 7 页。

是在忏悔而是在辩解，为自己的种种"罪行"在辩解。①

众所周知，《忏悔录》中，卢梭写到他曾偷了主人家的一条粉红银白相间的丝带，结果被发现后，他却诬陷是对他颇为友好的名叫玛丽永的女仆所为。保罗·德曼发现，卢梭在陈述这个事实时，却处处为自己辩解，"初看上去，在忏悔和辩解之间不应该存在任何冲突。然而，语言却揭示了害怕为自己辩解这一说法的张力"。②

事实上，卢梭就是巧妙地利用了这一语言上的流转，把一个传记事实问题，转化成言语上的自我辩解事件。卢梭坚信，他都承认和说出了他对女仆玛丽永所犯下的过错，而且，卢梭大言不惭地说："如果这件罪行可以弥补的话，那么，我在晚年所受的那么多的不幸和我四十年来在最困难的情况下始终保持着的诚实和正直，就是对它的弥补。再说，可怜的玛丽永在世间有了这么多替她报仇的人，无论我把她害得多么苦，我对死后的惩罚也不怎么害怕了。"③ 在这里，保罗·德曼敏锐地发现，卢梭在叙述此类事件时（卢梭解释他为何遗弃自己的5个孩子时也如此），他总是倾向于把意向和行动区分开来，卢梭的高明处在于，作为自传叙述者的卢梭，他已经把这种道德意向，转化成了伦理实践，并由此获得了卢梭式的自我伦理平衡机制。"就辩解而言，任何证明的可能性都是不存在的，而辩解就其言说、影响以及权威性来说，又都是言语性的，其目的不在于陈述，而是使人相信，只有词语才能证明它本身是一种内在的过程"，④也就是说，卢梭的叙事目的不在于陈述事实，而是在辩解中让读者相信他的言语的道德实践价值，保罗·德曼进一步指出，其实自传文本早已经如此：起码从奥古斯丁以来，大家就知道，辩解就是他称之为敷衍性（performative）言说，或言语行为变种的一种复杂的事例。卢梭的文本的重要性，在于它明确地敷衍和认知的方式而起作用，这样就揭示出敷衍性修辞学的某些指征；在这一文本中，当忏悔无法阻止被迫从忏悔模式改变为辩解模式的一

① ［美］保罗·德曼：《解构之图》，李自修等译，北京：中国社会科学出版社，1998，第264页。
② ［美］保罗·德曼：《解构之图》，李自修等译，北京：中国社会科学出版社，1998，第265页。
③ ［法］卢梭：《忏悔录》（第一部），黎星译，北京：人民文学出版社，1980，第107页。
④ ［美］保罗·德曼：《解构之图》，李自修等译，北京：中国社会科学出版社，1998，第267页。

种话语时，其结构就已经得到确立。①

由此看来，保罗·德曼在这里的所有论述，其实并不是只针对卢梭，而是剑指整个自传文类，他就是要通过卢梭的案例来证明他的解构自传话语思想。为此，他还撰写了长篇理论文章《失去原貌的自传》，公开展示他的解构主义自传话语模式。

文章伊始，保罗·德曼与他的传统文学史家们一样，继承着亚里士多德《诗学》的一贯思维，总认为诗比历史更高也更有美学价值：自传理论，被一系列不断出现的问题和方法困扰着。其中一个问题就是试图把自传当成仿佛是一种文学类型，来加以探讨和界定的问题。文类（genre）所表明的，既然是审美功能和历史功能，那么，凭借着将自传变成一种文类，就会把它的文学地位凌驾于单纯的报道、编年体、回忆录之上，并且在主要文学类型的经典作品金字塔中给予它一席之地位。因为与悲剧、史诗或抒情诗相比，自传总是以一种可能是同审美价值的里程碑式庄重不相协调的征兆方式，而显得有些声名狼藉和自我放纵。②

这里，保罗·德曼虽然没有跳出传统文学史家的窠臼，他把自传依然认定为"指涉性、再现性和铺陈性的一种较为单纯的方式"。可是，接着他发现自传的问题并没这么简单，特别是当他又想起卢梭的《忏悔录》的时候。"例如卢梭的《忏悔录》叙述者，就似乎是由卢梭的姓氏和签名所界定的。这一界定方式与卢梭自己信誓旦旦地说明的情况相比，更为广泛普遍。"但是，保罗·德曼怀疑，"是否能够言之凿凿地说，自传依赖于意指（reference），正如一幅照片依赖于其主体，或者一幅现实主义绘画依赖于其模特一样呢？"③保罗·德曼进而推论出自传与小说的无法区分，并进一步得出自传不是一种文类而是解读或理解的一种修辞格。为此他把火力投向了自传理论家菲力浦·勒热讷身上。

众所周知，菲力浦·勒热讷的"自传契约"说，奠定了自传文类的学术合法性，保罗·德曼却指出，勒热讷的观点不以论断或事实为基础。勒

---

① ［美］保罗·德曼：《解构之图》，李自修等译，北京：中国社会科学出版社，1998，第 267 页。
② ［美］保罗·德曼：《解构之图》，李自修等译，北京：中国社会科学出版社，1998，第 190 页。
③ ［美］保罗·德曼：《解构之图》，李自修等译，北京：中国社会科学出版社，1998，第 190 页。

热讷的"自传契约"说,试图赋予"自传契约"中的签名以合法性,而恰恰因为这样既点明了自传问题的混乱,又点明了自传问题的复杂。保罗·德曼从读者的视角反驳勒热讷道:如果坚守自传契约,"读者便会由作者的镜像形象变为法官,变为专司证明这一签名的真实性,检查签名人行为一致性,以及他遵从或没有承兑自己所签署的契约议定书的程度的治安力量"。可是作为读者的保罗·德曼发现,自传的拟人化修辞导致自传的镜像结构不可能"在镜子般的自我理解中返归于自身"。① 由此,保罗·德曼想到了他论文的题目:失去原貌的自传,他认为:"我们的题目,便凭借给与面孔和取消面孔、形象,以及形象化(figuration)和非形象化(disfiguration),涉及了面孔的予与夺。"②

岂止是面孔的予与夺?保罗·德曼沿袭着他的解构思维,以华兹华斯的《论墓志铭文集》这一典范性自传文本为例,得出了更为极端的论断。他指出,自传话语就是自我复原的话语,那些贯穿于《序曲》始终的形象,正是华兹华斯的诗性自我。它们揭示出所有这些文本共同具有的自传经纬。③ 但是,这是一种拟人化修辞格,是从呼语到一个缺席的、死亡的,或者不具声音之实体的虚构。事实上,这种拟人化修辞格形成了从外衣到肉体和灵魂的"隐喻锁链"。④ 为此,保罗·德曼引用希腊神话中伊阿宋的妻子美狄亚送给丈夫新娘的有毒婚纱为喻,认为,自传就是披在传主身上的毒衣:自传的镜像语言,的确同外衣相似,是灵魂的面纱,这正如外衣是遮蔽肉体的屏蔽一样。那么,这条无害的面纱是怎样突如其来地像伊阿宋和涅索斯的毒衣那样,变得凶狠而致命呢?⑤ 论述到这里,保罗·德曼挥起的解构主义大刀已经具备了解构的魔力,他已经不能仅仅满足于剥去自传话语的面纱、去掉自传话语的一只胳膊,乃至让自传话语"脑浆崩裂了"。⑥ 正像他引用的比喻一样,保罗·德曼事实上与罗兰·巴特一样都在扮演死神角色并且宣布了死亡,罗兰·巴特宣布的是作者死了,而保

---

① [美] 保罗·德曼:《解构之图》,李自修等译,北京:中国社会科学出版社,1998,第194页。
② [美] 保罗·德曼:《解构之图》,李自修等译,北京:中国社会科学出版社,1998,第198页。
③ [美] 保罗·德曼:《解构之图》,李自修等译,北京:中国社会科学出版社,1998,第196页。
④ [美] 保罗·德曼:《解构之图》,李自修等译,北京:中国社会科学出版社,1998,第202页。
⑤ [美] 保罗·德曼:《解构之图》,李自修等译,北京:中国社会科学出版社,1998,第202页。
⑥ [美] 保罗·德曼:《解构之图》,李自修等译,北京:中国社会科学出版社,1998,第285页。

罗·德曼则宣布的是自传死了，正是因为有了自传叙事这件毒衣，本来的复原，"却是一场更残酷的遭到剥夺"，而且"由自传所形成的道德复原（声音和名称的拟人化），所剥夺并使之面目皆非的程度，恰恰是它们所复原的程度"。正是"自传掩盖了心灵对于原来面貌的丧失，其本身就是造成这一结果的原因"。①

一言以蔽之，保罗·德曼认为，正是自传话语这件表面恭喜新娘的毒衣披在了传主身上，反而使真实的传主如伊阿宋的新娘和赫拉克勒斯一般的原貌葬入了火海，坠入了乌有之乡。通俗地说，按照保罗·德曼的解构话语模式逻辑，不自传，原貌在，已自传，原貌无。果真如此吗？唯唯诺诺！

（二）

当解构主义大行其道，仿佛他们制造的诸多"理论"颇有道理且难以辩驳的时候，一场"自传主的报复"事件发生了，而这个事件之所以说是个吊诡事件，是因为正是宣布自传死亡的保罗·德曼的自传事件与之牵扯在了一起。以至于有论者称这是一场正义诗学的胜利："如果反传记的文学理论最终是由于发现其领袖人物有严重问题的传记事实而被打败，那倒是一种诗学的正义。"②

保罗·德曼本为比利时人，尽管他大器晚成，可是因为解构主义，他在美国名声大噪，但是人们对他在比利时的生活却一无所知，而且保罗·德曼自身也对自己比利时时期的生活似乎讳莫如深。"所有认识保罗·德曼的人都指出他对抵达美国之前的生活缄口不言。他在美国找到了自己的使命；之前的事无关紧要。杰弗雷·哈特曼有一次对他1953年前出版的作品之单薄提出疑问，对他说在此之前也该发表过东西，保罗·德曼简单地

---

① ［美］保罗·德曼：《解构之图》，李自修等译，北京：中国社会科学出版社，1998，第202页。
② 梁庆标选编：《传记家的报复：新近西方传记研究译文集》，桂林：广西师范大学出版社，2015，第7页。

回答：'除了新闻之外没有什么。'"① 1983年，保罗·德曼辞世，那么他的比利时生活似乎也会随着他的逝世而消失在时间的长河中了，果真如此吗？然而，1987年12月1日，《纽约时报》在头版却发表了直指保罗·德曼的文章，题目是《纳粹报纸上发现了耶鲁学者的文章》。文章披露，保罗·德曼在纳粹占领时期的比利时，曾经为一家亲纳粹德国占领者的报纸主持文艺专栏，并且写下了大量文章，其中某些文章还具有明显地反对犹太人的观点。"1940年至1942年间，保罗·德曼在比利时为主张纳粹主义的报纸和刊物写作并发表了将近两百篇文章。其中许多篇把犹太作家对文学的'污染'当作主题。他的许多反犹文章中有一篇晚期作品不断被反对他的人提及，文中宣称犹太作家都很平庸，把他们全部赶走也无损欧洲文化。'豹子变不了斑点，'保罗·德曼在文中说，'犹太人属于亚洲，他们对于接受他们的民族是一种威胁，应当被赶走。'他甚至说，'希特勒主义'许诺'对发现自己被号召在欧洲实行霸权的人实施最终的解放'。"② 这篇晚期作品文章的题目就是《当前文学中的犹太人》，文中的观点无可争议地让人们读出了保罗·德曼与希特勒思想相吻合的反犹太人思想，结果，保罗·德曼被称作继海德格尔之后，又一位"后现代主义的瓦尔德海姆"并由此引发了一场"解构与纳粹主义之争的世界大战"。

马克思主义批评家杰弗里·梅尔曼写道：对于保罗·德曼，在他的生命历程中他是两个激进的海外的文化运动的捍卫者。他既作为对纳粹在1940年代在瓦隆人中的"革命"的拥护者；也是1970年代美国"解构"的倡导者。保罗·德曼与反犹主义有染，并不是一个有诚意的失误，而是沉浸在骗局中。③ 波士顿大学的杰弗雷·迈尔曼甚至宣称"有理由从整个解构中看出为二次大战的合作政策平反的意图"，更有甚者直呼解构主义者就是法西斯主义者。④

---

① ［法］伯努瓦·皮特斯：《德里达传》，魏柯玲译，北京：中国人民大学出版社，2014，第354页。
② 梁庆标选编：《传记家的报复：新近西方传记研究译文集》，桂林：广西师范大学出版社，2015，第7页。
③ ［英］马丁·麦克奎兰：《导读德曼》，孔锐才译，重庆：重庆大学出版社，2015，第113页。
④ ［法］伯努瓦·皮特斯：《德里达传》，魏柯玲译，北京：中国人民大学出版社，2014，第355页。

　　但是，以上文章更多是站在道德制高点上来宣泄对解构，以及保罗·德曼的不满，论证的逻辑也有失偏颇与偏激：这些文章在媒体中引起轰动。一些人无法想象耶鲁解构学派的带头人曾经和欧洲被占期间的傀儡报纸有关联；另外一些人认为这个事件证实了他们一直怀疑的解构的政治信誉。可以肯定的是，许多急着发表文章谴责保罗·德曼是一个纳粹者的人从没有读过这些文章，他们在这些保罗·德曼的文章出版前已对这些文章表达了立场。这样的逻辑是：保罗·德曼在战时给《晚报》写文章，因此他必然是一个纳粹，因此，整个解构都是纳粹主义的。这些攻击来自一个奇怪的混合体——传统的文学批评家和哲学家、马克思主义批评家（他们对解构抱怨已久）和愤怒的新闻记者。随之那些反对解构的人捉住这个机会公开指责保罗·德曼和他代表的所有东西，事实上，新闻报道对这个被称为"保罗·德曼事件"的评论大多带着一种快意复仇的语气。①

　　与此同时，保罗·德曼的生前好友、学生，却也犯了同样致命的错误，尽管他们不得不承认而且不无惋惜保罗·德曼曾经写了这样的文章，可是他们的辩解（记住保罗·德曼就是如此称呼卢梭《忏悔录》的）反而适得其反，巴里说："这里，所谓的'辩护'根本不可能。最好的'辩护'其实就是把保罗·德曼所有的早期文章公之于众，然后简要说一说可辩解之处，例如，年少无知，对于欧洲犹太人的遭遇不知情，或许还受到威胁，身处险境，因此那些文章并非真心说话。如此辩护的效果甚微，不过我也相信，能做的也就这些了。保罗·德曼昔日的朋友、同事当然不必为那些早期文章而声讨他，但也更大可不必去为他做什么辩护。理论家们或许觉得要不为保罗·德曼辩护一番，解构会同保罗·德曼的声望一道沉沦下去，可出于如此自私的职业目的所做出的辩护，其危害其实更大。"②其中尤其是德里达对保罗·德曼的辩护不但没给解构增分，反而愈发解构了保罗·德曼或曰解构了解构主义。

　　德里达对保罗·德曼的友谊根源于两者的学术认同，尽管德里达是解构的先行者，但是德里达自知，他的名气之所以这么大，是与保罗·德曼

① ［英］马丁·麦克奎兰：《导读德曼》，孔锐才译，重庆：重庆大学出版社，2015，第112页。
② ［英］巴里：《理论入门：文学与文化理论导论》，杨建国译，南京：南京大学出版社，2014，第278页。

在美国对他的鼓与吹分不开的。"如果说德里达在美国播下了解构主义的种子，保罗·德曼则催其发芽。这两个人在约翰·霍普金斯大学的相遇是解构主义的一个决定性事件，也可能是 21 世纪后半期最重要的理论事件之一，他们的合作，造就了解构主义的声势和力量。保罗·德曼促成了德里达一年一度的耶鲁之行，并团结了他的耶鲁同行希利斯·米勒、杰弗里·哈特曼和哈罗德·布罗姆，这个小集团很快扩张了解构主义的势力，他们四处散布解构主义学说，并向耶鲁博士灌输忠诚解构的信念。这些耶鲁博士毕业后涌向全国，他们有效地控制着一些文学系，将解构这个响亮的字眼搬上讲坛。"① 终于，解构主义就像那冬天里的一把大火，燃烧在 20 世纪 60 年代美国这片弑父理念盛行的土地上。可是，现在保罗·德曼的新闻事件却大有黑云压城之势，于是乎德里达倾其全力要为保罗·德曼辩护。遗憾的是，面对保罗·德曼生命中无法绕开的"反犹太人"之事实，德里达不但不谴责其罪性，反而"在辩护中用尽了解构的微妙玄微，用尽了语言之不可靠、思想与概念之脆弱这些观点。结果，这些观点不可避免要接受道德质疑，因为质疑责任概念自身似乎是在拒绝为自己的言行承担责任"。

客观地说，保罗·德曼的反对者在拿他排空自我历史说事的同时，也在逻辑上犯下了绝对化的缺陷：他们认为历史中总是有非黑即白的选择，存在着不是好人和就是坏人的二元对立思维。事实上，第三帝国平庸的日常生活是非常特殊的，尤其涉及生活经济的迫切考虑时更为如此。人们不应设想在"反抗"和"合作"之间的截然的区分，而是一种合作的经济：每个人——除非他或她在街道上冒着死亡的危险公开地攻击入侵者——都在或多或少地合作。即使那些参与秘密反抗活动的人，在白天他们也必须出于经济需要和德国人相处好。在这种合作的经济中，某些罪比另外一些更大，而其中一些行为根本无罪。②

也就是说，保罗·德曼的反对者本身的逻辑是经不起推敲的，把解构主义与纳粹主义生硬地扯在一起，似乎在保罗·德曼身上颇有道理。可

① 汪民安：《〈解构之图〉前言》，[美] 保罗·德曼《解构之图》，李自修等译，北京：中国社会科学出版社，1998，第 3 页。
② [英] 马丁·麦克奎兰：《导读德曼》，孔锐才译，重庆：重庆大学出版社，2015，第 127 页。

是，克里斯托弗·普伦德加斯特却在论文《不可混同：保罗·德曼、法西斯主义及解构主义》中巧妙地反驳道："我曾说过，我个人对后期保罗·德曼的写作动机并无特别兴趣，不过确实是想了解更多的有关法西斯主义和解构主义之间的关系（如果有的话）。如果我们把保罗·德曼这个名字拿掉，而替之以另一个杰出的解构主义倡导者雅克·德里达，便能马上发现那种认为这两者之间有着重大的本质联系的观点有些荒唐。德里达的思想结构是否因其与法西斯主义或任何一种独裁主义意识形态发生关联而受影响？这个观点是可笑的"。①

布鲁斯·罗宾斯的观点非常有意思，把保罗·德曼的解构与保罗·德曼自传生活中的纳粹思想联系在一起分析，自有其道理，但是硬把整个解构主义认为是对纳粹的维护则走得太远了。因为德里达并没有如此的传记事件。事实上，从另一个角度说，我们认为，保罗·德曼事件对我们剖析保罗·德曼的解构自传话语模式中道德的缺失，却十分具有诗学参考价值。

（三）

幸亏保罗·德曼的传记事实中有了如此无法排空的且富含道德寓意的自传事件存在着，否则顺着保罗·德曼的解构逻辑走下去，自传不但会失去原貌，而且也只有一条不归之路。但是，也正是因为有了保罗·德曼撰写的反犹文章的自传事实，让我们对比出了保罗·德曼与让–雅克·卢梭在自传真诚伦理上的自传话语差异，更发现了保罗·德曼在自传叙事伦理上的欠缺。

菲力浦·勒热讷指出：自传是一种建立在信任基础上的体裁，是一种"信用"体裁。因此，自传作者在文本伊始便努力用辩白、解释、先决条件、意图声明来建立一种自传契约。② 也就是说，至少卢梭有着与读者沟

---

① ［美］布鲁斯·罗宾斯：《知识分子：美学、政治与学术》，王文斌等译，南京：江苏人民出版社，2002，第363页。
② ［法］菲力浦·勒热讷：《自传契约》，杨国政译，北京：生活·读书·新知三联书店，2001，第14页。

通的自传"真诚计划"。卢梭说:"我完全知道,万一我这些回忆录将来得见天日,我本想抹去痕迹的事情,自己反倒使它流传下去了;但是,我不得已而传之未来的事还多着呢。我念念不忘地写这部忏悔录的伟大目标和把一切都全盘托出的这样一个不可推卸的责任心,将不容许我为某些细小的顾忌而意存规避。"①

当然,我们必须承认卢梭在忏悔中辩解的自传叙事特征,但无论卢梭如何辩解,他毕竟在拿自己的传记事实说话,而保罗·德曼则为了隐晦其"二战"时期的反犹自传事件,把卢梭的自传行为有意说得一无是处。"但在《忏悔录》中,虚构之所以有害,是因为没有按照其本来的面目理解,是因为其虚构性陈述。"②

在卢梭的生命史上也有一个颇为后人诟病的自传事实:卢梭遗弃了自己的五个孩子,并把他们全部送到了育婴堂。不过,卢梭与保罗·德曼相反,他没有刻意地去隐瞒这个事实,他在《忏悔录》中叙述出了这一事实,"因此我的第三个孩子又跟头两个一样,被送到育婴堂去了,后来的两个仍然做了同样的处理:我一共有过五个孩子。这种处理,当时在我看来是太好、太合理、太合法了,而我之所以没有公开地夸耀自己,完全是为着顾全母亲的面子。但是,凡是知道我们俩之间的关系的人,我都告诉了,我告诉过狄德罗,告诉过格里姆,后来我又告诉过埃皮奈夫人,再往后,我还告诉过卢森堡夫人"。③

而保罗·德曼对自己的解构,挚友德里达却只字未提及他的反犹文字。在这里,尽管卢梭的叙述论调是保罗·德曼发现的"辩解"语调,尽管卢梭在坦白中隐瞒了诸多事实,可是卢梭毕竟还是叙说了遗弃孩子这件自传事件,也就是不管怎么说,卢梭毕竟是用自我辩解的方式披露了他的自传事实。当然,对待卢梭的自我辩解式叙事,我们可以发表各种否定性议论,但是至少卢梭面对自己生命中的传记事件,他在叙述。而保罗·德曼对他过去的反犹事实,却丝毫不提。马丁·麦克奎兰指出:保罗·德曼的双重"生活"、双重"身份"恰恰构成了一个自我解构的文本。无论是

①　[法]卢梭:《忏悔录》(第二部),范希衡译,北京:人民文学出版社,1982,第494页。
②　[美]保罗·德曼:《解构之图》,李自修等译,北京:中国社会科学出版社,1998,第279页。
③　[法]卢梭:《忏悔录》(第二部),范希衡译,北京:人民文学出版社,1982,第441页。

卢梭还是保罗·德曼，都不得不直面这种令人尴尬的双重性。而这种双重性构成了一切文本的内在起源和内在结构，这也是文本的歧义、误解、意义的发生地带。或者说，每一个人都不得不携带着这种双重性去艰难地生活。没有人胆敢向全世界的人说：我没有任何可以引致丑闻的愧疚。每一个人都不得不直面自身生命中某一个时刻的塌陷、不义、羞耻，并且愿意直面它。①

是的，保罗·德曼式解构话语背后所存在的这种传记事实，不得不让我们怀疑其学术逻辑起点背后的道德缺失。"保罗·德曼所实践的这种形式的解构，悬置了一切价值问题，而成为一种虚无主义的文本游戏，因此，它是非伦理和不属道德的。"② 而保罗·德曼则用彻底否定自传话语乃至整个自传文类的方式隐瞒了他的反犹事实。

也就是说，保罗·德曼所代表的解构主义自传话语，尽管指出了自传叙事中存在的种种问题，但其论证逻辑背后不无缺失了叙事伦理的道德思考。进一步来说，我们应该承认卢梭式自我辩解自传话语模式的伦理价值，而反思保罗·德曼式彻底排空自我历史的后现代解构主义自传话语模式的非叙事伦理本质。

只有沿着此种逻辑推演下去，我们才能看出隐藏在保罗·德曼的后现代自传话语理论背后的问题所在。在自传叙事伦理上，保罗·德曼有一个最具争议的观点，他认为，自传所修复的道德和它所夺走和毁坏的道德一样多。自传遮盖了思想中的毁形，这一切都是自传自身造成的。③

如果，我们没有知晓保罗·德曼在纳粹时期的自传事实，我们会同意他的自传观念，我们甚至会完全同意他不要自传的道德呼救。但是，正是因为有了保罗·德曼生命史上的自传事实存在，让我们甚至开始怀疑他的自我毁容式的自传话语的意识形态隐喻目的。

尽管自传存在着自我夸美、自我虚构、自我辩诬、自我隐瞒等多种特性。例如，在其生命中唯一一次说及自己"二战"时期的情况时，保罗·德曼与卢梭一样也在自我辩诬："现在我听到我被谴责与敌人合作。在1940

---

① [英]马丁·麦克奎兰：《导读德曼》，孔锐才译，重庆：重庆大学出版社，2015，第176页。
② 胡继华：《重建巴别塔：解构诗学新论》，福州：福建教育出版社，2015，第107页。
③ [英]马丁·麦克奎兰：《导读德曼》，孔锐才译，重庆：重庆大学出版社，2015，第89页。

和 1941 年之间,我为《晚报》写了一些文学性的文章,像所有其他撰稿人一样,当纳粹的思想控制不再允许自由言说时我停止这样做。在剩下的占领期间,我做着任何得体的人所做的事情。战后,所有人的政治行为都被非常严厉地审查,我的名字并不是审查的主要对象。为了获得护照,人们不仅需要出示良好行为的证明,同时需要所谓的'爱国公民证',说明这个人并没有任何和敌人合作的过往。"①

但我们认为,自传并不是保罗·德曼所认为的是自我毁容的过程,而恰恰只有自传才是自我塑形的前提。尤其是在反犹与否这样的大是大非面前,自传,只有撰写自传,才是展示传记事实的唯一方式,而不是保罗·德曼所谓的不自传,道德在。

---

① [英] 马丁·麦克奎兰:《导读德曼》,孔锐才译,重庆:重庆大学出版社,2015,第 124 页。

第十三章 / *Chapter 13*

罗兰·巴特：后现代自传
叙事中的假体、主体与母体

（一）

台湾著名比较文学专家张汉良先生在《匿名的自传：〈浮生六记〉与〈罗朗巴特〉》比较研究中发现，传统自传属于"诠释学"范畴：诠释学批评家可能会替自传设定主体的存在，自传作者这个主体由其历史性出发，去解读他过去的意义，自传正文因此是对先前存有的外在正文的回声和诠释，这外在正文或者是他的生平，如果书写是自我疏离，那就是别人的生平。如果是后者，书写自传就是暗喻式的视域的交融。"试比较《罗朗巴特》和卢梭的《忏悔录》，这两篇正文基本上差异不大，相异处在于两位叙述者对于模拟论明显的态度上。卢梭想在永恒的现在中捕捉完整的自我，巴特却企图瓦解模拟论。"① 由此看来，卢梭的《忏悔录》无疑是"诠释学"批评所认定的自传典型文本之一。卢梭这位自传作者固然是设定了"让-雅克·卢梭"这个主体，并且赐予这个主体绝对的自传叙事权力："我现在要做一项既无先例将来也不会有人仿效的艰巨工作。我要把一个人的真实面目赤裸裸地揭露在世人面前。这个人就是我。"②

如果说，卢梭自传是传统"诠释学"理念的总代表，那么如何看待

---

① 智量主编：《比较文学三百篇》，上海：上海文艺出版社，1990，第736页。
② ［法］卢梭：《忏悔录》（第一部），黎星译，北京：人民文学出版社，1980，第3页。

"企图瓦解模拟论"，以《罗兰·巴特自述》① 为代表的罗兰·巴特自传叙事的创新问题，则是摆在我们面前的重要课题之一，值得总结深究一番。罗兰·巴特书写自我和出版他的这本自传，初看是个悖论：一方面，从一开始他就否定自己是在写"自传"，他曾说写自我传记是自杀，主体仅仅是语言的效果，自我是一种话语建构。"符号变成了直观的对于主体生命的重要威胁。书写自我看起来是个很大的念头，但同时也是个很简单的想法，和自杀的念头一样简单。"② 另一方面，他却在有意地继承着由卢梭开创，夏多布里昂、纪德、莱里斯、萨特等法国作家积极参与的这一种"法式热情"，③ 来反思他的一些不易为人所知的习惯、趣味和独特性。然而承袭法国自传文学传统而写自传的罗兰·巴特，却"回避了自传的种种惯例"，④ 走出了一条不同于卢梭以及所有前辈自传作家的属于自己的独特而创新之路。

众所周知，菲力浦·勒热讷通过对法国自传发展史研究发现：自传是一种作者与读者、出版者，包括与自己，在信用基础上订立契约关系的文体。是在文本外通过"辩白、解释、先决条件、意图声明来建立"的"自传契约"。⑤ 罗兰·巴特却在《罗兰·巴特自述》中明确表达了他的不同于菲力浦·勒热讷的后现代自传观："我不寻求恢复自己（就像有人对一个纪念物所说的那样）。我不说'我要描述我自己'，而是说'我写作一个文本，我称之为罗兰·巴特'。我放弃（对于描述的）仿效，我依靠命名。难道我不知道在主体范围内没有参照物吗（传记的和文本的）？事实在能指之中被取消了，因为事实和能指直接地重合了。"⑥ "这本书是由我不了

---

① 《罗兰·巴特自述》，法文原名是"Roland Barthes par Roland Barthes"。中国内地译者怀宇翻译为《罗兰·巴特自述》，中国台湾译者刘森尧译为《罗兰·巴特论罗兰·巴特——镜像自述》（台湾桂冠图书股份有限公司，2002）。罗兰·巴特也翻译为罗兰·巴尔特。

② ［法］乔纳森·卡勒：《罗兰·巴特》，陆斌译，南京：译林出版社，2014，第101页。

③ ［法］弗·西莫内-特南：《自传：一种法式热情》，《现代传记研究》2014年春季号，第126页。

④ ［法］乔纳森·卡勒：《罗兰·巴特》，陆斌译，南京：译林出版社，2014，第3页。

⑤ ［法］菲力浦·勒热讷：《自传契约》，杨国政译，北京：生活·读书·新知三联书店，2001，第218—219页。

⑥ ［法］罗兰·巴特：《罗兰·巴尔特自述》，怀宇译，北京：中国人民大学出版社，2010，第61页。

解的事情组成的：潜意识和意识形态，它们仅以别的东西的声音来相互说话。我不能使贯穿我的象征性和意识特征（以文本的形式）就这样来出现，因为我跟随着它们的盲目的任务（属于我自己的，是我的想象物，是我的幻觉性：由此产生了这本书）。"① "这本书不是一本'忏悔'之书；不是因为它是不诚实的，而是因为我们今天有一种不同于昨天的知识；这种知识可以概括为：我写的关于我自己的东西从来不是关于自我的最后的话。古代作者认为只应服从于一条规律：真实性。在与他们的要求不同的新的要求眼光看来，我越是'诚实的'，我就越是可解释的。这些要求是故事、意识形态、潜意识。"②

在这里，罗兰·巴特的后现代自传观念非常明确，他与卢梭信誓旦旦说的真实的"诠释学"观念迥然不同，卢梭强调真实性，罗兰·巴特重视文本性。卢梭的观念是典型的罗格斯中心主义本体论观念，罗兰·巴特却放弃了自我本体论，而让自传主体退隐，进而推崇文本主体论。也就是说，在罗兰·巴特自传中出现的那个"我"只是一个可以称之为罗兰·巴特的假体或文本之我，是他的想象和幻想性产生的我。因此，罗兰·巴特认为，自传文体的事实观在能指中被命名取消了，在虚构背后，一无所有。"巴特宣称：'我没有传记，或者应该说，自从我写下第一行文字开始，我就不再看见我自己。'"③

罗兰·巴特之所以在《罗兰·巴特自述》中表达如此不同于卢梭等前人的自传文类观点，显然是其一贯文学理论的延伸，《罗兰·巴特自述》创作于1975年，尽管他"并没有在结构主义的床上躺多久"，④ 但是这个宣布"作者死亡了"和提倡"写作的零度"的结构主义和后结构主义者，不可能让自己的主体如此猖狂自信，而是有意地让自我主体退隐甚至消失，"文本的整体性不在于它的起因（作者）之中，而在于其目的性（读者）之中；读者也不再是个深度个人，他是无历史、无生平、无心理的一个

① ［法］罗兰·巴特：《罗兰·巴尔特自述》，怀宇译，北京：中国人民大学出版社，2010，第216页。
② ［法］罗兰·巴特：《罗兰·巴尔特自述》，怀宇译，北京：中国人民大学出版社，2010，第169页。
③ ［法］乔纳森·卡勒：《罗兰·巴特》，陆斌译，南京：译林出版社，2014，第101页。
④ 汪民安：《罗兰·巴特》，长沙：湖南教育出版社，1999，第9页。

人，仅仅是在某个范围内将作品的所有构造痕迹汇集在一起的某个人，读者不再是人文主义意义上的读者。古典主义批评从不过问读者，它只是承认作者，巴特指出，再也不能容忍这种颠倒是非的骗局了，'为使写作更有前景，颠覆这个神话是必要的，读者的诞生应以作者之死为代价'"。①

结果，在《罗兰·巴特自述》中出现的那个"作者"从真实性和总体性的自我里退出，甚至可以说"罗兰·巴特死了"，成了文本上的假我。"罗兰·巴特作为自传的作者，他放弃耗尽心思追回一片陈旧的自我，不像其他自传作者那样在流逝的时光中竭力寻回重构一个早已失落的自我，还得巨细靡遗，深怕遗漏生命中那些重要情节事故，而他只是在写一个文本。"②

（二）

《罗兰·巴特自述》全书采取了片段化书写模式，这是他放弃作家主体，推崇自我文本化的有意策略。"他提倡'新鲜体验'：借助当代理论语言，以片段的形式来探索思考生活的经验。"③ "巴特的断章形式就是出于这一需要，在他看来，只要连续论述同一个事情，人们就会被'自然性'和'理应如此'的黏胶所捕获，而这样一来，叙述就不得不始终如一，就会欺骗自己。"④ 罗兰·巴特害怕他的作家主体在自传中形成"理应如此的自然性"，所以他要运用断裂的变异逻辑，来阻止作家主体人生故事中的"多格扎"意义形成，他把卢梭甚至萨特在他们自传中所出现的那种自我主体的"整体性"称为魔鬼。结果"片段是一种可喜的打乱，即一种断续，它确立句子、形象和思想的一种粉化状态，在这种状态下，它们最终都不能得以'完整确立'"。⑤

---

① 汪民安：《罗兰·巴特》，长沙：湖南教育出版社，1999，第176页。
② 杨邦圣：《反身自传：罗兰·巴特论罗兰·巴特》，《焦风》第496期，第114页。
③ ［法］乔纳森·卡勒：《罗兰·巴特》，陆斌译，南京：译林出版社，2014，第102页。
④ ［日］铃村和成：《巴特——文本的愉悦》，戚印平、黄卫东译，李濯凡校，石家庄：河北教育出版社，2001，第127页。
⑤ 怀宇：《〈罗兰·巴尔特自述〉译者序》，［法］罗兰·巴特《罗兰·巴尔特自述》，怀宇译，北京：中国人民大学出版社，2010，第3—4页。

于是，我们在《罗兰·巴特自述》一书中读到的往往是这样的段落：
从前，有一辆无轨电车在巴约纳市至比亚里茨市之间穿行。每逢夏天，人
们就给它挂上一个完全开放的车厢——挂车。大家都很高兴、都愿意搭乘
挂车：在乘客不多的时候，人们沿途可以观赏风光，也可以在上面走动和
呼吸新鲜空气。今天，既没有了挂车，也没有了无轨电车，去比亚里茨的
旅行真是一次苦役。这样说，并不是为了神话般地美化过去，也不是借怀
念无轨电车而想说出对于已经失去的青春的惋惜。这是为了说明生活的艺
术没有历史，它不演变；降临了的快乐，就是永远地降临了，它是不可取
代的。其他的快乐来到了，它们什么也代替不了。在快乐之中无进步而
言，而只有变化。① 或者，实际上，正是在我泄露我的私生活的时候，我
才暴露得最充分。不是冒着暴露"丑闻"的风险，而是因为我在我的想象
物的最强的稳定性之中介绍想象物。想象物，这正是其他人在捉人游戏中
追捉的东西，躯体摔倒或是脱离游戏圈都不能给其以保护。可是，"私生
活"也因人们依靠的多格扎不同而发生变化。如果是右派的多格扎（即资
产阶级的或小资产阶级的多格扎：包括制度、法律、报纸），那就是性的
私生活暴露得最多。但是，如果是左派的多格扎，性的暴露就不违反任何
东西。在这里，"私生活"即是那些无益的实践，即是主体将其变成隐私
的属于资产阶级意识形态的那些痕迹。如果我转向这种多格扎，那么，我
在公布一种反常心理的时候，就比我在陈述一种追求的时候暴露得少，如
激情、友谊、温柔、情感、写作的快乐，都通过简单的结构位移而变成了
难以描述的词语。与可能说出的、与人们期待您说出的相反，您希望可以
直接地说出（无须思考）而这正是想象物的声音。②

为此，苏珊·桑塔格极为赞美这位"变化多端的自传家"，③ 她认为，
《罗兰·巴特》一书的主要题旨就是肯定罗兰·巴特个人的特性，他写了身
体、趣味、爱情、孤独、性的凄凉。但是他的高明之处在于，"对此他并没

---

① ［法］罗兰·巴特：《罗兰·巴尔特自述》，怀宇译，北京：中国人民大学出版社，2010，第
58—59 页。

② ［法］罗兰·巴特：《罗兰·巴尔特自述》，怀宇译，北京：中国人民大学出版社，2010，第
108 页。

③ ［美］苏珊·桑塔格：《沉默的美学：苏珊·桑塔格论文选》，海口：南海出版公司，2006，第
137 页。

有破译"。① 果然，在罗兰·巴特的自传里，我们恰恰看不到正常自传所具有的披露作家主体生活情节的文体特征，它没有卢梭《忏悔录》中的人物形象，没有萨特《词语》里的故事情节，甚至像上文本应该大谈特谈的罗兰·巴特的私人生活（他不是没有私生活，如他的同性恋爱好），几乎是缺失的。他呈现给读者的主体恰好是卢梭的反例：《罗兰·巴特》缺少中心点，也没有开头和结尾，开头、结尾都由中心的幻觉向外延伸。片段的书写使罗兰·巴特推翻了自我的范畴和叙述时间性的范畴。它的功用之一是将中心从结构中泯除，把永远现存的自我从自传中消灭。②

罗兰·巴特推崇碎片化的自我，就是想在其自传中彻底打碎自我，让"我"这个主体中心很难形成，于是在自传中采取第三人称代替"我"来叙事，有意拉开叙述者与作者主体本人的距离。因此，我们可以说，《罗兰·巴特自述》不是如一些国内外论者所云的是什么"反自传"（to be an anti-autobiography），③ 或"是一本借由种种写作修辞策略来闪躲中心我的"非自传体文本。④ 而是其新自传理论指导下的后现代自传话语的创新范式。从这个意义上讲，我们认为，罗兰·巴特把他的自传放到了解构之手术台上，不但没有彻底摧毁自传，反而给自传文类吹入了新的生命气息。

（三）

现在问题出来了，罗兰·巴特实现了他的自传写作纲领了吗？客观地说，在《罗兰·巴特自述》中，即使罗兰·巴特这个作家主体处处能看到自己，宣布作家死亡了的他也力图透过他的片段化叙事和语言反抗，不对自己生平加以破译和坦白。甚至可以说，罗兰·巴特不仅实现了他的这一

① ［美］苏珊·桑塔格：《沉默的美学：苏珊·桑塔格论文选》，海口：南海出版公司，2006，第157页。
② 智量主编：《比较文学三百篇》，上海：上海文艺出版社，1990，第737页。
③ Paul Jay, *Bing in The Text: Self-Representation from Wordsworth to Roland Barthes* (Ithaca: Cornell University Press, 1984), p. 20.
④ 许绮玲：《巴特写摄影：从〈明室〉读〈巴特写巴特〉》，《中央大学人文学报》2008年1月第32期，第59页。

自传规划，而且成功地把自我主体与他的假体（文本之我）隔离了。"只有在非生产性的生活中才有传记可言。每当我一生产，即每当我一写作，文本自身就剥夺了我的叙述时间（这太幸运了）。文本不能叙述任何东西；它把我的躯体带向别处。"①

为此，毕尔格对罗兰·巴特在自传中能够辨别出主体幻觉的原理给予了基本认同，但同时毕尔格又敏锐地发现："幻想的东西并不能被简单地了却。因为写作的我在任何一种理论中都能看到自己。"② 正如毕尔格所指出的那样，《罗兰·巴特自述》中的主体之我，事实上却无论如何也不可能真正成为罗兰·巴特所自称和所希望的只是"文本之我"的幻觉假体。

试看《罗兰·巴特自述》中的一段文字：在我还是个孩子的时候，我家住在一个叫马拉克的居民区。这个区满是正在建造的房子，孩子们就在工地上玩耍。黏土地上挖了许多大坑，用来为房屋打基础。有一天，我们在一个大坑里玩儿，后来所有的孩子都上去了，唯独我上不去；他们从高处地面上嘲笑我：找不着了！就只他一个了！都来瞧啊！离群了！（离群，并不是置于外边，而是指一个人待在坑里，是指在露天下被封闭了起来：那正是被剥夺权利的人的处境。）这时，我看见妈妈跑来了。她把我从坑里拉了上来，抱起我离开了那群孩子。③

这是《罗兰·巴特自述》中很少出现的，类似卢梭等传统自传叙事的段落，罗兰·巴特在此之所以没有把自己这个主体变成"文本之我"的假体，是因为他无法也不可能把自己一生挚爱的妈妈写成"幻觉"之物。换句话说，罗兰·巴特可以在自传中把自己写成无意义的符号和没有意识形态的生命"假体"，可是当他的躯体遇到其妈妈母体的时候，他一生挚爱的妈妈母体的体温和对妈妈一生的爱恋时刻在唤醒着他的主体记忆和主体情感。"如果说罗兰·巴特在他的自传中把自身的我当作幻想的形象来对待，并援引拉罗什福科对自尊的分析，以及拉康的自恋命题，那么，他表

① [法] 罗兰·巴特：《罗兰·巴尔特自述》，怀宇译，北京：中国人民大学出版社，2010，第6页。
② [德] 彼得·毕尔格：《主体的退隐：从蒙田到巴特间的主体性历史》，陈良梅、夏清译，南京：南京大学出版社，2004，第189页。
③ [法] 罗兰·巴特：《罗兰·巴尔特自述》，怀宇译，北京：中国人民大学出版社，2010，第170页。

达的主要是这样的认识：即他是写作中才创造我的形象，尽管如此，他显然还是一再地同笔端的我有相近的感觉，并力图以他作为作家所具有的高超技艺来破坏这种感觉。但无论是持续的人称变化，还是故事的极端碎片化，或是向反思的过渡，都无法完全驱逐这种相近的感觉。应该使'幻想仪式'消失的我之痛苦，仍然是真实的，它如同其载体一样，不能设想为幻想的：如此一来，另一个我在与幻想的'我-形象'的游戏背后显露出来，即使巴特也不能告别这个我。他在最后的文本中有意地回到这个我上来，承认他想要论及自己，他仿佛离开过'我-形象'的镜阁，为了说出他毕生都爱着他的母亲。"① 毕尔格的论述可谓切中肯綮，发人深思。

研究发现，在罗兰·巴特的自我叙事中，只要涉及妈妈亨丽特温热的母体，他的后现代自传观念就有所动摇，甚至恢复到了菲力浦·勒热讷的"自传契约"上来了。罗兰·巴特晚年的诸多文本证明了这一特征，如他在《哀悼日记》中说，1979年3月29日，"我完全接受彻底地消失，毫无'立碑'之念——但是，我不能承受对于妈妈也是这样（也许因为她不曾写过东西，也许因为对于她的记忆完全取决于我）"。② 在整部《哀悼日记》叙事中，叙述者罗兰·巴特的哀伤主体昭然若揭，尽管还是碎片化叙事，但是他这个自传主体几乎忘记了他的自我文本化宣言，那个虚幻的罗兰·巴特假体退隐了。"悲伤的下午。购物。在面包店点了（轻率）一块儿茶点。在招呼我前边的顾客的同时，收银台后的女孩说'喏'（Voila）。在我给妈妈带回某种东西的时候，在我照顾她的时候，我用的就是这个表达。曾经，直到最后，半昏迷地，她微弱地重复着，喏（我在这里，在我们的全部生命中我们互相使用的一个词）。面包店的那个女孩说出的那个词使我的眼睛浸满了眼泪。我回到沉默的房间继续哭了一阵。"③ 这里的罗兰·巴特字里行间充满着对母亲的爱恋与回忆，他所反对的形成稳定意义的"多格扎"回来了，他所推崇的主体虚幻性消失了，在妈妈亨丽特的母体面前，我们甚至可以说，罗兰·巴特这个作家主体在自传叙事中不但没

---

① ［法］彼得·毕尔格：《主体的退隐：从蒙田到巴特间的主体性历史》，陈良梅、夏清译，南京：南京大学出版社，2004，第216页。

② ［法］罗兰·巴尔特：《哀痛日记》，怀宇译，北京：中国人民大学出版社，2012，第245页。

③ ［法］罗兰·巴尔特：《哀痛日记》，怀宇译，北京：中国人民大学出版社，2012，第37页。

死，反而复活了。

事实上，罗兰·巴特在自我指涉叙事中的这一悖论问题非常值得关注，最为关键的是，恰恰是他自己发现了他所谓的自我幻觉理论在自传实践中所面临的挑战。正是随着母亲的去世，罗兰·巴特对写作的我与他的写作之间的关系产生了一种新的认识，"文学现在已不再（像在《S/Z》中那样）是不同符号间互相干扰的游戏，也不再（像在《文本的愉悦》那样）是感官与精神娱悦的对象"。也就是说，正是罗兰·巴特自己发现，那个经历了结构主义，于1960年代宣布"作家死了"，1970年代将文学定义为符号交叉场所的现代派作家的罗兰·巴特院士，其实"永远是一个爱着、痛苦并回忆着的我"。甚至，"现代派之于他，突然变得不再重要，被多方引证的兰波式的命令式也对他失去了效用。1977年8月5日的日记记录下了这一点：'不现代，突然对我变得无所谓了。'"①

罗兰·巴特在《罗兰·巴特自述》中按照他的后现代自传观念对自己的生平进行了有意的文本化，他把自己的过去刻意碎片化，并且告诉读者他笔下的罗兰·巴特其实只是罗兰·巴特的幻觉假体，是语言的产物。"这一切，均应被看成出自一位小说人物之口。"② 但是，当罗兰·巴特的主观假体遇到自己一生不愿分开的真实母体时，他的所谓后现代自传观念有了新的变化，这不仅体现在他对叙述主体妈妈的非文本化叙事，体现在他对自己血肉之躯的复归与肯定。由此看来，我们在肯定罗兰·巴特在自传新观念和自传新文本的后现代自传文类范式的独特性的同时，不能有意忽视连罗兰·巴特自身都意识到的他在自传叙事中存在的种种问题。那么，如何解决罗兰·巴特为代表的后现代自传话语叙事中的悖论问题，我们将在下一章进行阐释与剖析。

---

① ［德］彼得·毕尔格：《主体的退隐：从蒙田到巴特间的主体性历史》，陈良梅、夏清译，南京：南京大学出版社，2004，第194页。
② ［法］罗兰·巴特：《罗兰·巴特自述》，怀宇译，天津：百花文艺出版社，2002，第1页。

第十四章 / *Chapter 14*

罗兰·巴特：自我符旨
疏离与自传的非解构性

　　罗兰·巴特被誉为继萨特之后"当代欧美最具影响力的思想大师"，也是"蒙田之后最富有才华的散文家"。① 但是，令人遗憾的是，蒙田留有举世公认的自述散文，萨特更凭其自传《词语》获得诺贝尔文学奖。而罗兰·巴特的自传却"是一个被剥夺了'生平'与'故事'的生平故事，缺乏正文外的指涉或叙述的连续性。这样一本没有私有姓名，无结构、中心的多重书写，所剩下的只是一群自由演出的符征，无法和考古论的/目的论的符旨相吻合。《罗兰·巴特》缺了中心点（中腰），也没有起头和结尾，后二者皆由中心的幻觉向外延伸。片段的书写使罗兰·巴特推翻了自我的范畴和叙述时间性的范畴"。② 在日本学者铃村和成看来，所谓自传，就是毫不掩饰地谈论自己的真实情况，从 18 世纪卢梭的《忏悔录》到 19 世纪夏多布里昂的《墓畔回忆录》，再到 20 世纪的纪德、莱里斯与萨特，这一源远流长的法国自传文学传统似乎到了罗兰·巴特那就停止不动了。所以，他认为"巴特是不肯谈论他自己的、远离自白的作家"。③ 结果，罗兰·巴特的唯一一部可称为自传的《罗兰·巴特论罗兰·巴特——镜像自

---

① ［法］罗兰·巴特：《罗兰·巴特论罗兰·巴特——镜像自述》，刘森尧译，林志明校，台北：桂冠图书股份有限公司，2002，扉页。
② 张汉良：《比较文学理论与实践》，台北：东大图书公司，1986，第 285 页。
③ ［日］铃村和成：《巴特——文本的愉悦》，戚印平等译，李濯凡校，石家庄：河北教育出版社，2001，第 93 页。

述》却并未能在自传领域得到公认。

事实上，浸淫于法国自传文化传统中的罗兰·巴特对自我叙述的欲望丝毫不亚于他的前辈们。他的一生都在不断地指认、言说、剖析、坦白那个叫罗兰·巴特的戴着面具的人。铃村和成发现，一方面罗兰·巴特对于谈论自己极为慎重，追踪他的著述轨迹会发现他是个与卢梭相反，不愿谈论自己的作家；另一方面"巴特的著述可以作为一种自白文学来阅读"。[①] 铃村和成说："这里有一个奇妙悖论，在他最早著作《米什莱》《罗兰·巴特论罗兰·巴特》，以及最后的《巴黎之夜》，他又重返他在《米什莱》中早已公之于众的秘密，他在《埃尔泰》提出的'搜索女性'的命题，仿佛始终游荡在他的文本之中。一个女人逐渐脱下衣服，最后表明她是女人。但她是女人的结论从一开始——在《米什莱》以及《罗兰·巴特论罗兰·巴特》卷首的女装儿童照片中——就以一种暗示的形式被表明了。巴特的著作可以作为一种自白文学来阅读。基于这样考虑，上述命题——巴特是不肯谈论他自己的、远离自白的作家——又被颠倒过来，并得出完全相反的结论：即一生都在以拍摄自我肖像照片似的断片形式，断断续续地谈论着他自己。"[②] 铃村和成对罗兰·巴特的分析，至少有两点值得我们反思：一是他的自白欲望是非常强烈的但又常常掩饰这种欲望；二是即使在谈论自我的自传中，他仍坚持断片写作。

罗兰·巴特是一个奇特的叙述者，他的确是一个喜欢掩饰自我的作家，即便在自传《罗兰·巴特论罗兰·巴特》中，但是暴露与隐蔽之间的张力，是自传文本叙事无法摆脱的"宿命"。任何公开宣称暴露自我全部真实的话语，自有他于暴露、坦白中掩饰的趋向。卢梭信誓旦旦，说他的《忏悔录》是"我现在要做一项既无先例、将来也不会有人仿效的艰巨工作。我要把一个人的真实面目赤裸裸地揭露在世人面前。这个人就是我"。[③] 然而，就是这个卢梭却对"把他的五个孩子都送进了育婴堂"之

① ［日］铃村和成：《巴特——文本的愉悦》，咸印平等译，李濯凡校，石家庄：河北教育出版社，2001，第93页。

② ［日］铃村和成：《巴特——文本的愉悦》，咸印平等译，李濯凡校，石家庄：河北教育出版社，2001，第94页。

③ ［法］卢梭：《忏悔录》（第一部），黎星译，北京：人民文学出版社，1980，第3页。

事，在《忏悔录》中百般掩饰。同理，从另一个极端走来的罗兰·巴特，在自传叙述中，尽管百般隐藏他的自我或罗兰·巴特自己所说的躯体，但隐蔽也难挡自我暴露的书写欲望。在自传《罗兰·巴特论罗兰·巴特》里，罗兰·巴特无时不在隐蔽自我，但又无时不在书写自我、袒露自我。罗兰·巴特是一位严谨深邃的学者，但同时他也是一位身体享乐主义者和同性恋者。关于此处的真相，我们一般认为是出现在罗兰·巴特的《巴黎之夜》中，其实在《罗兰·巴特论罗兰·巴特》中罗兰·巴特已经有叙述，不过他的叙述采用的是"脱衣舞女"的方式和断片的叙事手法，读者只能去揣测。因为罗兰·巴特自有他的自传话语理论：自传文本像脱衣舞一样，完全的裸露是致命的错误，就像没有一开始就裸体上场的脱衣舞表演一样。"人体最具色情之处，难道不就是衣饰微开的地方吗？"① 罗兰·巴特的自传与卢梭、纪德、萨特的不同之处，就在于他特别注重其生命中不断变化的"衣饰微开的地方"。

在《黑板上》一节中，罗兰·巴特抓住他少年时的一个情节："B先生是路易-勒-格朗中学初中四年级A班的老师，他是个矮个子老头，社会党人，民族论者。每年的年初，他都在黑板上郑重其事地写上学生们的'在战场上光荣牺牲的'父母的姓名；有舅舅叔叔、堂兄弟表兄弟牺牲者很多，但只有我能报出父亲阵亡一事；就像对一种特殊标志感到窘迫那样，我对这样做感到局促不安。可是，黑板一经擦过，这种当众表露的悲哀就荡然无存了。"然后罗兰·巴特不在此进行卢梭式自传的渲染而是上升到理性分析："没有可杀的父亲，没有可憎恨的家庭，没有可谴责的地方：这完全是俄狄浦斯式的剥夺。"② 在这里，罗兰·巴特对其俄狄浦斯式的欲求不足，导致其性趋向上的女性化作了暗示。在《多元躯体》中罗兰·巴特分析了"我"的几个躯体："我有一个可助消化的躯体，我有一个可引起恶心的躯体，第三个躯体是患有偏头疼的躯体，依次类推，还有色欲的躯体、肌肉的躯体（作家的手）、幽默的躯体，而尤其是情感的躯体：它激动、不安，或郁闷，或激奋，或惊恐，而不需要出现什么。"巴

---

① ［法］罗兰·巴特：《罗兰·巴特自述》，怀宇译，天津：百花文艺出版社，2002，第10页。
② ［法］罗兰·巴特：《罗兰·巴特自述》，怀宇译，天津：百花文艺出版社，2002，第7页。

特最后概括说他有两种躯体："一个巴黎的躯体（警觉的和疲倦的躯体）和一个乡下的躯体（休闲的和懒洋洋的躯体）。"无疑，在这里色欲的躯体的表述是隐藏但同时也在坦白。罗兰·巴特没有像卢梭那样于坦白中隐瞒，却于看似掩饰中道出了自我的真相：罗兰·巴特的激动、不安或郁闷，或激奋，或惊恐。因而铃村和成敏锐地指出："毫无疑问，巴特物恋欲者的视线可以达及如此的远景。没有谁的自白能像罗兰·巴特那样坦诚，没有谁的自画像比他更为清晰，也没有哪一页自传能像他的自白那样，不加丝毫掩饰。"① 铃村和成对巴特的评价不可谓不高，我们也承认罗兰·巴特是颇富有自传叙事天才的散文家，他的自传是对卢梭、萨特的反动与颠覆，并且其断章形式在自传叙事上有一定的创新与变化，但是在这高度评价背后有一个重要的自传话语诗学问题，却必须引起我们的理论思考。那就是自传是真正的生命书写文类，它无法也不允许宣布"作者死亡"和"文本的欢娱"，而巴特在《罗兰·巴特论罗兰·巴特》自传中却遭遇了自己理论的悖论悲剧。

罗兰·巴特倡导"作者死了"，可他在撰写自传，面对那个叫罗兰·巴特的人，能够坦然地宣布罗兰·巴特死了吗？罗兰·巴特是想表达这个意思，因为他太爱自己的理论了，请看他的"清醒的表白"："这本书不是一本'忏悔'之书；不是因为它是不诚实的，而是因为我们今天有一种不同于昨天的认知；这种认知可概括为：我写的关于我自己的东西从来不是关于自我的最后的话。古代作者认为只应服从于一条规律：真实性，在与他们的要求不同的新的要求眼光看来，我越是'诚实的'，我就越是可解释的。这些要求是故事、意识形态、潜意识。"于是罗兰·巴特断定自己的自传文本"不是别的，而仅仅是一个多出的文本，是系列中的最靠后的一个，但不是意义的最后一个：文本叠加文本"。② 在这里，罗兰·巴特等于在暗示自传作者的死亡："我不说'我要描述我自己'，而是说'我写作一个文本，我称之为罗兰·巴特'，我放弃（对于描述的）仿效，我依靠命名。难道我不知道在主体范围内没有参照物吗（传记的和文本的）？事

① ［日］铃村和成：《巴特——文本的愉悦》，咸印平等译，李濯凡校，石家庄：河北教育出版社，2001，第107页。
② ［法］罗兰·巴特：《罗兰·巴特自述》，怀宇译，天津：百花文艺出版社，2002，第95页。

实在能指之中被取消了，因为事实和能指直接地重合了。"① 显然，若与卢梭的自传观念相比，罗兰·巴特对自传的看法，如认定自传具有其文本的叠加性，自传是一种无法穷尽的叙述文本，我们是基本可以同意的，因为他从自传理论上指明了自传的可重复性写作特征。如道格拉斯的自传就重写了四次之多。遗憾的是，他为了坚持和验证他的文学理论，强行在其自传《罗兰·巴特论罗兰·巴特》中采取片段性写作，否定自传的意义追求和自传真实。结果该自传未能获得文学界定论而仅仅凭其"不知所措"的新形式引起注意。张汉良指出："巴特宣称：从作者的设计，如句法的混乱、疏离的观点，或根据读者的反应，这个'我'可以变异为'你'或'他'。因此，我们发现作者在这本'我的书'中，拒斥他的观点、他的自我；这本'我的书'应该被读成一本内容完全虚构的小说，其作者只是纸上的作者，'我'也只是'纸上的我'。"②可见，罗兰·巴特的《罗兰·巴特论罗兰·巴特》所折射出来的问题值得反思。我们的观点是解构应纳入建构的文学理念之中，特别是对于自传文本来说，自传文本应坚持其不容忽视的非解构性三大诗学因素，即自传意义、自传叙事、自传真实。否则，自传作家必将像罗兰·巴特一样坠入自己设置的理论陷阱之中。

第一，自传意义。自传理论家菲力浦·勒热讷指出，自传所追求的是生活的意义。……我们可以在所有自传作者身上发现这种对意义的要求：自传创作不是为了表达某种已知的意义，而是为了探求这种意义。布里斯·帕兰、米歇尔·莱里斯和弗郎索瓦·努里西埃的叙事尽管情况各异，但都是以探求生活的意义，甚至为将来寻找一种生活规则的面目出现。③我们认为，勒热讷的论述非常正确，意义是自传文本的最高诗学追求之一。然而罗兰·巴特却有他相反的观念，他提出："显然，他在梦想一个排除意义的社会（就像人们服兵役的情况那样）。这一点开始于《写作的零度》，在那本书中，已经梦想着'没有任何符号'；接着，便是无数的附带而来的对于这种梦想（关于先锋派文本、关于日本、关于音乐、关于十

---

① ［法］罗兰·巴特：《罗兰·巴特自述》，怀宇译，天津：百花文艺出版社，2002，第22页。
② 张汉良：《比较文学理论与实践》，台北：东大图书公司，1986，第284页。
③ ［法］菲力浦·勒热讷：《自传契约》，杨国政译，北京：三联书店，2001，第74页。

二音节诗）的肯定。令人高兴的是，恰恰在日常舆论中有一种关于这种梦想的解释：多格扎，它也不喜欢意义，在多格扎看来，把某种无限的（即不能停止的）可理解的东西带入生活中是错误的。多格扎把意义的侵入（知识分子是这种侵入的责任者）与具体之物对立起来；所谓具体之物，即被设想为抵制意义的东西。"① 罗兰·巴特没想到的是自传文本这个具体之物无法满足他的理论。因为排除自传的意义，无疑这是在宣布"自传的死亡"，那也是在宣布罗兰·巴特的"死亡"。当然，从《罗兰·巴特论罗兰·巴特》文本来看，那个他"喜欢的作者"，无法不在罗兰·巴特的生活中写出"意义"。客观地说，《罗兰·巴特论罗兰·巴特》的每个片段都是很好的自传文本，例如："在他回想他童年时代被剥夺的那些小物件时，他找到了他今天所喜爱的东西，例如，冰凉的饮料（非常凉的啤酒），因为在那个时候，还没有冰箱（在沉闷的夏天，城市的自来水总是温热的）。"② "在夏天的晚上，当天色迟迟不尽的时刻，母亲们都在小公路上散步，而孩子们则在周围玩耍，那真是节日。"③ "我们在一个大坑里玩儿，后来所有的孩子都上去了，唯独我上不去；他们从高处地面上嘲笑我：找不着了！就只他一个了！都来瞧啊！离群了！（离群，并不是置于外边，而是指一个人待在坑里，是指在露天下被封闭了起来：那正是被剥夺权利的人的处境。）这时，我看见妈妈跑来了。她把我从坑里拉了上来，抱起我离开了那群孩子。"④ 这里有着类似普鲁斯特"玛德莱娜甜饼"的场景，有着节日般童年的记忆，有着离群时投入妈妈怀抱的温暖，特别是"我看见妈妈跑来了"的叙述，分明是罗兰·巴特对其生活的意义阐释。众所周知，罗兰·巴特自幼丧父，对母亲有着强烈的依恋，自传的第一部分"关于照片的话"正是他在寻求童年的意义和意欲平复"那种没有母亲的痛苦心情"。⑤ 遗憾的是，罗兰·巴特在自传中却深受其排除文学"意义"理论的悖论影响，让他无心真正进入生命的书写。罗兰·巴特指出，文学进入

① ［法］罗兰·巴特：《罗兰·巴特自述》，怀宇译，天津：百花文艺出版社，2002，第56页。
② ［法］罗兰·巴特：《罗兰·巴特自述》，怀宇译，天津：百花文艺出版社，2002，第67页。
③ ［法］罗兰·巴特：《罗兰·巴特自述》，怀宇译，天津：百花文艺出版社，2002，第80页。
④ ［法］罗兰·巴特：《罗兰·巴特自述》，怀宇译，天津：百花文艺出版社，2002，第267页。
⑤ ［法］罗兰·巴特：《罗兰·巴特自述》，怀宇译，天津：百花文艺出版社，2002，第8页。

了与再现告别即文学形象化的告别，作家必须设想为身在一处镜子长廊里迷路的人，哪里没有自己的形象，哪里就是自己的出口，哪里就是世界。但罗兰·巴特在书写自传时，却无时不在镜子长廊里看到那个叫罗兰·巴特的人的身影。问题是，拘囿于自己的理论，同时被自我所吸引的罗兰·巴特，只能在部分章节中写出了那富有意义的自我，整部《罗兰·巴特论罗兰·巴特》却处于写作的"零度"，也就是说自传"意义"在血肉丰满的生命门口停了下来。据罗兰·巴特说他在写作中感到了"文本愉悦"，"传记只是无创造性生命的记录而已，我一旦开始创造，开始写作，'文本'本身立即脱离我的叙述过程（这真好）"。"因此意象的想象在创造性生命的门口停了下来……为了此想象之符号运用得当，不受个人公民身份之限制保障或辩护，此文本将不带任何意象而进行，除了这只写作的手之意象。"① 我不禁要问：这种时刻要面对"自我"的自传写作，怎么可能只是不带任何意义在进行？怎么可能只是那只手在机械地书写呢？

第二，自传叙事。叙事性，是自传文本的另一本质特征。从奥古斯丁、卢梭、夏多布里昂、富兰克林、歌德到纪德、萨特、马尔罗，自传文本的形式真可谓多种多样，但是对自我生活的叙事，却是他们的共同特征。如果说罗兰·巴特在其自传中为了化解"几乎要形成的意义"而有意采用了"片段式"写作，那么罗兰·巴特同时也无意中消解了自传的叙事特征。莫非罗兰·巴特不擅长叙事话语才如此叙事？事实正好相反。请看罗兰·巴特的一段自我叙事，时间是 1979 年 8 月 31 日，在法国于尔特。"我卧在沙发式柳条椅子里，吸着雪茄，看着电视（电视俨然是个大棋盘，带有音乐，使我不大郁闷）。拉歇勒（Rachel）和 M 晚饭后就出去散步了，这时又返回来叫我——只要夜晚看起来不错，他们都这样做。我先是觉得受到了干扰：什么！没有一刻不找我说这说那——尽管是为了我好；接着，我与他们出去了，我对于他们发火，对于他们、对于 M（因为她也跟着）刚才的疏远，感到很不好意思，我便对凡是好看的东西都表现出热情、好奇和感兴趣，就像母亲从前那样。黄昏来得早了一些，美妙非凡，

---

① ［法］罗兰·巴特：《罗兰·巴特论罗兰·巴特——镜像自述》，刘森尧译，林志明校，台北：桂冠图书股份有限公司，2002，第 8 页。

它为了完美而几乎超出寻常：天空灰蒙，云霓稀疏，但不叫人悲伤抑郁，远处阿杜尔河（Adour）的另一侧雾带缭绕，道路两旁的屋舍花卉簇拥，委实是金色的半月悬挂空中，蟋蟀在竞相争鸣，就像从前那样：高贵、平和。可我却满心悲苦，几乎是充满失望；我在想念母亲，想念不远处的她所在的那个坟地，想念'生命'。我感觉到这种浪漫式的满腹情怀是一种价值，而我却苦于永远不能将其说清，'它总比我写的有价值'（讲课题目）；我也对我在巴黎、在这里、在旅途中都觉得不适感到失望：因为我没有真正的庇护。"① 这是一段完全可以与夏多布里昂《墓畔回忆录》媲美的自传叙事。场景描写清晰可见，人物心理栩栩如画，更重要的是，叙事里内蕴着意义的反复揭示：对母亲逝世的无限悲情。因为"我没有真正的庇护"。极为遗憾的是，罗兰·巴特没有把他的这种叙事天赋完全应用于最该发挥其作用的《罗兰·巴特论罗兰·巴特》自传中，

罗兰·巴特之所以忽视自传叙事，在《罗兰·巴特论罗兰·巴特》中大量采用断片结构，这是与他的解构主义理论对自我的分析相一致的。"他知道自己就是一种神话存在，而不会有自然的一成不变的自我。从在镜子前指认'这就是你啊'时开始，罗兰·巴特就已经成为想象界的居民。套用德里达的话，想象界外一无所有。无论是'我'或者现实与政治，都在想象界中被重新组合。"于是，"只要可能，就逐次变换话题，取消前言，背叛信条自白，借此在他自己的言论中留出空隙，设下余白——罗兰·巴特的断片形式就是出于这一需要。在他看来，只要连续论述同一个事情，人们就会被'自然性'和'理应如此'的黏胶所捕获，而这样一来，叙述就不得不始终如一，就会欺骗自己——分割这些阶段，使谚语滞留在'固定'的前一阶段"。② 因此罗兰·巴特特别喜欢运用断片形式。我们要说的是，由于自传文本的特殊性，叙事是其文本无法解构的诗学因素之一，所以罗兰·巴特在面对罗兰·巴特时，瞄错了对象且用错了武器。

罗兰·巴特的自传总是不让他的主体定位，不断地陈列不让主体定位的片段章节。我们认为，即使是自传的片段叙事，其目的还是要建构出一

---

① ［法］罗兰·巴特：《罗兰·巴特自述》，怀宇译，天津：百花文艺出版社，2002，第266页。
② ［日］铃村和成：《巴特——文本的愉悦》，咸印平等译，李濯凡校，石家庄：河北教育出版社，2001，第127页。

个复杂的自我。史密斯·保罗说，"在理论上无限的语言中零碎地建构片段主体性的历史"的结果是"我在某些时刻晶化，然后又被转移，放逐他方"。① 这样，罗兰·巴特就在自己的自传中被自己放逐他方了。弗里曼更进一步指出，人具有"成长的眩晕"，人生在世界上"须承受负担极大的存在的焦虑、不安与茫然"。② 据此，中国台湾学者王建元指出，"时时驱策自传作者不断重写自我的，不就是这生命与死亡的吊诡，加上面目模糊的'活着的我'？""自传主体的创新之处，乃摆出积极诠释者的主体位置，并将自己置身律法和欲望、渴望自由的意志和建构叙事的整个社会大脉搏之间的交界。这兼为作者读者，既是主体又是客体的自传声音，为各界的中介力量，最后成为引爆抗拒动力的动因。这是沟通行为，而在无聊与琐碎、呕吐与虚无之间，它仍然深信生命的历史之可能。"③ 由此看来，建构叙事是自传文本的重要因素，忽视不得。

第三，自传真实。自传的真实性问题，是一个长期以来在学术界聚讼不已的课题，与传记的真实性相比，自传的真实性受到理论家的更多的怀疑。我们认为，在真不真实的层面上讨论自传的真实性没有多少理论意义和实践价值。但是，这样说并不意味着自传真实不存在了，可以与虚构等同了。相较于传记真实而言，那种圈定自传真实为相对真实的清醒意识，恰恰证明自传文本具有独特的自传真实性。菲力浦·勒热讷说："对于真实性、坦诚性和历史精确性的渴望是自传作者创作活动的基础，但是作者是第一个意识到他的尝试在历史精确性方面存在局限的人。他之所以这么轻易地容忍了这些局限，是因为他或多或少地意识到他所追求的真实性不同于历史学家的真实性。写自己的历史，就是试图塑造自己，这一意义要远远超过认识自己。自传不是要揭示一种历史真实，而是展现一种内心的真实：人们追求的是意义和统一性，而不是资料和完整性。从这一角度看，安德烈·莫洛亚的批评就失去了意义。必须用真实性来代替不会带来任何结果的坦诚性。自传不是要有真实，而是它就是真实。"显然，菲力

① Smith, Paul, *Discerning the Subject* (Minneapolis: University of Minesota, 1988), p. 110.

② Mark Freeman, *Rewriting the Self: History, Memory, Narrative* (New York: Routledge, 1993), p. 220.

③ 王建元:《后现代台湾小说与启蒙小说嬗变》,《中外文学》(中国台湾) 1995 年 11 期, 第 22 页。

浦·勒热讷在为自传文本真实的这种"张力"叫好："一切自传问题都包含在了我们刚才所描绘的颠倒中：即从历史性和坦诚性的幼稚的神话到具有神话色彩的真实刻画。这是一种'历史化'愿望（精确性和坦诚性）和'结构化'愿望（寻求统一性和意义，塑造个人神话）之间的张力，我们在很多自传作者身上都可感受到这一点。"① 当然这里的自传真实可以进一步分析细化，而且如何界定把握自传的真实性还有待于进一步研究，② 但自传真实作为自传文本的又一非解构性诗学因素是不应被否定的。

同样遗憾的是，罗兰·巴特在发现自传文本的这一"神话特征"时，循着其解构理论思维方式又走得太远了。罗兰·巴特在《罗兰·巴特论罗兰·巴特》这部自传的封面内页公开宣称："这一切，均应被看成出自一位小说人物之口。"③ 这样，罗兰·巴特又犯了一个解构自传文本的致命错误——把自传完全等同于小说，将自传真实混同于小说虚构。罗兰·巴特是这样解释他的理论的："这一切，均应被看成出自一位小说人物之口，或出自几个小说人物之口。因为，想象物作为小说的必然材料和那个谈论自己的人容易误入歧途的梯形墙的迷宫，它由多个面具（人）所承担，这些面具依据场面的深入而排列（可是，没有人待在幕后）。书籍不进行选择，它交替地运作，它根据不时地出现的简单想象物和所受到的批评而前进，但是这些批评本身从来都仅仅起轰动作用：没有比对（自己的）批评更纯粹的想象物了。这本书的内容最终完全是小说性的。"④ 结果，罗兰·巴特是按照博尔赫斯"虚构自传"的逻辑来结构自我，他往往不把罗兰·巴特称作"我"，而是虚拟成他者。这样的思维，使得他无法把自传真实固定在自己身上，问题是，这可是一本真实的罗兰·巴特撰写的自传文学。

罗兰·巴特的自传是对卢梭、萨特的反动与颠覆，并且其断片形式在自传叙事上有一定的创新与变化，但是自传既然是"一种牢固的已确定的

---

① ［法］菲力浦·勒热讷：《自传契约》，杨国政译，北京：生活·读书·新知三联书店，2001，第81—82页。
② 赵白生：《我与我周旋——自传事实的内涵》，《北京大学学报》2002年第4期。
③ ［法］罗兰·巴特：《罗兰·巴特自述》，怀宇译，天津：百花文艺出版社，2002，第94页。
④ ［法］罗兰·巴特：《罗兰·巴特自述》，怀宇译，天津：百花文艺出版社，2002，第148页。

文学形式",① 那么，自传文本的诗学问题必须引起重视，因为自传是真正的生命书写文类，它无法也不允许宣布"作者死亡"和"文本的欢娱"，而罗兰·巴特在《罗兰·巴特论罗兰·巴特》自传中，却遭遇了自己话语理论的悖论悲剧。

---

① Nalbantian Suzanne, *Aesthetic Autobiography —From Life to Art in Marcel Proust, James Joyce, Virginia Woolf and Anaisnin* (London: The Macmillan Press, 1994), p. 27.

雅各布·德里达：自我书写与自传话语

　　《割礼忏悔录》是雅各布·德里达的一篇自传色彩浓厚的文本，这篇文章被收录于杰弗里·贝宁顿与雅各布·德里达本人合作的传记《雅克·德里达》中，全文共 59 个小节，暗指德里达 59 年的人生。在排版上，书里的前 2/3 是贝宁顿对德里达本人生平及思想的梳理，名为《德里达资料库》。书里剩下的 1/3 处则是德里达本人所写的《割礼忏悔》。二者相辅相成，互为脚注。贝宁顿的《德里达资料库》立志于对德里达的思想和各种学说进行体系化的统筹和整理，形成一个明白晓畅、方便读者检索和解读的文本。而德里达却用晦涩的语言、发散的叙述将贝宁顿的目的打破，用自传性的语言解构了这本为自己——雅各布·德里达本人——所写的传记。

　　"割礼忏悔"，原名"circumfession"，是将割礼（circumcision）和忏悔（confession）结合在一起的专属词汇，由雅各布·德里达本人创造。割礼是犹太教的传统宗教仪式——男孩出生第八天要把包皮割掉，以表达自己的儿子已纳入与上帝的盟约之中，成为犹太教的一员。具有阿尔及利亚犹太血统的德里达，思想上自然铭记着这种肉体式的烙印。"我的割礼，我清楚地知道只发生过一次，是独一无二的一次。"德里达曾在笔记中写到接受割礼的当天叔叔把刚出生的他，抱在膝盖上的场景。可见幼时仅经历一次的割礼事件虽然早已被遗忘，却能经过语言和文字的增补得以还原。此外，德里达曾在圣·多格斯坦大街度过了幼年时期，这条街也就是"圣·奥古斯丁"大街，这段居住的经历对德里达来说非常有意义。他把这位在阿尔及利亚出生的教父、哲学家叫作"我的同乡者",表示格外的留恋,并且在《割礼忏悔》中,他把自己与母亲的关系比拟为奥古斯丁和他母亲莫尼卡的关系,这是在进行一种信仰表白。德里达将宗教仪式的"割礼"与"忏悔"这两个并不相容的词语结合在一起,"他在割礼忏悔中展示了自己的罪恶",① 完成了一场对过往的哀悼以及深刻的文哲思辨。

德里达在其笔记中曾写道:"无论是谁,不认识我,没有全部读过并完全理解我在别处写的东西的人,读这些笔记的时候是又聋又哑的,但却会感到终于能够很容易地理解它们。""永远不会有人知晓我的写作源于怎样的秘密,即使我说出来也改变不了什么。"② 他经常在漫长的旅程后写下旅行日记,用一种史前的文字,一种被遗忘的、碎片式、粗糙的工具,试着理解所发生的事,并用石头、木片——早于聋哑学校的聋哑人手势,早于布莱叶盲文的盲人搜索——去进行解释。由此看来,德里达的自我书写与卢梭式自传话语的出发点完全不同——前者在于隐藏,后者在于增补。他认为卢梭的《忏悔录》的书写是从"失明到增补",卢梭在书写自己的过程中将原本的东西在他笔下进行了重构,不断地替换成一个新的卢梭。"是一种外在的添加,它确实是危险的。"③ 可见,"秘密"作为一个隐形的主题遍布于其文章的各页,他所书写的一切都是在进行刻意的隐藏。

因此,对于德里达来说不能被替代且不能被破译的只有死亡,"死亡就是秘密的一个名字",它签写了不可替代的独异存在。④ 德里达眼中的秘密可以有不同的路径进行阐释,其中一条路就是自传。他在《割礼忏悔》中把自传解读为一种秘密的空间,这种自传性的论述并不是内在自我的揭发,赤裸裸地暴露,而是一种可以藏匿秘密的通道,可以体验不可能的空间和不可言说的东西。因为"我"不可感知永不在场的事物,所以也无法把这一切宣之于口。所以自传书写与生死相关之内容,才可以营造出"我"在场的可能性,是秘密空间的"我"而非增补下的"我"。因此,

---

① Smith, Robert, *Derrida and Autobiography* (New York: Cambridge University Press, 1995), p. 57.
② [法] 伯努瓦·皮特斯:《德里达传》,魏柯玲译,北京:中国人民大学出版社,2014,第262页。
③ 尚杰:《德里达》,长沙:湖南教育出版社,1999,第38页。
④ [英] 尼古拉斯·罗伊尔:《导读德里达》,严子杰译,重庆:重庆大学出版社,2015,第125页。

他在《割礼忏悔》中书写死亡，母亲在病重之时将自己名字遗忘，悲伤让德里达开始质疑自身的存在，并且希望通过以文字的书写来延续对母亲的记忆。对于德里达来说，母亲在他写下这些文字的时候还活着，然而却已经失去了记忆的能力，"她不再呼唤我，对于她，也就是她在世时，我不再有名字"，① 对德里达来说如果这个名字可以被拥有，那么自传就没有必要，也不可能存在了。"德里达热爱回忆，并且他的写作就来源于这种回忆之情，也就是说，来源于这种无法保存却又希望它持续的这种感情，可以让死亡保持生机。"② 因此，在这篇笔记中，"我"被隐藏了起来，"我"回忆过去，为母亲悲痛，又沿着母亲的死亡跳跃到奥古斯丁及其母亲的死亡，最后写到"我"的死亡。"我"的存在必然与他者相连，隐藏在死亡书写之下。"我"虽然只是第一人称，然而却从来不是同一个"我"，而是多维复杂的混合体。

在《割礼忏悔》中，德里达再现了 19 世纪的割礼仪器和习俗图片，暗指《圣经》中的记载——在《创世纪》第十七章中，上帝对亚伯拉罕说："这是我与你和你的后代之间所守的盟约，你们中间的每一个男子都要受割礼。你要割去你的包皮，这就是我与你之间所立的盟约……一个没有受到割礼的男人，每一个没有割包皮的人，都要与亲属隔绝。他违背了我的盟约。"③ 可见，割礼本是指与上帝结盟的仪式，然而对于德里达来说，这个一生一次的割礼显然不只是残存在身体上的宗教仪式了，而是融入了他的血脉中。文本中的割礼已然成为一种喻象化的修辞，是一种将自我展示在外的符号。"我"在割礼中受过的伤，被剪去的肉已被血液冲走，而流出的血液则是我生命力的表达。文字写作就如一场"我"生命内部的割礼，自己对自己的割礼。笔杆是仪器，对我的生命进行切割。被剪切下来的那部分血肉就是"我"内部所要展示的。被切割下来的是"我"的血肉，需要被找回，所以，"我"要书写以填补那失去的部分，然而它确实

① Jacques, Derrida, "Circonfession", in Geoffrey Bennington, Jacques Derrida, *Jacques Derrida* (Chicago: The University of Chicago, 1993), pp. 23-24.

② Smith, Robert, *Derrida and Autobiography* (New York: Cambridge University Press, 1995), p. 60.

③ Jill, Robbins, "Circumcising Confession: Derrida, Autobiography", *Judaism*, *Diacritics* 04 (1995): 20-38.

已经从身体中被分离出去了，永远无法再完美地接回身体上，那么被增补的那部分也不可能完整地还原真相，于是《割礼忏悔》的文本充满了模糊性和不明确的指向性。"我切身经历的一切，我都可以谈及，但因为当中有着那永不在场、永不能感知体验的他者性或异质性，我不能把这一切宣之于口。"① 由此可见，"割礼"之割含有切割、割裂之意。德里达以此来命名这篇笔记已经暗示出文本的晦涩性，以及对传统的颠覆性。这并不是一篇传统的忏悔式自白，按照事件的时间发生顺序来叙述，而是像割礼一样顺着一个圆的周围去延展、发散、环环相扣、层层环绕地去思辨。卢梭的自我同一、奥古斯丁的忏悔在这个文本中被分解、切割。

这篇笔记篇幅为 59 个小节，用德里达的话来说是他的 "59 个周期，59 次呼吸，59 次斗争，59 次脉冲"，② 代表了他生命中的 59 个岁月。这 59 个小节中的每一节都是由一个长句组成。每一节从开头至结尾有非常多的短句，只用逗号来表示语气的停顿，直至结尾才用一个句号来表示一个漫长语句的结束。因此，在语言的叙事上，呈现出了一种散文化或是诗化的特征。在《割礼忏悔》的第二小节，德里达写道："如果我将写作与注射器相比，我时常将钢笔想象成针管，不是那种可以铭刻、雕刻、选择、估量的坚硬的仪器，而是有一个吸入点可以吸入墨水，过滤之后提取可写的，再在键盘的屏幕上打出文字，然而在此，一旦正确的血脉被找到，便不须再费力、不要再监管，也不再有坏的品性出现或是有暴力的风险，血液将会自主独立地输送自身。"③ 笔即是抽血用的针管，正确的血管即写作时的灵感和适当的风格。一旦在写作时找到正确的灵感，以及恰当的风格，那么，身体内部书写则会随着血液迅速涌动、喷薄而出，不用再煞费苦心。笔就像针管一样具有穿透力和切割力，当笔与写作风格相契合，那么生命内部那不可见的、难以言说的则会随着"血液"流淌出来，成为话语显露在文本之上。每一节那独立成段的漫长语句就像这生命血液一样奔

① ［英］尼古拉斯·罗伊尔：《导读德里达》，严子杰译，重庆：重庆大学出版社，2015，第 151 页。

② Jacques, Derrida, "Circonfession", in Geoffrey Bennington, Jacques Derrida, *Jacques Derrida* (Chicago: The University of Chicago, 1993), p. 127.

③ Jacques, Derrida, "Circonfession", in Geoffrey Bennington, Jacques Derrida, *Jacques Derrida* (Chicago: The University of Chicago, 1993), pp. 11-12.

跑、流淌、急促，令人难以停歇，有时像河流一样优美，有时又充满悲伤。然而，这漫无目的的长句发散性思维造成了文本的不可读及指称的不确定性。

德里达也是位伟大的文体家，他自创的词汇存在于他的各种文本中。本文所分析的文章标题的"circumfession"也不例外。割礼源于拉丁词汇circumciso，circum是拉丁前缀，意味"环绕"，本文中德里达童年的记忆都是围绕着幼时所受的割礼（circumcision）所代表的犹太文化而展开的。用"circumfession"代替常用的"confession"，体现了他自身所受的犹太教与基督教的文化冲突，也奠定了《割礼忏悔》一文的非传统写作方式的基础。围绕着割礼和忏悔所展开的层层回忆和思考，沿着圆周扩散，没有主线，忏悔对象的指向性也不明确。

德里达的自传性文本试图在避免一本完整的自传体叙述而将他的生活寓言化。当德里达遵循着奥古斯丁的方式时，他将奥古斯丁的拉丁语引用进他的文本中，其方式与奥古斯丁在其文本中插入《圣经》的方式相同。拉丁语的使用对读者的阅读进行了一种阻碍，文本的形式和意义都被阻挠，读者在阅读过程中为了语义的连贯性不得不跳过。在引用的同时他将自己与母亲的关系和奥古斯丁与母亲进行了类比，因此德里达与奥古斯丁的文本建立了一种类型关系，当德里达在文本中插入奥古斯丁的时候，他将奥古斯丁置于文本之中，也就是说奥古斯丁的文本是压倒自己的文本。德里达并不对这些引用的拉丁文进行注释和解读，而是放在文本中供读者猜想诠释。"拉丁引文之古奥将文本指向根本的不可读，指向意义的隐晦、悬置与分歧，翻译、转化与诠释——即彻底的他性。这是源于他者、指向他者的叙述。而引用行为本身便构成一种诠释，即'通过对他者的想象意识'去'建构一种诠释的方式'。"[①] 因此，为了避免奥古斯丁式的自传写作，他对于奥古斯丁的插入，拉丁语的引用正是来源于消解话语这一目的。这种奥秘性语言的书写使得文本有了不可读性质，德里达将自传看作保留秘密的空间，通过这种创新性的奥秘语言来保留生命内部那不可言说的秘密。

---

① 魏柯玲：《〈割礼忏悔〉与德里达的文学行动》，《外国文学》2016年第3期，第114—123页。

自传（autobiography）是自我生命书写，然而在《割礼忏悔》中，自我隐藏了，书写的要素是死亡，并且是以一种割礼的方式来言说。每一个要素都与传统的自传话语相悖，然而我们却无法说这并非自传。因幼时受过的割礼所展开的自传性回忆，在母亲病危之时所记录的痛苦和悲伤，对于奥古斯丁《忏悔录》的引用和重新解读，使得《割礼忏悔》成为一部十分独特的自传性文本，这个文本不仅诉说了作者的人生经历，还将德里达本人的文体思想进行了写作实践。服务于个人思想所创造出的词汇和句法，使得德里达的自传话语呈现出一种诗性的美丽却又晦涩深奥的特点。总之，不可否认的是，德里达在《割礼忏悔》这篇自传性文本中实现了对母亲的追忆，对奥古斯丁的再思考，以及对自我的寻回。

续　编

中国话语模式

第十六章 / *Chapter 16*

建构论：以赵白生
《传记文学理论》为代表

（一）

每个行业多半有自己的"三字经"。那么，传记文学的"三字经"是什么呢？赵白生认为是"吾丧我"！传记文学所记录的到底是什么呢？赵白生在《传记文学理论》第一章"传记文学的事实理论"中给出了详细的介绍。"事实是界定传记文学的一个关键词。"[1] 马克·萧芮就认为传记作家的写作必须与事实严丝合缝，同时认为传记作家就是戴着锁链跳舞。"也就是说，传记作家所戴的'锁链'不是戏剧作家的三一律，也不是律诗诗人的形式规定，而是一条事实的'锁链'。"[2] 小说、戏剧和诗歌之所以被划分为虚构性作品，而历史、传记和报道则属于非虚构性作品，在赵白生看来就是二者对于事实的叙事策略不同。赵白生将"事实"分为三种维度，即传记事实、自传事实、历史事实，这三种维度的事实在传记文学中分别发挥不同的作用。首先，何为传记事实呢？所谓的传记事实，狭义地讲，就是指传记里对传主个性起界定性作用的那些事实。"它们是司马迁所说的'逸事'，它们是普鲁塔克传记里的'心灵证据'，它们是吴尔夫笔下的'创造力强的事实，丰润的事实，诱导暗示和生成酝发的事实'。

---

① 赵白生：《传记文学理论》，北京：北京大学出版社，2003，第5页。
② 赵白生：《传记文学理论》，北京：北京大学出版社，2003，第5页。

简言之，传记事实是一部传记的生命线。"① 事实上，传记作家在选择一名传主进行立传的时候，都是带着不同的目的的，但是这些目的几乎可以总结为突出传主的某些特性。传记作家在写作的过程中想要穷尽传主一生大大小小的事件是不可能的，想要介绍传主的方方面面也是不可能的。于是，传记作家只好选择能够突出传主特性的事实进行描写。赵白生比较支持乔治·圣兹伯里的看法，"一个真正的传记作家，不应该满足于仅仅展示材料……作为一名有造诣和才智的艺术家，他应该把所有这些材料在头脑里过滤，然后再呈示在我们面前，不是让我们只见树木，而是让我们看到一幅完整的画，一件作品。"② 所以，赵白生认为："不应当只看重历史学家的搜求考证资料的功夫，而忽略传记作家点铁成金的写作过程。在这个过程中，对传记事实的发掘和打磨无疑是关键的一环。"③ 而在赵白生看来，司马迁的《史记》是选择传记材料和传记事实的典范作品。赵白生引用了韩兆琦的论述进行论证："司马迁收集材料是很辛苦，但使用材料却不是多多益善，他着力于突出人物的性格，写出那些最有代表性的东西。例如写蔺相如，他抓住了完璧归赵、渑池会、将相和三件事……"④ 由此可见，传记事实是为描写传主个性、突出传主特点服务的事实，在传记作家写作过程中要考量写作目的，有的放矢，这样才能有效突出传主，否则，仅仅是事实的罗列无法达到突出传主的效果。由此可见，对传记事实进行筛选，属于写作传记作品中一项需要客观理性思考的过程，属于一种需要他者来完成的工作。而自己给自己立传时需要什么呢？

（二）

赵白生又提出"自传事实"："我与我周旋"，在赵白生看来，"自传事实是用来建构自我发展的事实"。⑤ 自传作家在给自己作传时总是希望展

① 赵白生：《传记文学理论》，北京：北京大学出版社，2003，第 14 页。
② 赵白生：《传记文学理论》，北京：北京大学出版社，2003，第 8 页。
③ 赵白生：《传记文学理论》，北京：北京大学出版社，2003，第 8 页。
④ 赵白生：《传记文学理论》，北京：北京大学出版社，2003，第 11 页。
⑤ 赵白生：《传记文学理论》，北京：北京大学出版社，2003，第 14 页。

现出自己想要展现的一面。"传记作家和自传作家不能相互替代，一个管窥别人，一个锥探自己。"① 人总是有好奇心的，传记作家和自传作家的写作目的往往不同，传记作家在选择为他人立传时，往往带有满足好奇心的目的。很多名人为了防止别人为自己立传，往往选择自己先下手为强。亨利·亚当斯就把传记比作"他杀"，把自传比作"自杀"。"本书只不过是坟墓前的一个保护盾。我建议你也同样对待你的生命。这样，你就可以防止传记作家下手了。"② 自传有自传的优势，但是传记作家往往能站在比较客观的角度进行写作，而自传作家想要全面地表现自己还需要能跳出自己的角度，能够从比较客观的角度进行自我观察。所以，赵白生认为在自己给自己作传时就是"我与我周旋"，我与我周旋，自己给自己作传时有着得天独厚的优势，一个人的动机是隐而不现的，没有人能够比自己更了解自己的内心冲动和心理活动。情感的波澜能够让人体会天涯海角的开阔，也能把人拖进沼泽地，深浅冷暖，自然只有自己知道。自己给自己作传，首先多多少少带着粉饰自己的目的或者为自己平反的目的，其次，在叙述事件时也大多站在自我中心来思考事物，所以用来解读的材料也具有相当大的主观性。更进一步，人是感情的动物，情感和情绪冲动很容易遮蔽人的视线，在叙述的过程中，这些因素都会导致自传过于自我。所以，真正的自传作家在立传的过程中往往充满着自我斗争。"自我中心是自传的原罪"，③ "所有自传都讲故事，一切作品皆自传"。④ 为了能表现比较客观的自己，很多自传作家往往采取传记的形式来写自己，用传记来写自传，让自我穿上他者的外衣出现，这是一个独特的想法。胡适的《差不多先生传》、陶渊明的《五柳先生传》、陆羽的《陆文学自传》、白居易的《醉吟先生传》、陆龟蒙的《甫里先生传》等都采取的是这种用传记的方式。为什么要隐姓埋名？钱锺书的解释是："如'不知何许人，亦不详其姓氏'，岂当作自传而并不晓己之姓名籍贯哉？正激于世之卖名声、夸门地者而破除

---

① 赵白生：《传记文学理论》，北京：北京大学出版社，2003，第 15 页。
② 赵白生：《传记文学理论》，北京：北京大学出版社，2003，第 15 页。
③ 赵白生：《传记文学理论》，北京：北京大学出版社，2003，第 19 页。
④ J. M. Coetzee, *Doubling the Point : Essays and Interviews*, ed. by David Attwell（Cambridge, Mass. : Harvard University Press, 1992）, p. 391.

之尔。"① "用传记的形式来表现自传的意识,既回避了过分的自我张扬,又充满了永恒的立传冲动。"② 其实我们仔细追究陶渊明的《五柳先生传》,也是别有用心的。对于隐士来说,外在的形隐相对来说比较容易,真正难的是内在的心隐。安贫乐道,做做纸面文章是很有意思的,但是一旦落实到日复一日、年复一年的现实生活,连"期在必醉"的酒都没有,这就让人很难坚持下去了。所以,"不戚戚于贫贱,不汲汲于富贵"这句话不仅是写出来给后人看的,也是那个当下他需要给自己的安慰。从心理学的角度来说,弗洛伊德根据精神动力理论将人格分为本我、自我、超我三个部分。本我即原始的自我,代表生存所需的基本欲望、冲动和生命力,本我是无意识,非理性的,遵循快乐原则;自我位于人格结构的中间层,从本我中分化出来,其作用就是调节本我与超我之间的矛盾,遵循现实原则;超我位于人格结构的最高层,是道德化的自我,往往会抑制本我的冲动,对自我进行监控,追求完善的境界,遵循道德原则。在这里,陶渊明想要在自己的传记中表现出来的是超我,大部分的自传作家都是这样,但是,陶渊明借助传记的形式来写自传,就能够暂时调节压力,能够表现出来一部分自我和本我的部分,表现出自己比较真实的一面。所以,通过传记的形式来表现自己,传主自己能够跳出主观的泥淖,从一个客观的角度,能够更加真实、自然地表现自我。

自传作家在写自传时选取的事物往往具有不同特点。像陶渊明的《五柳先生传》、陆羽的《陆文学自传》、白居易的《醉吟先生传》、陆龟蒙的《甫里先生传》等都很巧妙地运用"寓言"手法,言在此而意在彼,这是寓言。五柳、醉吟、甫里、无闷,这些标题仿佛出自庄子的寓言,给读者的第一反应是,它们的寓言是什么。无独有偶,文学大家汪曾祺也有着相似的观点,汪曾祺曾说:"好像是法郎士说过:'关于莎士比亚,我所说的只是我自己。'写书评、写序,实际上是写写书评、写序的人自己,借题发挥,拿别人来'说事',当然不太好,但是书评和序里总会流露出本人的观点,本人的文学主张。我不太希望我的观点、主张被了解,愿意和任

---

① 赵白生:《传记文学理论》,北京:北京大学出版社,2003,第19页。
② 赵白生:《传记文学理论》,北京:北京大学出版社,2003,第19页。

何人保持一定距离。但是自设屏障，拒人千里，把自己藏起来，完全不让人了解，似也不必。因此，'也写书评也作序'。"① 汪曾祺作为文学大家，常常被请去给人写书评、写序，他认识得很清楚，大部分的文学表达都是"我手写我心"，他主张使自己的文学观点与别人保持一定距离，所以很理性地在书评、序中表达自己的文学观点。其实，文学观点也是由人的阅读经历、人生阅历积累而成的，具有一定的个人性质，难免会带有个人主观色彩，极端起来容易与他人起分歧。汪曾祺"只写书评、只写序"的做法就是中庸的做法，老先生难说没有与自我周旋，能做到"犹抱琵琶半遮面"很难得。实际上，老先生的做法也符合库切的观点——"所有作品都讲故事，一切作品皆自传"，②"本质上，自传是一门参照的艺术，要求参照体（自我）和参照符（文本）互为指涉、遥相呼应"。③ 所谓寓言往往都是具有不同寓意的故事，作家往往不会选择没有意义的事件来填充自己的传记，往往都会选择比较有代表性的事件。"简言之，《五柳先生传》里的自传事实具有寓言化、抒情化和静态化三个特点。这些特征或割裂了文本与自我的对应纽带，或模糊了事实与理解的必然联系，或隐藏了自我的发展轨迹。"④ "陶渊明很显然为了掩饰自己某些自我而使用了一定的叙述策略，他突出描述的自我与现实的自我有所隔阂。这与现代传记作家是相悖的。"⑤ 那么，自传事实到底该如何呈现呢？或者有没有一个评价标准？赵白生对于这个问题确实有思考。在论文《"一切作品皆自传"——非洲作家自传个案研究》中，赵白生就解答了类似的问题。"《重弹录》所收集的绝大多数文章不是自传文，而作者和编者却都声称该书是'自传文本'，如何解释这一现象？"⑥ "正是因为一切作品不全是自传，库切才说'一切作品皆自传'。此自传，非彼自传也。显然，库切知道，他写的那些文章

---

① 汪曾祺：《榆树村杂记》，北京：天地出版社，2016，第 19 页。

② J. M. Coetzee, *Doubling the Point*: *Essays and Interviews*, ed. by David Attwell (Cambridge, Mass.: Harvard University Press, 1992), p. 391.

③ 赵白生：《传记文学理论》，北京：北京大学出版社，2003，第 19 页。

④ 赵白生：《传记文学理论》，北京：北京大学出版社，2003，第 22 页。

⑤ 赵白生：《传记文学理论》，北京：北京大学出版社，2003，第 23 页。

⑥ 赵白生：《"一切作品皆自传"——非洲作家自传个案研究》，《国外文学》2005 年第 5 期，第 104—109 页。

不是自传，所以才有此说。那么，自传的彼此之分，何以在《重弹录》里合二为一呢？"① "可见，无论是'作者的话'，还是'编者导言'，作为文类，它们是序言。按序言体例，既然作者和编者都声称《重弹录》是'自传'，他们完全有可能把序言写成自序传或他序传，大量添加不可或缺的自传事实和传记事实。可是，他们没有这样做，这就失去了一次机会，没能让序言与文章发生文类的并置效应，从而改变全书的性质。"② "问题的关键是，'反思性'与'自我意识'都跟自传有关，是自传的重要特征，但它们还不是自传的定义性特征。关于自传，法国学者菲力浦·勒热讷有一个比较全面的定义：回顾性的散文叙述，由真人书写，讲述他本人的存在，关注的焦点是他的个人生活，特别是他的人格故事。"③ 回头观察赵白生举的例子不难发现，无论选用什么类型的文学形式，只要具有"反思性""自我意识"，我们作为读者总是默认其文体为自传，或者承认其具有自传性质。而赵白生先生也提到，编者甚至可以为了整部书符合自传的标准而在书中增加自传事实来改变整部书的文体。至此，我们不难发现，传记作家选择叙述事件时往往集中注意服务于自己想要凸显的个性特征或者成长轨迹。就如同罗伊·帕斯卡尔所说的："自传不是一幅肖像画，而是透视里的变化过程，行为不仅仅因为发生过才被叙述，而是因为它们代表了精神成长的阶段。"④

同时，"事实的经验化是自传事实的又一个特征"，⑤ 外在的事实不断地被内化。奥古斯丁在《忏悔录》中对16岁的青年偷盗梨子的行为进行不断的剖析，他首先详细地进行叙述，进而分别从心理角度、宗教角度、社会关系角度等角度进行分析。针对这个偷窃的事件，罗伯特·艾尔巴滋指出，"故事的目的不在故事本身，而在于对它的阐释。"⑥ 通过反复的阐

---

① 赵白生：《"一切作品皆自传"——非洲作家自传个案研究》，《国外文学》2005年第5期，第104—109页。
② 赵白生：《"一切作品皆自传"——非洲作家自传个案研究》，《国外文学》2005年第5期，第104—109页。
③ 赵白生：《"一切作品皆自传"——非洲作家自传个案研究》，《国外文学》2005年第5期，第104—109页。
④ 赵白生：《传记文学理论》，北京：北京大学出版社，2003，第23页。
⑤ 赵白生：《传记文学理论》，北京：北京大学出版社，2003，第24页。
⑥ 赵白生：《传记文学理论》，北京：北京大学出版社，2003，第25页。

释，奥古斯丁达到了他的目的，就是将自己的心灵活生生地展现出来。"把一件琐事层层剥笋，作者展示了心灵的巢痕。事实已不仅仅是事实，它因为与心灵的互动获得意义而成为经验。"① 所以，帕斯卡尔认为，自传作者叙述的不是事实，而是经验：人与事实或事件的交汇。"确切地说，自传作者叙述的不纯粹是事实，也不纯粹是经验，而是经验化的事实，即自传事实。"② "自传里的事实也不会自动暴露。它们之所以赤裸裸地展示在我们面前，完全是因为自传作者纵横组合的结果。纵的一方，他把事实组成一个发展链，让读者看到自我的演进过程。横的一面，他把事实周围的动机和盘托出，使读者从意义中领悟到经验。自传事实就是这种纵横组合的结晶。"③ 总的来说，传记事实在选择的过程中，作者基本站在他者的角度进行选择，具有一定的客观性，读者在阅读的过程中因为潜意识具有和作者一样的他者心态，所以会选择完全接受为他人立传的作者筛选的事实和观点，比较少会提出自己心中的疑问。而自传事实的选择一般都是作者本人自己进行筛选，"传记写作的三个主要动机：纪念、认同和排异"，④ 带着某种目的写传，具有一定的主观色彩。所以，读者在接受某部自传时，因为传记的内容来自传主自己，读者难免会带有自己的疑问，会带着疑问的态度来阅读，甚至是带着不信任的态度来阅读。因此，在阅读过程中，读者很有可能会先入为主，将自己过去对于传主的认识带入到阅读传记的过程中。所以，对于自传作品的解读是两方面力的作用：一方面来自传主自己，另一方面来自读者。因此，自传所写的是传主的心路历程、成长经历中具有生命意义的经历、具有积极或消极意义的经验，对于与传主没有关系的社会背景或时事政治则会较少涉及。所以，自传中，自我为中心是需要拿捏的关键，因为自传的目的是写自我，但是，同时还要避免过于"自我"，在写自己的同时要注意客观性、真实性、全面性，不能偏激、

---

① 赵白生：《传记文学理论》，北京：北京大学出版社，2003，第25页。
② 赵白生：《传记文学理论》，北京：北京大学出版社，2003，第26页。
③ 赵白生：《传记文学理论》，北京：北京大学出版社，2003，第26页。
④ 赵白生：《一沙一世界——论传记主人公的选择与整体性》，《北京大学学报（哲学社会科学版）》1998年第5期，第62—68页。

粉饰。"忌讳太多，顾虑太多，就没有法子写可靠的生动的传记了。"① 所以，自传的过程就是本我、自我、超我的斗争过程，只有处理好这几个人格的不同方面，且同时运用恰当的人生经历进行阐释，这样才是一部真正的自传。

（三）

在自传中几乎都会多多少少涉及历史事实。历史到底是谁的历史？"一般来说，我们可以看到对历史事实有三种不同的观点：实证的观点，主体的观点和辩证的观点。"② 不同的主体所关注的事件不同，所撰写的历史也就更不同了。"对三种历史事实观的鸟瞰式梳理目的不在史，而在传。上述历史事实不但可以为我们对传记事实和自传事实的狭义界定提供一个'场'的广阔视野，而且也为我们了解历史事实在什么背景上介入传记或自传奠定了基石。赵白生通过辨析'历史事实'不同的历史哲学观，意识到了'事件的历史'和'叙述的历史'的分野际合。"③ 自传记录的不仅是深究出来的真实历史事件，而应该是与传主相关联的事件或者是涉及传记及自传的大背景的事件。

"传记作家、传记批评家和传记读者的普遍共识是，传记必须是真实的，真实性被认为是传记创作的最高准则。然而，大量事实表明，无论是自传、传记、人物素描，还是日记、书信、回忆录和谈话录等都存在着一定程度的虚构，因此，如何理解传记的虚构性、传记中虚构的性质和功能，以及虚构对真实的影响等问题可以说是传记阅读和传记创作的本质问题的一部分。"④ 而自传事实与历史事实相比，自传事实虚构的可能性也许更大，毕竟历史事实涉及的是大背景与大事件，具有更大的开放性，是无

---

① 赵白生：《替当代传记号脉——〈传记文学：阐释与批评〉序论》，《荆门职业技术学院学报》2007 年第 5 期，第 1—2 页。
② 赵白生：《传记文学理论》，北京：北京大学出版社，2003，第 27 页。
③ 王成军：《中西传记诗学的构建——赵白生著〈传记文学理论〉评介》，《荆门职业技术学院学报》2005 年第 2 期，第 11—13 页。
④ 赵白生：《传记里的故事——试论传记的虚构性》，《国外文学（季刊）》1997 年第 2 期，第 47—53 页，第 120 页。

法改变的，但是也不是不可能的。赵白生主要从三个角度来论述传记虚构性发生的可能，即传记人物、传记叙事和传记作家。"加拿大学者那·奈达尔指出，语言、叙事和修辞在创作过程中都参与了对事实的歪曲、改变和修正。'所以，读者和传记作家都必须认识到修辞、叙事手法和风格不但组织事实，而且也改变事实，以便创造一个文本世界的生平。'"①"另一位学者丹尼斯·佩特里也持类似的观点。在他的专著中，佩特里把作家传记分为三大类：一类是'塑造名作家的纪念碑'；一类是'把作家当作普通人来描绘的肖像画'；还有一类是把作家'当艺术家来刻画的形象'。最后，他得出结论，'无论是传记还是小说最终都是一种叙述'。"②"此外，传记作家莎伦·奥布莱恩认为，每位传记作者都有一个独特的透视角度，因此，他们创作出的传记常常大相径庭，传记实际上是一种虚构。"③那么，根据以上的分析，传记无论从产生的角度，即传记作家那里、传记描写的对象，还是到传记的接受者——读者——这里，都有被虚构的可能性，那么这个问题就无法调和吗？赵白生建构性地提出了自己的观点："从前面的讨论中，我们可以看到，一般来说，早期的、传统的论述更倾向于突出传记的真实性，强调传记的历史属性，而当代批评家们则刻意凸现传记的虚构性，力图把传记拽向文学一边，事实上，比较公允、准确的定义应该是，传记既不是纯粹的历史，也不完全是文学性虚构，它应该是一种综合，一种基于史而臻于文的叙述，因此，在史与文之间，它不是一种顾此失彼或重彼轻此的关系，而是一种由此及彼、彼此互构的关系。"④赵白生在文中提到传记的历史属性，这一点需要历史事实来体现，随着政治立场对于文学的影响，由于政治原因而导致传记作家厚此薄彼或者导致传记作家有意进行虚构的可能也是存在的。而且由于年代过于久远导致的

① 赵白生：《传记里的故事——试论传记的虚构性》，《国外文学（季刊）》1997 年第 2 期，第 47—53 页，第 120 页。
② 赵白生：《传记里的故事——试论传记的虚构性》，《国外文学（季刊）》1997 年第 2 期，第 47—53 页，第 120 页。
③ 赵白生：《传记里的故事——试论传记的虚构性》，《国外文学（季刊）》1997 年第 2 期，第 47—53 页，第 120 页。
④ 赵白生：《传记里的故事——试论传记的虚构性》，《国外文学（季刊）》1997 年第 2 期，第 47—53 页，第 120 页。

信息错误或者空白也是其中一个原因。"一、客观事实的先天性不足。众所周知，传记写作常常是一种逆时性操作。也就是说，传记作家大多数是在认识到某一人物的历史意义或精神价值时，才向前溯源，以期勾勒出一幅前后一贯的人生画卷。对历史人物的刻画更是如此，传记作家们常常用当代的眼睛去审视古代人物，想从他们身上找出对当代问题的答案。然而，不幸的是，关于这些人物的生平资料却少得可怜：有的只有片言只语；有的仅以著作或一两件事迹传于后世；生卒年代不详或先人后代均不可考的情况也屡见不鲜。这种情况在古代人物或那些死后多年才被认识、研究而成为经典性人物身上更为司空见惯。因此，关于莎士比亚、曹雪芹、林肯、克伦威尔等的早年生活或整个一生，我们所知甚少，但关于他们的传记却必不可少，其结果，传记家就难免根据想象猜测或推断，来为这些逝去的大师还原。可以想象，在这种情况下，传记就很难不掺进虚构的成分。"① 但是，也有比较诚实的传记作家会选择宁愿不写也不愿意写错误信息或者进行虚构，但是这往往又会导致读者对其尊重事实的初衷进行怀疑。所以比较明智的做法往往是："他采取描红的策略：在大致的区域内，他试图勾勒出传主所处的历史轮廓、精神氛围和文化谱系，在描好这样一个大的框架之后，传主的各种盲点虽然依然故我，但训练有素的读者至少可以知世论人，透过历史的坐标来确认盲点的位置，所以说，增加盲点的可视性，而不是加剧读者对盲点的茫然感，才是传记家要做的基本工作。"② 历史事实与自传事实是传记文学中不可或缺的部分，但是其虚构性其实是更值得研究者关注的，在论述传记文学的虚构性理论建构方面，赵白生可谓观点独到，颇有建树。

赵白生将事实分为三种维度，即传记事实、自传事实、历史事实，那么这三种维度在传记中分别扮演什么角色呢？是区分自传与别传的标准吗？"自传的内核是自传事实，但传记事实和历史事实也同样不可或缺。

---

① 赵白生：《传记里的故事——试论传记的虚构性》，《国外文学（季刊）》1997年第2期，第47—53页，第120页。
② 赵白生：《传记里的故事——试论传记的虚构性》，《国外文学（季刊）》1997年第2期，第47—53页，第120页。

它们水乳交融，三位一体，构成了自传里事实的三维性。"① 自传里事实三维性具体体现是什么？"自传实际上是以自传事实为中心的三足鼎立。"② 赵白生通过列举歌德的《诗与真》来加以说明："简单地说，自传作家的主要任务就是呈现两种关系：一是我与别人的关系；二是我与时代的关系。在呈现这两种关系的过程中，他不断地揭示自我。要展示我与别人的关系，需要的是传记事实；要说明我与时代的关系，自然少不了历史事实。"③ 赵白生举了歌德在对待"里斯本大地震"和"当时的世界格局"的两个极端例子，来说明历史事实和自传事实在歌德的自传里是怎样联系的。里斯本遭到灭顶之灾时，歌德只有 6 岁，而且不在事发现场，可是他却把这次大地震的"可怕的详情细节"描绘得像一首诗。"这是因为这桩'异常的世界大事'让'我的恬静的幼稚心灵破题儿第一遭深深地被震撼了'，所遭受的打击也不少。""如果说'里斯本大地震'是历史事件对自我心灵的'浓入'，那么'当时的世界格局'则是他常用的'淡出'法。"④ 歌德自传中的历史事实有两种主要的表现形态："当历史事实对自传事实造成泰山压顶之势时，他用'浓入'法；当历史事实对自传事实若即若离时，他则用'淡出'法。前者的用意是透视历史事件留下的心影心想；后者的目的在于提供一个历史背景。最后的宗旨只有一个：'说明''人与其时代关系'。"⑤ 在歌德看来，传记事实在自传中分量较重。歌德曾言："人们老是在谈独创性，但是什么才是独创性！我们一生下来，世界就开始对我们发生影响，而这种影响一直要发生下去，直到我们过完了一生。除掉精力、气力和意志外，还有什么可以叫作我们自己呢？如果我能算一算我应归功于一切伟大的前辈和同辈的东西，此外剩下来的东西也就不多了。"⑥ "事实上我们全都是些集体性人物，不管我们愿意把自己摆在什么地位。严格地说，可以看成我们自己所特有的东西是微乎其微的，就

① 赵白生：《传记文学理论》，北京：北京大学出版社，2003，第 32 页。
② 赵白生：《传记文学理论》，北京：北京大学出版社，2003，第 35 页。
③ 赵白生：《自传就是别传吗？——论自传叙述中事实的三要素》，《国外文学（季刊）》2001 年第 4 期，第 36—39 页。
④ 赵白生：《传记文学理论》，北京：北京大学出版社，2003，第 36 页。
⑤ 赵白生：《传记文学理论》，北京：北京大学出版社，2003，第 36 页。
⑥ ［德］歌德：《歌德谈话录》，爱克曼辑，朱光潜译，北京：人民文学出版社，1995，第 88 页。

像我们个人是微乎其微的一样。我们全都要从前辈和同辈学习到一些东西。就连最伟大的天才，如果想单凭他所特有的内在自我去对付一切，他也绝不会有多大成就。"① 歌德的这两段话主要讲述了人与时代的关系，而在传记文学中，人与时代的关系主要表现为传记事实在自传中的作用。"不言而喻，自传主要写自己，自传事实是其主干。"② 然而，赵白生在此处提到了"影响"，"也就是说，真正的自我是'微乎其微'的，它需要在与他者的融会中不断生成。这就是为什么歌德极为看重影响，因为这是与他者关系中最重要的输入渠道。要描述别人的影响，就不得不增加传记事实的比重。追溯影响成了歌德自传里传记事实的第一要义。"③ "在《诗与真》里，传记事实是自传事实之源。"④ 所以，通过歌德的例子，赵白生说明了在自传中，历史事实或传记事实往往会影响到了自传事实。歌德的"人与时代"和"自我与他者"是他编织自传的一经一纬，歌德通过人与时代的关系和自我与他者的关系这两个途径来展示"关系的自我"。而这两个途径直接导致了"历史事实和传记事实的介入，从而与自传事实融为一体，构成了自传里事实的三维度"。赵白生通过歌德的个例来说明传记事实与自传事实及历史事实在自传中可能出现的关系，其实，就如同每个人的个性都不相似一样，每部自传描写的传主都是来自不同时代背景、不同成长环境的人物，写作目的也是各不相同，所以，每部自传的写作方式都各不相同，可以说基本没有什么定法可言，但是，赵白生将自传和传记中的各要素进行详细剖析，同时也将他们之间的关系进行具体分析。

钱锺书曾说："为别人作传也是自我表现一种；不妨加入自己的主见，借别人为题目来发挥自己。反过来说，作自传的人往往并无自己可传，就称心如意地描摹出自己的老婆、儿子都认不得的形象，或者东拉西扯地记载交游，传述别人的逸事。所以，你要知道一个人的自己，你得看他为别人作的传；你要知道别人，你倒该看他为自己作的传。自传就是别传。"⑤

① ［德］歌德：《歌德谈话录》，爱克曼辑，朱光潜译，北京：人民文学出版社，1995，第250页。
② 赵白生：《传记文学理论》，北京：北京大学出版社，2003，第37页。
③ 赵白生：《传记文学理论》，北京：北京大学出版社，2003，第38页。
④ 赵白生：《传记文学理论》，北京：北京大学出版社，2003，第39页。
⑤ 钱锺书：《写在人生边上》，北京：中国社会科学出版社，1990，第3页。

赵白生此处引用钱锺书的话的目的，是为了说明自传事实和传记事实是联合共生的。

　　赵白生是世界知名传记文学专家，北京大学世界传记研究中心主任，中国中外传记文学研究会创始会长，国际传记文学学会创始人。中外传记文学研究会举办了二十八届传记文学年会，他组织了其中的二十七次，难得的领袖之才。《传记文学理论》2003 年初版至今已再版五次，可以说是中国传记文学研究的扛鼎之作，也是当今传记文学作者与学者的必读之书。赵白生是中国当之无愧的自传文学理论建构论的代表人物。

第十七章 / *Chapter 17*

融合论：以杨正润《现代传记学》为代表

（一）

杨正润是我国著名的传记理论家，作为南京大学的一名教授，他著述颇丰，其代表性论著有《传记文学史纲》（1994）、《现代传记学》（2009）等，其中尤以《现代传记学》最具代表性，全书共分为上、中、下三篇：上篇为传记本体论，论传记的本质、构成、主体和功能；中篇为传记形态论，论他传的范畴、自传、私人文献（边缘自传）、亚自传及形态的实验与拓展；下篇为传记书写论，论书写的准备、传记中的虚构与文本的完成。杨正润对自传的研究可谓鞭辟入里，是中国自传话语融合论的代表人物。

传记一词包括广义的与狭义的两种解释：广义的传记包括自传（autobiography），即传主为作者本人的传记，这一单词可拆解为三个义素：一是自主的，自发的，即"auto"义；二是个人生活、个人经历，即"bio"义；三是书写、描述、记述，即"graphy"义。而狭义的传记（biography）则指传主与作者是两个不同的人的传记。传记是他人写自己，自传是自己写自己，这是二者的重要区别所在。在《传记文学史纲》中，杨正润站在历时性的角度，将传记文学作品作为历史发展进程中的结果来考量，对传记文学发展进行了历史性的回溯。

杨正润考量自传写作的理论背景，在《西方现代传记文学中的精神分析》中，他指出，萨特的自传写作如《词语》，是将马克思主义的方法与精神分析进行结合，他认为这种结合是不彻底的，也是不可能的。精神分析的方法为人物分析提供了一套固定的理论模式，但在研究人物时，还应结合人物具体的实际生活状况，尽可能完备地收集资料，使得探讨更为深入、准确，如若单纯依靠理论，未免失之仓促、轻率。在这套精神分析解释方法的影响下，传记作家越发将童年时代视作对其一生作用最为深远的因素。从而，杨正润进一步提出，在自传写作中，精神分析的理论可以借鉴，但不能不加分辨囫囵使用，可将其作为帮助我们在研究过程中认识人物、了解人物、再现人物的一种辅助手段，而非一刀切的灵丹妙药。

　　通过中西对比、古今比较，杨正润指出了中国自传正日益增加的现代性特点，他认为，较之古代自传具有的篇幅短小、采用文言、不够完整体现传主个性等特点，中国现代自传转向了篇幅长度增加、采用白话、细节丰富、更具故事性等特点。首先，长度是一个具有现代性特征的自传的不可或缺的保证，其次，故事性也是自传的现代性特征之一，有了富有人情味的鲜活的叙述，才能使传主人格的呈现更为传神和生动，与此相伴随的便是大量的生活细节，细节愈丰富、愈充实，愈能使人物栩栩如生、活灵活现。此外，自传的现代转向的标志是"从'自辩'到'忏悔'"[1]的转变。忏悔意识，是文明社会中一个有修养、有良知的人的必备精神，忏悔者通过不断地自我检查与内省，正视己过，明辨己非，自身的境界也在这一过程中得到提高与升华。忏悔不仅是写作者本人再度审视自我时的心理体验，也在此过程中上升为自传文学的内在精神。

　　相较于西方自传偏重忏悔意识，中国古典自传则缺乏忏悔意识。在中国古典自传中，即使有自我反省的内容，其出发点也是从或是实用价值，或是游戏态度来考量，作者的立场是竭力证明自身的正确，而不是客观检讨自身的错误。随着包括卢梭《忏悔录》在内的西方思潮的大量涌入，中国作家受到新思想的影响，中国现代自传转变了古典自传的立场，尤以郁达夫、郭沫若、瞿秋白和巴金等一批现代作家为代表，他们在自传中对读者坦诚以待，展开自我批判，如忏悔心理、反思历史、反思他人死亡等，并在自我批判的基础上展开社会批判。如瞿秋白的自传《多余的话》，文

---

[1]　杨正润：《中国自传：现代性的发生》，《荆门职业技术学院学报》2003 年第 2 期，第 14 页。

中作者坦率地交代自己对在文人与政治家之间的自我定位中摇摆不定的复杂情绪，批判自身存在的优柔寡断、懈怠懒惰等缺点，既指出自己作为文人的不足，也指出自己作为一名政治领袖的不足。真诚的自我剖析展现出了一个活生生的人物形象、一个真实的生命，也体现出传主本人不虚美不隐恶的崇高的人格境界。一批现代作家的自我革新，使中国自传实现了由自我辩解向自我批判的转变，这是中国自传开始具备现代性特征的标志性转变。杨正润指出，虽然中国自传的现代性在发生，但同西方自传相比，仍然是存在差异的，它植根于深厚的传统价值观念，无法做到对自我解析的过于开放、过于暴露，也即还缺乏自我张扬的特点。

关于自传是什么的话题，一直备受西方学术界争议，长期以来，学界未能得出一个准确的答案，或者说，其内涵仍处于不断的修正和完善之中。法国学者勒热讷的见解颇有道理，他认为，一个严格的、明确的、纯粹的定义是不存在的，自传是在同其他一系列文体的对立中才获得自身的意义。人们困惑这一文类何以达成文学性与真实性的统一，更有学者提出"自传死亡"的观点，他们怀疑其自成一门文类的独立性，甚至对其独立性持否定态度。这种说法认为，自传具有虚构性，这种性质由其讲故事的创作方式决定，这种方式又混淆了此种文体与小说的区别，使得这一文体永远无法呈现真实的自我，其真实性从而无法保证。自传作品，在中国，最早可追溯至司马迁所著《史记》中的"太史公自序"；在西方，最早可追随至奥古斯丁的《忏悔录》。杨正润列出了自传的三个特点，即自叙性、回顾性、故事化。① 杨教授在《自传死亡了吗？——关于英美学术界的一场争论》一文中，认为"自传死亡"说是对自传的虚构性的过度夸大，它错误地脱离了文学实践、脱离了文学传统，只是简单的理论演绎。他结合"自传契约"，对"自传死亡"说进行了有力的辩驳。例如，针对神经科学理论提出的传记家在写作过程中所依托的记忆具有不可靠性，杨正润指出，记忆本身即是一种虚构，对于同一件事，出于利益与立场等因素的差异，不同的人会对现实加以随意舍弃，在脑中建立起各式记忆之链，不存在真正可靠的记忆，但是，这并不意味着可以将记忆的客观真实性完全否

---

① 杨正润：《现代传记学》，南京：南京大学出版社，2009，第293页。

定，它依然是以物质现实为基础的。自传其实是经过组织、加工的记忆，正是这种对记忆的再创造，使得自传真正成为作者自己的个性历史，从而具有可辨识性，独具特色。自传契约仍为大部分传记作家所忠实遵守，具有普遍有效性。

（二）

自传是传记的种类之一。杨正润将传记定义为"对一种个性化历史的解释"，[1] 他认为传记应当具备三种要素：一是传主的生平。传记家应准确、完整地记述传主自生至卒的一生，包括四个关键时期，即幼时受家庭成员影响较多的人格形成初始期、为步入社会作准备积累经验的学习期、活动最多的成熟期、年华衰退可对一生进行清算的退隐期，唯有如此，才能让读者对传主形成一个较为全面的认识。自传则是传主对自己进行概括和总结，幼年时期和少年时期尤为奠定人的一生，对成长过程的回忆，即是对传记家人格形成过程的重新梳理和考量。二是传主的人格。传记家应记述传主个人与外界、个体内部之间的对抗与冲突，在传主一生中不同阶段占据统治地位的典型冲突反映着传主个性变化的动态过程，传记家应把握好传主个人与外在社会环境、内在心理世界的互动关系，精确描述，在生动鲜明地反映传主的个性变迁中丰满传主形象。在回顾前半生时，自传作者会按照一种固定的叙事模式将其自我经历再度叙说，例如，幼年时期，作者在天真烂漫的美好童年中一点点沉淀人生经验；青年时期，作者如同小说主人公，踏上远途，向外探寻世界；成年时期，作者展开精神求索；老年时期，作者从外部世界的探索中撤出，回归家庭，并回顾一生的个人活动，将顺或大或小的事件间的因果联系，检视功过，给得与失来个总的清算。在此过程中，作者并未将真实经历详尽记述。"讲述自己整个一生是不可能的"，[2] 作者只是按照文学作品的叙事模式将一生再度言说。三是传主的解释。传主应合理阐释自己的命运、人格个性发展过程、重大

---

[1] 杨正润：《论传记的要素》，《江苏社会科学》2002 年第 6 期，第 178 页。
[2] ［法］菲力浦·勒热讷：《自传契约》，杨国政译，北京：生活·读书·新知三联书店，2001，第 11 页。

的关键性事件及引发的行为，在分析与阐释中，传主、读者对传主的认识和理解皆得到深化。由此观之，自传也应包括以上提及的几种要素：传主对自己一生的不包括死亡的记录、对自我人格的剖析、对平生重要事件的介绍与其对自身命运的解释。

自传还可进一步进行分类，大致上可分为正式自传和非正式自传两种。从传主的职业身份的角度出发，杨正润将自传（正式自传）划分为以下四个类型，即女性自传、政治自传、精神自传和学术自传。一是女性自传。代表人物有李清照、庐隐、萧红、杨绛、伍尔芙、波伏娃等人，她们的自传中书写女性的特有体验，体现着不同地域、不同时代下女性意识的发展变化。二是政治自传。写作多服务于政治目的，作者多为政治领袖，他们借助自传写作宣传自己的政治观点，代表人物有约翰·肯尼迪、曼德拉等，对世界产生或积极或消极的影响。三是精神自传。可进一步分为宗教自传和世俗自传两种，这一类自传的写作目的在于介绍传主个人的思想发展和信仰历程。宗教自传的代表人物有 A·H·弗兰克、J·G·哈曼，其作者既包含基督教徒，也包含佛教徒。精神自传的代表人物有卢梭、尼采和鲁迅，其作品记录自己的思想历程，其作者多为哲学家和思想家。四是学术自传。相较于学者自传侧重对学术的解释，学术自传侧重描述某一学术思想的形成过程。代表作品有《亨利·亚当斯的教育》《哲学自传》《哲学生涯：我的回顾》《忧郁的热带》等，此为西方的一部分作品。在中国，又有司马迁《史记》中的"太史公自序"、冯友兰《三松堂自序》，等等。

非正式自传，又称私人文献，体裁多样，如书信、游记、检查、备忘录，等等，这一类自传服务于实际目的，有着较强的实用性。与正式自传相比，非正式自传的自传特征没有那么明显，二者的地位也很悬殊，正式自传居于中心，非正式自传位于边缘。二者的区别如下：正式自传具有公开性，而非正式自传具有私密性；正式自传中，作者与传主之间存在着时间和空间上的距离，而非正式自传是一种即时写作，写作时的自我与描写的自我同在此时、此处，不存在因距离的相隔而产生的思想变异；正式自传需要将读者的接受情况纳入写作时考虑的范围，而非正式自传一开始并不打算公示于人，因而其随意性更强，完全服务于自我，没有服务于他人的意识；在正式自传中，作者的自我身份定位是写作前提，而在非正式自传中，作者的身份确定的意识则没有那么强烈。

杨正润认为，自传不仅是一种作者以自己本人为写作对象的文学样式，在文学作品中也会成为浸淫其中的自传因素。作家在写作时，常常有意识地或无意识地进行"自我表现"。杨正润在《"自我表现"析》中，立足于具体的历代作品史实，而非单纯依靠抽象的理性思考，梳理了中西方文学中的"自我表现"作品。如蒙田写作《随笔集》，是文艺复兴运动高涨带来的新兴阶级追求个性、彰显自我的体现。这种对自我的高度肯定同时也存在其局限性，世界成为自我的反射，所写内容皆局限于"我"，过于主观，未免不够开阔。杨正润以卢梭的《忏悔录》为例，论及西方自传作品。在这里，值得一提的是，他在《论忏悔录与自传》中，对忏悔录这一文类展开进一步分析，他认为，忏悔者之所以进行忏悔，是为了达到"心理的松释和自我的解放"，① 自传话语相当程度上包含着忏悔话语，因为作者只要真诚地面对自己的过去，就不可回避谈及自己的过失。他分析卢梭对自我的歌颂，指出卢梭的"自我"书写是出自主观概念，而非客观事实；卢梭的"自我"书写原则性不强，一切道德的、非道德的行为，凡是"自我"的，皆是"自然"的，他所依托的原则是强烈的自我意识，这是读者不应忽视的历史局限。

人们普遍认为，传记这一文类兼具文学性与历史性的双重特征，而关于这一文类的归属究竟为何，仍然存在争论，这也使得其在当代传记理论和实践中，仍是一个亟待关注的核心问题。在这一基础上，杨正润将传记与历史性特征鲜明的历史学著作、传记与文学性色彩强烈的小说进行比较，探究它们有何共同之处与不同之处后，进一步思考"传记的历史性和文学性是否能够统一，又是如何统一起来的"，② 试图平衡学界中在认识上只偏重其中某一方的偏颇。

一方面，是历史学和传记的比较。杨正润认为，历史学和传记都是从某一个角度来对历史进行记述的结果，中心人物即传主始终占据传记的中

① 杨正润：《论忏悔录与自传》，《外国文学评论》2002 年第 4 期，第 26 页。
② 杨正润：《现代传记学》，南京：南京大学出版社，2009，第 25 页。

心这一特征，使传记得以区别于历史学。历史学偏重记事，传记则偏重记人。历史学是时代的历史，传记则是人的历史，无数个个人的历史汇聚成为时代的历史。历史也记人，但其着眼于宏观的大局，选取的人物往往服务于事件，充当着作为时代的象征的功能，旨在以数个代表性人物连接起整个时代的变迁，人物从属于社会和公共生活；传记也记事，但其关注琐碎的细节，选取的事件充当人物的背景，围绕着传主这一中心人物转，旨在以大量的、具体的、生动的、多面的轶事和细节刻画人物的性格，彰显人物的旨趣和胸怀等。另一方面，是小说和传记的比较。小说和传记的对象都是人物：小说中往往有不止一个主要人物，传记中的主角只有一个，也就是传主，他（她）永远是传记这一"舞台的中心"上"唯一的主角"。[①]

（三）

历史学追求事实的真实，历史学家始终秉持着将事实作为准绳的原则，他的任务是解释事实，而非再造事实；小说追求艺术的真实，小说家将个人的理解、认识加诸对生活的观察和描摹，现实生活在其笔下得到了改写、变形和夸张，这是违背了生活的真实的；传记追求传主的真实，这里的真实包括客观和完整两个方面，传记作家既不能无中生有，也不能刻意隐瞒，其所叙写的需要确有其人、确有其事。有的文学作品会被认为或者为作者所公然宣称是自己的自传，如福楼拜的《包法利夫人》、霍桑的《红字》、歌德的《浮士德》、狄更斯的《大卫·科波菲尔》。杨正润指出，在这类作品中，二者有着明显的外在区别，即使作者与故事主人公二者之间具有内在一致性，有所重合，也是部分的、片段的、经过改造的，认为小说即自传，这是对自传与小说两个概念的混淆。当然也存在二者之间既有内在一致性也有外在一致性的情形，此时的文学作品，即可称为具有了"自传性"因素。[②] 需要注意的是，自传性与自传，二者之间并不完全等

---

① 杨正润：《传记文学史纲》，南京：江苏教育出版社，1994，第8页。
② 王成军：《纪实与纪虚——中西叙事文学研究》，南昌：百花洲文艺出版社，2003，第299—307页。

同。相较于自传作品对自我的完整、真实的记录，自我是自传书写的中心，在自传性叙事中，自我经历记叙的准确与完整并不得到保证，作者可以将自我经历加工修改一番，糅入写作之中，尔后还可对其出自作者本人经历的事实予以否认。

杨正润认为，传记的生命在于传记真实，自传应如实记录自己的生平。如果说自传是作者与读者之间展开的一场游戏，那么作者开诚布公、如实相奉，读者不掺怀疑，便是二者理应共同遵守的游戏规则。作者提到了两种说法："传记家的誓言"和"自传契约"。前者由英国学者麦卡锡提出，后者由法国学者菲力浦·勒热讷提出。为维护传统自传秩序，作者与读者签订自传契约，作者向读者保证其所言皆真实可信。而与他传相比，自传其实更难保证其真实性。自传是作者对自我的书写，作者的主观情感可在其中占据主导的支配作用，受制于这股力量，作者会将事实按照自己的偏好加以夸张放大或是贬低缩小，自传呈现出来的面貌往往与现实相悖，成为在所难免不可规避的现象。此外，旁观者清，当局者迷，自传作者在书写自己时，身在此山中，对自我的认识难免会不识庐山真面目，存在偏颇。这也是实现自传真实的阻碍因素之一。不同于他传的客观书写他人，在书写自我时，作者会衡量更多情感方面和利益方面的因素，对于有所偏爱的，会夸大其好的一面，隐去其不好的一面；对于有所厌恶的，则会夸大其不好的一面，隐去其好的一面。

杨正润指出："传记的基础是历史，传记的核心始终是真实性问题。"①自传作者往往依靠主观价值对自己生平的琐碎事件进行筛选，遵循的是情感的等级逻辑，而非现实的等级逻辑。作者在叙述时，有的事情长篇阔论，有的事情则一笔带过，有的事情却闭口不提，而它们皆有可能正是奠定作者一生基调的关键性重要事件。这种带上作者个人色彩的写作不是服务于历史真相，而是服务于作者喜好。法国学者菲力浦·勒热讷则认为，这是根本回避不了的，究其原因，"自传的特性就是表现出人的价值"。②这种有意识地隐去部分真实的叙述，无异于在坦白中隐瞒。

---

① 杨正润：《实验与颠覆：传记中的现代派与后现代》，《浙江师范大学学报（社会科学版）》2009 年第 2 期，第 43 页。

② ［法］菲力浦·勒热纳：《自传契约》，杨国政译，北京：北京大学出版社，2013，第 2 页。

要确保传记的真实，传记家需要收集大量资料来进行写作前的准备，包括文字材料如报刊、书信等，口头材料如民间的歌谣等，以及实物材料三类。传记家为写作传记付出艰辛劳动搜寻资料，力求详尽、客观，并注之以冷静的、辩证的、客观的科学精神，慎重、准确地分辨、甄选，找出贯彻其中的线索，如斯特拉奇所言，将事实艺术地结合起来，否则就会成为他用各种原料简单混合做出的煎蛋饼作比的毫无逻辑的资料汇编，以期尽可能复现历史本真，赋予传记鲜活的生命力。

任何精神形式都与物质世界有着紧密的联系，自传也不例外，这一文类在精神层面记述传主生平及传达传主胸襟的同时，还在物质层面有着一定的实用功能。

第一，是纪念功能。杨正润指出："传记是人的纪念，也是人性的纪念。"[1] 这一功能出自人类的自我本能。不同于神话传说对神圣化了的英雄的记载，其特点是记录神性，传记刻画的是生动的、具体的、真实的人物，其特点是记录人性。自传则是出于作者本人希望记录下自己的经历、感情、想法以保存自我，并让他人知悉、同情，甚至实现不朽的愿望，杨正润将此称为"自传冲动"。他还提出，自传写作需要自我具备两个条件：一是自我有可表达的东西，即丰富的生活经历和适合展示出来的部分。这需要作者拥有丰沛的思想、丰富的情感，以及充实的生活经历。否则，作者将无话可说，无东西可写，自传作品也会贫瘠、单薄，吸引不到读者。二是作者有言说自我的写作冲动，这是对人类自我纪念的本能的进一步发展与升华，也是自传产生的必要前提。而在一批现代作家群中，尽管作家们有着丰富思想，以及生活经历，但鲜有探索自我、表现自我的自传问世，缺乏充裕的时间是一个因素，历史上无相应的自传传统也是一个因素，种种诸如此类的因素使得他们缺乏自传意识，从而也就缺乏为自我写作的冲动。胡适赋予自传以文学层面和史学层面的双重价值，言其给历史学家提供材料，为文学家开辟出一条生路。如若不具备上述的两个条件，那么这时，"自传冲动"便会实现向"传记冲动"的转变，前者是向纪念的进一步拓展，后者是自传冲动的对象由自我转向他人的结果。这个"他

---

[1] 杨正润：《现代传记学》，南京：南京大学出版社，2009，第192页。

人"的选择，取决于作者本人的意愿，可以是与作者有血缘关系之人，也可以是作者认可之人，还可以是作者不认可甚至敌视之人，此时，他人成为自我的投射，作者借为他人写传来抒发自我的情感、立场与态度。

第二，是认识功能。古希腊神话中以人为谜底的"斯芬克斯之谜"为往来人所难解，这体现出人们一直以来都致力于探索人究竟为何物，在人类的认知之中，自我永远是最重要的对象，自传可以帮助人们认识人、认识人性。在自传作者言说自我的同时，他们也在进行自我探索、自我认识，写作过程也是一个重新认识自我的过程。此时，两个层面的自我相遇，当下的自我遇到了过去的自我，他们在文本中进行对话，不同时期的自我可能会因思想成熟程度的不同而对同一事件持有不同的观点，做出不同的甚至是截然相反的评价。还有一种情况，是随着时间的推移，在当时对作者有强烈冲击的事情，时过境迁，多年后会趋于平淡，甚至是微不足道。此处，杨正润将偏重文学性的小说与偏重历史性的传记这两种文类放在一起比较，发现二者对人性的体现存在不同。一是小说只截取一个人一生中某一时期的片段，不能将人物的一生整个囊括；而传记叙述的是一个人完整的生命过程，自传或许无法记录传主死时情况，但大致上仍是较为完整的。二是小说使用艺术化的手段塑造人物，人物是虚构的、变形的、夸张的，甚至是现实中不存在的，而传记记叙的人物是切实存在的，人物是真实的、有形的、具体的，更切合实际。如浪漫主义小说中的人物多为典型化手段所塑造，蕴含作者本人强烈的主观化色彩；自然主义小说中的人物常常呈现出病态的特征；现代主义小说中，主张"心理真实"，人物塑造侧重心理描写，夸张、变形等手法使得人物失真；后现代主义小说虽倡导回到现实，但其致力于对所谓宏大叙事的解构，叙述停留于表面，难免失之肤浅。对于传记而言，其本质始终是记叙人物、解释人物，真实记录人物在不同时期的不同思想动态与个性发展变化。它也在向小说看齐靠拢，吸收其优点，以期描摹出一个有着更为丰富和复杂的人性的传主。

第三，是宣传功能。读者阅读自传时，不仅仅是在阅读一部传记作品，还是在接触一个具体的人、一个具体的时代。传记作品传扬的是一种人道主义精神，美国学者弗兰克·万德维尔将这一文类称为"人道主义的代理人"。自传成为联结其创作时代与读者阅读时代的纽带，在面对同一部作品时，作者与读者得以成为一个整体。自传在展示作者的个性的同时，也体现出共通的人性。自传促进着自我与他者之间的理解、尊重与共情。

第四，是示范功能。按照尼柯尔森（H. Nicolson）的说法，传记不仅起源于"纪念冲动"，还起源于"教诲诱惑"，它包括道德教诲、励志教诲两种。二者都是教导读者怎样过完一生，前者包括政治的和伦理的两个方面。政治层面的道德，核心是"爱国"，这在中国传记作品中体现为"忠君"，在西方传记作品中体现为"护教"。政治层面的道德与伦理层面的道德相结合，潜藏在传记作品的字里行间，共同为作者所传扬。"教诲诱惑"给出的道路是做事要符合道德准则。后者是教诲读者以传主作为学习的楷模，激发读者的激情和斗志，树立明确的目标，并为之努力奋斗，从而达成自我实现。"励志教诲"提供的途径是有一番作为，并实现自己的人生价值。马斯洛将人的需求划分为由低到高的五个层次，其中，自我实现的需求居于最高一级，其重要性可见一斑，它是人类毕生为其努力奋斗的终极追求。总之，杨正润融合传记史和传记作品，参照西方传记理论，形成了一个结构完整、内容丰富的现代传记理论体系。他是中国自传话语模式融合论的代表之一。

语言论：以李战子
《自传话语的人际意义研究》为代表

（一）

李战子是中国自传话语模式语言论的代表人物。作为功能语言学家，李战子在自传理论研究方面也颇有建树，她将自传理论与语言学理论进行有机结合，将话语分析、评价理论、身份策略引入自传研究，探究自传文本中的人际意义与文化认同问题，丰富了中国的自传话语模式研究，给中国自传理论研究提供了新的研究方向，对中国自传理论的发展具有重大的现实意义。

李战子研究领域颇广，涉及话语分析理论与实践、功能语言学、语言与文化、自传理论和外语教学等各个方面。在话语分析理论与功能语言学研究方面，李战子主要继承了 Martin 和 Rose 的评价理论，在韩礼德的系统功能语法分析模式的基础上，发展了功能语言学；在语言与文化研究方面，外语系出身的李战子主要研究跨文化交际学，博士在读期间即针对 Robert Kaplan 的观点提出了尖锐的批评，在论文中指出 Kaplan 在分析东方和西方交际的特点时带有极大的偏见，这些偏见表现在他的词汇、句式等许多方面。为了从作品中找到更多的语料支撑自己语言学方面的研究，李战子将眼光放在了外国传记文学作品上。而与外国自传文学的长期接触，使得她对自传理论也有一定的研究。在第四届国际传记研讨会上，李战子发现"一些论文从语言的角度研究自传中的跨文化身份的形成",① 而在当今人文学科中,伦理学研究日益兴盛,传记文学作品中对于自我的揭示,迎合了公众对于隐私揭秘题材的兴趣,传记研究也正呼应了人文学科中的伦理学转向。所以,李战子认为,对于跨文化传记的语言以及语言所能揭示的东西,似乎还可以寻求语言学理论的支撑,从而展开更为系统、深入的分析。② 李战子的自传理论研究成果主要集中在其著作《语言的人际元功能新探——自传话语的人际意义》与《跨文化自传与英语教学》中。此外,李战子还发表了大量有关自传理论研究的文章,如《〈法语课〉——语言习得、文化身份和自传素材》《第二人称在自传中的人际功能》《现在时在自传话语中的人际意义》《自传中反身表达的人际意义》《身份策略的矛盾境地——〈论不说汉语〉中对中国人特质的评价》《美丽的英语多语的自我:两部英语学习自传比较》等。

李战子在研究自传文本的过程中,发现自传文本中潜藏着许多语言学方面的理论知识,特别是功能语言学方面,如若从功能语言学的角度出发,我们将会得到一系列与传统自传理论研究不一样的结论。话语分析与评价理论是李战子研究自传的主要工具。

在研究者看来,一切用于交际目的的书面和口头交流都可以看作话语的形态,更准确地说,话语是口语和书面语的实际使用,是一种社会活动形式。话语建构了知识的对象、人与人之间的社会身份和关系而话语又是有具体语境框架的。③ 李战子对于自传的研究主要是采取文本分析与研读的方式,这种研究方法在语言学中属于话语分析的领域。"自传作为行为,本身就是一个大的评价行为",④ 与其他种类的叙事相比,自传具有更多的评价的取向,尽管这种评价的明晰化程度各不相同。系统功能语言学的评价理论认为,对语言的评价资源的研究,有利于我们更好地理解话语对人

---

① 李战子:《居住在多维世界中——第四届国际传记研讨会述评》,《外语与外语教学》2004 年第 10 期。
② 李战子:《居住在多维世界中——第四届国际传记研讨会述评》,《外语与外语教学》2004 年第 10 期。
③ 李战子:《建设军事外交话语权:内涵和路径——从话语分析的视角》,《外语研究》2017 年第 1 期。
④ 李战子:《跨文化自传与英语教学》,北京:高等教育出版社,2007,第 33 页。

际意义的建构。所以，对自传中的评价资源进行研究，可以使我们更好地分析与研究自传中的人际意义。在跨文化自传中，评价的对象除了自我，还有作为他者的语言与文化。李战子利用话语分析与评价理论研究自传作品，给自传理论的研究提供了新的思路与方向，也给自传理论研究注入新鲜的血液。

帕默认为我们在日常生活中所说的大多数话都不是在陈述事实，而是在不断地对情境、他人的话等作评价。① 这里的评价意义与情感意义相近。人际意义框架中的评价理论则主要关注语篇中可以协商的各种态度。20 世纪 90 年代，澳大利亚语言学家 Martin 在韩礼德系统功能语法的分析模式的基础上，创立了评价系统的理论框架。Martin 认为："评价理论是关于评价的——即语篇中所协商的各种态度、所涉及的情感的强度，以及表明价值和联盟读者的各种方式。"② 评价系统主要由态度、介入、级差三个子系统构成。其中"态度"资源子系统又可以分为情感、鉴别和判定三个小类，其中对事物的价值的评价归入鉴别，对人的性格和行为的评价归入判定，对人的情感表达的评价则归入情感。汤普森在《功能语法简介》一书中指出："评价是任何语篇的意义的一个核心部分，任何对语篇的人际意义的分析都必须涉及其中的评价。"韩礼德的"词汇语法"观认为，评价系统主要通过"评价词汇"评价语言使用者的意识形态，注重运用表达情感、鉴别和判断的语言。在语篇中，存在一些手段促使说话人和他所说的话的关系发生变化，这些手段使单个言语和整个语篇的人际关系都发生变化，评价理论即通过分析诸如此类手段等各种评价资源来描述话语的评价意义。李战子继承了 Martin 和 Rose 的评价理论，认为在应用评价理论进行话语分析时，不应把评价资源看成作者个人化评语的手段，也不应把评价理论中的"态度"范畴理解为评价者自身的态度，评价首先是话语人际意义的实现方式，即评价可以被看作说话人和作者建立与他们的读者/听众之间团结的"人际性"工具。③

---

① 韩雅婷：《从句法层面浅析语篇中蕴含的隐性说服力》，上海：上海大学出版社，2012，第 33 页。
② 纪卫宁：《语类与社会变迁》，北京：光明日报出版社，2017，第 105 页。
③ 李战子：《基于语义重力说和评价理论的评价重力——以傅莹〈中国是超级大国吗?〉演讲为例》，《外语研究》2016 年第 4 期。

在《跨文化自传与英语教学》中，李战子利用话语分析和评价理论分析了多部跨文化自传文本，如爱丽斯·卡普兰的《法语课》、理查德·沃森的《哲学家之死——学法语》、霍夫曼的《语际迷茫》、严·安格的《论不说汉语》、赵元任的《我的语言学自传》、张海迪的《美丽的英语》，以及勒芙维奇的《多语的自我》等。在解读具体自传作品时，李战子将《法语课》《多语的自我》《哲学家之死——学法语》这三部语言学习自传放在一起进行分析，并将关注点置于其中的评价资源上。自传是"展示人类普遍情感和需求的巢穴"，① 李战子指出，卡普兰使语言习得的描述成为自传的合理素材，她在语言习得过程中所经历的情感体验是自传中普遍的情感，通过归纳可概括为逃避、顺应和超越。由于表示心理过程的动词"代表"和"要求严格、咄咄逼人、让人难以接近"等评价表达，这一描述超越了自传有限叙事模式而接近全知叙事，至少接近第三人称的叙事视角。我们还可在作品中找到其他类似的例子。简言之，李战子是通过描述卡普兰与那些影响了她的关键性学术人物的关系而建构起其学术的。并且，《法语课》使评价表达被凸显，这些评价表达使读者和它们进行互动，无论是共享还是拒绝，所以评价表达的被凸显使得《法语课》在一定意义上是关系变化的。李战子在让学生与自传中的评价表达进行互动时发现，不同的读者对于自传中的评价资源会做出不同的反应。此外，李战子还发现，语言学习类自传作品本身并不急于要将什么重大的意义确立下来，而是在评价表达——即人际意义上，向读者开放。② 这也主要体现在爱丽斯·卡普兰的自传《法语课》中，在运用评价理论分析了《法语课》中的一些主要评价表达后，李战子指出作品中密集的评价表达使它在人际意义的朝向上极具开放性。并且，在传统自传中，评价表达并不像在《法语课》中那样密集，③ 所以《法语课》在一定程度上偏离了传统自传。在解读霍夫曼的《语际迷茫》时，李战子从评价理论中的态度角度出发，立足

---

① 李战子：《〈法语课〉——语言习得、文化身份和自传素材》，《四川外语学院学报》2005 年第 4 期。

② 李战子：《〈法语课〉——语言习得、文化身份和自传素材》，《四川外语学院学报》2005 年第 4 期。

③ 李战子：《〈法语课〉——语言习得、文化身份和自传素材》，《四川外语学院学报》2005 年第 4 期。

于作者对于语言和语言学习的态度变化，得出学习者对语言及语言学习的态度可以影响语言学习的效果和水平。在运用系统功能学中评价理论的框架分析严·安格的《论不说汉语》时，李战子发现，评价在自传话语中，特别是跨文化自传中具有重要作用，其中的情感评价表现为鉴别，并常以名词化形式出现，鉴别和判定中混杂了多重声音，评价担任了论述的主要工作，而不是个人经历的叙述，而评价的矛盾和多声则表明了作者对中国人特质的矛盾情感。在论述这一部分内容时，李战子还试图为中国散居身份这一领域寻找关于自传性话语的论据。

评价作为人际意义的重要元素，在语篇层面上呈现出韵律特征，评价的维度与语类有着较强的关联，在解读赵元任的《我的语言学自传》时，李战子主要通过考察该自传中的评价资源维度，分析了评价在兴趣、难度和才能等维度上的展开，透视语言学自传是如何变成自传的，以及由此造成的该语篇和突出志向叙事的自传语篇的区别，从而说明学术追求与生平的不可分割，最后李战子提出了单纯学术自传是一种不可能的使命的论点，① 评价为作者建构自我，即使是学术自传，我们仍然能够透过文本看到作者的生活，以及他是如何建构自己的学术身份的学术追求与生平的不可分割，所以，李战子关于学术自传的观点适用于任何一种学术自传，而不仅仅是语言学自传。

（二）

在运用功能语言学理论研究自传文本时，李战子主要关注的是自传话语的人际意义，如第二人称在自传中的人际功能、现在时在自传话语中的人际意义、自传中反身表达的人际意义等。此外，她还注意到了自传与流行文化以及市场之间的关系。这些理论发现无疑丰富了自传的理论研究。

在探讨自传中第二人称的人际功能时，李战子主要以功能语法的人际意义为框架，结合修辞研究以及叙事学中关于叙事接受者的理论，考察第二人称在自传话语中的各种用法。不同于人们对第二人称在话语中的一般

---

① 李战子：《跨文化自传与英语教学》，北京：高等教育出版社，2007，第202页。

认知,李战子认为自传作者使用第二人称,不仅是对读者的直接称呼,还是用第二人称邀请读者体验多重身份,对受话者在故事内和/或故事外的位置的操纵正是自传作者强化与读者的人际关系的一种努力。① 李战子将自传中的"你"根据其在自传中的人际功能区分为七类,分别是直接称呼读者、认知的情态的"你"、概述中的"你"、"你"作为想象的投射、"你"在戏剧性叙事中、"你"作为内心对话中的"我",以及"你"作为自传作者所代言的群体中的一员。直接称呼读者激活了口头交际模式,使听众的存在变得明显。祈使句在自传中经常出现,自传作者通过祈使句把信息以令人不厌烦的方式强加给读者,从而把整个场景带到读者眼前,甚至邀请读者走进情境中。所以,李战子认为在自传语境中,惯用语中无指称的"you"仍保留了一定的指称力,即针对叙事听众和作者听众,② 表明认知上的确定性"你"的指称位于叙事听众和作者听众之间,目的在于引出叙事的读者的观察者或证人的角色。自传概述中的时态从过去到现在的转换,总是蕴含着交际情境的变化,从讲故事到直接与听众交流,概述中"你"的出现使这种交际态势更为明显。费伦和拉宾诺维兹提出第二人称叙事有时会被当成第三人称叙事,即当某个人物既是听众又是话语的指称时,叙事者对他的故事的讲述就变得确定了,因为人物从修辞上被确定为空缺,用"you"而不用"he",叙事者似乎是在称呼人物的同时使读者进入人物的角色,结果是读者被鼓励做一种假想,李战子把这种叙述当作戏剧性叙述,其中的人物或一组人物被选择来作为"you"的称呼对象,对叙事接受者的选择利用了其作为人物和读者中介的功能,叙事因而意味着让所有的读者旁听到。部分的自传在语法上是第二人称,但在修辞上不是第二人称,它们其实是第一人称叙事的变体,我们可以把这种叙事叫做自恋的叙事,叙事者对他自己谈论他自己。当"你"在叙事中表示"we"时,它并不是"we"的自由变体,其中牵涉到听众的选择,作者不但把自己认同为群体中的一员,而且代表他所在的社会群体谈论自己,作者在把故事讲给那些属于"we"的听众时,作者也是其中的一员,并且是这一群

---

① 李战子:《第二人称在自传中的人际功能》,《外国语》2000年第6期。
② 李战子:《第二人称在自传中的人际功能》,《外国语》2000年第6期。

体的代言人，同样，他要求他的读者作为所代表的群体的一员做出反应。最后李战子指出，我们研究第二人称"you"在自传中的用法，并不是一定要分清叙事的听众、叙事接受者和真实读者，而是要意识到他们之间角色的不同，这样我们就能更好地理解自传中人际关系的复杂性。在作者方面，他用第二人称邀请读者体验多重身份，而在读者一方，无论"you"是在"叙事接受者—读者"之间的哪一个点上移动，实际的读者都能感到朝向受话者角色的拉力，这种角色变化加强了他们和作者的关系。

　　时态具有表达人际意义的边缘功能，在自传话语整体语境中，时态呈现出交替出现的特点。自传在总体上是回忆过去，这导致过去时在自传中占据主导地位，但过去时叙事又频繁地被现在时打断，说明现在时在自传话语中有其不可替代的特定作用，可以促进自传作者与读者之间的人际关系。自传作者总是不断地在过去与现在之间来回穿梭，时态交替模式不仅象征着自传作者的写作姿态，也体现了经验自我与叙事自我之间的张力。在研究自传话语中现在时的人际意义时，李战子在功能语言学框架的基础上，结合叙事研究理论，将自传中的现在时分为两个部分，即说者现在与故事现在。在说者现在中，时态几乎全部是现在时，而在故事现在中，现在时相对较少，但使用依旧频繁。当现在时用在说者现在的时候，它既有表时间的功能，又有人际的功能，当现在时用于故事现在的时候，它在话语中的功能总是非时间的，更确切地说，是人际性的。[①] 时态与第二人称一起使用，往往可以把听众拉进情境之中，起到加强自传作者与读者互动的作用，从而使自传作者与读者建立真实的人际关系，达到一种仿真的交际态势。而故事现在中的现在时是为了叙事和谐的需要，叙事者频繁地从过去转到现在，其使用的现在时已不再指说者现在的"真正的"现在，而是一种叙事现在，指的是和过去时所指的同一过去时刻。这一叙事现在和传统的叙事过去时越容易互换，越表明叙事者已获得的和他的文本的和谐性：无论他使用过去时还是现在时，他引出过去如同它就是现在一样。这与部分自传理论研究学者所提出的"自传中传主的个人历史的形象是既在时间中又超越时间的"的观点相一致。之后李战子教授又举了纳博科夫与

---

① 李战子：《现在时在自传话语中的人际意义》，《外语与外语教学》2002 年第 1 期。

叶芝自传的例子加以阐释，说明故事现在中的现在时同样加强了自传作者与读者之间的互动，具有人际意义的功能。所有的现在时都可表示过去时间，使用现在时更多为了在人际意义上带入读者，而不是为了表示实际的时间。① 过去时代表了叙事者的回顾性视点，现在时删除了自传作者的回顾性视角，转到经验自我的视角，从而使我们感受到当时的戏剧性激动。从过去时移到现在时，标志着外部视角移到内部视角。除了删除回顾性，故事现在中的现在时还有助于作内在的评价。时态的转换使叙事者从目击观察者的角度叙述事件，也就是从自传作者的另一个自我的角度进行叙述，从而实现对事件的评价。通过分析现在时在故事现在中的使用，我们可以更好地把握自传话语的人际意义。

自传与虚构作品的区别之一就是自传作者不停地在讨论自己作品的真实性，经常从严谨的时间性组织中跳出来，在写作过程中分析与讨论自己的写作行为，这种叙述方式就是反身表达的一种。反身表达即是在叙事话语和非叙事话语对于话语本身的评论的统称。关于记忆的真实或确定性是自传中的反身表达的一个主要种类，② 自传作者通过表述自己对于作品真实性的关注来加强自己与读者之间的关系。李战子认为自传从本质上是反身性的，因为反思被认为是所有自传性写作的先决条件。③ 在自传话语中，反身表达主要体现为用现在时进行反思，自传中的反身表达大致可以分为四类，即关于记忆的真实或确定性、写作中的困难和挫折、写作的组织结构和目的以及评价。在《自传中反身表达的人际意义》一文中，李战子主要讨论了"I remember"及其他表述真实性和确定性的反身表达的人际意义。自传中反身表达的一个主要种类是认知性的，即表示所记得的内容的真实性或确定性，在这一种类中，"I remember"作为反身表达的一个标记，自传作者意在告诉读者后面所跟内容不一定是真实的或确切的，从而使自己叙事中的模糊之处合法化。确定-不确定链给读者既确定又不确定的总体印象，这正是自传的语类特征和本质。④ 由于自传写作的口头传统，

---

① 李战子：《现在时在自传话语中的人际意义》，《外语与外语教学》2002 年第 1 期。
② 李战子：《自传中反身表达的人际意义》，《外语教学》2001 年第 5 期。
③ 李战子：《自传中反身表达的人际意义》，《外语教学》2001 年第 5 期。
④ 李战子：《自传中反身表达的人际意义》，《外语教学》2001 年第 5 期。

"I remember" 之类表达的另一层作用也是作为表示亲密性的标志来建构自传话语的人际意义。反身表达有助于创造自传话语的认知性情态倾向，即叙事者经常向读者保证他所回忆的是真实的，同时他又通过经常提及不准确的记忆来逃避对叙事的真实性的承诺。"I remember" 还可以造成评价上的强调，这是反身表达较隐含的一个人际功能，即表达自传作者对所回忆的事件的态度或情感。因此此类表达除了构成自传话语的总体的情态倾向外，还构成了自传话语总体的评价倾向。反身表达表明了叙事者在自传中的存在，虽然这些表达在句法上具有极大的灵活性，但它们的人际功能都可以从三个方面来理解，即表达认知性情态、做出评价以及通过对语篇组织结构的贡献以方便阅读。

李战子在《跨文化自传与英语教学》中解读加拿大人史第夫·考夫曼的《语言家——我的语言探险之旅》时，发现"自传从一个边缘语类正走向流行文化的中心"，[①] "纯粹意义上的自传正在受到商业性自传的威胁，自传中的人际意义从隐含变成张扬、直接面向大众"，[②] 自传将以自传片段、零碎的生平故事的形式渗透到众多的流行话语类型中，并且自传开始直接面向大众，个人的经历成为促销的范本，个人经历的流动被赋予了一个明确的方向，即朝向未来、朝向市场。该自传中还出现了语类混杂的现象，即出现了"自传+自助书+广告+促销"的形式，混杂语类使自传和自助书处在了一个尴尬的处境中。李战子指出，"以市场为取向的语言学习自传将成为一项不可能的使命"，[③] 这是因为语言学习是身份建构和社会文化的互动，任何一个个体的成功经历都不可能成为所有人的典范。

（三）

随着全球化的发展，世界文化也开始多元化起来，移民开始成为一种普遍现象，李战子指出，对于当今时代的"移民"，我们的理解不应只是表面上的，"移民"除了可以理解为移居他国，还可以"广义地指人们多

① 李战子：《跨文化自传与英语教学》，北京：高等教育出版社，2007，第154页。
② 李战子：《跨文化自传与英语教学》，北京：高等教育出版社，2007，第154页。
③ 李战子：《跨文化自传与英语教学》，北京：高等教育出版社，2007，第154页。

元文化、多种语言的体验变得极为普遍"。① 跨越语言与文化的边界去探索这个世界，体现了一种对话的艺术。李战子认为我们应该"把身份看成是建构的，而不是预先存在的决定性的范畴"。② 这是因为身份建构的过程是紧紧扎根于社会的、文化的，以及历史的关系之中的，把身份看成我们用语言来施为的某种东西，而不是某种语言反映出来的东西，这有助于我们避免本质论意义上的身份观。这些在传记文学作品中的具体体现即是，一部分移民传记作者通过在自传作品中采用语篇手段和对话表现等方法再现多元自我，从而探索移居他国对于移民重建自身混杂身份的影响。

移民现象促使了越来越多跨文化自传作品的出现，也促使越来越多的自传理论研究者把目光投向了跨文化自传。当今世界是一个多语的世界，而不同的语言造就了不同的文化，换句话说，如果你进入一种语言环境，也就意味着你要学会融入并适应此种语言所代表的文化。第四届国际传记研讨会与会专家认为，许多当代的自传、传记作家的作品涉及在多重世界中的生活，即生活在不同的文化、语言、意识形态、话语、处所、领域或不同的经历中，他们的叙事经常具有多重的归属，可同时属于此处和彼处、过去和现在、实际和想象、传统和现代、中心和边缘、承袭和认可。这意味着在多元化的社会中，由于快速的洲际旅行、全球性的媒体、教育和通讯，人们不再仅局限于国家、处所、性别、种族和民族的范围内界定自己的身份了，但与此同时，一些作家却为自己选择了某种身份，作为对语言一统化、多元文化主义和经济的跨国主义等的抵制。在跨文化自传中，关于身份的建构与文化认同的现象尤为突出。身份的建构理论在话语层面和人际意义是密切相关的，这有助于自传作者充分认识和构建自己的多元身份，有利于促进不同文化的民族之间的文化认同。李战子的《跨文化自传与英语教学》是从语言学的角度研究跨文化自传中关于跨文化身份的形成，并揭示跨文化自传作者是如何通过作品展示自己对于不同文化身份的调和与变异，促进自己的文化认同。

---

① 李战子：《居住在多维世界中——第四届国际传记研讨会述评》，《外语与外语教学》2004 年第 10 期。
② 李战子：《话语的人际意义与英语素质教育》，北京：军事谊文出版社，2006，第 136 页。

　　李战子指出，以语言习得和文化身份转换为主线的跨文化自传充满了对文化价值和身份的评价，① 在《跨文化自传与英语教学》中，李战子运用系统功能语言学中评价理论的框架，解读了多部跨文化自传文本。在分析爱丽斯·卡普兰的《法语课》时，李战子指出，通过肢解自我的成长经历，卡普兰展示了文化身份建构与语言习得的关系，并进一步揭示了文化与语言的关系。虽然在语言习得的过程中，卡普兰经历了各种普遍的人类情感，这些情感中的有一些却是在构建文化身份中所经历的，并且可以较为明显地归纳为逃避、顺应和超越。在回顾学习法语的过程时，卡普兰建构了自己对新的身份的追求，也重新建构了自己的文化认同。在解读霍夫曼的《语际迷茫》时，李战子发现该自传通过在文化对话中没有偏向的对话姿态和对于作者文化适应结果的正面评价，树立了一种成功的文化适应典范，即融合型的模式。霍夫曼并没有在文化适应中取一舍一，而是通过融合两种文化，得到了"观察世界的阿基米德杠杆"。在分析弗兰克·迈考特的成长回忆录《安吉拉的骨灰》时，李战子主要讨论了其中的身份缺失与重构，着重探讨了作者的两种记忆，以及由于作者的身份问题所构成的离家—返家—离家的主题，揭示了殖民权力产生的文化身份与混杂现象。在用功能文体语言学分析美籍华裔作家谭恩美的自传体小说《喜福会》时，李战子将注意力集中到了书中的母女冲突和中国身份的重构上。小说主题主要涉及中美文化的碰撞，李战子用功能语言学理论解释了在叙述故事的过程中，主人公晶妹逐渐对母女关系进行重新认识，也逐步了解了中国文化，在实现母女关系重新建构的同时，也重新建构了自己的跨文化身份。《喜福会》主要写出了外籍华裔对中国文化从拒绝认同到主动认同的过程，反映了第一代移民的失落、希望、梦想和第二代移民在美国背景下对中国文化的逐渐了解和认同。该书第十章则将两部跨文化自传《美丽的英语》《多语的自我》进行了对比，通过考察两部作品在对外语学习的评价方面的异同，透视她们内心存在的语言身份的挣扎。

　　李战子对于跨文化自传文本的解读，说明了外语对于身份的建构起到

---

① 李战子：《身份策略的矛盾境地——〈论不说汉语〉中对中国人特质的评价》，《外国语》2004 年第 5 期。

了重要的作用，而跨文化自传则为身份建构的审视提供了极好的话语空间。在跨文化自传中，叙事者对于自我的理解是基于他对社会文化情境的理解之上的，身份不在自我内部，而是存在于叙事之中。李战子对于具体的跨文化自传文本的解读与剖析，对当今世界普遍存在的身份建构以及文化认同现象来说具有重大的价值与意义。

从李战子对于自传理论和自传文本的研究中，我们可以得知，自传文本中存在着许多评价资源，这些评价资源反映了自传文本中存在的各种复杂的人际关系。而在跨文化自传中，同样存在着大量的评价资源，通过分析其中的评价资源，我们可以揭示自传作者对于身份与文化认同的理解与认识。通过研究李战子的自传话语，我们可以认识到，在探讨自传中出现的新现象新问题时，我们绝不能故步自封，固守原有的自传文学研究理论，而应拓宽思路、放宽眼界，拥有跨学科的思维，借鉴与吸收其他学科领域的理论成果，如将功能语言学的理论成果引入自传理论研究，往往能得出不同的结论。这一点颇值得当代自传理论研究者学习与借鉴。

第十九章 / *Chapter 19*

批评论：以梁庆标
《当代西方自传批评辨析》为代表

（一）

作为一个传记研究者，梁庆标主要从事传记理论与批评研究，并在一定程度上推动了中国传记文学理论研究的发展。本章通过对梁庆标近年来发表的关于自传的理论文章与专著的研究，对他提出的一些关于自传的观点及其产生的影响进行总结。

如果把中国的传记研究比作一个大齿轮，把每个传记研究者比作一个小齿轮，那梁庆标一定是其中一个起着推动大齿轮运转这一重要作用的不可或缺的小齿轮。在他主编的《传记家的报复——新近西方传记研究译文集》一书中，他为传记研究者集合了很多西方优秀传记研究家的传记研究成果，此书共收入文章 17 篇，源自英、法、德、俄四个语种，基本都是20 世纪 90 年代之后的著述，作者大都是精研传记的专家。这本书既能让传记研究者了解西方传记研究的一些状况，帮助他们进一步加深对传记研究的理解，也能为他们带去灵感，激励他们在传记研究方面拓展出新的空间，推动传记研究继续向前迈进。

《主体的复归与传记的挑战》是一篇关于传记研究的论文，同时它也是《传记家的报复——新近西方传记研究译文集》的前言。在这篇文章中，梁庆标对传记给予了充分肯定，他指出，传记研究形成了自己的话语体系，并融入当代国际学术的潮流，成为其中不可或缺的一个部分。传记成为一个独立的文类，到 20 世纪 90 年代传记理论日益兴盛，至今竟能自成一家，与虚构文学批评鼎力相持。确实，从传记出现之初，就有很多学者投身于此，他们在众多文体中对传记一见倾心，专门从事传记理论和批评，一直在这个领域不断探索和开拓，没有他们之前付出的努力，就不会有现在传记研究的蓬勃发展，他们为传记发展奠定了深厚的基础，为传记研究做出了不可磨灭的贡献。

"理解传记问题的基本视点就是，从原则上看，无论一个人在表达什么、掩饰什么，他总是在传达自身，他的所有思想、言论与行为都存在于一个富有弹性的传记之网中。"① 这里就涉及很多传记研究者非常关注的"真实性"问题。很多的传记研究者认为每一个传记作品的真实性都有待考证，不管自传还是他传，传记家都不会把自己或他人的生活一五一十地毫不遮掩地展现在读者面前。有些读者觉得传记就是用来记录一个人的真实生活的，它不是小说，不应该有虚构的成分存在，可如果真的一五一十地记录生活，原原本本地记叙发生在生活中的每一件事，他们又会觉得它缺少文学性，缺少美感。所以，梁庆标在文章中指出，传记两面不讨好，恰如王尔德曾讽刺的："19 世纪对现实主义的憎恶，犹如从镜子里照见自己面孔的卡利班的狂怒。19 世纪对浪漫主义的憎恶，犹如从镜子里照不见自己面孔的卡利班的狂怒。"② 在他们的不同镜像中，传记呈现出被扭曲的面貌。现在的读者已经不再过分追究传记中真实度所占的比重，"不再将传记视为装有'透明的事实材料'的容器，而是充分认识到其中事实性与审美性、客观性与主观性、外在性与内在性的交互影响，将其视为复杂人性的个体微观展现。"③ 传记不可能像小学生写记叙文一样，把每件事的时间、地点、人物交代得一清二楚，它要做到的是把生活中那些琐碎、杂乱的事件进行加工整合，使它变成一个整体，便于读者理解和把握。在这个过程中，传记家需要使用一些艺术手法，值得注意的是，这些艺术手法并不同于虚构技艺，它是要遵循传记本身的逻辑，不能凭空捏造，天马行空。"传记书写不过是将如艺的人生用必要的艺术手法进行的呈示，在根

---

① 梁庆标：《主体的复归与传记的挑战》，《现代传记研究》2015 年第 1 期，第 36 页。
② 梁庆标：《主体的复归与传记的挑战》，《现代传记研究》2015 年第 1 期，第 37 页。
③ 梁庆标：《主体的复归与传记的挑战》，《现代传记研究》2015 年第 1 期，第 37 页。

本的层面上，艺术从属于真实。"① 在传记中，不会因为一些艺术修辞使读者丧失了对传记的认知，相反，读者可以从中认识到主体的人格特性。这些艺术修辞就如同人身体中的人造器官，我们不能因为一个人的身体里有人造器官就不把他称为人，同样地，我们也不能因为自传中的虚构性就把它移出传记这一文类。"要理解和欣赏传记，依然需要破除的执念就是：斤斤于传记书写中的遗漏、不实或隐讳之处，由此否定传记的真实性与历史价值，甚至宣判其'死刑'。"②

传记研究之所以发展势头不迅猛，是因为它的要求很高，实践难度超乎想象，能达到从事传记研究要求的人很少。"研究者既要有史家的严谨、耐心和勤奋，善于收集、爬梳各方面的材料，倾听各方的声音，力图超越于传记作者的视野之上，同时又要有艺术家的敏锐和细心，能够从字里行间和叙述修辞中发现'隐微之义'，由此文史兼备、内外结合，方能理解作者材料、意图与修辞的结合方式，也即传记艺术之精妙。"③ 传记是一种跨学科的文类，传主的身份多种多样，因此要想对传记有深层次的理解，与传记家、传主进行深层次的对话，就要对传主所在的领域有所了解，要掌握一些关于这个领域的专业知识。这就使得传记批评呈现出多种形态，来自各个不同的领域的研究者对各种不同类型的传记进行专门研究。

研究传记的意义在于了解人，关注个体的人生价值，体现对个体、人性的充分尊重。一提到传记，可能我们脑海中出现的绝大多数都是名人传记，是成功人士的传记，这些传记为我们解密了传奇人物的一生，激励着我们勇敢前行；而传记的特征之一是普遍人性，因此我们不能只把目光锁定在那些精英人物、伟人和名人身上，要更多地关注普通人。他们可能没有成功人士那样传奇的人生，没有精英人士那样丰富的成功经验，但这些"微不足道的凡人的传记至少都具有民族志、人类学的价值，因为每个个体的'微观宇宙'都有自己的轨迹和光芒，他们共同汇成了变幻万千的大宇宙，书写着关于生命本身的秘密"。④

① 梁庆标：《主体的复归与传记的挑战》，《现代传记研究》2015 年第 1 期，第 37 页。
② 梁庆标：《主体的复归与传记的挑战》，《现代传记研究》2015 年第 1 期，第 38 页。
③ 梁庆标：《主体的复归与传记的挑战》，《现代传记研究》2015 年第 1 期，第 38 页。
④ 梁庆标：《主体的复归与传记的挑战》，《现代传记研究》2015 年第 1 期，第 40 页。

在《主体的复归与传记的挑战》的最后，梁庆标表明了译介这些西方学者的理论文章的目的，"就是试图传达这种声音：面对各种消解理论和'反人本主义'观念，在繁盛多元的传记现象的基础上，传记研究者们已然接受了诸种现代理念，思想更加开放，这使得那些'反传记'观念反而显得保守顽固，这似乎就是他们提出的挑战，标志着作者、主体和真实在现代观念下的复归，或者用约翰·豪尔普林的话说：'传记家的报复！'"① 同时，梁庆标也想要通过译介这些文章，为中国传记研究的发展做出贡献，为后来者提供理论文献资源。

（二）

在自传方面，梁庆标出版过一本名为《自我的现代觅求：卢梭〈忏悔录〉与中国现代自传（1919—1937）》的专著。梁庆标认为，中国现代自传的发生、发展与卢梭自传《忏悔录》有着密切的关系。这本书试图从影响研究的角度，聚焦于个体的自我意识与身份认同，分析卢梭经典自传《忏悔录》在中国大陆的译介，以及现代自传者对它的选择和接受情况，从一个侧面对中国现代自传的进程及国民心理进行审视。整体而言这种关系体现在诸多方面，既有积极的接受和认同，又有内在的抗拒和鲜明的批判，体现了他们在人性认知、价值取向、"原罪"与"性善"、"忏悔"与"自省"方面的差异，也凸显了中国知识分子的生存困境。郁达夫、巴金、郭沫若、吴宓这四位既是独特的个案，又具有鲜明的代表性，经过这本书的专门解析，以微观方式呈现出现代中国人的"自传式生存"状态。这本专著对传记研究、比较文学研究都有很高的参考价值。

梁庆标也发表过很多关于自传研究的文章。在《"原罪"抑或"合法性偏见"——当代西方自传批评辨析》这篇文章中，梁庆标指出，自传依然是处于争议之中的文类，20 世纪后期以来，西方文学批评中对自传的质疑乃至解构，涉及"美学的、认知的、伦理的和政治的"② 等层面，对自

---

① 梁庆标：《主体的复归与传记的挑战》，《现代传记研究》2015 年第 1 期，第 41 页。

② 梁庆标：《"原罪"抑或"合法性偏见"——当代西方自传批评辨析》，《国外文学》2017 年第 2 期，第 17 页。

传的批判不绝于耳。通过写作这篇文章，他提出以下观点为自传进行辩护：自传的真实是"结构性真实"；自传的人本主义本质不容抹杀；"谁在说话"至关重要；自传主体是多面自我。在此前提下探讨自传中的"意图""身份"和"叙述"及其复杂关系，有助于理解我们的"自传式生存"状态。全文从两个大的方面进行论述，"首先对各种'反自传批评'进行归纳，其次相应地进行辨析与应答，努力从正面来回应种种挑战"。①在第一个大方面中，梁庆标提出，对于当代传记学者来说，要进行传记研究，首要任务是回应质疑。"困扰传记的问题既有现实生存问题，也有艺术审美问题，它成了各种麻烦的中心。对自传来说，这诸种麻烦可以借用居斯塔夫的话称之为'自传的原罪'。"②梁庆标认为，自传遭遇的困境主要有：从"诗性"角度对自传修辞过度或不足的批判；后现代主义语境下"自传之死"的判决。在辨析与应答这一个大方面中，梁庆标从以下几个角度对质疑进行回应："自传的真实是'结构性真实'；从这一文类的本质功能看，自传的人本主义本质不容抹杀；'谁在说话'至关重要，自传解读应尽力发现作者的意图；自传主体是多面自我。"③在结语部分，梁庆标指出，超越简单的自传事实这一真伪问题，从自传者的心理与自我表现的整体性的角度对其加以理解，才能更为客观。这时我们就可以认识到，自传文本中的任何表达都是自传者人格特征的一种呈现。当然，这也并非对自传虚构的任意纵容，它呈现的是人性的局限，需要研究者不断地逼问和探索，方能逐步揭示人生的真相。"对自传而言，问题的要害不是讲述真相的'能力'，而是如实书写的'意愿'，这要求我们相信并督促自传者跨越各种障碍，以最大的伦理勇气述说人生真相。"④对于每个自传者来说都会有自己不想提及的过往，这些过往或给他们带来伤痛，或给他们带来羞

---

① 梁庆标：《"原罪"抑或"合法性偏见"——当代西方自传批评辨析》，《国外文学》2017年第2期，第16页。

② 梁庆标：《"原罪"抑或"合法性偏见"——当代西方自传批评辨析》，《国外文学》2017年第2期，第17页。

③ 梁庆标：《"原罪"抑或"合法性偏见"——当代西方自传批评辨析》，《国外文学》2017年第2期，第19页。

④ 梁庆标：《"原罪"抑或"合法性偏见"——当代西方自传批评辨析》，《国外文学》2017年第2期，第23页。

耻，他们只想避而远之，将这些深藏于心中，成为永远的秘密。如果自传者能够勇敢向前跨出一步，跨过自己的心理障碍，直面过往，说出真相，他们也许会有意想不到的收获。

在《自传研究的萌生与发展：早期西方自传批评史述》这篇论文中，梁庆标带我们了解了早期西方的一些关于自传的批评。他认为，20 世纪前的自传批评尚处于萌发阶段，不过，在此学术史视野中审视自传研究的自然进程，对自传写作及研究的深入发展颇有助益。他写作这篇论文的目的在于更好地将 20 世纪以来的现当代自传研究置于整个研究史的视野中进行理解，梳理、概括和评析其发展历程及自传研究者的具体研究思路和范式，深化对此的研究和认识。20 世纪前的研究者对自传关注不多，论述颇少，对自传没有系统的理论阐述。虽然这一时期的成果不丰厚，但自传开始被重视，这就奠定了自传研究的基石，因此价值也不容轻视。

"自传研究与时代风气密切相关，特别是出现在个性观念、自我意识发展迅速的时期。"① 蒙田曾在他的《随笔集》中，用只言片语表达过对自我书写的态度与观念，不过没有专文论述。到了 18 世纪启蒙时代，对自我、人性的重视让自传写作与研究兴起。18 世纪之后，自传写作出现高潮，人们对自传的兴趣显著增加，与此同时，对自传的批评也开始出现，与现代学科的形成同时并进。"伴随着启蒙时代的人性论、民主化和个性意识趋势，自传写作在 18 世纪出现高潮，与此相应也出现了对自传研究的兴趣。"② 英国的约翰生就是其中一个代表，他的《论自传》可以视为最早论述自传的专文。"文章一开始就是对传记地位的高度肯定：'在各种叙述性写作中，传记是人们最热切地阅读的，而且是最容易应用于人生目标中的一种。'"③ 为何要这样说，约翰生认为，这是与虚构文类相比而显现出的特点。虚构故事缺乏真实性，这就大大降低了读者的好奇心，读者阅读它并不是为了了解它的内容，而是想要了解它是如何被写出来的，其形式大

① 梁庆标：《自传研究的萌生与发展：早期西方自传批评史述》，《现代传记研究》2017 年第 1 期，第 59 页。
② 梁庆标：《自传研究的萌生与发展：早期西方自传批评史述》，《现代传记研究》2017 年第 1 期，第 61 页。
③ 梁庆标：《自传研究的萌生与发展：早期西方自传批评史述》，《现代传记研究》2017 年第 1 期，第 62 页。

于内容，读者从中获得不到什么有价值的东西。但是传记就不一样，"传记因为历史性的真实更能给人以启发和榜样价值，也就是说更容易被认同，不过关键是要去发现、要在反思中进行记录，才能发挥其作用"。① 在传记之中，约翰生又特别强调了自传的重要性。约翰生指出，他传有一些缺陷，"如常常关注重大事件，减弱了人生故事的亲和力，会对传主进行掩饰，塑造出的人物如同悲剧中的英雄角色一般"。② 自传与他传不同，自传是自己写自己的人生，传主对自己是最熟悉不过的了，很多的真相只有传主自己才知道，因此自传的真实性更加强烈，不过这种真实性是建立在与他传对比的基础之上。他传是写别人的人生，出于一些利益考虑，作传者可能会对一些事实进行夸大。自传也存在利益关系，但如果传主是为了写一部传记来回顾自己的一生，不是为了赶在离开人世之前发表，那这种自传的真实性似乎更加可靠。约翰生着意强调了对自传真实性的肯定，虽然这一观点可能有些偏颇、简单、粗略，但这一论断还是很值得后世的那些"反自传"论者深思。一些研究者指出，德国哲学家赫尔德曾组织过学者收集一些著名自传并出版自传作品集，虽然我们无法看到这一作品集的原貌，但这一行为本身就突出了自传的历史和社会价值。我们要认识到，这只是对自传的初步介绍，还需要进一步的推介、普及和正名，需要后来者深入细致地研究。

在第二部分中，梁庆标主要为我们介绍了 19 世纪的自传。进入 19 世纪之后，自传文本没有 20 世纪那么知名，但是学者们的关注度对自传研究还是起到了重要的传承作用。德国哲学家威廉·狄尔泰在《历史中的意义》中第一次对自传给予了极高的定位："我们所面对的理解生命的过程，是以自传这样一种最高级、最富有启发性的形式存在的。"③ 这是迄今为止对自传做出的最高评价。虽然他鲜明地指出了自传的主体特征，"即自传者通过记忆有意识地自我选择、自我理解，这其实是一种自我塑造，将自

---

① 梁庆标：《自传研究的萌生与发展：早期西方自传批评史述》，《现代传记研究》2017 年第 1 期，第 62 页。

② 梁庆标：《自传研究的萌生与发展：早期西方自传批评史述》，《现代传记研究》2017 年第 1 期，第 62 页。

③ 梁庆标：《自传研究的萌生与发展：早期西方自传批评史述》，《现代传记研究》2017 年第 1 期，第 64 页。

我作为一个有意义的整体来把握"。① 但他的落脚点还是自传的历史性价值:"任何一种生命都具有它自己的重要意义。……以它自己的方式代表这个具有历史性的宇宙。"② 其最终的归宿还是历史研究,自传主要是作为研究材料而发挥作用。瑞士历史学家布克哈特也很关注自传,在他的《意大利文艺复兴时期的文化》中,他以《传记》为标题写了一篇文章来分析当时的传记,认为传记是书写一个人的"个性",只要这个人与众不同或十分出众就可以写。他还用一半的篇幅重点分析了自传,他将自传的特点概括为两大点:"大胆飞跃"和"揭示内心生活",可谓是简单凝练,也表明他对自传史比较熟悉。更加难得的是,在分析自传作品时,他能通过不同自传者的身份、个性与经历来解释其自传的特征,体现了对自传者的同情。对布克哈特深入了解之后,我们可以发现他十分尊重人物个性,不对人物妄加评论,这正是自传研究者可以拿来借鉴的十分宝贵的经验。由此,梁庆标提出,值得注意的是,"在 19 世纪之前,自传并非文学批评的主要对象,其价值主要体现在社会历史层面上,而且随着自然科学的发展,自传研究出现了科学倾向",③ "主要表现为,'自传在心理学和历史学科中取得了一个固定的位置'"。④ 在卢梭、歌德之后,个体的内在自我被激发,自传由此转向了主体的情感与想象。华兹华斯在《抒情歌谣集序言》中对自传浪漫性写作给予了肯定,在他看来,写作自传的人要具有敏锐的感知力和比较高的写作技巧。而同样身为浪漫主义诗人的济慈主张"无我"之论,提出了"消极的能力""诗人无自我"的"非主观性"观念,"奠定了后世批评家'反个性''消解自我/作者'等各类'反自传'观点的基础"。⑤ 经过一系列的分析之后,梁庆标得出结论:20 世纪之前

① 梁庆标:《自传研究的萌生与发展:早期西方自传批评史述》,《现代传记研究》2017 年第 1 期,第 65 页。
② 梁庆标:《自传研究的萌生与发展:早期西方自传批评史述》,《现代传记研究》2017 年第 1 期,第 65 页。
③ 梁庆标:《自传研究的萌生与发展:早期西方自传批评史述》,《现代传记研究》,2017 年第 1 期,第 66 页。
④ 梁庆标:《自传研究的萌生与发展:早期西方自传批评史述》,《现代传记研究》2017 年第 1 期,第 66 页。
⑤ 梁庆标:《自传研究的萌生与发展:早期西方自传批评史述》,《现代传记研究》2017 年第 1 期,第 68 页。

的自传研究仍处于萌生状态，历史学家、哲学家、文学家们"强调的往往是自传的社会、历史和文化价值，对其文学审美、文体风格等特性的探讨尚且缺乏"，① 幸运的是，这些研究者们没有特别把注意力放在此处，他们对自传的探究没有断绝，并且从多个角度对此进行探究，也随着社会的发展不断深入。"借助自传这一独特现象，自传研究本身也书写、映射了人类认知自我的自然发展历程，特别是从公共领域到私人领域的发展，独立、自主、平等观念的增强，自有其思想史意义。"② 当然，20 世纪自传研究能够进入兴盛时期，还是得益于在古典时代的深厚积累。

《自传的"微观政治"式解读》是梁庆标写的又一篇关于自传的论文。在这篇论文中，梁庆标从一个十分新颖的角度——政治的角度，对自传进行解读，试图从自传文类的政治性、自传修辞的政治性和自传批评的政治性这三个方面进行梳理和解释，对相关的自传文本和现象给予客观评价，还原自传的价值。梁庆标在文中说道："自传虽然是个体的自我书写，但绝不是单纯的个人话语叙事，它内在于宏大的政治叙事罗网之中，只不过是以微观的方式进行的展露，因此可称之为一种'微观政治'写作。"③ 自传是一种关于自我人生的书写，涉及特定政治现实中的人，自传者始终无法摆脱和现实政治的关系，因此，自传中的文本和修辞就不得不与政治相联系。

在自传文类与政治权利这一部分中，梁庆标指出，自传受政治力量、个体意识及其他因素的影响，可能会出现两种情形："一是通过暴露、张扬等进行自我肯定与辩解，展现自传者的个性意识与独立观念，这是自传者主动运用自传这一文类来表达自我意识，诉求个人权利；一是自我压制、认同和妥协，以顺从的姿态进行自我忏悔、自我改造，但问题是，这种自我反思和批判并非真诚的反省，往往是外在压力的结果，自传文类变成了政治统治的一种手段。"④ 由此可见，自传可以发挥很重要的政治功

---

① 梁庆标：《自传研究的萌生与发展：早期西方自传批评史述》，《现代传记研究》2017 年第 1 期，第 69 页。
② 梁庆标：《自传研究的萌生与发展：早期西方自传批评史述》，《现代传记研究》2017 年第 1 期，第 69 页。
③ 梁庆标：《自传的"微观政治"式解读》，《现代传记研究》2013 年第 1 期，第 58 页。
④ 梁庆标：《自传的"微观政治"式解读》，《现代传记研究》2013 年第 1 期，第 60 页。

能，可以成为表达或控制政治权利的工具。自传的样式早已存在，但始终没有一个统一的术语，随着自传的普遍兴盛，"自传"这一术语被大众广泛接受与认可，由此，自传作为一个自我意识的载体，就有了鲜明的政治内涵，"作为一种具有革命性的文类，自传在美国和法国革命的前夜成熟，说明革命运动释放了现代自我的能量"。① 伴随着多元文化的发展，自传写作涉及的人群和身份更加广泛，自传走向了开放和民主。在自传发展过程中，它很容易成为黑人、女性这类边缘人群诉求与斗争的工具，这和它的文类特征有关。首先，写作自传的门槛很低，不需要使用多么华美的语言，只要能把一些事件记录下来即可，甚至也可以通过口述来表达自我。其次，自传的形式多种多样，有日记、书信，等等，容易被大众接受。现代新媒介的发展也对自传的发展与传播起到了推动作用，它为自传者开拓了更多的自我表现的领域，超越了文字层面，让文学世界更加民主化。不过在专制政治体制与社会形态之下，自传还是会受到严格的控制来迎合政治的需要，因此，"自传写作最终是政治的，因为它反映了自我作为一个历史的、政治的和社会存在者的意识，它反映了个体与社会的交互作用"。②

在自传修辞的政治意图这一部分中，梁庆标主要探讨了自传修辞的政治性问题。一般我们会认为自传中的叙事是直白的、袒露的，但在一些政治因素的影响之下，自传者在他的自传之中也会运用各种技巧进行修辞，在描述或展现自我时多了一份深思熟虑。这就给读者提出一个要求，要在这些自传中探察出其中隐含的一些意义。自传与政治的关系比小说与政治的关系更为直接，小说可以通过虚构的手法来逃避一些现实，自传则必须直面现实。自传者要虑事周全，将自己想要表达的东西放在字里行间，这样既表达出自己的观点，也不会让自己受到伤害。因此，剖析自传中的修辞就成了进入自传者内心的关键一步。梁庆标认为，在政治面前，自传者是一个弱者，他们在写作时要费尽心机，即使其中会有一些骗局和假冒等策略，也是他们为了呈现自我的无奈之举，这并不会影响自传的根本的真

① 梁庆标：《自传的"微观政治"式解读》，《现代传记研究》2013年第1期，第61页。
② 梁庆标：《自传的"微观政治"式解读》，《现代传记研究》2013年第1期，第64页。

实性。在一些政治因素的压力之下，自传者不能为所欲为，他们只能通过一些低语对时代进行控诉，在这些低语背后，是自传者的无奈，需要读者细心地去探寻和发现，并给予他们同情。

（三）

在自传批评的政治倾向这一部分，梁庆标提出："如果对自传深入了解的话，就会发现与自传相关的一些批评研究其实也内在地包含了政治性，其原因各种各样，有的出于自我保护，也有的是为了政治诉求，但是更为隐秘，因此更需要特别注意。"[①] 保罗·德曼的《失去原貌的自传》是经典的"反自传"批评，通过对自传的消解来获得自我保护，也有当代女性自传批评这样的一些批评者通过自传表达自己的诉求，为自身争取利益，"作为当代比较活跃的自传研究者，西多尼·史密斯和朱莉亚·沃森已经花费了几十年的时间从各个角度探究自传：'这涉及生活叙事的各种模式——词语的、视觉的、文学的、每天的、女人的、男人的、后殖民的、西方的。'后四个方面其实都直接与政治相关，体现了研究者对社会政治的密切关注"。[②] 梁庆标认为，自传变成身份与权力之争的战场之后，就不免要有很多"创伤"与"血泪"。自传虽然是书写个人的生活，是属于个人的，但它同时也是属于历史的。个人处在政治环境之中，因此必然会受到政治的影响，所书写的东西要与政治力量相斗争，这就会体现在自传的修辞之中。自传文本的政治性与历史性让我们直面现实。这正是梁庆标写作这篇论文想要强调的，"紧抓住自传写作与批评中的政治性这一重要维度，借此深入到自传背后，还原自传写作的处境和意图"。[③]

在《反讽——自传的"晚期叙述风格"》一文中，梁庆标解读了自传的特征之一——反讽。"反讽可以用来修正事实、破解'神话'，体现自传者的成长；'反讽'也体现了自传者的怀疑与求真精神，使其具有了哲学视野，呈现出知识爱欲的上升过程；反讽修辞也服务于自传者的自我形

---

① 　梁庆标：《自传的"微观政治"式解读》，《现代传记研究》2013 年第 1 期，第 68 页。
② 　梁庆标：《自传的"微观政治"式解读》，《现代传记研究》2013 年第 1 期，第 71 页。
③ 　梁庆标：《自传的"微观政治"式解读》，《现代传记研究》2013 年第 1 期，第 72 页。

塑。理解自传中的反讽，是探索人性深渊的必要视角之一。"① 自传往往是自传者站在现在回望过去，以现在的视角去看过去的种种经历，反讽可以让自传者与过去的自己拉开距离，站在一定的高度俯瞰自己曾经走过的人生之路，以一种全知视角，以更加客观的角度回顾过往，既有超脱淡然之感，又对过去进行批判，带有一种"纠正性"，对事实进行修正。"自传的'晚期风格'也为自传本身乃至作者整体写作的真实性提供了一定程度的保障"，② 大部分作者会在自己出版过多部作品或有了一定的知名度之后出版自传，这就容易获得读者的信任，自传的"晚期风格"可以让自传者的写作更加客观，不会因为自己的虚荣心理去掩饰一些事实。"自传的最终价值在于对人性的深刻揭示与提升，自传者向内探索得愈加深入彻底，愈有反讽质疑的精神，就愈有飞跃的可能，从而获得与人世的'新的和解精神和安宁'。"③

在《现代自我的诉求：中国现代自传发展述要（1919—1937）》一文中，梁庆标对 1919 年至 1937 年间中国现代自传的发展进行简要概括，这是中国现代自传的第一个"黄金时期"，较之以前有着显著的变化，代表中国自传渐趋成熟，也成为中国自传史乃至文学史上的一个重要景观。西方作品、自传的大量引入，西方思想的传播，改变了当时中国的文化环境和自传者的处境与心态，唤醒了他们的自我意识，促进了中国现代自传的发展。这一时期的中国，自传开始着眼于个人，侧重于个人情绪和心理描写，个人化色彩越来越浓，敢于坦露自我。虽然很多的自传都是对西方自传的模仿和学习，但确实推动着中国自传向前迈进了一大步。当然，我们也不能被这些成果麻痹而忽视了存在的问题，我们要清醒地认识到，中国的自传研究依然处于边缘地位，现代自传研究依然有很大的研究空间，我们要做的努力还有很多。

梁庆标作为中国传记研究界的中生代学者，不仅对西方传记研究有着深刻的见解，而且也身体力行地进行中国传记的批评研究，发掘出了更多

---

① 梁庆标：《反讽——自传的"晚期叙述风格"》，《现代传记研究》2016 年第 2 期，第 11 页。
② 梁庆标：《反讽——自传的"晚期叙述风格"》，《现代传记研究》2016 年第 2 期，第 22 页。
③ 梁庆标：《反讽——自传的"晚期叙述风格"》，《现代传记研究》2016 年第 2 期，第 22 页。

的关于中国传记的资料，对于中国传记研究界来说，他的价值可圈可点。他主编的《传记家的报复：新近西方传记研究译文集》，选文经典，富有当代性，为中国的自传研究拓展了更大的学术空间，带来了更大的价值，推动了中国传记研究尤其是自传研究向前发展。①

---

① 传记一词在一般表述中与自传分立，其实可以把传记理解成大概念，又分他传与自传，或曰传他人与传自己。

第二十章 / *Chapter 20*

认同论：以李有成《论自传》为代表

（一）

中国台湾学者李有成的《论自传》一文发表于 1990 年，这篇论文一方面探讨了 20 世纪 80 年代末自传研究在西方学界兴起的原因，对自传的形式进行了充分的阐释；另一方面则有意地在探讨自传时，对若干成为流行的传统观念提出了一些新的假设，进一步考察了自传的文类特征及其形成过程，以期重建自传话语研究的理论基础。其衍生出来的理论假设部分也可成为讨论自传的基础，对分析自传性文学有着较大的帮助和意义，为我们分析自传类文学提供了思路和工具。但他的总体思想是基本认同西方现代以及后现代自传话语模式，不无缺少批判性反思。

在李有成的自传研究中，他首先关注到的是自传的定义："自传研究之成为显学，在西方学界还只是近十来年的事。不久以前，在文学研究中，自传的身份还是受到蔑视与质疑的。"① 首先自传是否属于文学研究的范畴就令很多研究学者困惑。李有成在文中罗列了米希在《古代自传史》中为自传所下的定义，以及法国自传学者对自传"较复杂、较严谨"的文字界定，并提出了一些质疑。众所周知，菲力浦·勒热讷对自传的定义经过数次修改之后似乎已经非常严谨：自传是"某个现实中的人以自己的实际经历写就的散文体追溯性叙事，写作重点须放在某个人生活，尤其是其

---

① 李有成：《论自传》，《当代》（台湾）1990 年第 56 期。

个性的发展史上"。① 李有成在《论自传》中却提出了 "自传的语言形式很多时候并不限于散文体叙事文" 的质疑。保罗·约翰·埃金也指出勒热讷自传定义的薄弱之处在于，定义中的 "现实中人" 被他限定为 "其存在有据可查，经得起核实的某个人"，由此可以推断出自传中 "现实中的人" 的文本标记就是书名页上的作者姓名，然而书名页上的人名即便有据可循，也只能证明作者本人在现实时空中的确有其人，证明不了 "现实中的人" 在自传文本中的本质属性。或许正如李有成所说，为自传下定义所遇到的 "这些困难，一方面固然说明了何以我们无从陈述自传的内在形式，但同时也显示了，对自传作者和读者而言，这是一个充满各种可能性的文章"。②

李有成的自传研究从形式主义的层面叙述了西方自传文学的缘起，从自传的概念着手，以概念演变的思维论述了部分西方自传学者有关自传定义、特征、"我" 的论争，指出了其中的不足。李有成在确定了相对完整的自传定义之后，进一步细化了自传的撰写问题，自传的时间问题引发了一系列关于自传的疑问，而这些疑问的研究细化了自传研究内容，使得自传的研究更加具体，这有助于后期自传研究的进一步深化。他认为自传的开始时间是自传研究的起点，因而对自传时间的研究可以继续深入并作为自传研究的一个重要内容。李有成在仔细考证卢梭确定的相对完整的自传定义的基础上，认为卢梭的自传定义只是相对的完整，基于对《序曲》《湖滨散记》《巴特论巴特》等已有自传的文体考察，李有成发现既有的自传的文体呈现着多样化、动态变化的特点，据此他认为卢梭自传概念定义中提出的散文体叙事文是自传唯一的语言形式，与实际不符。

自传是以个人生平经历为基础的文学创作，这预示了自传具有一定的历史的真实性，但是自传建立在个人叙述的基础上，资料获取的主要途径是被叙述者的个人叙述，呈现的也都是被传记的人希冀的内容与形式，因而自传在具有历史叙述真实性的同时也兼具一定的文学性发挥，且资料的来源并不是完全可信，叙述者在回忆自己过去生平的时候，从当下回看过去，从一个亲历者的视角重新审视这段过去的经历，其中带有一定的反思意味，叙述者

① ［法］菲力浦·勒热讷：《为自传定义》，孙亭亭译，《外国文学》2000 年第 1 期。
② 李有成：《论自传》，《当代》（台湾）1990 年第 56 期。

的这一行为给自传加上反思的色彩，批评家欧尔尼据此认为"给自传立下任何规范性的定义，或者设定任何文类规范"① 都是行不通的。

"传统上，自传的价值在于它所呈现的真相——有关作者的身份、生平或历史事实等等真相。""自传既被视为另一形式的历史，当然有义务遵守事实或历史的精确性。"② 哈罗德·尼科尔森也认为："优秀传记的核心是真实。"但是，由于自传是由作家自主回忆过往并形成书面文字，带有一定的主观性，文本内容的真实性就难以得到保证。对此李有成在论文中表示，"这种精确性只是理想，也是自传中最难以企求的"，他认为造成自传的精确性难以实现的原因也很明显，就是"自传作者必须仰赖记忆作为'通往过去的管道'，以及塑造其自传的结构原则"。③ 事实上，传记文学的真实性包括两方面的真实，一方面是"事实的真实"，另一方面是"叙述的真实"。"事实的真实"与真实发生过的事实一致，"叙述的真实"则是作者在已有真实事件的基础上通过主观的艺术加工，向读者呈现出传主的个性。在自传的创作过程中，实质上是现在的"我"对过去的"我"的经历的一种诠释，为了完整地表现出传主的个性，传记作者有必要对记忆中的材料进行选择和截取，有时需要舍弃掉一些与传主个性不符的材料，从而达到叙述的整体性，实现各部分组合之间的美感。

（二）

李有成文中还提出了"正因为自传作者的叙述行为无法摆脱书写当时的历史时空，自传文本虽属历史叙事，在形式上仍具有论述的功能"④ 这一观点。自传从某一方面上讲是历史的，是成为凝态化的过往，而正如克罗齐所言，"一切历史都是当代史"，即使是对自己，再重新编码过去已发生过的经历时，一定会发生重构——即将客观事实与内心所期待的因果相对应，以此达成自己理想中的链接。柯林伍德对于这句话有这样的认识：

① 李有成：《论自传》，《当代》（台湾）1990 年第 56 期。
② 李有成：《论自传》，《当代》（台湾）1990 年第 56 期。
③ 李有成：《论自传》，《当代》（台湾）1990 年第 56 期。
④ 李有成：《论自传》，《当代》（台湾）1990 年第 56 期。

"一切历史都是当代史，但并非在这个词的通常意义上，即当代史意味着为期较近的过去的历史，而是在严格的意义上，即人们实际上完成某种活动时对自己的活动的意识。因此，历史就是活着的心灵的自我认识。"① 将此观点用于自传的书写过程上更是恰如其分。"世间自然不可能存在任何能够完成呈现传主生平的自传，因为不论在理论或在实际上，自传都是富于选择性的。"② 对此我们可以理解为：自传首先就是传主本身对自己的重新认识，自传作者遭遇的第一个问题就是选择问题，选择何时开始自传，何时结束自传。因此，在他有意识地重述自己所发生的事件之后，将这一段"历史"转译成自己纸本之上的话语，这一过程中就肯定会发生作者重新解释自己所经历的情况。

因此，我们在研究自传时，必须结合文本之外的社会现实来参照文本内容。自传虽然属于非虚构文类，但是自传叙事包含"虚实结合"的特征，是一种体裁空间的跨越与融合。自传文本内容上的选择和对缺漏事实的弥补，还需要在与其他相关文本之间对照中获得考证。自传文本的组织就是一个记忆选择的过程，其中必然受到当下的诸多主观因素影响，而在记忆重建时则会不由自主地将想象虚构编织进来。文本是话语对已经发生过的事情进行梳理、选择，而自传作者则通过视角的选取、内容的选择、叙述时间的节选等方面进行总结阐释的工作。因而自传可以几近可能地再现人生但却无法真实完整地还原真相。

李有成在论文中还讨论了自传的人称问题，指出自传中的人称多是"我"，且是过去的"我"，重述的那个"我"早已不是被重述的"我"，即并不是写自传当时的"我"。因此被重述的"我"实际上就具有了"他"的客观地位。"我"的出现是为了稳定自传作者与其主体之间的关系。而当"我"指操作书写行为的作者时，必须是置身于现在。"我"的不确定性则进一步分化了自传作者与主体的关系，自传作者与主体之间存在本体性鸿沟，且自传主体具有虚构性。以上讨论有助于对自传文类的了解，衍生出来的理论假设部分也成了讨论自传的基础。

---

① ［英］柯林伍德：《历史的观念》，何兆武、张文杰译，北京：商务印书馆，1997，第286页。
② 李有成：《论自传》，《当代》（台湾）1990年第56期。

邦维尼斯特认为论述主要存在于"我""你"的人称关系中，因此所有的论述无不假定说话者和听话者存在，前者影响后者。① 也就是说，自传中的作者和叙事者存在着时空上的错位，自传的空间性得以延展。自传的空间性主要表现在并置和共存两个方面，首先自传空间意味着多元的可能，他指向重叠和相互关系的可能并且自传空间不是自传叙事的静态背景而是一种积极的叙事成分，是推动叙事发展的积极力量。自传叙事空间包括：文本内部的结构空间性、自传主的心理空间、自传主与其他人的关系空间以及文本与历史真实的参照空间。② 传主的身份、职业、角色、社会地位等必然要求其在某个空间占有一定的位置，因而自传势必会成为作者寻找身份的一种手段。

郁达夫在自传《水样的春愁——自传之四》中写到了自己与同学之间的关系。由于家境不好，性格内向，虽然受到了邻桌同学的邀请，但碍于自尊心，郁达夫几次想要应邀最终都未成功。③ 在他的自传叙事中，十分注重内心感受的大胆剖析，以及周围人与人之间的关系描写，这种对自我社会关系的空间定位十分常见。人与族群的关系作为一种背景叙述，在自传文本中以前景的方式出现。

由此我们得出自传空间性不仅是自传内部的结构空间，也包括人际空间和心理空间等。自传叙事中的叙事者、被叙事者既是真实的我，也是虚构的我。我们可以通过伍尔芙早期和后期的自传作品的心态差异来考察自传空间的变化。伍尔芙的《往事素描》所表现的人物形象和叙事过程比1907年的《回忆录》更加丰富细腻，且从自传文本来看，她对父亲的态度从年轻时的偏见逐渐转变为理解，这种变化是她主动把晚年的心路历程带入早年回忆中的明显结果。自传的特殊性使得不同时期的作者存在着不同的心理，因而在自传研究中有必要把握好自传文学的特征，便于研究者深入理解研究自传作品。

---

① Benveniste, Emile, *Problems in General Linguistics*, trans. by Mary Elizabeth Meek, Coral Gables (Florida: University of Miami Press, 1971), p. 206.

② 杨晓霖：《后现代视野下的空间自传叙事与自传叙事空间》，《当代外国文学》2014年第3期，第137页。

③ 郁达夫：《郁达夫日记集》，西安：陕西人民出版社，1984，第377页。

（三）

李有成指出："这些反省极可能是在撰写自传当时才形成而得以行诸文字的。由此可见，现在——即撰写自传当时——确实是自传中的决定性时刻。此之所以我们会把自传中的生平视为现在的构成，或者自传作者的创作。"[①] 先不论李有成是怎样将一个"极有可能"的存在，推论为"确是"这样的逻辑关系，继而再指出这个"极有可能"就是"把自传中的生平视为现在的构成"的原因，这几句论述本身就具有很大的逻辑漏洞。仔细考察其中的意义，李有成认同"现在——是自传中的决定性时刻"，因为写作时必得选择视角，而这个视角只能是现在时刻所选择的视角。显然这是有一定道理的，传主暮年回首往事时，一定会用成熟的心态去看待以前的种种过往。但如果奉为"决定性时刻"，又不无夸大了这个写作视角的作用。

李有成指出："自传作者既像史学家那样，必须自生平的无数事实中择取他/她所需要的材料，然后赋予意义，自传文本乃是作者对其记忆的诠释记录殆无疑义。……因此，自传应被视为诠释的产物……"[②] 这个说法也有商榷的余地。并不是所有的传主都会赋予过去的某事实以意义，甚至是读者认为他/她赋予了，但传主本人只是一笔带过。自传，本就是一种依靠记忆对自己生命历程的回顾行为，然而，记忆会在与时间相互作用的动力过程中发生变化，有些记忆会因其与主体记忆的断裂被阻隔在主体的线性记忆之外。对这一部分的记忆，自传作者在写作过程中，更多地是在回忆中联想，而不是诠释。但是，我们也不能简单地将其认定为想象或虚构。因为"自传文学就是一种带有很强主观性的话语叙述文本，自传作家写作时的'graph'（书写）行为是'当下'的我对过去的'我'的建构……自传作家力图追忆的仍然是'真我'（true to a life）"。[③]

在《论自传》这篇研究文章中，李有成设置了一条清晰的逻辑条理。

① 李有成：《论自传》，《当代》（台湾）1990 年第 56 期。
② 李有成：《论自传》，《当代》（台湾）1990 年第 56 期。
③ 王成军：《传记诗学》，北京：新华出版社，2016，第 61 页。

在大的框架内，他将文章分为七个部分进行论述，每个部分的关系层层递进，相互补充，相互理解。首先，他从学界对自传身份的态度说起，从维斯坦等人对自传的研究到整个新批评界，说明造成自传研究贫瘠的原因；其次，主要从俄国形构主义等方面入手探讨了自传成为文学研究重心的主要原因；然后，从自传本身的定义拓展到自传语言、自传形式等方面，说明了自传研究的难度。每一层之间都是一个推进的过程，让读者更好地把握了自传研究中所存在的问题。同时，在每一个小的部分内，李有成的论述也同样具有清晰的逻辑条理。比如，文章的第二大部分，从自传的不同定义开始，探讨每个定义中所涉及的专业名词，然后对其进行理论阐释，主要从生平开始到反省活动到记忆，再从记忆到探讨自传的生产过程，从而从自传的生产过程中又引发出一系列的阐释，每一个部分之间相辅相成，每一个部分又都同等重要，使整篇文章看起来平滑清楚，这主要得益于李有成清晰的逻辑思维。

一篇好的研究文章可以提供给绝大多数人启发和对研究问题的理解，所以，书写文章时必须考虑大众的阅读理解能力，在面对一些有难度的专业名词和理论时，应该对此进行简单明了的解释，来方便读者的阅读。《论自传》这篇文章的每一部分都涉及相关的理论和名词，如果没有李有成对这些概念的阐释，这篇文章对读者的适用率则会大打折扣，文章的引用率则会降低。但李有成的做法，则使这篇文章表现得既专业又容易被理解。因为他对每个概念或理论的阐释都是恰如其分，没有冗余。

文章从开始就引用了有关专家的相关理论来说明作者的观点，比如，在讨论对自传身份的质疑时，他就列举了维斯坦的"边际形式"一说，以及威立克和华伦的关于"文学的文学性"观点来充分论证了自传身份遭到质疑的原因。同时，在涉及"文学的文学性"一说时，李有成则会对此一术语进行假设，通过威立克和华伦的"文学的文学性"观点，他提出了两点假设：一是文学批评可分为两大类，即外缘批评与内在批评；二是只有内在批评才是真正研究文学的方法。如此对他们的观点进行了论证并提出了质疑。继而，又从假设中得出另一个重要观点进行阐释，每个下一观点都是来自上一个观点，文章不仅井然有序且整体全面。

《论自传》本身是一篇充满专业理论知识的研究性文章，它的专业性要求它不仅要严谨合理，而且也需要通俗易懂。李有成在这篇文章的语言运用上非常成功，他并没有使用高深、华丽、生涩的语言来表达他的观点，甚至于对理论的解释，而是用最简单朴实的语言来书写，比如，在对雅克慎关于"过渡性文类"一术语的表达上，他首先指出"过渡性文类"所包含的专业意思，其次，又进一步用简朴的话语进行了解释。简单朴实语言的运用，无疑为这一篇专业研究性文章加了分，最重要的是，让读者能够更加了解自传研究所存在的问题。所以，尽管李有成的自传话语属于认同西方后现代话语模式而缺少批判性，但其文仍值得推许与推广。

附　编

第二十一章 / *Chapter 21*

事实正义论：自传文学的叙事伦理

（一）

正义作为一种价值观念滥觞于伦理学，何怀宏指出，正义在某种意义上是正当的一个子范畴，"正当与善这两个概念可以说是伦理学的两个基本概念，它们之间的关系也就成为伦理学的一个主要问题，西方伦理思想史上目的论与义务论两大流派的分野就与此有关。目的论认为善是独立于正当的，是更优先的，是我们据以判断事物正当与否的根本标准（一种目的性标准）；正当则依赖于善，是最大限度增加善或符合善的东西，而依对善的解释不同，就有各种各样的目的论，如功利主义、快乐主义、自我实现论等等。义务论则与目的论相反，认为正当是独立于善的，是更优先的，康德就是义务论的一个突出代表"。① 在传记文学叙事中，我主张伦理学的"正义独立于善的康德说"，即不对传记事实作目的论的解释，一个事实也许隐瞒比坦白更有利于传主或其亲属的生活，给他们带来所谓的"善"。但是这是违反传记文本真实性原则的错误观念，因此，我在这里郑重提出"事实正义论"，以给步履维艰的传记文学叙事提供理论支持。让我们从卢梭说起。

卢梭的《忏悔录》是自传，作为叙事者的卢梭有权利叙述那个叫

① 何怀宏：《〈正义论〉译者前言》，[美] 约翰·罗尔斯《正义论》，何怀宏译，北京：中国社会科学出版社，1988，第10页。

让-雅克·卢梭的生活与心理事实吗？回答是肯定的！卢梭不但有叙述事实的权利，而且传记文学理论还赋予他必须叙述事实的"正义"。换句话说，卢梭的《忏悔录》之所以如此闻名，不能不说是因其对自我生活的事实坦白。请看他的宣告："这是世界上绝无仅有，也许永远不会再有的一幅完全依照本来面目和全部事实描绘出来的人像。""我要把一个人的真实面目赤裸裸地揭露在世人面前。这个人就是我。……不管末日审判的号角什么时候吹响，我都敢拿着这本书走到至高无上的审判者面前，果敢地大声说：'请看！这就是我所做过的，这就是我所想过的，我当时就是那样的人。'不论善和恶，我都同样坦率地写了出来。我既没有隐瞒丝毫坏事，也没有增添任何好事；假如在某些地方作了一些无关紧要的修饰，那也只是用来填补我记性不好而留下的空白。其中可能把自己以为是真的东西当真的说了，但绝没有把明知是假的硬说成真的。当时我是什么样的人，我就写成什么样的人：当时我是卑鄙龌龊的，就写我的卑鄙龌龊；当时我是善良忠厚、道德高尚的，就写我的善良忠厚和道德高尚。"①

于是，我们在卢梭的《忏悔录》中读到了一个又一个令人吃惊的生活事实：被朗拜尔西埃小姐处罚时的受虐的快感；性暴露癖；诬陷可怜的马丽永偷丝带；与华伦夫人的半乱伦关系；与克鲁卜飞尔包养的妓女的粗鄙的享乐；把5个孩子统统送进了育婴堂；与狄德罗、格里姆、埃皮奈夫人的相知与交恶，等等。卢梭对自我生活事实的坦率叙述，真是前无古人、后有来者，特别是对中国读者来说，这简直是"呈现出了惊人的真实"。②也就是说，人们对卢梭在其自传中的事实叙述是持肯定态度的，真率与否，几乎成为检验一部自传是否成功的唯一标准。甚至，尽管卢梭已经努力如此，仍然还有许多西方批评家从绝对真实的高度，来苛责卢梭还没有达到自传叙事的最高真实。莫洛亚在承认卢梭"提供了一种供认不讳的光辉先例"的同时，批评卢梭暴露得不够："他这样痛心地低头认罪，是因为他知道读者会原谅他。相反地他对抛弃他所有的孩子却一笔带过，好像

---

① [法]卢梭：《忏悔录》（第一部），黎星译，北京：人民文学出版社，1980，第3—4页。
② 柳鸣九：《〈忏悔录〉译本序》，卢梭《忏悔录》，北京：人民文学出版社，1980，第14页。

那是一件小事似的。"① 说到抛弃自己的孩子之事，卢梭的叙述应该说不亚于"马丽永事件"的叙述："因此我的第三个孩子又跟头两个一样，被送到育婴堂去了，后来的两个仍然做了同样的处理：我一共有过五个孩子。这种处理，当时在我看来是太好、太合理、太合法了，而我之所以没有公开地夸耀自己，完全是为着顾全母亲的面子。但是，凡是知道我们俩之间的关系的人，我都告诉了，我告诉过狄德罗，告诉过格里姆，后来我又告诉过埃皮奈夫人，再往后，我还告诉过卢森堡夫人。而我在告诉他们的时候，都是毫不勉强、坦白直率的，并不是出于无奈。我若想瞒过大家也是很容易的，因为古安小姐为人笃实，嘴很紧，我完全信得过她。在我的朋友之中，我唯一因利害关系而告知实情的是蒂埃里医生，我那可怜的'姨妈'有一次难产，他曾来为她诊治。总之，我对我的行为不保守任何秘密，不但因为我从来就不知道有什么事要瞒过我的朋友，也因为实际上我对这件事看不出一点不对的地方。权衡全部利害得失，我觉得我为我的孩子们选择了最好的前途，或者说，我所认为的最好的前途。我过去恨不得，现在还是恨不得自己小时候也受到和他们一样的教养。"②

显然，莫洛亚在这里之所以抓住卢梭不放，正是因为卢梭受羞耻心的影响，他表面上是在忏悔，骨子里却在为自己遗弃五个孩子的不道德行为辩护。"卢梭在人类思想存在的缺点所允许的限度里说出了真话——他的真话。"③ 也就是说莫洛亚不但不指责卢梭说出了自己五个孩子的被送进育婴堂之隐私，反而认为他叙述得不全面、不真诚，并没有达到自传叙事的最高真实。茨威格在剖析自传写作中存在着的"伪自白"和"玫瑰下的忏悔"等现象时，他发现卢梭"这个引人注目的开创者，在各方面都冲破了条条框框的人"却存在"勇敢的轻信"，因为他的自白中还有着更多的不真实的地方。所以，茨威格希望自传叙事能够克服卢

① 莫洛亚为 1949 年法国勒达斯版的《忏悔录》写的序言，文见 [法] 卢梭：《忏悔录》（第二部），范希衡译，北京：人民文学出版社，1980，第 826 页。

② [法] 卢梭：《忏悔录》（第二部），范希衡译，北京：人民文学出版社，1982，第 439—442 页。

③ 莫洛亚为 1949 年法国勒达斯版的《忏悔录》写的序言，文见 [法] 卢梭：《忏悔录》（第二部），范希衡译，北京：人民文学出版社，1980，第 835 页。

梭的轻信，"在越来越精细的分解和更大胆的分析中"去"揭示出每一种情感和思想的神经与血脉。司汤达、黑贝尔、克尔凯郭尔、托尔斯泰、埃米尔，还有更勇敢的汉斯·耶格尔通过他们的自我描述发现了自我科学出乎意料的领域"。① 这样，对自传作家来说，理论批评家已经为他们建立了"事实正义论"的批评原则：任何自传叙述者，无论你是卢梭还是司汤达都可以而且必须说出自己的真话，不能有丝毫的隐瞒与讳饰。在自传叙事中叙述者对那个叫卢梭与司汤达、黑贝尔、克尔恺郭尔、托尔斯泰、埃米尔的人的故事有着叙事的"正当"，说出的事实越多，作为自传叙述者就越获得了"正义"。因为事实是自传文本的最高追求，坦白事实是自传叙事的最高叙事伦理。托尔斯泰在他的《忏悔录》中对那个叫列夫·托尔斯泰的人进行了无情揭露："回想起这些年的生活，我不能不感到恐怖、厌恶和痛心。我在战争中杀死过人，找过人决斗想送掉他的命，我打牌输了不少钱，挥霍农民的劳动成果，还惩办过他们。我生活腐化，对爱情不忠；我撒谎骗人，偷鸡摸狗，通奸，酗酒，斗殴，杀人……凡是犯法的事我都干过，而干了这些事我反而得到赞扬，我的同龄的人至今一直把我看成是正人君子。就这样我生活了十年。"② 但是由于自传的"事实正义"叙事原则的存在，叙述者托尔斯泰不但没受到"起诉"反而获得了令批评家与读者赞美的"事实正义"。可见，在自传叙事中凡是涉及传主的生活与心理，哪怕是像托尔斯泰那样对"传主"托尔斯泰的人格进行了无情"谩骂"，这都是符合自传的"事实正义"的，因而富有叙事伦理的正当与"善"。

那么，按此逻辑推理，自传叙述者显然对其他人物也享有叙述事实的正义，只要是确实发生过的事实，作为叙述者，卢梭、托尔斯泰或司汤达在他们的自传里就有着叙述他们的事实的叙述权，恰恰没有为他者隐讳的隐瞒权。从另一个角度来说，作为被叙述者的华伦夫人、埃皮奈夫人或狄德罗，可以从真实与否方面，对卢梭的叙事进行纠正或反驳，但从"事实正义"的叙事原则出发，华伦夫人或埃皮奈夫人不能也不应该用"隐私

---

① [奥地利] 茨威格：《自画像》，袁克秀译，北京：西苑出版社，1998，第193页。
② [俄] 托尔斯泰：《托尔斯泰散文选》，刘季星译，天津：百花文艺出版社，2003，第48—49页。

权"来干涉卢梭的叙述权。在这个意义上，我们主张自传叙述者的叙述权要大于被叙述者的隐私权，因为在叙述权与隐私权之上高悬着"事实正义"的利剑。罗尔斯说得好："作为公平的正义以一种可能是大家一起做出的最一般的选择开始，亦即选择一种正义观的首要原则，这些原则支配着对制度的所有随后的批评和改造。然后，在选择了一种正义观之后，我们就可推测他们要决定一部宪法和建立一个立法机关来制定法律等，所有这些都须符合于最初同意的正义原则。"① 写出事实，就是我们在自传叙事中的首要正义原则，任何其他的叙事方法及约定，都必须符合"事实正义"这一最初同意的原则。

（二）

然而，自传写作的生态事实并非如此。杨国政在《从自传到自撰》一文中举例说："卢梭的《忏悔录》发表后，他昔日的朋友们首先做出了最激烈的反应，狄德罗在《论克劳迪乌斯和尼禄的统治》中指责卢梭在自传中漫天诽谤，是出于一种流芳百世的骄傲和狂热的心理，说他的自白只是一种伎俩，目的在于让人相信他对别人的污蔑。另一个自认为被《忏悔录》损害了名誉的埃皮奈夫人也曾发表过《反忏悔录》（其实是一部小说，题为《蒙布里扬的故事》），公开了她的书信和日记，对卢梭进行驳斥。后来的乔治·桑也指责卢梭在自我忏悔、公开他与华伦夫人的带有乱伦色彩和三角关系的恋情的同时，也玷污了一个对他有知遇和救命之恩的女人。"② 卢梭在《忏悔录》中是否对狄德罗进行了漫天诽谤是一回事，卢梭能否有权叙述他所知道和了解的狄德罗则是另一回事。从"事实正义"的原则出发，卢梭当然不能对狄德罗进行诽谤。（假若诽谤构成犯罪，狄德罗甚至可以起诉，但是所依据的法律不是"隐私权"只能是"诬陷罪"。）同样，从"事实正义"原则出发，狄德罗也无权干涉卢梭的叙述权利。换句话说，面对曾经发生过的真实的

---

① ［美］约翰·罗尔斯：《正义论》，何怀宏等译，北京：中国社会科学出版社，1988，第 13 页。
② 杨国政：《从自传到自撰》，《世界文学》2004 年第 4 期，第 302—303 页。

"狄德罗故事",假设叙述者是狄德罗,不是卢梭,不也同样需要让事实说话吗?所以,这里的问题关键点是叙述者是否诚信和"不虚美、不隐恶"。卢梭在《忏悔录》中对埃皮奈夫人有着大段描写,其中写到埃皮奈夫人与弗兰格耶之间"有不正常关系"。"弗兰格耶先生对我很好,因而使得她对我也有些友好。他坦白地告诉我说他和她有关系,这种关系,如果不是它已经成了公开的秘密,连埃皮奈先生也都知道了,我在这里本来是不会说的。弗兰格耶先生甚至还对我说了关于这位夫人的一些很离奇的隐私。这些隐私,她自己从来也没有对我说过,也从来不以为我会知道,因为我没有,并且这一辈子也不会对她或对任何人说起的。这种双方对我的信任使得我的处境非常尴尬,特别是在弗兰格耶夫人面前,因为她深知我的为人,虽然知道我跟她的情敌有来往,对我还是很信任。我极力安慰这个可怜的女人,她的丈夫显然是辜负了她对他的爱情的。这三个人说什么,我都不给串通,十分忠实地保守着他们的秘密,三人中不论哪一个也不能从我口里套出另两个人的秘密来,同时我对那两个女人中不论哪一个也不隐瞒我和对方的交谊。险恶的关系中,我就是这样做得既得体又殷勤,但又始终是既正直又坚定,所以我把他们对我的友谊、尊敬和信任,一直维持到底。"① 在这里,显然,卢梭主观上并没有要损害埃皮奈夫人的所谓名誉,如果,卢梭在杜撰埃皮奈夫人与弗兰格耶的"有关系",埃皮奈夫人既有权写《反忏悔录》,甚至因名誉受损而起诉卢梭,但是如果"有关系"是事实,那么从"事实正义"原则出发来叙述的卢梭,完全可以不考虑埃皮奈夫人的所谓"隐私权"。阿尔贝·杜鲁瓦说得好:"史实所必不可缺的准确性使涉入个人隐私成为合法行为。""与新闻一样,历史也有其权利。雷蒙·兰东写道:'一旦历史学家以正直的方式,而无恶意的或害人的意愿完成他的使命时,必须允许他在需要的时候尽可能地能够进入他所研究的人物的私生活领域,以求对历史事件做出解释。'身体情况、情爱生活、不幸隐私、正当与非正当的财富、私人通信……都是传记作家的原材料的组成部分。真实性和彻底性与廉耻心是不兼容的。为了经

---

① [法] 卢梭:《忏悔录》(第二部),范希衡译,北京:人民文学出版社,1982,第462页。

受时光的考验，一个出色的传记作家一定是一个窥视者和侵入隐私领域者。"① 换个角度说，如果埃皮奈夫人写出了她的《反忏悔录》，她就必须（如果是事实）写到她与弗兰格耶的"有关系"，否则埃皮奈夫人就是在隐瞒，而使她的自传失去本身的价值。这样，在"事实正义"原则下，所谓被叙述者要求的隐私保护问题，其实成了伪命题，更成为隐瞒真实的遁词。因为，事实就是事实，即使不说出，还是事实，无所谓隐私与否。但在隐私权的保护伞下，埃皮奈夫人在她的叙事中能说她与弗兰格耶的"有关系"，而卢梭在《忏悔录》中的叙述，则成为侵犯隐私权的证据。结果，隐私变成了隐瞒的同义词。从这个意义来说，乔治·桑对卢梭的指责，是最违反"事实正义"原则和破坏了自传写作中叙述者与被叙述者、读者三者之间的契约关系的。在《忏悔录》中卢梭是公开了他与华伦夫人的关系，但是这是对事实的叙述，作为叙述者卢梭，他有叙述事实的正义，而且内心里从来没有要"玷污"他称之为"妈妈"的人。事实上，在卢梭的笔下，一个有血有肉、美丽特殊的"爱玛"女性形象展现在了读者面前。

法国著名自传专家菲力浦·勒热讷十分推崇自传写作中的"卢梭式"坦诚，然而怎样在自传中实现其坦诚计划呢？他困惑重重，"人们马上遇到两个问题。是应当克服性方面的禁忌呢还是应当尊重它？在 19 世纪，自传契约只是对卢梭的大胆描写的抗议，是有良好教养的人士之间的一种合乎规律的契约。到了 20 世纪，各种观点莫衷一是。而且，人们在忏悔时，是否有权使周围的人名誉受损呢？答案是否定的。由此出现了作者声称的保留和省略，甚至像米歇尔·莱里斯这样的以最高度的坦诚为目标的人也不例外。与此相关的是，作者出于谨慎而把某些名字作了改动，或把作品推迟出版。"② 勒热讷的困惑源自其自传理论上的偏狭，他把"忏悔"与"名誉受损"简单地画了等号，接受了自传写作的现实（卢梭、司汤达都立遗嘱死后出版自传）。事实上，在这里，只要把"事实正义"也纳入自

---

① ［法］阿尔贝·杜鲁瓦：《虚伪者的狂欢节》，逸尘等译，北京：时事出版社，1998，第 144 页。
② ［法］菲力浦·勒热讷：《自传契约》，杨国政译，北京：生活·读书·新知三联书店，2001，第 80 页。

传契约，即叙述者有权叙述有关自我与他者的任何事实，那么自传写作无疑会进入一个良性循环的阶段。

（三）

当我们这里提出的"事实正义"理论，由自传中的自我叙述和叙述他者扩展到整个传记文学叙事的时候，其理论的实践意义更是毋庸置疑的。众所周知，传记创作本来是极为自由的，传记作家只要不断地收集史料，辨析真伪，极少会受到指责，但是当传记所涉及的传主为生者或其时代不远，传主亲属犹在，麻烦就接踵而至。"历史、回忆录、传记……在这些领域，时间的作用是决定性。披露的私生活事件越是久远，当事者就越不容易发火。让-德尼·布雷坦告诫道：'历史家们，千万不要去碰尚且在世的人们的私生活！'法律监视着我们的爱情、我们的痛苦、我们的罪孽、我们的病痛、我们的怪癖、我们的住宅、我们的形象，以及所有我们称之为个人隐私的一切……死者如果有遗产的话，他就并没有完全死亡。"① 鲍斯威尔的《约翰逊传》如今被称誉为西方最伟大的传记文学之一，然而该传记刚出版时却受到批评。其中，与传主有20年交情的诗人波里克指责鲍斯威尔"违反了国内的主要法律原则，未经他者许可，在该传记中发表了无保留的通信和无防御的谈话"。② 认为鲍斯威尔的叙述伤了他的自尊心，从此与鲍斯威尔断交。事实上，鲍斯威尔只不过是把一个他亲身经历并记录下来的谈话复述了出来。而这一次所谓的波里克与约翰逊的"争吵"，是一次老朋友间善意的斗嘴，此情节栩栩如生地展现了约翰逊的性情脾气。遗憾的是，波里克不理睬鲍斯威尔是小事，因为鲍斯威尔也有他的观点："我十分不解地想知道谁如此自负到想象我会找麻烦来发表他们的谈话。因为我记录的是约翰逊的才情和智慧。"③ 关键是波里克居然从法律和

---

① ［法］阿尔贝·杜鲁瓦：《虚伪者的狂欢节》，逸尘等译，北京：时事出版社，1998，第145页。

② Sisman, Adam, *Boswell's Presumptuous Task: The Making of the Life of Dr. Johnson* (New York: Farrar, Straus&Giroux, 2000), p. 265.

③ Sisman, Adam, *Boswell's Presumptuous Task: the Making of the Life of Dr. Johnson* (New York: Farrar, Straus&Giroux, 2000), p. 266.

理论的高度来打压鲍斯威尔的传记叙事：鲍斯威尔"违反了国内的主要法律原则，未经他者许可，在该传记中发表了无保留的通信和无防御的谈话"。这段话，如果没有我们提出的"事实正义"的原则前提，那么无疑是受到当下的法律保护的，而这一似乎合理的理论对传记文学的副作用，将是灾难性的。无独有偶，弗劳德与卡莱尔的关系颇类似鲍斯威尔与约翰逊的情况。而且弗劳德也为卡莱尔写了一部名传，但是，"《卡莱尔传》出版后，引起了英国批评界延续数年之久的对弗劳德的围攻，其激烈程度是少见的，弗劳德引用信件说明的卡莱尔夫妇之间的关系，实际上是卡莱尔的许多亲友都知道的，但人们还是攻击弗劳德是个背信弃义的不忠实朋友，指责他侵犯了别人的隐私。"① 此例足可证明在传记叙事中隐私权之荒谬。试想，如果卡莱尔或卡莱尔夫人写自传，当他们写到了他们夫妇间性的不调和与婚姻的不和谐，那是最自然的，没有人会指责他们说是侵犯了隐私，怎么同样的一个事实，到了弗劳德笔下就变成了对卡莱尔隐私的侵犯了呢？何况，卡莱尔的事他的许多亲友都知道过了，作为全面记录卡莱尔生命旅程的传记就不能叙述？也就是说由于缺少"事实正义"传记理论的支持，其结果是要么人们不敢涉足生者传记创作，传记文学遂有死人文学之称；要么隐瞒事实、讳饰情节，传记文学又有歌德文学之贬。由此可见，我们提出的"事实正义"理论对于改变传记文学的创作壁垒，有着实际的理论指导价值。

当然，自传作家在享有"事实正义"的叙述权的时候，他必须坚守纪实传真这一传记文学的叙事伦理。纪实传真，是自传文学作家追求的最高的叙事伦理。但同时，自传作家还必须明晓"真实"的几个层面。一是本真或自在事实。这是在一定的时空里已经发生的事实。如项羽的"鸿门宴"和恺撒与埃及艳后"不得不说的故事"。有人怀疑，所有的历史都是叙述的历史，是一种话语。那么，你怎知道历史上有个项羽或恺撒？我觉得这是一种历史虚无主义理念在作怪。"9·11事件"的存在，容不得任何人怀疑，因为有电视录像、幸存者自述、图片等作证。而且2000年以后，即使这些史料皆丢失了，我们也不能武断地说不存在这一事件吧？同理，

---

① 杨正润：《传记文学史纲》，南京：江苏教育出版社，1994，第343页。

我们不能因为史料的缺乏而说没有发生过"鸿门宴",所以我是承认本真或自在事实存在的。二是纪实或传记文学的"真"。我认为,传记文学的"真",是一种"纪实",传记作家力图到达"本真"或自在真实,但是作为一位艺术家又必须深知自己无论怎样"实录""客观",都是在用"话语"叙述一个"故事",在给本真确定一个"意义",用卡西尔的话来说就是给这个本真赋予"诗"的符号。① 因此,传记文学的"真"是一种对事实的叙述,这样作为叙述,它就不可能是本真的纯粹复现,而是深深烙上传记叙述者主体个性的"修辞"。而修辞立其诚,这就要求叙述者在叙述"他者"事实时,应据事直书,减少主观铨评。例如,"9·11事件"从不同的角度不同的阶层来看,或为悲剧,或为滑稽剧,或为正剧。海登·怀特指出:"没有任何随意记录下来的历史本身可以形成一个故事;对于一个历史学家来说,历史事件只是故事的因素。事件通过压制和贬低一些因素,以及抬高和重视别的因素,通过个性塑造、主题的重复、声音和观点的变化、可供选择的描写策略等等——总而言之,通过所有我们一般在小说或戏剧中的情节编织的技巧——才变成了故事。"② 但需说明的是,该事件本身就有此种"含义",它与小说的"情节编织技巧"不同。传记文学只能是向着某一真实人物和某一真实事件去"以文运事",小说则是向着所有人物(可以是雨果笔下的拿破仑,也可以是"嘴在山西"的阿Q)和所有事件来"削高补低都由我"的"以文生事"。三是传记小说的真实或哲学的"真"。所谓传记小说的"真",事实上已经逾越了传记文学的范畴。因为作家尽管书写的是真人或真事,但是在叙事中,作家更多地追求性格的真实。换句话说,作家从人物性格出发,既可以把刘备身上的事儿,放在张飞身上;也喜欢替人物想象出一个人物真实生活中可能发生的事儿。例如,海明威与父亲的决斗。这种"依傍性格身份,假之喉舌"的叙事,就是追求一种哲学上的真实。这里的"真实"与小说是相通的了。但由此也可看出,小说也不是可以随意虚构的,它也是对生活真实的叙述。不过它更忠实于人性,作家在叙事上不对某一事实"承诺"而

---

① [德]恩斯特·卡西尔:《人论》,甘阳译,上海:上海译文出版社,1985,第66页。
② 张京媛:《新历史主义与文学批评》,北京:北京大学出版社,1993。第163页。

已。那么自传文学作家在创作时则要在叙事伦理上进行一次"道德承诺"：我写的尽管不可能百分百本真，但我言必有据，绝不歪曲事实。只有当自传文学作家"承诺"这样纪实，遵循这样的叙事伦理，我们的自传"事实正义论"才有可能由理论变成现实。

第二十二章 / *Chapter 22*

论时间和自传

自传，是关于某一真实个体自我存在的时间话题；时间①是一种存在于自我事件中的叙述。由于人是理解时间的先验条件，这样，时间和自传之间至少会涉及以下三种关系，即时间和自传记忆、时间和自传叙事、时间和自传意义。

（一）

自传由于是回顾自我真实人生经历的时间艺术，所以时间与记忆是无法分开地交织在一起了。美国著名记忆学专家丹尼尔·夏克特指出："我们的自传，亦即我们对自己生命历程的回顾，正产生于时间和记忆之间相互作用的动力过程。如果我们不考察记忆随着时间的流逝会发生什么变化，以及我们如何将往事的经验残余转变成我们关于自己是谁的传记，那么我们就无法理解记忆力之脆弱。"② 丹尼尔·夏克特研究的重点在透过自传时间与记忆的关系来回答记忆之脆弱问题。我们研究时间与自传是为了解答自传是如何通过记忆来构建自我的。随着时间的延长，自传作家用记忆写出的自传是一种真实的文本吗？以及它在多大程度上展现了自我

① 我们这里的"时间"不是亚里士多德的"物理时间"（参见《物理学》），而是奥古斯丁的"心理时间"（参见其《忏悔录》）。

② [美] 丹尼尔·夏克特：《找寻逝去的自我——大脑、心灵和往事的记忆》，高申春译，长春：吉林人民出版社，1998，第66页。

原貌?

　　卢梭的《忏悔录》是在记忆基础上完成的自传名篇。卢梭说："本书的第一部是完全凭记忆写成的,其中一定有很多错误。第二部还是不得不凭记忆去写,其中很可能错误更多。"① 卢梭发现,他的记忆力专使他"回想过去的乐事",这是写第一部时的情况。在写第二部时,"今天我的记忆力和脑力衰退了,几乎不能做任何工作了。"然而,记忆本身是值得完全相信的吗?因为随着时间的流逝,记忆首先会出现遗忘问题。美国认知心理学家玛丽戈尔德·林顿通过对她自己的记忆进行研究发现,时间间隔越长,记忆的影响越模糊。丹尼尔·夏克特指出:"虽然遗忘具有适应特征,但时间仍是记忆的一个劲敌。随着编码与提取之间时间间隔的延长,我们会对被编码的经验发生遗忘,其中有些遗忘快,有些遗忘慢。"② 自传回忆研究领域内的先驱人物马丁·康威和大卫·鲁宾为此划分了三种不同的自传知识:最高层是各人生阶段的回忆,中层是以日、周、月为计量单位的一般事件的回忆,最低层是对特殊事件的回忆。他们研究发现:人们回首往事时,这三个层次通常都是相互交错的。记忆所贮存的,并不是与我们对往事所产生的回忆经验一一对应的单一的表征或记忆形象。相反,回忆所产生的记忆经验,是通过将自传知识三个不同水平上的各信息片段加以组合而构建出来的。③ 这样这种文学特性的记忆就会发生某种回忆中的歪曲,是否由此可以看出自传是一种虚假的记忆呢?丹尼尔·夏克特说:"事实上,我们有很好的理由相信,我们对往事经历的回忆在基本轮廓上是准确的。"夏克特举了一个他自己的例子。他有个弟弟叫凯思。很小的时候,他们全家看过一场足球赛,结果他们支持的队输了,凯思痛哭了一场,但凯思全忘了;那时,他们家养了一只狗,夏克特想不起,可凯思全记得。夏克特说之所以会如此,"反映了我们当初对它们编码程度的不

① [法] 卢梭:《忏悔录》(第二部),北京:人民文学出版社,1982,第344页。
② [美] 丹尼尔·夏克特:《找寻逝去的自我——大脑、心灵和往事的记忆》,高申春译,长春:吉林人民出版社,1998,第75页。
③ [美] 丹尼尔·夏克特:《找寻逝去的自我——大脑、心灵和往事的记忆》,高申春译,长春:吉林人民出版社,1998,第85—86页。

同"，① 这时的编码事实证明会出现一定程度的记忆歪曲或记忆屏蔽，以及对记忆的选择。但我们并不能由此类推出自传是一种虚假。卢梭的《忏悔录》在基本事实上都是真实的，尽管卢梭自称其"记忆专使我回想过去的乐事，从而对我的想象力起着一种平衡的作用"。事实上，卢梭在第二部中所叙写内容多属创伤记忆，反而准确性较高。问题在于，当自传叙述人在通过记忆对过去信息进行重新编码之时，往往产生记忆歪曲。结果，叙述出来的事件会受到自传叙述人"当下"情感、心理、文化的影响而导致某种变形，这一点需特别指出。也就是说，同一事件会由于不同时间不同空间的记忆而发生变化。卢梭后来在《漫步遐想录》第四篇中承认他写作《忏悔录》时，"我爱对一生中幸福的时刻加以铺叙。有时又以亲切的怀念作为装饰来予以美化。对已经遗忘的事，我是根据我觉得它们应该是那个样子或者它们可能真就是那个样子来叙述的"。这也就是莫洛亚所说的记忆不仅疏忽遗忘，它还对事实加以理想化，骤变一过，他回首顾望，将一切合理化。② 时间的流逝导致记忆的变形甚或遗忘，这是自传写作中的不争之事实。一个自传叙述者太过于相信自己的记忆力而不争之"史料"，其自传的可信度是值得怀疑的。这里，自然会推论出自传文本是否真实的问题。我们认为，从时间与自传记忆的关系来看，传记文本的真实性，必然是一种叙述人用满足当下自我意识的方式来"认同"自我的构建性，即茨威格指出的自传是一种"制作"而不是复述。③ 布朗说得好："人的自我在其认知功能中并不是一面透明的镜子，可以把现实原则直接传达给本我；它具有一种更为主动积极的歪曲变形作用，而这正是由于它无力接受当前的人生现实所造成的。"④ 因此，自传的真实性是一种有选择的真实。它是自传叙述人对自我真实的解读。换句话说，在不真实的层面上讨论自传的真实性没有多少理论意义和实践价值。自传的真实性或许就存在于其文本中有多少"真实"。我们认为，法国自传研究专家菲力浦·勒热讷提

① ［美］丹尼尔·夏克特：《找寻逝去的自我——大脑、心灵和往事的记忆》，高申春译，长春：吉林人民出版社，1998，第89页。

② 莫洛亚：《论自传》，《传记文学》1987年第3期，第155—156页。

③ ［奥地利］茨威格：《自画像》，袁克秀译，北京：西苑出版社，1998，第10页。

④ ［美］诺尔曼·布朗：《生与死的对抗》，冯川等译，贵阳：贵州人民出版社，1994，第175页。

出的，自传是自传叙述者与读者间订立的"契约"的观点，是一种比较合理的解释。歌德之所以把他的自传定名为《诗与真》，也正是反映了时间与自传记忆的这种关系，卡西尔指出："符号的记忆乃是一种过程，靠着这个过程，人不仅重复他以往的经验而且重建这种经验。"但是，这种记忆并不意味着自传的不真实，卡西尔论述道："想象成了真实的记忆的一个必要因素。这就是歌德把他的自传题名为《诗与真》的道理所在。他的意思并不是说他在关于他的生活的故事中已经插进了想象的或虚构的成分。歌德想发现和描述的乃是关于他的生活的真，但是这种真只有靠着给予他生活中的各种孤立而分散的事实以一个诗的亦即符号的形态，才有可能被发现。"① 20 世纪三大传记大师之一的茨威格也表述了类似的看法，让我们引述他的一段话，作为本节的结束，"记忆本身就已经主动练习了所有的创作功能，就是这些：选出基本的，加强和淡化，有组织地编排。借助记忆这种创造性的想象力，每个描述者也就不由自主地在事实上成了他生活的创造者。我们新世界最明智的人——歌德，清楚这一点，他自传的题目《诗与真》，这个勇敢的标题适用于每一种自我表白"。②

（二）

弗雷泽指出，人只是表面上看来是一种理性的动物，实际上，他是有死亡意识从而有时间意识的生物。③ 自传叙述的始源即是人区别于动物的这种时间意识。但是人类的时间意识只有通过心理感悟才能存在，这就是自传叙述的重要之所在。换句话说，人能够在叙述中获得他失去的时间，普鲁斯特研究专家罗杰尔·沙图克指出，普鲁斯特就是"要使我们看见时间"，普鲁斯特自己称他的《追忆似水年华》为复得的时间，"我领会到一种艺术作品是恢复失去的时间的唯一手段。我明白，一篇文学作品的全部

---

① ［德］恩斯特·卡西尔：《人论》，甘阳译，上海：上海译文出版社，1985，第 66 页。
② ［奥地利］茨威格：《自画像》，袁克秀译，北京：西苑出版社，1998，第 10 页。
③ K. T. Fraser, *The Voices of Time: A Cooperative Survey of Man's Views of Time Expressed by the Sciences and by the Humanities* (Boston: University of Massachusetts Press, 1981), p. 710.

素材都在我过去的生活中"。①《富兰克林自传》的叙述者富兰克林，回顾自己由印刷工开始奋斗，到如今生活富足，并在这世界上赢得了小小的名望时，常想把生活从头到尾再过一回。尽管时间永逝不复回，但是富兰克林发现，他有可能将一生重演一遍，那就是通过自传叙述。他说："既然重演一生是不可期望的，那么最接近于重演一生的做法似乎就是回忆了，为了使回忆尽可能地存留久远，就需要用笔墨将它记载下来。"② 这里，富兰克林正是由个体的必然死亡，意识到时间永逝，并进而试图用自传通过回忆将人生重新叙述一遍。《富兰克林自传》成了世界自传史上的名篇之一，它体现了时间与自传叙述的特殊关系。利科说："让我们记住，一生是这一生寻求叙述的历史，了解自己是能讲述有关自己本人的既可理解又可接受的历史。"③

在自传中，自传叙述人之所以不停地回顾自己的一生，从时间上讲，这是自传者向死亡而生，透过对时间的追问以求使此生时间变长。"因此在追问时间之'多少'时事先就使时间变长了，而在向消逝的先行中的不断返回是绝不会变得无聊的。"④ 海德格尔用"此在"来表明人是以时间与存在的关系为特征的，事实上，这是充满烦躁的时间意识的自我。这样，"只有当此在拥有未来时，他才是他本己的曾在。曾在以某种确定方式产生于未来中。"⑤ 海德格尔的这种时间观，是对普遍认为的从过去到当前再到未来均匀流逝的时间的颠倒，对自传的叙述模式影响深远。普鲁斯特的《追忆似水年华》即其然。德国学者比梅尔有一段精辟论述："对生命终结的思索，对死的预见推动着他的创作。他在自己的创作中，一方面为生命的终结作预备。一方面又保持着他的曾在、重复他的曾在。因此，他的作品具有一种奇特的结构：从死出发来描写生的历程，作为对曾在的回复。因此，在时间的假面舞会上，对临死的体验就伴随着童年记忆中花园的钟

---

① 伍蠡甫：《现代西方文论选》，上海：上海译文出版社，1983，第127页。

② ［美］富兰克林：《富兰克林自传》，孔祥林译，南京：江苏文艺出版社，1998，第2页。

③ ［法］蒙甘：《从文本到行动——保尔·利科传》，刘自强译，北京：北京大学出版社，1999，第108页。

④ ［德］海德格尔：《海德格尔选集》，上海：上海三联书店，1996，第21页。

⑤ ［德］海德格尔：《海德格尔选集》，上海：上海三联书店，1996，第21页。

声——它预告着斯万的来临和被拒绝后的吻别。未来、曾在和现在融为一体。这种时间的统一体就是它的主人公。作品一开始就把我们带向作品的末尾，而末尾又使我们回复开始——这种对开始的领会和记忆的回复并不仅仅是为了保持曾在；因为对曾在的描述也就是对时间的描述。"① 这就是说，一个自传作家不能满足于按编年体的结构，逐年逐月地叙述自己的生活，而应该像普鲁斯特那样，叙述中充满着时间。因为，自传创作多为一生的终结性思索，是在一种死亡意识的心理推动下进行创作的。②

我们认为，优秀的自传文学理应坚持这一文学创作的立场，自传叙述者在过去、现在、未来的时间三维中应突出三者的相互渗透特性。从未来关联过去，从现在关联未来。"我们更多地是生活在对未来的疑惑和恐惧、悬念和希望之中，而不是生活在回想中或我们的当下经验之中"，所以，有论者说："《追忆似水年华》是一部关于时间的寓言。"③ 也正因为如此，自传叙事不是对自我一生时间的机械叙述，而是对时间的重新梳理与定型，叙事使不成形、不一致的时间成为一致。这样，时间在自传叙事中方能达到时间美学的高度。夏多布里昂的《墓畔回忆录》与普鲁斯特的《追忆似水年华》有着异曲同工之妙。写作自传《墓畔回忆录》时的夏多布里昂比任何时候都更体验到时光的流逝。于是复活历史，唤醒那曾在的世界，寻找主宰他一生的统一性，是夏多布里昂自传追求的最高目标。用他的话来说："我挣扎着反抗时间……在时间这一个个世纪的巨大吞噬者的手中，在使我随它处于空间团团转的时间手中，我感到自己停止不动了。我会怎样？我们的岁月和回忆伸展成规则的、平行的一层层，分别处在我们一生的不同深度，被相继在我们身上掠过的时间的波涛所摒弃。"④ 一只斑鸠的啁啾打断了夏多布里昂的思考，这种神奇的声音立刻让岁月消失了，"这种神奇的声音立时使父亲的产业重新出现在我眼前。我忘却了我

① [德] 比梅尔：《海德格尔》，刘鑫、刘英译，北京：商务印书馆，1996，第57页。
② 自传史上的名作多为老年时撰作，但也有年轻时所作，不过名作较少，这里折射出鲜明的时间意识。
③ [法] 蒙甘：《从文本到行动——保尔·利科传》，刘自强译，北京：北京大学出版社，1999，第129页。
④ [法] 皮埃尔·布吕奈尔等：《19世纪法国文学史》，郑克鲁等译，上海：上海人民出版社，1997，第65—67页。

刚目睹的灾难。突然被带到往昔，我又见到那些田野，我过去在那里常常听到斑鸠的鸣声。"结果这种情感渗入了叙述者全身，由于这只斑鸠，岁月消失了，"我"在整体中重现，而且由于时刻的模糊作用，灵活地包括永恒。法国学者皮埃尔·布吕奈尔等指出："这种对往昔的重新征服，就像抓住了虚无，抓住了这些时间的轨迹，它们无情地衡量出出发点的距离和越过多少路程。""历史给夏多布里昂提供了类比的机会，回忆本身就是这种机会。某些篇章在一个全景中汇聚了空间和时间的作用。"① 由此可见，时间对自传叙述的影响是深远的。

从叙述的视角来看，叙述离不开对过去、现在、将来的时间叙述，按照以上的分析，我们可以推理出：真正的具有诗学价值的自传应在时序、速度、频率、语式等方面达到虚构叙事学的高度。我们这里借用法国著名叙述学专家热拉尔·热奈特的几个名称，以恢复自传叙事的"诗学尊严"。② 热奈特是西方鲜见的尊重纪实叙事学的专家。热奈特说得好，"叙述学应该涵盖各种叙事文，包括虚构性叙事文或非虚构性叙事文，显然，直至今日，叙述学的两个分支几乎都把注意力集中在虚构叙事一家的风姿和内容身上"，这是一种典型的"隐形偏爱"。让我们举出时序为例。热奈特指出："谁也不能阻止纪实叙事在使用补叙或预叙方法。""虚构叙事与纪实叙事在使用时序错乱以及表示这些错乱的方式方面没有太大的区别。"③ 卢梭的《忏悔录》体现了热奈特所论述的特征。在第二部开始，他说："我马上就要展示的是一幅多么不同的图景啊，命运在前三十年间一直有利于我们的自然倾向，到了后三十年就时刻加以拂逆了；人们将会看到……。"这是自传叙事文的独特价值所在，因为自传使用"第一人称叙事"，具有明显的回顾特点，"第一人称叙事文，由于其明确的回顾特点，比其他任何一类叙事文都更适合于预述。叙述者可以影射未来，尤其可以影射目前的状况"。④ 卢梭写作时正是在利用这一预述来影射他的迫害

---

① ［法］皮埃尔·布吕奈尔等：《19 世纪法国文学史》，郑克鲁等译，上海：上海人民出版社，1997，第 65—67 页。
② ［法］热拉尔·热奈特：《热奈特论文集》，史忠义译，天津：百花文艺出版社，2001，第 127 页。
③ ［法］热拉尔·热奈特：《热奈特论文集》，史忠义译，天津：百花文艺出版社，2001，第 133 页。
④ 张寅德编选：《叙述学研究》，北京：中国社会科学出版社，1989，第 211 页。

者的。

人们普遍认为，在自传作品中，叙述主体与写作主体、叙述者和作者、叙述主人公与隐指作者是"混同的"。"只有像卢梭《忏悔录》这样自传性非常强，叙述者、主人公与隐指作者身份合一，而他们的价值观又完全一致的叙述作品，主体的分化才几乎消失。"① 这里赵毅衡先生用"几乎"二字，表明他有"存疑"，而我们则存疑甚多，特别是从时间来看自传叙事，我们会发现自传中的叙述者与主人公及作者不能简单地混同合一。《词语》的作者是存在主义作家让-保罗·萨特（1905—1980）。《词语》的主人公是与《词语》结下不解之缘的少年萨特，《词语》的叙述者既不是有存在主义哲学思想的作家萨特，也不是只有12岁的读书少年，而是一个"隐含作者"，因此，如果我们真正能从恢复纪实叙事学的"诗学尊严"的高度来分析自传叙述，则不得不承认《词语》中的"隐含作者"的主体是分化的。事实上，从弗洛伊德"自我"的三个层次来看，自传作者多用"超我"担任叙述人。因为"超我"是一种"超道德的"人（弗洛伊德语），中国的自传叙述者多采用这一"超我"视角，这是因为中国文化是一种耻感文化。但需指出的是，西方的所谓卢梭式"自我暴露式"自传叙述人，恰恰是隐含了卢梭式"本我"目的。霍尔奈说："品格非常高尚的人的超我，还可以通过攻击被认为是不道德的人来为本我得到满足。带着道德义愤的面具出现的残酷也不是什么新鲜事。"② 茨威格曾以卢梭为例说"隐藏到表白之后，恰恰在坦白中隐瞒，是自我表现中自我欺骗最巧妙、最迷惑人的花招"，③《忏悔录》中的叙述主人公是不能与真人作者让-雅克·卢梭等同的。所以，自传叙述中叙述者与主人公及真实作者也同样不是身份合一的。

（三）

回顾过去，立足现在，构想未来是人类不停的追求。希腊戴尔菲神庙

---

① 赵毅衡：《当说者被说的时候——比较叙述学导论》，北京：中国人民大学，1998，第28页。
② ［美］卡伦·霍尔奈：《精神分析新法》，雷春林译，上海：上海文艺出版社，1999，第58页。
③ ［奥地利］茨威格：《自画像》，袁克秀译，北京：西苑出版社，1998，第10页。

那条"认识你自己"的箴言，先后启发了一代又一代哲人。柏拉图说："做你的事和认识你自己。"蒙田说："世界上最重要的事情就是认识自我。"克尔凯郭尔说："人的本性是激情，在激情中，人理解他人，也理解自己。"卡西尔称"认识自我"为哲学探索的最高目标，他说："人被宣称为应当是不断探究他自身的存在物——一个在他生存的每时每刻都必须查问和审视他的生存状况的存在物。人类生活的真正价值，恰恰就存在于这种审视中，存在于这种对人类生活的批判态度中。"① 同理，一部自传若想成为一部真正有价值的自传，也应奉认识自我为自传的最高追求。这是自传文本的时间性所决定的。毕达哥拉斯语，人生易老，"一切皆变，无物常往"。奥古斯丁在向上帝认罪、忏悔的同时，他通过对时间的追问，来认识他自己，"时间究竟是什么？没人问我，我倒清楚，有人问我，我想说明，便茫然不解了"，② "我们讲述真实的往事，并非从记忆中取出已经过去的事实，而是根据事实的印象而构成言语，这些印象仿佛是事实在消逝中通过感觉而遗留在我们心中的踪迹。譬如我的童年已不存在，属于不存在的过去时间；而童年的影像，在我讲述之时，浮现于我现在的回忆中，因为还存在我记忆之中"。③ 在《忏悔录》中，奥古斯丁讲述了他在未皈依基督之前的种种人性生活，甚至肉欲、偷盗等情节。但是，他为什么要讲述他的生活呢？难道仅仅是以叙述出他的生平过程为最高目的的吗？海登·怀特通过对大量历史叙述的分析，发现历史叙事在记录事件时，往往对事件进行编码，对事件发生的时间顺序进行变形，"目的是要揭示事件的真实"或"潜在"意义。④ 事实正是如此，自传的真正诗学目的是通过对自我生平经历的叙述，以得出"我是谁"和"谁是我"的意义来。卡西尔就认为奥古斯丁的《忏悔录》是一部人类的宗教剧，奥古斯丁对他自己生活事件的叙述是不重要的。关键是，"在奥古斯丁书中的每一行文字都不仅有一个历史的含义而且还有着一个隐含着的象征意义"，那就是"只

---

① ［德］恩斯特·卡西尔：《人论》，甘阳译，上海：上海译文出版社，1985，第8页。
② ［古罗马］奥古斯丁：《忏悔录》，周士良译，北京：商务印书馆，1994，第242页。
③ ［古罗马］奥古斯丁：《忏悔录》，周士良译，北京：商务印书馆，1994，第245页。
④ 张京媛主编：《新历史主义与文学批评》，北京：北京大学出版社，1993，第191页。

有在基督教信仰的符号语言中，奥古斯丁才有可能理解或表达他自己的生活"。① 如果一位自传作者对时间有着深刻的理解，那么他对自传意义的把握就较为敏锐。我们认为，自传是一种对日常状态时间的超越，因为在日常状态下"并不包含任何对自我的反思"。海德格尔说："在日常状态中，没有人是他自己。他是什么以及他如何是——这都是无人；没有人，但又是所有的人相互在一起。所有的人都不是他自己。这种'无人'——日常状态中的我们本身是靠此'无人'生活的——就是'常人'。常人说，常人听，常人为……而存在，常人烦忙。"② 萨特的《词语》之所以超出诸多自传的水平之上，并不是因为萨特以他的生花妙笔，栩栩如生地叙写出了他的童年，而恰恰是它的自传意义。法国学者洛朗·加涅宾就指出了这一特点："萨特自传体式的自述并不是完完全全按时间先后或事件来叙述的。这部作品对他的童年做了紧凑的、精辟的并且十分深刻的分析。弄明白这部作品的含意和它的普遍意义比从中挖掘一些轶事或发现一些故事或回忆更加重要。"③ 萨特写《词语》的目的，就是要"证实自己存在的合理性"，他在书中用存在主义哲学家现在之"我"来阐述他的童年。"描述了一种奇特的经历：一个艰辛地达到无神论边缘的孩子，尽管不信仰能解释我们每种行为的上帝，仍然不愿失去自身存在和生活的理由。"④ 国内学者柳鸣九在为《词语》中译本所作的序言《严酷无情的自我精神分析》一文中对此也有一段论述："事实上是，他在这本书里集中了全部精力去追述他文字的因缘，而与这一特殊对象的因缘就决定了他以后整个一辈子的道路、职业与所作所为，决定了他何以成了世人后来所认知的作家让-保罗·萨特，也就是说，他在追述与解释他作为一个写作者的存在的最初那些根由，从这个意义上来说，他在这本书里所做的，就是解剖他后来发展

---

① ［德］恩斯特·卡西尔：《人论》，甘阳译，上海：上海译文出版社，1985，第67页。
② ［德］海德格尔：《海德格尔选集》，上海：上海三联书店，1996，第14页。
③ ［法］洛朗·加涅宾：《认识萨特》，顾嘉琛译，北京：生活·读书·新知三联书店，1988，第24页。
④ ［法］洛朗·加涅宾：《认识萨特》，顾嘉琛译，北京：生活·读书·新知三联书店，1988，第24页。

成为一个大作家、大哲人的最初的那个雏形。"①

心理学已经揭示出这一现象,不思考过去,即不能反思现在,也不能展望未来,"若一个人失去了对全部往事的情节记忆,那么他的人生就会变得贫瘠乏味,就像凄凉萧瑟的西伯利亚荒野一样",丹尼尔·夏克特曾举了一个吉恩的例子来说明这一现状。吉恩于1981年因在一次摩托车事故中导致严重脑伤而患退行性失忆症,结果,他不能回忆起生活中任何时间的任何特殊事件。对吉恩来说,"他的心灵空白一片,他的生活一无所有,他没有一个朋友,只是寂静地和父母一起生活在家里"。而且更令人吃惊的是,"正和他的过去已完全丧失一样,他也从来不思考未来。他不会去对生活做出任何计划,他对未来也没有任何指望"。② 这个例子有助于说明:过去、现在、未来是一个不能分割的整体,一个没有时间意识的人则是一个没有未来的人。同理自传叙述者之所以叙述他或她的过去,也正是想在过去的生活中去觅取他或她现在以至未来或永恒的生活的意义。

总而言之,时间在自传叙述中有着极为重要的作用,应当引起自传作家和有自传倾向的小说家的重视。另外,我们在这里之所以探究时间与自传的关系,还有一个重要原因:那就是构建中国自传诗学。长期以来,特别是20世纪,学界把更多的精力投放到虚构叙述的研究之中,恰恰忽略了富有民族传统的纪实叙述的现代转化。中国的历史叙述曾得到黑格尔的赞美,在一个历史叙述如此发达宏富,曾产生了司马迁《史记》、司马光的《资治通鉴》的中国,研究者时至今日仍在高扬虚构叙事的大旗,对纪实叙事则缺少诗学思考。这是一种屈服于西方文化霸权并且割裂与中国传统文化联系的内在学理缺陷,该到我们清理这一不重视纪实叙述理论和实践的"隐形偏爱",并构建中国民族传统的自传话语模式的时候了。

---

① 参见柳鸣九为萨特《词语》中译本所作序言《严酷无情的自我精神分析》,[法]萨特:《词语》,桂林:漓江出版社,1996。
② [美]丹尼尔·夏克特:《找寻逝去的自我——大脑、心灵和往事的记忆》,高申春译,长春:吉林人民出版社,1998,第156—157页。

论中西自传之我

（一）

在自传产生之前，有没有"自在之我"？初听起来好像这是论者在假设一个逻辑推理，并企图诱导读者走进一个自设的怪圈。这不是明摆的事实吗？当然存在"自在之我"。例如，卢梭《忏悔录》写作和出版之前，是先有一个叫做让-雅克·卢梭的人，他1712年生于日内瓦一个钟表匠的家庭。7岁时，他在父亲的鼓励下读了诸多古希腊、古罗马文学中的名人传记。他认为普鲁塔克的英雄传记是塑造人的自由精神的最佳手段。10岁时，他被送到朗莫西埃牧师那里，两年内就学会了拉丁文。13—15岁时，他在一个暴虐的镂刻师的店铺当学徒，经历很多磨难。两年后他终于弃职离乡，开始了长期颠沛流离的生活。华伦夫人既是他流浪生活的第一个幸福的港湾，也是他过于丰富而略嫌病态的情爱生活中所钟情的第一个女性。在华伦夫人那儿，卢梭度过了近十年浪漫而稳定的生活。1742年，他离开华伦夫人来到巴黎，进入文学界。1749年，他的应征文章《论科学与艺术》获奖。这虽使他一举成名，却也逐渐显示出他同其他启蒙主义者在思想立场上的分歧和差异。其后，他渐渐地与百科全书派决裂了。在法国蒙莫朗西森林附近度过的几年是他文艺创作生涯中硕果累累的阶段，他的《新爱洛绮丝》《民约论》《爱弥儿》问世于此时。因《爱弥儿》同时激怒了当局和百科全书派，卢梭避难逃至瑞士等地，最后回到法国仍不得安宁。他晚年时在巴黎离群索居，《忏悔录》一书于此时完稿。1778年，卢梭在一个侯爵的庄园里孤独地死去。但法国大革命后，他的遗体却于1794年被以隆重的仪式移葬于巴黎先贤祠。也就是说，即使卢梭不写《忏悔录》，那个"自在之我"，也是存在的。李清照如果没有记叙自我生平的《金石录后序》问世，后世读者当然无法真切了解她与丈夫之间交织着的"悲苦和情爱"，① 可那个叫李易安的女词人的"自在之我"是肯定存在过的。这有其他文献可证。但问题是，假如自传叙述者，在历史上没有像卢梭那样闻名或无其他史料来旁证其存在过的话，那么，"自在之我"的存在与否的问题就浮出了水面而不仅仅是一个逻辑的推理了。沈复的《浮生六记》，被杨引传得之于"冷摊"。林语堂感慨道：要不是这书得偶然保存，我们今日还不知有这样一个女人生在世上，饱尝过闺房之乐与坎坷之愁。② 显然，如果没有沈复的自传存在，陈芸的"自在之我"的存在与否，是颇值得怀疑的。更何况，有关沈复的所谓"闺房记乐""闲情记趣"等，完全是由沈复在自说自话，已无旁证。诸多论者就是将此自传当作小说来研究的。由此看来，"自在之我"仍然是个容不得忽略的问题。

那么，解决这个问题的最佳学术路径是什么？我认为这里首先在叙述者与读者间必须达成一个契约，即我们必须承认自传文类是一个契约文类。"自传契约"是法国著名自传研究专家菲力浦·勒热讷提出的概念。他指出：自传就是一个人以真实为承诺所写的关于自己的传记。自传是一种建立在作者与读者相互信任基础上的体裁，如果可以这样说的话，是一种"信用"体裁。自传作者在文本伊始便努力用辩白、解释、先决条件、意图声明来与读者建立一种"自传契约"。勒热讷解释说，18世纪以来的欧洲小说，大量使用书信体和日记体。如果我们只停留在文本的内在分析上，那么自传和自传体小说几乎无法区分。③

我们的观点是明确的，最基本的历史常识告诉我们，"自在之我"像天上的太阳一样，即使它晚上不出来或被云遮雾罩，却始终是存在的。这

---

① ［美］斯蒂芬·欧文：《追忆》，郑学勤译，上海：上海古籍出版社，1990，第121页。

② 林语堂：《〈浮生六记〉译者序》，《浮生六记》，北京：外语教学与研究出版社，1999，第17页。

③ ［法］菲力浦·勒热讷：《自传契约》，杨国政译，北京：生活·读书·新知三联书店，2001，219页。

里的关键问题是，自传文类尽管是叙述者本人对这一"自在之我"的追忆与记录，但是"自在之我"事实上又迥然独立于自传中出现在文字中的"我"之外。同样，"自在之我"也不能说是自传中的"我"的父本与母本，只能说它是与自传中的"我"有着千丝万缕联系，却又绝非完全等同于自传中的"我"的另一个"本源之我"。

（二）

自传的客观生态证明：所有的自传之"我"，必须也只能是当"自传"出现时，他或她才出现。也就是说，尽管在《诗与真》出现之前或之后，歌德作为"自在之我"是客观存在的。但是，这个"我"事实上与《诗与真》中的"我"是不能完全等同的。[①] 前者是"自在之我"而后者是"叙述之我"。自传之"我"，与叙述同生死。自传话语中的"我"，是一种自我言谈之"我"。它是与叙述同时产生的。如果没有自传。自我则无处投胎或转世。在保罗·利科看来，一个生命在他没有被解释的时候是没有生物学现象的，尽管不能说这个生命不存在，但利科却把生命本身和人类经验称为"前叙述性质"，是叙述方使这些存在过的生命潜质成形。因而保罗·利科断定没有独立的、自我本位的自我，只有叙述之"我"。[②] 利科从叙事哲学的高度，敏锐地把握住了叙事在自我塑形中的作用。他特别强调自传之"我"因叙述而生的独立性。这里，利科是想表明，叙述中的"我"与"自在之我"（前叙述性质），有着不同的修辞目的。一旦"我"在叙述中出现。它就与自在之"我"有了区别。哪怕是叙述者对"自在之我"如照相般地叙述，也是不同的（下文会有论述）。这里最为关键的是，自传叙述中的"我"是有"意义"的"我"。泰勒说"使我现在的行为有意义，就要求叙述性地理解我的生活，我成为什么的含义只能在故事中才

---

① ［德］歌德：《歌德自传——诗与真》，刘思慕译，北京：人民出版社，1983。

② Ricoeur, Paul, *Time and Narrative*, trans. by Kathleen McLaughlin and David Pellauer（Chicago：University of Chicago Press，1984），p. 229.

能提供"。① 沈复的《浮生六记》给我们提供了"叙述性地理解我的生活"的一个完美典型。沈复的"自在之我"如何？我们目前并没有太多的史料来说明。但从俞平伯辑录的年表来看，可以肯定地说，在其生活的时代，他至少会因为他的"另类"行为，而得"不孝""悖伦"的骂名。特别是他与陈芸的夫妇生活，给"前叙述状态"中的沈复带来的是无尽的伤悲：父子不睦、婆媳不和、兄弟阋墙、骨肉分离。但是，在《浮生六记》中，当沈复在"叙述"那个叫作沈三白的"余"时，沈复不但让自己失败的生活有了"意义"而且重新确定了分裂自我的不同的身份政治：闺房记出了"乐"，闲情有了"趣"，快乐在浪游中穿行，坎坷是痛并快乐着。美国学者斯蒂芬·欧文敏锐地指出：沈复是在"写"成某种叙述文字，并含蓄地告诉读者"那时事实就是如此"。这里沈复是在细心地有选择地忘却某些事情，以便把回忆的断片构建为事情应该如此的模样。"这一对恋人总是在他们的生活里谱写出一则则纯真美妙的趣事，为他们自己组织自己的小空间，建设假山和幻象——至少在他根据回忆为我们写下的故事里有这样的假山和幻象。"不过，在每一则这样的趣事中，每一个这样的幻象里，都存在一种危险，人工雕凿的痕迹会漏出尾巴来，别人会看出这都是沈复在人为加工他的自我。"沈复是按照事情应当怎样来讲述他和芸的生活故事的，然而他讲述时的口气好像是事情事实就是这样。这是回忆录，它是一件想要掩盖自己是艺术品的艺术品。然而，到处都可以看到用油灰抹住的结合部和裂缝：由省略而造成的断沟以及由欲望浇铸而成的看不见的外皮。"②

请特别注意的是，这里的沈复之"我"是叙述中的沈复之"我"，尽管他的基本事实指向那个"自在之我"，但却不能与之划等号。同时，这种叙述之我，也不能像斯蒂芬·欧文所说的那样"是一种艺术冲动"，而与所谓的"虚构"称兄道弟。这个"余"就是重新对"自在之我"进行叙述以确立自传作者是什么的"叙述之我"。邦维尼斯特说出过这样一句

---

① ［加拿大］泰勒：《自我的根源：现代认同的形成》，韩震等译，南京：译林出版社，2001，第71页。

② ［美］斯蒂芬·欧文：《追忆》，郑学勤译，上海：上海古籍出版社，1990，第121页。

值得纪念的短语："自我"是他或她说出的"自我"。① 在这个意义上，诚如邦维尼斯特所云，"自传之我"是一种"叙述之我"。我们认同此论。无独有偶，西方自画像历史上有一幅著名的绘画《宫女们》，耐人寻味的是，画家迭戈·委拉斯贵兹不但将自己画进了画里，而且，在画里将自我重新进行了描绘：宫廷画家的谄媚本质被自我描画成了尊贵；明明是争取骑士团落选却在自己的脖子上画上了十字勋章。由此可证明，介入绘画语言中的自我，同自传中的自我一样，都是一种"我"叙述出的"自我"。"所以，画家在处理自画像时，便自我'异质化'地，同时居处'主体/客体'（我/非我）、'主体/另一个主体'（我/另一个我）的位置。然而，我们必须注意，画家对'分裂'的知觉（认知分裂感）也正是他能够处理自画像的关键——无法同时兼领主/客位置，画家根本无从下笔；当然，在建立主客关系的同时，画家的主体性将强力介入画面，侵略被画客体的客观性。所以，完美的自画像是一种主/客交感的过程与结果。即使画家的技巧和理性足以将画面处理得十分逼肖（真实），画家统御画面的情形势不可免——或者，我们可以说：画家介入画面，影响'写实'的几率远大于普通肖像画。同样地，自传作者也必须以当下的主体对应一个过去的自我。这个过去在变成'回忆'的当儿，便形成某种'欲望'（drive）元素，在身体内留下轨迹，成为后来'欲望'的信道。于是，创作主体（们）便必须经历（比绘制自画像的画家）更多层次的分裂：面对时间→进入记忆→沿着过去的欲望轨迹走来→胶合当下诸多自我→撰写自传。于是，我们可以说自传汇聚着极端复杂的心理机制。其中'陈仓暗度'的内在冲突，远甚于任何文类。"② 也正因为自传之"我"是一种"叙述之我"，这样对其文类的判断价值，就可以由史学上升到诗学层面。我想尽管这样理解自传越发显明了自传文类的内在冲突，但是同时这也从话语理论的高度肯定了自传文类本身所内含的美学价值。自传不再是也不应该是保罗·德曼所认定的一个"声名狼藉和自我放纵"的文类了。③

---

① 贺淑玮：《自传主体的分裂特质》，http：//www.cc.org.cn/newcc/。
② 贺淑玮：《自传主体的分裂特质》，http：//www.cc.org.cn/newcc/。
③ ［美］保罗·德曼：《解构之图》，李自修等译，北京：中国社会科学出版社，1998，第190页。

（三）

奥古斯丁在《忏悔录》中追问着，"我的天主，我究竟是什么？我的本性究竟是怎样？真是一个变化多端、形形色色、浩无涯际的生命！"① 蒙田强调"世界上最重要的事情就是认识自我"。② 在《第一哲学沉思集》中，笛卡尔说道："现在我要闭上眼睛，堵上耳朵，脱离开我的一切感官，我甚至要把一切物体性的东西的影像都从我的思维里排除出去，或者至少（因为那是不可能的）我要把它们看作是假的；这样一来，由于我仅仅和我自己打交道，仅仅考虑我的内部，我要试着一点点地进一步认识我自己，对自己进一步亲热起来。我是一个在思维的东西，这就是说，我是一个在怀疑、在肯定、在否定，知道的很少，不知道的很多，在恨、在爱、在愿意、在不愿意，也在想象、在感觉的东西。因为，就像我刚才说过的那样，即使我所感觉和想象的东西也许绝不是在我以外、在它们自己以内的，然而我确实知道我称之为感觉和想象的这种思维方式，就其仅仅是思维方式来说，一定是存在和出现在我心里的。"③ 但是就是这个眼前的"我"，既没有因为奥古斯丁的"追问"达到蒙田的"认识"，也没有因为笛卡尔的"我思"而明明白白地"故我在"。"当笛卡尔说'我思故我在'（Rene Descartes）——他便将主体与外在（社会）分隔，以主体为逻辑上的先验角色，不但主体内、外并不互动，即连潜意识中的欲流系统、社会的象征系统也受到忽略。如此一来，主体便占据上帝的位置发声，维持一贯与单一的霸权——传统的自传作者和读者都如此定位自传主体。也因此，作者/读者的诠释偏执在所难免，严重局促了自传阅读的广大空间。"④ 事实上，真正的后果是更严重地局促了对自传之"我"的丰富内涵的把握深度。

我们认为，"我"是可以化身为某个不确定的、可能的他人的，也就

---

① ［古罗马］奥古斯丁：《忏悔录》，周士良译，上海：商务印书馆，1994，第201页。
② ［法］蒙田：《我不想树立雕像》，梁宗岱等译，北京：光明日报出版社，1996，第240页。
③ ［法］笛卡尔：《第一哲学沉思集》，庞景仁译，北京：商务印书馆，1996，第11页。
④ 贺淑玮：《自传主体的分裂特质》，http://www.cc.org.cn/newcc/。

是说，我是"他者"是自传之"我"的又一本质含义之一。尤其需要强调的是，这个"我"是自我分裂的主体。"自传主体性的呈现更是耐人寻味。最显而易见的，就是自传主体的分裂特质——时间/空间上分裂为过去和现在；写作时，分裂为主体和客体，如果心理学者的说法可信，那么，人的主体性会因分裂而生；分裂，正好铸造了一个'自传主体性'。如此，我们可以大胆假设，自传中看似单一的主体性，必然是由不同分裂主体组合而成。"① 贺淑玮的假设是有事实依据的。在《多余的话》中，"政治领袖"就是瞿秋白自身的"他者"，瞿秋白为他的"自我"成为"他者"而痛苦。瞿秋白是不能以自己本身来度过自己一生的人类悲剧的典型。但是这里有一个吊诡：唯有富有自我反思意识的人才知道自己是在演戏，并且会不断地在自我与他人角色间进进出出，并为此而痛苦和分裂。这样一旦条件成熟（有时间和外力督促），② 这一痛苦之人，很可能执笔对自我进行叙述，来为自我确定身份和释放内心的矛盾与痛苦。因此我认为这种自我分裂的主体意识也可以说是自传起源的因素之一。瞿秋白在明知绝命之前，仍在说所谓的"多余的话"，其实他就是在寻回迷失的"自我"。瞿秋白这样说"我"：但是我想，如果叫我做一个"戏子"——舞台上的演员，倒很会有些成绩，因为十几年我一直觉得自己一直在扮演一定的角色。扮着大学教授，扮着政治家，也会真正忘记自己而完全成为"剧中人"。虽然，这对于我很痛苦，得每天盼望着散会，盼望同我谈政治的朋友走开，让我卸下戏装，还我本来面目——躺在床上去，极疲乏地念着："回'家'去罢，回'家'去罢!"这的确是很苦的——然而在舞台上的时候，大致总还扮得不差，像煞有介事的。不过，扮演舞台上的角色究竟不是"自己的生活"，精力消耗在这里，甚至完全用尽，始终是后悔也来不及的事情。等到精力衰惫的时候，对于政治的舞台，实在是十分厌倦了。③

其实，瞿秋白没有认清这样一个事实，自我从来就不是完全的自足的自我，自我本身就是由"他者"加"我"混合组成的综合体。"人（既包括内在的也包括外在的）的存在乃是一种深刻的交流。是交流的手段……

---

① 贺淑玮：《自传主体的分裂特质》，http://www.cc.org.cn/newcc/。
② 卡萨诺瓦的自传完成于历经繁华过后的失落期；卢梭的《忏悔录》诱因于出版家的督促。
③ 瞿秋白：《多余的话》，《瞿秋白自传》，南京：江苏文艺出版社，1996，第184—185页。

是赞同他者、通过他者支撑自我的手段。人没有内在的自主领域；他全部而且总是处于边界；他在他者的眼中或是通过他者的眼睛来检视自我……我无法离开他者，没有他者，我不成之为我，我必须在他者那里发现自我，在我身上（在相互反省和感知中）发现他者。证成不能是自我证成；承认也不能是自我承认。我从他者那里得到我的名字，这名称为他者而存（自我命名乃是从事篡位的行为）。对自我之爱也同样不可能。"① 尽管瞿秋白不断地叫喊"回家"，但是他也为自己的"舞台表演"而沾沾自喜。换句话说，如果瞿秋白没有遇到其他政治家的"进逼"，他就会为自己的这个"他者"形象而迷醉。这样，政治领域会多了一个政治家，自传文学界却少了一本经典自传。

我认为，米德的"主我和客我"理论对于我们理解自传中的"他者之我"提供了一个重要的理论支点。米德认为，个体只有在与他的社会群体的其他成员的关系中才拥有一个自我。自我，作为可成为它自身的对象的自我，本质上是一种社会结构。一个产生于社会经验之外的自我是无法想象的。就像儿童在游戏中扮演他人，在竞赛中扮演参与共同活动的他人角色一样。这个自我已经泛化了角色扮演的态度，或者说，采取了"泛化的他人"的态度。人在本质上是扮演角色的动物。个体在调整他自己的行动的过程中"扮演了他人的角色"。作为社会的自我，他通过语言过程使自己采取他人的态度，在这个意义上我成了他人。所有的他人态度组织起来并被一个人的自我所接受，便构成了作为自我的一个方面的"客我"，与之相对应的方面则是"主我"。"'主我'是有机体对他人态度的反应；'客我'是有机体自己采取的有组织的一组他人态度。他人的态度构成了有组织的'客我'，然后有机体作为一个'主我'对之作出反应。"② 米德还发现，个体必须成为他自身的一个对象，否则他就不是反思意义上的自我。而且，他认定一个复杂的和分裂的自我恰恰是一个人的正常的人格。其结果是产生了两个互相分离的"客我"和"主我"。萨特的自传《词语》中的"我"即是有着"主我"与"客我"的分裂人格。该自传所写

---

① 柯西莫·真列：《自我·他者·虚己》，《跨文化对话》2001年第7期，第73页。
② ［美］乔治·H·米德：《心灵自我与社会》，赵月瑟译，上海：上海译文出版社，2005，第155页。

是萨特的童年故事。但是萨特却让他的自我分成了他人眼中的"存在主义者客我"与自己眼中的厌恶文字的"主我"两个分裂的"我"。

（四）

拉康在《"我"之功能形成的镜子阶段》这篇著名的论文中指出："镜像阶段"通常是发生在婴儿6个月到18个月之间的一段经历，当婴儿在镜子中第一次看到自己的形象时，他就会顽皮地体验着镜像的虚拟运动与被反射的环境的关系，以及这个虚拟的情结与它复制的现实的关系。也就是说，"镜像阶段"通过格式塔的心理机制对主体进行"塑型"。注重塑型的力量来自"他者的欲望"。拉康引入索绪尔的语言学是在说明这样一个论点：如果把凝视着镜中的自己的婴儿看成"能指"，那么婴儿镜中的镜像就是"所指"，而婴儿所看到的镜像在某种程度上就是他自己的"意义"，但是，拉康所谓的那种把"能指"和"所指"扣住的结合至今还没有出现过，两者的黏合点始终是虚假的，因为"所指"始终处于一种漂离、滑动的状态。结果是一个"能指"蕴含着另一个"能指"，另一个又蕴含着再下一个，以此类推直至无穷，镜子里的"隐喻"世界已经让位给语言中的"换喻"世界了。"镜像阶段"的镜前的自我与镜中的形象实际上是不一样的，一个是自在之"我"，一个是虚幻的自我。也就是说主体与他自己的自我或想象之间有一条永远也不能通达的鸿沟。这种只能无限趋向而无法真正到达的鸿沟，暗示着个体将不仅仅在婴儿时期遭遇主体性建构的问题，而且其一生都在不停地遭遇"镜像"而无法获得"自我"的真正认同。用方汉文的话来说，"儿童照镜子时旁边有伴随的大人，儿童从镜中看到自身与他人不同，在确立自我的同时，也就确立了他人。他人，一方面与自我对立，带来心理上的压力、焦虑和敌对意识。在某种意义上，他人代表了人类和社会。自我迫于他人的压力，不得不对内和对外发动攻击，以维持自身的平衡。于是有了对内的宣泄和对外的侵略，扩而展之到社会范围，才有战争和争端。另一方面，自我又与他人认同。儿童知道了他曾经被打过，他看到别的儿童跌倒，他自己就哭了起来。同样，由于与他人认同，儿童生活在一种由于慷慨的虚饰而产生的反应光谱之中。儿童感受到自己是人类的一员，他必须与他们友好相处，服从社会给予他的命令。尽管这种关系是虚幻的，但它约束指导自我，使自我与他人认同。特别是在敌对性联系中，例如奴隶与暴君、演员与观众、牺牲品与勾引者之间，促成一种互相承认和认同的关系"。① 简而言之，"镜像阶段就是通过我认同处在我之外部的镜中形象，把我自身构成一个具有整体性的肯定的形象的过程"。② 拉康是在突出人不能在自己的内部发现自己，也就是只有在他者中才能发现自我。从这个意义上讲，"镜像之我"与"他者之我"有着大致同一的含义。但事实上还有区别。

埃梅案例是拉康这一理论的最好说明。张一兵有一段精妙的分析：拉康认为，这个案例中的埃梅并不是在简单地攻击他人，而是一种"自虐"。妄想狂的症结是不断将身外成功的他人形象，镜像式地内化为自己的理想心像，内化为另一个完美和谐的"我"。对这个自己之外的理想形象，埃梅痴迷地沉浸其中，甚至义无反顾地成为这个心像"伪我"的奴隶，而这个主体之外的另一个心像，正是主体自身存在的真正本体。此时的拉康已经渐渐发觉，那个真正充任人之主人的角色的异在的本体，实质上是某种特定的外部引力。这种外部引力利用社会地位、名望和金钱交织成的网络，制造出种种"我"不在其位却应该居有的空位。现实中这种空位常常被一些"另一个"成功人士占有，妄想狂患者往往将他们视为自己的理想自我和内在心像，正是这种理想化的张力，支撑着"我"的存在。由此拉康发现关于"自我"的观念即使在正常人心里也可能是一个妄想。可是，倘若现实中主体身心一败涂地，恰与作为"另一个"理想自我的成功人士形成强烈的反差，主体便可能通过真实的精神分裂将幻想直接实现为现实，埃梅刺杀那个在社会现实中成功了的女人，其心理动机也是试图杀死另一个作为虚假心像的自己。"在镜像理论里，拉康证伪了弗洛伊德式的自我主体建构逻辑，他以婴儿在统一镜像中误认自我的伪心像为开端，提出自我的异化本体论，即在虚假的镜像之'我'中，真实主体在基始性上

---

① 方汉文：《拉康的主体认证理论》，http：//mind. studa. com/2004/1-7。
② ［日］铃村和成：《巴特——文本的愉悦》，咸印平、黄卫东译，石家庄：河北教育出版社，2001，第94页。

即是空缺的，自我主体不过是一个以误认的叠加建立起来的想象中的伪自我。"① 这里需要说明的是，自传叙述者肯定在叙述中有着明确的自我理想化倾向，甚至会将自身应该成为的"他人"形象镜像式地内化为自己的理想心像乃至于用"伪我"来加以叙述。但是自传叙述者绝对不是精神分裂的妄想狂，他或她是能够分辨出自我与镜像"他者"的本质不同的。我们只能认定"自传之我"是结合了"他者"眼光且在所指中形成了意义的自我。但是，这并不意味着这个我就是"伪自我"，因为它是"我"与他者的结合体。最为关键的是，人类与动物的根本不同在于，猴子在镜子面前是分不清自我与镜子中之"我"的区别的，而自传作者明白他自己笔下的"自我"是另一个"我"，是自我的身体的影像，并且清楚镜子里（自传中）的他或她与镜子之外的"我"只能是相似而不会是同一的。叶紫自传多达五六种，之所以如此，正是因为叙述者对那个叫叶紫的"我"产生镜像，他无法在一次自传叙述中获得自我的身份，这表明叶紫笔下的"我"是一个永远难以穷尽的不确定的生命。拉康镜像理论对自传理论的最大贡献即在于此，它证明了自传是一种永远无法达到"自在之我"的叙述文类，或者说它证明了自传是最真实的叙事文类的神话。当然，拉康的"镜像之我"过分地强调自我在基始性上即是虚构的观点，则与自传的写作事实不相符合。如果我们承认笛卡尔"在"的前提，然后来反观自传中"我"的镜像特征，那么拉康的"我不思故我在"对自传文类来说，就不是一个致命伤。这正像画家创作自画像。

众所周知，有关自我的主体身份问题，从奥古斯丁开始就是文学的焦点。"但是，20世纪作品的实质和形式是清楚的，我们面临认识论的和文学的分裂，并把它植根于历史之中。像罗兰·巴特坚持的那样，他的书是不同于早期的'忏悔录'……因为我们今天已有不同的关于'作者'的知识。因为我们'今天探讨分离的主题'，用比昨天的'简单矛盾'更复杂的方法。"②

---

① 张一兵：《拉康出生、活着和死去》，http：//www. culstudies. com。

② Paul Jay, *Being in The Text—Self-Representation from Wordsworth to Roland Barthes* (Ithaca: Cornell University Press, 1984), pp. 178-179.

这里便涉及"自我死亡"的问题。在后现代话语中"死亡"成了受宠幸的"王妃"。什么"作者死了""小说死了",其实他们都根植于"解构"理论,我们承认罗兰·巴特在认识论上的进步,他的自传文本是不同于奥古斯丁和卢梭甚至纪德的自传的,因为他发现了自我的"分裂",但是,无论如何罗兰·巴特的自传文本绝对不是"自我死亡"的典型范例。罗兰·巴特的"自传之我"更多地体现在"叙述之我"和"镜像之我"中,而且作为自传叙述者,罗兰·巴特与卢梭的最大不同是,他只不过和卢梭们有着"认识论"上的区别。到了罗兰·巴特这里,由蒙田和卢梭等建构的自传真诚伦理发生了变化,可是从自传发生学的角度来看,"自传之我"却并没因认识论的不同而改变自己和发生死亡。换句话说,卢梭的《忏悔录》中的"我"与巴特的《罗兰·巴特论罗兰·巴特》中的"我"同样都是"叙述之我"与"镜像之我"。即使卢梭强调他的"上帝面前的真实",事实上,他的"自传之我",仍然永远隶属于无法达到"自在之我"的叙述、他者和镜像之"我"范畴;同理,尽管巴特说他的自传是那只手在写,可是那"自在之我",仍像磁铁一样指向那"激动、不安、郁闷、惊恐"① 和存在着的罗兰·巴特的躯体。

中西方自传发展史告诉我们,自传之"我",看起来简单,实则复杂多变,特别是进入 20 世纪后,随着诸多新自传文本的出现。这个"我"字确实是一个"横看成岭侧成峰"的值得探讨的诗学课题。本章指出,自传之"我"至少可从四个方面进行诠释:"自在之我""叙述之我""他者之我""镜像之我"。本章承认和支持中西文学理论界有关自我的理论分析,但对"自我死亡说"的后现代观念,进行了学术批判。

---

① [法]罗兰·巴特:《罗兰·巴特自述》,怀宇译,天津:百花文艺出版社,2002,第 27 页。

文本·文化·文学：论自传文学

（一）

自传文学是文学家族中渊源早且颇富独特艺术价值的品类之一。在中国，远在 2000 多年前的汉代就已出现了，刘知几在《史通·序传第三十二》中指出："盖作者自序，其流出于中古乎？按屈原《离骚经》，其首章上陈氏族，下述祖考，先述厥生，次显名字。自叙发迹，实基于此，降及司马相如，始以自叙为传。"在西方，被奉为正式自传之始的奥古斯丁的《忏悔录》也成书于公元 400 年左右。特别是进入 21 世纪以来，自传文学随着人类的自我意识的空前发展而繁兴，中西文学界皆形成了相应的"自传文学热"。① 甚至自传文学作品已成为作家获取文学大奖的最主要载体之一。例如萨特主要因自传《词语》被授予诺贝尔文学奖，更使自传文学声誉鹊起。面对中外当代自传文学的热潮，欣喜之余，我们不得不承认，中国的自传文学作品还远未臻完美，这里原因固然众多，但是长期以来，中国自传文学的理论匮乏，是其中的一个重要原因。

自传文学（autobiography），从字面上看是自己（auto）书写（graph）自己真实的生平（bio），似乎最合适不过了。历史学家爱德华·吉本在《吉本自传》中自信地说："我必须意识到，任何人都不如我本人有资格描

---

① 在中国 20 世纪二三十年代曾形成以郁达夫为代表的自传热潮；在西方，特别是 20 世纪 80 年代的法国也曾有以新小说作家杜拉斯为代表的自传写作热。

述自己的思想和行动。"① 然而，尽管自传作家有着揭橥自我内心隐秘的优长，可事实上正是由于是作家自述之故，人们对其文本的真实性产生了怀疑，莫洛亚为此从六个方面论述了促使自传文学的叙述不准确甚至谬误的因素。第一个因素是我们对于事实的遗忘，"当我们试图撰写自己的生活史，我们多数会发现，其中的绝大部分我们已遗忘殆尽"。使事实改变的第二个因素，是由于审美原因而产生的有意忽略，"记忆力是一个伟大的艺术家。对每一个男子和女子来说，记忆力使他或她，在回忆一生时，创造了艺术作品和不可信的记录"。第三个因素是自然的潜意识的压抑导致自传作者的改变事实。第四个因素则是由羞耻感所引起的，"几乎没有男子有勇气说出他们性生活的事实真相"。同时，记忆不仅疏忽遗忘，它还对事实加以理想化。"骤变已过，他回首顾望，将一切合理化，从而自言自语道：'我是一个社会主义者。'"在自传中还有一个缺少诚实的原因，那就是，当我们描述往事时，希望保护那些已成为我们朋友的人。莫洛亚的论述可谓切中肯綮。但是，莫洛亚在指出自传文学的真实性应认真研究的同时，不无存在否定"自传文学文本价值"的倾向，如对中国读者所喜爱的卢梭的《忏悔录》，莫洛亚在行文中多次予以否定："我们看到，卢梭夸大了他的智拙和智力上的迟钝这一方面。"② 他还在为勒达斯版的《忏悔录》所写序言中断言："事实上一种忏悔只能是一本小说。卢梭的《忏悔录》是骗子无赖冒险小说里最好的一部。"也正是由于自传文学奉行这么一种有意无意之中的"忽略和更改"的写作原则，或者说存在这么一种现象，在西方有些论者包括一些自传作者甚至完全否定自传文学的文本特征。小说家格雷厄姆·格林说"自传只是徒有虚名的生平"，并用"徒有虚名的生平"作为他自传的书名。

我们认为，自传文学绝不是徒有虚名的文类，而是有着独特文本特征的文学形式。至少我们可以从三个方面对此给予界定：自传文学是一个真实的人以他（她）自己的生活为依据写成的回忆性散文；自传文学是以

---

① 参见《新大英百科全书》"传记文学"条目。转引自《传记文学》1984年第一期（创刊号），第191页。
② ［法］莫洛亚：《论自传》，《传记文学》1987年第3期，第156页。

"话语"语言（discourse）而非"历史"语言为主体来叙述自我生平的文本；自传文学属非虚构文学，不能等同于"fiction"（小说）。

自传文学是一个真实的人以他自己的生活为依据写成的回忆性散文。这是自传文学文本的第一要素，舍此，则不能称为自传文学。歌德在 59 岁时，回忆了他从儿时至 26 岁以前的事儿，取名为《诗与真》；吉本在他的《罗马帝国衰亡史》获得成功的时候，写了一部《吉本回忆录》；李清照睹物思人，写下了《金石录后序》。歌德、吉本、李清照在历史上确有此人，他们分别以自己的生活为媒介，回忆了自己的生平。我们称此类作品为自传文学，但是，如果历史上确有此人，却不是传主亲自撰写，不是我们讨论的自传文学，如英国作家罗伯特・格雷夫斯替罗马皇帝写了一部轰动世界的自传《我，克劳迪亚斯》，尽管文学价值与历史价值并重，但这只是小说（fiction）。

所谓自传文学是以"话语"语言而非"历史"语言为主体来叙述自我生平的文本，有两层含义：一是自传文学在追求真实的同时，使用的是叙述者介入的"话语叙述"（discourse narration）；二是叙述者的书写的（graph）主观性起着举足轻重的作用。

什么是"话语叙述"？法国语言学家邦维尼斯特在《普通语言学问题》中指出，历史叙述排除所有自传语言形式（"autobiographical" linguistic form）。史学家不说你、我和现在，因为史学家不用"话语形式"，只能使用第三人称。"话语叙述"则一定假设了说话者和听者，而且说话者企图影响听者，是有我的（personal）。自传文学是属于"话语叙述"范畴，因为自传文学的最显著表征之一即是用"我"的口吻来叙述生平。① 例如："大家都盯着我，面面相觑地一句话也说不出来。我一辈子也没有见过有人惊奇到这种程度。但是，叫我最得意的是布莱耶小姐的脸上显然露出了满意的神情。这位十分傲慢的少女又向我看了一眼，这一次至少要和第一次一样可贵。"（卢梭《忏悔录》）"还有一个更大的印象，是我一生都记得的便是罗丹亭。……我最初走进这亭子，注视着这个伟大艺术家的作

---

① Benveniste, Emile, *Problems in General Linguistics*, trans. by Mary Elizabeth Meek, Coral Gables (Florida: University of Miami Press, 1971), pp. 206–209.

品，心中着实惊奇不止。"（《邓肯女士自传》）。

以上的自传作者皆使用的是企图影响听者的"话语叙述"，这就决定了自传文本区别于历史叙述的主观性。而这种主观性在自传的形成中起着举足轻重的作用。

众所周知，自传大多成书于作家的晚年，但是作家在说及他童年的生活时，不但栩栩如生，而且往往用现在的"我"去复制过去的"我"。萨特的自传《词语》一书中的叙述者"我"仅有10多岁，但是却似乎具有存在主义哲学大师的雏形。这里，其实是自传作家萨特的主观性的折射。萨特实际上叙述的并不是一个几岁儿童当时所实际具有的思维，不是萨特作为儿童的当时的"本我"，而是萨特已成了一个存在主义哲学家时的"超我"。① 毋庸置疑，自传文学的叙述者的书写的主观性这一现象，使得自传文学文本形成了一种与生活本身不无偏差的特点，斯蒂芬·欧文在分析中国自传名作《浮生六记》时说得更为明白："在我们的回忆中，背景是模糊不清的，出现的是某种形式，故事、意义、同价值有关的独特的问题等，都集中在这种形式里。回忆是来自过去的断裂的碎片；它闯入正在发展中的现实里，要求我们对它加以注意：我们'沉湎于其中'。沈复只需要回想到'盆景'，周围环境中所有丰富的细节以及对他个人所具有的意义，就全涌现在他心头了：所有这些都能凝聚到一个形象、一个名字和某一时刻里。不过，我们在这里读到的不是回忆，而是'回忆录'。为了写出回忆录来，他必须把凝聚成的回忆铺陈开来：他必须把它写成某种叙述文字，某种描写，某种反思的诠释。"② 其实，这就是歌德所说的"半诗半史"的文本特征，③ 是自传作家对过去的"我"的追忆，但这与虚构文本具有质的区别。

我们指出自传文学是一种"话语叙述"文本，并不意味着自传文学就是"fiction"。这里自传文学中的"我"尽管是当下的"我"对过去的

---

① 文见柳鸣九为萨特《词语》中译本所作序言《严酷无情的自我精神分析》，《词语》，桂林：漓江出版社，1990，第7—8页。

② ［美］斯蒂芬·欧文：《追忆》，郑学勤译，上海：上海古籍出版社，1990，第121页。

③ ［德］歌德：《〈歌德自传〉自序》，《歌德自传》，刘思慕译，北京：人民文学出版社，1983，第4页。

"我"的重新组合，但是它们仍然是沿着忠实于"自我"的轨迹运行的（true to a life），而不是只源于生活的小说（true to life）。

　　自传文学就是一种带有很强主观性的话语叙述文本，自传作家写作时的"graph"（书写）行为是"当下"的我对过去的"我"的构建，其中，不排除作家对过去的"我"的艺术变异，但这并不意味着自传文学的虚构意义。因为自传作家力图追忆的仍然是"真我"（true to a life）。也正是在这一点上，自传文学由于彰扬自传作家的主体性，使其文本的文学价值得到文坛的首肯。让我们引证卡西尔《人论》的一段话作为本部分的小结："符号的记忆只是一种过程，靠着这个过程人不仅重复他已往的经验而且重建这种经验。想象成了真实的记忆的一个必要因素。这就是歌德把他的自传题名为《诗与真》的道理之所在。他的意思并不是说，他在关于他的生活中已经插进想象的或虚构的成分。歌德想发现和描述的只是关于他的生活的真，但是这种真只有靠着给予他生活的各种孤立而分散的事实以一个诗的，亦即符号的形态才有可能被发现。"

（二）

　　如果说以真人实事为载体的传记文学必然受到诸多文化因素的影响，那么，自传文学这一传记分类中的特殊形式，与文化的渊源更是根深蒂固。从某种意义上说，中西自传文学的差异，主要是一种文化的差异。我们把这种文化差异标之为"隐讳文化"与"忏悔文化"的差异。

　　儒家文化初看起来是颇彰扬书法不隐的"实录"精神的，孔子曾经盛赞晋太史董狐敢于直笔："董狐，古之良史也，书法不隐。"（《左传·宣公二年》）然而，推本究源后我们会发现，儒家文化教育中的所谓"直笔"并不是坦白真诚地叙写出生活的原生态，而是必须遵循"为圣者、贤者、长者讳"的创作原则，换句话说，在儒家创始者孔子的哲学里，直笔即是曲笔。《论语·子路篇》中说，叶公语孔子曰："吾党有直躬者，其父攘羊，而子证之。"孔子曰："吾党之直异于是，父为子隐，子为父隐，直在其中。"这里，孔子所说的"直在其中"正反映了儒家文化的隐讳实质。令人遗憾的是，在这种"曲笔即直笔"的传记创作中，自传作家的隐讳、掩饰不但不被批评，反而取得了它的文化合理性。刘知几《史通·曲笔第二十五》说："肇有人伦，是称家国。父父、子子、君君、臣臣，亲疏既辨，等差有别。盖子为父隐，直在其中，《论语》之顺也。略外别内，掩恶扬善，《春秋》之义也。自兹已降，率由旧章。史氏有事涉君亲，必言多隐讳。虽直道不足，而名教存焉。"

正是由于这种"隐晦文化观"潜移默化的影响，中国两千余年的传记文学发展史上，最为缺失的传记就是那些堪称直笔的作品。让我们以司马相如为例略作说明。司马相如在自己的短短的真实生命旅程中，演出了一曲轰轰烈烈的才子佳人爱情剧。难能可贵的是，司马相如不但做出了与"礼法"不符的行为，并且创作了追忆其一生的自传《自述》。从理论上说，"相如窃文君"一段无疑应是该《自述》的重头戏，因为这一段"隐秘"生活唯有作家本人最了解。然而从中国这一传记文化的"隐讳"性视角极易理解的是，司马相如的《自述》到了唐代就失传了。因为《自述》是与儒家传统的隐讳文化相矛盾的，所以甚遭正统文化的排斥。就是颇彰扬史家三长的刘知几在《史通·曲笔第二十五》也曾说过这样的话："相如《自述》乃记其客游临邛，窃妻卓氏，以《春秋》所讳，持为美谈。虽事或非虚，而理无可取，载之于传，不其愧乎！"钱锺书指出："相如文既失传，不知此事如何载笔，窃意或以一二语括该之，不同《史记》之渲染点缀……人生百为，有行之坦然悍然，而言之则色赧赧然而口讷讷然者。既有名位，则于未达时之无藉无赖，更隐饰多端。"① 所以，我们始终认为，中国人的真实人生是极为丰富多彩的，但之所以自传文学的佳作出现得较少，恰恰是被"隐讳"的传记文化遮蔽了。

在西方，自传文学也深受文化的制约，其隐讳之风曾经很盛，特别是中世纪在古典作家身上，体面较真实更为作家所重。莫里哀和拉罗什富科都把他们的自白美化了，伏尔泰也不作自我表白。这种情况即便到了20世纪也仍然存在，以至于为了写出真实的自我，自传作家不得不设想是从坟墓中向世人说话。马克·吐温就是一位典型代表，"我决定从坟墓中而不是亲口向世人说话，是有充分理由的：我可以无拘无束地说话。一个人写

---

① 钱锺书：《史记会注考证·四十九司马相如列传》，《管锥编》，北京：中华书局，1986，第358页。

一本有关他平生私有生活的书——一本他活着的时候给人们看的书，总是不敢真正直言不讳地说话，尽管他千般努力，临了还得失败"。①

但是，与中国自传文学深受"隐讳文化"的拘囿相反，在西方自传文学发展史上却有一个极利于自传文学创作繁荣的"忏悔文化"传统。甚至可以说，西方真正的自传文学恰恰嚆矢于"忏悔文化"之中。在西方语言中，"忏悔"（Confessions）已经成为自传文学的代称。这是渊源于奥古斯丁的自传《忏悔录》。这部自传本来旨在承认神的伟大，叙述一生所蒙天主的恩泽，并发出对天主的歌颂，但是由于奥古斯丁在自传中流露的情感：坦率、真挚，在书中他面对上帝而"忏悔"，对自己的偷盗行为及肉欲的描写极其诚实，人们也就逐渐省略了"Confessions"的"承认神的伟大"的含义，而注重了奥古斯丁《忏悔录》一书所表现的在上帝面前承认自己"罪过"的含义。其实，在古典拉丁文中，"Confessions"一词的本意，就是"承认，认罪"。因此，我们可以称西方传记文学是渊源于"忏悔文化"中的。也就是说，与儒家文化提倡"隐讳"相反，"忏悔文化"中，无论自传作家出于何目的写自传，自娱也罢（《吉本自传》），润笔也罢（《夏多布里昂回忆录》），②自我张扬也罢（卢梭《忏悔录》），他必须在"上帝"面前说真话，承认有罪，写出自己的七情六欲和血肉人生。吉本说："这篇个人生活的叙事文章，必须以真实作为它的唯一可以推许的特点，这就是严肃一点的历史书所应具有的首要品质：赤裸裸的，不怕出丑的真实。"③正是在这种"忏悔文化"影响下，西方自传文学史上出现了相当数量的佳作，而这些佳作尽管风格各异，却都无不具备坦率无隐，叙说出自己的优缺点的"忏悔"特征，赢得了世人的瞩目。坦率诚实，无情地解剖自我，成了西方自传文学的主调。直至当代，这一"忏悔文化"传统仍被继承且不断发展着，形成了西方传记文学鲜明的文化特征。

---

① ［美］马克·吐温：《马克·吐温自传》，许汝祉译，南京：江苏人民出版社，1981，第1页。
② 夏多布里昂晚年经济拮据，将此书以25万法郎卖给出版商。
③ ［英］吉本：《吉本自传》，戴子钦译，北京：生活·读书·新知三联书店，2002，第1页。

（三）

自传作为一种文类能否成为文学家族中的一员，并不是没有争议的，这里至少有两个因素使人们对自传的文学性产生怀疑：一是自传作者往往是非文学类型，尽管中西自传文学史上，不乏像歌德、郭沫若那样的文学家作者，但是从自传文学的文本特殊性来看，更多在自传领域驰骋笔墨并获得文名的是教皇、将军、金匠、影星等。西方第一部标准的正式自传是教皇庇护二世所写，文艺复兴时期的自传代表的作者分别是医生吉罗拉莫·卡尔达诺、金匠本韦努托·切利尼。邓肯的《邓肯女士自传》充溢着"我的自传会成为一本划时代的传记"的文学自信；达利的《达利自传》具有丝毫不逊于超现实主义小说的文学品位。

二是由于自传的种类实在繁杂，造成了自传文本的难以归类。司马迁的《太史公自序》尽管"上述祖考，下及己身"，但是他更多地是叙述了自己述作《史记》的旨归，对自我形象的塑造不鲜明生动。阿兰的《我的思想史》说是一部自传，却对他的童年和私生活一笔带过。更有甚者，有的自传作品里面叙事与议论交织，回忆同科学研究相融。因而，长期以来，"在更具传统性的文学里，它常常作为几乎永久的事业，被确定在小说、叙事作品和编年史的边缘"，"它们远未构成一种确定的样式，更多地是证实了文学样式的分裂"。① 然而，正是由于自传文学的不稳定性，我们认为从文学的视角来确立它的几个要素是颇有理论价值的。

首先，自传文学是一种叙述（narrative），这是它的文学性表征之一。回忆过去，叙述自我人生的故事是自传作家的追求。凡是优秀的自传文学佳构，无不具有这一特征。本韦努托·切利尼的自传着重叙述了他的意大利历险记；本杰明·富兰克林自传是"用开诚布公的语言写成的一个多才多艺、精力旺盛的美国人成功的故事"。② 用故事的叙述来营造自传文学的结构是极为重要的，这是自传作为文学的首要因素，因此，对诸多不注重

---

① ［法］贝尔沙尼等：《法国现代文学史》，孙恒等译，长沙：湖南人民出版社，1987，第 177 页。

② 《大英百科全书·传记文学》"正式自传"条目，转引自《传记文学》1984 年第 1 期（创刊号），第 187 页。

叙述的自传，我们有理由将它们排除在外。当然，彰扬自传文本的故事叙述，曾被中外诸多"新派作家"或多或少地予以否定。但耐人寻味的是，恰恰是新小说派作家反而写出了重视"叙述"的作品来。在法国以抽象文学的使者身份出现的罗伯·格里耶，出版了用传统手法写成的《重现的镜子》。曾在《天堂》中以不标点、无段落令读者难以卒读的"新新小说派"人物索莱尔，在《自传：一个玩世者的画像》中则"创造一种能使读者一下子就明白的写作手法"，叙写了自己家庭的兴衰史。杜拉斯在《情人》一书中，改掉了她往常作品晦涩难懂之处，而是给读者展示了一位15岁的白人少女与一位华侨富翁的儿子之间的情爱故事，也正是凭借《情人》一书，使得早有文名的杜拉斯获得了龚古尔文学奖。

当然，由于自传文学的回忆这一心理特征的制约，叙事的不完整性及跳跃性是在所难免的，叙事的角度及方法也因作者的不同而不同。但是"叙事性"，作为自传文学的文学表征之一是不容否定的。这里需要说明的是，有人认为由于自传包含这种叙述的有意安排，因而它创造性的虚构形象这一唯一的事实，重新把自传引入了虚构。事实上，这种看法是混淆了自传与小说的文本特征，在"文本"一节里，我们已经指出了自传文学不是"小说"（fiction）。从叙事的角度来看，我国清代的金圣叹早对此进行了精辟的论述："《史记》是以文运事，《水浒》是因文生事，以文运事，是先有事生成如此如此，却要算计出一篇文字来，虽是史公高才，也毕竟是吃苦事。因文生事却不然，只是顺着笔性去，削高补低都由我。"①

其次，自我形象的塑造和自析是自传文学的文学表征之二。自传文学作为文学的一种，其自我形象的塑造是十分重要的，特别是传统意义上的自传，多注重对"自我形象"的塑造。夏多布里昂的《墓畔回忆录》曾被称为一首巨大的诗。全书共分四个部分，写他的童年、军旅、文学和政治生涯，其中他极为生动地描绘了自我形象：精力充沛又十分狂妄；浪漫潇洒也自私无情。郭沫若的《沫若自传》在展开描绘中国现代历史的画卷的同时，对自我的性格形象也作了传神的表现，那就是一个充满叛逆性格的诗人最终成为民主战士的形象演变史。

---

① 金圣叹：《金圣叹全集·读第五才子书法》，南京：江苏古籍出版社，1985，第18页。

现代意义上的自传由自我形象的塑造进一步发展成为自我形象的解析。这是更高文学层面上的形象塑造。自传作家已经不满足于简单生动的"童年趣事"般的纪实，而欲在对自我形象的分析中，把握住自我的真实性格及形象。萨特是以存在主义大师的身份享誉世界文坛的，但是他的最受读者欢迎的作品不是什么"恶心"，而是"回到文学方面的做法"的自传文学《词语》。这部自传作品堪称自我形象自析的典范。柳鸣九对此有一段论述："事实上是，他在这本书里几乎集中了全部精力去追述他与文字的因缘，而与这一特殊对象的因缘就决定了他以后整个一辈子的道路、职业与所作所为，决定了他何以成为世人后来所知的作家让-保罗·萨特，也就是说，他在追述与解释他作为一个写作者的存在的最初那些根由，从这个意义上来说，他在这所做的，就是解剖他后来发展为一个大作家大哲人的最初的那个雏形。"① 也正是在作家冷静、无情、细腻的自析中，作家的自我形象得以充分展示。试看一节："我不曾'选择'我的志趣：是别人把它强加给我的。实际上，什么也没有发生，全是一个老太太随意抛出的几句空话和查理的谋算造成的。但是，只要是我相信就行了。大人们在我心中有崇高地位，他们用手指出我的星宿；我看不见自己的星宿，只看见他们的手指，我相信他们，他们也自以为是相信我的。他们教我知道了那些死去的伟人的存在：拿破仑、地米斯托克利、菲利浦·奥古斯特，他们当中还有一个未来的伟人：让-保罗·萨特。我对此毫不怀疑，即使可以怀疑大人们。这最后的一个伟人，我真想能面对面地见到他。他张大了嘴，扭着身体，试图产生自我满足的感觉，是一个没有进入激情的女人，她的痉挛动作先是呼唤极度兴奋状态，后来便取代了这种状态。人们是否会说她是在模拟动作或是有些过分用心呢？"②

最后，坦率的文风是自传文本文学性表征之三。自传文学欲在文学苑圃竞相开放，必须长久保持这一文风。这里的坦率指一种文化人格心态，是打上中西文化的印迹的，但是诸多优秀的自传文学佳作，无不具备坦率流畅的风格，因为自传文学是以真实为美的独特文类。卢梭的《忏悔录》

---

① ［法］萨特：《我的自传——文字的诱惑》，张放译，桂林：漓江出版社，1990，第 5 页。
② ［法］萨特：《我的自传——文字的诱惑》，张放译，桂林：漓江出版社，1990，第 177 页。

堪称这种坦率文风的典范。杜拉斯的《情人》的文学魅力也得益于这种坦率的文风，她自己把这种坦率的文风称为"流动的文体"，"流动的文体就是不管遇到任何事物，都不加以区别，不加选择地带着它们向前流的河流。"正是这种坦率的文风，使《情人》一书富有独特的文学风格。也许，坦率的格调，会随着作家语言风格的不同而变化，但是坦率这一总体文风是自传作家所不能忽视的。

在忏悔中隐瞒——论西方自传的坦白叙事

坦白或说坦率，是西方自传迥异于中国自传的独特的文本特征。之所以如此，是由于中西文化有着相对的不同，中国儒家文化倡隐讳，反实录，① 西方忏悔文化则推崇坦白。福科说得好，西方人变成了忏悔的动物，忏悔在西方近代早期已经成为西方文化的重要部分，"忏悔把它的影响广为传播，在司法、医学、教育、家庭关系和爱情关系等等几乎整个日常生活和庄严仪式中扮演了重要角色。人们忏悔他们的过失、原罪、思想和欲望，他们的疾病和烦恼……人们高兴地或痛苦地向自己承认那些不可告人的事情，那些人们著书撰文所谈论的事情"。②

说到西方自传中的"坦白"叙事，对卢梭等西方自传有直接影响的奥古斯丁的《忏悔录》是其嚆矢者。奥古斯丁的《忏悔录》创作于 397 年前后，全书共十三卷，卷一至卷九，主要记述了他三十二岁前的生命史；从自传发展史的角度看，这第一部分最为重要。奥古斯丁在皈依基督教前，信奉摩尼教，过着有"罪"的人的生活，他在襁褓中"还不会说话，就眼光狠狠盯着一同吃奶的孩子"，③ 他偷窃邻居的梨子，与一位妇女生有男孩儿，已经与少女订婚却同时另交新欢，即使已经成为教士，"对女人还是

---

① 与西方传记文化相对的是，如果说西方文化在忏悔中隐瞒，中国传记文化则在实录里隐讳。孔子的"子为父隐"即如此。异曲而同工，《论语·子路》云："吾党之直异于是，父为子隐，子为父隐，直在其中矣。"

② ［德］麦魁尔：《福科》，韩阳红译，北京：昆仑出版社，1999，第149页。

③ ［古罗马］奥古斯丁：《忏悔录》，周士良译，北京：商务印书馆，1994，第10页。

辗转反侧，不能忘情"。① 但是由于忏悔文体是叙述者在向上帝承认自己的"罪"，假如忏悔者无罪可述，那就无法见证神的伟大与宽恕，因而，忏悔者在叙述自我的罪过时，不但没有了羞耻感，反而获得了"叙述正义"，所以，奥古斯丁说："我愿回忆我过去的污秽和我灵魂的纵情肉欲，并非因为我流连以往，而是为了爱你，我的天主。"② 这是奥古斯丁开创的西方自传文本的坦白叙事的源头：你不曾"原罪"在身，拿什么向上帝忏悔？奥古斯丁对他的"窃梨事件"之所以反复忏悔和"原罪式"夸张，实际上是充盈着叙述者的话语的"叙述正当"与自我欣赏，忏悔本身看似在否定和压抑自我的自然生命冲动，实际上叙述者在内心深处已经自然生成了一种叙事伦理上的"事实正义"的平衡机制。所以他们不但不担心说出他们的"罪"，而且乐于说出。莫洛亚说，到了卢梭才以"把一切都说出来为荣"，③ 其实从奥古斯丁开始就早已如此了，并成为忏悔文体本身和整个西方自传的叙述修辞之一。例如奥古斯丁曾挖掘出他婴儿时的"妒忌"：还不会说话，就面若死灰，眼光狠狠盯着一同吃奶的孩子。奥古斯丁说："可见婴儿的纯洁不过是肢体的稚弱，而不是本心的无辜。"④ 事实上，这种乐于到童年记忆中寻找"原罪"的叙事几乎成为西方自传固定的叙述模式了。

卢梭的《忏悔录》让我们且留到下面再举例说明，斯丹达尔在其自传开篇坦然叙述道："我童年的第一个回忆是咬过比松·杜加朗夫人的面颊或是额头，她是我表姐……我现在还清楚地记得她的模样：一个二十五岁的女子，体态丰腴，浓妆艳抹，很可能就是那脂粉的红色刺激了我。当时我坐在草地中间，就是当时博纳门的平坡处，她的面颊正与我的头并列。'亲亲我，亨利。'她对我说。我不肯，她便发脾气，于是我张口便咬，那情景我还记得，当时我立刻被狠狠教训了一顿，而且后来家里人还不断向

① [古罗马] 奥古斯丁：《忏悔录》，周士良译，北京：商务印书馆，1994，第138页。
② [古罗马] 奥古斯丁：《忏悔录》，周士良译，北京：商务印书馆，1994，第138页。
③ 莫洛亚为1949年法国勃达斯版的《忏悔录》写的序言，文见卢梭：《忏悔录》（第二部），范希衡译，北京：人民文学出版社，1980，第824页。
④ [古罗马] 奥古斯丁：《忏悔录》，周士良译，北京：商务印书馆，1994，第10页。

我提及此事。"① 纪德在《假如种子不死》中让叙述者"我"在回顾起生命的原初时，第一个闯入他的意象的恰是他的"同性恋"。"我还记得一张相当大的桌子，大概就是餐厅的餐桌吧，所铺的桌布垂得很低。我常常与门房的儿子钻到底下去；门房的儿子是个年龄与我相仿的孩子，有时来找我。我们把玩具摇得蛮响。那些玩具是为了装样子带到桌子底下的。实际上我们另有玩法：一个贴近另一个，而不是一个与另一个。我们的所作所为，后来我才知道叫做'不良习惯'。这种不良习惯，我们两个是谁教给谁的？是谁头一个养成的？我说不清。不过应该承认，这种不良习惯小孩子有时是能够再创造的。我嘛，既无法说是什么人教我的，也无法说自己是怎样发现那快乐的，而是我的记忆力回溯多远，那快乐就已经存在了多久。我深知，讲述这件事以及后来发生的事，对我自己会有所伤害，我预感到有人会利用这些来诽谤我。但是，我的叙述唯有真实才站得住脚。权当我写这些是一种忏悔吧。人当童年，心灵应该完全透明，充满情爱，纯洁无瑕。可是，记忆中我童年时代的心灵却阴暗、丑恶、忧郁。"然后又记忆起了与斯丹达尔类似的"咬人"的情节："'快去亲亲你堂姐。'一进客厅，母亲就对我说（我当时只有四岁，也许五岁）。我走过去。佛罗堂姐弯下腰，把我拉到她身前，这样她的肩膀就裸露了。看到如此娇艳的肌肤，我顿时头晕目眩，不去亲堂姐伸给我的面颊，却被她美丽动人的肩膀迷住，照准上面狠狠啃了一口。"② 法国新小说大师萨罗特则是回忆自己的叛逆性格："我要煎破它。"③ 即便在画家达利笔下，他也是以有童年"原罪"为荣。"我五岁了。……我刚认识了一个比我小的男孩……我们经过一座正在建造的桥，桥栏杆还没修好。我张望了一下，确信没人注视我们，突然一下把这个男孩推到虚空中，他从四米高的地方跌在岩石上。""我六岁了。……我看见我三岁的小妹妹在地上爬，我停了下来，略微犹疑了一下，在那种疯狂的快乐（它刚使我做出野蛮的举动）的摆布下，我朝她头上狠狠地踢了一脚，就又奔跑起来。"④ 甚至那本举世闻名的励志之

① [法] 斯丹达尔：《斯丹达尔自传》，周光怡译，南京：江苏文艺出版社，1998，第25页。
② [法] 纪德：《纪德文集》（传记卷），罗国林、陈占元译，广州：花城出版社2002，第1—2页。
③ [法] 娜塔莉·萨罗特：《童年》，桂裕芳译，北京：外国文学出版社，1986，第1页。
④ [西班牙] 达利：《达利自传》，欧阳英译，上海：上海人民美术出版社，1997，第12页。

书——海伦·凯勒的《生活的故事》中，也有如下叙事："那时，我有一个洋娃娃，爱得要命，后来我把它取名叫'兰希'。它是我溺爱和脾气发作时的牺牲品，浑身被磨破得一塌糊涂。我有能说话的、能叫喊的洋娃娃，也有能眨眼睛的洋娃娃，但是没有一个像可怜的兰希那样被我痛爱。有一个给兰希睡觉的摇篮，我常常摇它睡觉，一摇就是一个多小时。这洋娃娃和摇篮我都视为珍宝，不让别人动一动。然而有一次，我却发现妹妹舒舒服服地睡在这摇篮里。那时，我正嫉妒她夺走了母爱，又怎么能够容忍她睡在我心爱的'兰希'的摇篮里呢？我不禁勃然大怒，愤然冲过去，用力把摇篮推翻。要不是母亲及时赶来接住，妹妹恐怕会摔死的。这时我已又盲又聋，处于双重孤独之中，当然不能领略亲热的语言和怜爱的行为以及伙伴之间所产生的感情。后来，我懂事之后，享受到了人类的幸福，米珠丽和我之间变得心心相印，手拉着手到处游逛，尽管她看不懂我的手语，我也听不见她咿咿呀呀的童音。"①

也就是说，坦白作为西方自传修辞之一，是自传作家与读者间定下的"自传契约"，任何自传作家无论如何都不愿说出自己在隐瞒真实。蒙田在"告读者"中强调自己的自传是"坦白书"。"这是部坦白书，读者，它开端便预告你，我在这里并没有拟定什么目的，除了叙述自己的家常琐事。我既没有想到对于你的贡献，也没有想到自己的荣誉。我的力量够不上这样的企图。我只想把它留作我亲朋的慰藉：使他们失去了我之后（这是不久就要成为事实的），可以在这里找到我的性格和脾气的痕迹，因而更恳挚更亲切地怀念我。如果我希求世界的赞赏，我就会用心修饰自己，仔细打扮了才和世界相见。我要人们在这里看见我的平凡、纯朴和天然的生活，无拘束亦无造作，因为我所描画的就是我自己。我的弱点和本相，在公共礼法所容许的范围内，都在这里面尽情披露。"②

卢梭在《忏悔录》中则更是前无古人地宣称："我要把一个人的真实面目赤裸裸地揭露在世人面前。这个人就是我。……不论善和恶，我都同

---

① ［美］海伦·凯勒：《海伦·凯勒生活的故事》，朱原译，北京：中国盲文出版社，2002，第11—12页。
② ［法］蒙田：《我不想树立雕像》，梁宗岱、黄建华译，北京：光明日报出版社，1996，第240页。

样坦率地写了出来。我既没有隐瞒丝毫坏事，也没有增添任何好事；假如在某些地方作了一些无关紧要的修饰，那也只是用来填补我记性不好而留下的空白。其中可能把自己以为是真的东西当真的说了，但绝没有把明知是假的硬说成真的。当时我是什么样的人，我就写成什么样的人：当时我是卑鄙龌龊的，就写我的卑鄙龌龊；当时我是善良忠厚、道德高尚的，就写我的善良忠厚和道德高尚。"①

现在问题出来了，恰恰是自信自己的忏悔绝对坦白的卢梭，为了标榜自己的叙事才是真正的坦白，他拿起了锋利的解剖刀刺向了蒙田的自画像，却忽略了这把解剖刀是双刃的。卢梭说："除了他本人外，没有人能写出一个人的一生。这种写法要求写出内心的事物，而真实的生活只有他本人才知道。然而在写的过程中他却把它掩饰起来，他以写他的一生为名而实际上在为自己辩解，他把自己写成他愿意给人看到的那样，就是一点也不像他本人的实际情况。最诚实的人所做的，充其量不过是他们所说的话还是真的，但是他们保留不说的部分就是在说谎。他们的沉默不语竟会这样改变了他们假意要供认的事，以致当他们说出一部分真事时也等于什么都没有说。我让蒙田在这些假装诚实的人里面高居首位，他们是在说真话时骗人。蒙田让人看到自己的缺点，但他只暴露一些可爱的缺点。绝没有一个人是没有可耻之事的。蒙田把自己描绘得很像自己，但仅仅是个侧面。谁知道他脸上的刀伤，或者他向我们挡起来那一边的那只受伤的眼睛会不会完全改变了他的容貌？"② 卢梭的剖析太深入和绝对了，以致连他自己的《忏悔录》都无处可逃。他在分析蒙田的自传时有四点值得注意：一是说蒙田以写自己的一生为名而实际上在为自己辩解；二是自传叙述时坦率中的保留就是在说谎；三是没有说出来的话会改变他们假意供认的事儿；四是因此用说真话来骗人就是坦白叙事的真相。这里尚且不说卢梭对蒙田自传的评论是否属实，但是卢梭对自传文本的——特别是那些标榜坦白叙事的自传文本——敏锐分析，恰恰启发和肯定了后世西方学者对卢梭《忏悔录》本身的怀疑和认定。传记大师莫洛亚在引用卢梭的上面论述后，

① ［法］卢梭：《忏悔录》（第一部），黎星译，北京：人民文学出版社，1980，第3—4页。
② ［法］卢梭：《忏悔录》（第二部），范希衡译，北京：人民文学出版社，1980，第814—815页。

立刻反问道：这最初的草稿提出了两个问题，卢梭自己是不是也是一个假装坦率的人？换句话说绝对的坦率是可能的吗？莫洛亚发现尽管卢梭"承认自己过早地染上手淫的恶习，承认他在女人身边感到的胆怯来自一种可能产生类似阳痿状况的过度的敏感，承认他和华伦夫人的那种半乱伦性质的爱情，尤其是承认他那奇特形式的暴露癖"。但是，"这里要提请大家注意的是这种坦率的目的是要引出卢梭在性的方面的态度和表现而已，而这方面的坦率恰恰又是某种形式的暴露癖。写自己乐意去做的事。这就使他的放纵行为有了成千上万的观众，自己也因而感到分外快乐。在这一题材方面所表现的恬不知耻使那些和他是难兄难弟、共染恶习和一丘之貉的读者同他建立起亲密的关系。一个一心想在这方面下功夫的作者撒起谎来，总是有过之而无不及的。"于是莫洛亚从《忏悔录》中卢梭对抛弃自己5个孩子的事儿却一笔带过地叙述背后断定，卢梭"他自己难道不属于那种假装坦率的人"的行列？"这种人也暴露缺点，但只暴露一些可爱的缺点罢了。"这样，莫洛亚只承认卢梭自传的坦白叙事是卢梭自以为是的"坦率"，是卢梭自己所标榜的真话，也是卢梭在人类思想存在的缺点所许可的限度里说出了的真话——"他的真话"。①

　　试看一节：让-雅克这一辈子也不曾有一时一刻是一个无情的、无心肠的人，一个失掉天性的父亲。我可能是做错了，却不可能有这样硬的心肠。如果我要陈述理由的话，那就说来话长。既然这些理由曾经能诱惑我，它们也就能诱惑很多别的人，我不愿意让将来可能读到我这本书的青年人再去让自己受到同样错误的蒙蔽。我只想说明一点，那就是我的错误在于当我因为无力抚养我的几个孩子而把他们交出去由国家教育的时候，当我准备让他们成为工人、农民而不让他们变成冒险家和财富追求者的时候，我还以为是做了一个公民和慈父所应做的事，我把我自己看成柏拉图共和国的一分子了。从那时起，我内心的悔恨曾不止一次地告诉我过去是想错了；但是，我的理智却从没有给予我同样的警告，我还时常感谢上苍保佑了他们，使他们由于这样的处理而免于遭到他们父亲的命运，也免于

────────────

① 莫洛亚为1949年法国勃达斯版的《忏悔录》写的序言，文见［法］卢梭：《忏悔录》（第二部），范希衡译，北京：人民文学出版社，1980，第822—835页。

遭到我万一被迫遗弃他们时便会威胁他们的那种命运。如果我把他们撇给了埃皮奈夫人或卢森堡夫人——他们后来或出于友谊，或出于慷慨，或出于其他动机，都曾表示愿意抚养他们，他们会不会就幸福些呢？至少，会不会被抚养成为正派人呢？我不得而知，但是我可以断定，人家会使他们怨恨他们的父母，也许还会出卖他们的父母：这就万万不如让他们根本不知道自己的父母是谁为好。因此我的第三个孩子又跟头两个一样，被送到育婴堂去了，后来的两个仍然做了同样的处理：我一共有过五个孩子。这种处理，当时在我看来是太好、太合理、太合法了，而我之所以没有公开地夸耀自己，完全是为着顾全母亲的面子。但是，凡是知道我们俩之间的关系的人，我都告诉了，我告诉过狄德罗，告诉过格里姆，后来我又告诉过埃皮奈夫人，再往后，我还告诉过卢森堡夫人。而我在告诉他们的时候，都是毫不勉强、坦白直率的，并不是出于无奈。我若想瞒过大家也是很容易的，因为古安小姐为人笃实，嘴很紧，我完全信得过她。在我的朋友之中，我唯一因利害关系而告知实情的是蒂埃里医生，我那可怜的"姨妈"有一次难产，他曾来为她诊治。总之，我对我的行为不保守任何秘密，不但因为我从来就不知道有什么事要瞒过我的朋友，也因为实际上我对这件事看不出一点不对的地方。权衡全部利害得失，我觉得我为我的孩子们选择了最好的前途，或者说，我所认为的最好的前途。我过去恨不得，现在还是恨不得自己小时候也受到和他们一样的教养。①

这里，不需要论者絮语了，卢梭的在忏悔中隐瞒或坦白中撒谎的叙事目的昭然若揭。结果，卢梭指出的蒙田坦白自传的几个特征——自辩、坦率时说谎、用真话骗人，都在卢梭的《忏悔录》中出现了。由此看来，一向被中国学者推崇备至的卢梭式的"忏悔""坦白"被大大地打上问号了。是的，瓦莱里在《文艺杂谈》中不仅对自传中的"坦白叙事"重重地提出了疑问，而且断然推论出谁自白谁就是在撒谎的结论！请看他下面具体的表述："我们正是要在这个真实上做文章，怎么能不选择其最好的方面呢？怎么能不强调、修饰、装点，不努力做得比原型更清晰、更有力、更令人不安、更亲密和更突然呢？在文学上，真实是不可设想的。有时因为简

①　［法］卢梭：《忏悔录》（第一部），黎星译，北京：人民文学出版社，1980，第441—442页。

单，有时因为怪异，有时因为过于精确，有时因为疏忽，有时因为承认一些多多少少不太体面的事情，但这些事情总是经过选择的，——而且是尽可能精心的选择，——总是如此，用种种方法，无论帕斯卡、狄德罗、卢梭还是贝尔，无论他们向我们暴露的是一个什么形象，道德败坏者、厚颜无耻者、道德说教者还是放荡不羁者，这个形象不可避免地根据心理戏剧的所有规则进行了照明、美化和粉饰。我们很清楚只有当一个人想制造某种效果时才会暴露自己。""一个在广场上脱去衣服的圣人就明白这个道理。一切违背常规的东西也是违背自然的，隐含着努力、努力的意识、意图，也就是做作。一个女人脱光衣服，就如同她要进入舞台。所以，有两种篡改的方式：一是通过美化的功夫；二是靠制造真实。第二种情形透露出的期望也许最为迫切。它还标志着某种绝望，因为通过纯文学的手段已经不能激起公众的兴趣了。色情与真实从来就相距不远。此外，那些忏悔录、回忆录或者日记的作者都抱有挑衅的希望，但他们毫无例外地都上了这种希望的当；而我们，则上了这些受骗者的当。人们想暴露的从来不是原样的自己；人们很清楚，一个真实的人关于他自己是怎样一个人并没有什么好告诉我们的。于是，人们写的是某个别的人的自白，这个人更引人注目、更纯粹、更邪恶、更生动、更敏感，甚至比可能的自我更加自我，因为自我有不同程度。谁自白，谁就在撒谎，并且在逃避真正的真实，这个真实是不存在的，或者说不成形的，而且一般说来是难以辨认的。然而吐露心里话总是梦想着光荣、轰动、谅解和宣传。"[1]

依上文所述分析，卢梭属于透过制造事实来篡改的自传叙述者之一。这样瓦莱里就把众所周知的坦率真实的卢梭自传的坦白叙事拖入了"篡改"的叙事修辞系列。瓦莱里的观点真是新人耳目，如果说在自传叙事中美化自我是一种"篡改"，那么坦白事实怎么也变成了对自我真实的巧妙"隐瞒"了？为此茨威格更有一段精妙的剖析。众所周知，托尔斯泰在他的《忏悔录》中对自我的无情谴责，至今都会令当下中西自传作者震惊汗颜。"回想起这些年的生活，我不能不感到恐怖、厌恶和痛心。我在战争中杀死过人，找过人决斗想送掉他的命，我打牌输了不少钱，挥霍农民的

---

① ［法］瓦莱里：《文艺杂谈》，段映虹译，天津：百花文艺出版社，2002，第133—134页。

劳动成果，还惩办过他们。我生活腐化，对爱情不忠；我撒谎骗人，偷鸡摸狗，通奸，酗酒，斗殴，杀人……凡是犯法的事我都干过，而干了这些事我反而得到赞扬，我的同龄的人至今一直把我看成是正人君子。就这样我生活了十年。"① 然而，托尔斯泰却对自己轻视陀思妥耶夫斯基的艺术天赋之事实只字不提。众所周知，他一生中无心与陀思妥耶夫斯基相见，甚至说出过"一个病人不可能写出健康的小说"这样文人相轻的话。相比之下，陀思妥耶夫斯基倒显得谦虚诚实。他不但认为《安娜·卡列尼娜》是世界文学中的翘楚，而且公开承认托尔斯泰的才华在己之上。可见托尔斯泰还有"心胸狭隘"之症候，但他却不愿在其《忏悔录》中提及。茨威格敏锐地指出："托尔斯泰在他的忏悔中宁可谴责自己是滥交者、杀人犯、小偷、通奸者，却没有一行字承认自己的狭隘，他一生都低估了陀思妥耶夫斯基，他伟大的竞争者，并且不能宽容地对待他。"茨威格的分析真是鞭辟入里，直达自传叙述者的隐秘内心。为什么托尔斯泰会如此叙事呢？茨威格认为这是人类的"羞耻心"在作祟。"因为羞耻的本质秘密在于，人们更愿意也更容易暴露自己身上最令人恐惧和反感的地方，也不会表现出可能会使他显得可笑的哪怕是最微不足道的特征：对嘲讽的畏惧总是每种自传中最危险的诱惑。"于是在具体分析托尔斯泰的自传叙事后，茨威格发现自传作家若在自我忏悔中过分地"对他所谓的'卑劣'和罪孽做强行的谴责"反而可能成为"对真实的一种歪曲"，② 最后，茨威格明确宣布："就像蛇最爱呆在岩石和石块底下，最危险的谎言也最爱盘踞在伟大庄严、看似勇敢的表白的阴影之下；在每种自传中人们可要恰恰在那些地方，当叙述者最大胆、最令人吃惊地袒露自己，严厉批评自己的时候，最谨慎地留心，是不是正是这种激烈的忏悔方式试图在它喧闹的捶胸顿足后掩盖一种还要更秘密的坦白：在自我供认中有一种夸大其辞，它几乎总是暗示着一种隐秘的缺点。……隐藏到表白之后，恰恰在坦白中隐瞒，是自我表现中自我欺骗最巧妙、最迷惑人的花招。"③ 莫洛亚指出，《忏悔录》的作者卢梭坦言自己是诚实的，但事实上"在所有人身上，都有假装的一面，我

---

① ［俄］托尔斯泰：《托尔斯泰散文选》，刘季星译，天津：百花文艺出版社，2003，第48—49页。
② ［奥地利］茨威格：《自画像》，袁克秀译，北京：西苑出版社，1998，第193页。
③ ［奥地利］茨威格：《自画像》，袁克秀译，北京：西苑出版社，1998，第8—9页。

们不仅为别人演一个角色，而且也为自己演一个角色。为保证能这样继续下去，我们需要这种虚假。"进而莫洛亚引证吉斯多夫的话说："讲自己过去历史的作者很相信自己的记忆，但记忆就像演员和决疑者一样，已经有所选择。作者对某些他有着深刻印象的插曲极其关注，但同时却忽略了，而且也根本没有想到过他那很多很多正常情况下的事。乔治·吉斯多夫在《发现自我》一书里戳穿了这种手法，他说：'忏悔从来没有把一切都说出来过，也许是因为现实是如此的复杂和纷繁，如此的没有终结，以至于没有任何描述能重建一个真实的极其逼真的形象……'"①

　　我想拉康的"镜像"理论可以进一步地说明西方自传于坦白中隐瞒的叙事本质。事实上，卢梭《忏悔录》中的"自我"，就是典型的"镜像自我"。拉康透过对帕品姐妹案件的分析，特别注意到了镜像如何成为自我形象的问题。日本学者福原泰平对此阐释说："虽说如此，但镜子绝不会将'我'的本质映在那里。倒不如说如果我具有本质，那么镜子就会将它遮蔽在镜子中，不使其显现，在左右逆转的影像中，送还一个'我'的虚构的形象。也就是说，作为镜像，我所得到的我的自画像，虽然是决定作为主体我的命运的东西，但那只是被伪装了的自我形象。结果，被镜像迷住以后，我被这个虚构的自画像欺骗终生。拉康说，在这里，我与自我形象的无休止的纠葛的种子溜了进来。"②卢梭的《忏悔录》鲜明地展示了"镜像"特征。"转义的语言（自传的镜像语言），的确类同于肉体，而后者又与外衣相似，这是灵魂的面纱，正如外衣是遮蔽肉体的屏蔽一样。"③所以保罗·德曼断言："但是，即使在《忏悔录》第二章的每一次叙述里面，卢梭也没有使自己仅仅局限于讲述'真正'发生的事情，虽然他不无骄傲地让人们注意其充分的自我谴责，而且这种谴责的坦荡我们也从未怀疑过。'我的忏悔是十分坦率的，谁也不会认为我是在粉饰我的可怕罪

---

① ［法］卢梭：《忏悔录》（第二部），范希衡译，北京：人民文学出版社，1980，第826—827页。

② ［日］福原泰平：《拉康——镜像阶段》，王小峰、李濯凡译，石家庄：河北教育出版社，2002，第39页。

③ De Man Paul, *The Rhetoric of Romanticism* (Columbia: Columbia University Press, 1984), p. 80.

行。'（第86页）"①

但问题是，难道说，只有像与俄狄浦斯相对的提瑞西阿斯失去视觉，打碎只映照自己喜爱的自身形象的镜子，才是自传写作的最高诗学和智慧？换句话说，难道只有像罗兰·巴特那样在隐瞒中才能真正地坦白自我？

我们认为，西方学者关于"忏悔从来没有把一切都说出来过"的观点至少让我们对自传文本有了如下两个清醒认识：一是人的记忆功能决定了自传的变构本质；二是想完全忠实于事实的自传理想，从来就不可能实现。或者说，自传从其诞生那刻起由于受记忆和羞耻心的影响，它就是一种"失去原貌"和只能接近原貌的文类。众所周知，自传是离不开记忆的，而记忆的不可靠性及其变构性早已经是不争之事实。记忆学家丹尼尔·夏克特说得好，"有选择地对某些记忆进行自我思考或向别人讲述，构成了对这些记忆的回忆活动"，"心理学家已逐步认识到，我们关于往事经历所保存的复杂的个人知识是被编织起来的，以形成我们的生活史和个人传奇。这就是我们的自我传记，它为我们在过去和未来之间提供了一种叙述的连续性。"②

以前我们一味地纠缠于所谓的真实与虚构的文论误区，把西方所谓的卢梭式坦白自传叙事捧得太高，反而影响了对自传文本的深入分析。在忏悔中隐瞒或坦白中遮蔽其实正是自传叙事的本质特征之一。西方论者的观点尽管有着这样那样的诸多不完备之处，但对我们建构中西自传话语模式还是颇有理论的指导价值的。

---

① De Man Paul, *Allegories of Reading*: *Figural Language in Rousseau, Nietzsche, Rilke, and Proust* (New Haven and London: Yale University Press, 1979), pp. 279–280.

② ［美］丹尼尔·夏克特：《找寻逝去的自我：大脑、心灵和往事的记忆》，高春申译，长春：吉林人民出版社，1998，第110页。

20 世纪西方自传理论话语模式之反思

20 世纪后期以来，自传依然是处于争议之中的文类，西方文学批评中对自传的质疑乃至解构，涉及"美学的、认知的、伦理的和政治的"等话语层面，主要表现为：从"诗性"角度对其修辞过度或不足的批判；后现代主义语言批判下"自传之死"的判决。与此相对，我们认为，自传的真实是"结构性真实"；自传主体是多面自我；自传的人本主义本质不容抹杀；"谁在说话"至关重要，甚至要上升到伦理的高度。考察自传在 20 世纪以来所引发的诸种争论，我们不得不承认自传是"令人最难捉摸的文学性文献"，因为至今尚不存在关于自传的一般规则，这一课题产生的问题比答案更多。① 不过，也正因为其独具的争议性，这一现象才更值得我们进行学术关注。通过综合梳理，对 20 世纪西方各种反自传批评话语进行反思，辨清自传的性质和当下处境，这对自传诗学的建构不无裨益。

从理论的角度看，自传面临着以下四个方面的困扰："美学的、认知的、伦理的和政治的。"这一概括可以视为自传在当下所遭遇的挑战和质疑的集中归纳。"美学的"指自传中最顽固的"诗与真"的纠葛问题，即虚构问题；"认知的"指自传现实指涉功能的可能性，这种可能性受到了"后结构主义和后现代主义者"的质疑，这根源于他们对"语言、自我和历史叙述的批评"；"伦理的"指自传家对他人隐私和个人生活的披露是否

---

① James Olney, *Autobiography*: *Essays Theoretical and Critical* (Princeton: Princeton University Press, 1980), pp. 3–5.

合乎道德，以及介入的尺度问题；"政治的"则指自传写作与官方权力和统治性意识形态之间的紧张关系。① 概而言之，困扰自传的问题既有现实生存问题，也有艺术审美问题，它成了各种麻烦的中心。这诸种麻烦可以借用古斯多夫的话称为"自传的原罪"（the original sin of autobiography）。② "原罪"一词具有高度的隐喻性，隐含了自传与生俱来的身份困境。

困境一：从"诗性"角度指控自传"修辞过度或不足"。这是自传面对的最常见的质疑。一般而言，自传之"罪"主要源于人们对其真实性的怀疑。考虑各种利害关系，自传者会有意无意地通过隐瞒、扭曲等手法进行自我修饰，诗性的虚构不可避免，可谓修辞过度，对此论者尤多。如莫洛亚在《传记面面观》第五章专论自传，着力分析了造成自传不真实的若干因素：由于生理因素造成的自然遗忘；出于美学考虑进行的有意遗忘；对不快经历或由于羞愧进行的自觉审查；事后的加工；为亲友避讳。③ 可见，莫洛亚已经涉及"生理""心理""美学""伦理"等诸多方面，有一定的概括性。与此相类似，古斯多夫所称的"原罪"主要指自传中的主体性和当下性，因为自传者往往"顺着叙述之线，将过去编进了未来"，④ 或者以现在的眼光和意识给过去的经历赋予了可能不曾有的意义和结构。弗莱则更为彻底，他从叙述模式的角度出发，将自传完全纳入虚构作品的范畴之中，将其归为散文虚构作品中的"自白体"一类。"大多数自传在创造性也即虚构的推动之下，选择作者一生中那些可以确立起一个完整定式的事件和经历。此定式也许比作者本人更为伟大，逐渐把他自己与此人等同起来，或者只是与其性格和观点连贯一致。我们称这种重要的散文体虚构作品为自白题材。"⑤ 显然，弗莱从一开始就放弃了自传与现实的指涉关系，将自传中的身份塑造与小说中的故事编织等同起来。用伦扎的话来

① Margaretta Jolly ed., *Encyclopedia of Life Writing*: *Autobiographical and Biographical Forms* (London: Fitzroy Dearborn Publishers, 2001), p. 111.

② Georges Gusdorf, "Conditions and Limits of Autobiography", *Autobiography Essays Theoretical and Critical*, edited by James Olney (Princeton: Princeton University Press, 1980), p. 41.

③ André Maurois, *Aspects of Biography* (New York: D. Appleton & Company, 1929), pp. 148-165.

④ Georges Gusdorf, "Conditions and Limits of Autobiography", *Autobiography Essays Theoretical and Critical*, edited by James Olney (Princeton: Princeton University Press, 1980), p. 41.

⑤ 诺思罗普·弗莱：《批评的剖析》，陈慧、袁宪军、吴伟仁译，天津：百花文艺出版社，1998，第404页。

说，自传非但不能呈现真实，反而"将我们带入了对自身存在进行循环解释的圈套"。① 自传者为了建构一定的自我身份而有意地选择特定的材料，材料只为身份服务，甚至不惜违背真实。这里的潜在之意是，人生是不完整的、碎片式的，自传者的当下意识不能渗透到对自我的回顾与反思过程中。然而吊诡的是，与上述对自传诗性特征的批评恰恰相反，有些批评家的矛头则指向了自传的非虚构性，或历史现实性、朴质性，认为其修辞能力不足，缺乏艺术审美价值，应被排除在文学批评之外。这二者构成了悖论，成为自传批评声音的内在矛盾。苏珊·崔杰尔就针对当代自传现象指出："就商业角度而言，传记已经成为当代西方文化最成功的出版领域……其销售额甚至超过了小说。"不过，相对于对其他文类的研究，传记研究依然是被忽视的领地，其关键因素是，传记仍然被视为"二文本，是装着事实材料的透明容器般的文本，而非具有文学品性的文本"。② 传记被排除在文学之外，被材料化、直白化。在现代时期，其根源主要在于形式主义、新批评等文本主义批评理论。显然，在20世纪前半期，受新批评的影响，传记受到冷落，人们认为传记"声誉不佳，甚至将它看作新批评的敌人"。③ 而自传因此变成了所谓"意图谬误"和"情感谬误"理论的牺牲品，自传研究的历史性方法被视为毫无价值的实证主义，"作者的生活、艺术的或道德的意图、社会环境，以及历史因素都被认为与艺术研究无关"。④ 因此，文本与作者、世界、读者割断了联系，变成了孤立的存在，自传因其现实指涉性受到研究者的抵制。可以看到，在上述两种声音中，一方批评自传过于文学化、虚构化，另一方则批评自传缺少文学性和艺术性，自传两面受敌。这恰如王尔德曾讽刺的"19世纪对现实主义的憎恶，犹如从镜子里照见自己面孔的卡利班的狂怒。19世纪对浪漫主义的憎恶，

---

① Louis A. Renza, "The Veto of the Imagination: A Theory of Autobiography", in *Autobiography: Essays Theoretical and Critical*, p. 268.

② Susan Tridgell, *Understanding Ourselves: The Dangerous Art of Biography* (Bern: Peter Lang, 2004), pp. 11-12.

③ Mary P. Gillis, *Faulkner's Biographers: Life, Art, and the Poetics of Biography*, Ph. D. Dissertation of The University of Alabama, 2002, p. 5.

④ Margaretta Jolly ed., *Encyclopedia of Life Writing*, p. 247.

犹如从镜子里照不见自己面孔的卡利班的狂怒"。① 其实，上述批评家们对自传的指责看似相互矛盾，出发点却是一致的：前者承认自传的高度文学性，后者则指责其文学性不足。从自传研究本身的角度来看，自传批评中的相互对立正好提供了为自传进行辩护的机会，彰显了其内在特性，需要将二者结合起来进行审视，否则会陷入批评的怪圈和语言的游戏。

困境二：后现代视阈下的"自传之死"的误判。客观地说，上述批评缺失一个底线，即承认自传的现实指涉性，且不管其表现能力与效果如何，都是在传统与理性认识范围之内进行的探讨。然而，在后现代视阈下，自传面对的最大挑战和攻击还是各种消解和颠覆理论，或者是"自传之死"的判决。表现其一是对自传主体、自传真实的解构，其二是对自传文类本身的解构。如论者所言："在自传中，后现代主义的主要争论集中在两个话题上：自传的文类身份，特别是指它如何或能否与第一人称叙述小说区别开来，以及所谓的'自传式自我'的本体论身份。"② 这二者相互依存，其理论基点在于，与对其他文学文类的解构一样，批评者将自传视为纯粹的语言形式，对自我的书写和建构仅仅是语言的操作或游戏，其指涉是随意的、漂浮的，与自传者无必然联系。细究起来，这一问题更加复杂。

其一，对自传文本中"自我主体"和真实的解构。根据传统自传理论，对自传的界定主要取决于其多重主体间的一致性关系，即作者主体（现实自我）、叙述主体（写作自我）和传主主体（文本自我）之间的同一。但这一"自我"的确定性遭到了质疑："后现代主义普遍认为，自我是概念性的和文本性的……如果说自我是由什么'构成的'，那它肯定完全是由语言构成的。因此，在后现代主义文论中，自我被缩减成文本的能指，是并不比指意的不稳定过程更实在的东西的一部分。"在这里，被书写的"文本自我"不再指向那个活生生的现实自我，只是借用了这一名字符号，其所指却并未也无法回归到自身，而是漫无目的地漂浮，完全就是语言的虚构物。从质疑人的自我的真实性出发，后现代主义者质疑了自传的真实

---

① 王尔德：《道连·格雷的画像》，荣如德译，上海：上海译文出版社，2006，第3页。

② Margaretta Jolly ed., *Encyclopedia of Life Writing*, p. 799.

指涉性，"后结构主义者断言自传式自我仅仅是我们自己设计的产物，是某一主体将自我置于他/她的叙述中心的话语"。① 抽取这句话的主干就是，"自传式自我是……产物和……话语"，与现实不再有关联。

米歇尔·福柯是一个典型代表，他倾向于取消作者及其功能。他在《作者是什么?》一文中断言："谁在说有什么意义呢?"他把作者看作"游戏的死人"，认为"作者并不'先于'他自己的作品，'它是某种虚构的原理'，它强迫读者限制、排除，最恐怖的是选择意义"。这种规定性不是他愿意看到的，因此"他不想知道'谁在说'，也不想知道作者写的哪一部分表达了他最深刻的自我"。② 与福柯相似，罗兰·巴特提出了"作者之死"的口号，这一口号简直是对自传作者判了绞刑，否定了作者对作品意义的控制权，自传中"前在的主体"变成了一个幻象。保罗·德曼在《失去原貌的自传》这一经典论文中突出了自传的虚构性特征，视其为某种"指涉的幻象"："自传中的自我只不过是想象性的、分裂的自我，这种现象是后结构主义中建构的、分裂的主体思想的生动体现；自传形象地展现了作者之死和自我的虚构性。"③ 对此，安德森总结性地指出："自传已经处在了争论的中心……特别是后结构主义，通过将语言与话语置于主体之前和之上，废黜了作者作为意义来源的中心地位，并且颠覆了自传中统一性的主体。"④ 用马库斯的话来说就是："自传写作既不是自我的表达，也不是自我的补充，而是自传者主体的替代者，由此自我为文字而'死'。"⑤ 显而易见，自传自我之"死"乃是上述论者的核心观念。

其二，自传文类之死。既然自传纯粹是语言游戏，是无目的、无能力的任意"能指"，那么自传与虚构的第一人称自传体小说就并无二致，自传就完全没有存在的必要了。进一步说，这里关键的问题就是："依据'文类的法则'如何使特定的自传写作而不是其他的写作合法化?"⑥ 自传

---

① Margaretta Jolly ed., *Encyclopedia of Life Writing*, pp. 799–800.
② John Halperin, "The Biographer's Revenge", pp. 149–150.
③ Margaretta Jolly ed., *Encyclopedia of Life Writing*, p. 249.
④ Linda Anderson, *Autobiography* (London and New York: Routledge, 2001), p. 6.
⑤ Laura Marcus, "The Face of Autobiography", in *The Uses of Autobiography*, ed. by Julia Swindells (London: Taylor & Francis, 1995), p. 17.
⑥ Linda Anderson, *Autobiography*, p. 9.

本身如何能够存在，取得合法的身份？保罗·德曼、德里达等人都解构了
这一法则，指出了其文类法则的能力局限，如此，自传从自我主体之死，
落入了其文类自身的死亡困境。保罗·德曼对自传的解构最为人们所熟
知，他从修辞的角度分析了传统自传观念的不可靠性，强调其转义性而非
认知性，从而认为自传与小说不可区分。他如此颠覆了自传与人生的关
系："如果能够假定生活产生自传的话，那么，能否同样正当地假设，自
传计划本身就可以产生并决定生活？"① 这样就导致了文本与世界之间模仿
关系的逆转，人生不再优于或先于自传，而是相反。自传如果坚持其独立
存在，最大的危害就在于，其号称的"真实"其实是对真实的"涂抹"，因
为自传采用"声音和名称的拟人化"修辞手法来复原人生，它恰恰剥夺了
人生原貌并使之面目全非。在安德森看来，保罗·德曼通过对自传的质疑
和颠覆，"发出了自传终结的信号"。② 罗伯特·史密斯认为，上述困境是
非常糟糕的，他忧心忡忡地说："自传理论已经成为任人践踏的领域。"③
在这种观念的冲击下，自传及其理论发展不容乐观，其合法性饱受质疑。
这就特别需要自传研究者认真反思、审视自传的处境，做出更理性、审慎
的评价。

我们认为，自传虽然会呈现人们对自我的想象性认同，这种认同虽然
具有诗性成分，但这恰恰是一种自我真实。这正构成了自传话语研究最富
价值的课题：自传者为什么修饰自己，如何修饰自己，能够修饰成什么形
象或有无界限？这是进入自传者深层话语世界的"阿基米德点"，由此来
理解自传中写作意图、身份认同与叙述手法这三大核心要素之间的隐秘关
联，才能真正读懂自传。下文将从几个角度对上述质疑进行回应：

第一，自传的真实是"结构性真实"。决定自传独特存在的是这样一
种状况：它始终处于一种真实结构之内，即处于文本世界与自我人生之间
的张力网中。与纯粹的虚构叙述不同，自传不能天马行空，它要与另一端
的现实人生维系在一起，理想是达到内部文本与外部指涉的同一。当然，
绝对的自传真实很难实现，因为虽然发生过的"事实真实"客观地存在

---

① 保罗·德曼：《解构之图》，李自修译，北京：中国社会科学出版社，1998，第 191 页。

② Linda Anderson, *Autobiography* (London and New York: Routledge, 2001), p. 12.

③ Robert Smith, *Derrida and Autobiography* (Cambridge: Cambridge University Press, 1995), p. 51.

着，但对它的叙述却只能是话语中的"文本真实"。然而，这并不能构成对自传的否定，因为对它而言，内在文本的任何事件、情节，包括其虚假和错误，都应该且能够从外在的角度去验证，即通常所说的客观公正的"历史证据"。从这种更高的、更客观的视角看，自传中的虚假、掩饰、错误等恰是某种"自传者的真实"，即使是"关于虚假"的真实或真实的谎言。"自传的边界"需要从外部划定，使自传摆脱备受质疑的"自我主体性"，将其纳入整体结构，以此理解各部分之间的相互抵牾和矛盾。当然，麻烦就在于，这一结构（类似环绕着一个人一生的小宇宙）难以还原，对它的建构本身就疑点重重，充满各种复杂的因素。不过，虽然我们把握的都是相对性的部分真相，但我们始终游走于这一结构之内，自传和自传研究的价值也恰恰是对这类"相对真实"的呈现与剖析，或者说"合法性偏见"。例如在自传《来日方长》中，阿尔都塞就如实记录了自己的某些想象。"二战"中他被德军俘虏并关押起来，他"想象出一段逃跑的情节"，非常详细，但事实上并没有真正实行，对此他明确地指出："我在回忆的联想过程中，自始至终都注意严格遵循事实：当然幻觉也是事实。"①

汉娜·阿伦特就曾从人类本性的角度为自传辩护，认为其根源就在于人对"自由"的追求："人们行动着，以至于感到自己就是未来的主人，他们也总是渴望成为过去的主人。"成为自己"过去的主人"，也就意味着进行自传书写，对自我进行"合理的""系统的"解释，并有意排除掉那些"令人不安的偶然性"。最值得注意的是，阿伦特始终坚持"事实真理"的确然性存在，它是保证自传价值的屏障，"事实真理是不可能通过理论或者操控意见达成的"。② 那么，我们就应该有这样的信心：自传中所书写的事件依然具有被证实或证伪的可能，相关的材料不可能被全部毁灭，自传与真实之间有着最坚韧的连线，这是本体意义上的真。通过语言修辞对过去的改变，事实上并未丝毫改变已经经历的实际人生，人们也会尽量找到同时代人的证据对此进行验证，因此有论者指出："解构主义是逃避现实的一种形式，它试图摧毁传统的价值观以及社会契约和自然法则这样一

---

① ［法］路易斯·阿尔都塞：《来日方长：阿尔都塞自传》，蔡鸿滨译，上海：上海人民出版社，2013，第86页。
② ［德］汉娜·阿伦特：《共和的危机》，郑辟瑞译，上海：上海人民出版社，2013，第9—10页。

些概念，以便不必再去对付它们。在德里达之前有生活，在德里达之后也有生活。"① 结构性真实正是认识自传的基础和立足点。所以，在自传遭受了各种理论的攻击之后，虽然我们不再天真地盲信自传，转而承认自传真实面临争议，但在喧嚣之后，自传如今依然是坚挺的现实存在。"我们会看到被后结构主义所压制的指涉的回归，这种回归就表现为将自传从后结构主义者对指涉和真实的怀疑中解救出来。"② 这样一来，真实世界的结构秩序又得以构筑。

第二，自传的人本主义本质不容抹杀。从自传的功能特性看，它属于传承了古典话语意识的文类，它力图从正面积极地把握自我和世界，虽然在现代主义和后现代主义的冲击下显得古拙了些，但反而又激发了人们对真实、主体的兴趣，体现了其"人本主义"的特征。崔杰尔指出，德里达、福柯和保罗·德曼等对自传的消解是"反人本主义"（anti-humanism）的体现，最终读者对所谓的"主体之死"等消解理论"感到厌倦"，作为回应将兴趣转向了"真实个体的生活"，③ 这凸显了自传独特的"事实正义伦理"之价值，符合自传的真义。也就是说，"在传记文学叙事中，我们主张伦理学的'正义独立于善的康德说'，即不对传记事实作目的论的解释，一个事实也许隐瞒比坦白更有利于传主或其亲属的生活，给他们带来所谓的'善'。但是这是违反传记文本真实性原则的错误观念，因此，在这里我们郑重提出'事实正义论'，以给步履维艰的传记文学叙事提供理论支持"。④

对于解构主义，约翰·豪尔普林的回击甚为强烈："解构主义总是干扰那些明确地高度评价人本主义的人，因为解构主义拒绝在文学中对道德行为，或是对作者的道德或非道德行为作任何规定。正如雷曼所说，如果反传记的文学理论最终是由于发现其领袖人物有严重问题这一传记事实而被打败，那倒是一种诗性的正义。"⑤ 他在这里特别指称的就是保罗·德曼

---

① John Halperin, "The Biographer's Revenge", p. 152.

② Margaretta Jolly ed., *Encyclopedia of Life Writing*, p. 249.

③ Susan Tridgell, *Understanding Ourselves: The Dangerous Art of Biography* (Bern: Peter Lang, 2004), p. 12.

④ 王成军:《传记诗学》, 北京: 新华出版社, 2016, 第11页。

⑤ John Halperin, "The Biographer's Revenge", p. 154.

曾为纳粹写出二百多篇文章这一事实，他认为这正是保罗·德曼想要通过解构自传来刻意隐瞒或消解的，但历史正义本身对此做出了致命反击，暴露了保罗·德曼的真实经历与非道德心理，因此，"很显然的事实是，不管对错与否，现在很难让人不'自传式地'去阅读保罗·德曼"。① 归根结底，"反人性"的解构主义者被证明反而需要从自传和人性的角度去加以了解，才能发现其隐藏在面具下的真实面目和意识形态。相对于后现代主义的破坏性，自传及自传研究的建设性就在于这种视野的开阔性和涵括性。就连罗兰·巴特也意识到"后结构主义者是好的破坏者，但却是可怕的建设者"。② 可见，自传的人性根基不可磨灭。20 世纪 90 年代以来，自传研究更多地关注人的身体、日常生活、疾病、死亡、权利抗争、大屠杀经历等体验，都是转向现实人生的表现，是自传的人本特征和人性功能的实践。"作为文化文献，自传能为洞察历史、文化变迁、社会与个人的经验和特性提供真知灼见，因此它当然历来为社会学家和历史学家所借重。同时作为美国想象力的基本形式，个人的叙述也引起了文学批评和学者们的注意。"③

第三，"谁在说话"至关重要。罗兰·巴特说"作者死了"，福柯声称"谁在说话有什么关系"，都意在取消作者的功能，但当代批评家并不都赞成这种观点，如艾柯就反对那种他称之为"过度诠释"的方式，即将阅读文本的活动看作"野餐会"，由作者带去词语，而由读者、批评家带去意义。相反，他指出，"本文意图"呼唤一个"标准读者"，其目的是尽可能发现作品的意图，与"标准作者"相接近。有意思的是，恰恰通过对后现代批评家"意图"的分析，豪尔普林尖锐地指出："后现代主义的罪过不仅是谋杀了作者，他们还企图自己占据作者的位置。他们是文学批评中的克劳迪斯。"从这一角度来看，后现代批评构成了批评家们呈现自身的方式，变成了他们的隐形自传，"后现代主义者实行的文学批评，大部分变

---

① Laura Marcus, "The Face of Autobiography", in *The Uses of Autobiography*, ed. by Julia Swindells (London: Taylor & Francis, 1995), p. 18.

② Nigel Hamilton, *Biography: A Brief History* (Cambridge: Harvard University Press, 2007), p. 212.

③ 艾伯特·斯通：《自传与美国文化》，张子清译，载南京大学-约翰斯·霍普金斯大学中美文化研究中心编《美国学译文集》，南京：南京大学出版社，1987，第 97 页。

成了自传体",典型如福柯们,他们"丝毫没有把自己的名字从作品封面上去掉的意思,当他们写作的时候,'谁在说'显然很重要",而这类后现代主义者的"原罪"就在于:"不但把批评这种职业歪曲得面目全非,他们还力图取消阅读的巨大快乐之一:认识作者的快乐。"① 米勒在《福柯的激情》这部传记中就写道,福柯在死前向赫维·吉布尔坦白说,他所有的作品都是"自传性的",可见,这位声称"不要问我是谁……不希望在写作中显露自己的面目"的人,在面对死亡时最终要显露自己的真面,即"要求得到他长久以来在迷宫般的写作风格中所回避的东西"——"一张无法被交换的脸"。② 当然,承认自传者的作用,也并非断定其功能的绝对性,因为自传研究者应以开放的姿态突破语言学的文本限制,进入到文本的生产过程中进行考察,看哪些因素对它的产生发挥了影响,充分考虑各种力量间的对话或"协商"。当然,这些力量最终仍要体现为自传者的意图与身份建构,即使其中有不实之处,也被包容进其真实人格之内,"就如同人自身可以具有人造器官但并非虚假的人一样,自传也可以具有虚构性,但并不因此就变成了小说"。③ 由此看来,作者和自传主体未死,而且还获得了"复活","作者在 20 世纪 70、80 年代经历了临时性的死亡,90 年代获得了重生"。④ 就现实来看,这并非虚妄的乐观。

第四,自传主体是多重自我。王尔德曾以其典型的修辞说道:"一位男士的脸就是他的自传,而一位女士的脸则是她的虚构作品。"⑤ 其实男女之间的这种区别并不重要,从根本上看,它表达了人格、身份的多重性和变动性这一人性特征,即自我的多重面目。在不同场合,面对不同对象,自我会呈现不同的层面,其中有些面目或身份可能会被视为"虚假""做戏",但根据"结构性真实"原则,这种"假面"同样是现实中的一种真

---

① John Halperin, "The Biographer's Revenge", pp. 156-161.
② 梁庆标选编:《传记家的报复:新近西方传记研究译文集》,桂林:广西师范大学出版社,2015,213 页。
③ Thomas Couser, Altered Egos, *Authority in American Autobiography* (New York: Oxford University Press, 1989), p. 251.
④ John Halperin, "The Biographer's Revenge", p. 161.
⑤ Laura Marcus, "The Face of Autobiography", in *The Uses of Autobiography*, ed. by Julia Swindells (London: Taylor & Francis, 1995), p. 22.

实。马库斯的文章《自传的面目》直接辩驳的对象就是保罗·德曼的《失去原貌的自传》一文。她概括地指出，保罗·德曼否定了传主身份的真实性，将其视为被涂抹的"假面"，意图消解自传的现实性。但是后人发现，这其实正是保罗·德曼自己的一个"假面"，背后掩饰的恰恰是他对纳粹时期经历的耿耿于怀，由此呈现了其面目的复杂性，"对保罗·德曼的指控者和辩护者来说，关键问题之一就是……他的过去之'我'与现在之'我'之间的关系问题"。① 因此，要理解保罗·德曼，就必须将其不同面目整合起来加以辨析。对于自传者面目或身份的多元性、关系性与适应性，弗里曼在阐释自传中叙述与身份的关系时也进行了分析，并以瓦格纳和皮亚杰为例，说明他们如何在自传中展现自我的多重身份。

值得注意的是，对于身份的复杂多变，弗里曼也提出了疑问："是否存在一种'更宏大的'、更综合性的叙述，它可以汇集和涵盖我们可能讲述的所有不同的故事：一个关于诸种叙述的叙述，一个关于诸种身份的身份？"② 即是说，多面的身份是否或如何能够统一于一个更大的身份之内，从而才不至于迷惑人们的认知？答案或许就在前文提到的"结构性真实"之中。要完整地认识自传者及其自传表现，就应当将其置于一个更大的空间中，综合考虑其坦白或虚构叙述。这也正是法国学者西莫内-特南所强调的"自传空间"③ 概念的内涵，与"自传契约"和"自传虚构"不同，它更具包容性，或者说以传主的真实存在为根本，容纳了其多元身份和细节虚构，体现了对自传主体复杂面目的尊重。也是我们在《时间和自传》一文特别强调的观点：从时间与自传记忆的关系来看，自传文本是叙述人为满足当下自我意识而"认同"自我从而构建出的文本。换句话说，讨论自传的真实性没有多少理论意义和实践价值。从时间和自传叙事的关系来看，具有时间意识的自传叙述者想在叙述中获得的不是过去之"我"。自

① Laura Marcus, "The Face of Autobiography", in *The Uses of Autobiography*, ed. by Julia Swindells (London: Taylor & Francis, 1995), p. 18.

② Mark Freeman, "From Substance to Story", in *Narrative and Identity: Studies in Autobiography, Self and Culture*, eds. by Jens Brockmeier & Donal Carbaugh (Amsterdam: John Benjamins Publishing Company, 2001), p. 290.

③ 弗朗索瓦丝·西莫内-特南：《自传：一种法式热情》，载《现代传记研究》2014 年第 2 辑，135—139 页。

传永远是一种延后的补叙。叙述主体分化的自传文本只能是当下之"我"对过去之"我"的构建和重演而非其他。①

总之，对于自传的困境，现实似乎做出了最公正且富有伦理价值的回答。可以看到，"尽管自传被一些理论用来验证拉康式的碎片化与自我想象性理论，以及德里达式的写作即自我指涉的理论，但在理论和实践中，自传依然是充满活力的流行形式"。② 传记家伯努瓦就披露说，德里达事实上始终对自传写作和研究情有独钟，对他而言，"自传甚至是最完美的写作题材，它最早给予他写作的欲望，并始终令他萦怀"。《割礼忏悔》《面纱》《盲者的记忆》，以及许多访谈都被视为德里达的自传式写作。对此，德里达自己也有清晰的表达："对我来说，哲学，至少是学术性的哲学，一直服务于回忆的这一自传性蓝图。"而在影片《德里达》中，当他被问及希望在关于康德、黑格尔和海德格尔的纪录片中看到什么的时候，他的回答竟是"我想听他们说说他们的性生活"。③ 提出"作者死亡"的罗兰·巴特在他母亲死后几乎完全转变了思考角度，"他破天荒地将个人的生活融入最后两门课程之中，丧母之痛，自己因此而经历的绝望、挣扎、自我拯救，与课程所讨论的内容完全交织在一起"。④ 可见他最后回转到了文学、语言的本质之中：对爱与生命的记忆。针对"自传之死"的论断，有人指出："自传并没有终结，而且作为一种形式它并没有被小说消泯，而是继续存在，这一事实说明了后结构主义理论在解释自传事实时的局限性。"⑤ 这也证明语言并不能杀死存在，它恰恰被用来表现存在。用埃金的话说，"自传式生存"⑥ 就是人的本质，人的一言一行都染上了自我的色彩，人本身就是一种体验性存在，或如费什所言："自传者无法撒谎，因为无论他们说什么，无论如何虚假，自传都是有关他们自己的一种真

---

① Margaretta Jolly ed., *Encyclopedia of Life Writing*, p. 249.

② Margaretta Jolly ed., *Encyclopedia of Life Writing*, p. 249.

③ 伯努瓦·皮特斯：《〈德里达传〉序》，《德里达传》，魏柯玲译，中国人民大学出版社，2015，第 3 页。

④ 黄晞耘：《罗兰·巴尔特在"人生的中途"》，载《文学评论》2014 年第 6 期，213 页。

⑤ Margaretta Jolly ed., *Encyclopedia of Life Writing*, p. 249.

⑥ Eakin, Paul John, *Living Autobiographically: How We Create Identity in Narrative* (Cornell: Cornell University Press, 2008), p. 38.

实，不管他们知道与否。"① 由是观之，超越简单的自传事实这一真伪问题，从自传者的心理与自我表现的整体性的角度对其加以理解，才能更为客观。这时我们就可以认识到，自传文本中的任何表达都是自传者人格特征的一种呈现。当然，这也并非对自传虚构的任意纵容，它呈现的是人性的局限，需要研究者不断地逼问和探索，方能逐步揭示人生的真相。因此，对自传话语而言，问题的要害不是讲述真相的"能力"，而是如实书写的"意愿"，这要求我们相信并督促自传者跨越各种障碍，以最大的叙事伦理勇气述说人生真相。最理性的态度可能就是，将自传者通过叙述来选择并呈现的自我身份视为一种"合法性偏见"而非"原罪"，它召唤的是不断的严肃对话、论辩与探究，而不是盲信或轻视，只有这样，自传话语的人性魅力才能惠及向死而生在孤独地球上的芸芸众生里的你和我。

---

① Sidonie Smith & Julia Watson, *Reading Autobiography: A Guide for Interpreting Life Narratives* (Minneapolis: University of Minnesota Press, 2010), p. 15.

┃主要参考文献┃

中文书目

1. （梁）刘勰：《文心雕龙》，北京：人民文学出版社，1981 年。

2. （唐）刘知几：《史通》，北京：中华书局，1984 年。

3. ［美］雷·韦勒克、奥·沃伦：《文学理论》，刘象愚等译，北京：三联书店，1984 年。

4. 李长之：《司马迁之人格与风格》，北京：三联书店，1984 年。

5. 张汉良：《比较文学理论与实践》，台北：东大图书公司，1986 年。

6. （清）赵翼：《廿二史札记》，北京：中国书店出版社，1987 年。

7. ［美］汪荣祖：《史传通说》，北京：中华书局，1989 年。

8. ［美］斯蒂芬·欧文：《追忆》，郑学勤译，上海：上海古籍出版社，1990 年。

9. 何永康：《红楼美学》，太原：北岳文艺出版社，1991 年。

10. 杨正润：《传记文学史纲》，南京：江苏教育出版社，1994 年。

11. 周宪：《二十世纪西方美学》，南京：南京大学出版社，1997 年。

12. ［法］萨特：《存在与虚无》，陈宣良译，北京：生活·读书·新知三联书店，1997 年。

13. ［法］让-伊夫·塔迪埃：《20 世纪的文学批评》，史忠义译，天津：百花文艺出版社，1998 年。

14. ［美］保罗·德曼：《解构之图》，李自修译，北京：中国社会科学出版社，1998 年。

15. [奥地利] 斯蒂芬·茨威格:《自画像:卡萨诺瓦、司汤达、托尔斯泰》,袁克秀译,北京:西苑出版社,1998 年。

16. [美] 丹尼尔·夏克特:《找寻逝去的自我——大脑、心灵和往事的记忆》,高申春译,长春:吉林人民出版社,1998 年。

17. [日] 川合康三:《中国的自传文学》,蔡毅译,北京:中央编译出版社,1999 年。

18. [美] 伯纳德·派里斯:《想象的人》,王光林等译,上海:上海文艺出版社,2000 年。

19. [法] 菲力浦·勒热讷:《自传契约》,杨国政译,北京:三联书店,2001 年。

20. 赵白生:《传记文学理论》,北京:北京大学出版社,2002 年。

21. 赵山奎:《精神分析与西方现代传记》,北京:中国社会科学出版社,2010 年。

22. 梁庆标选编:《传记家的报复:新近西方传记研究译文集》,桂林:广西师范大学出版社,2015 年。

23. 全展:《传记文学:观察与思考》,重庆:西南师范大学出版社,2016 年。

24. 王成军:《传记诗学》,北京:新华出版社,2016 年。

英文书目

[1] Aczel, Richard, "Hearing Voices in Narrative Texts", *in New Literary History*, 1998.

[2] Anne, Dipardo, "Narrative Knowers, Expository Knowledge—Discourse as a Dialectic", *Written Communication*, Vol. 7 (1), 1990.

[3] Adams, Timotuy, *Light Writing and Life Writing*: *Photography in Autobiography* (Chapel Hill: University of North Carolina, 1999).

[4] André Maurois, *Aspects of Biography* (New York: D. Appleton & Company, 1929).

[5] Bal, Mieke, *Narratology*: *Introduction to the Theory of Narrative*.

(Toronto: University of Toronto Press, 1985).

[6] Bogue, Ronald & Mihai I. Spariosu (eds.), *The Play of the Self* (New York: State University of New York Press, 1994).

[7] Brooker, Peter & Widdowson (eds.), *A Practical Reader in Contemporary Literary Theory* (London: Prentice Hall, 1996).

[8] Brown, G. & Yule, G., *Discourse Analysis* (Cambridge: Cambridge University Press, 1983).

[9] Carpenter, *History as Rhetoric—Style, Narrative, and Persuaion* (Columbia: University of South Carolina, 1995).

[10] Chatman, Seymour, *Story and Discourse* (Ithaca, New York: Cornell University Press, 1980).

[11] De Man Paul, *Allegories of Reading: Figural Language in Rousseau, Nietzsche, Rilke, and Proust* (New Haven and London: Yale University Press, 1979).

[12] Eakin, Paul John, *American Autobiography* (Wisconsin: The University of Wisconsin Press, 1991).

[13] Eakin, Paul John, *Touch the World* (Princeton: Princeton University Press, 1992).

[14] Eakin, Paul John, *Living Autobiographically: How We Create Identity in Narrative* (Ithaca: Cornell University Press, 1999).

[15] James, Olney, *Autobiography: Essays Theoretical and Critical* (Princeton: Princeton University Press, 1980).

[16] Jay, Paul, *Being in the Text: Self-Representation from Wordsworth to Roland Barthes* (Ithaca: Cornell University Press, 1984).

[17] K. M. Newton, *Twentieth Century Literary Theory—A Reader* (New York: St. Martin's Press, 1988).

[18] Marcus, Laura, "The Face of Autobiography", in *The Uses of Autobiography* (New York: Taylor & Francis, 1995).

[19] Anderson, Linda, *Autobiography* (London and New York: Routledge, 2001).

[20] Freeman, Mark, "From Substance to Story", in *Narrative and Identity: Studies in Autobiography, Self and Culture*, eds. by Jens Brockmeier & Donal Carbaugh (Amsterdam: John Benjamins Publishing Company, 2001).

[21] Hamilton, Nigel, *Biography: A Brief History* (Cambridge: Harvard University Press, 2007).

[22] Frye, Northrop, *Anatomy of Criticism* (Princeton: Princeton University Press, 1957).

[23] Smith, Robert, *Derrida and Autobiography* (Cambridge: Cambridge University Press, 1995).

[24] Thomas, Couser, *Altered Egos: Authority in American Autobiography* (New York: Oxford University Press, 1989).

| 后记：中西自传话语的生命伦理 |

梳理完 20 世纪西方自传理论话语模式的古典、现代、后现代，以及中国和王成军的话语模式的各自特征后，我不再想说什么理论的话语了，事实上，理论总是灰色的，只有创作才会万古常青。而我在整部书中强调的观念，也就是说自传话语的真正生命伦理，其实颇为简单且朴实，那就是我想告诉此刻在地球上生存的人（我们都是向死而生的人，那些生存过且千古的人只有被写传记的份了），不论男女，不分老幼，记住中国自传理论成军王的一句话——写自传！而且是天上飘来五个字："立刻写自传！"这正如罗兰·巴特所言："我完全接受彻底地消失，毫无'立碑'之念——但是，我不能承受对于妈姆也是这样（也许因为她不曾写过东西，也许因为对于她的记忆完全取决于我）。"也就是说，你若不写自传，你将被人们彻底遗忘在时间的长河之中。而你的自传是对曾经生你、养你、爱你的家人们生命的最高礼仪和礼赞。

那么，为了把写自传观念变成现实，我的这个后记或许也就成了将来我的自传的简略本（字数限制）和删节本了。

王从哪里来？

我军姓王，名成军，字乐天，号白云居士，乳名戴群。我从哪里来？听父亲讲，我们这一王族从山西洪洞县大槐树来山东的。去年我从山东枣庄本家侄子处购得王氏族谱一套，这个王氏族谱首修于乾隆五十七年，谱云："祖辈传说，吾族先世本洪洞野鹊窝人，明太祖迁军来峄，始居北许羊村。按《明史》洪武初年有迁青州山西等处居民于兖州之语，大约为迁军而来。"尽管这只是口口相传，无碣可据，但我是愿意相信的，理由之一是，这说明我的王是山西的王，不是山东的王莽的王。在关乎民族大义上，咱不愿意是篡汉王莽的后人也。不过，这个族谱的排序和我父亲告诉过我的不一样，我这五代是"钦成忠正德"，下五代是"永保庆祥寅"。这样来看，我的王可以和秦始皇时的大将军王翦扯上关系了。

爷爷王方先

爷爷出生于1891年，和我奶奶一样，都是属龙的。可是他却只是埋头四书五经，两耳不闻窗外事。但科举没有参加，因为皇上取消了科举；黄埔军校也没有去考，因为他没有那个血性。从我爷爷向上推，从没有出现过一位达官显贵。据我父亲说，来到山东的王姓里，最大的职务是给某一大户做账房先生。我爷爷和他的爷爷的爷爷们一样，读了点儿书，却考不上功名，也就在当地教教私塾，然后娶妻种地过日子。但在那个兵荒马乱的时代里，我爷爷既然不能随着历史洪流前进，也就只能勉强糊口度日，据我奶奶亲自告诉我，爷爷在外教书，她在家要饭。父亲也说，也没让他跟着读书。只有一次，为了凑够人数开班，让他读了《三字经》。爷爷一生懦弱，性格温和，解放后也没有发挥识文断字的特长，一直赋闲在家，在家也没有启蒙我这个好学的孙子。1974年冬天，爷爷吃了碗我端给他的红烧肉，受了凉，从此不起，土葬在徐州黄山垄东的无名山。

附记

人生如梦，清明临近，因上课未能给爹娘去上坟。而我曾经是祖母最疼的孙子，她的坟我在结婚的前后是经常去的。因为我是教师，好请假且有时间。如今爹娘不在了，祖母的坟似乎不再提起，大哥说，他偶尔去即可。妻子刚从爹娘的墓地回来。我问她有什么启示吗，她笑而不答。其实，我之所以对上坟不太重视，源于我对生命的恐慌。2007年在我父亲治丧期间，导师发短信安慰我，有首他写的诗：自从爹娘离儿去，方知一夜已成人！当时我曾泪流。如今细思上坟这个事情，其文化的定位还是给活着的人的。记得娘说：纸烧活人心。在坟前的祈祷语也是希望爷娘保佑自己的儿女平安福禄。我的恐慌是与陶渊明同志一样的：荒草何茫茫，白杨亦萧萧。严霜九月中，送我出远郊。四面无人居，高坟正嶣峣。马为仰天鸣，风为自萧条。幽室一已闭，千年不复朝。千年不复朝，贤达无奈何。向来相送人，各自还其家。亲戚或余悲，他人亦已歌。死去何所道，托体同山阿。看来人死后是真的死了。所以，人还是应该在活着时，多享受些活着的乐趣也！就是即使天天快乐，不也天天一江春水东逝乎？谨以此文纪念祖父。

（2008年3月29日写于新浪博客）

"我奶奶" 王郭氏

奶奶是个传奇，是对我军影响最大的人。据说奶奶20多岁还未出嫁，这在她那个时代可是老姑娘了。好像奶奶娘家不穷，但为何未嫁？我猜的是奶奶有性格且豪爽，她要找一个听话的男人，而我爷爷就属于这种类型的男人。奶奶一共生了三男二女，排行是大姑（给徐州丁楼的郑家做童养媳）、二姑（也是在丁楼做童养媳）、我爸爸王钦朴、叔王钦标、小叔（三岁烤火时掉入火盆而夭亡）。说奶奶是个传奇有以下几件事可以证明。

一、无师自通会接骨针灸治病。奶奶曾绘声绘色地讲给我听，那天好像是同村的谁的媳妇骑驴回娘家，突然掉下来，左胳膊脱臼了，疼得不行。人们围着看，干着急。我奶奶好像神灵附体，走向前，拿起那媳妇胳膊摸了摸，然后一拽一提一送，好了。从此一传十，十传百，我奶奶成了当地出了名的接骨大仙。我小时，"文革"时期，奶奶虽然自己腿不好了，但依然给附近的乡亲接骨，并得到香烟、点心等酬劳。这真是奇了，奶奶不懂解剖学，咋会区别骨裂与骨折的哪？我小时问奶奶，她也说不清，她说主要是摸，如果对方反应特别疼，那是骨裂了，自己也看不好了，就建议去医院。

二、潜往战场扒剥士兵服装。这件事尽管有些违反战争伦理，但对我奶奶来说，说明她是个敢做敢为的人。事实上，奶奶也没拿回什么东西，因为战死的人身上都有枪眼。交战的双方应该是张作霖与段祺瑞的部队吧。

三、收国民党军官为干儿子。那是淮海战役前，我父亲开了个杂货铺，就有某国民党军官私卖麻袋等物给我父亲，认我奶奶为干娘。记得奶奶曾亲自谝给我说，三孙子，我吃饭前漱口都是白糖水啊。在我小时物质极端贫困，奶奶的话把我馋得直淌口水。可是奶奶缺少政治头脑，为何不跟地下党联系上，让这个军官起义，然后解放后不就成为革命者了吗？

四、乱世佳人顺手牵羊。国民党徐州官员逃跑了，办公室有许多家具。奶奶住在开明市场附近，邻居有去拿东西的，爷爷胆小，奶奶亲自出马，拿回了带弹簧的椅子一把，写字台一个，好像还有床。这把椅子一直可以使用，我高考前坐的就是这把雕花椅子，只不过弹簧坏了。

奶奶是1979年，我刚考上大学后老的，在我上大学前，奶奶已经接近九十岁了，她一直说自己耳不聋，眼不花。我常常抱着奶奶到门口的躺椅上，她要看看行人。奶奶是最疼我的人，我也是最爱奶奶的人之一，我一直有着朴素的想法，我的上大学和工作，是得到了奶奶的祝福的。奶奶也是土葬，和爷爷埋在了一起。以前每年清明，我都会去上坟，现在坟地被某部队圈在营地里了，我也去得少了。

附记：写于1981年的诗《上坟》

凉风侵颤的枯草，抖落出多少悲哀？这静寂寂的森林，有谁的人影徘徊？日暮灰灰的烟霾，印下了多少树的对白。那天边飞着的乌鸦，朦胧中黑云一块。坟前摇晃的青缭，牵出了孙子的追怀。是祖母的慈祥，是祖父的无奈；是祖母的花镜，是祖父的烟袋。眼前浅耸的黄土，将祖父母的躯体深埋，埋下了他们的躯体，更埋下了我的故事，我的期待。

外爷爷高老星

徐州有句熟语，精得没有外爷爷，我的外爷爷高老星，咱没见过。娘在1969年12月7日填写的"职工登记表"的"家庭人员情况"栏中写道："父亲，高老星，解放前种地，后逃荒来到徐州，给日本人干小工，累死在徐州。母亲高刘氏，解放前后都是家务。"写这句话时，正是"文革"时期，显然娘淡化和隐瞒了自己的出身。其实外爷爷高老星是河北南宫县郝屯村的一个地主，娶了两个老婆，我的外婆是他续弦的小老婆。我的大姨（与母亲同父同母）嫁给了当地最大的地主，"文革"时期被斗死了，我九岁时跟娘回河北，姨哥还指着那一大片绿油油的麦地对我说：这过去都是咱家的。据娘说，外爷爷高大魁梧，天庭开阔，性格刚直。本来可以在南宫享受他的幸福生活的，即便是日本鬼子来了，也没有太大影响，谁知人算不如天算，娘说，南宫连年大旱，颗粒无收，只好外出靠亲戚。也不知为何选了徐州，肯定这边有关系，或许听说徐州在建飞机场吗？据说，外爷爷来到徐州后，在解放桥附近搭了窝棚生活。然后，他就到日本人的在建大郭庄机场干活。这下要了他的命，因为本来的地主来干苦力且是给日本人干活，他肯定心里憋屈，再加上性格刚直。娘告诉我，日本人用鞭子抽打他，然后加上喝了不干净的水。一病不起，命丧彭城。此时娘十四岁，孤儿寡母，举目无亲，不过，这也给了二十四岁还没有娶上媳妇的我爸爸机会了。

附记：2011年新浪博客《精得没有外爷爷》

从小就听过小伙伴说过这个话，没有外公的小孩反而精明。我从小就没有外爷爷，并以此为美！娘是河北人，外公是河北南宫县南宫村的地主，听娘说外公个头高大，性情和我舅舅差不多：耿直！在娶我外婆前已经有过一个夫人，可能是死了？然后续娶了我的外婆！外婆到我家来住过一阵，印象中外婆嘴里无牙，眼球黑黑，个子跟娘一样，不高，话不多！好像也不和我亲，我是奶奶最喜爱的孙子，对这"欧巴桑"有些不理不睬？反正是几乎没有任何亲密细节回忆！后来外婆回到了舅舅家河北南宫县南宫村，记得得到外婆死去消息那一刻，娘坐在我家的砖头地面上号啕大哭！此刻我泪水涟涟！当时觉得好玩，还小的我不知娘的感受。但是对外公，娘也表现出些许冷漠？外公死在徐州，娘那时只有十二三岁，外公这个地主因为河北大旱和日本兵、中国土匪骚扰，举家迁到徐州，结果外公到日本人正建设的飞机场打工，工钱没挣到，却因干活没眼色（或曰内心有些傲气？）被日本兵皮鞭伺候，回家就病倒卧床，魂飘徐州了。想想我的脾气，是否得以外公为戒哈！解放后，我的爷爷亲自小楷记录外公的尸骨位置，让父亲背往河北，这样外公也又回到了生他养他的故土。也正是我父亲的这份善良举动，打动了更加善良的娘，终于没有背离婚约，也就给了咱来到这个美丽世界的可能！外公，外爷爷，您记住：您的外孙在徐州可是个教授王也！人称军长了！

外婆高刘氏

外婆来过我们家，我也在外婆家见过她。但没有我们祖孙亲密接触过的任何记忆。我只记得，外婆坐在我家床上吃东西，满口无牙。我外爷爷病故后，娘才十四岁，我爹给我说，媒婆介绍这门亲事后，他曾偷看过娘出屋打水。外爷爷死了，为了生存，外婆答应了这门亲事，但有个条件，就是有机会要把我外爷爷骨骸起送回河北南宫埋葬。外婆好像是 1975 年左右走的。尽管我对外婆印象不深，但对她能决断支持娘嫁给我爹，还是要叩首感恩的。尤其是在大姨反对我娘回徐州事上，又一次默许了我娘的选择。我爹为了把我娘要回徐州，在我外婆家住了几个月，他的内心是受到了极大的伤害的。只要我娘要去河北老家，我爹总是要发一次酒疯，我跟娘和妹妹一起去河北那次，爹头天晚上发火不高兴，可第二天当我们火车到了山东德州火车站后，他又让朋友来火车站接我们。火车站的大喇叭，喊着娘高庆兰的名字，娘事先不知道，以为是骗子哪，不敢去。

父亲王钦朴

父亲一生的最大功绩是走出了山东老家，二下徐州，最后在徐州娶妻生子。据父亲说，抗日战争刚爆发，他参加了抗日游击队，一共81天，一起去的十几个小伙子都战死了。我奶奶一看自己的大儿子去当了兵，就天天去队伍里找骂，一定要我父亲回来，父亲无奈最后只好回家去种地了。我跟父亲说多可惜，要是参加队伍最后到城市当了干部多好，父亲摇着头说，也可能死了，枪子不长眼。在家种地是父亲最不愿意干的活，记得奶奶说：你爸十八岁，高粱地里除草害怕，让我在地头喊着他的名字。于是我父亲决定到徐州打工，第一次就是来到了我外公去的大郭庄机场当临时工。父亲说活太累，他干了没几天就回老家了；第二次找到了一个骆驼祥子那样的工作，因为年轻也因为奶奶也来到了徐州，帮我父亲整了些关系，于是父亲过上了他一生最快乐的日子，给徐州储备银行行长"开"人力车。结果，用挣的钱娶了我娘，用挣的钱听京剧大戏，好像是一个月不回家，吃住在外。然而抗战胜利后，他又只能干起了街头拉客的生意，不过收入还是不错的。我家有个大木头箱子，装了一箱子金圆券，这个钱还救了本家王钦法叔叔的命。这个叔叔从我小时一直来我家，直到有一天，一生好酒的父亲非得劝人家喝酒，结果闹崩，不再往来。父亲解放后积极工作，思想先进，入了党，在徐州重型机械厂党委办负责报刊收发工作。遗憾的是其人好酒，不仅影响了他的职业前程，而且给我的童年甚至成年生活带来过不少烦恼。父亲在"文革"时期曾代理过警卫班负责人，我小时记得他带领警卫班同事，学习《毛主席语录》。

娘高庆兰

我这里引用我新浪博客里的文字，来叙述对娘的思念。写作时间是 2008 年 3 月 5 日：

昨夜梦见了娘，好像娘已经病了，但她似乎特别缺钱。我把钱包里偷藏的好多钱给了她，她特别高兴。看了蒋雯丽和张国立演绎的《金婚》，我对生命的"老"有了真切感受，那也是无奈啊！人都是会死的存在，所以，得用文字纪念死去的娘呀！娘名高庆兰，河北南宫人氏。其父身材高大且颇有田产，娘为其小妻所生，同母为姊妹三人。娘十余岁即随其父母逃到徐州，于是二十有余的爹便有了机会。此刻他在徐州的储备银行给行长"开"人力车，家资富饶，一月一袋大米？反正有钱。娘十五岁（娘是1930 年出生的）就洞房花烛了。据祖母说有喇叭轿子，还摆了五十多桌酒席，可是当天的被褥却是租借的。父亲爱喝酒，这得以后叙述。娘是个个子矮小的姑娘，性情温驯。我的嘴型特像娘，微微噘起，牙有些外倾。娘的品德特好，有一事可证明：河北解放，娘也回河北探亲。外婆与舅舅都回河北定居了。谁知我大姨把娘藏起来不让我爹这个穷小子带走了，她嫁给了耿家做了地主婆。"文革"时我到过她家，记得房子平顶，还吃了油饼。老爹这方面是为咱立了大功，坚持在南宫苦等半年，终于感化了娘。还是娘心太软，跟着爹回了徐州。当时河北嫁给徐州的多了去了，返回来徐州的只娘一人！妈也，差点没了咱。不，来也会没有咱。所以，咱要为生命的偶然而坦然和知足也。从此娘与爹过着吵闹、惊吓和温存并存的日子。1961 年 5 月 13 日，生了我：取名戴群。娘做过好多工作，爹说娘筛沙子满脸白灰几乎看不见脸。记得娘在白云山采石场拉过车子。但印象最深的是娘在托儿所工作的情形，她每每拿回些剩下的发面馒头给我吃。可怜也！由于老爹爱抽烟、喝酒，所以家用一直不足。记得母亲五十就退休了。1979 年等待大学入学的夏季，我在躺椅上看书时会睡着。娘在旁边做针线活，她笑说"三儿又睡了"。娘最喜欢我，我也争气。我们住的徐州重型二宿舍，我是恢复高考后第一个大学生呢，如今我是南京大学博士后出站。可是娘早已经走远了。娘，后来病在脑萎缩，糊涂且不能说话了。其实娘是有些闷，心闷又无处抒发是会得病的，她说我就出不了你爹的手。记得有一年门外下着小雪，我好像有十多岁了。父亲抓着娘的头发朝火炉上拉，我把爹喊出，与他摔跤。他微醉，自己故意倒下，"儿子行了，可以打爹了！"我身上有点他的性格：遇强即愤但立刻后悔。但后来长大后问及此事，娘却说"你爹事后可会承认错误和疼人了"。我今天对妻子也如此也！今天偶然打开电脑，收看了徐国的 47 名女性陪葬墓，念及人生之会死，对娘的一生操劳而无命享受，徒呼哀哉！娘是 1997 年 9 月 10 日教师节那天去的，享年六十六岁。记得那天我哭得昏天黑地，长民兄弟硬把我拉上汽车（他如今也离开人世快两年矣），其实我之所以能够大哭，是因为我每每会想起娘拿着小铁盒子，向我要洗衣粉的情景。娘已经走远，但我内心非常痛念她。但是她的疾病令人感觉无奈。还有一印象是娘病得不能吃饭后，我给她冰糕吃，她拼命吮吸的动作。写到此，内心特想把爱送给为我以及这个家，用心操持的妻子杨光萍。因为，我们都会变老且病的！

2021 年的此刻重念这段文字，仍然让我军泪水盈眶。

"三连长"

我军今年六十了，但我对六岁前的记忆却是很模糊。恍惚记得三四岁时，骑着爷爷的脖子看大象；坐在爸爸的自行车前杠上，双腿发麻；半夜尿床醒了，用屁股烤干褥子；也是半夜醒了，看到同床的爸妈在一头说话。奶奶让我和堂弟王成锁围着房子转圈跑，我与堂弟碰撞，鼻子出血了。上小学前，好像正推自行车车圈玩，突然有人喊上学报名了。我就到子房山小学二部读书了，同宿舍的张小美哭着，她家没有钱交一元学杂费。上学有教室无板凳，我得自带。于是我至今还会做这样的梦，我的小凳子能飞！一年级，我无名无能，二年级也是。三年级时，突然被选成了三连长。记得中午回到家，二哥的朋友说，戴群当班长了，我害羞，躲到门后，骂人。写到这里，想起父亲有一次讽刺我，我洗筷子，为了吸引人，拿出水面，来回搓动发出声音，我爹说，三儿真会洗筷子。我觉着侮辱了我。可见我的自尊心有点强，要面子。当了三连长后，做了一件坏事，批斗写"反动标语"的同学李彦福。老师让把这个同学五花大绑，我们喊口号批斗。小学五年级时，我还是班长，每年都获得五好学生奖状。可在一次讲故事全校大赛时出丑了，我大哥王成和他的朋友讲了一个女特务到解放军营地偷拍照相的故事，这个女特务把照相机藏在头发里。可是最后怎么把她抓住发现的，我哥和他的朋友没有告诉我，我也不会编，讲一半就停了。记得小学语文老师、班主任郑鸿洁老师很生气。小学毕业后，我去白云山采石场砸石子挣了两元钱，至今记得累得我的小腰直不起来。

附记：2018年9月7日的微信

今天和红卫七小五（一）班的九位小学同学一起去班主任郑老师家庆祝教师节，他们是卢芳、袁龙侠、张贵珍、李淑英、王洪元、田家华、赵洪顺、张军、王洪友，算我一个正好十大元帅。郑老师是我们1973年至1974年的语文老师兼班主任。她本是贾汪七中的老师，她说为了照顾小孩提出到我们小学执教。这是我们的荣幸。郑老师人很严厉，教学颇有水平。今天她告诉我和徐州的于永正坐对桌。我是受益者之一，感谢郑老师。她年近八十，身体康健，住鼓楼花园五楼，有点高。在此忏悔，毕业四十五年了，去年才联系上她，感谢今天来和心到人没到的所有同学，教师节祝郑老师快乐，我这个王老师也随喜。

"红卫兵团"副团长

小学毕业后去了十九中学，1975年的中国，处于"文革"后期，学校老师很优秀，我们学生却几乎没有认真上课的。我是学习委员，学习还是努力的，记得初一英语考试就我一个人90多分。但干扰也多，有个坐我后面的同学总是把痰吐我一后背，至今想起，颇恨这厮。第二年，成立了第二十中学，我们这些家住子房山附近的学生，被重新编入二十中学读书，校舍就是我们小学的原校舍。我的革命青春开始焕发，被选为红卫兵团副团长，在美女教师团委书记张秀芝领导下工作。正团长是个女的，比我低一届。我属于二十中学首届学生，班主任、语文老师是刘金玲。高中时的语文老师是北京大学毕业的朱家驷老师。期间，学吹军号，为二十中军号队队长，打倒"四人帮"时，上街游行发挥了作用，打鼓的是一叫夏艳的美女师妹。范明华、郑庭海、王志、段黎明为我队友。跟着工人教师张明堂学吹单簧管，啥也没有学会。幸亏没有真正走火入魔，而是进入了高考节奏，这得感谢邓小平，也感谢我自己。高考发榜时，担心考不上不敢去学校看分数，结果是全校就我一人本科上线，最后来到了徐州师范学院中文系。

大学四年

大学生活丰富多彩，从 1979 年到 1983 年，正好是被文学描绘为传奇的八十年代。可事实上，对我军来说，缺钱、缺爱、缺快乐依然是人生的底色。张秀芝老师在我读大学时，就调入徐州检察院工作了，她给过我五十斤粮票，换鸡蛋吃，关于这段生活，此处省去一万字。还是看看 2009 年我们班相识三十年聚会时，我写的"浮生六记我的大学生活"的文字吧：

（1）同居记乐。看着我们寝室大学毕业时的黑白照，让我军记住最多的是快乐哈。我们寝室一开始有刘方、刘强、李军、张继华、房新山、张国庆、沈曙虹、王建农和军长我也。不久刘强走出，调来了王炎。于是乎，同居快乐的日子开始了。"同居"二字是房新山的词汇，在那个不许谈恋爱的时代，房氏的语言是本寝室快乐的大本营和源泉。感谢房兄的好性格和本色表演，感谢张哥的"小坏"和有事生非，感谢李军的多才多艺和身体叙事，感谢老刘的超脱与前卫，感谢王炎兄的智慧和凝聚力，感谢沈曙虹的聪明和青春，感谢小弟弟的深沉和狡辩，感谢连云港人张国庆的较真和方言，感谢铁道游击队的后人王成军的忧愁和潇洒！总之，九条公龙齐聚，群儒舌战最乐！记得有一次，不知谁引起的话题，说笑逗吵到了子夜，最后只剩房新山和沈曙虹在 PK，老沈突问房新山：你说我们争论的啥话题？房新山说：不知道！爪啦？我们大笑，各自入帐，不知东方之既白！

（2）闲情记趣。余忆 79 年入学后，即到徐州张集农场学农，此刻军王身心皆为青涩，同学新来，也大多不识。但有个同学所唱歌曲却至今流连在耳畔：姑娘你像一朵花，把俺引到井底下，割断了绳索你走啦……依稀记得这是王炎兄所唱，看来科长也疯狂哈！

（3）没恋记愁。遥记三十年前事，恍如近在眼前却又逝去如烟。本王 79 年上学时正是十八岁的哥哥，却没有妹妹在小河边等着俺归来。四年里没敢对同班女同学动心思，却对数学系一个叫秦慧云的美女动了相思梦，好像我们的寝室与她的相对望。于是乎在孙丹军的鼓动下我在图书馆写了一封求爱信并交给其送去，得到的答复是女孩说不，军哥一下坠入无比痛苦的深渊。幸亏读的是中文系，把那个失恋的心都寄托到叙事里了。去年在镇江招生，遇到徐师数学 80 级一男老师，我问秦慧云现在如何了，他云，秦慧云在美国，好像离婚了。

（4）浪游记快。上学时太差钱，没有和同学一起远游，云龙山就成为我们浪游的好去处，每次都用周生金的煤油炉做一些菜，然后携同张继华、房新山、王建农、李乃华等，从东坡悄悄爬上云龙山，在一平坦的青石板上喝酒猜拳长啸高歌。有一年大雪封山，我与张国庆兄买了半只鸡同登云龙，在放鹤亭处，见薛国清兄与朱士葆正对面而酌。下山时，遇美学老师印锡华对着雪景思考艺术人生。

（5）游行记历。只记得是中国足球队雨中踢败了沙特，徐州师范学院的爱国青年们，要到徐州大街走两步，朱其训站在铁门上劝阻却没有挡住俺们的豪情。夜幕下的彭城响彻着徐师人的"进军西班牙"的口号。回到寝室后，女同学也不潜伏了，点燃了东西往下扔，刘方让我把中文楼南边防震棚的秫秸秆取来点燃以助兴！

（6）养生记道。读书四年，老大的腰痛了一千多天。哥们都说咱肾亏，结婚后用肾甚多，却再也不痛了。原来就是用腰过度，单杠玩得猛了些。人有痛，天不知，养生二字，看来就是顺其自然也！为了快乐，不问有什么，而是多想想当下的幸福。所以，冷也好热也好，三十年后活着再记 79 中文往事最好！如今跟师范大学的同事一起打乒乓球，快哉乐哉。他们的名字是我哥陈洪处长、胡人主席中山、力弟王教授、花教授王志彬、伟弟梁伟峰教授、阎人主任蔡茂、阿杰周博士、步进博士，还有沙院长先一、宪浦院长孟。

刘方

《江城子》：五年生死你我亡，谁思想，汉家王。千里九华，云中雾苍茫。其实心中长相逢，高富帅，活刘方。昨夜金陵又欢畅，忆云龙，同寝床。兄弟秘言，上下有锵锵。天命徐州皆乐地，彭城夜，喝晨阳！

刘方是我大学同寝室同学，但他是市长的公子，在大学期间与我等虽睦，却不十分亲和。随着时光的流变，也特别在王炎同学的和谐之下，我与他的情感距离越来越近，在大学同学同在的酒宴上，我感觉我们是性相近的。遗憾的是，在我失去人生唯一一次重大选择，回流到徐州后，他却对我说出了绝对正确的一句话：你不适合当官。他是有心，我也有意地误解了他的思想。又加上十五年前唯一的巧合，我没有最后送他远行。这是我今天要忏悔的，对他！诗歌里的兄弟秘言，有些少儿不宜，说的也是食色之话。其实我是想说，人的一生不是以数字的长短来论定的，老刘此生有他的质量也！每到 12 月 18 日，刘方的忌辰，王炎学兄会在刘方主吃的晨阳羊肉馆策划一次聚会，追思老刘。

二十四中学

大学毕业时，最不爱干的就是中学教师，可我们那个时候想改行到政府文化部门极难，我当时想托大哥王成去徐州冶金中专工作，没有成功。现在想想，塞翁失马啊。如果去了企业，这些企业几乎都倒闭了，而且退休后的年金比中学老师至少低了一半。我 1983 年 7 月分配到徐州东郊的二十四中，直到 1991 年初调入徐州师范学院，整整八年啊。期间是我人生最低潮时期，尽管娶妻生女，有了幸福生活，但一地鸡毛的教学工作和那颗不服输的心，时刻提醒我要离开这块伤心地。不过在这里结识了我一生最好的朋友梁勇馆长，他提早就调入徐州博物馆工作，后来做了徐州汉画像石馆馆长。我的夫人是他的老父亲介绍的，我后来调入徐师院，也是他的朋友王强教授引入的。在这里还有李建民、蒋志刚、陈丹敏、刘胜勇、孙丹军、许亚萍、杭建华、董现云等好朋友。也是在这里，我集中精力研究传记文学，1987 年在《当代文坛》发表了《试论传记文学》论文，获稿酬 80 元，记得立刻给女朋友杨光萍买了几只大桃子。发文章成了我军最快乐的人生追求。

岳母李庆云

1966 年我夫人三岁时，岳父病故了，岳母寡居。从此带着二男二女辛苦度日。她在我家一墙之隔的水泥制品厂工作，与梁栋叔叔同单位。为了占房子，又在该厂后门居住，所以就成就了我和夫人的婚姻。岳母为人刚直，性格倔强。我夫人上大学，单位不愿意交学费，一年七千多人民币，在八十年代那是个大数字。岳母不畏艰险，找到市政府，最终成功。岳父叫啥我都不知道，但据说解放前曾在云龙山附近颇有些江湖名气。昨夜问夫人云杨振华，好像有个相声演员也是这个名字。

徐州师范学院

位于云龙山东坡的这个学校是我的母校，从中学能够调入，对我军来说简直是步入天堂。大学生不用管理，我则教授中学语文教学法，驾轻就熟，岂不乐哉。1994年又前往北京访学，师从著名《史记》专家韩兆琦老师，又结识了北京的赵白生等传记文学研究者，本以为从此可以享受下生活，安心做做自己喜欢的学问了。然而，此时考博又成了一个新的追求。同学同事纷纷出外读书，有个同事考入南京大学，暑假归来穿着印有"南京大学"的背心，让我军那个羡慕嫉妒恨。这样的纠结人生直到2000年我考入南京师范大学博士才结束。

金陵春梦

2000年走进南京师范大学的随园，从此开启了我军此生最快乐的五年生活，具体细节可参见我的全本自传，此处隐去五万字。请先看看我的一段回忆性文字——《浮生六记之负笈何门》：

其一：入门记难。我的跨世纪之年，是在愤懑、痛苦和希冀中苦熬过来的。我的某些同事因是博士而盛气凌人，且殃及我军。那时的王成军只有一个梦想：到南京攻读博士学位！但是，由于种种原因的制约，当临近考试的时候，我却迟疑了。事实上，是妻子默默流淌的泪水把我冲到了南京，等下了火车来到南师大后，附近所有宾馆皆为客满。子夜的宁海路上，我伤感地踽踽而行。后来实在无奈的我，走进了苏州路"宁海浴室"躺了半夜。至今记得洗客在按摩时的噼啪声。说来奇怪，当时的我尽管一夜未睡，却对第二天的考试充满信心。我的脑海里居然浮现出报考导师何永康先生的身影来了，先生在一篇文章中回忆说，他第一次跨进南京师院校门时，正下着大雨。没有家长护送，吃力地扛着一口木箱，不小心双脚陷在泥泞里拔不出来。导师的一句话让我联想到了自己：好兆头，我将留在这片土地上了！是啊！蒙受着导师的好兆头和恩泽，我最终被留在这片土地上并得到了恩师的沐浴与洗礼！有诗为证：犹记身心愤懑年，惊惶世纪车临渊。沐猴争权玄武门，盛气凌人言语间。愧不成军试妻泪，过江壮士战随园。若无恩师怜才策，哪有三军尽欢颜？

其二：登堂记幸。人生如戏，这戏字主要表现在人与人的冲突与合作之中，2000 年，是何师招博士的第二年，我则在 1999 年就已经上过战场了，结果我的同事兼学生的田某某考上了，我却名落孙山。2000 年的成绩一公布，同样的问题出来了，同样是我的学生的赵某某在我前面。幸亏她同时考上了南京大学，也幸亏她自然地选择了南京大学的周宪老师，更幸运的是何师怜惜我这个老生，否则我还来不了。都云他人是地狱，其实更多的时候，他人就是自己的机遇，关键在于你是否有幸运之神的惠顾！但是由于赵某某报考的是高小康师门下，我也不得不成为高门弟子。这是何师的安排，叫军的我，哪有不服从命令的？就在 2001 年的第一场雪还没来的时候，高小康师出走暨南大学。我愧也成军，则被伟大的何师特别收编，成了何门"黄埔二期"重要成员之一，此刻何门有 99 级师兄四人：骆冬青兄、潘大春兄、周斌兄、郭泉兄（博士后），我的同级同学是：周成平兄、白晓易兄。有诗为证：随园初未随心愿，入室登堂高师班。我为人人人为我，古今命骞不由天。军来军往听师令，康走康归何家欢。失马塞翁无是有，否极泰来必相连。

其三：作文记批。何师授课，从不照本宣科，追寻的是先圣孔子的授课方式，因材施教，因人而育。何师在指导我们读书时更有创建，他让我们读书时必做读书笔记，且不定期地检查之。我至今在指导我的研究生们读书时，就是继承着何师的指导方法。何师的高明处在于，他会对我在读书笔记中出现的学术火花，进行点化。我在读博期间，发表在《外国文学评论》上的文章，就是在此基础上写成的。《二十世纪：中西比较小说学》是何师主持的江苏省"十五工程重点课题"，我荣幸地成为该课题的子课题"二十世纪中西小说叙事传统研究"的主持人，这是何师培养文科研究生的又一创举。一般来说，理科的导师多让学生参与其课题，说白了，那是给导师打工。何师却恰恰相反，他是用他的课题，给弟子们搭建学术平台，我的博士论文就是在此基础上孕育完成并得到了陈辽前辈的赞美。此书在最后统稿时，何师倾注了大量的心血，我也因为在修改时的大意，平生第一次也是唯一一次，得到了何师严厉的"批判"，并赴南京向何师负荆请罪，所以我自称"被批判之军"，简称"判军"，写到此，军子汗颜且脸红也。有诗为证：孔门弟子有三千，因人施教古今传。何师教育追先圣，笔记点评兼面谈。比较中西小说学，提携判军叙事观。最忆主编统稿日，作文修改一百天！

其四：浪游记快。这里说的是何门盛事之一，我们的大师兄骆冬青在博士论文里首次提出了"政治美学"论题，此论一出，虽立刻遭到好几位资深文艺理论家的不以为然，何师却高屋建瓴地看到了弟子的独到之处。但为了慎重起见，何师安排所有当时在籍的何门弟子前往新四军的摇篮盐城，举行田野教学，一并共同论析"政治美学"这一新论。此时，王光文师弟为盐城教育局局长，自古王家出侯王，此次学术安排，高水平、有档次、真生态。尤其是来到了盐城大纵湖垂钓和麋鹿苑观赏。这是2002年的春天，也是弟子我第一次与何师零距离地接触，记得何师对我曰：大纵湖里可放纵。于是乎，垂钓时我酒醉湖边，失足于湖水。更为可喜的是，春天的男麋鹿们此时正在为鹿王的地位发起战争，何师看此情景，金口曰：成军乃鹿王也！从此我的鹿王名称传遍何门。知我者，何师也！盐城之行的何门弟子为：骆冬青师兄、潘大春师兄、周斌师兄、郭泉师兄与其子、周成平师兄、白晓易师兄、王洪岳师弟、张典师弟、屈雅红师妹、余晓明师弟、梁爱民师弟等。有诗为证：何门弟子皆俊彦，政治美学第一篇。盐城有主名光文，课堂开在大海边。大纵湖里垂钓乐，麋鹿苑中师生欢。导师一语传天下，成军戴上鹿王冠！

其五：同学记乐。说起何门弟子，尽管现在晖（黄晖师妹）映芙蓉（张芙蓉师妹），红（屈雅红师妹）云（王春云师妹）片片，其实前三届博士里，特别是在去盐城的同学中，只有屈雅红师妹一人。物以稀为贵，虽说红师妹，文雅美丽大度，但是由于众星捧花，自然地骄傲她还是有的。记得我曾斗胆向何师进言：要多招些师妹哈。说者是有心的，我曾推荐《百花洲》杂志的女编辑李文丽女士报考，遗憾的是，没有进来。但是在我离开何门前往南京大学做博士后时，何门的师妹们可谓群芳盛开也。王青师妹、高艳师妹、陈文育师妹、陈民师妹、朱洁师妹、徐敏师妹、周宗伟师妹、仇贝贝师妹等。甚至俩师弟钱雯和蒋俊，人俊秀、名类女，我也多次在徐曙海师弟自费安排的何门学术聚会酒宴上戏言：师妹们好！何门此时可谓俊彦齐聚，人才济济。男博士后又增有：谢冬冰、王晖、钱进、张强。我们在何师带领之下，经常进行学术酒宴活动，同学之间，相互提携，互促友谊！人到中年的我，尽管也曾幻想过金陵春梦，似乎也有些花边新闻，但是，读博期间，王成军一直不敢愧对何师的教诲，主要精力仍然在"学问"二字上。为此，结合我长期从事中外传记文学理论研究的学养，我提出了"纪实是小说的本质属性之一"的新论，没想到得到了何师的宽容与肯定。答辩时，我以花和尚鲁智深为例，来阐释我的纪实观，得到了评委的好评。由于我读博期间在中文权威期刊发表了论文，加上是何师弟子，被评为 2002 年南京师范大学"朱敬文特别奖学金"获得者。当然，这一切成绩的取得，都来自恩师的教诲，尤其是恩师独特深广的美学观念的影响。有诗为证：随园曾是大观园，晖映芙蓉红云端。成军不是宝玉哥，读书著文夜阑珊。答辩例举花和尚，奖励擒得带头鹈。一切叙事皆纪实？感恩何师美学观！

其六：别师记悔。逝者如斯夫，三年（2000—2003 年）负笈何门求学的幸福时光，转眼就走了。可是我的身心却怎么都不愿意离开有故事的南京，离开敬爱的何师和亲爱的高师母。记得在帮忙何爸乔迁大喜，高妈请我们吃饭时，她说了一句让我至今记忆犹新的话：成军是南京臭豆腐，闻得臭，吃得香！这是表扬咱哪！在申请博士后的时候，我曾打着何师的旗号给北京人民大学的陆贵山教授去了一封信，结果陆教授来电向何师核定，说若是康兄的博士学生，我就要。但同时，何师也跟南京大学周宪业师联系了，两边都答应了。这下可咋办怎？知子莫如父（此时我已经在何门弟子中率先称导师为何爸，称高永年师母为高妈，我的母亲也姓高！），最后何师让我留在了南京大学中文系做周宪老师的博士后。

博士后毕业前后，我曾有云游他乡的行动愿望，此时，军子我身属何师的博士，南大的博士后，年方四四，正教授，在权威期刊发表论文多篇。更有与浙江王洪岳师弟会师金华的具体行动，但是由于各种原因所致，最后我还是回到了生我养我的古彭城。想此，这是我军此生犯的最大错误之一：没有遵循人挪活的古训。如今是，军身已老，军心不动了！看来，徐州成军王要兵败淮海，徒唱垓下歌也！

今天是 2012 年 8 月 18 日，我从南京大学出站回到徐州师范大学（现更名为江苏师大）也已经整整七年了。可是我的内心却充满阳光，幸福无比。如果你要问为什么哪，我会对着天上的白云说，不是因为我已到知天命之年，更不是佛心常驻军心，而是因为军子可以随时跟何爸互通短信，军子人在徐州，却时时刻刻沐浴在何爸的关爱和呵护的五彩云中。有诗为证：挥手别师泪潸然，大风歌里梦难圆。思徐不乐王博后，南大青楼暂偏安。曾有云游他乡志，幸无魂断湖城山。如今戏马云龙谷，父子情缘短信牵！

这是2012年的旧稿，如今又过了十年光阴，最为遗憾的是，何老师不用智能手机，且年届八十（青春易老，我跟何老师读博士时，2001年的何老师就是我如今这个年龄），他也无力整合他称之为满庭芳的花园了，我们师徒联系多靠短信。值得感恩的是，何门有个仇贝贝师妹，人美心灵，现在南京第二师范学院当教授，我军一到南京，她特别有情有义地欢迎，我们也切磋着学问，她主持着一个有关南京大屠杀女性叙事的国家课题。何门本有个"四人帮"，指的是王成军、王洪岳、余晓明、屈雅红，我们打成一片，欢乐一起。南京还有个我称之为师妹姐的黄晖，更是古道热肠，对我军颇多关爱。高艳师妹在上海，我军莅沪，她摆酒招待。徐州的师妹王青几十年如一日，爱军拥军，年年邀请我去她主持的中国矿业大学文法学院做硕士生答辩主席。镇江的芙蓉师妹，俊目窈窕，花枝招展。南通的王春云师妹，西北姑娘，爽快大度。

春天里

2010年3月19日中午，二十四中87级二班90届同学聚会于徐州户部山下之福寿园酒店，我于1983年大学毕业后即被组织分到位于徐州东郊的第二十四中学教书。从此经历了人生最黑暗时期！整整一个抗日战争的时光，就在那苦涩的青春、痛苦的工作、烦恼的教学和无助的希望里一天一天地消耗着生命！我是个不会管理班级和约束学生，只会教书的人，脾气介于温柔与暴躁之间，结果在二十四中的第一年所当班主任的那个班级就被解散了，我又从初一教起，尽管不情愿当班主任，还是带了一年班主任。从初一教到初三，1987年秋天，开始教新的班级，二班是个重点班，班主任刘洪荣老师颇擅长管理班级，我也学会了些管理技巧：尽量少笑，保持威严。可是时间一长且天生地好幽默，再加上初中男生浑身的力比多，纪律就有些控制不住！于是乎就与马震华山论剑了！但是因为这是个重点班，又有一群俊美好学的女生，如苗莉、宋慧萍、赵鹏云等，我是拼全力在教书的。期间在国内著名期刊上发表了学术论文。中考时，我还猜中了个别语文试题，给学生们留下了好印象。送走这个班级，我到高三教了半年书，由于是普通高中，学生学习一般。就这样，我把青春献给了二十四中，却没有一个桃李联系我。在大学我有一批又一批学生朋友，经常来往。尤其是在南京更是学生多多。二十四中的空白，让我欢喜让我忧。今年春节前，因喝酒导致夫人生气状态不好的我，被一个从中国银行图标轿车上走下的美丽少妇喊出了王老师的名字，我很愕然，好像不认识，"王老师我是苗莉"，苗莉？于是乎王成军的春天来了！苗莉现在是中国银行徐州鼓楼支行的行长。

闽南行

2012 年 6 月 1 日至 5 日，应邀前往漳州主持研究生答辩，能投入伟大的祖国颂兄怀抱，军王乐甚也！此次是军王平生二飞。内心忐忑不说，真在天上后，立刻置换观念，腾云驾雾如神仙，空姐年轻也如仙！但是真等飞机降落也才安下军心。从厦门机场乘车到漳州，晚上受到国颂兄的金门酒高度欢迎，此间手指被椅子夹住疼痛，女老板美丽爽快：教授今晚被我夹了一下，众大笑。于是乎，关键词诞生。当夜大醉。凌晨却被布谷鸟声惊醒，咋与我徐州一样呢？遂吟诗一首：花梦醒来是早晨，窗口同样布谷音。云水土楼古榕下，蜜语被夹红美人。然后去南靖土楼和电影《云水谣》拍摄地游玩。上土楼，被众多棺材吸引，原来土楼主人看破人生，三十多岁后即为自己打造树棺。接着军王的脚步被古榕树下绣球楼的女老板留住，我们品茶欢谈，有照片为证。第二天答辩一天，结识了沈金耀教授和陈煜斓主任。当晚陈煜斓主任邀我喝茶，夜晚漳州人围湖而茶，其乐融融！然后又与小美女硕士一起鼓浪屿一游，然后给研究生开讲座，然后夜晚与祖国颂嫂子喝茶，乐谈人生。然后，看到尼日利亚飞机失事，军王恐慌登机返徐州，安全落地。当夜北斗哥、道祥弟宴请。如今一切如云烟，如果没有文字与照片。

王成军纪实诗集笺注

（1）诗曰：龙江酒后遇青华，铃声一响基督音。道成肉身灵体现，淑贞喊出王成军！笺注：2002 年 5 月 4 日，周成平院长宴请，地点在龙江，饭后我独自散步路遇南大美女研究生张青华，其为基督徒，我的 QQ 名字"尼哥底姆王"，源自她的上帝吸引哈！听说此姑娘在美国，不知生活如何？是否喜乐如从前？

（2）诗曰：谁云溃不成军？看球昨夜今晨。三十年前中锋，胆大技穷中文。电脑方便自由，无兄无弟孤身。奖杯名人冷眼，黑天飘着浮云！笺注：2012 年 6 月 22 日，终于看了足球直播，德国与希腊。时间太晚，深夜两点四十。想起三十年前的世界杯直播，今天又为端午节。

（3）诗曰：目睹小弟图片，记得军王童年。手冻肿如蛤蟆，风雪走在路边。刺骨寒风入室，兄弟互暖同眠，如今各顾妻子，冷苦时光有甜?！笺注：曾看到一个男孩手冻烂的图片，想到我的童年。小时我体寒，手常被冻烂如图中男孩，被好兄弟满正文写进他的作文《班长的手!》，得到老师刘金玲的表扬！兄弟互暖同眠，说的是与大哥王成同睡在小东屋的事，天冷屋寒，没有电热毯，好像连个热水暖脚盐水瓶也坏了。晚上睡觉我哥在那头，我在这头，相互取暖，其实我至今体寒，老婆体热，整天说我们不是一类人。可当时大哥好像没有说过不高兴的话。这个东屋，让我想起可怜的爷爷奶奶，也是天寒，我大约五岁左右，奶奶让我到屋外寻觅槐树干树枝烧火取暖，一屋烟雾，熏得我直流眼泪。奶奶没有享受孙子我的福利啊。

（4）诗曰：雨中聚会无诗情，寥落同学众弟兄。建农不愿江师大，红酒欢愉窗外声。从健佛语人生死，大大小小皆圆形。归家红袖斗地主，何必辛苦成长工?！笺注：大学好友王建农来徐北巡，王炎兄来电招待。在老院子，从健买单。众同学多喜酒公干，只有我们六人，其中司机卜。洪岳弟发来短信："浙江商界巨子王均瑶英年早逝，其妻改嫁王生前的司机。该司机幸福之时感慨道：'以前，我认为自己是在给老板打工，现在才明白老板一直在为我打工！'残酷的事实说明：活得更久，远比高富帅重要！愿大家调整好心态，活得又久又好！"

（5）诗曰：依稀记得卅年前，男女同学不言谈。背后其实早移情，范老嬷嬷嬉闹欢！曾说公平是时间，如今虽老距离短。说今说昔说家常，天命之欢能几年？笺注：2012 年 7 月 1 日，被几个三十年没见的中学女同学邀请，在同仁居 201 吃饭。起因自王素云嫁女，席上遇到王翠侠同学。王素云是王翠侠的红娘。这个王翠侠是我中学时暗地里喜欢过的姑娘。可是中学时期，却没敢说过几句话。

（6）诗曰：来来必往往，一生万物长。听得祖母说，人死星不亮！宇宙大爆炸，如今仍膨胀，永恒永空无，乐活乐成长！笺注：婶子今年九十大寿，婶子与我母亲性格脾气不同，叔叔怕她，或曰能管住叔叔。此次听得婶子讲父亲去河北邀回母亲事，感慨奶奶的有恩于瘸子乡长。此刻在看宇宙大爆炸。心情爽快！现实的烦恼，与欲望的难以满足，总会让我面向宇宙，春暖花开！

（7）诗曰：秋色怡人看新生，戎装少女不从容，台上丽人芳徽在，一切皆在幻影中。笺注：翻看南京经济学院成人教育学院院刊 2001 年 3 期，扉页登载一组新生军训照片，检阅老师留有一抹红装，侧面。我在该杂志上发表了《论财经类大学生的人文素养》一文，杂志扉页上记载了我的一段文字"2001 年 12 月 12 日王成军题写照片"，说的是个悲剧，丽人是王东方，该院副院长，因公出差遇车祸，我曾与伊人在财务处偶谈一次，她看我年轻："学生有啥事?"我云"你也像学生"。笑乐后一月，其殁。至今已经二十年！

（8）诗曰：王杨滕宋拜九华，云山高处有佛家。偶语沙弥菩提事，泪眼朦胧望崖霞。羡慕剃度随心欲？肉身缘何金袈裟？两手空空观音意，芒鞋伴友走天涯！笺注：2008 年 4 月，携妻子杨光萍与好友滕道祥、宋宜贞夫妇春游九华山。说是旅游，其实花在汽车上的时间约有一半。然后就是坐车、坐游览车。现代的旅游方式几乎到处一样了。不过还得感谢现代化的交通，因为我等本非山中人，快餐旅游还是必需的！九华山是佛教山，没想到香火如此之旺。其区别于别家寺庙的重大特色专业是肉身菩萨，即地藏王和尚圆寂后，其的身骨没火化，存下了且如今被金箔包身供香客敬仰。而且还有八十年代去世的一位记不住他的名字的和尚，其有遗嘱要留下他的肉身。不说看破红尘吗？佛说：万劫难逃吗？色空者不空乎？路遇一十八岁的俊秀小沙弥，与之交谈合影有感，成诗一首。

（9）诗曰：今日结婚廿年，此刻心情淡然。喜听摇椅之歌，携手白发永远！新娘名为玉萍，婚后为家牺牲，精打细算过日，平房地毯有名！回忆因苦而生，清官难断家庭，夫妇肌肤相亲，琐事引发战争！金婚电视所写，佟子命运相同，长呼大喜大悲，文丽就是玉萍！我曰人间爱情，冥冥性格注定，男女互补为佳，磨合才能稳定！红旗不倒之风，也曾吹到军营，军长自卫反击，打死不出围城！再次慨叹生命，妻女令我乐生，得失自由人说，金婚顶峰攀登！笺注：我与爱人杨光萍于1988年4月10日成婚，这个打油诗基本回忆了我与爱人结婚二十年中的战争与和平的故事。涉及隐私，细节待我全本自传叙述。

（10）诗曰：家国有难出即哭，自然灾害61年！"文革"记忆童年苦，风风雨雨百事坚。金陵有梦常入梦，戏马台前举杯欢，从此满眼皆兄弟，戴天要共古今缘！笺注：这是2008年5月13日，我47岁生日时写的新浪博客，耳闻目睹的却是四川震后的死亡信息。想起（没记忆呢）四十多年前的哭喊声，无论如何都证明，生日其实真真是死的开始。要不哭啥哈？前天是母亲节，我却无母可见甚至都没有了对母亲太多回忆的努力。我说，母亲我们还在记忆，可是母亲的母亲的母亲，又有谁在纪念哪？人生就是一场会落幕的戏剧呀，却从来无法预知何时何地会发生什么情节与故事。一切都由命运安排！庄子曰：生者死之始，可见活着比登天还难也！因此，我在此打油诗一首以劝慰每天都会或可能发生危机的身与心——这个会老的存在！

（11）诗曰：五十子曰天命年，孔圣仁爱列国传，军王曾有金陵梦，大风不起彭城园。老大老子根同源，都悲都喜相对观。人生在世事本无，随心不欲时空间！笺注：按民俗，五十大寿需过虚岁，今年之今日（2010年5月13日）是本王49岁的生日。想想人生已经过半或大半，不禁感慨，不胜悲戚！

（12）诗曰：初次一步登了天，身上八千白云颠。惶恐人类飞行事，直把空姐记心间。笺注：军王五十了，还没有飞过。原因一是经济，一是害怕。这次云南之行不得不从郑州飞行，于是乎忐忑中军王由衷地喊出：还是天上人间美好哈。

又诗：舞台群女背巨筐，泪出潜然忆思娘，叫天天应共祈祷，豪放人生在举觞！此次云南之行印象最深的是在玉龙雪山下观看歌舞表演，军王感动且泪水婆娑。

又诗：青稞酒壶酥油茶，生活如舞美卓玛。牦牛肉香穿肠过，开心永在藏民家。香格里拉只是传说，类似汉语的世外桃源而已。让军王快乐无比的是在藏民家吃烤牦牛肉，时间是 2010 年 7 月。

（13）诗曰：北京天上有人间，十年同志不言欢。隔壁老王夜来访，大师墨刘驻心田。笺注：这是 2011 年，北京访问刘墨博士同学的文字记录，博客的日期还停在去年，军身早已经随着时间来到了五十岁的 2011 年矣！期间北京天上那个人间的生活，不会模糊，有诗为证。课题的焦虑因为韩老的建议暂时缓解！新年跟中学同学打羽毛球的本我经历，没诗为证！政协常委会及酒会时的学术性幽默是昨晚发生的！却如剧场一样，演出结束了！我有表演欲，以生活为戏台，同时明白：人生是戏，自编自导自演自看自悟自误而已！

（14）题扉页诗。时间是无声无色的，却因四季走又来，人们几乎是强迫症的心理去有意忘记它的流逝本质。近日翻书校对书稿，发现一些我的题写在书扉页上的话，颇感时间的逝者如斯夫也！

2000 年 1 月 2 日在南京大学与刘墨博士和她的粉丝南大女博士某一起，见面后二人耳鬓厮磨说着就走开了。我只好去旁边书店看书，结果淘宝到梦寐想求的茨威格《自画像》一书，自题诗曰：己有所欲必成真，三人之行变一人。南苑书店淘此书，亦喜亦忧斯蒂芬！

2003 年 12 月岁尾，我住在南京大学博士后楼，俨然一自在军王也。用红笔写下：己有所欲已成真，尼哥一身南大人。南苑书店（被拆了）成幻影，喜乐博后王成军！

2005 年 3 月 20 日记于南京大学 27 舍 1606 观战争片及《卡夫卡传》后之妻子酣梦中：己是非己醒梦人，五载金陵全成真。认定悲观皆是空，同样钻研徐州身。

2011 年 4 月 6 日，清明节后，我也正感到春天的幸福：己无所欲事事真？还是徐州王成军！眼见天命身后运，不喜不乐自然人！

2018 年题曰：己身还是军人身？天命人已到耳顺。戊戌年中宪法梦，莎士比亚青史心。

（15）诗曰：冬初福州传记行，闽越王村卜前生。一掷签成四十六；村僧忙索释签经。重耳流亡子推惊，忠孝两全传美名。家庭兴旺夫妻合，为谁流泪到天明？笺注：2001 年 12 月 24 日金陵平安夜，我有意给自己留下一纸质邮政明信片。下面注释为：马年寄语，"谁"是时间也！非指人也。一晃这个"谁"都二十岁了！

（16）诗曰：著述皆为谋稻粱？当下学界以为常。我军虽有独创文，可叹版面无处装。牛年彷徨忧愁际，首都师大吴家康，茹美心善来约稿，人情练达发文章。笺注：幸亏是处于退休状态的延聘阶段，也就是张成福学兄说的"延一"时期，对自己已经无科研要求了，但是学校考核要求还是有的，去年就差了30分。诗中的吴家康指的是首都师范大学的吴康茹美女教授，我军觉得她就是一个美人，救我军的天使，早在2011年，她就约稿我在《首都师范大学学报》发了一篇文章，此刻在我军最为彷徨无处发文章的困顿时刻，拯救了我军。她也邀请我到首都师大给研究生开了讲座。阿茹，我军在徐州等您来喝酒品茶哈。

（17）诗曰：我军人到甲子年，已把万念俱灰燃。天天乒乓推送乐，日日微信子夜欢。谁曾新得知己弟，名为李斌传记缘。他日骑马下汕头，从此人间四月天。笺注：我主持了江苏师范大学中外传记文学与比较文化研究中心，特聘李斌为我中心客座教授，汕头大学的李斌弟邀我南游，故以诗谢之！

（18）诗曰：闰冬到来即春天，一声师爷上云巅。莎士比亚开场后，拔得头魁为状元。笺注：2005年，我军回归师大后，改教外国文学，因为此时学生对我来说类似首届学员。我是认真地备课，真心地讲授，提出了"研究型本科教学"理念，学术性幽默的教学特色，也颇赢得学生的喜爱。其中就有高足闰冬，如今他在央企一个重要岗位工作。又因为他的班主任是我的另一高足和同事史为恒博士，所以他也尊称我为师爷。虽知这是个虚称，我军却也真乐也。闰冬对母校心存感念，尊师重教，更是我军的十大贤弟子之一。

（19）诗曰：池中孕天地，敏者方得之。华为自成家，文彩绘金丝。笺注：女弟子艳子在南京文彩工作，引荐我认识了池总。池总山东大学物理专业毕业，他不仅曾在华为为高级科创人才，即便自己创设公司为总裁后，也爱不释卷，真乃当代儒商也。他被江苏师范大学"中外传记文学与比较文化研究中心"聘为客座教授。

（20）诗曰：丹阳美姝宴军王，南巡之夜笑岛狂。掼蛋兼论人性理，品酒喝下半东洋。军门子贡王正安，携来观山王正安，从此军师走天下，只道美酒名观山。笺注：我军南京招生，本有私欲，却被一场雷雨泡了汤，也算一场洗礼吧。第二天，军门女子贡许姝宴请我，我邀来江苏第二师范的仇贝贝美女教授师妹，君康人寿徐州总督程灶清同党。军门男子贡，大千生态总裁王正安，也邀请来了观山王正安，观山王正安为江苏观山酒业总经理，也是中文出身，于是乎，我军得另一子贡也。以上五人都被江苏师范大学"中外传记文学与比较文化研究中心"聘为客座教授。

（21）诗曰：军长弃楚奔金陵，廿年弟子摆宴迎，六合微醺河海醉，洪涛明慧连根成。笺注：在南京，居然遇到了二十年前的弟子——南京师范大学附属扬子中学校长张洪涛，南京大厂中学美女语文高级教师缪明慧，南京宁海中学图书馆馆长刘根成。皆热情迎接军师入校且用美酒佳肴款待军师，他乡遇弟子，人生真乐也。在宁海因为根成，还让我军联系上了失散多年的鼓楼教育局谈雅萍局长和宁海中学信息处窦林主任。

（22）诗曰：军门子路是朱翀，酸甜苦辣品人生。有情有义嗓门大，邀来王刚建军功。笺注：朱翀与许姝、姚学武、王珲都是我在南京师范大学教的学生，朱翀与我一直保持联系。六年前，他的好朋友王刚的爱女王静怡考入江苏师范大学，我作为老师，一直关心她的学习成长。王静怡不负众望，推免江苏师大研究生，光荣加入中国共产党并且考入南京第十二中为在编教师。

南大博士后

我王成军，是南京大学资深教授、长江学者周宪的博士后，然而愧对周师培养，03年进站，05年毕业时，我身份虽可售：南京师大何永康师的博士，南大周宪师的博士后，年方四四，正教授，在《外国文学评论》《外国文学研究》等权威期刊发表论文多篇。但是却被"利禄"所诱，回到了徐州师范大学（现称江苏师大）。尽管十年蹉跎，两手空空，却也活得潇洒而充实。明年是恩师六十甲子华诞，按风俗今年当庆贺之。其实周宪师年轻健朗，根本不像年近六十之人。我是周门最年长的弟子，如今已经是年过半百的人了。（此文写作于2013年夏天，逝者如斯夫，我军也已经六十华诞了。）人世沧桑、人性如虎。故赋词庆贺且自勉并问候周门同学幸福快乐也！

《贺新郎·为南京大学周宪恩师六十华诞而作》

梦归金陵地，十年里，最记恩师，指点中西。西方美学周氏传，中国问谁能敌？现代性，令名鹊起。自古文人忧天下，况牛刀小试中文系。鹏展翅，千万里！愧也成军归故乡，无所就，大风歌霸，只属刘季。天命弟子知天命，如今参透名利。贺甲子，唯一身体。欣品彭祖养生羹，喜赏五柳采东篱。放鹤去，沂水浴。

何永康恩师来短信

夜十一时，接何爸短信：附词一首，军子开开心。《醉东风·喜读刘荧所摄何门聚会影集》：荧兄拍照，留取何门笑。弟子皆如乖宝宝，逗得老夫年少。师兄佯作庄严，师妹抿嘴甜甜。师弟肆无忌惮，手牵师姐开颜。又曰：冬青为院长了。我回：三军尽欢颜，随园正青春。今晨诗贺之：昨夜子时接福音，何爸赋词开军心。喜贺冬青为院长，随园从此再青春。铭记恩师永康语，失之一村得一村。彭城山水彭祖梦，尚能饭否不售身！此文写作于2012年11月。

南京南京

快乐的人不会写诗，一直酝酿的南京之行，因为上市公司大千生态环境集团股份有限公司的王正安总经理邀我去汉园宾馆快乐地饮酒而变成了现实。昨天坐着王总价值八十万的标致，聊着湖南最美的梅花（指的是美女蒋红梅，我研究中心客座教授），一路欢声笑语就扑面而来到了南京。然后就成了南京最幸福的军人，然后就得到了南京紫米网络科技有限公司总经理许姝的邀请来到了长江江心洲风景如画的金陵饭店。然后又认识了打造普洱茶新文化业态的干总，她慧心且富有文化创意，送我普洱茶一盘。2018年，离开南京13年的美军，一到南京就有无限的幸福时光。所以感谢以上填补我心灵空间的朋友们。王总和许总都是我军在南京教过的高足。还有一个高足是刘娟，她是我南京财经大学教过的真正拥军爱军的美女学生。另外一个是李艳艳，土家族，舞蹈跳得特别美，其后来嫁了个大学教授也姓王。

春天记梦

突然感觉地在动，楼在摇晃，我赶紧朝外面跑，眼前建筑物掉落，身后土地坍塌，而我踉跄跑出来了。居然只是我住的楼房出事。买了矿泉水，需要到地下室拿，谁知在地下室又遇到地在动，楼在摇。拼了命艰难跑出。死了两次的我，看到了你，穿着碎花短裙，漂亮着哪，跟我耳鬓厮磨。我也大胆地喊出了那句话。突然，有群人来抓我们。我们分头奔跑。原来这是个梦。然后就失眠在这 2019 的春天。此生何许人也，何许人也。不敢写出，许能猜出。

南京开会

来南京开美学会，此刻在高铁站，中午郑忠教授和夫人朱博士请吃饭后说南大新开了万象书店，"不倒闭了吗？""南大有人有万象情节，又开了！"我推门进店，一股咖啡香扑鼻而来。这是美国味道啊，店里果然有几个外国人在边看书边喝咖啡。但读者不是十分多。书也是大路货，有几个中学生或小学生在提供的位置上做作业。在互联网时代，实体书店真的很难经营了！走进雨中的南京大学校园，熟悉而又陌生的秋景。本想去南大中文系看看，门卫说，搬到仙林了。此楼？改建筑学院了！十年就是十年，老旧的南大没有变化，我哪？

卢建同学

昨夜星辰昨夜酒，感谢 1998 级中文的学生、现为观音机场"革命公安局长"的卢建同学做东，并邀请了苑远政委等各位美女帅哥的同欢。酒是特制的手榴弹装，卢局是我颇为喜爱且有情有能力的学生，他一锤定音，每人一枚手榴弹，我以为半斤不多，结果是越喝越多，事实上我的酒量最多是四两。可能是在美国憋的，回国后酒量见长。何以解忧，唯有杜康，说出了我当下的心情。98 年至今也二十年了。王强仁兄也是卢建的恩师，昨夜二王很高兴。教师节前，毕业了这么久的学生还愿意约会宴请老师，在此我军有礼。然而，人生无常啊，卢建同学，因工作操劳，突发疾病，至今昏迷已经数月了。

诗人孙德喜和王成军诗

2012 年我为了体验非高铁的慢生活，有意乘坐卧铺车前往西安开《史记》会，吟诗一首发送给扬大教授孙诗人，云：重阳之夜西安行，颠簸人生莫言惊。遥感朋友冷暖意，谁解贵妃醉太平。他和诗为：重阳节里西北行，忽闻军长牛诗吟。传奇世界多传记，司马当笑今太平。

王军长

我的学名虽是辈分，成字辈，军字应该是我自己的选择，因为从小在红色经典小说叙事熏陶下成长的我，却一直有着做军人的梦想。娘曾叫来一位算命的，给我相面，云三儿长大后能当个营长。我也从小喜欢武术，小学三年级时，刚当上班长的我，就被同宿舍的玉强哥带到下淀一家武术之家去，也没有告诉家里。结果因为被这家的石锁、杠铃、系红色飘带的大刀吸引，一直到半夜才回家。我娘急坏了，以为我走丢了哪。小学同学憨四儿说，毁了，俺三连长丢了。高中毕业高考前，空军来招飞行员，我也主动报名体检，空军更是我军的梦想啊。从大郭庄飞来的飞机，呼啸而过，早就震颤了我军幼小的心灵。遗憾的是，我有中耳炎。其实是被一个坏蛋用鞭炮炸的。所以，军人没有当成，可是军官的梦还在继续做。这不，现在的我开始自称我军，让朋友喊我军长。高兴的是，私下里，连校长徐放鸣书记，也呼我为军长，岂不乐哉！但是，人间阅历六十载后，看到人类如此相生相杀的惨状，我军真想改名为王成君，据说这个名字是我的本名，爷爷起的。

西安观《白鹿原》电影

会议结束，从华山归来。一人独自徘徊在旧都。见不到李白，只见与徐州无区别的城市人与交通，甚至看见医院的名字也是四院。

词曰《相见欢·为司马迁国际研讨会而作》：成军谢了史公，刻汗青！无奈皇权从此更峥嵘，斧钺冷，史官怕，心事重！自是中国廿史真无踪。

诗曰：西安军孤单，博物馆门关，公主不接客，大雁塔雨寒。闲人唐街走，难觅旧长安。此刻入影城，黄色白鹿原？

又曰：陕西故事白鹿原，徐州孤军正襟观，叙说已不陈忠实，影话何来王安全？恢弘世纪血性事，并非女子小娥篇。秦腔沙哑灯亮处，几人改得司马迁？

此文写作于2012年10月31日。王众同学微信群里点评曰：有诗有词有性情。还有思想，我自夸曰。

我记忆中的历史事件

（1）写下这句话，我军自己都有点傻笑，历史咋和咱这普通人民碰撞了，其实这是一种错误的自传观念，历史并不仅仅存在于那些呼风唤雨的大人物的口中，他也在你我普通人的叙事里。今年是中国共产党建党一百周年，大家设想下，1921年正好我在北京大学教书，如果我在写日记或自传，我会写下这样的语句：文科长陈独秀、图书馆馆长李大钊整了个党，准备在上海成立。这不是和伟大的历史事件交汇了吗？事实上，我的博士师兄里，有个人在十年前就做了一件开天辟地的事，遗憾的是，他生不逢时。我这也就隐去一万字吧。

（2）"文革"发生时，我才五岁，隐约记得我大姐带着我去徐州东站百货大楼附近，听学生和市民们在辩论什么，后来知道这是"文攻"。曾跟娘一起到白云山下粮店买米，马路上一群红卫兵在"武卫"，至今记得一个人，背部全是血，这是"武卫"。1976年周恩来总理逝世，我正跟堂弟王成锁一起去上学，我对他说，中国要发生大事了。果然不久发生了天安门"四五"运动。

（3）打倒"四人帮"时，我们正在徐州阀门厂学工。然后，我们二十中学的军号队，吹遍了徐州城。打大鼓的女同学叫夏艳，长得真美。后来我读大学时，在公交车上见过一次。

（4）2020年中美贸易战，特朗普这个不靠谱的人乱来，这让军心不安。结果我预测到了拜登上台，与大学同学汤元安打赌，我赢了。今天在大学群里，元安弟说到此事：王成军，"你赢了，你来太仓我请酒"。至今赫赫于心，并且吟诗一首：艳沾已戒二十年，唯望军长临江边。东门好女情切切，彭城伟男意缠绵。元安弟是我大学同学里跟我一样单纯率真的人，刘方和王炎说过他一个名人轶事，1979年秋天大学刚入学，我们就被发配到徐州张集农场学农，书记崇庆余让元安去镇上买汽车票，结果他买来了剃头票。哈哈，不知是真是假。

夫人杨光萍

夫人1963年生，属兔的，我们1988年春天洞房花烛，1989年4月，爱女王杨紫出生。夫人是我一生一世的挚爱，我与她的故事得以后再叙述。如今外孙布莱迪已经九岁了，女婿崔士坦，青年才俊，人帅心美！他们的故事也在以后叙述吧。

美国孙子布莱迪

这是我军这几年最快乐的词汇，我每每在社交公开场合会说这样的话：各位朋友，这是咱们的美国孙子，我指着身边的混血外孙布莱迪对大家笑曰。因为女儿到美国留学嫁了个老外，给我生了个外孙，中文名叫王子硕。为了更好地照顾外孙，夫人把他从美国带回国内，外孙从两岁半到五岁半，一直跟我们在中国上幼儿园，他说得一口流利的徐州普通话。我几乎只要有饭局都带着他，他点的主要菜谱是，扬州炒饭。做了爷爷，才真真体会到了天伦之乐的含义。然而一晃几年过去，如今外孙在美国跟爸妈一起生活，尽管我们天天视频，但远水解不了近渴，这个美国孙子也不想说汉语了，一口的美国标准英语。我军有点失落。

四个美人

我这里的美人，是美国人的简称，先说第一个 Good morning 老爷爷，他是纯正美国人，住在女儿租住的公寓二楼，外孙只有两岁多时，因为这个爷爷会给外孙糖果吃，一不注意，外孙就会爬楼梯去人家门口。我用英语与他交流后知道，他有一个大家庭，但如今和新结婚的女子住在这里。他租住的房间很小但温馨，他以前是开大型装载机的。现在喜欢打台球而且能拿到奖金和名次，业余当导游。但感觉不富裕。第二、三个是潘统升、谢美嘉夫妇。他们都是基督徒，而且是女儿这里的华人教会的负责人。潘是马来西亚人，美嘉是中国台湾人。美嘉是护士，潘弟兄在沃尔玛总部负责市场分析。他们有个大房子，每周都邀请我们去他们家聚会。但潘弟兄有工作压力，一次他在家教育一个参加聚会的十岁男孩时，用大背摔把小男孩摔在地上。最近他干起了房产中介，沃尔玛的工作没有了。第四个是秀贤，她也是从台湾来的，她大学毕业后，嫁给了在美国经商开饭馆的丈夫，生了两个女儿。我女儿初到本特维尔时，举目无亲，幸亏美嘉、秀贤的帮助才得以安顿下来。我军认为秀贤、美嘉真真是最美的名字。

甘南行记

公元 2015 年流火盛夏，余与诸多贤俊同赴甘肃南部一周旅游，大爱之行，其乐融融。时间虽短，但感慨颇多，因仿沈复《浮生六记》自传体，记载如下，其旨为留住美好与关爱，非自我夸美与坦白忏悔也。请君明鉴。

记一：诗歌记乐。旅游是快乐的，但最让旅行者头疼的却是长时间坐在大巴车上无聊的前行或回程。于是乎，上车睡觉，下车拍照，几乎成了所有旅行者的宿命。我则发明了一个驱除旅途劳顿且给大家带来欢乐的小节目：诗歌记乐！记得三年前，在新疆我就在车上朗读了一首诗歌。歌词如今已经忘记，但是当时给大家带来过快乐的情景至今还在我的脑海里萦绕。这样，在藏民家的木栅古屋里，我便开始酝酿诗歌了。其实这种旅游诗歌任何人都会写出，它既不是要表达什么忧国忧民之情怀，也非诉说一己之苦闷，更无须多考虑结构与平仄，大旨一个字：让旅行者乐也！果然，当我在车上朗读这首诗歌时，起到了连我自己都没有想到的热烈响应之效果，全车人无论男女老幼几乎都在议论这首诗歌。这个事实有张淑美老师和史为恒老师的录像为证。其实我的大大的明白，并不是诗歌咋样，而是同志们旅行无聊至极，需要个出口释放一下而已。这样，我的诗歌记乐的效果就达到了。为了不藏丑，诗歌附在此处，以备晒笑。

《远方的家：献给我的小马！》：深山里，层峦下。涧水奔腾绿朝霞，金刚鼾声震木栅，谁的家？拙厚藏民卓玛家！江苏省，中师大。大爱之行在暑假，靓男俊女下甘南，谁的家？初日之下古月家！母亲城，遇小马。同是天涯有神人，相逢何必曾约啊？谁的家？快乐你我马王家！七天里，军喧哗。请多包涵原谅他，这个演员有点差！远方的家，家在哪？如果灵魂没染爱，身行再远也白搭！最后咱们同时 high，我爱你妈妈，我爱你小马！

记二：车厢记趣。上文说到旅游坐大巴前行或回程无聊，其实有一个不一样的地方，就是坐卧铺火车。因为车厢人多且多是同事朋友，车厢的空间幸福感的增加，反而挤走了时间的漫长，正所谓爱因斯坦所云，与美女谈话总感觉时间太短。此次一上车，有一女孩在我的上上铺，我便主动搭讪沟通，结果我的工会主席胡不太理解，半严肃地说，不要和陌生人说话，尤其是美女。天哪，俺的目的没有别的，只是为了忘却时间啊。"看你不像汉族，是少数民族？""是的，我是土族。""啊，"看着眼前眉目清秀的姑娘，我说，"你可能妈妈是土族，爸爸是汉族？"姑娘眼前一亮，惊奇地望着我说："是的是的。"其实，我这是将错就错，巧了。我把土族理解成土家族了。因为我在南京时曾经教过一个女生李艳艳是土家族，其父亲是汉族，母亲是土家族。涨姿势啊，这就是车厢的有趣之处。至于在车厢里的掼蛋快乐，就不一一叙说了。

记三：小马记愁。小马是导游，名字此刻忘了，好像叫马什么梅？以前旅游时，我基本上和大家一样一样，也只把导游当导游，最多假装和导游亲近些，目的是为了旅游快乐。此次似乎一样又不一样，一样的是，旅游结束我和小马虚拟的亲近关系也戛然而止，不一样的是，我记住并感同身受着小马的忧愁与苦恼。在上文的诗歌记乐里，我用"同是天涯有神人，相逢何必曾约啊？"幽默着说话，其实，我们每一个人只要把对方真心看作自己的兄弟姐妹，你就会发现，在这个世界上，芸芸众生里，谁没有自己不能向外人道的忧愁与苦恼？谁不是天涯沦落人啊。正因为我有着自己的忧愁与苦恼，所以我对小马导游多了些理解之同情。小马带我们这个团有些诚惶诚恐，不是因为我们是老师，而是我们这个团是有些特殊关系的团。小马的个性很直率，或者说有时还有些耿直，这对导游工作是利弊参半的。表面上看，我和小马私下聊着天，其实我们在交换或者叙述着我们各自的忧愁与苦恼。这里涉及小马的隐私，我就把小马的忧愁之事删去四千字，假如哪个朋友想知道，等五十年后看我的自传：《王成军新忏悔录》。

记四：藏民记快。喜欢看藏民舞蹈，洒脱大气，长袖舒展，节奏欢快。记得上次在云南藏民家吃牦牛肉时，与藏族美女卓玛跳碰撞舞蹈，美哉乐也！此次也与藏族姑娘一起篝火狂欢了，因为多喝了点酒，也因为同事们的忽悠，我还被几个卓玛抛向空中。想想有些后怕哟，都白求恩老人的年龄了，还有如此年轻的身心，姑娘们要真接不住我，咋整啊？这是藏民给我们带来的快乐之一。另一方面，我也感悟到了藏民出自他们内心的真正快乐，那就是有神的虔诚的朴拙的生活态度。在藏民家起床后的那个清晨，我看到主人家的阿婆背着转经筒去喇嘛寺敬神，照片里的老奶奶八十多了，听不懂我的汉语问话，但是她安然于自己的生活，不像我们有些城里人，欲望弥天，得到了许多反而痛苦不减少。由此我在思考一个旅游哲学问题，旅游的本体到底是什么？如果仅仅把旅游看作为观奇景，看异人，则旅游是个既受罪又花钱的差事。其实旅游的本体就是让旅游者"三忘"（忘记时间、忘记身份、忘记烦恼）、且行且传播大爱的一场喜剧表演行为艺术。

美国弗吉尼亚州立大学

2013年春天去了美国三个月，到弗吉尼亚州立大学访学，与本校的祝义教授、顾介鑫教授、张彭博士、姜海波博士，成为"Five boy"好朋友。当时女儿已经在美国读书结婚，我则第一次来到美国。感触颇多，欢乐颇多，焦虑也不少，那晚在颜镇教授家第一次听他唱《鸿雁》歌曲，"鸿雁，向南方，对对排成行，酒喝干，再斟满……"我哭得一塌糊涂，主要是忧虑着女儿的选择。我也在美国华人教会受洗信了基督，从此有了人生的光和盐。后来又到女儿的家住了三个月，与外孙布莱迪一起享受天伦之乐。由于疫情，美国沦陷，我也只能计划明年去美国了。美国疫苗接种普及，社会开放。女儿打过疫苗近月，准备复工。漫长的等待，终于天亮。美国第三次刺激计划实施了。学校开学，网上授课两周。科文学院与建筑学院合并。夫人门球场风波暂停。晚上公选课，讲韩信，外院刘琳同学发微信说：太喜欢您讲的课了。我回复：军师高兴。但外院的陈文老师病故了，他是我女儿的大学班主任，可怕的疾病。得出个结论，死了若不自传叙述或被他传叙述，那就真死了，人得看开一点，书稿接近完成。

我认识的中国当代传记文学名家之名著点评

（1）韩兆琦是我北京师范大学的访问学者导师，那时耳顺的他，声如洪钟，身体康健，学问精湛，人高魁梧。现在的他，八十有八，依然声如洪钟，身体康健，学问精湛，人高魁梧。他主编了《中国传记文学史》（河北教育出版社1992年8月出版，466页），这是中国第一部以传记文学名称和理念来叙述中国传记文学发展史的文学史专著。该书记述了先秦至清代中国传记文学的产生、发展的历史。韩兆琦是北京师范大学文学院的《史记》研究专家，但是用传记文学文体整体理念来弘扬司马迁的传记文学美学价值则是韩兆琦的独特发明。其中在叙述到传记体小说时，该书第八章第六节引用了一些《聊斋志异》中的例子，曾受到个别学者的质疑，而我军则在发表于《人民日报》上的书评中明确指出，这是中国古代传记与小说之间的特殊文类杂糅现象。传记文学史著里完全可以也很有必要进行学术探讨。

（2）赵白生是北京大学教授，中外传记文学研究会创始会长，他曾在1995年的中外传记文学研究会南京年会上对我说，几十年以后，如果他的墓碑上能刻下传记研究者赵白生，他就没有白生。事实上，三十多年来，赵白生不仅是生命为传记文学而燃烧，而且燃烧得非常灿烂。《传记文学理论》专著就是他学术生命的最佳体现。可以这样说，赵白生的这部专著是当下传记文学写作与研究者的必读之作。从大数据来看，他的这本书，也是被引用最多的。总被引：567，被图书引：114。甚至传记文学学术界有个南杨北赵的说法，遗憾的是，赵白生颇为自负，他不喜这个称号。我觉得学术乃天下公器，口碑只是个说法而已，没必要太较真，许菁频在《百年传记文学理论研究综述》中给予赵白生很高的评价："值得关注的是，这一时期在对传记理论多方面出击的同时，研究呈现出两个显著的特征。第一，对西方传记理论的'为我所用'。这一时期出现的传记理论家，如杨正润、赵白生、王成军等人，都自觉地将西方的传记理论与实践和当前国内的传记创作相结合，进行理性的批判。例如，赵白生的《传记里的故事——试论传记的虚构性》引证西方作家、批评家对传记的真实性的质疑，从传记人物、传记叙事和传记作家这几个角度全面地探讨了传记的虚构性。"

（3）全展是中国研究当代传记文学创作的理论批评家，我最早关注他的名字是在《传记文学》杂志上看到了他写的论文《论传记文学的真实性》，立论新颖独特，但真正与之谋面且成为学术好友，则是新世纪到来的2000年金华会议上。全展教授为人严谨、热心且思维缜密，他主编高校社科杂志，颇有领导才能。我的第一篇传记文学论文——1987年发表在《当代文坛》上的《试论当代传记文学》，虽说也是研究当代传记文学创作的，但是看到了全展的论文后，我立刻有"早有崔诗在上头"的感悟，于是就退出当代传记文学研究领域，潜心于中西传记诗学研究去了，而全展果然在中国当代传记文学理论批评领域纵横捭阖，指点江山，俨然成了当代传记研究第一人。他著有《中国当代传记文学概观》（黑龙江人民出版社，2004年8月，296页），该书内容包括中国当代传记文学的发展历程、领袖传记、将帅传记、英雄传记、文学家传记、艺术家传记、当代传记文学理论研究与批评态势等十二章。后来又出版了两本专著：《传记文学：阐释与批评》（湖北人民出版社，2007年5月，328页）、《传记文学：观察与思考》（西南师范大学出版社，2016年12月，314页）。

（4）李祥年是中国现代传记文学研究的大师朱东润先生的高足，也是国内最早的传记文学研究方向的博士。他在复旦大学与朱文华教授同台开设传记研究课。但他与朱教授的传记观念不太一样，朱主张传记是历史，而李祥年主张传记文学是文学。这本《传记文学概论》就是他的学术观点的集中展示。由于该书篇幅较短，且概论结构框架又贪多（如他也设有第七章中国传记文学的发展，第八章西方传记文学的发展），论述不透彻。该书中的传记文学与伦理学的关系论点，影响颇大。李祥年还出版了《汉魏六朝传记文学史稿》（复旦大学出版社，1995年）、《人的大写——中国史传文化》（沈阳出版社，1997年）。前者是作者的博士论文，后者则从史传文化的视角切入传记文学研究。我们认为，中国传统文化中有一个被忽视的史传文化传统，而是否继承这一史传文化传统则对当下的传记文学创作颇有影响。李祥年是一位具有名士情怀的人，却也被世俗的车轮碾压得遍体鳞伤，事实上，无论是学养还是学术成就，他都无愧当下所谓长江学者的头衔，却直到退休，居然还是个复旦大学副教授。但是，我们认为，文章千古事，绝对不是由什么职称决定的。李祥年对传记文学研究的贡献足以写入中国传记文学研究学术史且占有相当的位置。

（5）俞樟华著有《中国传记文学理论研究》（湖南文艺出版社，2000年1月，313页）。真是难为了俞樟华的一片苦心，众所周知，中国古代文体杂糅现象非常严重，尤其是传记与小说。该专著从传记理论视角突出传记的理论价值，钩沉梳理，尤见功力。俞樟华教授和陈兰村教授都是浙江师范大学热心研究传记文学的专家，他们强强联手，几乎把浙江师大办成了中国古代传记文学研究的重镇，因为他们学校是最早招收古代传记文学方向硕士研究生的，且培养了一批优秀的研究传记文学的青年才俊，如邱江宁、许菁频等，而且还主办了2000年中外传记文学研究会的年会，这次年会赵白生会长在哈佛访学，没有参会。遗憾的是，中国的高校学术生态往往与研究者的学校官职密切相关，由于陈兰村和俞樟华的退休，尤其是中生力量叶志良的调离，浙江师范大学传记文学研究中心也后继无人，不复存在。俞樟华还与邱江宁合著了《清代传记研究》（上海三联书店，2013年1月，261页）。该书主要内容包括：清代传记理论概述；钱谦益散传研究；黄宗羲传记写作及理论之研究；王士禛传记研究；全祖望碑传文研究；姚鼐传记理论及写作研究等。

（6）叶志良著有《现代中国传记写作的历史与叙事》（清华大学出版社，2012年12月，198页）。该书针对"五四"以来现代中国传记与传记类文学的创作现象，基于现代传记写作的研究，以传记的现代转型为起点，梳理中国现代文学史上传记发展的基本脉络；同时，以新中国成立以来，尤其是新时期以来各种传记的出现为研究对象，对传记文学和传记类文学进行了深入研析。在纵向上梳理"五四"以来中国传记与传记类文学写作的发展脉络；在横向上概括现代自传、他传、杂传、类自传和传记体小说的叙事方法。叶志良本为浙江师范大学的教授且兼任人文学院副院长，他曾和陈兰村一起主编了《20世纪中国传记文学论》（天津人民出版社，1998年12月，277页），然而人生如戏，叶于十年前出走浙师大，在浙江旅游职业学院做领导并集中研究戏剧去了，但他却仍然喜新不厌旧，还对传记研究暗送秋波，期望他能够在传记戏剧研究方面大展宏图。

（7）郭久麟著有《中国二十世纪传记文学史》（山西人民出版社，2009年6月，409页）。该书对中国20世纪传记文学作了历史性、系统性、科学性的研究和评价，对中国20世纪传记文学的精品作了比较、分析、综合、归纳，从中总结出经验和教训。郭久麟是四川外语学院教授、重庆人文科技学院教授、中国作家协会会员，我曾美称其为中国传记文学界的"郭大侠"，他是作家型的传记文学研究者，这部书，煌煌数十万字，居然一个注释都没有。但是，对比下中国古代文论，甚至亚里士多德的《诗学》，哪有什么注释、引用率和排名？因此，我们应该对郭大侠这位为中国传记文学研究鼓而吹的老学者敬礼。

（8）张新科著有《唐前史传文学研究》（西北大学出版社，2000年9月，326页）。张新科的传记文学研究，突显的是围绕《史记》与传记文学之关系做文章。此书是从史传文学的角度来结构全书，内容包括：史官文化与唐前史传文学、唐前史传文学的嬗变轨迹、唐前史传文学中人物形象的建立、唐前史传文学中人性的展现、唐前史传与民间文学等内容。换句话说，张新科的思维主要还不是打造传记文学的独立性，而是想建立史记学。他出版了《史记学概论》（商务印书馆，2003年11月，406页）。全书分为七论十七章，阐述了"史记学"的范畴、价值、源流、本质、方法，以及"史记学"的生命力与研究者的素养等内容。2006年他获批国家社科基金项目"中国古典传记的生命价值"，并在人民出版社出版了《中国古典传记文学的生命价值》（468页）。该书在全面掌握中国古典传记发展历史的基础上，立足现实人生，从建构中华民族精神美学的高度，探讨了中国古典传记文学的生命价值、哲学意蕴、民族心理等。新科此著也是煌煌四十余万字，而且他在专著中有意在古典传记后加上了文学二字，可见他内心深处依然有着传记文学之生命情怀，2018年7月，我到西安游学，与新科兄把酒言欢，并成诗一首：西安觅贵妃，军王不愁肠，吾有新科兄，陕师做长江。

（9）李战子著有《话语的人际意义研究》（上海外语教育出版社，2002年12月，446页）。李战子是南京国际关系学院的教授，杭州人，人美性柔，她是北京大学胡壮麟的高足，研究的是语言学，但可喜的是，她是用自传的语料来进行她的语言学研究。2000年她就出版了《语言的人际元功能新探——自传话语的人际意义研究》一书，遗憾的是，这本书是英文的，受众不多。她的这本书其实还是从自传语料出发来探讨自传话语的人际意义，对我们进行传记研究颇有启迪。但是，李战子毕竟是语言学家，她研究自传目的不是为了建构自传诗学而是语言学。李曾经是中外传记文学研究会的秘书长，我是副秘书长，我们一起度过了许多年的幸福学术时光。特别遗憾的是，随着李的知名度越来越高，她不再参与传记文学的会议，而是独享她的符号学和话语语言学去了。如今，她也不加我微信好友，她的导师胡壮麟都加了我，我只能用追忆逝水流年的话语来构建我们之间的人际意义。战子将军，何时归队传记文学？美军在此呼唤。

（10）唐岫敏著有《斯特拉奇与"新传记"——历史与文化的透视》（山西人民出版社，2009年6月，247页）。该书为国内首部且是唯一一部研究以利顿·斯特拉奇为代表的"新传记"专题的学术专著。该书聚焦了"新传记"文本，探讨了"新传记"的两个突出特征：反叛性与实验性，以此揭示了"新传记"的本质内涵。唐岫敏教授与李战子是同事，她与南京师范大学的姚君伟博导是同门，姚也参加过几次传记会议，但和战子一样，后来都与传记研究渐行渐远，只有唐岫敏敏锐地发现传记研究着实是一个富矿。于是乎，她拜杨正润教授为导师，从英语语言文学转入中国语言文学，获得了南京大学比较文学与世界文学的博士学位。这部专著就是在她的博士论文基础上完成的国内第一部新传记研究名作。然后她又主持了国家社科基金项目并出版了《英国传记发展史》（上海外语教育出版社，2012年3月，382页）。岫敏为人真诚、认真、热心，是我的山东老乡，也是我非常敬佩的学术朋友。2000年秋天我刚到南京时，我、姚君伟弟、李战子和唐岫敏一起在南京大学一茶社喝茶畅谈人生，沧桑人间，一晃廿年。如今茶社关闭，物非人非。

（11）辜也平著有《中国现代传记文学史论》（台湾万卷楼图书股份有限公司，2015年12月，460页）。辜也平是国内著名巴金研究专家，和我不一样，不是主要靠传记文学研究吃饭。他是福建师范大学的博士生导师，南人南相，可称为美男教授，他在传记文学界出名，当然不是靠长相，主要也不是因为这部专著，而是他发表在《文学评论》上的一篇传记文学论文《论现代传记文学的民族特色》，此文视角独特且富含政治美学意义，如果在今天发表，会得到"厉害了我的国"的更高评价。因为他突出了中国传记文学的中国叙事特色："中国现代传记文学的最初提倡以西方传记文学为参照，并且带有明显的标举西方传记模式的倾向；后人在论及现代传记文学时，也都格外瞩目中国现代传记文学的外来影响而忽略其民族承传。但中国传统'史传'的史鉴功能，'史传'写作中的宏大叙事、实录原则以及春秋笔法对中国现代传记文学仍然有广泛的影响。这种民族承传使中国现代传记文学带上了浓厚的社会历史色彩，承载着鲜明的宣传教化重负，而且在某种程度上也弱化了对传记文学的表现主体——'人'本身——的探索。"（《文学评论》2005年第2期）辜培养的博士雷莹撰写了《中国现代作家自传研究》（2012）。

（12）赵山奎著有《精神分析与西方现代传记》（中国社会科学出版社，2010年3月，232页）。精神分析与传记在20世纪的相遇与互渗无论是对精神分析还是对西方传记来说都是一个具有深远意义的"事件"，其影响至今绵延不绝。客观地说，这一影响虽是相互的，但并非对等的。他所做的主要是：一、从传记史的角度对近一个世纪以来的传记实践及理论探讨进行梳理、总结和评价；二、从传记叙事的角度对精神分析观念、方法在西方传记作品中的叙事表现进行分析；三、从传记理论的角度探讨精神分析对传记真实性的影响、传记活动中的移情现象及传记伦理等问题。上面是山奎的原话，颇见学术功力。山奎小弟现在浙江师范大学做教授，是我的山东老乡和南大校友，他是杨门又一干将，不过他的学术之火还在为卡夫卡而燃烧，他在传记文学研究方面不如他的小师弟梁庆标专一。

（13）梁庆标著有《自我的现代觅求：卢梭〈忏悔录〉与中国现代自传 1919—1937》（中国社会科学出版社，2014 年 12 月）。梁庆标可以说是当代西方自传理论研究的一头猛虎，他个头不高，却拥有乃师般的传记研究高大梦想。该书试图从影响研究的角度分析卢梭经典自传《忏悔录》在中国大陆的译介，以及现代自传者对它的选择和接受情况，从而对中国现代自传的进程及国民心理进行审视。他主编了国内第一也是唯一，更是我曾经想作的一部著作——《传记家的报复：新近西方传记研究译文集》（广西师范大学出版社，2015 年 12 月，392 页）。该书共收入文章 17 篇，源自英、法、德、俄四语种，基本都是 20 世纪 90 年代之后的著述，均属于传记研究兴盛时代的成果；理论建构与文本分析兼备，宏观评述与微观细读皆有，既总结传记发展史上的问题，又力图阐明未来的发展方向，作者大都是精研传记之专家、著名传记作家或青年学者，各有其代表性。我说他是猛虎，隐含着他的学术研究和我的重叠与交互，他 2011 年获得国家社科基金，我对阿标说：你几乎把我的研究之路给占满了。他开玩笑说：我就是要让你无路可走。2013 年我也获得了国家社科基金："20 世纪西方自传理论的话语模式研究"。总算逃脱了阿标的虎口，生存下来。而且和阿标建立了人类学术命运共同体，一起在打造中国自传话语模式理论体系。

（14）杨国政是北京大学的法国文学研究专家，杨博导是我所在城市徐州三中的高才生，为人更是厚实宽容。事实上，他翻译的法国自传理论家菲力浦·勒热讷的《自传契约》一书，对改革开放以来的中国传记文学写作与研究都有很大的影响。刘心武就曾经读过此书，而且写了一篇书评。记得在湖北荆州开传记会，我继续沿着我语不惊人死不休的会议发言叙事修辞学，大会发言时，说图片对传记来说，是掺入传记里的三聚氰胺，处理不好是有毒的。结果赵白生会长有点光火，现场很尴尬，因为人性屈服于权力，而杨博导却挺身而出英雄救美（军），说：我最喜欢王成军教授的发言风格了。至今犹觉心暖。

（15）朱旭晨著有《秋水斜阳芳菲度：中国现代女作家传记研究》（人民日报出版社，2006 年 12 月，219 页）。旭晨是燕山大学的美女教授，是朱文华教授的博士，她追随其导师自然也做传记研究且在中国现代女作家传记研究领域，花枝招展，自成一家。旭晨为人豪爽，不让须眉，每次传记会议学术田野考察时，她都能走在前面，且以助军为乐。

（16）李健著有《中国现代传记文学研究》（新华出版社，2010 年 11 月，331 页）。该书从中国现代传记文学形成的背景及其意义、中国现代传记文学理论的新突破、中国现代传记文学作品的新突破、中国现代传记文学与西方传记文学的交融及创新、中国现代传记文学对古代史传文学的继承与创新、中国现代传记文学的现代性六个方面进行了细致的研究和深入的论述。李健，山东潍坊人，复旦大学博士后，文学博士，中国作家协会会员，解放军报社记者。1987 年毕业于中国传媒大学新闻系；1998 年出版散文集《漫漫寻你》；2004 年出版长篇小说《天路》；2007 年 7 月，取得兰州大学文学院文学博士学位。其博士论文结集为《中国新时期传记文学研究》（新华出版社，2008 年 5 月，207 页）。该书在总结传记文学理论成果的基础上，以丰富的资料和系统的分析，归纳、论证了新时期以来我国传记文学的基本概况、发展轨迹、精神内涵以及未来趋势，探讨了传记文学创作的重要问题，取得了重要的学术成果，为推动我国传记文学研究的发展做出贡献。李健的出现，让我等传记研究第一代，陡然有了学术史的飘飘然感觉。感谢李健博士的军人作风，她不停地攻城略地，出版了两本传记文学学术著作且主编了《立传》系列丛书。我曾在徐州会议上，骄傲地称她为小师妹。暑假时，她邀请我去北京与何西来对谈过传记文学。好像就是 2014 年，结果年底何老就驾鹤西去了。

（17）邹兰芳著有《阿拉伯传记文学研究》（中国社会科学出版社，2016 年 1 月，446 页）。兰芳指出：传记是世界范围内古老而普遍的文类。

阿拉伯-伊斯兰文化中有着丰厚的传记文学遗产。该书旨在梳理阿拉伯传记文学这一古老而又现代的文类历史演进轨迹，探究其所反映的阿拉伯社会、文化、政治、思想、宗教特征，挖掘历史发展中的各色人物丰富的内心世界和非凡的个性面貌，进而提出作者自己对阿拉伯-伊斯兰文化的批评洞见。该书弥补了现有的阿拉伯文学史的不足，填补了国内传记文学在此领域研究的空白，为国内人文学科的整合性研究提供一种范例。果不其然，中国传记文学研究中阿拉伯传记文学研究就是只有兰芳飘香了。兰芳和战子一样都是杭州人，是中国经济贸易大学的教授，曾是中外传记文学研究会的秘书长，我那时还是她的部下，但我很乐意在她们领导下工作，兰芳，你怎么看？不过我军如今已经是副会长了。

（18）许德金著《成长小说与自传——成长叙事研究》（高等教育出版社，2008年12月，180页）。该书以成长小说的界定为突破口，一反传统的批评套路，把成长小说的批评视点从对其虚构性的过度专注而转到其具有的高度自传真实性方面，即不再把成长小说置于小说这种虚构文类的框架中研究，而是把其放于自传的新语境中来进行研究。另一方面，自传也因其本身具有描述传主自身经历的高度真实性特点而成为历来自传批评家所关注的中心；该书则通过对具体现代自传叙事作品的分析，揭示出自传本身具有一定的虚构性，为传主的叙事政治所服务，因而可以视为一种自传式小说，从而把自传的讨论从历史和事实论的束缚中解放出来。遗憾的是，该书也是英文的，受众偏少。德金在传记研究界是个少壮派，人也幽默可亲，他的博士导师是大名鼎鼎的叙事学大师申丹，他也主要是从叙事学视角来阐释自传叙事学。德金是中外传记文学研究会的常务副会长，本为军人，却不断地叛逃原主，却是我军最羡慕嫉妒爱的人。我军此生最大的错误是没有在博士后毕业时，留在南京师范大学或前往其他学校，德金如今在中山大学当博导，何其美哉。

（19）中国中外传记文学研究会编《传记文学研究》（湖南文艺出版社，1997年10月，411页）。这是一本论文集，或者说是中国中外传记文学研究会张家界年会的论文集，张家界年会是一次名副其实的传记文学学术盛会，邵燕祥、叶兆言、韩石山、李辉等参加了这次会议。但我这里是想怀念这本书的责编也是这次会议的承办者郭锷权先生。郭锷权，男，湖南长沙人，著名出版家、书法家。中国社会科学院研究生毕业后长期供职于湖南人民出版社与湖南文艺出版社。主持过数种大型图书的出版工作，先后荣获国家级图书大奖 15 次。郭先生晚年的一个重大贡献就是承办了张家界年会和出版了这本《传记文学研究》专著。这也是他和赵白生的天才合作成果，此书从组稿到出版前后不到一个月。但此书影响却至今未式微。郭是湖南人，霸蛮性格影响了他与中外传记文学研究会的交集。2001 年北京会议时，我曾和他对榻畅谈，2002 年苏州会上又见过他一次，此后再无联系。听说，他已经于 2011 年仙逝。但愿天堂里可以安放他热爱传记的灵魂。

（20）郑尊仁著《台湾当代传记文学研究》（秀威资讯科技股份有限公司，2003 年，272 页）。郑尊仁是台湾的传记学者，在台湾专门进行传记研究的有李有成、廖卓成、郑尊仁。但李是英美文学研究的专家，后来把精力还是放在了英美小说研究去了，廖虽是传记研究起家，但因为在幼儿师范工作，科研不得不转向儿童文学去了。只有郑是专门研究而且是专门研究台湾当代传记文学。这是他的一个独特贡献。郑的个性温文尔雅，正如其个性，其所研究却太重视中国传统而忽略西方传记文学理论的作用。

（21）寒山碧（韩文甫）著有《香港传记文学发展史》（香港东西文化事业公司，2003 年，769 页）。寒山碧先生是香港传记作家协会会长。这是香港出版的第一部也是唯一一部全面系统总结香港自 1949 年至 1997 年传记文学发展史的专著。尽管是一部开山之作，但这部著作所表现出来的宏阔的视野和驾驭材料的从容，以及整体构架的安排，都是让人折服的。韩先生在会上见过几次，其人具有南方人的敏锐与执着，但此部书我没有也没读过，全展有篇全面细致评论此书的论文。韩先生今年人过八十了，这也预示着中国传记文学的第一代研究者大多步入老年了。培养新人，刻不容缓。

（22）宋晓英著有《身份的虚设与命运的实存》（中国社会科学出版社，2016 年），里面收录了不少论及传记的论文，我在这里想说的是她主持的国家社科基金项目"北美华人自传体写作发展史研究"，该项目首次将华人（出生于大陆者）自传体创作现象作为文学运动、创作思潮来研究，并与北美黑人自传、犹太人回忆录、亚裔其他族裔写作进行比较研究，在此基础上，对其在华人文化运动史、大中华概念上的汉语写作以及北美少数族裔自传史上的地位进行了客观评估。宋教授高屋建瓴地指出：

海外华人自传中的华人叙述者，都坚守"家国"情怀，保持中华民族的自尊与族裔习惯等"根性"，其自传体写作，特别是用汉语写作，就是这种内化"情结"的典型的外在体现；他们在异国的姿态是"自决（自主决定）的边缘人"，就是身在北美，"根"在故园，努力争取自己在异国的权利；人物行为与作者写作的驱动力与东方性精神诉求相关，而非西方个人主义价值观。晓英是我山东纯老乡，我多次强调山东人分两类：一是齐一是鲁，齐人厚实后面隐藏着狡猾，而鲁人前后都是厚实。晓英就是鲁人的典型代表。做学问也是如此。遗憾的是，她进入传记文学研究组织稍晚，影响主要在美国文学研究领域。

（23）朱文华著有《传记通论》（复旦大学出版社，1993 年 8 月，269页）。这是 1978 年改革开放以来，国内第一部传记研究的专著。被古月称为"传记学的开山之作"。朱文华是复旦大学的教授，这部专著一出版就立刻引起了从本科阶段（1979—1983）就关注传记文学研究的王成军的注意，并立刻给朱先生写了一封信并希望他组织个全国性的传记文学研究学术团体。他回信曰："不好办。"朱文华这部专著包括三大部分，一是传记的理论问题，一是传记发展史，一是传记写作问题。由于朱文华教授主张传记是历史的分支且认定传记文学中的"文学"是个翻译错误，也就是说不存在传记的文学，因此他的学术思想不无保守，此书虽说是传记研究的开山之作，但影响不是太大。甚至可以说，随着传记文学研究的深入发展，朱文华的传记只是历史的学术思想反而影响了他自己的传记写作成就。但是朱文华的这部传记研究的权舆之作，值得肯定。一次北京传记会议上，我为了语不惊人死不休，为了张扬我的传记文学观，在充分肯定胡适传记思想的同时，我说胡适不无太保守了，太拘囿于历史了，这只是胡适的一家之说，可以简称"胡说"。朱老先生立刻愤懑地从会场上站起来发言：王成军的观点是错误的，语言表述是不严肃的。哈哈，他不知道这是我的学术会议修辞政治学，因为我军一般不容易被指定在大会发言，多为小组，如何从小组走向大会，必须提出富有争议且表明了我军独特观点的话题，这是我军的谋略。有几位香港来的学者反驳了朱老师的话，云：王成军的意思很明确，胡适也不是神，可以批判。

（24）中国传记文学学会编《传记传统与传记现代化——中国古代传

记文学国际学术研讨会论文集》（中国青年出版社，2012年10月，464页）。这是中国传记文学学会自1991年12月3日成立以来举行的真正意义上的学术研讨会的论文汇编，可以说几乎囊括了国内外喜欢也擅长传记研究的专家的作品。我早在1994年就跟刘白羽会长电话联系召开传记研讨会，但是直到万伯翱做会长，特别是在张洪溪副会长的组织下，这次盛会才得以召开并出版了会议论文集。这本论文集对当下传记文学写作与研究影响颇大。如今我们在美丽的王丽会长领导下，走进了新时代。传记文学研究的中国梦就要实现了。2018年12月，我的理论专著《传记诗学》获得了中国传记文学学会第五届优秀作品理论研究一等奖。附2018年12月19日北京微信一条：四十年传记文学研究的肯定与激励，感谢中国传记文学学会，感谢会长王丽，感谢评委对徐州传记王的错爱。尽管它不是政府的社科奖，也不被官方承认，但是，但是，它是传记文学学术界的口碑。我发言时，纪虚地表态，为传记文学研究再干四十年。

　　总之，世事一场大梦，人生真的不长，活一百年，也就三万六千五百天，而不知不觉，到2021年的5月13日，我军在这小小寰球上生活整整一个甲子年了。

　　我在发给赵白生会长的个人简传中曾这样概括为：零十，顽皮野游，一十贫而好读杂书，二十而有志于读史，三十不立却沉湎于传记文学，四十小有学名，读博封后，五十而知天命也，六十、耳顺、知足、乐神。

　　另一简传为：十岁始有志于群党，为班长；十五岁仕途因重友情而困厄，遂耽迷于学，固十八岁金榜题名；无奈又再次挫败于爱情，幸而读传记文学而走出低谷。于是乎三十而立于当代传记文学研究，四十不惑于纪实与纪虚理论，五十成名于中西自传理论话语，如今耳顺后军临天下，乐乎天伦之乐。得美外孙一枚，人称美军是也！

　　又简传为：王成军，亦自称传记王，因一生钟情于传记文学研究。1987年在《当代文坛》发表《试论传记文学》，知名于传记学界。这是成军与成都的学术缘分。三十不立，四十有感，五十方知天命，此生乃为传记而生也。于是乎获得国家社科基金，专注于自传话语研究，如今年近耳顺，做了美国人姥爷，天伦之乐与自传研究同舞，忧国忧民共时光不老。

此生目标，撰写出一部可与卢梭媲美的《新忏悔录》。

又简传为：王成军，江苏师范大学文学院教授，中国中外传记文学研究会副会长，全国社会科学基金通讯评委。江苏师范大学校属研究机构"中外传记文学与比较文化研究中心"主任，文学院比较文学与世界文学导师组组长，南京师范大学博士，南京大学出站博士后。美国弗吉尼亚大学访问学者。在《外国文学评论》《外国文学研究》《国外文学》《当代外国文学》《电影艺术》等中文核心期刊上发表学术论文百余篇，著有《传记诗学》《纪实与纪虚：中西叙事文学研究》等学术专著多部，主持并完成了国家社会科学基金一般项目"20世纪西方自传理论的话语模式研究"（编号：13BZW018）一项。邮箱：13914877486@139.com，微信号：nigedimuw139148。

写自传的过程更发现人生真的如白驹过隙，所以为了更好地不断的回忆这不长的人生，最好的方法也是最富有自传话语生命伦理的做法，就是反复地写自传。因此我也且在这里打住我的自传行为，待真正退休赋闲后就认真打磨撰写一部《王成军新忏悔录》，让王成军的自传理论话语模式变成鲜活的自传叙事话语文本。更何况王成军今年只有六十，看面相又特年轻，我也开玩笑说，我军只有三十公岁哪。所以，让我们锻炼身心，健康前行，在走向人类命运共同体的道路上，书写你我这唯一的、不可重复的、有血有肉的身体和酸甜苦乐的心灵吧！

也只有让我们都拿起笔，为自己写传，为家庭立传，给故乡立传，为城市立传，为国家立传，才是真正把自传话语的叙事伦理落到了实处，本专著的理论价值也就开花结果了。人生在世知何似？事如春梦记有痕。仅以上文字，抛砖引玉，并期待各位方家与我军签订一个自传计划契约，以告慰我们的先人、后人和向死而生的自己。世事洞明成乎？人情练达军乎？问王平生功业？自传理论身心！就让这首藏名诗作为本专著的结束语吧！

2022年初春王成军于江苏师范大学"中外传记文学与比较文化研究中心"

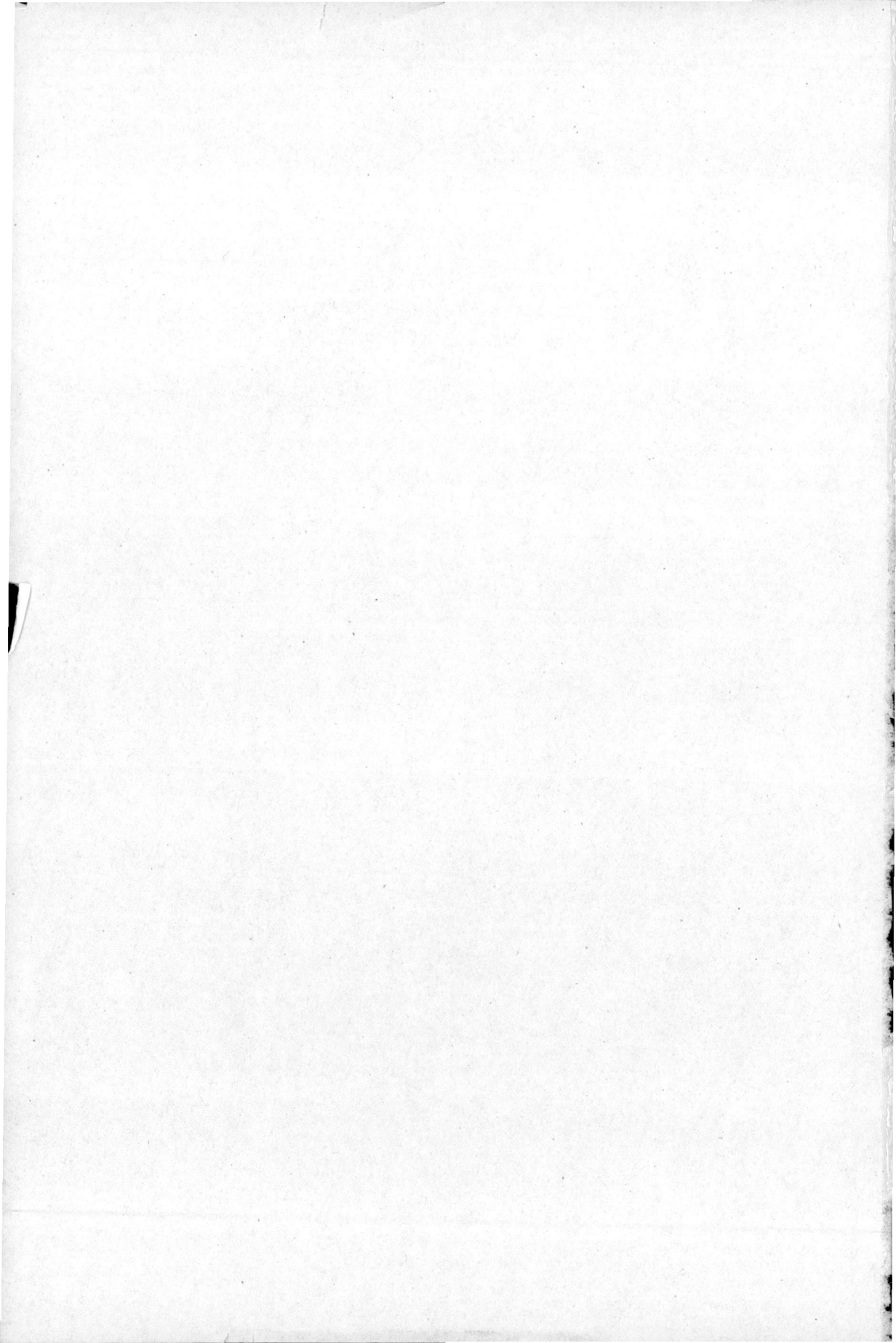